CULTURE AND IMPERIALISM

Copyright © The Estate of Edward W. Said, 1993

All rights reserved

学术前沿
THE FRONTIERS OF ACADEMIA

文化与帝国主义

[美] 爱德华·W. 萨义德 著

李琨 译

*

生活·讀書·新知 三联书店

Simplified Chinese Copyright © 2016 by SDX Joint Publishing Company.
All Rights Reserved.
本作品简体中文版权由生活·读书·新知三联书店所有。
未经许可,不得翻印。

图书在版编目(CIP)数据

文化与帝国主义/(美)萨义德著;李琨译.—2版.—北京:生活·读书·新知三联书店,2016.8 (2024.1重印)
(学术前沿)
ISBN 978-7-108-05729-7

Ⅰ.①文… Ⅱ.①萨… ②李… Ⅲ.①文艺评论-世界 Ⅳ.①I106

中国版本图书馆CIP数据核字(2016)第134009号

责任编辑	冯金红
装帧设计	罗 洪 蔡立国
责任印制	李思佳
出版发行	生活·讀書·新知 三联书店
	(北京市东城区美术馆东街22号 100010)
网 址	www.sdxjpc.com
经 销	新华书店
图 字	01-2018-3474
印 刷	三河市天润建兴印务有限公司
版 次	2003年10月北京第1版
	2016年8月北京第2版
	2024年1月北京第9次印刷
开 本	880毫米×1230毫米 1/32 印张 17.75
字 数	368千字
印 数	44,001-47,000册
定 价	68.00元

(印装查询:01064002715;邮购查询:01084010542)

学术前沿
总　序

　　生活·读书·新知三联书店素来重视国外学术思想的引介工作，以为颇有助于中国自身思想文化的发展。自80年代中期以来，幸赖著译界和读书界朋友鼎力襄助，我店陆续刊行综合性文库及专题性译丛若干套，在广大读者中产生了良好影响。

　　第二次世界大战结束后，随着世界格局的急速变化，学术思想的处境日趋复杂，各种既有的学术范式正遭受严重挑战，而学术研究与社会—文化变迁的相关性则日益凸显。中国社会自70年代末期起，进入了全面转型的急速变迁过程，中国的学术既是对这一变迁的体现，也参与了这一变迁。迄今为止，这一体现和参与都还有待拓宽和深化。由此，为丰富汉语学术思想资源，我们在整理近现代学术成就、大力推动国内学人新创性著述的同时，积极筹划绍介反映最新学术进展的国外著作。"学术前沿"丛书，旨在译介二战结束以来，尤其是本世纪60年代之后国外学术界的前沿性著作（亦含少量二战前即问世，但在战后才引起普遍重视的作品），以期促进中国的学科建设和学术反思，并回应当代学术前沿中的重大难题。

　　"学术前沿"丛书启动之时，正值世纪交替之际。而现代中国的思想文化历经百余年艰难曲折，正迎来一个有望获得创造性大发展的历史时期。我们愿一如既往，为推动中国学术文化的建设竭尽绵薄。谨序。

生活·读书·新知三联书店
1997年11月

献给 Eqbal Ahmad

对世界的征服，如果你仔细看一看，就不觉得是什么光彩的事了。它首先意味着从那些与我们肤色不同，或鼻子稍扁的人手中夺取土地。只有观念能作为托词，一种居于其后的观念；不是什么感情上的表现，而是一种观念；以及对这种观念的无私的信念——你可以把它供奉起来，向它膜拜，为它牺牲……

约瑟夫·康拉德《黑暗的心》

目　录

前　言 …………………………………………………… （1）

第一章　重叠的领土，交织的历史 ………………………（1）

Ⅰ　帝国、地理与文化 ………………………………（1）
Ⅱ　过去的形象，纯与不纯 …………………………（17）
Ⅲ　《黑暗的心》的两个视角 ………………………（23）
Ⅳ　经验的差异 ………………………………………（40）
Ⅴ　把帝国与世俗的解释联接起来 …………………（57）

第二章　融合的观念 ………………………………………（83）

Ⅰ　叙述与社会空间 …………………………………（83）
Ⅱ　简·奥斯汀与帝国 ………………………………（110）
Ⅲ　帝国的文化完整性 ………………………………（134）
Ⅳ　帝国在行动：威尔第的《阿依达》 ……………（155）
Ⅴ　帝国主义的乐趣 …………………………………（187）
Ⅵ　受控制的土著 ……………………………………（231）
Ⅶ　加缪与法国帝国 …………………………………（240）
Ⅷ　关于现代主义 ……………………………………（264）

第三章　抵抗与敌对 ……………………………（271）

Ⅰ　问题的两个方面 ………………………………（271）
Ⅱ　抵抗文化的主题 ………………………………（298）
Ⅲ　叶芝与非殖民化 ………………………………（313）
Ⅳ　驶入的航程与反抗的出现 ……………………（340）
Ⅴ　合作、独立与解放 ……………………………（373）

第四章　免受统治的未来 …………………………（403）

Ⅰ　美国的崛起：争夺公共空间 …………………（403）
Ⅱ　向正统与权威挑战 ……………………………（432）
Ⅲ　运动和流动 ……………………………………（463）

注释 ……………………………………………………（479）
索引 ……………………………………………………（517）

前　　言

　　在1978年出版了《东方学》(Orientalism)大约五年之后,我开始把写这本书时所形成的一些关于文化和帝国之间关系的观点搜集在一起。最初的结果是我在1985和1986年间在美国、加拿大和英国一些大学所开的一系列讲座。这些讲座形成了目前这本书的中心思想。从那时起,我就一直在写这本书。在《东方学》中,我汲取了大量的人类学、历史学和区域研究的成果,但那本书涉及的仅仅限于中东地区。因此,在这本书中,我试图扩充《东方学》的观点,对现代西方宗主国与它在海外的领地的关系作出更具普遍性的描述。

　　这本书引用的源于非中东的一些资料指的是什么呢?我指的是欧洲人关于非洲、印度、远东部分地区、澳大利亚和加勒比地区的著作。我把这些被称为非洲学家和印度学家的著作,在我看来是欧洲对遥远地域和民族统治企图的一部分,因此,就与东方学学者对伊斯兰世界的描述和欧洲人对加勒比岛国、对爱尔兰和对远东的描述有着联系。令人吃惊的是,这些著作在描写"神秘的东方"时,总是出现那些刻板的形象,如有关"非洲人(或者印度人、爱尔兰人、牙买加人、中国人)"的心态的陈词滥调,那些把文明带给原始的或野蛮的民族的设想,那些令人不安的、熟悉的、有关鞭挞和死刑或其他必要的惩罚的设想,当"他们"行为不轨或造反时,就可以加以惩罚,因为"他们"只懂得强权和暴力。"他们"和"我们"不一样,因此就只能被统治。

然而,在几乎所有的非欧洲地区,白人的到来总是伴随着某种方式的反抗。我在《东方学》中没有谈到的,就是以遍布第三世界的声势浩大的非殖民化运动为顶峰的对西方控制的反应。与19世纪发生在阿尔及利亚、爱尔兰、印度尼西亚这样不同地区的武装斗争遥相呼应的,还有各地的文化抵抗运动和对民族属性的诉求。在政治层面,涌现了各种组织和政党,以自治和民族独立为共同的目标。没有一处,西方入侵者所遇到的是麻木不仁的非西方的当地人,相反,他们总是遭遇到某种形式的反抗;而且,在大多数情况下,总是以反抗一方的胜利而告终。

这两种因素——世界范围的帝国主义文化和历史上对帝国主义的反抗,使得本书不仅仅是《东方学》的续篇。在这两本书中,我都比较笼统地强调了我所谓的"文化"的提法。我所谓的文化,有两重意思。首先,它指的是描述、交流和表达的艺术等等活动。这些活动相对独立于经济、社会和政治领域。同时,它们通常以美学的形式而存在,主要目的之一是娱乐。当然,其中既有关于遥远的世界的传说,也有人种学、历史编纂学、哲学、社会学和文学史等等深奥学科的知识。因为我在这里关注的只是19世纪和20世纪的现代西方帝国主义问题,我特别讨论的是作为文化形态的小说。我认为,小说对于形成帝国主义态度、参照系和生活经验极其重要。我并不是说小说是惟一重要的。但我认为,小说与英国和法国的扩张社会之间的联系是一个有趣的美学课题。

当代现实主义小说的原型是《鲁宾逊漂流记》,这部小说并非偶然地讲述了一个欧洲人在一块遥远的、非欧洲的岛屿上建立了一个自己的封地。

最近出现的大量批评都集中在叙事体虚构作品上。然而,这些批评并没有注意到叙事体虚构作品在历史和帝国世界中的作用。本书的读者将会很快地注意到叙事在我的论点中的重要位置。我的基本观点就是,故事是殖民探险者和小说家讲述遥远国度的核心内容;它也成为殖民地人民用来确认自己的身份和自己历史存在的方式。帝国主义的主要战场当然是在土地的争夺上,但是在关于谁曾经拥有土地,谁有权力在土地上定居和工作,谁管理过它,谁把它夺回,以及现在谁在规划它的未来,这些问题都在叙事中有所反映、争论甚至有时被故事所决定。正如一位批评者所说,国家本身就是叙事。叙事,或者阻止他人叙事的形成,对文化和帝国主义的概念是非常重要的。它构成了二者之间主要的纽带之一。最重要的是,关于解放和启蒙的叙述动员了人民奋起摆脱帝国主义的统治。在这个过程中,许多欧洲人和美国人也受到了这些故事及其宣传者的激励,他们也在为建立关于人类社会的平等的新的叙事而斗争。

第二,如马修·阿诺德(Arnold, Matthew)在 19 世纪 60 年代所说,文化这个概念很微妙地包含了一种使人美好、高尚的东西,每个社会中被认为是最优秀的因素。阿诺德认为,文化如果不能使一种现代的、具有侵害性、商业性和野蛮的城市生存状态消失的话,至少也能使之减弱。一个人阅读莎士比亚和但丁,是为了获取人类优秀的遗产,也为了了解自己、同胞、社会和传统中最美好的东西。在某一个时候，文化积极地与民族或国家联系在一起，从而有了"我们"和"他们"的区别，而且时常是带有一定程度的排外主义。文化这时就成为身份的来源，而且火药味十足，正如我们在最近的文化和传统的"回归"中所看到的。与那种提倡多元文化主义与文化杂交的自由主义哲学所具有的容忍态度相反，这种"回归"伴随着一种知识与道德上的强烈规范。在一些曾经是殖民地的国家里，这种"回归"造成了各种形式的宗教和民族主义的原教旨主义。

在这第二种意义上来说，文化成为了一个舞台，各种政治的、意识形态的力量都在这个舞台上较量。文化不但不是一个文雅平静的领地，它甚至可以成为一个战场，各种力量在上面亮相，互相角逐。人们可以明显地看到，例如美国、法国或印度的学生，在阅读其他经典著作之前要先阅读他们本民族的经典著作，因为人们期望他们能够在欣赏并不加批判地忠实于本民族与传统的同时，贬低其他的民族与传统，并与之斗争。

关于文化的这种观念现在的问题是，它不仅要你尊重自己的文化，而且要你用一种脱离日常世界的超越性方式来思考之。因此，大部分专业人文学者都不能把长期的、残酷的奴隶制度、殖民主义、种族压迫和帝国主义统治与为这些活动服务的诗歌、小说和哲学联系起来。我在写作这本书时发现的一个令人不安的事实就是，政府官员在统治印度或阿尔及利亚时理所当然地实行的"从属"、"低劣"等理念，在我所尊敬的英国和法国艺术家中，却很少有人提到。这些观点广为人们所接受，并在整个19世纪帮助帝国主义在非洲夺得领地。我认为,批评家们在谈到卡莱尔(Carlyle,Thomas)、拉斯金(Ruskin,John)、甚至狄更斯(Dickens,Charles)和萨克雷(Thackeray,William)时,把他们关于殖民扩张、低等种族或"黑鬼"等等的观念归到与文化很不相同的一个门类里去了。在他们看来,文化是一个他们"真正"从属、并在其中做着"真正"重要工作的领域。

这样构想出来的文化能够成为一块保护地:进来之前要先检查一下你的政治立场。作为一个一生都以教授文学为职业、而又生长在二战前的殖民世界的人,我发现我很难以这样的方式来看文化——即,免疫于它的尘世关联。反之,我将它看成是集中了多种多样的人为的努力的场所。我之所以分析这些小说和其他作品,首先是由于,我认为它们是值得尊重的艺术和学术作品。我与其他读者能从中获得乐趣和教益。其次,困难在于不仅仅把它们与乐趣和教益联系起来,而且把它们看作殖民进程的一个明显的组成部分,而不要忽略它们所在其中的社会的现实。我认为我们对这个一向为人所忽略的方面的了解肯定会有助于我们对它们的阅读和理解。

让我借助两部著名的优秀小说来简单说明我的观点。狄更斯的《远大前程》(1861)(*Great Expectations*)是一部关于自我幻想的小说。匹普想成为一名绅士,可他既不想努力奋斗,又缺乏成为绅士所必备的贵族经济来源。年幼时,他曾经帮助过一个被判了刑的囚犯。这人名叫阿贝尔·马格维奇。马格维奇被流放到澳大利亚之后,馈赠了他年轻的恩人一大笔钱作为回报。由于负责此事的律师把这笔钱交给匹普的时候,并没有说明真相,匹普认为这钱来自一个老妇人哈维山小姐。后来,马格维奇非法潜回伦敦,却遭到了匹普的冷眼,因为马格维奇浑身上下都透着犯罪的气息而令人不快。然而,最终,匹普还是向马格维奇和现实妥协了:他终于接受了正在被警方追捕、狼狈不堪而且已经病入膏肓的马格维奇,认他为义父,而不是什么可以被拒绝或摒弃的人。尽管马格维奇事实上是无法被接受的。因为他来自澳大利亚那个专门改造犯人的地方。那里的犯人是不能被遣返回国的。

大多数读者,如果不是全部,都将这部卓越的作品置放于英国小说中反映的宗主国历史背景里。我却认为它属于比上述解释范围更广、更生动有力的历史。在狄更斯的这本小说以后,又有两本近作——罗伯特·修斯(Hughes, Robert)的权威之作《致命的岸》(*The Fatal Shore: The Epic of Australia's Founding*, New York: Knopf, 1987)和保罗·卡特(Carter, Paul)优秀的推理小说《通向植物园湾的路》(*The Road to Botany Bay: An Exploration of Landscape and History*, New York: Knopf, 1988)——展示了关于澳大利亚(一个如爱尔兰那样的白人殖民地)的历史的推想。我们在其中看到的马格维奇和狄更斯的出现不是偶然的,而是通过小说,通过更长期、更广阔得多的参与来体现的。

18世纪末,澳大利亚被建成罪犯流放地,使得英国能够把众多的、多余的、不可赎身的重犯运送到这个库克船长发现的地方,同时也用它来代替英国在美洲丧失的殖民地。追求利益、建立帝国和修斯所说的"社会隔离",共同造就了现代的澳大利亚。到狄更斯对它发生兴趣的18世纪40年代,(在《大卫·科波菲尔》(*David Copperfield*)中,威尔金斯·麦考伯很高兴地移民到那里。)澳大利亚已经多少进步到人们可以受益的程度,并出现了一种"自由制度"。劳工如果获准,可以自食其力,而且生活得不错。然而在马格维奇这个人物身上,

> 狄更斯在英国人关于这些罪犯在澳大利亚的定居的推想上做了一些编排。他们可以成功,但是他们很难在真正的意义上回归。他们可以在技术和法律的意义上赎罪,但他们在那里遭受的一切将他们扭曲成永久的外人。当然,他们可以赎身,只要他们留在澳大利亚。[1]

卡特对于他所说的澳大利亚空间史的探索,使我们获得了相同故事的另一版本。在这片土地上,探险家、罪犯、人种学家、投机者和士兵都在各自绘制着这块广袤的、相对空旷的大陆。它们互相冲突、替代或补充。《通向植物园湾的路》首先是对旅行和探险的启蒙式描述,然后又有了旅行者(包括库克船长)的叙述。他们的话语、地图和意向汇成了新的领土,并逐渐地把它们变成了"家园"。在卡特笔下,边沁式的空间组织(墨尔本市就是按照这一模式设计的)与澳洲灌木的明显无序紧密相接,构成了社会空间的令人振奋的变革,并在1840年代形成了绅士们的乐土和劳工的伊甸园。[2] 狄更斯为匹普所展望的,就是成为马格维奇那样的"伦敦绅士",与英国施主给澳大利亚的展望相类似,一种社会空间控制了另一种。

但是《远大前程》中并没有修斯或卡特的书中所有的那种对土著澳大利亚人的关注。它也没有带来或预示关于澳

大利亚的写作传统。这种传统实际上反映在后来的包括如大卫·马洛夫(Malouf, David)、彼得·卡利(Carey, Peter)和帕特利克·怀特(White, Patrick)的文学作品中。马格维奇之不被允许回国,不仅仅是惩罚,而且是帝国主义式的:臣民可以被送到澳大利亚那样的地方,但是他们不能回到宗主国空间来。就像狄更斯所有的小说中所证实的那样,那里已被宗主国的上层阶级所精心划定,归为己有并占据了。因此,一方面,修斯和卡特这样的解释使19世纪英国作品中对澳大利亚薄弱的描述得到了扩大,使澳大利亚20世纪的、已经独立于英国的历史得到了充分和完整的表现;另一方面,对《远大前程》的准确的阅读能够发现,当马格维奇赎买了自己的罪过以后,或者可以说,当匹普悔改并承认了他欠那年老的、经过苦难而后生、并怀有报复心理的罪犯的债以后,他自己却垮掉了,然后又以两种积极的方式得到了复苏。一个新的匹普诞生了。新的匹普不再像老匹普那样为过去所累——人们看到的是一个少年,同样叫作匹普。老匹普和他的童年朋友赫伯特·波克特一起干起了新的行当,这一次不是一个无所事事的绅士,而是做了一个在东方努力经商的商人。英国在那里的殖民地提供了一种澳大利亚无法提供的正常的环境。

这样,尽管狄更斯解决了澳大利亚的困惑,一个新的观念的结构和指涉又出现了。这就是大英帝国通过贸易和旅行与东方的交流。狄更斯笔下几乎所有的商人、任性妄为的亲戚和令人生畏的外来人,都与帝国有着一种相当正常的、稳定的联系。作为英国殖民商人,匹普也不例外。但是只是在近些年来,这些联系才具有了可以说明问题的重要性。新一代的学者和批评家——在某种情况下,他们是非殖民化之子,是本国自由进步的受益者(在性别、宗教和民族方面的弱势者)——在西方文学的巨著中看到了一种对所谓次等世界的持续的兴趣,这些地方充斥了次等有色人种,随时可以让许多鲁宾逊·克鲁索来干涉。

到19世纪末,帝国已经不再仅仅是一个影子了,也不再化身为一个不受欢迎的罪犯的形象,而是体现在康拉德(Conrad,Joseph)、吉卜林(Kipling,Ludyard)、纪德(Gide,Andre)和洛蒂(Loti,Pierre)等人作品的关注中心里。我的第二个例子,康拉德的《诺斯特洛莫》(*Norstromo: A Tale of the Seabord*,1904,rprt. Garden City:Double Day,Page,1925)是以中美洲的一个共和国为背景的。这是一个独立的国家(不同于他以前一些小说中的非洲和东亚殖民地),但同时又因为有大量的银矿而被外来利益集团所控制。对于一个当代美洲人来说,该作品最令人叹服的地方是康拉德的预见力:他预言拉丁美洲共和国内部将发生不可遏制的动乱和失控(他引用波利瓦尔的话说,统治他们就像破浪而行)。他特别指出北美的那种特殊的施加影响的方式:既果断又不留痕迹。圣多美矿矿主,英国人查尔斯·古得尔的后台,旧金山的金融家霍尔洛德告诫他的被保护人说,作为投资者,"我们不会卷入大麻烦"。但是,

> 我们可以作壁上观。当然,有朝一日,我们会介入。我们必须这样做。但不忙。时间会青睐世界上最伟大的国家的。我们将会在所有的事上发号施令——工业、贸易、法律、新闻、艺术、政治和宗教;从霍恩角到苏利斯

海湾,甚至超过那里,如果北极有什么值得得到的东西的话。这样我们就有可能把世界上那些遥远的岛屿和大陆统统弄到手。我们要管理这世界的事情,不管它愿意不愿意。世界对此无可奈何,我想,我们也是如此。[3]

冷战结束后,美国政府关于"世界新秩序"的修辞,它那种孤芳自赏的气味、难以掩饰的胜利情绪和它对责任的庄严承诺,都是康拉德在霍尔洛德身上描写过的:我们是老大,我们注定要领导别人,我们代表着自由和秩序,等等。没有美国人能逃脱这种感觉体系。但康拉德在对霍尔洛德与古德尔的描绘中所包含的警告却很少受到注意。因为在帝国的背景下,话语的力量很容易使人产生一种仁慈的幻觉。但是这样的话语具有一种该死的特点:它曾不只一次被使用过。不但被西班牙和葡萄牙人使用过,还以惊人的频率多次被现代的英国人、法国人、比利时人、日本人、俄国人使用过。现在,又轮到了美国人。

然而,仅仅把康拉德的这部伟大作品看作对20世纪的拉丁美洲的预言:包括那些联合果品公司、上校们、解放力量和美国资助的雇佣军等等现象,就太不完整了。康拉德是西方对第三世界认识的先见者。西方对第三世界的认识可以从格雷厄姆·格林(Greene, Graham)、V. S. 奈保尔(Naipaul, V. S.)和罗伯特·斯通(Stone, Robert)等不同的小说家、汉娜·阿伦特(Arendt, Hannah)这样的帝国主义理论家,以及那些旅行作家、电影制作者和演说家的作品中看到。这些作品的特点是刻画一个非欧洲的世界,以供分析和判断,或满足那些欧洲和北美的观众读者的特殊胃口。假如康拉德真的具有讽刺意味地认为,圣多美矿的英美矿主的帝国主义行径因为他们自己的狂妄和不可达到的野心而注定要失败的话,那么,他同时也是在以西方人的视角描写非西方世界。这样的视角根深蒂固,他看不到除此之外的历史、文化和观念——康拉德所能看到的,只是一个完全由大西洋沿岸的西方所统治的世界。在这个世界里,任何对西方的反抗都只能更证明西方的残忍的力量。康拉德无法看到替换这一残酷力量的东西。他无法了解印度、非洲和南美洲也有不完全受帝国主义者和改革者控制的完整的生活和文化;他也无法让自己相信,反帝独立运动并非都是腐败的,都是由伦敦或华盛顿出钱操纵的。

这些观念上的严重限制与人物和情节一样,是《诺斯特洛莫》的组成部分。康拉德的小说体现了他所讽刺的人物,如古尔德和霍尔洛德身上的那种帝国主义家长式的无知。康拉德好像在说:"我们西方人将判定谁是好土著,谁是坏的,因为土著只有经过我们的承认才存在。我们创造了他们,我们教给他们说话和思想。他们造反的时候,只能更证实我们的观点,认为他们只是被他们的一些西方主人欺骗了的愚蠢的孩子。"这正是美国人对他们的一些南方邻国的观念:独立可以,但必须是我们所认同的那种独立。任何其他的都是不能接受的、很糟糕的和不值得考虑的。

因此,康拉德既是反帝国主义者,又是帝国主义者。这并不矛盾。当他无所畏惧又悲观地揭露那种自我肯定和自我欺瞒的海外统治的腐朽时,他是进步的;而当他承认,非洲或南美洲本来可能有自己的历史和文化,这个历史和文化被帝国主义者粗暴践踏,但最终他们被自身历史和文化所打败时,他是极为反动的。然而,为了避免将康拉德简单地看作他的历史时代的产物,我们最好注意到,当前华盛顿和大多数其他西方决策者以及知识分子并没有比他进步多少。对于康拉德所发现的帝国主义式的仁慈——包括"使世界更加民主"等愿望的必然失败的命运,美国政府仍然认识不到。它还在将自己的愿望强加于全世界,特别是中东地区。康拉德至少还能有勇气认识到,这样的企图从来没有成功过,因为它把策划者引入更深的、自认为无所不能和自我满足(像在越南那样)的幻觉之中。这种企图的失败,还由于他们出于本性要伪造证据。

如果在阅读《诺斯特洛莫》时人们注意到它的巨大力量和内在局限的话,所有以上这些就都值得记住。在这本书的结尾出现了一个新独立的国家苏拉科。它只是大国的一个受到更严密控制的、不能容忍他人的小型版本,但是它在财富和重要性上取代了大国。康拉德使读者看到,帝国主义是一种制度,被统治者的生活打着统治者的虚假和愚蠢的烙印。反之亦然,当这种统治被当作传播文明的使命时,统治者社会的经验已经无可选择地依赖于殖民地和当地人了。

不论从什么角度阅读《诺斯特洛莫》,它都提出了一种冷酷无情的观点,而且它都确确实实地导致了格雷厄姆·格林的《沉默的美国人》(*The Quiet Americans*)或 V. S. 奈保尔的《河湾》(*A Bend in The River*)中同样严重的西方帝国主义的幻觉。这两本小说的主题与《诺斯特洛莫》完全不同。在越南、伊朗、菲律宾、阿尔及利亚、古巴、尼加拉瓜和伊拉克等国家的民族解放运动以后,几乎所有的读者都相信,正是格林小说中的派尔或奈保尔书中的休斯曼神父等人的严重无知,造成了这些"原始"社会中的谋杀、颠覆和持续不断的动荡。而本来他们是要教育土著人接受"我们的"文明的。类似的愤怒情绪也可以在奥利弗·斯通(Stone, Oliver)的电影《萨尔瓦多》、弗朗西斯·科波拉(Coppola, Francis Ford)的《现代启示录》(*Apocalypse Now*)和康斯坦丁·科斯塔加瓦拉斯(Costa-Gavras, Constantin)的《失踪》(*Missing*)等中看到。在这些电影中,肆无忌惮的中央情报局特工人员和权力熏心的官员们将土著人和心地善良的美国人都操纵于指掌之中。

所有这些作品都可以溯源于康拉德的《诺斯特洛莫》那有讽刺意味的反帝国主义立场。这些作品都认为,世界上有意义的行动和生活的源头在西方。西方的代表可以随心所欲地把他们的幻想和仁慈强加到心灵已经死亡了的第三世界的头上。在这种观点看来,世界的这些边远地区没有生活、历史或文化可言;若没有西方,它们也没有独立和完整可展现。如果说有什么可以描述的话,亦步亦趋着康拉德,那就是难以描绘的腐败、堕落和不可救药。然而,康拉德的《诺斯特洛莫》是写于欧洲帝国主义无可匹敌的鼎盛时代的,而把他的讽刺手法学得很到家的当代小说家和电影创作者的作品却出现在非殖民化运动之后,在西方对非西方的表现遭到知识上、道德上和创作上的大规模否定和解构之后,在弗朗兹·法农(Fanon, Franz)、阿米尔卡·卡布拉尔(Cabral, Amilcar)、C. L. R. 詹姆士(James, C. L. R.)、沃尔特·罗德尼(Rodney, Walter)的作品,也在齐努阿·阿奇比(Achebe, Chinua)、努基·瓦·提昂哥(Thiongo, Ngugi wa)、沃莱·索因卡(Soyinka, Wole)、萨尔曼·拉什迪(Rushdie, Salman)、加布列尔·加西亚·马尔克斯(Marquez, Gabriel Garcia)和其他许多人的作品出现之后。

这样,康拉德就把他残余的帝国主义思想传了下来,虽然他的继承者很难为他们作品中那些经常出现的、微妙的、不知不觉的倾向性辩护。这不仅仅是个西方人对外国文化缺乏同情和了解的问题。毕竟有一些艺术家和知识分子事实上已经跨到另一边去了——例如让·热内(Genet, Jean)、巴西尔·戴维森(Davidson, Basil)、艾尔伯特·曼米(Memmi, Albert)、胡安·戈伊特索罗(Goytisolo, Juan)等等。更重要的也许是严肃地替换掉帝国主义的政治意愿,比如承认其他文化和社会的存在。不管是不是有人相信康拉德的小说证实了西方人对拉丁美洲、非洲和亚洲的习惯性的观念;是不是有人能在《诺斯特洛莫》和《远大前程》中看到那种令人吃惊的根深蒂固的帝国主义世界观的特点,而这种世界观能同样扭曲读者和作者的观点:这两种对这些作品的不同的解读都似乎过时了。我们不能再把今天的世界当成可以乐观或悲观看待的万花筒;对它也不能随意地做出或是精彩,或是令人厌烦的解读。这些态度都含有权力和利益的意味。我们可以在康拉德的作品中看出他对他时代帝国主义意识形态的既批判又再现,我们可以用同样的方式来看我们自己的态度:我们对操纵别人的企图是随和还是拒斥;我们谴责别人的能力;我们对其他社会、传统和历史的理解和交往所做的努力。

从康拉德和狄更斯时代到现在,世界的变化使那些处于宗主国的欧洲人和美国人感到意外和震惊。他们置身于大量的非白人的移民中间,面对着新近日益壮大的诉求,要求世界倾听他们的话语。我这本书的观点是,由于现代帝国主义所促动的全球化过程,这些人、这样的声音早已成为事实。忽视或低估西方人和东方人历史的重叠之处,忽视或低估殖民者和被殖民者通过附和或对立的地理、叙述或历史,在文化领域中并存或争斗的互相依赖性,就等于忽视了过去一个世纪世界的核心问题。

现在,研究帝国主义时期的文化时,第一次能够做到既不把它当作单一的,也不把它简单地分割、分离或区别。诚然,在印度、黎巴嫩或南斯拉夫都出现过令人不安的分离主义和沙文主义的言论;也出现过非洲中心论、伊斯兰中心论或欧洲中心论等等。但是,这些言论不会否定从帝国主义的统治下获得自由的斗争;反之,却证实了一种彻底的解放思想的生机。这一思想反映出人民独立、争取言论自由和从被统治的桎梏下解放出来的愿望。理解这一生机的唯一方法就是我这本书中试图采用的——历史的、也是包含广大地域的方法。我们希望我们的声音能被听到,因此我们时常可能忘掉,这个世界是一个拥挤的地方。如果每个人都要坚持自己声音的纯粹性和至上性,我们得到的将仅仅是无休止的争斗声和血腥的政治混乱。在欧洲重新出现的种族主义政治中,在美国出现的关于政治正确性和属性政治的争论的噪音中,我们都可以看到。还可以提到我自己所属的世界——如萨达姆·侯赛因和他的无数阿拉伯追随者和同类人一样的,对宗教信仰的歧视和俾斯麦式暴政的虚幻妄想。

如果我们不只看到自己一方的观念,而能看到如吉卜林那样的艺术家(没有人比他更反动,更具有帝国主义思想了)是如何艺术地描绘了印度,该是多么令人清醒和鼓舞啊。在做这样的描述的时候,他的小说《吉姆爷》(*Jim*)不仅借助于从印欧角度出发的漫长历史,而且,在坚持认为印度的现实要求英国的无限期的保护时,小说不自觉地预言了这种观念的终结。我认为,最大的文化宝库存在于在海外领地进行知识和美学投资的地方。如果你是18世纪60年代的英国或法国人,你会在印度和北非看到或感到既熟悉又有距离的东西,但你决不会感到它们具有独立的主权。在你的小说、历史、游记和探险记里,你的意志被表现为最高权威。你被表现得生机勃勃。这生机不仅来自殖民活动,还来自那异域的地理和人民。最重要的是,你的权力观念使你想像不出,那些看起来或是屈从、或是愠怒、不合作的"土著",会有本领使你有一天放弃印度和阿尔及利亚。他们还会说出那些可能与主流话语相矛盾、具有挑战性或干扰主流话语的话来。

　　帝国主义的文化并不是躲躲藏藏的。它也不掩饰它与现实世界的联系和利益关系。它的相当清晰的文化主线使我们能对它的准确详尽的记录做出判断,同时也研究为什么人们没有对它们给予足够的注意。而这些记录之所以引起了人们这么大的兴趣,以至有了这本书以及其他的一些书,更多是出于一种对于事物之间联系与关系的需要的增强,而不是出于对过去事情的报复心理。帝国主义的一大功绩是把世界缩小了。虽然在这个过程中,把欧洲人和殖民地人民隔离是有欺骗性的,绝对不公正的,但是我们大多数人今天应该把帝国主义这一历史经验当作是属于大家的。因而,尽管这里充满了恐怖、流血和报复的痛苦,我们也应该把它看成与印度人和英国人、阿尔及利亚人和法国人、西方人和非洲人、亚洲人、拉丁美洲人以及澳大利亚人都有关。

我的方法是尽量集中于具体作品,首先把它们当作具有创造性或解释性的伟大想像。然后,揭示出它们是文化和帝国主义之间关系的一部分。我认为,作者并不是机械地为意识形态、阶级或经济历史所驱使;但是我相信,作者的确生活在他们自己的社会中,在不同程度上塑造着他们的历史和社会经验,也为他们的历史和经验所塑造。文化和它包含的美学形式产生于历史经验,这种历史经验就是我这本书的主题之一。正如我在写作《东方学》时所发现的,你不能倚靠清单和目录来把握历史经验。而且,无论你怎样要覆盖所有内容,还是有一些书、文章、作者和观点会被遗漏。因此,我试图观察我认为重要的和带根本性的东西,从一开始就确定我要有所选择,并且是有意识的选择。我希望这本书的读者和评论者能用它来继续对书中所提出的帝国主义的历史经验加以探讨和辩论。我在试图讨论和分析这一全球性的过程时,有时需要采用概括的和摘要的方法,但是,我敢肯定,没有人希望这本书比现在更长了。

此外,还有几个帝国我没有提到:奥匈帝国、俄国、奥托曼帝国、西班牙和葡萄牙。这些省略并非是要表明俄国对中亚和东欧、伊斯坦布尔对阿拉伯世界、葡萄牙对今天的安哥拉和莫桑比克等地、西班牙对太平洋和拉丁美洲的统治是仁慈的(因而受到人们的赞同),或较少带有帝国主义性质。我对英国、法国和美国等帝国主义行径的观点是,它们具有一种独特的同一性和一种特殊的文化中心。英国当然属于一种帝国主义类型,比其他的帝国主义国家都更大、更傲慢、更咄咄逼人;在近两个世纪的时间里,法国是它的直接竞争对手。由于艺术再现在帝国主义的角逐中起着重大的作用,法国和(特别是)英国具有一贯的、无可比拟的小说创作传统也就毫不令人惊讶了。19世纪,美国成为了帝国主义国家,但只是到了20世纪后半叶,在英法殖民地开始解体之后,美国才直接效法它的两个了不起的先驱。

我之所以集中讨论这三个国家还有两个理由。第一,海外统治的思想——越过邻近的土地而到遥远的异地——在这三个国家中都占有特殊的地位。这一思想与对它的表现有着很大的联系,不论是通过小说还是地理或艺术;它还通过实际的扩张、管理、投资和承诺而延续存在下来。帝国主义文化有一种制度的特点。这个特点在英国和法国更突出,在美国也是如此,只是方式不同。我使用"观念和参照物结构"这个词时,就是这个意思。第二,这三个国家是我在其势力范围内出生、长大和生活的地方。虽然我在其中像在自家一样,但作为一个来自阿拉伯和穆斯林世界的人,我仍然属于对面的世界。这使我能够同时生活在两边,并试图将它们融合起来。

总之,这是一本关于过去和现在、关于"我们"和"他们"的书。不同的、经常是对立的和隔离的各方对书中所谈到的每一个问题都见仁见智。本书写作的时代,可以说是冷战后美国作为最后的一个超级大国而崛起的时代。对于一个教育工作者,一个有着阿拉伯背景的知识分子来说,生活在这样的时代意味着对几个问题的关注。这些在本书中均有所反映,有如它们影响了自《东方学》以来我写的所有东西一样。

首先令人沮丧的是,美国的现行政策我们都似曾相识。所有追求统治全球的宗主国中心都说过、做过同样的事。在干涉小国的事务时,总会诉诸权力和国家利益的托词;每当出现了麻烦时，或当土著奋起反抗，拒绝一个被帝国主义扶持的言听计从不得人心的统治者时，总是有一种毁灭性的冲动。总是会有人声称"我们"是例外的，我们不是帝国主义，不会重复老牌帝国主义所犯的错误。而这种声言的后面总是继续犯错误，就像越南战争和海湾战争证明的那样。更糟糕的是知识分子、艺术家和记者的立场。他们在国内问题上经常持进步态度，充满使人钦佩的感情，但一旦涉及了以他们的名义在海外采取的行动时，却正相反。

我希望（也许是奢望），我能对帝国主义在文化领域中的拓殖历史进行描述甚至起到阻碍的作用。虽然帝国主义在19、20世纪里得到了大发展，对它的反抗也在增强。在方法上，我试图将两者联系在一起讨论。这样做并不能使受压迫的殖民地人民免遭批评；正如所有的对前殖民地国家的研究显示的那样，民族主义、分裂主义和本土主义等等的命运并不美妙，这些故事也要被公布出来。必须指出，也有与伊迪·阿明和萨达姆·侯赛因（Saddam, Hussein）不同的领导人。西方帝国主义和第三世界民族主义互相攻击，但是充其量，它们既不是铁板一块，也不是决定的因素。同时，文化也不是单一的，既不是东方或西方的独霸的财产，也不是任何一小撮男人或女人的财产。

然而，事情还是不美妙，而且经常令人沮丧。使它有所缓解的是，今天在各地出现了一种新的知识和政治的意识。这是本书的第二个考虑。人们哀叹：旧有的人文研究屈从于政治压力，是所谓的"抱怨文化"；是各种代表了"西方的"、"女权的"、"非洲中心的"和"伊斯兰中心的"价值观的极其夸张的声音。无论这种压力怎样大，今天的情形却不同了。

例如,中东研究发生了不寻常的变化。在我写作《东方学》的时候,中东研究还在被一种咄咄逼人的男子主义和居高临下的态势所统治。现在仅仅举出过去三四年内出版的一些作品为例——里拉·阿布-鲁高德(Abu-Lughod, Lila)的《掩盖的情绪》(*Veiled Sentiments: Honor and Poetry in a Bedouin Society*, Berkeley, University of California Press, 1987)[4]、里尔·艾哈迈德(Ahmed, Leila)的《伊斯兰世界的妇女和性别》(*Women and Gender in Islam: Nistorical Roots of a Modern Debate*, New Heaven: Yale University Press, 1992)、费德娃·玛尔蒂-道格拉斯(Malti-Douglas, Fedwa)的《妇女的身体,妇女的世界》(*Women's Body, Women's World: Gender and Discourse in Arabo-Islamic Writing*, Princeton: Princeton University Press, 1991)——一种关于伊斯兰、阿拉伯和中东的非常不同的观念向旧的专制主义提出了挑战,并在相当大的程度上破坏了它。这些作品是女权主义的,但并不排他;这些作品显示了在东方学和中东(基本是男性的)民族主义整体话语下,经验之多样性和复杂性;它们在政治上和知识上是复杂的,能够适应最优秀的理论和历史研究;它们既参与又不哗众取宠;于妇女的经历既敏感又不戚戚然。最后,虽然这些作品的作者有着不同的经历和教育背景,却都与中东的妇女政治问题进行了对话并做出了贡献。

这类变化了的研究,与萨拉·苏莱里(Suleri, Sara)的《英属印度之修辞》(*The Rhetoric of English India*, Chicago, University of Chicago Press, 1992)以及丽萨·娄(Lowe, Lisa)的《批判领域》(*Critical Terrains: French and British Oriental-*

isms, Ithaca: Cornell University Press, 1991)[5]一起，即使没有完全否定中东和印度在地理上的单一性的简单化理论，也改变了它。那种民族主义和帝国主义的两极理论已不复存在了。我们认识到，新的权威不能代替旧的权威；而跨越国界、跨越国家类型、民族和本质的新的组合正在形成。正是这种新的组合现在正在向帝国主义时代文化思想的核心——身份认同——这种极端僵化的概念挑战。在五百年来欧洲人和"其他人"之间的有规律的交流中，一个几乎没有一点改变的观念就是，有一个"我们"和"他们"，两个方面都是固定、清楚、无懈可击地不言自明的。就像我在《东方学》中所说的那样，这种划分始于希腊时期关于野蛮人的概念。但是，不管这种关于身份认同的概念来自何人，到了19世纪，它已成为帝国主义文化的特征，也成为那些试图抵御欧洲蚕食的文化的特征。

我们依然继承了那种以国家来区分人的方式。这个国家的权威又来自于一种不可打破的传统。在美国，这种对文化认同的关心导致了究竟哪本书或哪个权威构成"我们"的传统的争论。从根本上来说，说这本书或那本书是（或不是）我们传统的一部分是一种最无力的努力了。而且，它的过度使用，要大大超过它对历史精确性的贡献。因此，严肃地说，我不能容忍说我们只能或应主要关心我们的事情；就像我不能容忍要求阿拉伯人只读阿拉伯的书，使用阿拉伯的方法一样。正如C. L. R. 詹姆士（James, C. L. R.）说过的那样，贝多芬属于德国也属于西印度，因为他的音乐已成为了人类遗产的一部分。

然而，对身份的意识形态化关注很自然地与各个集团的利益和议事日程交织在一起。这些集团也不一定都是被压迫的少数。那些希望得到优先考虑的问题就反映了这些利益。由于本书的相当大的部分,是关于阅读晚近历史的什么内容,以及如何阅读,我将简要地叙述一下我的观点。在我们对什么是美国的身份有一个统一的认识之前,我们得同意,作为一个建立在相当规模的土著人废墟之上的移民社会,美国的属性是非常复杂的,难说是一个同一的、单一的社会。事实上,美国内部的斗争就是在两种意见的持有者之间进行的:一些人主张一个同一的身份认同,另一种人把美国社会看成是一个复合的、并非简单统一的社会。这一分歧代表了两种观点,两种历史区分观:一种是线性和包容性的,另一种是对位和变动性的。

我的观点是,只有第二种观点才符合历史的真实。一部分原因是,由于帝国主义的存在,所有的文化都交织在一起,没有一种是单一的,单纯的。所有的都是混合的,多样的,极端不相同的。这种状况对当代美国来说是如此,对当代阿拉伯世界亦然。在这两个地区各自制造出如此之多的"非美国主义"危险和"阿拉伯主义"威胁。自我辩护、反应过度,甚至偏执的民族主义情绪与教育交织在一起。儿童与大一些的学生被教育要崇尚和庆祝自己独一无二的(通常是令人反感地以牺牲他人为代价)传统,这本书就是针对着这种不加区分、不假思索的教育和思想而写——做出一种纠偏的、不同的和坦率的探索。在写作中,我利用了大学提供给我的理想空间。我认为,必须保持这样一个空间,利用它来研究,讨论和思索这样重要的问题。如果把大学变成提出或解决社会和政治问题的场所,就会取消大学的功能,而把它变成执政党的附庸了。

请不要误解我的意思。尽管美国的文化异常多样化,它仍然是一个和谐的国家,并将保持这个特点。其他英语国家(英国、新西兰、澳大利亚、加拿大),甚至现在有着大量移民的法国也是一样。小阿瑟·施莱辛格(Schlesinger, Arthur, Jr.)在《美国的分裂》(*The Disuniting of America:Reflections on a Multicultural Society*, New York: Whittle Communications, 1991)一书中认为,两极化论调和辩论中的分歧对历史研究是有害的。这种情形虽然存在,但我认为,那不会预示着共和解体[6]。总体来讲,研究历史比掩盖或否定历史要好。美国具有这么多种历史,它们之中的许多现在都在争取受到注意。这个事实并不会突然使人害怕,因为许多历史一直就存在,而且从中产生了一个美国社会,美国政治制度(甚至一种美国的写作风格)。换句话说,目前正在进行的关于多样文化的辩论很难"黎巴嫩化"。而且,如果这些辩论能带来政治变化,能使妇女、少数民族和新移民看待自己的方式有所改变,也不是什么可怕的或需要防御的事。需要记住的倒是,关于解放和启蒙的最有力的叙述也应是融合而非分隔的叙述,应是那些过去被排斥在主流之外,现在正在为自己的一席之地而斗争的人们的故事。如果主流群体的旧有的、习惯性的思想不够灵活和大度,不能容忍新的群体,这些思想就需要改变了——这要远远高明于排斥新起的群体。

我想说明的最后一点是,这本书是一本流亡者的书。由于我不能控制的原因,我成长为一个受西式教育的阿拉伯人。自从我懂事时起,我就觉得我同属于两个世界,而不完全属于其中任何一个。然而在我的一生中,与我最紧密相关的阿拉伯世界的一部分，不是被内乱和战争所彻底改变，就是干脆不复存在了。而长期以来，我在美国就是一个局外人，特别是当美国对阿拉伯世界（远非完美的）文化和社会作战或深刻反对的时候。可是，当我说"流亡者"的时候，我指的不是什么悲伤或被剥夺。相反，同属于帝国分水岭的两方使你更容易理解它们。此外，这本书的写作地纽约在很多方面都是一个流亡者的"天堂"；它本身具有法农所描述的殖民城市摩尼教式的善恶对立结构。可能这一切都对本书所表现的兴趣和所做的解释起了一种激励的作用，但这些条件都使我能感觉到自己生活在不只一种历史，不只一个群体中。至于相对于那种只属于一种文化、只能对一个国家有忠诚感的正常状态而言，这是否是一个有益的选择，那就要由读者来判断了。

本书的观点最初是在 1985 到 1988 年间在英国、美国和加拿大的大学中所做的演讲时提出的。我很感谢以下这些大学的教员和学生给了我这些广泛的机会：肯特大学、康耐尔大学、西安大略大学、多伦多大学、埃赛克斯大学。还有在芝加哥大学发表的关于这个观点的一次较早的演说。本书的一些章节后来也在以下的大学做过演讲：斯莱哥济慈国际学校、牛津大学（安托尼学院的乔治·安托尼讲座）、明尼苏达大学、剑桥大学的国王学院、普林斯顿大学戴维斯中心、伦敦大学波克贝克学院和波多黎各大学。我衷心地感谢邀请并接待我的德克兰·基伯德、希莫斯·狄恩、德列克·豪普伍德、彼得·奈瑟罗斯、托尼·坦诺、娜塔丽·戴维斯和盖扬·普拉卡什、A.沃尔顿·里兹、彼得·休姆、狄德里·大卫、坎·贝兹、苔萨·布莱克斯通、伯纳德·沙列特、琳·伊奈斯、彼得·穆尔福德、格瓦休·露易斯·加西亚和玛利娅·德·劳斯·安杰列斯·卡斯特罗。1989年，我荣幸地被邀请到伦敦做了雷蒙·威廉姆斯讲座的第一位主讲人。我在那次讲演中谈到了加缪。我还要感谢格拉姆·马丁和已故乔伊·威廉姆斯，对我来说，那是值得回忆的经历。无需说，本书中有许多我的好友和大批判家雷蒙·威廉姆斯的思想和他树立的人道主义和道德典范的例子。

在我写作本书的时候，我毫不羞愧地借助于不同的知识的、政治的和文化的资源。这包括我亲密的朋友，那些最初刊登本书某些章节的杂志的编辑：汤姆·米歇尔（《批评探索》）、理查德·普阿利埃（《拉利坦评论》）、本·桑农伯格（《大道》）、A.希万南丹（《种族与阶级》）、卓安·威匹久斯基（《国家》）和卡尔·米勒（《伦敦书评》）。我还感激《卫报》（伦敦）的编辑和企鹅书屋的保罗·基甘。在他们的支持下，本书中的一些观点得以第一次发表。我还得到了下列一些朋友的恩惠、友好相待和批评：唐纳德·米歇尔、易卜拉辛·阿布-鲁高德、马索·米约施、金·弗朗哥、玛丽安·麦当娜、安瓦尔·阿卜代尔·马莱克、艾克巴尔·阿赫玛德、乔那森·卡勒、加亚特里·斯皮瓦克、霍米·巴布哈、班妮塔·帕里和芭芭拉·哈罗。我很愉快地感谢哥伦比亚大学我的几个学生的才智与判断力，任何老师对他们都会心存感激。这些年轻的学者与批评家使我充分受益于他们激动人心的工作，这种工作现在既得到妥善的发表，又已广为人知。他们是：安·麦克林托克、罗布·尼克松、苏文第·波瑞拉、高莉·威斯瓦那坦和蒂姆·布伦南。

在准备书稿的过程中,我得到了下列诸位的不同方式的极大帮助:郁姆娜·希迪奇、阿米尔·马夫提、苏珊·洛塔、戴维·毕姆斯、保拉·第·罗比兰、德玻拉·普尔、安娜·比多科、皮埃尔·加格尼埃和切兰·肯尼迪。宰因奈布·伊斯特拉巴迪辨认了我那惊人的字迹,然后以令人敬佩的耐心和技巧把它整理成连续的书稿。我非常感谢她的慷慨支持、和蔼可亲的性格与智慧。在编辑的每个阶段,弗朗西斯·寇迪和卡门·卡里尔是我在这里试图表达的内容的读者兼好朋友。我也必须向伊莉莎白·席夫顿表达我的深挚的谢忱和极端的敬慕。她是我多年的朋友、高超的编辑、严格但永具同情心的批评家。在本书出版的过程中,乔治·安德罗为了工作的顺利进行,给予了可靠的帮助。我还向在我遇到困难时和我在一起的玛利亚、姆瓦迪和纳吉拉·赛义德表示由衷的谢意,他们在困难的时候和我生活在一起。感谢他们经常给我的爱和支持。

纽约,1992年7月

第一章

重叠的领土，交织的历史

> 对这个问题的沉默不语是很普遍的。一些沉默被打破了，一些沉默还被那些参与制定战略的作者保持着。我感兴趣的是能打破沉默的战略。
>
> 托尼·莫利森(Morrison, Toni)《黑暗中的探索》

> 换句话说，历史不是一架计算机。它在心灵和想像中展开。它体现在一种民族文化的多种多样的表现中。它本身是物质现实、其背后的经济现实和坚实的客观实际的微妙的中介物。
>
> 巴西尔·戴维森《现代非洲》

I 帝国、地理与文化

回顾过去是解释现在的最常见的策略。使用这种方法的原因只是由于对过去发生了什么和过去是什么样子产生了意见分歧;还有关于过去是否真的已经完全彻底地过去;或是对于它是否还在继续的不确定,尽管过去也许以不同的形式而存在。这个问题引发了各种讨论——关于影响、关于责难与判断、关于当前与未来的紧迫问题。

T. S. 艾略特(Eliot, T. S.)在他那最著名的早期论文之一中论述了一系列类似的问题。虽然当时情形及其论文的目的几乎纯粹是美学的,我们还是可以用他的程式丰富对其他领域的认识。艾略特说,诗人显然是个人天才,但是,他是在一种不能仅仅是继承而来、而只能是"靠巨大的努力"形成的传统中工作。他继续说,传统

> 首先涉及历史。我们可以说,这种历史意识,对于任何想要在 25 岁以后继续作诗人的人都是不可或缺的。历史意识不仅与过去有关,而且和现在有关。历史感迫使一个人在写作时不仅在内心深处装着他自己那一代人,而且要有这样一种感觉:从荷马开始的整个欧洲文学,以及包含在其中的他本国的文学是并存的,并且构成了一种并存的序列。这种历史意识,这种既是无时间的、又是有时间的、又同时是无时间和有时间的意识,使一个作者具有传统性。它也使作者最确切地意识到他在时间中的位置和他自己的当代性。没有一个诗人,没有任何艺术家具有单独的完整的意义。[1]

我认为,这些评论的力量是同样针对具有批判头脑的诗人和那些意欲深刻理解写诗过程的批评家的。这里的主要意思是,即使我们必须充分了解过去之所以过去,也没有正

确的方法使过去与现在分离。过去与现在互相提供信息,互相涵盖,并且,按照艾略特心中完全理想化的观点,互相依存。简短地说,艾略特提出的是一种文学传统的观念:它虽然尊重时间的连续性,却不完全为它所支配。正像任何诗人与艺术家一样,过去与现在单独地都不具有完整的意义。

然而,艾略特把过去、现在和将来联系起来的观点,是理想主义的,而且在很重要的意义上是他自己的独特历史的产物。[2]此外,这种观点中的时间观念忽略了个人与社会结构在判断什么是传统、什么与此有关时的矛盾。但他的中心思想是正确的:我们阐述表现过去的方式,形成了我们对当前的理解与观点。让我举个例子。在1990—1991年的海湾战争期间,伊拉克与美国之间的冲突是两种根本对立的历史的[3]产物。每种历史都被本国的政府所利用。按照伊拉克复兴社会党的解释,现代阿拉伯历史显示了未实现、未完成的阿拉伯世界的独立愿望。西方和一些新的敌人,如阿拉伯的反动势力和犹太复国主义等等,都诽谤这个愿望。所以,伊拉克血腥占领科威特不仅被辩护为基于俾斯麦主义的理论,而且还因为,人们认为阿拉伯人有权利纠正他们遭受的不公正待遇并从帝国主义手中夺回他们最宝贵的财富之一。相反,按照美国人的历史观念,美国不是一个典型的帝国主义国家,而是全世界的错误的纠正者。它不分地点、不惜代价地追杀暴君,保卫自由。战争不可避免地使这些对历史的观念对立起来。

艾略特关于历史与现状关系复杂性的观点,在关于"帝国主义"的意义的辩论中,特别具有启发性。"帝国主义"是这样一个字词和概念:对它的争议很厉害,它引出了各种问题、怀疑、争辩和意识形态问题,以至于几乎无法使用它了。当然,在一定程度上,辩论涉及对这个观点本身的定义和界定。帝国主义主要是经济性的吗?它扩张到多远?其原因是什么?它是有系统的吗?它是在什么时候结束的?(或者是否已经结束?)在欧洲和美国,许多名人参加了讨论:考茨基、希尔弗丁、卢森堡、霍布逊、列宁、舒彼得、阿伦特、麦葛多夫、保罗·肯尼迪。最近几年,在美国出版的保罗·肯尼迪(Kennedey, Paul)《大国的兴亡》(*The Rise and Fall of the Great Powers*)、威廉·艾波曼·威廉姆斯(Williams, William Appleman)、加布列尔·科尔克(Kolko, Gabriel)、诺姆·乔姆斯基(Chomsky, Noam)、霍华德·金(Zinn, Howard)和沃尔特·莱菲伯(Lefeber, Walter)的对历史的修正的著作,以及许多战略家、理论家和哲人所写的热心维护与解释美国政策的文字——所有这些都使帝国主义与它是否可以用在当今的大国美国身上的问题一直是个热点。

这些权威辩论的主要是政治与经济问题。然而,很少有人注意我所认为的现代帝国历史中的文化的特殊作用。而且也很少有人注意传统的 19 世纪及 20 世纪初的欧洲帝国主义势力非同寻常地扩张到全球,并在我们自己的时代仍然投下相当大的阴影这一事实。几乎没有任何今天还活着的北美人、非洲人、欧洲人、拉丁美洲人、印度人、加勒比人、澳大利亚人——名单很长——没有被帝国主义影响过。英法两国控制着大片大片的土地:加拿大、澳大利亚、新西兰、南北美殖民地和加勒比地区、非洲、中东、远东的大块地方(直到 1997 年英国仍然占有香港)以及整个印巴次大陆——所有这些地方都落入英国或法国统治的范围并从中获得了解放。此外,美国、俄国以及几个小些的欧洲国家,更不用说日本和土耳其,在 19 世纪的整个或部分时期也曾经是帝国主义国家。这种控制和占领的模式为目前的全球性的世界奠定了基础。电子通讯与全球规模的贸易、对资源的利用、旅游、关于天气状况与生态变化的信息把世界上边远的角落都连在一起。我想,这套模式最初是由现代帝国建立的。

就我的性格和哲学来说,我反对全球庞大体系的建立或人类一体的理论。但是,我必须说明,经过对现代帝国的研究并在其中生活,我被它们那么经常地扩张和吞并别人所震惊。无论在马克思的著作中还是在像 J. R. 希利(Seeley, J. R.)这样的人的保守的著作中,或者像 D. K. 费尔德豪斯(Fieldhouse, D. K.)与 C. C. 埃尔德瑞奇(Eldridge, C. C.)(他的《英国的使命》(*England's Mission: The Imperial Idea in the Age of Gladstone and Disraeli, 1868—1880*, Chapel Hill: University of North Carolina Press, 1974)是一本重要的著作[3])这样一些人的最新的分析中,我们都一定可以看到大英帝国把他国的东西拿来并且融化之,与其他帝国主义国家一起把世界变成一体。然而,没有任何人,当然也包括我,能看清或完全把握这整个的帝国主义世界。

当我们阅读当代历史学家帕特里克·奥布莱恩(O'Brien, Patrick)[4]、戴维斯(Davis, L. E.)与胡腾拜克(Huttenback, R. A.)(他的重要著作《玛门与帝国的追求》(*Mammon and the Pursuit of Empire: The Political Economy of British Imperialism, 1860—1920*, Cambridge: Cambridge University Press, 1986)试图量化帝国主义所获得的利益[5])之间、或者考察罗宾逊与盖兰格(Gallagher,John)之间的更早的辩论时[6];当我们考察依附理论和世界积累学派经济学家根德·弗兰克(Frank,Gunder)和萨米尔·阿明(Amin,Samir)的著作时[7],作为文学与文化历史学者,我们要被迫问一下,这一切对于解释比如维多利亚时代的小说、或同一时期法国的历史编纂学或意大利歌剧、德国形而上学等等意味着什么。我们不能再忽视我们研究中的帝国及其背景了。奥布莱恩认为,"为一个正在扩张的帝国进行的宣传造成了安全的幻觉,认为那些在本国境外投资的人会有丰厚的回报。"[8]这样说,事实上就是在讨论一种被帝国主义与小说、种族主义与地理投机、民族属性和城市(或乡村)的生活模式的概念所造成的氛围。短语"幻觉"使人想到《远大前程》;"在境外投资"使人想起约瑟夫·赛德利和拜基·夏普;"制造出的幻觉"意味着不断的幻觉——帝国主义与文化之间的互相交叉是很强烈的。

把这些不同的领域相联系,指出文化与帝国的扩张之间的关联,讨论艺术的独特性又在同时指出它的从属性是很困难的。但是,我认为,我们必须做出尝试,把艺术放到全球的现世的背景中来考察。领土和占有是地理与权力的问题。人类历史的一切都是根植于现实之中的。这意味着我们必须考虑居住的问题,但同时也意味着人们希望多占有领土,因此就必须对它的原住民有所处置。在最基本的层次上,帝国主义意味着对不属于你的、遥远的、被别人居住了和占有了的土地的谋划、占领和控制。由于各种原因,它吸引一些人而时常引起另一些人不可名状的苦难。可是,实际情况是:研究16世纪诗人,例如爱德蒙·斯宾塞(Spenser,Edmund)的文学史家,在读到他诗中想像一支英国军队几乎完全消灭了土著的爱尔兰人时,并不将这血腥计划与他的诗歌成就以及英国今天仍在继续的对爱尔兰的统治联系到一起。

为了本书的目的,我一直把注意力集中在对土地和土地上的人的争夺上面。我想要做的是从地理的角度探索历史经验。而且我一直记着下述的观念:整个地球事实上是一个世界。在这个世界里并不存在空的、无人居住的空间。正像我们当中没有一个人处于地理位置之外一样,我们当中也没有人完全摆脱地理问题的争端。那种争端是复杂的,也是有趣的。因为它不仅是关于士兵和大炮的,它也是关于思想、关于形式、关于形象和想像的。

所谓的西方或宗主国世界的许多人,以及第三世界前殖民地的人有一种共识,就是,高度的即典型的帝国主义,在历史学家艾利克·霍布斯鲍姆(Hobsbawm, Eric)饶有兴味地称之为"帝国时代"的那个年代达到了顶峰,并且随着二战之后巨大的殖民地结构的解体而或多或少地在形式上结束了。帝国主义现在还在以某种方式继续发生相当大的文化影响。由于各种原因,他们急需了解历史是否已经成为过去。而这种紧迫感延续到对现代和将来的理解之中。

所有这些理解的中心是:几乎无人不认为,在19世纪,空前强大的力量——与它相比,罗马、西班牙、巴格达或君士坦丁堡极盛时的力量要小得多——集中在英国与法国以及后来的其他西方国家(特别是美国)手中。本世纪,"西方的崛起"达到了顶点。西方大国使得各个帝国宗主中心以惊人的规模获取并积累领土与属民。想一下,在1800年,各西方大国声称拥有地球表面55%的土地,但实际上只达到35%;而到了1878年,其增长速度为每年83,000平方英里。到了

1914年,年增长已到惊人的140,000平方英里。欧洲占有总面积大约为地球85%的殖民地、保护地、附属国、自治领和联邦成员国。[9]历史上没有任何其他殖民地群如此庞大,受到完全的统治,具有如此无与伦比的力量。其结果如威廉·麦克尼尔(McNeill, William)在《力量的追求》(*The Pursuit of Power: Technology, Armed Forces and Society Since 1000 A. D.*, Chicago: University of Chicago Press, 1983)一书中所说,"世界前所未有地统一为一个整体。"[10]在19世纪末的欧洲,几乎没有一个生活的层面没有被帝国主义触及。经济力量渴望获得海外市场、原料、廉价劳动力和高收益的土地;国防与外交政策结构越来越需要保有大片远方的土地和数目庞大的被征服的人民。V. G. 基尔南(Kiernan, V. G.)[11]说,一切现代帝国主义都互相效仿。西方大国不是激烈地、有时是无情地互相争夺更多的殖民地,就是拼命地移民、调查、研究,当然还统治它们管辖的领土。

正如理查德·万·阿尔斯泰因(Alstyne, Richard Van)在《崛起的美国帝国》(*Rising American Empire*, New York: Norton, 1974)一书中所说,美国的经验从一开始就建立在"最高统治的观念上——一种最高的权力,它意味着可以扩大人口和领土、增强力量与权力的统治、国家或宗主权。"[12]北美洲的土地要争夺(惊人地成功了);土著人需要统治,要以各种方法去消灭和驱逐;然后,随着共和国的年龄与在北半球的力量的增长,要占据那些对美国利益至关重要的遥远的土地,要干涉,要争夺,例如菲律宾、加勒比地区、中美洲、巴勃瑞海岸、欧洲和中东的一些部分、越南和朝鲜。可奇怪的是,坚持美国特殊论和利他主义的话语势力影响极大,以至于"帝国主义"作为一个字词或意识形态最近才很零星地在关于美国文化、政治和历史的解释中出现。但是,帝国主义政治与文化有着令人吃惊的直接的联系。美国人对"美国伟大论"、对种族等级制度、对别人的革命的恐惧(美国革命被认为是独一无二、不可重复的[13])都没有改变。它决定了、也模糊了帝国主义的现实。而美国海外利益辩护士们坚持说,美国是无辜的,在做好事,在为自由而战。格雷厄姆·格林的《沉默的美国人》一书中对派尔的描写以无情的准确性体现了这种文化构成。

然而,对19世纪的英国和法国公民来说,帝国是个不会使自己难堪的重要文化议题。仅仅是英属印度与法属北非就在英法社会的想像、经济、政治生活及社会中有着不可估量的份量。我们提到德拉克洛瓦、爱德蒙·伯克、拉斯金、卡莱尔、詹姆士·约翰·斯图阿特·穆勒、吉卜林、巴尔扎克、纳瓦尔、福楼拜或康拉德这些名字的时候,只是触及了比他们集体智慧广大得多的现实的一个小小的角落。无数的学者、行政官员、旅行家、交易人、国会议员、商人、小说家、理论家、投机者、冒险家、预言家、诗人,还有各式各样的流浪汉和边缘人遍布在这两个帝国势力所及之处,每个人都对宗主中心现实的形成做出了贡献。

在我这里,"帝国主义"一词指的是统治遥远土地的宗主中心的实践、理论和态度。几乎永远伴随"帝国主义"而来的"殖民主义",意味着向边远土地上移民。如米歇尔·多伊尔(Doyle, Michael)所说的,"帝国是一种正式或非正式的关系。在这种关系中,一个国家控制另一个政治社会的有效的政治主权。这种控制可以通过强力、通过政治合作、通过经济、社会或文化依赖来取得。帝国主义不过是建立或保持帝国的政策和过程。"[14]在我们这个时代,直接的控制已经基本结束;我们将要看到,帝国主义像过去一样,在具体的政治、意识形态、经济和社会活动中,也在一般的文化领域中继续存在。

帝国主义和殖民主义都不是简单的积累和获得的行为。它们都为强烈的意识形态所支持和驱使。这些意识形态的观念包括:某些领土和人民要求和需要被统治;还需要有与统治相关的知识形式:传统的19世纪帝国主义文化中存在着大量的诸如"劣等"或"臣属种族"、"臣民"、"依赖"、"扩张"和"权威"之类的字词和概念。关于文化的概念都是根据帝国主义的历史而得到澄清、加强、批评或摒弃的。至于一个世纪前 J. R. 希利所宣传的奇怪的、但情有可原的思想,即:欧洲的一些海外殖民地原来是无意中得到的,因此不能想像它们对殖民地的不一致的、持久和有系统的掠夺和管理,更不用说它们不断扩大的统治与单纯的存在了。大卫·兰德斯(Landes, David)在《解放了的普罗米修斯》(*The Unbound Prometheus: Technological Change and Industrial Development in Western Europe from 1750 to the Present*, Cambridge: Cambridge University Press, 1969)中说过,"某些欧洲国家……建立'庄园'的决定,即:把它们的殖民地看作长期的企业,不论我们在道德方面如何考虑,都是个重大的发明。"[15]我所关心的问题是,从欧洲推及全世界的这种走向帝国之举,尽管其最初的来源和动机或许晦涩不清,但它的想法与实践是怎样在19世纪后半叶,变成了一种持续、大规模行为的?

英法帝国的重要成就完全没有遮盖住西班牙、葡萄牙、荷兰、比利时、德国、意大利和方式有所不同的俄国与美国的引人注目的现代扩张。然而,俄国几乎是唯一靠位置邻近来夺得领地的国家。与从本国跑到数千英里以外的英国和法国不同,俄国单独吞并了所有与它相邻的土地和人民,它的边界越来越向东南移动。在英国和法国的例子中,仅仅是那些对它们有吸引力的土地的距离就可以映射出远在它处的利益,而这正是我所感兴趣的。部分原因是,我有兴趣研究由此而产生的文化形式和感觉的结构;另一原因是,海外统治是我在其中长大并仍然生活在其中的世界。美国和俄国共同享有了差不多半个世纪的两个超级大国的地位,但是两个帝国主义来源于不同的历史和轨道。海外统治的类型不同,对此的反应也不同。但是,"西方"的方式是本书所要讨论的主题。

在巨大的西方帝国的扩张中,获利、再获利的希望显然是极其重要的,就像香料、糖、奴隶、橡胶、棉花、鸦片、锡、金、银等的诱惑力在几个世纪中充分证明了的那样。还有惯性、对已在运作中的企业的投资、传统和使企业持续运转的市场和社会结构的力量也是如此。但帝国主义与殖民主义还不仅仅是这些。在赢利之外,还有义务,一种不断循环与再循环的义务。这种义务一方面要能使善良的男女接受遥远的领地及其人民应该被征服的观念,另一方面能补充宗主国的能量,以便使这些善良的人们认为,全面统治是统治附属的、低等的或不太先进的人的长期的、几乎是形而上的义务。我们不能忘记,帝国在国内很少遇到抵抗,虽然这种反抗时常是在不顺利甚至不利的条件下出现和保持的。殖民者不仅忍受巨大的困难,而且,在离家很远的少数欧洲人和人数多得多的本土人之间,永远存在着巨大和危险的实际差别。比如在印度,到了18世纪30年代,四千英国公务人员由六万士兵和九万普通工作人员(多数是商人和牧师)协助,居住在一个有三亿人口的国家。[16]维持这样一种情况所需要的意志、自信甚至傲慢的心态只能由我们来猜想了。但是,我们会在《印度之旅》(*A Passsage to India*)与《吉姆爷》中看到。这些态度至少和军队、公务人员或英国从印度攫取的财富一样重要。

如康拉德(Conrad, Joseph)很强烈地认识到的那样,维系帝国的存在取决于"建立帝国"这样一个概念。一切准备工作都是在文化中做的。反之,帝国主义又在文化中获得了一种协调一致,一套经验,还得到了统治者和被统治者。一位目光敏锐的研究现代帝国主义的学者说过:

> 现代帝国主义是重要性不同的各种要素的积累。这些要素可以追述到历史上的每个时代。也许它的终极道路,包括战争,能更多地反映在由于阶级的不同而扭曲了的社会紧张状态和人的头脑中的扭曲的观念上,而非更多地反映在物质欲念上。[17]

著名的研究帝国史的保守主义历史学家D.K.菲尔德豪斯(Fieldhouse, D.K.)提供过一个一针见血的提示,说明本国,即宗主国社会中的紧张关系、不平等与不公正是怎样从帝国文化中折射出来,并得到充分体现的。他说:"帝国的权威是殖民主义者的心态。他接受别人的臣服——无论是通过认识到与母国的共同利益,或是由于不能想出任何别的办法——这种心态使帝国持久存在。"[18]菲尔德豪斯讨论的是美洲的白人殖民主义者,但是他总的观点不限于此:帝国的持久性是由统治者与被统治者双方维持的,而且每一方都有从其自身的视角、历史感、情绪与传统出发,对它们的共同历史所做的一套解释。一位阿尔及利亚知识分子今天对其国家殖民地时期的记忆,强烈地集中在解放战争时期法国军队对村庄的袭击和对俘虏的虐待上,集中在1962年独立时的欢乐上;对于可能参与过阿尔及利亚事务或者曾生活在阿尔及利亚的法国人来说,他们会对"失掉"阿尔及利亚感到悔恨。这是一种对法国的殖民使命更积极的态度——法国失掉了阿尔及利亚的学校、设计很好的城市和优雅的生活。也许还有人甚至认为是"捣乱者"和共产党搅乱了"我们"和"他们"之间田园式的关系。

在很大程度上,19世纪的帝国主义极盛时代已经过去:法国和英国在二战后放弃了它们最辉煌的属地。较弱的帝国也放弃了远方的土地。可是,再回忆一下T.S.艾略特的话,虽然那个时代明显地有其自己的特征,但帝国主义的历史意义不完全限于它自己,而是进入了亿万人的现实生活中。它作为共有的记忆,作为充满矛盾的一整套文化、意识形态和政策,仍然发挥着巨大的影响。弗朗兹·法农(Fanon,Frants)说:"我们应当断然拒绝接受西方国家强加给我们的处境。殖民主义与帝国主义从我们的领土上撤走它们的国旗和警察以后,并没有还清债务。若干世纪以来,(外国)

资本家在不发达国家的行为不比罪犯好多少。"[19]我们必须看清对帝国的留恋之情,以及它在被征服者心中引起的愤怒与憎恶。我们必须认真地、完整地看待那孕育了帝国的情绪、理论基础、尤其是想像力的文化。我们还必须努力弄清帝国思想意识的独霸性。至19世纪末,它已经完全嵌入了文化领域。而我们仍然在赞美着这种文化领域中的一些不太恶劣的特征。

我认为,在我们今天的批评意识中存在着严重的断裂。它使我们花很多时间去详细论述卡莱尔(Carlyle, Thomas)和拉斯金(Ruskin, John)的美学理论,却不理会他们的思想怎样同时提供了征服低等民族与殖民地的权力。另一个例子是:伟大的欧洲现实主义小说达到了它的主要目的之一——几乎无人察觉地维持了社会对向海外扩张的赞同。用J. A. 霍布逊的话说,这种赞同"帝国主义背后的自私势力,会利用没有功利目的的保护色"[20],如慈善、宗教、科学和艺术。除非我们能理解这些是怎样做到的,我们就会错误地理解过去和现在文化的重要性及其在帝国内引起的回响。

这样做绝不是为了全盘指责欧洲或西方的艺术,一点也不是。我是想考察一下,帝国主义的发展怎样超越了经济法则与政治决策的水平;并且,由于必然的倾向性,由于可认知的文化构成,由于教育、文学、视觉与音乐艺术的持续的巩固,在另一个重要的水平上表现出来。这另一个水平就是民族文化的水平。我们容易把它神圣化为一个不受世俗影响的、永远不变的知识丰碑的王国。威廉·布莱克(Blake, William)在这一点上是坦率的。他在对雷诺兹(Reynolds)的《话语》(Discourse)所做的注释中说:"帝国的基础是艺术与科学。忽略它们或者贬低它们,帝国即不复存在。帝国追随艺术,而不是如英国人所认为的那样相反。"[21]

那么,追求国家的帝国利益与一般的民族文化之间的关系是什么呢?最近的文化与学术讨论容易把这二者分割开来:多数学者是专家;专门知识的大部分注意力都放在了各自独立的问题上,例如,维多利亚时代工业小说、法国对北非的政策等等。很长时间以来我都认为,当考虑文化经验的性质、对文化的解释和文化发展的方向或趋势时,划分领域或讨论专门问题的倾向是与了解全局相矛盾的。例如,看不见或忽略狄更斯表现维多利亚时代商人时的国家与国际的背景,而把注意力仅仅集中在他小说中这些商人的作用在内部的一致性上,就是忽略了狄更斯(Dickens, Charles)小说和世界历史之间的联系。而了解那种联系并不会削弱小说作为艺术作品的价值。相反地,由于它们的世俗性,由于它们与其真实背景的复杂关系,小说作为艺术品会更有趣,更有价值。

在《董贝父子》(*Dombey and Son*, 1848; rprt. Harmondsworth: Penguin, 1970)的开头,狄更斯想强调董贝儿子的出生对董贝的重要性:

> 地球是专门为了董贝父子公司在上面进行交易而制造出来的;太阳与月亮是为了给他们照明的;河流与海洋是为了他们的船只在上面航行的;彩虹使他可以盼望天气晴朗;他们的公司有时顺风,有时逆风;行星与恒星沿着他们的轨道运行,以保持以他们为中心的体系不受侵犯。常见的缩写字在他眼中具有了新的意义,对他

具有独特的参考价值:A. D. 与 Anno Domini 有关,而且代表 Anno Dombi 父子公司。[22]

对董贝的自视过高、盲目自恋和他对刚生下来的儿子的强迫性态度,这一段文字描写得很清晰。但是,人们也必须问问,董贝怎么能够认为宇宙、整个时间都是为他自己用来做买卖的? 在这一段落里——在小说里它绝不是中心的段落——我们也应看出 19 世纪 40 年代英国小说家所特有的看法,那就是像雷蒙·威廉姆斯(Williams, Raymond)所说的,"这是一个文明新阶段的意识正在形成和得到表现的决定性时期。"但是,既然这些地方像狄更斯狡黠地表明的那样,是转变了的英国生活方式扩张所至与填充的地方,为什么威廉姆斯在描述"这个转型、解放与具有威胁的时期"[23]时没有提到印度、非洲和中东呢?

威廉姆斯是一位伟大的批评家。我尊重他的工作并从其中学习到很多东西。但是,我察觉到,他认为英国文学主要是关于英国的观点有局限性。这是他著作的核心观点,也是多数学者和批评家的观点。此外,论述小说的学者或多或少地仅仅与小说打交道(虽然威廉姆斯不是这样)。这些习惯似乎受着一种虽然不明确但却很强烈的观念所引导,认为文学作品是自成一体的。而如我将在全书中表明的,文学时常表明,它以某种方式参与了欧洲在海外的扩张,因而制造出了威廉姆斯所说的"感觉的结构"。这个"感觉的结构"支持、表现和巩固了帝国的实践。诚然,董贝既不是狄更斯本人,也不代表整个英国文学。但狄更斯对董贝的利己主义的刻划、呼唤、模仿,最终还是依赖了经过尝试而正确的帝国自由贸易语境,英国商人的道德本质和关于海外发展机会无限的意识。

这些不应与我们对19世纪小说的了解割裂开来,正如文学不能与历史和社会分开一样。所谓艺术作品的自主性,我认为,会给艺术品加上它们并不具有的、无谓的局限。尽管如此,我还是有意识地避免提出一套关于文学、文化和帝国主义之间的十分完整的理论。相反,我希望这种联系会从它们在各种文本中的明显位置,在更大的帝国背景中显现出来,使它们得到发展、表述、扩充或批评。文化与帝国主义都不是静止不动的。因此,它们之间的历史联系是能动的、复杂的。我的主要目的不是把它们分开,而是联系起来。我对此感兴趣主要是由于哲学与方法论的原因,即:文化形式是复合的、混合的、不纯的。而现在已经是把对它们的分析与实际联系在一起的时候了。

II 过去的形象,纯与不纯

当20世纪走向尽头的时候,几乎到处都有对各种文化间的分界线日益加深的认识。文化间的区分与差别不仅能使我们将一种文化与另一种文化区分开来,而且能使我们了解到,在多大程度上文化是由人来构建的、既有权威又有参与性的结构。文化对待它所能包含、融合和证实的东西是宽容的;而对它所排斥和贬低的就不那么仁慈了。

我认为,在一切以民族划分的文化中,都有一种想握有主权、有影响、想统治他人的愿望。在这方面,英国、印度与日本文化都是一样的。矛盾的是,我们从没有像现在这样意识到历史与文化的经验是多么复杂地具有交叉性,它们怎样参与了许多时常是互相冲突的经验与领域,超越边界,与单一的观念和声势猛烈的爱国主义行为相对抗。文化远远不是单一的、统一的或自成一体的。它们实际上含有的"外来"成分、"异物"和差别等等比它们有意识地排斥的要多。在今天的印度或阿尔及利亚,谁能确信能把历史上的英法成分从现实中划分出去呢?在英国或法国,又有谁能围绕伦敦或巴黎划个圆圈,把印度和阿尔及利亚对那两个帝国城市的影响划在外面呢?

这些都不是怀旧的学术或理论问题。因为,一两次简单的考察就可以证实,它们有着重要的社会政治意义。伦敦和巴黎都有许多来自前殖民地的移民。这些移民本身的日常生活也有大量英法文化的痕迹。这个例子是较明显的。考虑一下更复杂的例子——人人熟知的经典的古希腊形象,或作为民族认同决定因素的传统问题。马丁·伯纳尔(Bernal, Martin)的《黑色的雅典娜》(*Black Athena: The Afroasiatic Roots of Classical Civilization*, Vol. 1, New Brunswick: Rutgers University Press 1987)和艾利克·霍布斯鲍姆与泰伦斯·瑞恩杰(Ranger, Terence)的《传统的创造》(*The Invention of Tradition*, Cambridge: Cambridge University Press, 1983)所做的研究强调了当今世界的紧迫感和议事日程对历史的突出影响。我们从这个历史中创立了一种纯粹的(甚至是被纯粹化了的)、有利于我们自己民族的形象。我们从中抽掉了不需要的成分、迹象或者描述。因此,伯纳尔认为,尽管希腊文化被认为是根植于埃及的闪米特和各种其他南方和东方文化,19

世纪期间却被改变为"亚利安人"的。它的闪米特或非洲的根基或是被有意识地清除掉了,或者是被掩盖起来了。因为希腊作家自己公开承认他们文化的混合的历史特性,欧洲语文学者为了保持雅典的纯洁,养成了一种意识形态上的习惯,对这些使他们难堪的部分只字不提。(我们还可以回忆起,只是到了19世纪,欧洲历史学家才开始不隐晦地提到法兰克武士的吃人行为,尽管吃人肉在当时的十字军日志中被毫不掩饰地记载过。)

与希腊的形象一样,欧洲大国的形象是在19世纪被支撑和塑造而成的。而这些恰恰体现在习俗、仪式和传统中。这是霍布斯鲍姆、瑞恩杰和《传统的创造》的其他作者提出的论点。当将各个前现代社会从内部连接的旧有的一线联系开始松弛时,当管理大量海外领地及国内新增人口的社会压力增加时,欧洲的统治精英明显感到有必要及时向历史汲取力量,赋予他们的权力一个只有传统和持久性才能赋予的历史合法性。结果,在1876年时,维多利亚女王被宣布为印度女王,她的总督劳埃顿公爵被派访问印度,在那里受到传统盛典的欢迎和藩王的谒见,并在德里的盛大皇家集会上受到恭迎。维多利亚的统治因此宛如多年的礼俗,而非仅仅体现着权力和单方面的旨意。

同样,在另一方也有了创造,那就是反叛的"土著"关于前殖民时期的历史创造。独立战争(1954—1962)期间的阿尔及利亚就是这样一个例子。那时,非殖民地化运动鼓励阿尔及利亚人和穆斯林创造自己在成为法属殖民地以前所具有的形象。在殖民地世界其他地方的独立与解放战争中,许多民族诗人或文人的作品和言论中都可以看到这样的作法。

我想强调一下形象与传统激发出的动员力量和它们具有的虚构的、或者至少是浪漫的美好特质。想一想叶芝(Yeats, W.B.)所描绘的爱尔兰历史吧。比如卡楚兰人和它的辉煌的房屋。这些描绘给了民族主义斗争以鼓舞和力量。在后殖民时期的民族主义国家里,像克特尔精神,黑人文化自豪感或伊斯兰教这样的东西,其弱点是显而易见的:它们和本国统治者有很大关系。这些人也利用它们来掩饰现时的错误、腐败和专制。它们与受到攻击的帝国大背景也有关系。这些东西来自这个背景,也被认为是其中必不可少的部分。

虽然这些殖民地大部分已经获得独立,殖民地统治时期的许多观点却继续存在。1910年,殖民主义拥护者法国人茹尔斯·哈曼德(Harmand, Jules)说:

> 那么,就必须把下列事实当作一项原则和出发点来接受:种族与文化的等级是存在的。我们属于高等民族和文化。还要承认,优越性给人以权力,但反之也附有严格的义务。征服土著的基本合法性存在于我们对自己优越性的信心,而不仅是我们在机器、经济与军事方面的优越性,还有我们的道德优越性。我们的尊严就存在于这种优越性上,而且它加强了我们指挥其余人的权力。物质力量不过是达到这个目的的手段。[26]

对照今天关于西方文明的优越性、关于如保守主义哲学家艾伦·布鲁姆(Bloom, Allan)声称的纯西方人文价值观的优越性、那些攻击日本的人、那些带意识形态色彩的东方学家和那些批评亚洲和非洲倒行逆施的人所声称的非西方人的劣根性（甚至威胁）等等的辩论，哈曼德的言论真是有惊人的前瞻性。

因此，比过去本身更重要的，是它对现在的文化态度的影响。由于存在于帝国主义历史中的原因，殖民者与被殖民者中间旧的划分现在以所谓南北关系的形式出现。这种情况引起了辩护，各种形式的修辞和意识形态冲突，还有十分可能引发毁灭性战争的敌意——在某些情况下这已经引发了战争。我们是不是有办法重新认识帝国的历史，而不是把它分割开来，以改变我们对过去、现在和将来的看法呢？

首先我们必须分辨出人们对待错综复杂、多方面的帝国遗产最基本的方式。其中不仅仅有已离开了殖民地的人，而且还有最先到那里的和留在那里成为当地人的人。英国有许多人对他们国家在印度的行径感到某种遗憾和忏悔。但是，也有许多人怀恋昔日的美好时光。虽然那些日子的价值、它们结束的原因和他们自己对土著的民族主义态度都是还没有弄清、仍然难以捉摸的问题。当涉及民族关系时，尤其如此。由拉什迪的《撒旦诗篇》（*Satanic Verses*）的出版及后来阿伊杜拉·霍梅尼（Khomeiui, Ayatollah）发布刺杀拉什迪的宗教号令引起的危机就是这样。

但是同样地，第三世界国家关于殖民主义行为与支持它的帝国主义意识形态的辩论也是极为激烈和意见不一的。许多人认为，奴役了他们的痛苦与屈辱带来了好处——自由的思想、民族自觉意识和高技术商品。这些好处在一定的时间后使得帝国主义变得不那么令人不快了。后殖民时代的其他人则在思考殖民主义的历史经验，以更好地了解新独立的国家目前的困难。民主、发展与命运的现实问题为政府对公开、勇敢地坚持自己思想的知识分子的迫害所证明——巴基斯坦的艾克巴尔·阿赫玛德（Ahmad，Eqbal）和法耶兹·阿赫玛德·法耶兹（Faiz，Faiz Ahmad）、肯尼亚的努基瓦·提昂哥（Ngugi wa Thiongo［James］）或者阿拉伯世界的阿布德拉赫曼·艾尔·穆尼夫（Manif，Abdelrahman）——这些重要的伟大思想家和艺术家的苦难没有磨损他们思想的坚定性，也没有抑制对他们的惩罚的严厉程度。

穆尼夫、努基、法耶兹或其他像他们这样的人都没有掩饰对外来殖民主义及其后台帝国主义的仇恨。具有讽刺意味的是，无论是西方还是他们自己社会的统治当局，都只是部分地听取他们的看法。一方面，他们可能被许多西方知识分子认为是勇敢批评过去殖民主义罪恶的耶利米。另一方面，他们又被自己的沙特阿拉伯、肯尼亚、巴基斯坦的政府看作应该予以监禁或驱逐出境的外来势力的走卒。这种悲剧性的经历，以及许多后殖民的经验悲剧，来自对处理差别极大、极不平衡、记载不同的关系之尝试所受到的限制。西方宗主国与前殖民地世界在范围、冲突热点、议程和拥护者之间，仅仅部分相同。一些小小的共同点只能提供所谓的"攻击修辞"。

首先，我要考虑的是后帝国主义时代公众语境中既一致又不一致的知识领域的现实，特别集中在，这个语境中是什么造成和鼓励了互相指责的政治手段。然后，我要利用可以称为帝国主义比较文学的观点和方法，来考虑一种经过修正的、新的后帝国主义知识结构，如何才能扩大宗主国与前殖民地社会间的重叠方面。我将通过把不同的历史对照观察来形成一种我所说的盘根错节的互相重叠的历史，我将试图组织成一个代替指责政治和更具破坏性的对抗政治与历史的东西。这样就可以出现一个更有趣的、凡俗的、对历史的解释。其好处是,它完全超越对过去的谴责、对已结束的东西表示遗憾的言论。西方与非西方的文化对立导致了危机,而这是一种更加无谓的现象,因为它更激烈,更不负责任,但又相互吸引。这个世界实在是太小了,太互相依赖了,我们不能对这样的事情听之任之。

Ⅲ 《黑暗的心》的两个视角

统治与权力和财富的不均是人类历史中长期存在的事实。但在今天的全球背景下,这也可以解释成与帝国主义、它的历史与它的新形式有关。当代的亚洲、拉丁美洲和非洲国家在政治上是独立的,但在许多方面还是像它们被欧洲大国直接统治时那样。一方面,这是自伤的结果。V. S. 奈保尔(Naipaul, V. S.)这样的批评家时常说,他们(谁都知道"他们"指的是有色人、外国人、黑鬼)咎由自取。不停地谈帝国主义的后遗症是无济于事的。另一方面,把当前一切的不幸都算在欧洲人身上也并非一个好办法。我们需要做的是,把这些问题看作互相依附的历史的网络。对此加以抑制是不正确的,而理解将是有益和令人感兴趣的。

这里的关键问题并不复杂。假如你坐在牛津、巴黎或纽约,你告诉阿拉伯人或非洲人他们属于一种基本上有病的或不可救药的文化,你很难说服他们。即使你能说服他们,他们也不会承认你根本的优越性和你统治他们的权力,尽管显然你很有财富和权力。在各个殖民地,白色主人一度没有遇到挑战,但最后还是被赶了出去。这种对立的历史是显而易见的。相反,胜利了的土著很快就发现,他们需要西方。完全独立的想法是为法农所说的"民族资产阶级"设计的民族主义幻想。民族资产阶级反过来时常用残酷的剥削和专制来管理新国家,使人想起了那已走掉的主人。

因此,在20世纪末,上个世纪的帝国传统以某种方式在自我重复,虽然今天不再有巨大的空间和正在扩张的边界,也没有令人兴奋的移民点可设立。我们生活在一个全球性的环境中。大量生态的、经济的、社会和政治的压力撕扯着它刚刚被人认识到、基本上还未得到解释和理解的机体。一个人只要对这个机体有个模糊的整体概念,就会震惊于那些爱国主义、沙文主义、种族的、宗教的、民族的仇恨等等观念是多么无情自私和狭隘。这些观念事实上可以导致大规模的破坏。这个世界简直再也经受不起这样的破坏了。

不能错误地认为一个和谐的世界秩序的模式就在眼前。认为生死攸关的"国家利益"和"无限主权"可以使力量变成行动,因而可以有利于和平和社区的发展的观念也是不够诚实的。美国与伊拉克的冲突和伊拉克因为石油而对科威特进行的侵略即是明显的例子。奇怪的是,进行这种相对本位主义思想和行动教育的情况仍很普遍,并未受到制止,被人不加批判地接受,一代又一代地在教育中反复原样出现。我们接受的教育让我们敬仰我们的国家,尊重我们的传统;要我们坚定地寻求国家和传统的利益,而不管其他社会如何。一种新的、并且我认为是令人吃惊的部落思想正在损害和破坏社会、分裂人民、鼓动贪婪和血腥的冲突和张扬乏味的、关于少数民族或群体的特殊性,而很少把时间花费在"了解别的文化"上——这个短语有一种无意义的模糊性——而是用来研究相互的往来,即国家社会和群体之间每日、甚至每分钟发生的时常是有成果的交流上。

没有任何人能把这整个图像记在头脑中。这就是为什么应该首先考虑几个比较突出的帝国历史的定位问题。帝国的地理和多方面的历史造成了它的基本特征。首先,当我们回顾19世纪时,我们可以看到,走向帝国的努力实际上把地球的大部分置于少数大国的统治之下。要理解这一情况的意义,我建议可以读一下某些内容丰富的文化材料。在这些材料里,一方面是欧洲或美国,另一方面是被帝国主义占据的世界。二者之间的相互作用对双方而言都是生动的,内容充实又明白易懂。然而,在我从历史的角度系统地这样做之前,看一看在最近的讨论中还存在着什么帝国主义的残余,是很有意义的准备工作。这是内容丰富、很有意思的历史遗产。它很矛盾,既是全球性的,又是地方性的。这也说明帝国的过去怎样仍然存在,并引起正反两方的激烈辩论。因为这些历史的遗迹存在至今,而且近在手边,可以指出一种学习历史的方法——历史在这里最好用复数——这个历史是帝国制造的。它不只是白人男女的故事,还有非白人的故事。他们的土地和基本生存就是问题的中心,尽管他们的声音遭到否定和漠视。

时下一个关于帝国主义遗产的重要辩论——西方媒介如何报道"当地人"的问题,说明了这种互相依存与重叠的持续性。这不仅表现在辩论的内容中,而且表现在形式上;不仅表现在说些什么上面,也表现在怎样说、由谁说、在哪里说和为谁而说上面。这很值得加以研究。但做这个研究需要一种不易掌握的自律,因为对抗的方式是现成的,唾手可得。1984年,早在《撒旦诗篇》出版以前,萨尔曼·拉什迪(Rushdie,Salman)研究了关于英国统治的大量电影与文章,包括电视系列片《王冠上的钻石》(*The Jewel in the Crown*)和大卫·里恩(Lean,David)的影片《印度之旅》。拉什迪指出,由对英国统治印度的深情怀念所勾起的怀旧情绪恰好与福克兰群岛战争同时发生。而且这些作品的巨大成功所代表的"改变了的统治的出现,是现代英国保守思想兴起的艺术表现形式"。评论家只听到了他们所谓的拉什迪的公开抱怨,但似乎没有理会他的主要观点。这个观点本来对知识分子应是有吸引力的。乔治·奥威尔(Orwell,George)把知识分子在社会中的地位比作处在鲸鱼内或鲸鱼外。这个比喻已不再适用;拉什迪眼中的现实实际上是"没有鲸鱼"的。这个世界没有安静的角落,不可能躲开历史、躲开喧闹、躲开可怕的、吵吵嚷嚷的大惊小怪。[27]但是,拉什迪的主要论点被认为不值得拿出来讨论。相反,争论的主要问题是殖民地解放以后,第三世界是否变坏了,是否可能更好些,或者一般说来是不是要听一听那些少数的——或者很少的——第三世界知识分子的说法。他们断然地把他们国家现在的野蛮行为、专制和堕落主要归咎于他们自己的历史。在殖民主义到来以前,这历史就很糟糕,而在殖民主义以后又回到原来的状态。这个论点认为,与其有个荒谬的、装腔作势的拉什迪,不如有个无情的、诚实的 V. S. 奈保尔。

人们可以从拉什迪事件搅动起激动情绪的前前后后得出结论,西方有许多人开始觉得事情到此已经够了。在越南战争与伊朗事件——请注意,这些标签通常被用来指美国国内的创伤(20世纪60年代的学生动乱、公众对于20世纪70年代人质事件的焦虑),也指国际冲突以及越南和伊朗落到极端民族主义分子手中这样的事件——在越南和伊朗以后,防线必须加以守卫了。西方民主受到了打击。即使受到的打击在国外,仍然有一种如吉米·卡特(Carter, Jimmy)奇怪地形容的那样"两败俱伤"的感觉。这种感觉导致西方人重新考虑整个非殖民化的过程。他们的新估计认为,"我们"给了"他们"进步和现代化,这难道不是真的吗?难道我们没有向他们提供秩序与一种稳定,而这秩序与稳定是他们以后未能自己提供的?难道相信他们取得独立后的能力是相信错了吗?就因为它导致博卡萨和阿明的上台,还有像他们一样的拉什迪这样的知识分子?我们是不是应该保住殖民地,约束臣民和低等民族,忠于我们的文明职责呢?

我认识到,我刚才再现的不完全是事件本身,而或许是幅讽刺画。尽管如此,它和许多自认为是西方的代言人的人所说的话令人不安地相似。似乎无人怀疑,一个单一的"西方"事实上存在过,正像一次又一次的概括所描述的前殖民地时代也存在过一样。把事情抽象和概括化,随之而来的,是寻求一种虚幻的西方的赐予和施舍的历史,是一次次西方人崇高的赐予的援手被忘恩负义地咬伤。"我们为他们做了这么多好事,他们为什么不感激我们呢?"[28]

把这么多东西塞进那个"好心不得好报"的公式是多么容易啊。然而,被踩躏的殖民地人民却被摈弃或遗忘了。在许多世纪中,他们忍受了即决审判和无尽的经济压迫。他们的社会与私人生活被扭曲。欧洲人不变的优越地位带来的是他们毫无要求的屈从。仅仅记住千百万非洲人被用来进行奴隶贸易,这只是承认维持那优越地位的难以想像的代价。可是,最经常被忽略的,恰恰是在记载详细的充满暴力的殖民主义干涉历史中那无数的事例——这种干涉浸透到殖民制度两边的人和社会生活的每一分钟、每一小时里。

应该注意的是,在西方占有首要地位、甚至中心地位的这种当代话语的形式是多么全面,它的态度与姿态多么涵盖一切,它所包括、压缩和加强的与它所排斥的同样多。我们突然发觉在时间上自己被向后推到了19世纪末。

我认为,这种帝国主义的态度在康拉德写于1898与1899年之间的伟大的中篇小说《黑暗的心》(*Heart of Darkness*, Garden City: Double Day, Page, 1925)的复杂且丰富的叙述形式中被捕捉得十分巧妙。一方面,叙述者马罗承认一切话语的可悲的窘境——"不可能根据个人的存在表达出任何一个时代的生活感觉——而个人的存在又造成了那个时代的真理、意义和微妙的、深刻的本质。我们活着,我们亦梦着——只有我们自己。"[29] 然而,马罗还是努力通过讲述自己到非洲内陆去找克尔茨的旅行来表现克尔茨的非洲经历的巨大魅力。这个叙述又是直接与到黑人世界中去的欧洲传教团的拯救世界的力量,以及伴随而来的劳而无功和恐怖联系在一起的。凡是在马罗极为感人的叙述中丢掉或省略、甚至编造的东西,都在充满历史感和时间推移的叙述里得到了补偿。这个叙述有时离开了正题,还有许多描写和令人兴奋的冲突等等。马罗讲述他是怎样走到克尔茨的大本营的——他现在已经成了它的消息来源和权威了——他的叙述呈大大小小的螺旋形向前移动,很像逆水行舟那样。然后,他又直奔他所说的"非洲的心脏"。

马罗与不合时宜地穿着白色制服的文员在丛林中相遇了。后面的几段谈到了这段经历。他后来又遇到了一个被克尔茨的天才深深打动了的、半疯的、小丑似的俄国人。可是,在马罗的犹豫不决、他的逃避和他对自己感觉和思想的奇怪沉思的背后,是毫不退缩的旅程本身。尽管有许多障碍,他还是穿过丛林,经历了时间的考验,克服了艰难困苦,直达丛林的中心,即克尔茨的象牙贸易王国。康拉德想要我们看到,克尔茨伟大的掠夺冒险、马罗逆流而上的旅途以及故事叙述本身,有个共同的主题:欧洲人在非洲、或在非洲问题上表现出来的帝国主义控制力量与意志。

使康拉德与同时代的其他殖民主义作家不同的是,他对自己所做的非常敏感。这与殖民制度把他,一个波兰移民,变成了帝国主义制度的一个雇员有一定关系。所以,和他别的小说一样,《黑暗的心》不可能只是马罗的冒险历程的坦率再现:它也是马罗这个人的戏剧化再现。他是昔日在殖民地里游荡的人,在某一时间、某一地点把他的故事讲给一群英国人听。这群人大部分来自商业界。康拉德以此来强调:19世纪90年代,一度是冒险而且时常是个人行为的帝国事业(business of empire),已经变成商业帝国了(empire of business)。(很凑巧,我们应当注意到,大约在同时,哈尔弗德·麦金(Mackinder,Halford),一位探险家、地理学者和自由主义帝国主义者,在伦敦银行研究所做了一系列关于帝国主义的演讲。[30]康拉德也许知道这件事。)马罗叙述近乎逼人的力量给我们留下一种十分确切的感觉,使我们觉得无法逃脱帝国主义的历史力量。同时,帝国主义具有代表它所统治的一切发言的力量。虽然如此,康拉德向我们表明,马罗所做的依然是有前提的。他只是面对一群心态相同的英国听众,而且只限于这样的情景。

可是,康拉德和马罗都没有使我完全看到,在克尔茨、马罗、"奈利"号甲板上的一圈听众和康拉德自己所体现的,征服全世界的态度以外是什么。我这样说的意思是,《黑暗的心》具有强大的力量,可以说,它从政治和美学的角度来看,都是帝国主义式的。这在 19 世纪的政治,美学甚至认识论上已都是不可避免的。因为,假如我们不能真正了解别人的经验,我们因此必须依靠丛林里的白人克尔茨、或另一个白人马罗作为故事叙述的权威,那么,寻找非帝国主义的经验是不会有结果的;帝国主义制度干脆把它们消灭了,或者使之无法被想像。这个圆圈如此完整,在艺术上和心理上都是无懈可击的。

康拉德非常有意识地把马罗的故事从叙述的角度来表达。他使我们认识到帝国主义不但远远没有吞掉自己的历史,而且正发生在一个更大的历史背景下,并且为它所限制。这个更大的历史处在"奈利"号甲板上那一小圈欧洲人之外。然而,到那时为止,似乎还没有任何人住在那个历史区域里。因此,康拉德就让它空白着。

康拉德恐怕不会通过马罗来展现帝国主义世界观以外的任何东西。这是因为,当时康拉德和马罗有可能看到的非欧洲的东西十分有限。独立是属于白人和欧洲的;低等人或臣民是要加以统治的;科学、知识和历史是从欧洲发源的。的确,康拉德小心地记录下比利时的不光彩与英国殖民态度间的区别。但他只能想像世界被瓜分成这个或那个西方的势力范围。但是,因为康拉德有着他自己流亡边缘人身份的特别持久的残余意识,他十分小心地(有人说是令人发疯地)用一种站在两个世界的边缘而产生的限制来限制马罗的叙述。这两个世界的分界模糊不清,但却是不同的。康拉德当然不是塞西尔·罗兹(Rhodes, Cecil)或费德烈·鲁加德(Lugard, Frederick)那样的帝国主义企业家。虽然他完全了解,他们每个人,用汉娜·阿伦特的话说,要进入"无休止的扩张的旋涡,改变旧我,要服从扩张的进程,与那股看不见的力量认同,他必须为这种力量服务,以使扩张不断向前推进。因此,他就要把自己看作一种纯粹的功能,并且最终把这种功能、强有力的时尚的化身当作他可能取得的最高成就"。[31]康拉德认识到,像叙述一样,如果帝国主义已经垄断了整个表现体系;尽管你和它不能完全沟通和同步,你作为一个局外人的自我意识还是能允许你积极地去理解这部机器是怎样运转的。这种垄断使帝国主义能在《黑暗的心》中既做非洲人、也做克尔茨以及其他冒险家,包括马罗和他的听众的代言人。因为康拉德没有完全被同化成为英国人,所以在他的每部著作中都具有讽刺意味地与英国人保留了一段距离。

因此,康拉德的叙事形式预见了关于他以后的后殖民时代,两种可能论点和前景。一种前景是旧帝国世界有充分余地以传统的方式得到发展,随心所欲地按照欧洲或西方帝国主义的愿望改变世界并在二战之后巩固自己。西方人可能离开了亚非拉殖民地,但他们不仅把它们当作市场,而且当作思想意识的领地保留起来,继续他们在精神与思想上的统治。一位美国知识分子最近说:"指给我看看祖鲁人的托尔斯泰。"这个武断的论点由今天西方的代言人说出,这些人为西方的、也为世界其余地方的现在、过去、也许还有将来说话。这种论调闭口不提那"失去的";殖民地因为它无可争辩的低下状态,从本质上讲一开始就"失去了"。此外,这一论点关注的,不在殖民地历史中共有的东西,而是在那些永不能共享的、随着更大的权力和发展所带来的权威和公正。在语言上,它热衷于政治词汇。朱利安·班达(Benda, Julien)很知道这些词汇。借用他批评现代知识分子的话说,这些词汇不可避免地导致大规模的屠杀。即便不是真正意义上的屠杀,也是口诛笔伐式的屠杀。

第二个论点不那么令人难以接受。它看待自己就像康拉德看待自己的小说一样,因时因地而易,即非无条件地真实,也不是纯粹肯定的。如我已经说过的,康拉德没有给我们一种感觉,认为他可以想像出一个可付诸实践的帝国主义的代替物:他笔下的非洲、亚洲或美洲的土著无法使自己获得独立;而且,由于他似乎认为欧洲人的保护是不言自明的,他不能预见这保护终结以后会发生什么。但是,保护是要终结的,即使只是因为和一切人类的努力、和语言本身一样,它有它的过程,然后就要消失。康拉德与帝国主义碰撞了,表现了它的偶然性,记录了它的幻想与极大的狂暴与浪费(如《诺斯特洛莫》所描述的)。他使许多后来的读者能够想像另一个非洲,而不只是被分割成几个欧洲殖民地的非洲,尽管对那另一种非洲可能是什么样都近乎没有概念。

现在回到康拉德的第一条线上来。关于复兴的帝国的话语证明,19世纪帝国的冲突今天仍然在继续,并以此来画线。奇怪的是,这种暗暗的、极为复杂又很有趣的交锋存在于前殖民地和宗主国之间,比如英国与印度、或法国与非洲法语国家中间。但是,这些交锋与亲帝国主义者和反帝国主义者中间的喧闹的辩论相比,就黯然失色了。这些亲、反帝国主义者只讨论什么国家命运、海外利益、什么新帝国主义等等,把那些有相同心态的人,比如激进的西方人,还有那些新民族主义者和造反味十足的以霍梅尼们为代言人的非西方人——从其他的交锋中吸引过来。在每个可怜的、狭隘的阵营里,都站着一些无辜的、正直忠诚的人,领导他们的是一些知彼知己,又多才多能的人。在外边则站着一群各种各样只会抱怨的知识分子和徒劳地、不停地抱怨过去的软弱的怀疑论者。

《黑暗的心》两条线中的第一条引发出的狭隘视角伴随着20世纪70年代和80年代一个重要的意识形态转变。比如,我们可以在以激进而闻名的思想家的着眼点中,或更确切地说,研究方向的重大改变中,发现这一新的意识形态。20世纪60年代作为激进主义和知识分子反叛代表而出现的著名法国哲学家让-弗朗索瓦·利奥塔(Loytard, Jean-Francios)和米歇尔·福柯(Foucault, Michael),描述了利奥塔称之为"解放与启蒙的伟大合理叙述"中严重缺乏信仰的新现象。利奥塔在20世纪80年代说,我们的时代是后现代主义时代。这个时代只关心局部问题;不关心历史而只关心眼前需要解决的问题;不关心宏观的现实,而工于算计。[32]福柯也把注意力从现代社会中的反叛力量上移开了。他曾研究它们对被排斥、被限制的不屈不挠的反抗。这些人包括罪犯、诗人、流浪者等等。他并且认为,因为权力无所不在,所以最好是集中研究围绕着个人的微型权力。因此要研究发展,并在必要时改造和创造自我。[33]在利奥塔和福柯两人这里,我们发现了用来解释对解放政治之失望的一个完全相同的比喻:叙述,叙述作为一个可行的起点和合理的目标,已不足以决定人在社会中的定位。没有可以指望的东西:我们被围困在我们自己的圈子里了。现在,圆圈封起了口。许多年来,知识分子支援阿尔及利亚、古巴、越南、巴勒斯坦和伊朗的反殖民主义斗争。这种支援体现了西方知识分子在反帝反殖的政治斗争和哲学领域的最大参与。一些年后,他们说他们疲倦了,失望了。[34]人们开始听到与读到的是,支援革命是多么的徒劳;上台的新政权是多么野蛮;还有更极端的,非殖民化对"世界共产主义"是多么有利。

恐怖主义与野蛮主义出现了,前殖民地专家也来了。他们众所周知的论点是,这些殖民地的人只能被统治,或者,由于"我们"愚蠢地撤出亚丁、阿尔及利亚、印度、印度支那和其他每一个地方,也许重新入侵他们的领土是个好主意。这时出现的还有研究解放运动、恐怖主义和克格勃间关系的专家和理论家。还出现了对简·柯克帕特里克(Kirkpatrick, Jeane)所谓的权威主义(与集权主义相对)政权的同情。权威主义政权被认为是西方的盟友。随着里根主义、撒切尔主义和与它们相关的事物的到来,一个新的历史阶段已经开始。

尽管从其他方面看这在历史上是可以理解的,对一个当今的知识分子来说,断然将西方从它在"边缘世界"的历史经验中分离出来,过去不是、今天也不是一种吸引人的,或具有启发性的事情。它使人无法了解和发现处在鲸鱼外意味着什么。让我们再谈谈拉什迪的另一个说法:

我们知道,要创造一个没有政治的神话一般的宇宙,就像要创造一个在其中没有任何人需要工作或吃饭、没有爱憎、不用睡眠的宇宙一样虚假。鲸鱼以外,应付与政治相结合所带来的问题就成为必要的甚至使人兴奋的事情了。因为政治是笑剧和悲剧的轮换,有时两者同时都是(例如齐亚·哈克的巴基斯坦)。在鲸鱼外,作家就不得不接受他(或她)是人群的一部分,海洋的一部分,风暴的一部分的事实。因此,客观成为一个伟大的梦,像尽善尽美一样,是个尽管不可能、还是必须争取达到的目标。鲸鱼外是塞缪尔·贝克特的著名公式一样的世界:我无法向前,我又要向前。[35]

拉什迪虽然借用的是奥威尔的术语,但在我看来似乎甚至更有趣地与康拉德相似。因为这是第二个后果,由康拉德的叙述引出的第二条线。因为它明显地提到了外边,它指向了马罗及其听众所代表的帝国主义以外的观念。这是个非常世俗的观念。它既不是来自于历史命运观念和永远随之而来的本质论观念,也不是来源于对历史的漠不关心和无所作为。处在内部无法体验帝国主义的全部历史,并调整它,使之服从于一种以欧洲为中心的大一统观念。这另一观念意味着一个任何一方都没有历史特权的领域的存在。

我不想过分解释拉什迪,或者把他可能未想说明的观念强加到他的文章中去。在这次英国传媒的争论中(在《撒旦诗篇》使他藏匿起来以前),他声称在大众媒体的文章中看不到自己在印度的亲身体验。现在,我要进一步说,是政治与文化和艺术的这种结合,使被争论弄得模糊了的共同立场得以显现。也许对直接卷入争论的人来说,因为他们反击得多而思考得少,所以特别难以见到这个共同点。我能完全理解为什么拉什迪的争论充满怒气,因为和他一样,我觉得在数目上与组织上我都被持有流行一致看法的西方人超过。这种看法认为,第三世界又恶劣,又惹人生厌,是一个文化与政治都低劣的地方。虽然我们作为很少数的边缘声音在写作与发言,那些新闻工作者与学术评论家却属于报纸、电视网和研究所互相连接的信息与学术体系。他们当中许多人现在已经开始了右倾的刺耳的指责合唱。他们把非白人的、非西方的、非犹太－基督教的精神气质与可以接受的、确定的西方精神分开,然后把它统统放在恐怖主义的、边缘的、次等的、不重要之类贬低性的标签下面。攻击这些范畴里的东西就是保卫西方精神。

让我们回去再谈谈康拉德和我所说的《黑暗的心》所讲的第二个、不那么具有帝国主义武断性的可能性。请再回想一下,康拉德把停泊在泰晤士河上的一只船的甲板作为故事场景。马罗讲故事时,太阳正在落下去。等到他讲完时,深深的黑暗重新笼罩了英国;在马罗的听众之外,存在着一个未加界定的、模糊不清的世界。康拉德有时似乎想把那世界归到马罗所代表的宗主国语境中去。但是他自己那分离的主体性令他成功地抗拒了自己的这种冲动。我一向认为,他主要是通过表现形式做到这一点的。康拉德自觉地运用循环的叙述形式,使人认为它们是一种艺术的创造,使我们去认识一种帝国主义所达不到的无法控制的现实可能。这个现实只有在康拉德于1924年逝世以后很长时间,才实质性地存在。

这里再做一些说明。尽管康拉德的叙述者有欧洲人的名字和行为,他们却不是欧洲帝国主义庸常的见证人。他们并不简单地接受在帝国主义观念的名义下发生的一切:他们对此加以思考,他们为此忧虑;他们实际上十分担心他们是否能使这些看来很平常。但帝国主义的观念从来都不是平常的。康拉德证明正统的帝国主义观念和他自己对帝国主义看法之间区别的方式,是继续把人们的注意力吸引到思想和价值观如何通过叙述者的语言错位而构成(与解构)的。此外,讲故事的人的叙述是非常仔细地进行的:叙述者是一个讲演者。他和他的听众来到一起的原因、他声音的质量、他话的效果,这些都是他的故事里重要的、甚至是非常引人注意的内容。例如,马罗就从来不平铺直叙。他一会儿喋喋不休,一会儿令人吃惊地口若悬河,故作惊人地讲错话或讲得含混不清,前后矛盾,从而使原本奇特的东西显得更加奇特。所以,他说,一只法国战舰"向一个大陆开火";克尔茨的流利口才既有欺骗性又有启发性,等等——康拉德的语言充满了这些奇怪的差异(伊安·瓦特[Watt, Ian]把它们很恰当地叫做"延迟了的解码")。³⁶其真正的效果是,在旁边的听众和读者强烈地感觉到他所表现的并不完全与事情的真相或表象一致。

然而,克尔茨和马罗所说的整个问题,事实上是帝国主义统治,是白色欧洲人对黑色非洲人及其象牙、文明对原始黑色大陆的统治。通过强调帝国的官方"思想"与迷失的非洲现实间的差别,马罗不仅往往使读者对帝国思想的了解产生怀疑,而且对某种更基本的东西,即现实本身的了解产生怀疑。因为,如果康拉德能够证明一切人类活动取决于控制一个极不固定的现实,而话语只能通过主观意志与约定俗成才能接近这个现实,那么,帝国也是如此,对思想的崇敬也是如此。依照康拉德的逻辑,我们正处在一个不断被创造或毁灭的世界中。看来稳定不变的、安全的事情——比如街角的警察——只是比丛林里的白人稍稍安全一些。而且,这稳定与安全与在丛林中一样,要求对于无所不在的黑暗取得不断(但不稳定的)胜利。在故事的末尾,这黑暗在伦敦和非洲都一样地出现了。

康拉德的天才使他能够认识到,尽管无处不在的黑暗是可以被控制、被照亮的——《黑暗的心》中有许多次提到"文明的使命",提到用意志的行动或力量的壮大,用慈善或残忍的手段,把光明带给世界上黑暗的地方和人民——但是,必须承认,"黑暗"是独立存在的。克尔茨和马罗承认了黑暗,前者是在他临死时,后者是当他事后回想克尔茨遗言意义的时候。他们(当然还有康拉德)有先见之明:因为他们懂得,他们所说的"黑暗"有其独立的性质,并且能再侵入并重新获取帝国主义已有的东西。但是,马罗和克尔茨也是他们时代的产物。他们无法更进一步承认,他们所见到的那种伤害和摧残人的非欧洲的"黑暗",实际上是一个非欧洲的世界在反抗帝国主义。有一天它将能重新获得主权和独立,而不是像康拉德简单地说的那样,重新制造黑暗。康拉德悲剧性的局限在于,虽然他可以清楚地在一个层次上认识到帝国主义的本质主要是纯粹的统治与掠夺土地,他却无法得出结论,看到帝国主义必须结束,以便使殖民地人民在没有欧洲统治的情况下自由地生活。作为他那个时代的产物,尽管康拉德严厉地批评了奴役他们的帝国主义,他却不能给殖民地人民以自由。

能够表明康拉德欧洲中心方式错误的有关文化和意识形态方面的东西,给人以强烈的印象,而且内容丰富。整个历史——文学、反抗的理论和对帝国主义的对策都在这里。本书第三章将要谈到这些问题。各个不同的前殖民地地区都做出了极大的努力,要与宗主国世界进行平等辩论,以便证明非欧洲世界的多样性和差别,证明自己的议程、重要问题和历史。这样证明的目的,是记录下来、重新解释并扩大与欧洲接触的区域和有争议的领域。一些这样的活动——例如两名重要的、活跃的伊朗知识分子,阿里·沙利亚蒂(Shariate, Ali)和贾拉尔·阿里·艾－阿赫迈德(Ali I-Ahmed, Jalal)合写的著作——他们用演讲、书、录音和小册子等形式为伊斯兰革命铺平了道路——把殖民主义解释成与本土文化绝对对立:西方是敌人,是一种疾病、一种邪恶。其他例子有:肯尼亚的努基与苏丹的塔义布·萨利赫(Salih, Tayib)这样的小说家选择了殖民文化的主题。他们把这作为一种追寻,一种向未知领域的探索,当成他们在后殖民时代的目标。萨利赫的《向北迁徙的季节》(*Season of Migration to the North*)中的主人翁做了(而且是)与克尔茨所做的(而且是)相反的事:黑人向北,走进白人的地域。

在典型的19世纪帝国主义与它造成的本土反抗文化之间,产生了顽强的对抗,也产生了讨论、互相借鉴和辩论中的交锋。许多最有趣的后殖民地作家在这些情况下背负着他们的过去——屈辱的创伤的疤痕、不同的实践的尝试、为了走向未来而对历史的重新审视和急需要重新解释和重新实践的经验。在其中,昔日的殖民地人民在从帝国主义者手中

[35] 夺回的土地上发言和行动。我们可以在拉什迪、德里克·沃尔科特(Walcott, Derek)、艾米·西赛尔(Cisaire, Aime)、齐努阿·阿奇比(Achebe, Chinua)、帕巴罗·聂鲁达(Neruda, Pablo)和布莱恩·弗莱尔(Friel, Brian)身上看到这些。现在,这些作家可以真正地阅读重要的殖民主义杰作了。这些作品不仅错误地表现了他们,而且认为他们不能解读,不会对关于他们的作品直接做出反应,正像欧洲人种学认为殖民地人不能参与关于他们的科学讨论一样。现在让我们试着更充分地回顾一下这种情况。

Ⅳ 经验的差异

让我们从接受下述观念开始:即使人类的经验有个无法缩小的主观的核心,这个经验也是历史的、尘世的,是可以加以分析和说明的。而且,最重要的是,它不能被极权的理论所囊括,不能以教条来划分,以民族来画线和限定,也不能永远为分析的构架所束缚。如果我们相信葛兰西(Gramsci, Antonio)所说的,认为知识分子这个行业是社会的需要与可能的话,那么,分析历史时排斥某些东西就是令人无法接受的矛盾了。比如,这种排斥认为,只有妇女了解妇女的历史;只有犹太人了解犹太人所遭受的痛苦;只有前殖民地人民才了解殖民地的经验。

我的意思不是人们随口所说的每个问题都有两面性。本质主义与排他主义的理论、或设置障碍与偏袒一方的问题在于,它们提倡两极化,饶恕无知,又蛊惑人心,却无益于知识的增长。只要草草地看一看最新的关于种族、现代国家、现代民族主义的大量理论就可以证明这一可悲的现实。如果你事先认定,非洲的、伊朗的、或中国的、犹太的、德国的经验基本是自成一体的、和谐的、与外界分离的,并且因而只为非洲人、伊朗人、中国人、犹太人或德国人所了解,你就首先假定了某个最主要的东西。我认为,这个东西既是历史的产物,又是解释的结果——那就是非洲主义、犹太主义,或者德国主义,或者东方主义和欧洲主义。你可能因此只为那些最主要的东西或历史经验本身辩护,而没有促进对它的充分了解和它与其他知识的关联和依赖。结果,你就会把别人的不同经验贬到较低的地位。

如果在一开始我们就承认既特殊、又互相重叠与关联的历史经验——妇女的、西方人的、黑人的、民族国家的和文化的历史经验——那么,就没有特殊的认识上的理由赋予它们每一个以理想的、在本质上是独立的地位。当然,我们希望保留每一个的独特性,我们也希望保留一些全人类社会的意识,保留一些对人类社会的形成起作用的、并且是它的一部分的实际竞争。这种态度的一个绝好的例子是我已经提到的《传统的创立》中的文章。这些文章讨论了极其特殊的与地方性的传统(印度藩王的正式接见和欧洲的足球赛)。它们虽然很不相同,却有同样的特征。这本书的观点是,这些十分互异的传统可以放在一起来阅读与理解,因为它们属于相仿佛的人类经验的领域,即霍布斯鲍姆描述为试图"与恰当的历史建立连续性"的那些经验。[37]

为了看出19世纪末英国国王加冕典礼与印度藩王正式接见之间的联系,必须用一种比较的、或者更理想的,对位的方法。那就是说,我们必须能够同时透彻地考虑与说明不同的经验。这些经验的每一种都有其特别的重点与发展速度,有它自己的内部构成、内部和谐与外部联系的体系。它们并存而且互相作用。比如,吉卜林的小说《吉姆爷》在英国小说的发展和维多利亚后期社会中占有特殊的位置,但它描绘的印度的情景却处于与印度独立运动的发展直接对立的关系中。小说描写和政治运动对其中一方面的解释如果没有涉及另一方面,都漏掉了帝国的历史经验所赋予它们二者的重大差别。

有一点需要进一步澄清。"经验的差异"这个概念不是为了绕过意识形态问题。相反,没有任何被解释或思考的经验可以称为直接的经验,正如如果一个评论家和解说员声称已经获得了既不受历史制约、也不受社会背景影响的阿基米德定理式的认识,你就不能完全相信他(或她)。我把各种经验并列起来或使之互相对比,我的说明性的政治目的(最广阔意义上的)是使思想意识上与文化上互相接近的观点和经验能同时并存。这些观点和经验总是企图疏远和压制异己。揭示与强调意识形态的差别远非企图忽视意识形态的重要性,而是要强调其文化上的重要性。这样,能使我们认识其力量,并了解其不断的影响。

因此,让我们对比一下两篇19世纪初大约是同时出现的文字(两者都出现在19世纪20年代):这就是充满了强有力的、给人以震撼与和谐感的《埃及记事》(*Description de l'Egypt*, Paris: Imprimerie Royale, 1809—1828)和另一本比较薄的,阿布德·阿尔-拉赫曼·阿尔-贾巴尔蒂(al-Jabarti, Abd al-Rahman)的《阿贾布·阿尔-阿萨尔》(*Aja'ib al-Athar*, Cairo: Lajnat al-

Bayan al-'Arabi,1958—1967)。《埃及记事》是二十四卷本的关于拿破仑远征埃及的叙述,是由拿破仑远征时带去的一组法国科学家写成的。阿布德·阿尔-拉赫曼是位宗教领袖,曾经目睹并经历了整个法国远征。让我们看一看让-巴蒂斯特-约瑟夫·傅立叶(Fourier,Jean-Baptiste-Joseph)所写的《埃及记事》的总前言中的一段:

> 埃及处于非洲和亚洲之间,与欧洲的交通便利,是这块古老的非洲大陆的中心。这个国家勾起的只是美好的回忆;它是艺术的发源地,并保有无数的纪念碑。它的庙宇和曾经由许多国王居住过的官殿都被完好地保存着。甚至它的最不古老的大建筑物在特洛伊战争时就已经建成了。荷马、莱克格斯、梭伦、毕达哥拉斯和柏拉图都曾到埃及去学习科学、宗教和法律。亚历山大在那里建立了一个富饶的城市,它长时间享有商业的优越地位,并且目睹了庞贝、恺撒、马克·安东尼和奥古斯都共同决定罗马以及全世界的命运。因此,这个国家吸引了控制几个国家命运的杰出王公们的注意力。
>
> 以埃及为榜样是理所当然的。无论在西方还是在亚洲,没有任何一个强大的国家不曾以埃及为榜样,而这在某种程度上被看作是必然的归宿。[38]

傅立叶在1798年为拿破仑入侵埃及的合法性做出了解释。他提到了一些伟人的名字。他把外国入侵置入欧洲的文化轨道,使之正常化 所有这些,使得本来建立于征服者和被征服者的军队之间的冲突之上的入侵变成了一个长期的、缓慢的过程。这样的过程很显然更能为欧洲文化观念中的情感所接受,却不为受到征服的埃及人的痛苦经历所接受。

几乎同时,贾巴尔蒂在他的书中记录下了一系列关于那次征服的忧心忡忡的、有见解的回忆。他作为一位被困扰的宗教名人,记录了对他的国家的侵略和对他的社会的破坏。

> 今年是一个以几次大规模战斗为标志的时期的开始。严重的后果突然惊人地产生了。痛苦无休止地、成倍地增大了。事情的正常进程遭到了干扰;生活的通常意义被腐蚀了,被摧毁了。取而代之的是破坏。(然后,作为一名虔诚的穆斯林,他回过头去对他自己和他的人民进行了思考。)《古兰经》(xi,9)说:"真主,不要不公正地毁灭正直公民的城市吧。"39

跟随法国远征军出征的是一队科学家。他们的任务是对未曾勘察过的埃及进行勘察——其成果就是巨著《埃及记事》。但是,贾巴尔蒂只对关于力量的事实独具慧眼。他觉察到,力量的意义对埃及意味着一种惩罚。法国人的力量体现在生存上就是一个被征服的埃及人。这种生存对他来说就是被挤压成一个屈辱的粒子,他可能做的就是记录法军的来来去去、它的命令、它那些极为严厉的措施、它那可怕的、似乎不可阻挡的按照命令为所欲为的能力。产生《埃及记事》和贾巴尔蒂的个人反应之间差异的政治环境是实实在在的,并且突出了它们冲突的不平等层面。

现在,人们不难弄清贾巴尔蒂的态度产生的后果,事实上，一代又一代的人已经这样做了，像我将在本书的后面在某种程度上所做的那样。他的经历使他产生了一种根深蒂固的反西方情绪。这种情绪贯穿于埃及、阿拉伯、伊斯兰和第三世界的历史中。我们还可以在贾巴尔蒂身上发现伊斯兰革命理论的种子。像后来伟大的阿扎尔阿訇和改革者穆罕默德·阿布杜（Muhanmad, Abdu）及其著名的同时代人贾玛尔·阿尔-丁·阿尔-阿富汉尼（Afghani, Jamalal-din al-）所宣称的，伊斯兰最好实行现代化，以便与西方竞争；不然就恢复其麦加时期的状态，以便更好地与西方战斗。此外，民族觉醒的巨大浪潮导致了埃及的独立。在那段历史的初期，产生了纳赛尔的理论与实践和当时的所谓伊斯兰原教旨主义运动。贾巴尔蒂的书就是在那时写成的。

然而，历史学家并没有很轻易地从拿破仑远征埃及的角度理解法国文化和历史（英国对印度的统治也是如此。那种统治达到的范围与获得的财富非常之大，以致对帝国文化的成员来说，已成为天经地义的事实）。有趣的是，《埃及记事》在巩固对东方的征服中所起的作用对此类欧洲文学的出现产生影响，使得后来的学者和评论家对这样的欧洲文学的评价，成为当时征服战争的弱化又很隐蔽的产物。诺瓦尔（Nerval, Gerard de）和福楼拜（Flaubert, Gustave）的作品有很多关于东方的内容。今天要讨论他们，就意味着要在原先法国帝国胜利所划定的领域里工作；追随它的足迹，把它们扩展到一百五十年的欧洲历史中，虽然这样说，我们又是在强调贾巴尔蒂与傅立叶之间象征性的差别了。帝国的征服行动，不是一次性揭开面纱的工作，而是连续重复地、结构性地存在于法国的生活当中。在这生活中，对法国和被征服文化问隐性的、深入日常生活的差异的反应呈现了多种形式。

　　差异是惊人的。有时,在一个例子中,我们认为殖民地历史的一大部分是帝国的干涉。另一些时候,有人顽固地认为殖民活动并不重要,这是偏离伟大的宗主国文化中心的。欧洲与美国的人类学和历史文化研究中的倾向,是从西方超级公民的角度看待全部世界历史。这些人的历史观与学科的严密性或是抽掉了历史,或者在后殖民主义时期把历史归还给"没有历史"的人民与文化。很少有全面的、具有批判眼光的研究把注意力集中在现代西方帝国主义与其文化的关系上。忽略这种具有极大象征意义的关系本身,就是这种关系的体现。具体地说,伟大的法国与英国现实主义小说对帝国历史在形式上和思想上的异常依赖也从未从宏观的理论上加以研究。我以为,这些遗漏和忽略都在刺耳的关于殖民文化的舆论辩论中重复和再造着。在这些辩论中,帝国主义反复地公开说,事实上,你们之所以是现在的样子是由于我们的关系;我们走了以后,你们就恢复到原来的可悲的状态之中。要知道这一点,否则你们什么也不知道,因为现在肯定已经没有什么关于帝国主义的讨论能帮助你我的了。

　　假如那些关于帝国主义的有争论价值的讨论只限于文化史的研究方法和学术观点,我们就有理由认为它尽管也很值得注意,却不是很严肃。然而,事实上我们在谈论一个国家与权力的有趣又重要的定位问题。例如,无疑地,过去十年中,全世界范围里部落与宗教紧张情绪的复燃伴随并加深了从极盛的欧洲帝国主义时代以来(如果不是由那一时代形成的)政体间的许多差别。还有,民族主义、民族群体、宗教和文化实体间争夺统治权的各种斗争的结果,是继续并扩大了舆论与交流的滥用、具有意识形态色彩的媒介的产生与使用、将巨大的复杂事物简单化,并使之更易为国家利益服务。在所有这些当中,知识分子起了重要作用。在我看来,这种作用在其他地方都没有在作为殖民主义遗产的历史和文化的重叠部分更关键,更使之遭到损害。对于政治的世俗解释是需要冒很大的风险的。自然,力量的优势在那些自命的"西方"社会一边,在那些充当它们辩护士和思想家的公共知识分子那一边。

但是,在许多前殖民地中,有对这种不平衡的有趣反应。特别是最近出版的关于印度和巴基斯坦的著作《原住民研究》(*Subaltern Studies*),强调了后殖民时代警察国家和知识界之间的伙伴关系。阿拉伯、非洲和拉丁美洲反对派知识分子作出了类似的批判性研究。但是,在这里我将更集中地讨论一下这样不幸的结合如何不加鉴别地促使了西方国家对前殖民地人民采取行动。在我写这本书时,伊拉克入侵并吞并科威特所引发的危机正处在高峰:数十万美国军队、飞机、舰艇、坦克和火箭部署在沙特阿拉伯;伊拉克向阿拉伯世界(在这一事件中严重分裂成为埃及的穆巴拉克、沙特阿拉伯王室、其他海湾什叶派、摩洛哥等亲美派和反美派如利比亚、苏丹,或中间派如约旦、巴勒斯坦)求援。联合国在制裁伊拉克与美国的封锁问题上也意见不一。最终,美国占了上风。于是,战争爆发了。两种主要的思想是从过去保留下来的,并且依然发生着影响:一是,大国有保卫其远方利益的权利,直到军事入侵;二是小国的人民是次等的,权利小,品德差,要求也少。

在这里,媒体塑造和操纵的观点与政治态度的作用是很重要的。在西方,自从1967年战争以来,对阿拉伯世界的表述是粗劣的、简单化的、粗暴的和种族主义的,正像欧洲和美国的批评文学所证明的那样。可是,把阿拉伯世界表现为低等的"赶骆驼的人"、恐怖主义者和盛气凌人的阔酋长的电影、电视节目仍然不断涌现。当媒体行动起来,支持布什(Bush,George)总统保护美国生活方式和打击伊拉克的命令时,很少有人谈到或表现阿拉伯世界(它们当中有许多国家受美国的影响很深)的实际情况。这些实际情况造成了萨达姆·侯赛因颇具吸引力的形象;还造成了一系列复杂的、非同寻常的现象——阿拉伯小说(著名作家纳吉布·马哈福兹(Mahfouz,Naguib)获得了1988年诺贝尔奖)和其他存在于公民社会中的社会现象。虽然传媒更长于讽刺和煽情,而不善于反映发展较慢的社会和文化问题。这些错误的表现的更深层原因,是媒介的强大力量以及它把事物分割、简单化的特点和它的控制与反动的倾向。

自我界定是一切文化的活动之一。它有自己的辞藻,有一整套仪式和权威形式(全国性的欢宴、危机时刻、开国元勋、基本的文本等等)及对自身的熟悉。可是,在一个前所未有地被电子通讯、贸易、旅游和能极速扩大的环境与地区冲突危机连接在一起的世界里,强调身份认同绝不仅仅是个形式问题。使我觉得特别危险的是,它可以使人产生一种怀旧的情绪,使人回到更早的帝国时代。那时,西方及其敌人歌颂和体现品质不是为了这些品质本身,而是为了战争的目的。

这种复旧现象的一个不太重要的例子也许是1989年5月2日《华尔街日报》上伯纳德·路易斯(Lewis,Bernard)所写的专栏。路易斯是在美国工作的高级专栏作家之一。他当时正在加入关于改变"西方准则"的辩论。当时,斯坦福大学的一些师生刚就应在课程中加入非欧洲作家和妇女作家的作品做出了表决。路易斯作为伊斯兰问题的权威对这些师生发表了演讲。他用极端的态度说:"如果西方文化真的消失,一些其他东西也要随之消失;而另外的东西将要取而代之。"没有人说过"西方文化必须消失"这样可笑的话。路易斯的观点更注重一些空泛的概念而没有什么精确的论述。但他认为,修改课程就意味着西方文化的死亡。那么,那些关于恢复奴隶制、多偶制或童婚的课程就会取而代之。因此,路易斯认为,那种对其他文化的好奇心(他认为这是西方所特有的)也就不复存在了。

这个有代表性、甚至有些奇怪的论点不仅表明了西方在文化领域极为狂妄的排他意识,也表明了在世界其他地方很有局限性的、几乎是歇斯底里的敌对观点。声称如果没有西方,奴隶制和重婚制就要恢复,就是排除了在西方以外确实有过对于专制和野蛮主义的进步的可能性。路易斯的言论具有一种影响,会大大地惹恼西方人,或者使他们转而吹嘘非西方文化的成果,其后果同样不光彩。这种言论不是肯定各种历史的互相依赖,当代社会必须互相交往,而是鼓吹一种文化的分隔,产生了帝国主义式的你死我活的争斗。这种悲哀的故事一再重演。

另一个例子是1986年末,关于一部电视纪录片《非洲人》的放映和随之而来的讨论。这个原来主要由英国广播公司出资拍摄的系列片是由著名学者、密执安大学政治学教授阿里·玛兹瑞(Mazrui,Ali)执笔并解说的。玛兹瑞是肯尼亚人,穆斯林。他作为一流学术权威的能力与声誉是无可置疑的。玛兹瑞的系列片有两个论点:第一,在为西方对非洲的描述所支配的历史中(借用克利斯托弗·米勒[Miller, Christopher]所著《空白的黑暗》[Blank Darkness]一书中的说法,应用一种完全彻底的非洲化的语言),一个非洲人第一次在西方听众面前表述自己,表述非洲。正是那些听众所在的社会在过去几百年里掠夺、殖民地化并奴役了非洲。第二,非洲的历史是由三个要素,或者用玛兹瑞的话说,三个同心圆组成的:非洲本土的历史、伊斯兰的历史和帝国主义的历史。

一开始,全国人文科学基金取消了它对该纪录片播放的资助,尽管后来该片还是在公共电视网上播出了。后来,美国的大报《纽约时报》发表连载攻击该片(1986年9月14日,10月9日及16日)。作者为(当时的)电视记者约翰·科瑞(Corry, John)。说科瑞的文章是愚蠢的或半歇斯底里的并不过分。科瑞文章中的大部分都是指责玛兹瑞本人有"意识形态"上的排外倾向。文章并强调说,他没有在任何地方提到以色列(在关于非洲历史的节目中,以色列在玛兹瑞看来可能是无关的),而且夸张了西方殖民主义的罪恶。科瑞在攻击中特别指出玛兹瑞的"道德和政治上的过分之处"。这是一种奇特的婉语,意思是,玛兹瑞简直就是个肆无忌惮的宣传家,最好查一查他列举的开凿苏伊士运河死亡的人数、阿尔及利亚解放战争中死亡的人数等。隐藏在科瑞文章混乱的文字中的是(在他看来)玛兹瑞的表现本身这一恼人的、令人难以接受的现实。在这里,终于有一位非洲人出现在西方黄金时段的电视屏幕上了。他敢于指控西方的所作所为,从而重新揭开了被认为已经作出了结论的历史档案。玛兹瑞对伊斯兰世界的赞扬、对"西方的"历史方法与政治辞令的掌握,以及他以一位令人信服的真正人类楷模形象而出现——所有这些都和科瑞也许是漫不经心地为之辩护的、重新出现的帝国主义思想相反。在这种思想的核心是这样一个理念:非欧洲人不应在表现欧美历史时,把这种历史说成是对殖民地的侵犯。如果他们这样表现了,就应受到坚决的抵制。

吉卜林(Kipling, Rudyard)只看到帝国主义政治,而法农却试图超越老牌帝国主义之后兴起的民族主义思潮。二者之间的所谓紧张关系所带来的后果是灾难性的。让我们设想,由于欧洲殖民主义国家和殖民地化社会之间的差异,有一种历史的必要性使得殖民主义方面的压力造成了殖民地的反抗。使我关注的是,若干代人以后,冲突以一种贫乏的、并因而更危险的形式继续下去;其原因是知识分子和权力结构之间不加甄别的分离。其结果是,又产生了早期帝国主义历史的模式。如我早些时候指出的,这种情况导致了知识分子奉行指责政治,并大大缩小了公共知识分子与文化历史学者建议的,应注意和争论的问题范围。

到底有多少种策略可以用来拓宽、继续或者加深我们对帝国主义历史经验中,各方互动的历史与现实的了解呢?在我看来,这个问题是非常紧迫的,也可以用来解释本书背后的思想。让我提出两件轶事作为例子来证明一下我的想法。在后面几页里,我将更正式、更有条理地叙述一下各个问题与随之而来的文化解释和政治考虑。

几年前,我曾邂逅一位阿拉伯基督教教士。他告诉我,他是为一项极其紧急而又令人不快的使命来美国的。因为我自己恰巧出生在他服务的那个小小但重要的少数人教派——阿拉伯基督教新教的家庭,我对他说的话非常感兴趣。自1860年以来,存在着由分布在勒望的少数几个分支组成的一个新教教区。它主要是帝国主义国家在奥托曼帝国,主要是叙利亚、黎巴嫩与巴勒斯坦争取教徒与教区的结果。随着时间的推移,这些教派——长老会、福音派、圣公会以及浸礼会等等——产生了它们自己的特殊属性、传统和结构。而所有这些都无一例外地在阿拉伯复兴时期起了值得尊敬的作用。

然而,大约一百一十年之后,正是曾经批准和支持这些传教工作的欧美宗教组织和教会,在几乎没有预告的情况下对这个问题另有打算了。它们已看清,东方基督教实际上是由东正教教会构成的(应指出,勒望地区绝大多数皈依基督教的教徒都来自这个教会:19世纪基督教传教士在使穆斯林或犹太人皈依方面完全失败了)。现在,20世纪80年代,阿拉伯教区的西方负责人正在鼓励他们的教徒回到正教的怀抱中。人民曾谈论取消财政支持、解散教会和学校,在某种意义上可以说是全部取消。教会当局在一百年前把东方基督徒从主流教会分裂出去时,是犯了个错误。现在,它们该回去了。

对我这位教士朋友来说,这的确是个重大的突发事件。如果不是由于其中的可悲情感,人们可能把整个事情仅仅看作一个残酷的笑话。然而,使我感受最强烈的是,我的朋友表达他看法的方式。下面是他在美国对他的教会领袖所说的话:他可以理解正在提出的新的教义,即,现代统一教派的潮流应该是走向解散小支派并保留主流教派,而不是鼓励那些支派独立于主流之外。这一点是可以讨论的。但是,他说,可怕的是,那种帝国主义式的、并且完全属于强权政治范围的方式,是干脆一笔勾销了一个多世纪阿拉伯基督教的历史,似乎它从未存在过似的。我这位受到严重打击的朋友说,他们似乎没有认识到,虽然我们曾一度是他们的皈依者和学生,事实上,一个多世纪以来,我们却是他们的伙伴。我们信任他们,也信任我们自己的经验。我们自成一体,在阿拉伯世界保持了我们的身份认同。但同时,我们也在精神上生活在他们的世界里。你怎能期望我们抹掉我们独立的现代历史呢?他们怎能说,他们在一个世纪以前犯下的错误能在今天的纽约或伦敦就改正了呢?

我们应该注意到,这个牵动人心的故事涉及帝国主义的历史,而这个历史主要是关于同情与和谐,而不是对立、憎恨或抵抗的。两方中的一方求助的是共同的历史价值。的确,过去曾经有过主次之分。但是,也曾有过对话和交往。我想,我们能在故事里看到,给予或不给予注意的权力,对解释和政治都是一种完全必要的权力。西方教会当局提出的未言明的理由是,阿拉伯人从对他们的赐予中得到了某种有价值的东西。但是在这种附属与屈从的历史关系中,一切赐予都是单方向的;价值主要是对一方而言的。互相的关系被认为是不可能的。

这是一个关于"关注"或大或小的价值和质量是否均等的故事。这个故事需要由后殖民时代的形势来解释。

我想提出的第二个观点也可以借助例子来说明。现代知识领域的一个经典话题,是关于占统治地位话语的发展,和自然科学、社会科学及文化领域中的学科传统。据我所知,关于这个问题的论点毫无例外都来源于西方。福柯的著作是一个例子。雷蒙·威廉姆斯的著作是另一个领域的例子。基本上,我相当同情这两位伟大学者承前启后的发现,并且很感激他们。但是,他们没有把帝国的历史联系起来看。除了偶尔在人类学历史的研究中——像约翰内斯·费边的《时间与其他》(*Time and the Other*: *How Anthropology Make Its Object*, New York: Columbia University Press, 1985) 与塔拉尔·阿萨德 (Asad Talal) 的《人类学与殖民地的历史》(*Anthropology and the Colonial Encounter*, London: Ithaca Press, 1975)——或是在社会学的发展中像布莱恩·特纳 (Turner, Brian) 的《马克思与东方学的终结》(*Marx and the End of Orientalism*, London: Allen & Unwin, 1978) 以外[41],这已成为西方文化与科学学科中常见的理论漏洞。我在《东方学》中所做的努力部分是想表明,看似孤立的、与政治无关的文化学科对帝国主义思想与殖民主义实践的颇为恶劣的历史依赖。

但是,我要承认,我也在有意识地表示不满。这种不满针对的是,一座围绕着政策研究所建的坚固的、否认的藩篱。政策研究被当作不会引起争议,从根本上说是实用的学术工作。假如西方与前殖民地世界的年轻一代学者不愿以新的观点看待他们的共同历史的话,我的书也就不会产生可能的影响。尽管他们的努力受到了讽刺和责难,仍然出现了许多重要的修正性著作。(实际上,它们早在一百年前整个非西方世界对帝国的抵抗期间就出现了。)这些较新的书中有许多是有价值的,因为它们越过了东西方之间具体的两极论,并且试图以明智和具体的方式了解复合的、而且经常是不寻常的形势。这些形势过去时常为所谓的世界史学家和殖民地东方学家所忽略。这些世界史学家倾向于把大量的材料放在简单的、无所不包的标题下。我要在本书别的地方对此加以讨论。这些新一代学者的著作中值得一提的例子有,彼得·格兰(Gran, Peter)对埃及现代资本主义在伊斯兰教中的根源的研究、朱迪斯·塔克(Tucker, Judith)对帝国主义影响下的埃及家庭与村庄结构的研究、汉娜·巴塔图(Bartatu, Hanna)关于阿拉伯世界现代国家机构形成的巨著和S. H. 阿拉塔斯(Alatas, S. H.)的伟大研究《懒惰的土著之谜》(*The Myth of the Lazy Native: A Study of the Image of the Malays, Filipinos, and Javanese from the Sixteenth to the Twentieth Century and Its Functions in the Ideology of Colonial Capitalism*, London: Frank Cass, 1977)。[42]

但是,很少有著作论述当代文化与思想意识更复杂的渊源。一个值得注意的努力来自哥伦比亚大学一位印度博士生最近出版的一本著作。她是一名训练有素的英国文学学者兼教师。我认为,她的历史与文学研究发现了现代英语研究的政治来源,并发现它们在相当大的程度上属于强加在19世纪印度土著头上的殖民地教育体系。高瑞·维斯瓦纳桑(Viswanathan, Gauri)的作品《统治的面具》(*The Masks of Conquest: Literary Study and British Rule in India*, New York: Columbia University Press, 1989)有许多有趣的地方。但仅仅她的中心思想本身就很重要:习惯上被认为完全由英国青年所创立并为他们所利用的一个学科,最初是由19世纪殖民地行政官员为了思想绥靖和改造可能反叛的印度人而创立,后来又为了非常不同但与之有关的目的而输入了英国的。[43]我认为,整个论点的证据是确凿的,并且毫无后殖民时代令人困扰的"本土主义"之嫌。然而,最重要的是,这种研究勾画出一种内容多样、盘根错节的知识史画面。这个历史画面的真实情况深藏于一个迄今为止被视为文学、历史、文化与哲学研究的真正定位和文体的表面之下。它们把我们从常规化的关于西方模式对非西方模式优越性的争论中解放出来。

不能逃避下列事实:现在的思想与政治形势,对我在本书中建议的不同知识工作准则来说,是很不利的,也不能回避我们当中许多人置身其中的,遭受困扰的事业与动乱战场的召唤。那些与我这个阿拉伯人有关的,都是有争议的问题。它们被作为美国人的我所受到的压力恶化了。尽管如此,有一种带反抗性的,也许是极为主观的反对力量存在于知识或批判的自身中。我们必须把它动员起来,特别是当大部分人的情绪——甚至在所谓的人文学科里——都被导向所谓的爱国主义的统治和民族主义的强制运动时。在与这种倾向的力量抗衡时,我们应当尽量利用我们对其他文化和历史的真正的理解。

对于一个训练有素的比较文学学者来说,比较文学这一学科的来源和对象,是超越褊狭性与地方主义,把几种文化和文学并列在一起来研究。一个训练有素的比较文学学者实际上已经在相当程度上处在对简单化的民族主义和无批判的教条的斗争之中了。毕竟,比较文学的构成和最初的目的,是获得超越自己民族的观点,是去观察某种整体,而不是一个为自己的文化、文学和历史所提供的自我辩护的小小一隅。我建议我们先看看比较文学作为一种方法最初是什么。具有讽刺意味的是,我们将见到,比较文学产生于欧洲帝国主义的极盛时代,并不可否认地与它联系在一起。那么,我们就可以从比较文学后来的轨道比较清楚地看到它在帝国主义仍在发生影响的现代文化和政治中的作用。

V 把帝国与世俗的解释联接起来

从第二次世界大战前很久到20世纪70年代,欧洲和美国比较文学研究的上流传统受一种学术风格的支配。这种风格现在几乎消失了。其主要特点是,它主要是艺术的,而不是我们后来叫做批评的东西。今天没有任何人受过艾瑞克·奥尔巴赫(Auerbach, Erich)与列昂·斯皮则(Spitzer, Leo)那样的训练。这两个人是因逃避法西斯主义的迫害来到美国避难的伟大的德国比较文学家:这既是个量的事实,也是个质的事实。今天的比较学者必须有能力研究1795到1830年间法国、英国和德国的浪漫主义,而过去的比较文学家则更可能,第一,必须研究过更早的时期;第二,必须在各种大学里跟从不同流派的学者进行过多年的研究;第三,必须能掌握所有或大多数古典语言、早期欧洲方言以及它们的文学。20世纪初的比较文学学者是一位语言学家,有如弗朗西斯·弗格森(Fergusson, Francis)在一篇评论奥尔巴赫的《模仿》(*Mimesis*)中所说,他如此学识高深,精力充沛,令我们那些最坚定的"学者"——那些摆出毫无表情的面孔,自称富有科学的严密性和彻底性的人——"显得怯懦而又松懈"。[44]

在这样的学者背后有一种更长久的人文主义传统。这个传统来源于通俗人类学的发展,包括哲学领域的革命。我们把那全盛时期与18世纪末期以及维柯、赫尔德、卢梭和施莱格尔兄弟联系起来。他们的著作基于这样一种信念:人类形成了一个极为美妙的、交响乐似的整体。它的进步与形成,还是作为一个整体,可以作为协调的、世俗的历史经验来研究,而不是体现崇高。因为"人"创造了历史,就有一种在目的和方法上都不同于自然科学的解释学方法来研究历史。这种伟大的、具有启蒙意义的洞察力广泛传播开来,并在德国、法国、意大利、俄国、瑞士,然后是英国为人们所接受。

这样一个人类文化的观点在1745到1945年间的两个世纪中以几种不同的形式在欧洲和美国得以流行,其主要原因,是同一时期中民族主义惊人的兴起。这样说并非把历史庸俗化了。学术(在这里就是文学)与民族主义结构间的交错关系没有像应该的那样得到认真的研究。但,很明显的是,当多数欧洲思想家歌颂人文科学或文化时,他们主要是在歌颂属于他们自己的民族文化或欧洲文化的思想和价值观,以区别于东方、非洲甚至美洲文化的思想与价值。激励我对东方学进行研究的部分原因是,我对经典著作这种领域的所谓普遍性(更不用说历史编年学、人类学和社会学)的批判。这种观点是极端欧洲中心的,似乎其他文学与文化的价值不是低下的,就是落伍的(甚至在产生了科蒂斯(Curtius)与奥尔巴赫的神圣传统中得到训练的比较文学专家,也对亚洲、非洲和拉丁美洲的作品几乎不感兴趣)。随着欧洲国家间竞争在19世纪的加剧,一个民族的学术解释传统与另一个之间的竞争紧张程度也加大了。厄内斯特·勒南（Renan, Ernest）关于德国和犹太传统的论辩是这方面的著名例子。

然而，这种狭隘而时常刺耳的民族主义言论事实上遇到了科蒂乌斯（Curtius）与奥尔巴赫等知识界前辈所代表的更宽容的文化眼光的抵抗。这些学者的思想出现在帝国主义时期之前的德国（也许是对该国未实现政治统一的补偿），以后不久又出现在法国。这些思想家认为，民族主义是个短暂的、最终是次要的问题：更重要的是能超越毫无价值的官僚体系、军队、关税壁垒和恐外症的人民与精神的和谐。欧洲的（与民族的相对而言）思想家在严重的冲突出现时会求助一种普遍的传统。从这个传统中，产生了一个认识，认为文学的比较可以有助于形成跨国界的、甚至泛人类的关于文学作用的观点。因此，关于比较文学的观点不但表现了普遍性和对语言学家获得的语言体系的理解，而且象征了一个几乎是无危机的理想王国。立于狭隘的政治之上的，是一个人类的伊甸园和马修·阿诺德（Arnold, Matthew）及其学生称为"文化"的世界。在这个伊甸园里，男男女女在欢快地耕种着一种叫做文学的东西。只有最优秀的思想和行为才能被允许进入其中。

歌德（Goethe, Johann Wolfgang von）的世界文学的思想——一种在"伟大的书"和全部世界文学之间模糊的综合物观念——对于20世纪初的专业比较文学家来说是很重要的。但是，尽管如此，像我说过的那样，就文学与文化的实际意义与意识形态而论，欧洲还是起了领路的作用并且是兴趣所在。在拥有像卡尔·沃斯勒（Vossler, Karl）和德·桑克蒂斯(Sanctis, De)这样的伟大学者的世界里,具体地说,是罗马尼亚生产了知识并提供了一个全世界文学创造的集大成的中心。罗马尼亚代表着欧洲,正如罗马教会与神圣罗马帝国(以一种令人奇怪的、反向的方式)保证了欧洲文学核心的完整一样。在更深的一个层次上,我们所知道的西方现实主义文学是以基督的化身出现的。这一具有凝聚力的、前卫的观点说明了但丁对于奥尔巴赫、科蒂斯、沃斯勒和斯皮则的重要性。

所以,谈论比较文学就是谈论世界文学之间的相互作用。但是,这一学科是被先验地作为一种等级体系来组织的:欧洲及其拉丁基督教文学处在这一体系的中心和顶端。奥尔巴赫在一篇二次大战后写的名为《世界文学的语言学》(*Philologie der Weltliteratur*, Centennial Review 13 (winter 1969))的著名文章中注意到,许多"其他"文学语言与作品似乎已经出现(他既没有提到殖民主义,也没有提到非殖民化,好像这些文学不知从哪里冒出来的)。他对于他不得不承认的东西感到的焦虑和恐惧多于快乐。罗马尼亚处在威胁中。[45]

当然,美国文学的实践者和学术界都觉得这种欧洲的模式适于他们模仿。美国第一个比较文学系和第一个比较文学杂志是1891年在哥伦比亚大学出现的。请考虑一下该系第一任系主任乔治·爱德华·伍德伯瑞(Woodberry, George Edward)就这一领域所说的话:

> 世界各个部分在走向一起。跟随它们的是知识的各个领域。慢慢地它们交织成一个知识的国度。这个

国度超越政治领域。它的结构与法官的法庭和绅士的代表大会没有什么两样。这个国度将最终成为将世界连接在一起的真正纽带。一个现代学者比其他公民更多地受益于这种交往的扩大和相互的沟通,受益于这个大规模扩充又大规模集中的时代;和受益于民族之间互相接触,与历史接触的时代。他的日常精神历程包含的有关种族的回忆和种族的想像比前人的多。他过去和将来的视野更开阔。他生活在更广大的世界里——他事实上生下来就享有不仅是一个城市的自由,无论这自由多么高尚;他生下来就成为正在兴起的国家的新公民。这个国家没有边界,没有种族或强权,但是有最高的理智。(这是从柏拉图到歌德的一切伟大学者或朦胧或清晰的梦。)名为比较文学的新领域的出现与成长,伴随着这个大世界的到来和学者们在这个世界上的工作:研究工作将沿着自己的轨道发展,并和其他的领域汇集在一起,走向在科学艺术与爱的精神下统一起来的人类大一统目标。[46]

这样的词语既简洁,又天真。它与克罗斯和德·桑克蒂斯的影响相互回应,又与威廉姆·冯·洪堡(Humboldt, Wilhelm von)的早期思想产生共鸣。但是,在伍德伯瑞的"法官的法庭和绅士代表大会"中有某种怪异之处,他所说的这个大世界的实际生活情况被证明是不真实的。在历史上最大的帝国主义的霸权时代,伍德伯瑞忽视了那种占支配地位的政治统一形式,以便去赞扬更高的、纯为理想的统一。关于"科学、艺术与爱的精神统一"怎样面对不太愉快的现实,伍德伯瑞是含混不清的,更不用说怎样能期望"精神统一"去克服物质、权力与政治分裂了。

比较文学的学术工作伴有一种观念,认为欧洲和美国共同构成了世界的中心,不仅由于它们的政治地位,而且由于它们的文学是最值得研究的。当欧洲被法西斯征服,美国得益于许多流亡到美国的学者,他们并未把危机感带到那里去。这很可以理解。比如,奥尔巴赫从纳粹欧洲流亡到伊斯坦布尔时所写的《模仿》不仅是一种文字的张扬,而且是——他在我刚才提到的1952年的那篇文章中说——一种文明的生存行为。他似乎认为,他作为比较文学家的使命是前无古人地表现从荷马到弗吉尼亚·伍尔夫的各种不同形式的欧洲文学的复杂演变。科蒂乌斯关于拉丁中世纪的书出于同种恐惧。在受到那两本书的影响的成千上万学术界文学学者身上又留存了多少那种精神呢?《模仿》被誉为一本分析透彻的了不起的书,但它的使命感在对它的经常性的无价值的使用中消亡了。[47]最后,20世纪50年代末,俄国人造卫星出现了,从而把外国语——还有比较文学——的研究变成了直接影响国家安全的领域。国家安全教育法[48]促进了这个领域的发展,同时出现了一个甚至比伍尔伯瑞可能想像的更自鸣得意的民族中心和秘密的冷战主义。

然而,像《模仿》直接反映出的那样,处于比较文学研究核心位置的西方文学观念专注于强调、夸张和赞扬某种历史观,同时模糊了给该观念以力量的地理与政治现实。这本书以及其他比较文学著作中所包含的欧洲或西方文学史思想主要是理想主义的,并且或多或少是黑格尔式的。因此,罗马尼亚借以获得支配地位的发展原则据说是合成和综合性的。从中世纪的大事记扩充、发挥成为19世纪叙述性小说的大厦包含了越来越多现实的描述。这可以在斯汤达、巴尔扎克、左拉、狄更斯、普鲁斯特等人的作品中看到。每部著作都扰乱了《神曲》中展现的非常令人怀念的基督教基本秩序。每部著作都是对这个秩序的发问的合成物。阶级、政治动乱、经济模式与组织的改变、战争：所有这些题材对塞万提斯、莎士比亚、蒙田等大作家以及许多不那么出名的作家来说，是在重新出现的结构、观念、稳定性内展开的。它们都证明了欧洲本身所表现出来的持续的辨证秩序。

世界文学在20世纪获得新生。一个关于世界文学的建设性的观念与殖民地理学理论家们的理论恰恰相符。在哈尔弗德·麦金德（Mackinder, Halford）、乔治·齐索姆、乔治·哈代（Hardy, Georges）、勒若伊－布留（Leroy-Beaulier）和鲁西安·费弗雷（Fevre, Lucien）的作品中，出现了对世界体系的坦诚得多的评价，也同样是以宗主国为中心的和帝国主义的。但是，现在不是单单提到历史。帝国与实际的地理空间被放在一起，产生了有关欧洲所控制的"世界帝国"。但是，在这种从地理角度描述的画面中（如保罗·卡特［Carter, Paul］在《通向植物园湾的路》中所表现的，这个描述主要是根据实际的地理探险与征服而进行的），也有一种同样强烈的信念，认为欧洲的优势是当然的，是齐索姆（Chisholm, George）所说的欧洲的"历史优势"的顶峰。这些优势使得欧洲能压倒那些它所控制的地区的沃土和财富所具有的"天然优势"。[49]费弗雷的《地球与人类的演变》（*La Terre et l'evolution humaine*, 1922），是一本有说服力的完整的百科全书。在谈论范围和理想主义的倾向方面可以与伍德伯瑞相匹敌。

伟大的地理融合论者向19世纪末和20世纪初的听众提供了对当时的政治现状的技术性说明。欧洲确实指挥着世界,帝国的地图确实认可文化观念。在一个世纪后的我们看来,一个世界体系和另一个之间的巧合和相似,地理与文学之间的相似,虽然很有趣,但却成问题。我们该怎样看待这种相似呢?

我认为,首先,需要明确地表述与激活历史。而要做到这些,我们需要思考当前,尤其是严肃地思考帝国主义的解体和几十个前殖民地和占领地的独立。我们需要认识到,当代的全球背景——重叠的领土、交织的历史——已经存在于对比较文学的先驱们来说非常重要的地理、文化和历史的巧合与汇合中。这样,我们才能以一种新的、有活力的方式把握住提出"世界文学"的比较文学的观点的历史理想主义。同时,也理解当时的实际存在的帝国主义的世界版图。

但是,要做到这点就必须承认,二者之间的共同之处在于,它们都是力量的体现。相信并从事世界文学研究的人的真正深厚的学识就暗示着一个西方学者所拥有的优势。他可以以一种独立的旁观者的身份来检验世界文学。东方学学者和研究非欧洲世界的其他专家——人类学者、历史学家、语言学家——就具有那种力量。而且,如我在别处曾经表明的,这时常是与一种有意识的帝国主义行径配合默契的行为。我们必须详细地阐明这些各种各样的自成一体的立场,并了解它们的共同的方法。

葛兰西的文章《关于南方问题》(*Some Aspects of the Southern Question*, In Selections from Political Writings, 1921—

1926，London：Lawrence & Wishart，1978）提供了一个明显的地理模式。这项为人们读得不够充分、分析得不够透彻的研究是葛兰西惟一流传下来的政治与文化分析（虽然他没有完成这篇文章）。它讨论了许多亟待讨论和采取行动的地理问题，讨论了他的同志们关于如何看待、研究和规划南部意大利的分析。这些规划等等因为社会的解体变得几乎不可能。但对于意大利北部却是至关重要的。我想，葛兰西的分析超越了它对1926年的意大利政治的战术意义，因为它达到了他在1926年前的新闻工作的顶峰，同时又构成了《狱中札记》（Prison Notebooks）的前奏。与他那卓越的同行卢卡奇（Lukacs，George）相反，葛兰西在该书中集中论述了社会生活的土地、空间和地理基础。

卢卡奇属于马克思主义的黑格尔学派的传统，而葛兰西却更具有维柯和克罗齐（Groce，Benedetto）派的倾向。对卢卡奇来说，《历史与阶级意识》（History and Class Consciousness）（1923）的中心问题是短暂的，而葛兰西，只要粗略地检验一下他的词汇概念就立即可以看出，社会历史与现实是用地理名词来表述的——如"地带"、"地区"、"街区"和"区域"等词占了很大一部分。在《关于南方问题》中，葛兰西不仅努力地说明，意大利划为南北两个区域的问题，是在困境中如何从政治上对待全国工人阶级运动挑战的中心问题。同时，他还不厌其烦地描写南方的特别地形。他说，它的特点是两方的惊人对比：一方是无法区分的农民大众，另一方存在着"大"地主、重要的出版社和著名的文化结构。克罗齐，一个意大利最显要最著名的人物，被葛兰西以特有的灵敏看作一个南方的哲学家。他觉得他与欧洲和柏拉图，比他所处的危机中的南方有更多的共同语言。

所以,问题是怎样把南方与北方结合起来。南方的贫困和巨大的劳动力资源不得不受北方经济政策与权力的影响;而北方在这方面依赖于南方。葛兰西对这一问题的解答方式,预示了他后来的著名的对知识分子的批评。在《四篇论文》(Quaderni)中,他研究了皮尔罗·格白蒂(Gobetti, Piero)。格白蒂作为一名知识分子,认识到把北方无产阶级和南方的农民结合起来的必要性。这种策略与克罗齐和吉斯蒂诺·弗图那多的完全相反。格白蒂通过文化把南北方结合起来。在一个与传统不同的层面上提出了南方问题,把北方无产阶级介绍到南方(传统的方式是把南方仅仅看作意大利的一个落后的区域)。[50]葛兰西接着说,这种介绍都是不能出现的,除非我们记得知识领域的工作是缓慢的;它的工作日历比任何其他社会群体的日历都要长。文化不能被当作迅速实现的事实来看待,而是必须(如他要在《四篇论文》中说的)在新的文化结构出现之前,需要经过很长时间,经过多年的准备、行动与传统才能成就的。知识分子对这个过程是必不可少的。

葛兰西还了解,在珊瑚状的文化结构出现的长久时段里,人们需要一种"有机的"突破。格白蒂就代表了这样的突破,一个在意大利历史中长久地支持与保持了南北差别的文化结构缝隙。葛兰西对作为个人的格白蒂的评价很明显是热情、赞赏和诚挚的。但是他对于葛兰西对南方问题的分析的政治和社会意义(那篇未完成的文章突然以格白蒂的这种考虑而终止是很合适的)是,进一步指出了一种社会结构的必要性。这个结构需要发展、扩充,建立在他所做的努力和他所坚持的观念的基础之上。他认为,知识分子的工作能起到一种连接人类历史上自成一体的不同区域的作用。

我们所说的格白蒂因素所起的作用好像一个充满活力的连接物。它有力地、有机地表达并体现了比较文学的发展与帝国地理出现之间的关系。如果简单地把两者都看成是帝国主义的,无助于表明它们是在什么地方与怎样出现的。更重要的是,这样就不能把二者放在一起当作一个整体,当作一种不仅是偶然的、同时发生的机械的关系来表述。要做到这一点,我们就必须从一个抵抗的、日渐挑战性的非主流观点来看待对非欧洲世界的统治。

没有大的例外,现代欧洲与美国都众口一词地断言,非欧洲世界自愿或非自愿地保持着沉默。还有合并,有包容;有直接统治,有胁迫。只是偶尔有人承认,应该听取殖民地人民的呼声,了解他们的想法。

可以说,西方文化本身不断的再生产与解释也基于同一前提。在进入20世纪后很久,甚至在"边缘世界"对西方力量的政治抵抗增长时也是这样。正因如此,由此而引出,现在可以重新对西方文化遗产做出解释了,好像这个遗产曾由于帝国对世界的分割而割裂开来。现在也可以做出相当不同的一种阅读和解释了。首先,像比较文学、英语研究、文化分析和人类学这些领域的历史可以被看作附属于帝国主义的;我们还可以说,它们甚至有助于西方帝国维持对非西方土著的优势;特别是,如果我们知道葛兰西的"南方问题"所列举的空间意识例子的话。其次,我们解释事物角度的改变,使我们能向所谓超然的西方观察家的至高无上与无可挑战的权威挑战。

西方文化的形成可以从保护它们的封闭圈子里拿出来,放在帝国主义造成的富有活力的全球性环境中了。这个环境本身也随着南与北、宗主国与边缘地区、白人与土著之间的竞争而得到改变。我们从而可以把帝国主义看作作为宗主国文化的一部分的一个正在发生的过程。这个过程有时承认、有时模糊帝国主义这个长期存在的事实。重要的一点——一个非常葛兰西化的观点——是,英、法、美的民族文化怎样维持了对边缘地区的霸权;在它们的内部是怎样取得了一致,并为了对土著与遥远的领地的统治而不断将其巩固的。

当我们回顾文化遗产时,我们的重读不是单一的,而是对位的。我们同时既意识到这个遗产中所叙述的宗主国的历史,也意识到那些与占统治地位的话语抗衡(有时是合作)的其他历史。在西方古典音乐的多声部乐曲中,各个主题互相替代,只给予某一个主题以短暂的突出地位。在由此而产生的复调音乐中,有协奏与秩序,有组织的相互作用。它是一种来自主题,而不是来自作品之外的严格的旋律或形式上的原则。我认为,我们可以同样地阅读和解释英国小说。它们与西印度群岛或印度的关系(通常是大部分被压制了),是由殖民统治、抵抗,还有当地的民族主义的特殊历史所形成甚至决定的。在这种时候,不同的小说或叙述就出现了。而它们又成为体系之内的论述方式了。

应该可以明显地看出,没有任何包罗万象的理论原则可以解释整个帝国主义体系;同样明显的是,以将世界划分为以西方与其余部分——让我们借用一下非洲评论家秦维祖的话——为基础的关于控制与抵抗的原则,像一条贯穿一切的分界线。这条分界线影响非洲、印度等边缘地带和其他地方与帝国主义的局部接触、互相重叠和互相依附。每个地区都不同,与帝国主义的接触的程度和形式都不同。每个地区都有自己的主旨、行动和机构。还有——从我们作为重新阅读的读者眼光看来是最重要的——它获得知识的可能性与条件。在每一个与帝国主义有联系的地区,帝国主义的模式解体了;它的合并式的、一致化和独裁的方式已经失败。在这些地方,一种特殊的研究方法和知识就会开始形成。

新知识的一个例子是对东方学与非洲主义的研究。与此有关的还有对英国特点与法国特点的研究。今天对这些特点的研究不是把它们作为天赋的本质,而是作为——比如,非洲历史和英国对非洲的研究之结合——来研究;或者,作为对法国历史研究和第一帝国时期知识重组之结合来研究的。在一种重要的意义上,我们正在讨论的文化属性之构成不是由于它的本质特性(虽然它长久的魅力部分就来自于它的本质),而是要把它作为一个有对位形式的整体。因为,没有对立面和负面的属性是不能存在的:就像野蛮人之于希腊人;非洲人、东方人之于欧洲人,等等。反之亦然。甚至我们对现在频繁接触的具有本质性的概念如"伊斯兰"、"西方"、"东方"、"日本"或"欧洲",也需要有一个特殊的认识、一个观念和作为参照的大框架体系。

如果一个人把对主要宗主国文化,如英国的、法国的、美国的文化,放在他们发展帝国事业之斗争的地理背景下来研究,一个清晰的文化版图就会出现。在使用"观念和参照物系统"这个概念时,我脑子里就呈现出这个文化的版图,或是雷蒙·威廉姆斯的"感觉的结构"这个概念。我在这里谈论的是文学、历史、人种学等文化语言里出现的涉及位置和地理的体系。这个体系有时是隐性的,有时是经过精心策划的。这个体系把一些本来没有什么联系的作品贯穿起来。贯穿它们的就是官方帝国主义的意识形态。

例如,在英国文化中,我们可能在斯宾塞、莎士比亚、笛福和奥斯汀身上发现一种一贯的关注。这就是,把为社会所需要和授权的故事空间安排在英国或欧洲,然后,通过编排、设计动机和故事的发展,把遥远的或边缘的世界(爱尔兰、威尼斯、非洲和牙买加)联系起来。出现这些地方虽然是故事的需要,但却是处于附属地位的。随着这些精心维持的大框架,就产生了观念(关于统治、控制、利益的观念,还有强化与适应性等)。这个体系从17世纪到19世纪末以惊人的力量得到了发展。这个体系不是产生于作者的(半阴谋性的)预先设计,而是与英国的文化认同联系在一起的。而那个认同想像自己处在地理所认知的世界里。同样,在法国和美国文化中也可以看出这样的体系,只是发展的原因不同,方式也明显地不同罢了。我们还不能说,这些从全球看是完整的结构是不是为帝国主义的征服和控制所做的准备,或者它们伴随帝国主义的行为而产生,或者它是帝国有准备或是无意的产物。在现阶段,我们必须看一看统治遥远的领地的三个主要西方文化对地理的表述是多么频繁。在本书的第二章里,我将要探讨这一问题并提出进一步的论点。

在我尽最大的努力去阅读和了解这些"感觉与参照体系时",我很少发现例外、背离或含混不清的情况:毫无二致的是,臣属民族应该被统治。他们就是臣属民族。某些民族就应该、并通过不断的努力获得了权力,因此被认为是应履行自己向外扩张领土之职责的民族(的确,如希利后来在1883

年形容英国人的那样——法国和美国有它们自己的理论家——只能这样理解英国人)。宗主国文化的一部分自那时以来已经产生了我们这个时代社会竞争的先锋。它们却对这种众口一词的帝国主义论调没有异议。这也许很令人尴尬。很少例外,妇女运动与工人阶级运动也是赞成帝国的。而且,虽然我们要费很大的劲去表明存在着不同的想像、情感、思想和哲学,去证明每一种文学与艺术都是特别的,但在这个问题上人们的目的实际上却是一致的:必须维护帝国,而且也确实是在维护着帝国。

如果没有在边缘地带发生的对帝国的抵抗运动,以这种新活跃起来的、富有新意的方式阅读和解释主要宗主国文化内容就是不可能的。在本书第三章里我说道,一种新的全球性意识把反帝斗争的各个地方连接起来了。今天,前殖民地世界的作家和学者已经把他们各种各样的历史和各种各样的地理状况,放在了欧洲殖民主义的巨大文本之中。从这些重叠而又不同的相互作用中,开始出现了新的解读与知识。我们只要想一想,20世纪80年代末发生的极其剧烈的动荡——壁垒的推倒、人民的起义、跨越国界的浪潮、笼罩在西方世界头上的移民、难民和少数民族的权利问题——就可以明白,旧的划分和严格的隔离政策与安适的自治等等是多么过时了。

然而,估量一下这些文化体系是如何建立的,并了解一下,例如,一个没有受到过挑战的英国文化观点是怎样逐渐地占据了权威地位,并推向了海外。这对任何一个个人都是很巨大的任务,但是,整个第二世界的新一代知识分子和学者所从事的正是这种工作。

正是在这一点上,需要小心谨慎。我要提出的是民族主义和解放运动之间不平稳的关系。这是从事反对帝国主义的人们的两个理想与目标。后殖民地世界中许多新独立的民族—国家重新确立了理想中社区的首要地位。这些社区被 V.S. 奈保尔和科纳·克鲁斯·奥布莱恩这样的作家描绘和嘲讽;又被一群独裁者和小暴君在各种形式的民族主义外衣下所窃夺。尽管如此,一般来说,许多第三世界学者与知识分子的觉悟中都有一种反叛的品质,特别是(但不仅仅是)那些在西方的流亡者、流放者或难民和移民(他们当中有许多人是乔治·安东纽斯(Anthonius, George)和 C.L.R. 詹姆士等 20 世纪初的流放者所做的工作的继承者)。他们曾经试图把帝国分界线两边的经验连接起来,重新检验那些重要的准则,创造一种事实上的批判文学。这些工作不可能,一般说来也没有见容于被复活了的民族主义、专制主义,以及背叛了民族解放理想并赞扬分裂之民族主义现实的卑鄙意识形态。

此外应该看到,他们的工作与宗主国本身的少数人和"被压制之人"的呼声关注着共同的问题。这些人包括女权主义者、非洲裔美国作家、知识分子、艺术家,等等。但是,在这一点上,谨慎与自我批评也是很重要的。因为有一种传统的危险就是,反对派的努力有可能被纳入体制内;边缘地位可能导致分裂主义;反抗蜕变成僵化。的确,知识界中存在着的那种积极的、不断挑战现实的精神,就意味着反对教条主义。永远有必要提倡协作,防止强制;提倡批评,防止单纯的团结;提倡警觉性而防止盲从。

由于我在这里谈论的主题类似《东方学》的续篇,而该书和本书一样是在美国写作的,有必要考虑一下美国的文化与政治环境。美国不是一般的大国。美国是最后一个超级大国,一个几乎在世界各地都有巨大影响、时常进行干涉的大国。美国公民与知识分子对美国与世界其他地方之间发生的事负有特殊的责任。仅仅说苏联、英国、法国或中国过去或现在更糟糕,是无法履行或推卸这个责任的。事实是,我们的确有责任,并因而更能够影响这个国家。而我们却不能把这个责任强加于戈尔巴乔夫前的苏联或其他国家。所以,我们应当首先仔细地注意,在中美洲和拉丁美洲(在此只提一下最明显的)以及中东、非洲和亚洲,美国怎样取代了历史上强大的帝国而成为当前的外部统治者。

实事求是地看,美国的记录并不好。自从第二次世界大战以来,美国的军事干涉几乎涉及每块大陆。其中有许多是很复杂、规模很大的。美国同时进行了我们今天才开始了解的巨大的国家投资。用威廉·艾普曼·威廉姆斯(Williams, William Appleman)的话说,所有这些都是作为一种生活方式的帝国主义行为。对于越南战争、对于美国对尼加拉瓜反政府军的支援、关于海湾危机等等的披露,只是这个复杂干涉行为的一部分。美国的中东与中美洲政策——无论是在伊朗的所谓温和分子当中寻求一个地理—政治缺口,或是援助反政府自由战士推翻经过选举产生的合法的尼加拉瓜政府,还是支援沙特和科威特的皇族——只能被称为帝国主义的政策。而人们对这些却没有给以足够的重视。

即便我们像许多人那样认为,美国的外交政策主要是利他的、致力像自由和民主这样的无可指摘的目的,仍然有大可怀疑的地方。T.S.艾略特在《传统与个人才能》(*Tradition* and the Individual Talent)中与此有关的话显而易见是很重要的。作为一个国家,难道我们不是正在重蹈法国、英国、西班牙、葡萄牙、荷兰和德国的覆辙吗?可是,我们不是会认为自己无论怎样也不会经历别人经历过的卑鄙的帝国冒险吗?另外,我们不是想当然地认为,我们的命运就是要统治并领导全世界,把这作为我们开进荒蛮之地的使命之一部分吗?

简而言之,作为一个国家,我们面临着一个深深地困扰人的关系问题——我们和其他人的关系,和其他文化、国家、历史、经验、传统、人民和命运的关系。没有一个能脱离问题本身的普遍定理。在各个文化之间、帝国与非帝国不平等的力量之间、我们和别人之间,关系之外没有任何优势;没有任何人有认识论上的优势,能够不受当前关系所附带的利益与牵扯的羁绊,而对世界作出判断、评价和解释。可以说,我们是从属于关系而不是外在于或超越关系的。作为知识分子和人文学者或普通的评论家,我们应当以参与者的身份,从实际的内部来了解处于世界各国与力量体系之中的美国,而不做超然的外部观察者,用叶芝(Yeats, William Butler)绝妙的话说,像奥利弗·歌德斯密斯(Goldsmith, Oliver)那样,故意地从我们心灵的蜜罐里吮食。

当代欧洲与美国人类学者的艰苦研究象征性而又有趣地反映出这些交织在一起的问题。他们的文化实践与知识活动含有一种不平等的关系。这一关系构成了这些活动的主要成分。这个关系的一方是西方人种学观察家,另一方面是原始的、或者至少是不同的、但肯定是较弱、较落后的非洲人和非欧洲人。在《吉姆爷》的异常丰富的内容中,吉卜林推断了那种关系的政治意义,并把它体现在克莱顿上校这个人物身上。克莱顿是负责研究印度的人类史学者,也是英国在印度的情报机构的负责人。吉姆就属于印度这个英国的大领地。现代西方人类学中时常重复出现的那个成问题的关系,一些理论家新出版的著作中也论述了下述两者之间几乎不可克服的矛盾:一方面是建立在力量上的政治现实;另一方面是以不受力量支配的方式,出于科学和人道的愿望,认识并同情他人,了解他人。

这些努力有时成功有时失败。更令人感兴趣的是,是什么使它们与众不同,是什么使它们成为可能。那就是,确切地意识到那令人难堪的、无处不在又无可逃避的帝国主义背景。我不知道有什么办法能不了解帝国主义的竞争而从美国文化中了解世界(美国文化中有消灭和吞并他人的历史)。我要说,这是个具有特殊的政治与解释重要性的文化事实。可是,在文化与文学理论中却没有达成这样的认识,并且在关于文化的话语中它照例要被绕过去或被阻止。阅读多数文化解构主义者的著作,或者马克思主义者的著作,或新历史主义者的著作,就是阅读这样一些作者的著作:他们的政治视野、他们的历史定位深深地浸淫在帝国主义统治的社会与文化之中。可是,人们很少注意这一视野,很少有人承认这个背景,意识到帝国封闭圈的存在。相反地,人们有一种印象,觉得对其他文化、其他文本和人们的解释——实质上,一切解释都是关于这些的——发生在一个无时间性的真空里,这个真空非常具有包容性,可以把解释变成没有根基、不受钳制、没有利益因素的普遍真理。

当然,我们不仅生活在商品的世界里,也生活在一个表现的世界里。而表现——它们的产生、流传、历史与解释——正是文化的要素。在很新近的理论中,表现问题被认为是中心问题,但很少有人把它放在充分的政治背景,一个首先是帝国主义的背景之下。相反,我们一方面有一个被认为是可以自由、无条件地进行理论推测和研究的孤立文化领域,另一方面有个失去根基的政治领域,各种利益之间的真正斗争似乎应该在这个政治领域中发生。对职业的文化学者来说——人文学者、评论家、学者,只有一个领域是相关的。更确切地说,虽然人们认为两个领域是分开的,然而,两者不仅仅是相连的,而且最终是同一个领域。

这种分隔已经造成了一个严重的假象。文化被说成是不受政治影响的;表现被认为是交流的法则和一些非政治的形象。把现在与过去分隔开来,被认为是完整的。可是,这种领域的分隔不但远远不是一种中立的或偶然的选择,它的真正意义在于,人文主义者有意识地选择一种经过伪装的、赤裸裸的、系统过滤过的表现模式,而不选择那种有争议的模式。这个模式的主要特征将不可避免地围绕在对帝国这个问题本身的斗争上。

让我换个方式,用每个人都熟悉的例子来说明这一点。至少十年以来,美国就大学中人文教育的意义、内容和目标进行了很认真、严肃的辩论。这种辩论的大部分(但不是全部),是20世纪60年代动乱以后在大学里发起的。那时好像美国教育的结构、权威和传统在本世纪第一次受到了在社会和知识界启发下释放出来的能量的有力挑战。学术界的新思潮和所谓学说的力量获得了地位和利益(在学说的下面出现了许多新学科,如心理分析、语言学和尼采哲学等等。这些新学科是从语文学、道德哲学与自然科学等传统领域中发展出来的)。它们似乎破坏了现有学科的权威与稳定性、已被深入研究的领域长久沿用的学科审查程序和知识分工。所有这些发生在不引人注目、自成一体的文化学术实践领域里，与其同时出现的是反战、反帝的抗议活动。这绝不是偶然的，而是真正的政治与知识的结合。

相当有讽刺意味的是，我们宗主国新活跃起来的对复活之传统的寻求，是在现代主义消失之后并以后现代主义的方式出现的，或者如我在前面说过，引用利奥塔的说法，是随着作为西方解放与启蒙的小说合法力量的消失而出现的，与此同时，现代主义在前殖民地、边缘世界被重新发现。在那些地方，对古老的传统（在阿拉伯世界是 al turath）的勇敢的、各种形式的挖掘形成了主流。

西方世界对这新的形势的一种反应相当消极：重新肯定旧的权威与准则，重新恢复十本或二三十本主要西方书籍的权威地位。一个西方人不读这些书就等于没有受过教育——这些都掩盖在备受争议的爱国主义辞藻之下。

但是可能有另外的反应，值得在这里回过头去谈一谈，因为它提供了一个理论的重要可能。文化经验或每种文化形式都是极端典型的混合物。如果说自康德（Kant, Immanuel）以来西方的惯常做法是把文化与美学领域和世俗的领域分开，那么现在就是使他们结合在一起的时候了。这绝不是一件简单的事。因为，我相信，至少从18世纪末以来，西方经验的本质不仅是取得了远方的统治权和加强了霸权，而且是把文化与经验的领域截然分开。种族与民族、英国式的与东方式的、亚洲或西方的生产方式，在我看来，所有这些都证明这样一种思想意识，其文化的对应物在全世界帝国领地的实际积累前就存在了。

多数帝国历史学家在谈到"帝国的年龄"时,都说它始于1878年"攫取非洲"时。更仔细地审视一下文化的历史实际就可以发现一个关于欧洲海外霸权的更早的、更根深蒂固的看法。我们可以发现,在将近18世纪末时出现了一个完整的、被充分接受的思想体系。从那以后就有了拿破仑指挥下的第一次大规模对外远征、民族主义和欧洲民族—国家的崛起、大规模工业化的到来和资产阶级权力的巩固等等一系列类似的现象。在同一时期,小说形式和一种新的历史叙述形式占据了突出的地位。主观性对历史时代的重要性得到了加强。

可是,多数文化历史学家,肯定还有所有的文学学者,都没有论述到地理的印迹,即当时的西方小说、历史著作和哲学话语圈中所包含的对领土的理论上的划分。在其中出现了欧洲观察家——旅行家、商人、学者、历史学家和小说家的权威。然后,有了空间的体系。逐渐还有宗主国的经济,都被认为是依赖于海外的领土控制、经济剥削和社会文化的观念。没有这些,家园(这是个能引起巨大回响的词)的稳定与繁荣将是不可能的。我所说意思的一个完美例证可以在简·奥斯汀的《曼斯菲尔德庄园》中找到。在该书中,托马斯·伯特兰姆在安提瓜的奴隶种植园,对于曼斯菲尔德庄园的静谧和迷人有着无可名状的重要性。在夺取非洲或帝国正式出现以前,这个庄园就被用道德与美学的辞藻描绘过了。约翰·斯图阿特·穆勒(Mill, John Stuart)在《政治经济学原理》(*Principles of Political Economy*, Toronto: University of Toronto Press, 1965)中说过:

> 我们这些边远的领地几乎不被看作国家……而是更恰当地被看作从属于一个大社区的遥远的农业和制造业的地产。比如,我们的西印度群岛殖民地,不能被看作是有其自己的生产资本的国家……(而是被)英国发现便于从事糖、咖啡与少数其他热带产品生产的地方。[51]

把这段特殊的文字与奥斯汀的小说放在一起读,你就会发觉,一幅不寻常的前帝国主义时代文化结构的美妙图景显现出来。从穆勒那里我们听到一位白种主人的无情的语调。他已习惯于抹杀千百万奴隶的现实生活、劳作和苦难。这些奴隶被人运来,为了主人的利益而丧失了自己的地位。穆勒说,这些殖民地被看作只是一种便利手段,一种被奥斯汀所证实的态度。奥斯汀在《曼斯菲尔德庄园》里,仅仅十几次提到安提瓜来代表加勒比地区的痛苦存在。在其他典型的英法作家身上也出现了很相似的过程。简而言之,宗主国(Rodney, Waeter)从对边远殖民地的价值的贬低和剥削中使自己的权威达到很大程度(瓦尔特·罗德尼以《欧洲怎样使非洲的发展落后》[*How Europe Underdeveloped Africa*]作他的伟大的非殖民化论文的题目不是没有道理的)。

最后,观察家与欧洲地理中心论的权威是由把非欧洲地带贬低并限制到次等人种文化的和本体论地位的文化语境来支撑的。然而,矛盾的是,这个二等地位对于欧洲的头等地位却是很重要的。这当然是西赛尔、法农和曼米所探索的矛盾,而且它只是批评学说中许多矛盾中的一个。它很少为探索阅读中的茫然与困境的人所触及。也许是因为它不是一个如何阅读,而是一个阅读什么的问题,是一个哪些地方得到了描述和表现的问题。康拉德的功劳是,他在一个如此复杂多重的作品中,用真正的帝国主义方式说话,你怎能一边用自我肯定的意识形态来支持对世界的掠夺和统治,同时又在这一过程之上遮盖一层帷幕,说艺术和文化与之无关呢?(这就是《黑暗的心》中马罗在故事完结时所说的,有效地忠实于一种观念。故事指的是,从那些皮肤较深的、鼻子较扁的人手中攫取土地。)

读什么与怎样对待那种阅读才是问题的全部。所有在批判理论、小说和那些非神秘化的诸如新历史主义、结构主义和马克思主义等理论中倾注的努力,都忽略了一个主要的、或者照我来看是决定性的西方文化的方面,即,帝国主义。这种普遍的忽略包括了一些东西,又排斥了一些东西:它包括了卢梭、尼采、华兹华斯、狄更斯或福楼拜式的作家,同时又忽略了他们与帝国的长期的、复杂的和不顺畅的发展的关系。但是,为什么这是个读什么与关于什么地方的问题呢?很简单,因为批评的话语没有认识到过去两个世纪抵抗欧洲与美国帝国主义扩张过程中产生的极为令人兴奋的、各种各样的后殖民地文学。阅读奥斯汀作品而不阅读法农和卡布拉尔的作品(等等)就是把现代文学和它的背景与根基割裂开来。这个过程应该扭转。

但是还有要做的事。批判理论与文学史研究重新解释和求证了西方文学艺术与哲学的主要作品。这项工作大部分是令人激动的,也是很成功的。虽然可以感觉到,更多的是阐述和润色的工作,而不是对我所说的一种入世批评的全身心投入。有意识选择的历史模式与社会和知识的变化相关联,没有对此相当强烈的认识,就不可能进行这种批评。可是,如果你在阅读和解释现代欧洲与美国文化时,认为它们与帝国主义有关,你就有责任重新阐释现有的文本。这些文本并未充分地与欧洲的扩张相联系,没有在这个背景下被给予足够的评价。换个方式说,这种批评要求把现有文本当作欧洲扩张的复调伴奏来读,给康拉德和吉卜林这样的作家以重新定位和评价。这些作家的作品一直是被当作娱乐来读。而他们作品中明显的帝国主义式的人物在奥斯汀(Austin, Jane)和夏多布里昂(Chateaubriand, Vicomte te)等作家的早期作品中,都过着默默无闻、但又朝着可预知的方向发展的生活。

第二,理论工作必须阐述帝国与文化的关系。已经有了少数里程碑式的工作——例如,基尔南和马丁·格林(Green, Martin)的著作——但是,对这个问题的关注并不强烈。然而,如我在前面说过的,情况在开始改变。美国、第三世界和欧洲的一批其他学科的著作,一群新出现的,时常是较年轻的学者和批评家正在开始从事这一理论性与历史性的事业。他们当中有许多人似乎正以不同的方式汇集到帝国主义问题的话语和殖民实践的问题上面。在理论上,帷幕仅仅是在试图清点关于帝国主义的文化。但是,迄今已做的努力依然是很初步的。随着文化研究扩大到大众传媒、流行文化、微观政治等等领域,对权力与霸权方式的关注也在增强。

第三,帷幕应该把当前的问题作为研究过去的路标和范例。假如我坚持了过去和现在之间、帝国主义者和受帝国之害的人之间、文化与帝国主义之间的结合与关联,我并不是为了消灭或缩小差别,而是为了呼唤一种迫在眉睫的意识,一种事物之间相互依存的关系。帝国主义作为具有重要文化内容的历史经验,其内容既庞大又繁杂。我们的讨论必须包括互相重叠的土地、男人与女人、白人与非白人、宗主国与边缘地带的居民所共有的历史、现在和将来。这些土地与历史只能从整个人类世俗历史的角度来看待。

第二章

融合的观念

> 我们把自己叫做一伙"入侵者";因为我们无视祖先为我们设立的轨道,想要冲进公认的英国外交政策之殿堂,在东方塑造一个新的民族。
>
> T. E. 劳伦斯(Lawrance,T. E.)《智慧的七大支柱》

I 叙述与社会空间

在19世纪和20世纪初期,英法文化的几乎每个角落里,我们都可以见到帝国事实的种种暗示。但是,帝国在别的任何地方都没有像在英国小说里那样有规律和经常地出现。放在一起看,这些涉及就构成了我所说的观念与参照的体系。奥斯汀(Austin,Jane)通过《曼斯菲尔德庄园》仔细地界定了她的其他小说中表现的道德和社会价值观,贯穿其中的是托玛斯·伯特兰爵士在海外的领地;这些领地给了他财富,说明了他有时远行的原因,界定了他在国内外的社会地位,使他拥有他的这种价值观,凡妮·普赖斯(还有奥斯汀自己)最终也认同了这些。如果如奥斯汀所说,这是一部关于"等级"的小说,那么,拥有殖民地资产的权力直接有助于建立在本国的社会等级与道德优越性。或者,又如《简·爱》(Jane Eyre)中罗切斯特的疯太太柏莎·马森,是一个西印度人,同时也是一个有威胁的人物,被关在阁楼上。萨克雷的《名利场》(Vanity Fair)中的约瑟夫·赛德利是一个印度富翁,他的粗暴行为和过度的财富(也许是不义之财)与贝姬最终不为人们所接受的怪异行为形成了对比;而贝姬的行为又与阿米利亚最后受到褒奖的得体举止相对照。在小说的结尾,约瑟夫·多比心平气和地写他的旁遮普邦历史。在查尔斯·金斯利(Kingsley,Charles)的小说《向西进!》(Westward Ho!)中,设备精良的"玫瑰号"在加勒比和南美洲之间游弋。在狄更斯的《远大前程》中,罪犯阿贝尔·马格维奇的财富使得皮普的梦想成真。皮普从一个乡下小子变成了一个显赫的伦敦绅士,但皮普享受的远大前程却是反讽地实现的。在狄更斯的许多其他小说里,商人和帝国都有着联系,其中董贝和奎尔普是两个值得注意的例子。在狄斯瑞利(Disraeli,Benjamin)的《坦克莱德》(Tancred)和艾略特的《但尼尔·狄隆达》(Deronda,Daniel)中,东方部分是当地人(或欧洲移民的)的居住地,部分是帝国摆布下的土地。亨利·詹姆斯(James,Henry)的《贵妇的肖像》(The Portrait of a Lady)里的拉尔夫·杜切特在阿尔及利亚和埃及旅行。当我们谈到吉卜林、康拉德、阿瑟·柯南道尔(Doyle,Arthur Conan)、瑞德·海贾德(Haggard,Rider)、R. L. 史蒂文森(Stevenson,R. L.)、乔治·奥威尔、乔伊斯·卡利(Cary,Joyce)、

E. M. 福斯特（Foster, E. M.）和 T. E. 劳伦斯（Lawrence, T. E.）时，帝国在其中每一处都是重要的背景。

法国的情况不同。因为18世纪初期的法国的帝国使命不同于英国，因为英国的帝国使命是受到英国政体本身的延续性与稳定性的支持的。大革命时期与拿破仑时期的政策的逆转、殖民地的丢失、领地的不稳和哲学的改变意味着它的帝国在法国文化中日渐式微。从夏多布里昂和拉马丁（Lamartine）口中，我们可以听到关于帝国的辉煌的辞藻；在绘画中，在历史和哲学著作中，在音乐与戏剧中，我们可以时常获得对于法国的边远属地的了解。但在文化领域的大部分——直到木世纪中叶之后，很少有英国那样的关于帝国使命的厚重的、几乎是哲理性的意识。

在美国也有大量与英、法同时期的著作，它们显示出特有的浓重的帝国主义特征。虽然自相矛盾的是，美国对旧世界的抨击，以狂热的反殖民主义为主导。例如，我们会想到清教徒的"派向荒野"和后来的库柏（Cooper）、马克·吐温（Twain, Mark）、梅尔维尔（Melville, Herman）及其他一些人对美国向西扩张的关注。这种扩张同时伴随着对土著美国人生活的殖民和破坏的过程。（像理查德·斯洛特金［Slotkin, Richard］、帕特里夏·里莫瑞克［Limerick, Patricia］和麦克尔·保尔·罗金［Rogin, Michael Paul］所做的令人难忘的研究那样。[1]）与欧洲类似的帝国主义主题出现了（在本书第四章，我将讨论20世纪末美国帝国主义其他更近期的方面）。

在欧洲19世纪的大部分时间，帝国具有多重功能，作为一个被编纂的，即使只是边缘可见的虚构存在，它是一个参照系，一个界定点，是一个合适的旅行、聚敛财富和服务的背景。就像大户人家和小说里的仆人,他们的工作被认为是理所当然的,很少被人提起,也很少为人所研究或受到重视(尽管布鲁斯·罗宾斯[Robbins, Bruce]最近写过关于这种作用的文章[2])。另一个有趣的类比是,帝国的扩张就像流动工人、半时工、季节工那样的社会边缘人(加瑞斯·斯台德曼·琼斯[Jones, Gareth Stedman]曾经对他们加以分析[3])。他们的存在具有意义。但他们的名字和身份却毫无意义,他们是有用的,但不必总在那里。艾利克·沃尔夫(Wolf, Eric)自鸣得意地将这些人叫做"没有历史的人"。他们是那些人在文学上的等价物,[4]帝国所维系的经济与政体需要依赖他们,但他们的现实世界在历史与文化中却未被关注过。

在所有这些例子中,帝国的种种事实是与被保有的属地、远方的有时是人所不知的空间、古怪的或令人难以接受的人、聚敛财富或移民、挣钱和冒险中的离奇活动连在一起的。犯了错误的年轻人被送到殖民地去;贫贱的老年亲属到那些地方去试图找回失去的财富(如巴尔扎克的《贝姨》中的青年),勇于冒险的旅游者到那里去种燕麦,去猎奇。殖民地充满了机会。它们总是与现实主义小说联系在一起。假如没有能使他在非洲、太平洋和大西洋荒野之地创造他自己的新世界的殖民事业,出现鲁宾逊·克鲁索这样的人几乎是不可想像的。但是多数伟大的19世纪现实主义小说与笛福或后来的作家如康拉德和吉卜林相比,对于殖民主义统治并不那么执著。在后者的时期,重大的选举改革和群众对政治的参与,意味着帝国主义竞争变成了比较突出的国内问题。19世纪末,随着对非洲的征服、法国帝国联盟的巩固、美国对菲律宾的吞并和英国对印度次大陆的统治达到顶峰,帝国成为了普遍关注的问题。

我愿意指出的是,这些殖民主义与帝国现实在批评中被忽略了。在其他问题上,这些批评是很彻底和内容丰富的。少数讨论文化与帝国的关系的作家与批评家——其中包括马丁·格林、莫利·马胡德(Mahood, Molly)、约翰·麦克吕(McClure, John),特别是帕特里克·伯兰特林杰(Brantlinger, Patrick)——做出了卓越的贡献。但他们的方式主要是叙述性的与描写性的——指出主题的存在、某些历史关联的重要性、关于帝国主义的思想的影响和长久性——他们还使用了大量的材料。[5] 几乎在所有的著作中,他们都以批评的笔触来写帝国主义,来描写被威廉·爱普曼·威廉姆斯描述为与各种其他的、甚至是对立的意识形态相容的生活方式。因此,在19世纪,"帝国的扩张需要创立一种与军事、经济和政治相适应的意识形态。"这样,就能够"保存并扩大帝国而不必浪费其精神上、文化上或经济上的资财"。再引用威廉·威廉姆斯的话说,这些学者的著作中显示出,帝国主义产生了令人困惑的自我形象,例如"一名慈善、进步的警察"。[6]

但是,这些评论家主要是描写的、实证主义的作家。他们不同于少数从总体上来说是理论的意识形态方面的贡献——其中有卓纳·拉斯金(Raskin, Jonah)的《帝国主义之谜》(*The Mythology of Imperialism*, New York: Random House, 1971)、戈东·鲁易斯(Lewis, Gordon)的《奴隶制、帝国主义与自由:英国激进思想研究》(*Slavery, Imperialism and Freedom: Studies in English Radical Thought*, New York: Monthly Review, 1978)和V.G.基尔南的《马克思主义与帝国主义》(*Marxism and Imperialism*, New York: St. Martins Press, 1974)

及其重要著作《人类之主》(Lords of Human Kind)[7]。这些作品在很大程度上都基于马克思主义的分析与假定。它们指出了帝国主义思想是现代西方文化的中心。

但是,它们都没有能像应该的那样改变我们看待19与20世纪欧洲文化的经典著作的方式。主要的批评者干脆没有提到帝国主义。比如,我在最近重读列昂奈尔·特里林(Trilling, Lionel)的论E. M.福斯特的精美小书时感到惊讶的是,他对《霍华德山庄》(Howards End, New York: Knopf, 1921)[7]的其他方面的评论都极具洞察力,但却一次都未提到帝国主义。我读该书时,觉得难以漏掉帝国主义,更不用说略而不提了。亨利·威尔科克斯及其家人毕竟是殖民地的橡胶树种植者:"具有殖民精神,并且永远会到一些地方工作,使白种人能挑起未被发现的重担。"[8]福斯特经常把这一事实和在英国发生的变化相联系和对比。这些变化影响了列昂纳德和杰基·巴斯特、施莱格尔夫妇和霍华德山庄本身。雷蒙·威廉姆斯的例子更惊人。他的《文化与社会》(Culture and Society)完全没有涉及帝国主义历史。(一次被访问时,他被问起这个重大的欠缺,既然帝国主义"并非次要的、表面上的东西——它绝对地构成英国政治与社会秩序的整体本质……这个突出的事实"[9]——他答道,他的威尔士人的经历本可以使他思考帝国的经历,但在他写《文化与社会》时,[10]这段经历"大部分被搁置了"。)《乡村与城市》(The Country and the City)中简短的几页论述虽然触及了文化与帝国主义,但只是在该书的中心思想的边缘。

为什么会出现这些空白呢?文化所产生出的帝国主义的中心观念又是如何被文化所记录、所支持,被文化所掩盖又改变的呢？自然,如果你碰巧有殖民的背景,帝国的主题是你成长过程的决定因素;如果你还恰巧是忠实的欧洲文学评论家,它对你也会有吸引力。一名印度或非洲的英国文学学者在阅读《吉姆》或《黑暗的心》时所带有的批判性是和一个美国或英国人不同的。但是,我们用什么方式才能超越个人的感觉而阐明文化与帝国主义间的关系呢？作为帝国主义及其伟大的文化作品之说明的先前的殖民主题出现,使帝国主义获得了一个可辨的、甚至是引人注目的属性,成为研究和大力修订的主题。但是,如何将那种通常被遗留在批评话语的边缘的、后帝国的见证与研究与当前的理论关注积极地结合起来呢？

我曾说过,认为帝国的问题对现代西方文化构成具有重大意义,就是从反帝抵抗运动与亲帝国主义方面的致歉的角度来考虑文化。这意味着什么呢？这意味着我们应记得,20世纪中叶以前的西方作家,无论是狄更斯和奥斯汀、福楼拜或加缪(Camus, Albert),在写作时脑子里想着的只是西方读者。甚至当他们描写到或利用到欧洲人占有的海外领地的人物、地点或情景时也是这样。奥斯汀在《曼斯菲尔德山庄》里提到安蒂瓜或者在《劝导》(Persuasion)中提到英国海军访问的地方,并没有想到住在那里的加勒比或印度土著的反应。但这并不能成为我们也这样做的理由。现在我们已经知道,这些非欧洲人并没有麻木不仁地接受强加在他们头上的权威,也没有接受那种千方百计地贬低他们的、对他们的存在表示的沉默。因此,我们必须阅读经典的文献,也许还有现代和前现代的欧美文化的全部历史,以便把这些著作中沉默无声的、在意识形态中被作为边缘的东西(我想到的是吉卜林笔下的印度人)挖掘出来,加以伸张、强调,使它发出声音。

从实践的角度来讲,我所说的"对位法阅读"的意思是,例如,当一个作者说明,一个殖民者的甘蔗园对维持英国的一种特殊的生活方式很重要时,意味着什么。对位法要弄懂这一点。此外,像一切文化作品一样,这些作品不受它们正式的历史的开始与结束的限制。在《大卫·科波菲尔》里提到澳大利亚或者在《简·爱》里提到印度,是因为作者可能提到他们,因为英国的力量(不只是小说的幻想)使得这些巨大的领地能够被顺便提到。但是,进一步的结论也同样真实:这些殖民地后来从直接与间接的统治下被解放出来。这个过程当英国(或法国、葡萄牙、德国等)还在那里时就已开始。虽然这种努力作为镇压土著的民族主义运动的一部分仅仅偶尔被注意到。我所强调的是,对位法阅读必须将两个过程都考虑到:帝国主义的和对它的抵抗。要做到这一点,就必须扩大我们的阅读,使之包括一度被强行排斥在外的东西——例如在《陌生人》(*L'Etranger*)中,整个法国殖民主义的历史及其对阿尔及利亚的破坏和后来独立的阿尔及利亚的出现(为加缪所反对)。

每一篇文字都有其特殊的天才,正像世界上的每一个地理区域一样,有着自己重叠的经验与相互依赖的冲突的历史。就文化而言,划分出特殊性与自主性(或与外界隔绝的排他性)的区别是有用的。显然,任何阅读都不应试图过分一般化,以致使某一具体的文字、作者或情节失去其特性。同样地,它应该允许对曾经是、或看上去是肯定的关于作品或作者的事实发出质疑。在《吉姆》中,吉卜林所描述的印度有一种永久与不可避免的特质,它不只属于那本美好的小说,还属于英属印度,属于它的历史、行政官员和辩护者;同样重要的是,它也属于印度民族主义者要把它当作自己的国家、通过斗争夺回来的国度。通过吉卜林的印度中这一系列压力与反压力的叙述,我们得以了解伟大的艺术作品处理帝国主义本身以及后来的反帝国主义抵抗运动的过程。在阅读一篇文字时,读者必须开放性地理解两种可能性:一个是写进文字的东西,另一个是被它的作者排除在外的东西。每件文化作品都是某一刹那的反映。我们必须把它和它引发的各种变化并列起来——在这个例子中,那就是独立后的印度的民族主义经历。

另外,我们必须把一个叙述的结构和它从中汲取支持的思想观念和历史联系起来。比如,康拉德笔下的非洲人可以说来自一个非洲主义的大背景,也来自康拉德的个人经历。在一篇文字中没有所谓关于世界的直接经验或反映。康拉德对非洲的印象不可避免地受到过关于非洲的口头传说与作品的影响。这一点他在《个人笔记》中间接提到过。他在《黑暗的心》中所提供的是那些传说与作品互相创造性地作用的结果,再加上小说本身的要求和常规与他自己的特殊天才与历史。说这种特别丰富的混合物"反映"非洲、或者甚至反映了关于非洲的经验,是多少有些缺乏勇气的,并且肯定是误导的。《黑暗的心》是一部产生了巨大影响的书,启发了许多作品和形象。我们在这本书中见到的是一个政治化和意识形态化了的非洲,就某些方面来说,是一个被帝国主义化了的非洲。许多利益和观念争相在其中起作用,所以不仅是一个对它的照相似的文学"映像"。

这样也许把事情说得过火了。但是我想说明一点，那就是《黑暗的心》和它所描绘的非洲的形象远远不"仅仅"是文学。这部作品格外着墨于"夺取非洲"的行动，作为康拉德作品的有机组成部分，该行动也与康拉德的作品同时代。的确，康拉德的读者群很小。同时，他也确实对比利时殖民主义持严厉的批评态度。但是对多数欧洲人来说，阅读《黑暗的心》这样精练的文字时常使他觉得置身于非洲。而且在这种有限的意义上，那是欧洲坚持并思考关于非洲的计划的努力的一部分。描述非洲就是加入争取非洲的争斗。它不可避免地与后来的抵抗运动和非殖民化等相关联。

文学著作，尤其那些明显的题材是关于帝国主义的文学著作，在浓厚的政治背景中，都呈现出一种内在的杂乱和笨拙。然而，尽管有很大的复杂性，像《黑暗的心》这样的文学作品还是经过过滤和简化的、由作者做出的一系列选择。这样的作品比现实简单明了得多。公平地说，不能认为它只是一个摘要性的东西。尽管像《黑暗的心》这样的小说经过作者非常精心的策划，使读者对它的内容非常地关注，也期待它适合叙述的必然性。因而，我们必须补充说，它们成为了争夺非洲的斗争的一个特殊的领域。

在解释一篇非常混杂的、不单纯的、复杂的文字时，需要有特别的注意。现代帝国主义的全球性和无所不包的特性，几乎任何东西都无法逃脱。此外，如我已说过的，19世纪的帝国竞争今天还在继续。是否注意文化作品与帝国主义之间的联系就等于采取一个实际上已经采取了的立场——或者研究这个联系以便对它进行批判并考虑代替它的东西；或者不研究，而让它留存下来不受检验，因而也不去改变它。我写这本书的原因之一就是要表明,对海外领地的追求、关注和意识达到了多高的程度——不只是在康拉德的书中,而且在我们简直从未想到过的人的作品中,如萨克雷(Thackeray, William Makepeace)和奥斯汀。另外,对这些材料的关注对评论者是多么有裨益而且重要,不只是出于明显的政治原因,而且还因为,像我坚持认为的那样,这种特别的关注使读者能以新的兴趣来释读经典的19及20世纪作品。

让我们回到《黑暗的心》上去。在这本书里,康拉德提出一个离奇的、具有启发性的出发点,使我们可以近距离回答这些困难的问题。可以回忆一下,马罗以很奇特的、具有洞察力的方式把罗马帝国的殖民者和现代殖民者加以对比,阐明了欧洲帝国主义特有的力量:意识形态的力量和求实的态度的混合。他说,古罗马人"算不上是殖民者;他们的政府只是压榨人民"。这样的人只是征服了别人,而别的几乎什么也没做。和这形成对照的是,"挽救我们的是效率——致力于效率。"这与依靠暴力的罗马人不同,他们的崛起几乎只是建立在别人的软弱之上的。然而今天,

> 对世界的征服多数情况下意味着从与我们自己肤色不同、鼻子稍扁的那些人手里把土地夺走。当你仔细地审视时,这并非一件美妙的事情。只有观念能实现这种征服。不是虚假的感情,而是一种对于观念的无私的信仰——这是你可以树立的某种思想,向它膜拜并祭祀的事情……[11]

马罗在叙述他那伟大的河上旅行时,进一步谈到了就帝国主义的行径而言,比利时的贪婪和英国的理性(就其涵义而言)是有区别的。[12]

在这种背景下的"拯救"是个有趣的概念。它把"我们"和那些可恶的、低劣的罗马人与比利时人分开。他们的贪婪没有给他们的良心带来任何好处。"我们"之所以得救了,首先是因为我们不需要面对我们所作所为的结果;我们被效率所约束,也用它来约束自己。这样人民和土地就达到完全的利用;领土及其居民就完全被我们的统治所包容。而当我们有效地面对殖民地的迫切的需要时,我们自己又被这些需要所包容。康拉德进而通过马罗来谈论"赎罪"。从一种意义上来说,"赎罪"又超越了一步。如果拯救挽救了我们,节省了时间和金钱,而且还使我们免遭单纯短期征服所带来的毁灭,那么赎罪就比拯救更进了一步。赎罪是在随着时间的推移而对一个观念或使命的自我检验的实践中获得的。这个过程是在一个包围你、并为你所尊崇的结构里发生的。颇具讽刺意味的是,尽管这个结构最初是你自己建立的,你却因为熟视无睹而不再对它深究了。

就这样,康拉德的小说包含了帝国主义的两个十分不同但有紧密相关的方面:一方面是一种以力量掠夺领土的思想。这种思想很清楚自己的力量和它所带来的后果;另一方面,它通过在帝国主义的受害者和维护者之间确立一个自发的、自我肯定的正当的权威体系,来推行一种模糊或掩盖这种思想的实践。

假如我们脱离《黑暗的心》来看这个论点,像从一个瓶子里取出一个信息一样,我们就会忽视这个论点的巨大力量。康拉德的论点就蕴藏在他所继承和使用的小说的形式上。甚至可以这样说，没有帝国，就没有我们所知道的欧洲小说。甚至如果我们研究一下产生帝国的动力，我们就会看到下述两者的汇合：一方面是构成小说的叙述权威的模式，另一方面是作为帝国主义倾向的基础的一个复杂的意识形态结构。

每个研究欧洲小说的小说家、评论家和理论家都注意到了它的结构特征。小说从根本上是与资产阶级社会联系在一起的；用查尔斯·莫拉泽(Morazé, Charles)的话说，它伴随着他所说的作为征服者的资产阶级对西方社会的征服，并且是征服的一部分。同样重要的是，在英国小说始于《鲁宾逊漂流记》(*Robinson Crusoe*)。那个小说的主角是新世界的创建者，他为基督教和英国而统治和拥有这片土地。的确，是一种很明显的海外扩张的意识形态使鲁宾逊做到了他所做的事——这种意识形态在风格上与形式上直接与为巨大殖民帝国奠定基础的16与17世纪探险航行的叙述相联系。而在笛福(Defoe, Daniel)之后的主要小说，甚至笛福自己后来的小说似乎都为了激动人心的海外扩张的图景而作。《辛格尔顿船长》(*Captain Singleton*)也并不单纯是个在印度与非洲旅行的海盗的故事；《摩尔·弗兰德斯》(*Moll Flanders*)讲的是新世界中的女主角从罪恶生活达到彻底赎罪的可能性。但是，菲尔丁(Fielding, Henry)、理查森(Richardson, Samuel)、斯摩莱特(Smollett)和斯特恩(Sterne)并没有把他们的小说很直接地与在海外积累财富和土地结合起来。

不过，这些作家的作品发展都是以仔细考察的大英帝国的疆土为背景。而这都与笛福最初的富有预见性的作品有联系。可是,虽然关于18世纪英国小说的卓越研究——伊安·瓦特、勒那德·戴维斯(Davis, Lennard)、约翰·里奇蒂(Richetti, John)和迈克尔·麦吉翁(McKeon, Michael)等人——给予小说与社会空间之间的关系以相当多的关注,但帝国的观念还是被忽略了。[13]这不单单是一个不确定的问题。例如,理查森对于资产阶级的诱惑与贪婪的详细解释,是否实际上与同时发生在印度的英国对法国的军事行动有关呢?很显然,在事实上,它们没有关系。但是,在两个领域里我们都发现相同的价值观。比如,关于竞争;关于克服困难;通过原则与利益联系的艺术最终树立权威的耐心等等。换言之,我们必须具有一种批判的眼光,能认识到《克拉瑞莎》(*Clarissa*)或《汤姆·琼斯》(*Tom Jones*)中的空间是由两部分合一而成的:一方面是国内对于帝国在全球的存在和统治的配合,另一方面是在空间的活动与对空间的扩张的实际描述。这个空间必须要有人占据,要有人享受,然后才能谈到接受对它的控制和限制。

我并不是说小说——或广义地说"文化"——"造成了"帝国主义;而是说,作为资产阶级社会的文化作品的小说和帝国主义如果缺少一方就是不可想像的。在一切主要的文学形式中,小说是最晚出现的。其出现的时间是最有记载的,其出现是最西方式的,其社会权威的规范模式的结构是最清晰的。我要说,帝国主义与小说相互扶持。阅读其一时不能不以某种方式涉及另一个。

不仅仅如此。小说有着一种包容性很强、准百科全书性的形式。包含在它里面的既有高度有序的情节,也有建立在现存的资产阶级社会结构和它的权威和权力之上的一整套社会参照体系。小说中的男女主人翁表现出一种上升时期的资产阶级的躁动不安和朝气的特点。小说允许他们去冒险,他们可以体会到他们的愿望、他们能到达的地方和能成为什么样的人的极限。因此小说或是以男女主角的死而结束(朱利安·索瑞尔、艾玛·包法利、拜扎罗夫、无名的裘德),这些人因为所具有的过剩精力而与井然有序的世界格格不入;或是以主角屈从于秩序而结束(通常是以婚姻或身份的确认的形式,如在奥斯汀、狄更斯、萨克雷和乔治·艾略特的小说中)。

但是有人可能要问,为什么要这样强调小说,强调英国呢?而且我们怎样才能消除将这种孤立的美学形式与如"文化"和帝国主义这样大的题目或事业之间的距离呢?首先,到第一次世界大战时,大英帝国已经无可怀疑地占有统治地位。这是16世纪末开始的某个过程的结果。这个过程非常强劲有力,具有无限的可能。有如希利和霍布逊在近19世纪末时所说,它是英国历史的核心事实,而且是包括许多互不相关的活动的事实。[14]英国也产生并保持了英国小说的体系。没有其他欧洲国家可以与之匹敌。这并不完全是偶然的。法国有些更高度发展的知识结构——研究院、大学、学院、学术刊物等,至少在19世纪前半叶是如此——像一群英国知识分子,包括阿诺德、卡莱尔、穆勒和乔治·艾略特——所指出并哀叹的那样。但是,英国小说的稳步兴起和逐渐获得的无可置疑的统治地位,使这种差别得到了极大的弥补。(只有1870年以后当北非在法国宗主国文化中占有一席之地时,我们才见到一种可以与之相比的美学和义化形式开始形成了。在这个时期,洛蒂、早期的纪德、都德(Daidet, Alphonse)、莫泊桑(Maupassant, Guy de)、米勒(Mille)、普希查理(Psichari)、马尔罗、怪异作家赛加林(Segalin),当然还有加缪等作家都表现了国内形势与帝国扩张呈现出的一种全球的一致性。)

到19世纪40年代,英国小说可以说是英国社会中唯一的美学形式,并获得了主要表现者的显著地位。由于小说在"英国事务"问题上占有了如此重要的地位,我们可以认为它也参与了英国的海外帝国。在表现雷蒙·威廉姆斯所说的英国男女的"可辨认的社群"时,简·奥斯汀、乔治·艾略特和盖斯凯尔(Mrs. Gaskell)夫人确立了能反复运用的表现形式,来表现英国的思想,使它具有了自己的属性并为人所知。[15]而英国思想的一部分就是"国内"与"海外"之间的关系。于是,英国就被人加以审视、评价、宣传,而"海外"则只被简单地提及,没有给予它伦敦、乡间或曼彻斯特和伯明翰这样的北方工业中心所获得的那样的重视。

小说所起的这种稳定和强化的作用是英国所特有的。必须把它看作国内重要的文化附加物。然而,在印度、非洲、爱尔兰或加勒比所发生的事没有见于记载,也没有予以研究。可与此相比较的是英国外交及其财政与贸易的关系,一种被研究过的关系。从C. D. M. 普莱特(Platt, D. C.)对这个问题的经典(但仍有争议)研究《财政、贸易与英国外交政策中政治,1815—1914》(*Finance, Trade and Politics in British Foreign Policy 1815—1914*)中,我们可以看出这个关系是多么紧密和复杂。英国贸易与帝国扩张的特殊结合是多么地依赖于例如教育、新闻、异族通婚、阶级等文化和社会的因素。普莱特谈到加强"社会与知识方面的接触(友谊、好客、互助、共同的社会教育背景)对于英国外交政策所施加的压力"。他接着说,"具体的证明(关于这些接触的实际成就的)可能从未存在过"。尽管如此,如果看一下政府对诸如"外债、对证券持有人的保护与海外契约和让与权的促进"的态度是怎样产生的,就可以见到普莱特所说的"局部的观念",即一系列有关的人所抱有的关于帝国的一种一致的意见。这种一致意见显示出官员与政客们会怎样采取行动。[16]

怎样才能最好地说明这种思想的特点呢?学者们一致认为,1870年以前,英国的政策(如早期的狄斯瑞利(Disraeli, Benjamin)所说)不是扩张帝国,而是"维护它并使之免于解体"。[17]这个任务的中心是印度。它在"局部的观念"中获得了惊人的持久地位。1870年以后(熊彼特(Scliumpeter, Joseph)把狄斯瑞利1872年在水晶宫发表的谈话作为侵略性帝国主义的标志和"国内政策的关键词"来援引[18]),保护印度(范围越来越大了)并抵御其他帝国如俄国的竞争,使得英帝国必须向非洲、中东和远东扩张。自那以后,在地球上的一个又一个的地区,"英国的确沉湎于保住它已经得到的东西",如普莱特所说的,"它所得到的,又因为能帮助它保持住其他地区而成为必须的。它很满足,但它不得不更加努力奋斗以便保持住它所得的。"但它也就可能失掉最多。[19]英国的"局部的观念"政策基本上是谨慎的。罗纳德·罗宾逊(Robinson, Ronald)和约翰·盖兰格(Gallangher, John)在重新定义普莱特的论点时说:"如果他们能够,英国人会靠贸易和影响来扩充力量。但是如果出于必须,他们会依靠帝国统治。"[20]他们提醒我们不要忘记,1829年间,印度军队曾三次被用来攻击中国,至少一次用来攻击波斯(1856

年)、埃塞俄比亚和新加坡(1867年)、香港(1868年)、阿富汗(1878年)、埃及(1882年)、缅甸(1885年)、努加西(1893年)、苏丹和乌干达(1896年)。

在印度以外,英国政策显然将下列各地变成了帝国商业的堡垒:英国本土(爱尔兰长期以来就是一个有争议的殖民地)、还有所谓白色殖民地(澳大利亚、新西兰、加拿大、南非,甚至前美洲领地)。持续投资、例行的海外与国内领土的日常保持,这在其他欧洲国家和美洲列强中是没有人能匹敌的。在所有其他列强国家,挫折、突然的得与失和权宜之计的使用要频繁得多。

简言之,英国获得了持久的并且不断巩固的力量。在有关的且时常是并列的文化领域里,这种力量在小说里得到了详细的表述。在小说里它的不断出现是独一无二的。但是,我们必须尽量严谨。一部小说既不是军舰,也不是银行汇票。一部小说首先是作为小说家的努力,其次是作为读者阅读的对象而存在的。随着时间的推移,小说逐渐发展成为哈瑞·列文(Levin, Harry)颇有见地地称之为文学形式的东西。但是它们从不失掉它们作为事件的地位,或者为读者或别的作家所认识并接受的,一个持续存在的大背景的一个特殊的部分的重要分量。但是,尽管有小说的社会存在这样一个事实,也不能把它简化为社会学的现象,在美学、文化和政治只是阶级、意识形态或利益这些概念的附属物而已。

然而,同样地,小说也不仅仅是孤独的天才的产物(像海伦·万德勒(Vendler, Helen)这样的现代诠释派所说的那样),不能被看作只是无条件的创作的表现。一些令人兴奋的最新的评论——如弗里德里克·杰姆逊(Jameson, Fredric)的《政治无意识》(*Political Unconscious: Narrative as a Socially Symbolic Act*, Ithaca: Cornell University Press, 1981)和戴维·米勒(Miller, David)的《小说与警察》(*The Novel and the Police*, Berkeley: University of California Press, 1988)是两个著名的例子[21]——表明,一般来说,小说,或具体来说,叙事,在西欧社会中是一种有规律的存在。但是,在这些本来应该很有价值的讨论中缺乏对小说和叙事产生于其中的实际社会背景的勾勒。做一个英国小说家很不同于做个法国或葡萄牙作家。对于英国作家来说,"在海外"模模糊糊地意味着是在外面,感觉很特别,很奇怪。或者,海外是我们所要控制的地方,我们可以随意买卖。当地人若是在政治或军事上公然反抗,我们还得镇压。小说对这些感受、态度与说法的形成起了很大的作用,并且成为对于世界的一种强化了的、或者"势力范围文化"的观点的一个重要部分。

我应该特别说明小说是怎样起作用的。还有,反过来说,小说怎样既没有能阻挠,也没有能抑制1880年以后趋于明显的更有侵略性和普遍化的帝国主义情绪。[22]在读者体验小说的较早或很晚的阶段,小说是现实的写照:事实上,它们说明并维护它们从其他小说继承下来的现实。它们按照创作者的状况、天赋与爱好重新叙述、抒写自己的人物。普莱特正确地强调了"势力范围"的思想中"维持"的概念。这对小说家也是很重要的:19世纪英国小说强调英国的连续性(相对于革命性的转变而言)。此外,他们从未主张放弃殖民地,而是采取长远的观点,就是,既然殖民地已进入英国统治的轨道,那种统治就是一项准则。这项准则就因而与殖民地一起保留下来。

我们面对的是一幅慢慢作成的图画。在它的中心是英国。英国社会、政治和道德方面被非常细致入微地绘制出来，在它的边缘上有一系列海外领地与其相连。小说发展的过程，积极地伴随着整个19世纪的英国帝国政策——更确切地说是叙事——的连续性。这一过程的主要目的不是提出更多的问题，不是扰乱现状，获取注意力，而是尽量地使帝国的地位得到巩固。比如，小说家在《名利场》和《简·爱》中对印度或是《远大前程》中对澳大利亚的描述，仅仅是一笔带过。其想法是（遵循着自由贸易的总原则），边远领土可以在小说家的笔下被随心所欲地利用，通常是为了移民、敛财、流放犯人之类的相对简单的目的。例如，在《艰难时世》(*Hard Times*)的末尾，汤姆被送到殖民地去。直到那个世纪中叶以后很久，帝国才成为哈加德、吉卜林、多伊尔、康拉德这样一些作家的作品以及人种学、殖民地管理、理论与经济、非欧地区编年史和东方学、怪异主义和大众心理等专题研究的话语中的一个主要关注对象。

小说诠释的这种缓慢而稳定的观念与参照结构的所产生的实际说明性后果是各种各样的。我要特别指出四种。第一种是，在文学史中，在通常被认为与帝国没有太大关系的早期的叙事和后来明显的关于帝国的那些叙事之间，通常可以看出一种有机的连续性。在这方面，吉卜林和康拉德是步了奥斯汀和萨克雷、笛福、司各特(Scott, Walter)和狄更斯的后尘的。很有趣地这两个人还与他们的同时代人哈代和詹姆士等有关联。与其他的一些更特殊的小说家不同，一般认为哈代和詹姆士的作品中关于海外的描述只是偶然的。但是，所有这些小说家的作品形式上的特征与内容都属于同一个文化形式。它们之间的区别只在于调子的变化、重点、强调的不同。

第二,态度与参照的结构提出了一个力量的问题。今天的评论家不能也不应突然给予一部小说以法律或直接的政治权威:我们必须记住,小说所参与的政治可以澄清、加强甚至偶尔促进对于英国和世界的认识的形成。这个政治的进程极其缓慢、体系细小。小说影响它,又是它的一部分。令人惊讶的是,在小说里,那远方的世界一向都被看作只是附属的、被统治的。英国在那里是被看作起管理和规范作用的。《印度之旅》中对阿吉兹的审讯的新奇之处是,福斯特承认法庭的"脆弱"结构是无法维持的,[23]因为要使英国的权力(真实的)和对印度人的公正(虚假的)互相调和是一种"幻想"。所以,他很轻巧地(甚至带有一种沮丧的急躁情绪)把这情景放到了印度的"复杂"性之中来表现。这种"复杂性"二十年前在吉卜林的《吉姆》中就已存在。两者之间的主要区别是,福斯特注意到了进行抵抗的土著人的有影响力的动乱。福斯特不能忽视吉卜林很容易就包容了的东西(他甚至把1857年印度著名的"哗变"事件表现为仅仅是一种失控,而不是印度人对英国统治的强烈的反抗)。

人们不可能意识到小说代表了并接受了力量上的差别,除非读者在每个个别著作中看出了那种迹象;除非小说的历史被看成具有延续的一致性。正如英国的边远领地的不断巩固和"势力范围"的法则的不可动摇在整个19世纪得以保持一样,在一种完全的文学意义上,美学(因而也是文化的)对海外土地的掌握也作为小说的 部分而保持下来,有时是偶然的,有时却是很重要的。小说的"共同视角"形成了一系列互相交叉的确认,然后又因此获得了一种近于一致的观念。它是通过每一种媒介或语境形成的,而不是通过外力。这一情况表明了一种合作、自觉和趋同性,而不一定是一种或明显、或隐藏的政治目的。至少到 19 世纪末之前都是如此。而从那时开始,帝国主义的行为本身才成为更显性的、更赤裸裸的大众宣传。

通过简单的例子就可以讲清第三点。在《名利场》中,从头到尾都提到印度。但是每次都仅仅是在谈到蓓基的财富的变化或多宾的、约瑟夫的和阿米利亚的地位的变化时偶然提到。虽然如此,在整部书中,我们都感受到英国和拿破仑之间的竞争在滑铁卢达到了顶点。小说中这种对海外的提及几乎使《名利场》无法成为一部如亨利·詹姆斯后来所说的"国际题材"的小说。萨克雷只不过属于像瓦尔波尔、拉德克利夫或路易斯这样一群把小说背景奇妙地放在海外的神秘小说作家群。可是我认为,萨克雷,还有 19 世纪中叶的所有主要英国小说家都接受了全球化的世界观。他们无法(基本上没有)忽视英国的力量在海外的巨大触角。像我们在前面引自《董贝父子》的那个小例子中所见到的那样,国内秩序是和海外的英国式秩序连在一起、位于其中、甚至为它所解释的。无论是在安蒂瓜的托玛斯·伯特拉姆爵士的种植园,还是一百年以后的威尔克科斯在尼日利亚的橡胶园,小说家都把在国外拥有力量与特权和国内的类似活动串联在一起。

当我们仔细阅读小说时,我们得出一个比我到现在为止所描述的毫无掩饰的"全球的"帝国的观点更有辨别力和更微妙的观念。因此,我就要谈谈我称为感觉和参照的结构的第四点结果。我们必须坚持一个艺术作品的完整性,并且拒绝把单个作者的独特贡献压缩进一个普遍的主题思想,这时我们必须承认,把各个小说互相连接起来的结构,离开小说本身是不能存在的。这就意味着,我们只是从每一部小说里得到关于"海外"的具体经验的。反过来说,只有每一部小说才能产生、说明和体现例如英国和非洲之间的关系。这就使评论者必须阅读并分析而不只是概括和判断这些作品。而这些作品的大致内容可能被他们认为在政治上和道德上不能接受。一方面,当奇努阿·阿奇比(Achebe,Chinua)在一篇著名的文章中批评康拉德的种族主义时,他或者闭口不谈,或者绕过了小说作为一种美学形式加在康拉德身上的限制;另一方面,阿奇比在他自己的一些小说中重新论述康拉德时表明,他懂得这种美学形式所起的作用。[24]这种重新论述是很艰苦又富有创建性的。

所有这些对英国小说来说,都是真实的,因为只有英国拥有这样一个海外帝国,能在这样广大的区域,在这么长的时间内,以这样令人嫉妒的显著地位维持这个帝国并自我维护。诚然,法国曾经与之不相上下。但是,我已经说过,直到19世纪末,法国的帝国意识是忽断忽续的,其社会现实受到英国的影响太大,在制度、利益与规模方面都太落后。但是,从根本上说来,19世纪欧洲小说是一种不仅巩固、精练和表现现状一种权威的文化形式。例如,无论狄更斯怎样强烈地激起读者对立法制度、外省教育或官僚制度的憎恨,他的小说最终还是如一位评论家所说的"大团圆"的小说。[25]这一特点的最经常表现是团聚。这个情节在狄更斯的小说中永远是社会的缩影。奥斯汀、巴尔扎克(Balzac,Honore de)、乔治·艾略特和福楼拜——几个有名的名字——的共同之处是,他们所表现的权威的巩固被包括并且被编织进了私有财产和婚姻等很少受到挑战的社会组织之中。

我所说的小说的巩固权威的作用的一个重要的方面,并不仅仅与社会力量与支配的作用相结合,而是被表现为既是社会规范,又是独立自主的。也就是说,它是在叙述的过程中经过自我证实的。记住下一点就不会感觉矛盾了:一个叙述对象的构成,无论它多么不正常或不寻常,仍然是个典型的社会行为,并且在它的背后或内部体现了历史的和社会的权威。首先是作者的作用——作者以一种可以被接受的、已经确立的方式描述社会活动的过程,观察社会规范,遵循已有的范式,等等。然后还有讲故事的人的作用。他的话语在一种可以分辨出的、因而具有存在和参考价值的情景下,决定着他的叙述。最后,还有所谓的社区的权威,其代表时常是家庭,但也可以是国家、某一特定的地方和特定的历史时刻。在19世纪初期,当小说以前所未有的方式向历史打开大门时,所有这些加在一起在强有力地、引人注目地起着作用。康拉德笔下的马罗直接传承了这一切。

卢卡奇(Lukacs, George)以惊人的技巧研究了欧洲小说中历史主题的出现[26]——斯汤达,尤其是司各特是怎样把他们的叙述放进公众历史并使之成为它的一部分,使历史让每个人都能接近,而不是像以前那样,只对国王和贵族开放。这样,小说就成为真实的国家的真实的历史所形成的具体的、历史的叙述。笛福把克鲁索放在一个遥远的地方的一个不知名岛上。莫尔被送到人们只是模模糊糊地有些了解的卡罗莱纳州去。但是,托玛斯·伯特兰姆和约瑟夫·赛德利则从历史上的特定时期被吞并的领地——分别为加勒比和印度——榨取了特定的财富和利益。并且,有如卢卡奇非常令人信服地表明的,司各特把英国的政体表现为一个从国外冒险(比如十字军东征)[27]和兄弟阋墙的国内冲突(比如1745年的叛乱、高地部落战争)而发展起来的社会。它变成了可以同样对付本地革命和欧洲大陆挑衅的宗主国。在法国,历史证实了波旁王朝复辟所体现的革命后的反动。斯汤达(Standel)记录了对他而言的这一可悲的成就。后来,福楼拜对1848年革命做了差不多同样的记录。但是,米歇尔和麦考莱的两人的历史叙述给小说中对民族特性的本质的描述又加上了厚重的一笔。

对历史的重新阐释,把历史历史化,对历史的故事性叙述,全都给小说以力量,包括社会空间的积累与区分,而空间的使用是有社会目的的。这在19世纪末的殖民小说中明显得多:例如,在吉卜林笔下的印度,土著与王公按照规定住在不同的空间。在那里,吉卜林以特殊的天才设计出吉姆这个人物——一个天才。他的青春与精力使他能够考察两个空间,能轻松自如地由一个空间到另一个,好像在向殖民壁垒的权威挑战。社会空间的壁垒在康拉德的著作中,在海贾德、洛蒂、多伊尔、纪德、普希查里、马罗、加缪和奥威尔的作品中也都存在。

社会空间的基础是领地、土地、地域和帝国与文化的竞争的实际地理基础。关注遥远的地方,将它们殖民地化,向它们移民或将人从它们上面赶走:这一切都发生在土地之上,与土地有关或者由土地而引起。归根结底,帝国的问题就是实际拥有土地的问题。当真正的控制与力量、关于某一个地方到底是什么的观念与一个实际的地方这三者同时出现时,对于帝国的争斗就开始了。这种巧合的逻辑既适用于西方人对土地的占领,也适用于非殖民化时期反抗的当地人夺回土地的斗争。帝国主义和与之相关联的文化都肯定地理和关于对领地的控制的意识形态的重要性。地理的观念决定其他观念:想像上的,地貌上的,军事、经济历史上的和大体来讲文化上的观念。它也使各种知识的形成成为可能。这些知识以这种或那种方式依赖于某种地理的和公认的性质与命运。

在这里,应该提出三个相当有限的论点。第一,在19世纪末的小说中很明显的空间差别并非仅仅作为对具有侵略性的"帝国时代"的消极反映而存在,而是从早期的历史和现实主义小说中一直存在的社会差别中繁衍出来的。

简·奥斯汀把托玛斯·伯特兰姆爵士的海外财产看作曼斯菲尔德庄园的静谧、秩序与美丽自然的延伸。曼斯菲尔德庄园作为一个中心,确立了另一个处于边缘地带的地产的经济上的辅助作用。甚至在殖民地制度的存在并不稳固或并不被明显认知的地方,小说叙述也赞同一种空间上的道德秩序,比如社区决定恢复米德马奇小镇的事,这个小镇曾在国家的动乱时期起过很重要的作用;又比如狄更斯所见到的脱离常规和变化无常的伦敦的地下世界;还有艾米莉·勃朗蒂的《呼啸山庄》。

第二点,当小说的结尾肯定与突出了家庭、财产和国家的等级体系时,也有一种很强烈的空间的现场感注入到这种等级体系中去。《荒凉山庄》(*Bleak House*)中戴德洛克夫人在她那死去已久的丈夫墓旁抽泣的情景的惊人力量,使我们所知道的她的神秘的过去都得以证明。就在她像逃难一样逃向丈夫的墓地的时刻,她的冷酷,她的非人性、她的令人不安又毫无权威的权威,都得以证明。这样的场景不仅与杂乱无序的查里拜庄园(还有它与非洲的奇特的联系)形成了对比,也与艾萨和她的保护人兼丈夫所居住的可人的家屋形成了对比。小说的叙述在这些不同的地点追寻、往返,最终赋予它们正面或负面的价值。

类似这样的对小说叙述与家庭空间的关联的道德比较,可以延伸和复现到巴黎和伦敦这样的大都会之外的世界。的确,英国和法国的这些地方具有一种可以输出的价值:国内的或好或坏的东西,不论是什么,都可以运出国外并被指定了可相比拟的美德或邪恶。1870年,罗斯金在任牛津大学斯雷德教授的就任演说中谈到英国是纯种的,然后他接着告诉听众,要把英国"变回(就是)国王的宝座,一个代表王权的小岛、全世界一个光明的来源和和平的中心",引用莎士比亚是为了重新确立和重新定位对英国的偏爱。然而此时罗斯金考虑的是英国在世界中所起的正式的作用,莎士比亚大体上设想过对这个岛国的赞美,但他的赞美并没有局限于本土,这种感情现在被令人吃惊地用于帝国主义,而且是侵略性的殖民主义行为中了。莎氏似乎在说,做个殖民者吧,"建立殖民地吧,尽你所能,越快越好,越远越好。"[28]

我的第三个论点是,叙述小说和历史这样的国内文化事业(我再一次强调叙事的成分)都建立在对中央权威或自我的记录、整理和观察的需要上。说到这个话题,用一句半重复的话说,就是"写是因为会写",这不仅适用于国内社会,也适用于外部世界。表述、描绘、叙述特征和再现的能力不是任何社会的任何成员都具有的。另外,表述事物的"什么"和"怎样"时,虽然允许有相当大的个人自由,却是有条件的,并受到社会的制约的。最近一些年内,我们已意识到对妇女文化表现方面的制约和创造性再现底层阶级和种族所经受的压力。在所有这些领域——性别、阶级与种族——里,批评很正确地集中在西方世界中那些塑造并制约了对那些所谓的从属阶层的表现的结构性因素上。因此,描述本身的特点就是使附属者永远成为附属者,低等阶级永远是低等阶级。

II 简·奥斯汀与帝国

基尔南说,"帝国必须有一套灌注其中的思想范式或者条件反应机制,年轻的民族梦想在世界上占有伟大的位置,正如同年轻人梦想名望与财富。"[29]我们十分同意他的这一说法。但正如我一直在说的,认为欧美文化中的一切都是为了辉煌的帝国思想做准备或巩固它的,这未免过于简单化。然而,忽视那些造成、鼓励或者保障了西方对于帝国的体验的可能的倾向,也不符合历史的正确性。这些倾向可以表现在叙事、政治理论或形象艺术中。如果说存在着对帝国使命的观念的文化方面的抵抗,这种抵抗在主流思想里也并没有获得多少支持。尽管约翰·米尔(Mill, John Stuart)是个自由主义者——此处一个很说明问题的例子——他仍然可能说,"文明国家认为它们的神圣使命来自于它们的独立与民族属性。而这对于那些认为独立的国家地位和自主权是邪恶的、或者充其量也不过是一种可疑的优点的国家来说,是没有约束力的。"这样的思想并非来源于米尔。它在16世纪英国征服爱尔兰时已经流行了。而且,正如尼古拉斯·坎尼(Canny, Nicholas)令人信服地表明的那样,在英国将美洲殖民地化的意识形态中,这种思想是同样起了作用的。[30]几乎所有的殖民地纲领在一开始都认定土著落后、并普遍不适于独立、"平等",也不具备条件。

为什么会是这样?为什么一方面的神圣职责不应对另一方面有约束力?为什么为一个人所接受的权利不给予另一个人?这些很容易从下述一种文化的角度来理解。这种文化是牢固地建立在一种道德的、经济的,甚至是形而上学的准则上的。这个准则旨在赞同一种令人满意的、地方性的,即欧洲的秩序,却允许在国外存在废除同样的秩序的权力。这种说法可能是荒谬的或极端的。事实上,它的关于欧洲的幸福与文化属性和对海外帝国版图的征服的联系的观点过于保守。今天,我们之所以很难承认二者之间的任何联系的一部分原因是,我们很容易把这个复杂的问题缩减为一个表面化的因果关系。而这样就产生了谴责与辩解。我并不认为早期欧洲文化的主要内容造成了19世纪的帝国主义。我也不是在暗示,前殖民地世界的一切问题都应归咎于欧洲。我认为,欧洲文化的特点时常是——如果不完全是——在对自己的偏爱合法化的同时,也把这种偏爱与远方的殖民统治连接起来。穆勒肯定是这样做了。他总是建议不要给印度独立。由于各种原因,帝国统治在1880年以后与欧洲的关系更加紧密,这时这种荒谬的习惯思维就更有用了。

现在需要做的第一件事是,抛弃认为欧洲于非欧洲世界的关系是简单的因果关系观点,并放弃我们那种同样简单化的时间顺序的思维。比如,我们一定不能认为,因为华兹华斯(Wordsworth)、奥斯汀或柯勒律治(Coleridge)是在1857年以前写作的,所以他们实际上造成了1857年以后的英国政府对印度的正式统治的建立。相反,我们应当发现一种在英国人写英国的表面模式与表现英伦三岛以外世界的对照点。这种对照点的内在的方式不是时间性的,而是空间性的。在大规模公开的、具有纲领性的殖民扩张时期之前——比如"争夺非洲"——的作家如何看待他们和他们的作品在全世界的地位呢?我们将发现他们使用了引人注目但很小心的战略,其中有许多是取自可以想见的来源的——关于家庭、一个民族及其语言、关于正常秩序、良好行为、道德价值的正面的意见。

但是,这种正面的意见不仅仅使"我们"的世界合法化。它们还能贬低别的世界。并且更重要的是,从历史的观点看,它们并不能防止、抑制或反对极其令人生厌的帝国主义行径。类似小说或戏剧这样的文化形式并不能使人去实行帝国主义——卡莱尔没有驱赶罗德人;他也不能因为今天的南非问题而受"责备"——但是,我们仍然在赞美英国的伟大的人文主义思想、社会结构和成就,赞美它们具有超越历史的力量。但是,令人不安的是,这些东西对阻挠帝国主义进程所做的是多么微乎其微。我们有资格质问,这整个的人道主义思想体系怎么能非常安适地与帝国主义并存。而且,为什么——直到在帝国的领地,在非洲人、亚洲人、拉丁美洲人中间发生对帝国主义的抵抗以前——国内很少有对帝国主义的重大反对和阻挠。把"我们的"和"他们的"建制区别开来的习惯已经发展成为一种严峻的政治规律。把"他们"积累得更多,以便我们去统治、研究和征服。在欧洲主流文化所宣布的伟大的人道思想与价值中,恰恰存在基尔南所说的那种思想和条件反射的模式。整个帝国的行为符合这种模式。

雷蒙·威廉姆斯的内容丰富的著作《乡村与城市》的主题就是这些思想在实际的地区的地理区别。他关于英国的城市与乡村之间存在着互动关系的论点,承认那些最特殊的转变——从兰格伦的乡间平民主义,到本·约翰逊的农舍诗歌和狄更斯的伦敦小说,一直到20世纪文学中的大都会场景。当然,这本书主要是关于英国文化是如何处理土地及其所有权、想像与组织的。威廉姆斯虽然确是谈到了英国对殖民地的输出,但他并没有集中并大量地谈论这一问题;而事实上他可以这样做的。在《乡村与城市》的结尾,他提出,"至少从19世纪中期起,并且有更早的例证,就有这种较大的背景(英国与殖民地的关系,这种关系对英国的想像力的影响'深远得不易察觉'),在这个背景中,每种思想、每个形象都有意无意地受到了影响"。他接着就列举出"向殖民地移民的思想",认为它是充斥于狄更斯、勃朗特姐妹、盖斯凯尔夫人的各个小说里的这种形象之一。威廉姆斯并且正确地指出,殖民地性质的"新的乡村社会"通过吉卜林、早期的奥威尔和毛姆进入了英国文学想像中的宗主国经济。1880年后,出现了"地理区域和社会关系的重大扩展":这或多或少与伟人的帝国时代相符合。[31]

与威廉姆斯看法不一致是危险的,可我要冒昧地说,如果一个人要在英国文学中寻找一张类似帝国版图的东西,它在19世纪中叶以前很久就频繁地出现了。它不止具有停滞不前的规律性,显示某些事情被视为理所当然,但更有意思的是,这些现象贯穿在一起,形成语言与文化实践的结构的一个重要部分。从16世纪起,在爱尔兰、美国和加勒比就有英国的海外既得利益。很快地查看一下,就可以显示出,诗人、哲学家、历史学家、戏剧家、政治家、小说家、游记作家、编年史家、士兵和寓言作者,他们都以不断的关怀珍视、爱护并记叙这些利益。(彼得·休姆[Hulme, Peter]在《殖民地经验》[*Colonial Encounters: Europe and the Native Caribean, 1492—1797*, London: Methuen, 1986]一书中很好地讨论了这些。[32])法国、西班牙和葡萄牙可以说差不多也是这样。它们不仅本身就是海外大国,也是英国的竞争者。我们如何检验在帝国时代以前,从1800年到1870年间这些利益在现代英国所起的作用呢?

我们最好跟随威廉姆斯,先来看看18世纪末英国的大规模圈地运动以后出现的危机。旧的有机的乡村社区已经解体,在国会立法活动、工业化和人口迁徙的驱动下,新的社区合成了。但是,同时也发生了在大得多的范围里重新安置英国的过程(在法国重置法国)。18世纪前半叶,英法在北美和印度的竞争十分激烈;后半叶,在美洲、加勒比和勒望,当然还有欧洲本土,曾经发生过英法间的无数次冲突。浪漫主义时期前的主要英法文学经常不断提到海外领地:这不仅使我们想到各个百科全书派作家、阿贝·瑞纳尔(Raynal, Abbe)、德布罗斯(Brosses, de)和沃尔内(Volney),还想到爱德蒙·伯克(Burke, Edmund)、贝克福德(Beckford)、吉朋

(Gibbon)、约翰逊(Johnson, Samuel)和威廉·琼斯(Jones, William)。

1902年,J. A. 霍布逊把帝国主义描述为民族属性的扩张。他的意思是,只有把民族与扩张二者中的扩张当作更重要的一个来考虑,才能更好地理解这一过程。因为,民族属性是一个已经充分形成的定量。[33]而仅仅一个世纪前,它还处于正在形成的过程,在国内国外都是如此。沃尔特·白芝浩(Bagehot, Walter)在《物理与政治》(Physics and Politics)一书中特别恰当地谈到"国家的缔造"。18世纪末,在英法两国之间有两种竞争:国外的战略猎获——在印度、尼罗河三角洲和西半球——和争取成功的民族性的斗争。两次斗争都使"英国特性"和"法国特性"形成对比。不管所谓英国或法国之"本质"看起来多么亲密无间,它们总是被认为是天生的对头(相对已经造成而言),并且是战斗出来的对头。例如,萨克雷笔下的贝吉·沙普是个暴发户,是因为她有一半法国血统。18世纪初,威尔伯斯和他的盟友严厉的绝对主义姿态,部分是为了加重法国在安第利斯群岛的垄断的困难。[34]

这些思考突然为《曼斯菲尔德庄园》扩充了一个令人感兴趣的层面。《曼斯菲尔德庄园》是奥斯汀小说中意识形态与道德倾向最明显的一部。总的来说威廉姆斯又是十分正确的:奥斯汀的小说表现了一种"可获得的生活质量":金钱与财产之取得、道德的区分、正确选择的得以实现、正确的"改进"得以实施、经过精雕细琢的语言得到肯定和鉴别。然而,威廉姆斯接着说,

（科拜特）在路上乘车经过时所指出的都是有关阶级的。简·奥斯汀从房子里面永远不能看到这一点。尽管她的社会描写全是复杂的关系。可以理解,她的辨别力是内部的、排他的。她关心的那些人都在反复地努力使自己成为一个阶级的一员。这种改变是很复杂的。但是,当只有一个阶级被看到时,所有其他阶级就都看不到了。35

奥斯汀怎样把某些"道德差别"提升到"独立价值"的高度,这段概括性论述极为精彩。然而就《曼斯菲尔德庄园》来说,还需要说得更多,以使威廉姆斯的考察更明确、更广泛。那么,也许奥斯汀的作品,甚至一般来说前帝国主义时期的小说,会比它们乍看之下与帝国主义扩张的理由有更多的联系。

在卢卡奇和普鲁斯特(Proust)以后,我们已经非常习惯于认为小说的情节与结构主要是由时间构成的,以至于忽略了空间、地理与地点的功能。因为不仅是年轻的史蒂芬·德达鲁斯,在他以前每一个年轻的主人公,都认为自己处在从家乡到爱尔兰再到世界的一个日益展宽的螺旋里。像许多其他小说一样,《曼斯菲尔德庄园》正是关于一系列空间中的大大小小的迁徙与定居的小说,在小说末尾,侄女范妮·普莱斯成为曼斯菲尔德庄园的精神上的女主人。而曼斯菲尔德庄园本身则由奥斯汀放在了横跨两个半球、两个大海和四块大陆之间的一个利害与关注的圆弧的中心点。

如同奥斯汀的其他小说一样,主要人物获得婚姻和财产,并不完全由于血缘关系。她的小说表现了一些家庭成员与家庭脱离关系(实在意义上的)。而在家庭成员中的另一些人又与一两个经过选择和考验的外人发生联系：换句话说，血缘关系不足以保证国内外的延续性和等级制度的权威。例如，范妮·普莱斯——那个贫穷的侄女，来自偏远的城市普茨茅斯的孤女，被人忽视的、娴静的、舞会上没有舞伴的正直女子——逐渐获得与她的许多幸运的亲戚相当、甚至优于他们的地位。在这种联系的框架和她的地位的获得中，范妮·普莱斯是相对被动的。她抗拒别人的不端行为与纠缠；她只是很偶然地主动行事；然而，我们总的印象是，奥斯汀让范妮自己对这些几乎不能理解。正像在整个小说中每个人都认为的那样，她是个"舒适的人"，捡了个便宜，尽管她自己并没有意识到。和吉卜林笔下的吉姆·欧哈拉一样，范妮既是一个大的模式里的工具，也是一个丰满的小说人物。

和吉姆一样，范妮需要指导，需要她自己贫乏的经验所不能提供的照顾和外部权威。她的有意识的联系只是与一些人和一些地方保持的。但是，小说还显示出其他关联。关于这些关联，她只有模糊的意识，但它们也要求她的到场与参与。她进入这样一种情况，它一开始就有许多行动。这些行动放在一起，就要求整理、调整和重新安排。托玛斯·伯特兰姆爵士只被华尔德姐妹中的一个所俘虏。别人则不这样幸运。"一个绝对的裂痕"出现了；他们各自的"圈子非常分明"。他们之间的距离如此之大，以致他们互不来往达十一年之久。[36] 在困难的时刻，普莱斯家的人选择了伯特兰姆家。虽然范妮不是最年长的，当她被送到曼斯菲尔德庄园的时候，她却渐渐地成为人们注意的中心。在那里她开始了新的生活。同样地,伯特兰姆家族放弃了伦敦(伯特兰姆大人健康稍稍欠佳和惰性十足的结果)而完全住在乡下。

物质上支持这种生活的是伯特兰姆在安蒂瓜拥有的一个境况不佳的庄园。奥斯汀不惮其烦地向我们展示了两个显然不同但实际上融合在一起的过程:范妮对伯特兰姆家的经济状况,包括安蒂瓜的重要性的增长,和在许多挑战、威胁和意外面前,范妮自己的坚韧性。在这方面,奥斯汀的想像力以钢铁般的严格通过我们可以叫做地理的与空间的清晰的方式得到了表现。范妮作为一个10岁的孩子在到达曼斯菲尔德时显露出无知,是因为她不能"把欧洲地图拼在一起"。[37]而在小说的前半部的大部分,所有的问题都有一个共同的主线,就是空间。这条主线也可能使用不当,也可能被误解。托玛斯爵士在安蒂瓜把当地的和家里的情况改善了。在曼斯菲尔德庄园,范妮、爱德蒙和她的姑母诺利斯商量她在哪儿住、在哪儿读书和工作,把火生在哪儿。朋友们和表兄弟姐妹们关心的是改进庄园。预想并讨论了小教堂(即宗教权威)对家庭生活的重要性。此后,当克劳弗家的人为了活跃一点气氛建议演个剧时(有些令人怀疑地把法国色彩加在他们的背景里这一点是意味深长的),范妮的尴尬是很强烈的。她不能参加,不能轻易地接受把卧室变为剧场的主意。虽然作用与目的很混乱,科兹瑟布的《恋人的誓言》这个剧还是准备上演了。

我想,我们会认为,在托玛斯爵士照料他的殖民地庄园时,会发生一些不可避免的错位(显然与女性的"无法无天"有关)。这些事可以发生在三对朋友在公园里散步时。在这样的散步中,人们只是擦肩而过;也可以更清楚地表现在脱离父母的权威的男女青年的互相调情与接触中。伯特兰姆夫人对此视而不见；诺利斯太太则插不进去。他们互相指责，含沙射影：所有这些都集中在准备演戏上。在戏里有几乎发生（但没有发生）的放荡行为。至于范妮，她早些时候的生分、距离与恐惧感，来自她第一次生活方式的改变。现在这种感觉变成了关于什么是正确的、走多远才是过分的等等一种几乎保护人的感觉。但是，她无力把她的担心付诸行动。在托玛斯爵士突然从国外回来以前，这种像没有舵的船盲目漂流的情况一直在继续。

在托玛斯爵士真的出现以后，为演剧进行的准备工作立即停止了。夹杂在说明他如何办事敏捷因而值得我们注意的一节里，奥斯汀叙述了托玛斯爵士如何建立起他在该地的统治：

> 对他来说，那是个忙碌的上午。和他们每个人说话都只占了那段时间的一小部分。他必须恢复自习对曼斯斐尔德日常生活中习惯的关照。和他的管家和代理人见面——检查和做些核算——并在做这些事的间隙到马厩和花园以及离得较近的种植园去。但是，他处理得节奏紧凑又有条理。他不仅在晚饭以前做完这一切，以房子主人的身份坐到饭桌旁，还让木匠把弹子房里刚刚搭起来的东西拆掉，把戏剧布景师辞退。处理这些事的迅速证明他在这里的存在像在北安普顿一样。布景师走了，只是弄脏了一间屋子的地板，用光了马车夫的所有的海绵，使五个仆人闲着没事干，很不高兴。托玛斯爵士希望再有一两天的时间，就足够把曾经存在的东

西的表面痕迹清除掉了,甚至不惜销毁房子里的尚未装订的每一本《恋人的誓言》,其实他在烧掉他眼见到的一切。³⁸

这一段描写的力量是毫无疑义的。这不仅类似一位鲁宾逊·克鲁索在把事情整顿好:而且也是一位早期基督徒在消除一切轻薄的行为。然而,假如我们设想托玛斯爵士在他的安蒂瓜"种植园"做的也是同样的事——只是以更大的规模,在曼斯菲尔德庄园中就没有什么可反对的了。不论安蒂瓜那里有什么问题——华伦·罗伯茨所得到的内部证明显示,那里可能有经济衰退、奴隶制和与法国的竞争等问题³⁹——托玛斯爵士都能解决,从而控制他的殖民领地。在这里,奥斯汀比在她的小说别的地方更清楚地同时表现了功能的与国际的权威,表明了,与等级、法律和财产这样一些更高层次的东西相联系的价值观必须坚实地建立在对于领地的实际统治与占有上面。她清晰地看到,保有并统治曼斯菲尔德庄园就是保有并统治与它紧密地、甚至不可避免地相联系的一个帝国庄园。能够保证其中之一的内部安宁和令人向往的和谐,就是使另一个具有活力和规范的保证。

然而,在完全做到两者之前,范妮必须更积极地参与正在展开的情节中。她从一个胆怯的、并且时常是受危害的穷亲戚,逐渐变成曼斯菲尔德庄园伯特兰姆家的直接参与者。我认为,因此之故,奥斯汀设计了书的第二部分。这第二部分不仅包括了爱德蒙和玛丽·克劳福之间的罗曼史的失败与琳狄亚和亨利·克劳福可耻的放荡行为,还有范妮·普莱斯的重新发现与拒绝她在朴茨茅斯的家、托姆·伯特兰姆

(长子)的受伤致残、威廉·普莱斯的海军生涯的开始。这一系列关系和事件的最后又加上了爱德蒙和范妮的结合,范妮在伯特兰姆夫人家的位置被她的姐妹苏珊·普莱斯所接替。不夸张地说,可以把《曼斯菲尔德庄园》的最后几节解释为一种可疑的、不自然的(或者至少是不合逻辑的)原则。而这一原则是处在为人所期望的英国式的秩序的核心的。奥斯汀的眼光微微地隐藏在她的语言背后。而她的语言,尽管偶露狡黠,却是低调的。但是,我们不应该误解她对外部世界的有限的提及、她对工作、事件的过程和阶级的些微的强调和她的把日常的不可调和的道德抽象化的能力。这种道德最终是与其社会基础相分离的。事实上,在这方面,奥斯汀没有多少与众不同,只是更尖锐。

可以在范妮身上发现这点,或者毋宁说,在于我们能够如何更准确地看待她。的确,她回到朴茨茅斯的家乡,她的直系亲人还住在那里。而这破坏了她已经在曼斯菲尔德庄园习惯了的美学与情绪上的平衡。并且,她确实也已经开始视那里的美妙奢侈为理所当然的甚至是必要的了。这些是习惯于一个新地方的正常的、自然的结果。但是,奥斯汀是在谈论两个我们一定不能弄错的问题。一个是范妮扩大了的眼界里关于什么是在家里的概念;当她在到达朴茨茅斯以后查看这里的情况时,这不仅是个扩大了的空间的问题:

> 范妮几乎震惊了。房子很小,墙很薄,使人觉得一切东西都离她很近。这增加了她的旅途劳顿和她最近的烦恼。她几乎不知道如何面对这种情况。在屋子里面,一切都太安静了,因为苏珊已经和别人一起走了,很

快就剩下她独自面对父亲。父亲拿出一份报纸——每天都从邻居那里借来的报纸——然后读起来,似乎没有想到她的存在。蜡烛放在他自己和报纸中间,并没有考虑到对她方便与否。她无事可做。所以当她坐在那里困惑地、沮丧地、悲伤地沉思时,烛光照不到她正在作疼的头,她倒挺高兴。

她这是在自己家里。但是,唉呀,她并没有受到欢迎,像——她不让自己想下去;她毫无道理……也许,一两天就可能不一样了。只有她一个人该受埋怨。可是,她想,如果在曼斯菲尔德,就不会这样。是的,在她姨父家,人们就会考虑时间和季节,谈话的内容都有限制,有规矩,还有这里所没有的对每个人的关注。[40]

在一个太小的空间里,你看不清楚,想不清楚。你没有应有的规矩和关注。奥斯汀对细节的细微描述(蜡烛放在他自己和报纸中间,并没有考虑到对她方便与否),确切地表现出在较大的和管理较好的空间得到认可的所谓不善交际、孤独、逐渐迟钝了的意识的危险。

这种空间是范妮不能依靠直接继承、法定身份、结亲关系、接触或邻近所能得到的(曼斯菲尔德庄园与朴茨茅斯相隔许多小时的路程)。而这,正是奥斯汀的要点。要想得到进入曼斯菲尔德庄园的权利,你必须首先像一个签约的仆人一样离开家;或者,以极端的方式来表达,作为被运输的商品——很清楚这就是范妮和她哥哥威廉的命运——只有那时,你才有将来获得财富的指望。我认为,奥斯汀把范妮所做的事看作是与托玛斯爵士的较大的、更公开的殖民主义活动相对应的、国内的、小规模的空间运动。托玛斯爵士是她的良师益友,她从他那里继承了庄园。这两种活动互相依存。

奥斯汀谈到的第二点是更复杂的。虽然是间接的,却引出了一个有趣的理论问题。奥斯汀的帝国意识显然非常不同于康拉德,或者吉卜林,也更随意一些。在她那个时代,英国人在加勒比和南非非常活跃,特别是在阿根廷和巴西。奥斯汀似乎只是模糊地了解那些活动的细节,虽然在宗主国英国,觉得印度种植园重要的意识是相当普遍的。安蒂瓜和托玛斯爵士的该地之行肯定在《曼斯菲尔德庄园》中起了作用。我一直在说,这既是偶然的、顺便提到的,对情节又是绝对重要的。我们应怎样评估奥斯汀对安蒂瓜的几次提及,又应该怎样解释它们呢?

我的论点是,通过随意与强调这二者奇妙的结合,奥斯汀显示出,她假定(正像范妮一样,在假定这个词的两个意义上来说)帝国对国内的事情是重要的。让我再进一步。由于奥斯汀在《曼斯菲尔德庄园》提起并使用了安蒂瓜,她的读者需要做相应的努力来具体地了解这种提及的历史本质。换句话说,我们应当了解她提到的是什么,为什么给它那种重视,为什么她做了那种选择,因为她完全可以采取某种不同的方式来让托玛斯爵士积累财产。现在,让我们估量一下《曼斯菲尔德庄园》中对安蒂瓜的提及的重要力量、它们怎样占有它们的位置和它们所起的作用。

按照奥斯汀的思路,我们会得出结论,无论英国某个地方多么与世隔绝(例如曼斯菲尔德庄园),它都需要海外的支撑。托玛斯爵士在加勒比的财产必须是由奴隶劳动(直到

19世纪30年代才废除)维持的一个甘蔗园:这些不是死的历史,而是正像奥斯汀肯定知道的、明显的历史事实。在英法竞争之前,西方帝国(罗马、西班牙和葡萄牙)的突出特点是,早期帝国倾向于掠夺,如康拉德所说,倾向于把财宝从殖民地运到欧洲,而很少注意殖民地本身的发展、组织和制度。而英国和在较小的程度上的法国,都想使它们的帝国长久存在,有利可图,长期兴旺。它们在这点上竞争得最厉害的地方是加勒比殖民地。在那里,奴隶的运输、大甘蔗园的经营、蔗糖市场的发展(这引起保护主义、垄断和价格问题)——围绕这一切都或多或少发生了争执。

英国在安第斯和利瓦德群岛的殖民地远远不是无足轻重的;在奥斯汀时代,那里是英法殖民竞争的重要地点。法国的革命思想正在向那里输出;英国的利益正在减弱;法国的甘蔗园高产低耗。然而,海地内外的奴隶叛乱正在使法国屈服,并刺激英国更加直接地干涉和夺取更大的权力。尽管如此,与起先它对国内市场的重要性相比较,19世纪的英国加勒比食糖生产,必须与巴西和毛里求斯的甘蔗供应、欧洲甜菜糖工业的出现以及自由贸易思想与实践的逐渐占优势竞争。

在《曼斯菲尔德庄园》里,在它的形式上的特点与内容上,几种趋势汇集在一起。最重要的是殖民地对宗主国的公开的彻底的臣服。托玛斯爵士不在曼斯菲尔德庄园,但也不见他出现在安蒂瓜。这一点在小说中被提起过六七次之多。前面我曾引用过约翰·斯图亚特·穆勒的《政治经济学原理》中的一节的一部分。该节文字反映了奥斯汀对安蒂瓜的使用的精神实质。现在我将它全部转引如下:

几乎不能把这些看作一个国家在与别的国家进行着商品交换。但是可以把它们更恰当地看作属于一个更大的社会的边远的农业或制造业的领地。不然我们的西印度殖民地就不能被看作有自己生气勃勃的首都的国家……(而是)英国觉得便于进行食糖、咖啡和少数其他热带商品生产的场所。所使用的全部资本是英国的;经营的工业几乎全部都是为英国服务的;生产的几乎全部是基本需求品。而这些商品要运到英国去,不是用来交换出口到殖民地,为它的居民所消费,而是要在英国出售,使那里的资本所有者获利。对印度的贸易交换不能被看作对外贸易,而更像城乡贸易。[41]

在某种程度上,安蒂瓜倒像伦敦或朴茨茅斯,是一个不如曼斯菲尔德那样的乡间庄园那么吸引人的地方。但是,它虽然为少数贵族和士绅们所拥有和维护,却生产每个人都消费的产品(19世纪初,每个人都消费食糖)。《曼斯菲尔德庄园》中的伯特兰姆和其他人物是少数人中的一群。对他们来说,这个岛屿代表着财富。奥斯汀认为,它正在被转变为财产、秩序并在小说末尾成为舒适的象征,一个附加的好处。但为什么是"附加"的?因为,奥斯汀在最后几章里尖锐地告诉我们,她想"让每个人(他们自己没有什么大错误)都重新享受适当的舒适,并不再理会所有的其他人"。[42]

这可以解释为,首先,小说打乱了每个人的生活,现在必须使他们安定下来;实际上,奥斯汀用有点超越虚构小说的急切明确地说出了这一点。这是一个小说家在评论自己的作品,认为它走得太远了,现在需要把它结束了。第二,它可以意味着,终于让每个人都认识到,好好地呆在家里休息而不必各处游荡或来来去去意味着什么。(这不包括年轻的威廉。我们猜想,他可能仍需随海军在海上航行,继续执行商业或政治使命。这样的情节只得到奥斯汀的简单的提及——关于威廉的"良好品性和日益增高的声誉"。)至于那些定居于曼斯菲尔德庄园的人,奥斯汀使他们习惯了安居乐业的好处。这一点给予托玛斯爵士的最多。他第一次意识到在对孩子们的教育中缺少了什么。矛盾的是,他的这种觉醒是由外部力量唤起的。这些力量中可以说有安蒂瓜的财富和新来的范妮·普莱斯。这里,请注意外部与内部的奇怪的变换怎样追随穆勒所指出的模式,即:外部通过错位变成内部。"错位"是奥斯汀的话:

这里(在他的教育的欠缺中,诺利斯太太起的作用过大、让他的孩子们掩饰或压抑情感)存在着可悲的管理不善;但是,尽管情况不佳,他开始逐渐觉得这还不是他的教育计划中最可怕的错误。一定是内部缺少了什么;否则,时间已经磨掉了大部分恶果。他担心缺乏原则,缺乏积极的原则,从来没有适当地用责任感控制自己的愿望与情绪。只是责任感就够了。在宗教方面,他们受过理论上的教导,但从来没有要求他们把理论付诸日常实践。教育他们要文雅,要出人头地——这些受到肯定的青年时代的要求——对他们的道德观却毫无益处。他本来的意图是为他们好,但他的关心却是针对理解力和仪表而不是"气质"的。他担心他们从未听到过能使他们受益的关于自我克制与谦虚的必要性的话。[43]

内部所缺少的东西事实上由来自西印度种植园的财富和一个乡下的穷亲戚提供了。这两者都被带到曼斯菲尔德庄园来并开始发挥作用。但是其中哪一个靠自己都不够。他们互相需要,而且更重要的是,需要领导的气质。这种气质反过来又有助于改变伯特兰姆家其余的人。所有这些,奥斯汀都借助于文学解释留给读者去补充了。

这些就是读她的著作所带来的。所有这些与引入的外部事物有关的问题似乎都存在于她的暗指性与抽象的语言里。我认为,一个"内部所缺少的原则"是为了唤起托玛斯爵士在安蒂瓜的回忆;或者是三个带有不同缺欠的华德姐妹易动感情、近乎心血来潮的变化无常,其特征是一个外甥女从一个家庭被送到另一个家庭。但是,伯特兰姆家的人如果不是完全变好了,也至少确实变好了一点。一些责任感被注入了他们的心中。他们学会了控制偏爱和脾气,并且使宗教成为日常实践。他们克制了自己的天性:所有这些之所以发生,是因为外部的(应该说是处在边缘的)因素被适当地引入了内部,成为曼斯菲尔德庄园所拥有的东西。范妮最后成为它精神上的女主人;小儿子爱德蒙成为它的精神上的男主人。

一个附加的好处是,诺利斯夫人被赶跑了。这被描述为"托玛斯爵士生活中又一件适意的事"。[44]一旦原则被引进,下面就都好办了:范妮暂时在托玛斯莱锡定居下来,得到了"使她舒适的各种关心"。苏珊被带了来,"最初是为了安慰范妮,然后作为帮忙的,最后代替了她。"⁴⁵这时这个新来的人在伯特兰姆夫人身旁接替了范妮的位置。小说一开头就定下的模式明显地继续存在,只是有了奥斯汀一直想赋予它的东西,就是一种内化了的、事先安排好的原则。这个原则被雷蒙·威廉姆斯描述为日常的、不妥协的道德;最终它可以和它的社会基础分开。在其他情况下,它也可能被用来反对其社会基础。

我曾经试图说明,道德事实上是不能与其社会基础分开的:直到最后,奥斯汀都在申述并重复涉及贸易、生产和消费的地理扩张的过程;而这又预示、强调和保障了道德。而扩张,有如盖兰格所说,"都是通过殖民统治。不管受不受欢迎,它以各种各样的形式为人所需要是可以肯定的。结果,国内很少有对扩张的抑制。"⁴⁶多数评论家容易忘记或忽略那个过程,因为它对评论者来说似乎没有奥斯汀所认为的那么重要。但是解释奥斯汀取决于由谁来解释、什么时候解释,以及,同样重要的,在什么地方解释。如果女权主义者、像威廉姆斯这样的关注历史与阶级的伟大的文化评论家、文化与风格的诠释者使我们对他们提出的问题很感兴趣,那么现在我们就应该不再把世界的地理划分——毕竟这对于《曼斯菲尔德庄园》是重要的——看成是中性的(不比阶级与性别更中性),而是把它看成具有政治含义,去寻求它的重要地位所应得的注意与阐释。因此,问题不仅是怎样理解和以什么方式把奥斯汀的道德与其社会基础连接起来,而且还有怎样领会它。

再一次看看对安蒂瓜的提及。托玛斯爵士在英国的需要因为加勒比之行而轻易地得到满足。对安蒂瓜漫不经心的随便一提(或者地中海或者印度,那是伯特兰姆夫人在一阵不耐烦的心情下让伯特兰姆爵士去的地方:"我要得到一条披肩。我想我要两条。")⁴⁷,代表着决定"这里"的真正重要的行动的"那里"的重要性,但不是很重要。但是,这些对"海外"的提及,即使不充分地表露,也包括一种丰富的、复杂的历史。这段历史的地位是伯特兰姆一家人、普莱斯一家人和奥斯汀自己不愿也不能承认的地位。把它称为"第三世界"倒是开始面对现实了,但这并不能把政治与文化的历史表达完全。

我们必须首先检视一下《曼斯菲尔德庄园》给此后小说中的英国历史的定位。《曼斯菲尔德庄园》中对伯特兰姆有用的殖民地预示着《诺斯特罗姆》中查尔斯·高尔德的圣多美矿;或者福斯特的《霍华德山庄》中的威尔科克斯的英帝国橡胶公司;或者《远大前程》、《黑暗的心》中任何遥远但又唾手可得的宝藏之一——这些地方可以供访问、谈论、描写,或由于国内的原因、由于本地宗主国的利益而被欣赏。如果我们继续想到这些小说,托玛斯爵士的安蒂瓜就要比在《曼斯菲尔德庄园》中的那种轻描淡写有意义得多。具有讽刺意味地,我们对小说的阅读已经在奥斯汀最节约笔墨、她的评论者最忽略(有什么人敢这样说吗?)的地方开始展开。因此,她的安蒂瓜并非无关紧要,而是以一种肯定的方式,作为对威廉姆斯所说的国内发展的国外限定,或者通过随便提及一下攫取海外领地的商业性冒险,作为获得本地利益的来源。她对安蒂瓜的提及还可以被看作是出于历史的敏感。这里不光有行为规范和礼节,还有观念之争、与拿破仑的法国的争斗以及对世界历史中的变革时期巨大的经济和社会变化的意识。

第二,我们必须看清,由于历史的变革,安蒂瓜在奥斯汀的道德领域中和她的文章中被固定在了一个确切的位置。而她的小说就像一艘航行在浩瀚的历史海洋中的小船。没有奴隶贸易、食糖和殖民庄园主阶级,就不可能有伯特兰姆一家人。对于通过政治、戏剧(如坎伯兰的《西印度》)和许多其他活动(豪宅、著名的聚会和社会礼仪、有名的商家、著名的结婚典礼等)了解阶级的强大政治影响力的18与19世纪初期的读者而言,托玛斯爵士作为一个社会典型,应是他们所熟悉的。随着受保护的垄断的旧制度的逐渐消亡和一个殖民种植园主的新阶级代替了旧的体系,西印度利益就失去了统治地位:棉花生产,一种更开放的贸易方式,和奴隶贸易的废除消减了像伯特兰姆家这样一些人的力量与声望。他们到加勒比暂住的次数也减少了。

因此,伯特兰姆爵士作为一个不在场的种植园主到安蒂瓜的次数的减少反映了他的那个阶级的力量的减弱。这直接反映在罗威尔·拉葛兹(Ragatz, Lowell)的经典著作《英属加勒比种植园主阶级的衰落,1763—1833》(*The Fall of the Planter Class in the British Caribbean, 1763—1833*)(1982)一书的书名中。但是,在奥斯汀的作品中隐藏着的或是暗含的东西一百多年以后在拉葛兹的书中得到了明白的表现了吗?一部1814年的伟大小说的美学上的沉默和谨慎在整整一个世纪以后的一部重大历史研究作品中得到了足够的解释了吗?我们能认为解释的过程完成了吗?或者在新的资料出现以后它将继续吗?

尽管拉葛兹很有学识,他仍然发现他自己在谈论"黑人种族"时会说他们有下述特点:"他盗窃;他说谎;他简单、多疑、效率低下、不负责任、懒惰、迷信,并且在性关系方面放荡。"[48]这样的"历史"很容易就让位于艾瑞克·威廉姆斯(Williams, Eric)和 C. L. 詹姆士这样的加勒比学者以及较近期的罗宾·布莱克伯恩(Blackburn, Robin)的《殖民奴隶制的推翻,1776—1848》(*The Overthrow of Colonial Slavery, 1776—1848*)。这些作品表明,奴隶制与帝国培育了资本主义的兴起和巩固,使之远远超过旧的种植园垄断的制度。同时,它也是一个强有力的思想体系,虽然它们与具体的经济利益的联系已不复存在,但其影响却能延续数十年之久:

> 时代的政治与道德观念应与经济发展密切结合起来检视……
>
> 一种从历史的角度看起来已彻底颓败的陈旧利益能发生阻挠性和破坏性的影响。这种影响只能用它曾起过的强大作用和占有的位置来说明……
>
> 建立在这些利益上面的观念,在利益不复存在以后很久还继续存在并起着旧有的破坏作用,又因为它们服务的利益已不复存在,其作用就更具破坏性。[49]

这就是艾瑞克·威廉姆斯在《资本主义与奴隶制》(*Capitalism and Slavery*)(1961)中的论点。解释的问题,甚至写作本身的问题,是与利益的问题连接在一起的。我们在过去和现在均在美学的和历史的写作中发现利益所起的作用。我们定不能说,由于《曼斯菲尔德庄园》是部小说,它和一种肮脏的历史牵连在一起这一事实就是无关紧要的;它就是超然的。这不仅因为这样做不负责任,而且因为我们了解得太多,这样说也是不诚实的。在我们把《曼斯菲尔德庄园》当作一个正在扩张的帝国主义冒险的结构的一部分加以阅读之后,就不能再把它仅仅归结为一部伟大的文学杰作。它无疑属于伟大的文学杰作。我认为,相反,这部小说虽然不引人注目,却稳步地开拓了一片帝国主义文化的广阔的天地,没有这种文化,英国后来就不可能获得它的殖民领地。

我花费了许多时间用《曼斯菲尔德庄园》来证明一种分析。这种分析在主流解释中是不常见的;在严格地建立在这个或那个成熟的理论流派上的阅读中也是不常见的。然而,只有在简·奥斯汀及其人物所显示出的全球观点中,才能弄清小说的十分惊人的总体立场。我认为这样一种阅读是完成或补充其他阅读方式,而不是怀疑或代替它们的。有必要强调,因为《曼斯菲尔德庄园》把英国的海外力量的现实与伯特兰姆庄园所代表的国内复杂情况联系起来,不从头到尾地阅读那本小说就不可能了解"感觉与参照的体系"。如果不透彻地阅读,我们就不能了解这个体系的力量和使它在文学中产生并保持下去的方式。但是在仔细阅读它时,我们可以觉察出下述各种人怎样看待附属民族与海外领土。这些人中既有外交部门的首长、殖民地官员和军事战略家,又有通过道德价值、文学平衡和优雅的风格等进行自我教育的聪明的小说读者们。

在阅读简·奥斯汀的著作时,我有一个难题。它给我以深刻的印象但我又无论如何解决不了它。一切证据都表明,在一个西印度甘蔗园拥有奴隶,尽管在最正常的情况下也是残忍的事。我们所知道的关于奥斯汀和她的价值观的一切都是与奴隶制的残酷格格不入的。范妮提醒她的表妹说,在她向托玛斯爵士问及奴隶贸易的事以后,接着"是一阵死一样的沉默",50这意味着,一个世界不能和另一个连接在一起,因为两者之间根本就没有共同语言。这是真实的。但是,引起这巨大差别的是英帝国本身兴起、衰弱与死亡,以及作为其后果的后殖民地意识的出现。为了更精确地阅读《曼斯菲尔德庄园》这样的著作,我们必须首先把它们看作抗拒与避免成为另一个世界的命运的作品。而由于这些作品在形式上的丰富、历史的真实和预见性,这另一个世界是无法遮盖的。当奴隶制被讨论时,就不再有一片死寂。这一问题就成为了解欧洲历史的核心的问题。

如果期望简·奥斯汀会以一个主张废除奴隶制的人或一个新解放的奴隶的激情对待奴隶制,那将是很可笑的。然而,我所说的一些"攻击的话语"经常攻击奥斯汀和类似她这样的人。因为她是白人,她的地位就优越,她就毫无同情之心,甚至是奴隶制的同谋。是的,奥斯汀属于拥有奴隶的社会,但是难道我们就因此而把她的小说当成毫无美学价值的琐屑的唠叨而抛弃吗?我要说,绝对不能。如果我们认真地发挥我们智力上和解释上的专长,把事物联系起来看待,尽可能多地准确地掌握材料,去发现她的小说包含了什么,缺乏什么,特别是,把事物看作互相补充、互相依赖、而不是互相排斥或禁止人类历史融合的互相隔绝、神圣化和理想化了的经验——如果这样做了,我们就不会认为奥斯汀的小说毫无美学价值。

《曼斯菲尔德庄园》是一部内容丰富的作品。它的美学的知识的复杂性要求一种长时间的、缓慢的分析过程。就像它的地理方面的问题。从地理上来说,一部以英国为基地的小说的风格要依赖一个加勒比岛国来维持。当托玛斯爵士从他拥有财产的安蒂瓜进进出出时,那是不同于他从曼斯菲尔德庄园的进进出出的。对于后者,他在那里的存在、到达和离开都会产生相当大的影响。但是,恰恰因为奥斯汀在描述一个场合时非常简略,而在描写另一个时又令人恼火地非常充实——正是因为这种不平衡,我们能够把小说读下去,使小说展露并强调它的辉煌篇幅中很少提到的互相依赖性。一部不这么优秀的书对历史的提及会更直露。它对历史事件的表现会更简单和直接,就像把玛哈蒂起义或是1857年印度叛乱期间的流行革命小调直接与产生这些小调的当时的形势和参加者联系起来一样。《曼斯菲尔德庄园》记录下了历史,又不简单地重复历史。从我们后来的体验中,我们可以把托玛斯爵士进进出出安蒂瓜的权力看成来自于没有言说的如个性、行为和秩序的民族经验。这些都在曼斯菲尔德庄园中得到了具有讽刺意味的再现。我们的任务是既不失去真实的历史感,也不失去对小说的充分享受或欣赏,而将二者结合在一起看待。

Ⅲ 帝国的文化完整性

19世纪下半叶以来,曼斯菲尔德庄园(小说名称又是地理名称)与海外领地之间那种平静而持久的商业往来在法国文化中几乎是见不到的。在拿破仑之前,当然有过关于非欧洲世界的包含着观念、辩论、猜想和关于旅行的丰富的法国文学。比如,人们可以想到沃内或孟德斯鸠(Montesquieu)等人(其中一些在最近出版的兹维丹·托多洛夫(Todorov, Tzvetan)的《我们和他们》[*Nous et les autres:a ref;exopm sir;a doversotu ji,aome*, Paris, Seuil,1989]一书中得到了讨论)[51]。没有重大的例外,这种文学或者是专门性的——例如,阿贝·瑞纳尔(Rayual Abbé)著名的关于殖民地的报告——或者属于一种类型(例如道德辩论)。百科全书派和卢梭是后者的著名代表。夏多布里昂作为旅行家、回忆录作者、雄辩的心理分析家和浪漫主义作家体现了具有无与伦比的特点和风格的个人主义。当然,很难从《勒内》(*Rene*)或《阿塔拉》(*Atala*)中看出他属于像小说这样的文学类型、或者属于编史工作或语言学这样的知识性很强的论述家。此外,他对美国和近东生活的叙述过于偏颇,不容易为国内的人们所接受或模仿。

因此,当涉及有关商人、学者、传教士或者军人所到之处,或者在东方或美洲与英国人发生碰撞时,法国就显示出一阵阵或间歇性的对文学和文化的关注。这一关注又肯定是有限度和有选择的。在1830年占领阿尔及利亚之前,法国没有印度。我曾在其他地方说过,法国曾经有过短暂的辉煌。而这辉煌更多地体现在此后的回忆和文学中,而非现实里。一个著名的例子是阿贝·波莱特(Poiret, Abbe)的《野蛮人的信》(*Lettres de Barbarie*)(1785)。它描述了一个法国人和一个穆斯林非洲人间时常互不了解但又激动人心的接触。一位最优秀的法国帝国主义史专家拉奥尔·吉拉台德(Girardet, Raoul)认为,1815至1870年间,法国存在着多种殖民主义思潮,但没有一个占支配地位或者在法国社会中处于显著或重要的位置。尽管与普拉特和其他英帝国主义问题学者不同,吉拉台德不能指明任何可以称为法国的"分类的观念"的东西,他却指出,军火商、经济学家、军人和宗教人士使得法国帝国机构在国内的存在成为可能。[52]

关于法国文学和文化,很容易得出错误的结论。因此,值得将它与英国对比一下。在英国普遍的、无选择的、容易获得的海外利益的意识在法国是没有的。奥斯汀笔下的乡间士绅或狄更斯笔下的那些不经意地提起加勒比或印度的商人在法国难以见到。尽管如此,法国的海外利益仍然以两三种特殊的方式出现在文化语境中。其中一个非常有趣的,是那个伟大的、近乎偶像的拿破仑(像雨果[Hugo, Victor]的诗歌《他》[Lui]中那样)。它表现了浪漫的法国海外精神。与其说他是一个征服者(事实上,他在埃及的确是征服者),不如说是一个戴着面具的夸张人物。他的面具上充满着沉思的神情。卢卡奇曾经敏锐地评论过拿破仑的所作所为对法国与俄国文学中的主人公的行为的巨大影响。在19世纪初期,科西嘉人拿破仑在国外也头戴光环。

没有他就不能理解斯汤达笔下的年轻人。在《红与黑》(*Le Rouge et le noir*)中,于连·索莱尔完全被他阅读的关于拿破仑的书(特别是圣赫勒那岛回忆录)所支配。书中充满了一次次的辉煌、地中海的锐气和朝气蓬勃的向上精神。这种气氛在于连的经历中的再现经过了一系列特殊的曲折。它们都发生在充满平庸和反动暗流的法国。这些曲折虽然减弱了拿破仑的传奇性,却无法减轻他对于连的影响。《红与黑》中拿破仑的氛围非常之强。使人吃惊但又很具启发性的是,小说在任何地方都没有直接提到拿破仑的经历。事实上,小说惟一提到法国以外的世界的一次是在玛蒂尔达给于连送去爱情表白以后。而斯汤达把她呆在巴黎描写得比到阿尔及利亚旅行还危险。那么,很典型地,在1830年法国得到它的主要海外省份的时刻,这样的描写出现在斯汤达唯一一次提及海外的时候,它包含有危险、惊奇和一种故意漠视的意味。这明显地不同于同一时期爱尔兰、印度或美洲殖民地在英国文学中的随意出没。

第二个从文化上了解法国殖民帝国意识的渠道是,由拿破仑的海外扩张而造成一系列新的辉煌的科学成就。这完美地反映了法国的知识社会结构。它极大地不同于英国的业余味道的、时常令人难堪的过时的知识生活。巴黎的伟大知识机构(为拿破仑所加强的)对考古学、语言学、编史学、东方学和实验生物学(其中许多参与了《埃及纪事》的编纂)的发展产生了主要影响。很自然地,小说家引用学术界设定的关于东方、印度和非洲的论述——例如,巴尔扎克的《驴皮记》(*La Peau de chagrin*)或《贝姨》(*La Cousine Bette*),显示出完全非英国式的老练与技巧。在海外英国人的著作中,从沃特丽·蒙塔古夫人到威布斯夫妇,我们可以见到一种闲谈式的语言。在殖民地题材的专家(例如托玛斯·伯特兰姆和米尔斯夫妇)身上,可以看到一种谨慎、不具体、非正式的态度;在行政的或官方的文字(一个著名的例子是麦考莱的1835年印度教育备忘录)中可以见到高傲的态度,但也仍或多或少有个人的执拗。在19世纪初的法国文化中很少有这情况。法国文学中的每个言论都是与学术和巴黎的格调相符的。

像我已经说过的,甚至在闲谈中,表现宗主国边界以外的东西的力量也是来自一个帝国社会的力量;而那种力量在话语中的表现,就是把"生的"、即原始的材料重新塑造、整理成为欧洲本土传统的叙述和正式话语。在法国,则成为学术秩序。而这些东西是没有义务使一个"土著"非洲的、印度的或伊斯兰的听众高兴或信服的:的确,在最有影响的情况下,它们也是以当地人的沉默为前提的。在对宗主国欧洲以外的再现上,艺术与表现——一方面是小说、历史、游记、绘画;另一方面是社会学、行政与官方文学、语文学、种族学说——依赖于欧洲的力量来表现非欧洲世界,以便能了解它、控制它,尤其是保有它。菲利普·科汀(Curtin, Philip)的两卷《非洲的形象》(*Image of Africa: British Ideas and Action, 1780—1850*, Madison: University of Winscousin Press, 1964)和伯纳德·史密斯(Smith, Bernard)的《欧洲的观念与南太平洋》(*European Vision and the South Pacific*, New Heaven: Yale University Press, 1985)或许是迄今所能看到的关于这种做法的最详尽的分析。在20世纪中叶以前,巴西尔·戴维森对这些关于非洲的作品的研究做了最典型的描述:

> 关于勘察和征服(非洲)的文献的数量之大、种类之多正如征服非洲的过程本身一样。然而,除去少数特别的例外,这些记录都是建立在一种统治的立场上的:断然从外部看待非洲的记录。我不是说可以期望他们当中的许多人本来可以不这样做:重要的一点是,他们的观察质量被限制在狭窄的范围内;今天我们在阅读的时候必须知道这一点。假如说他们曾试图了解他们所认识的非洲人的思想和行动,那也只是顺便那样做的,

而且也很少见。他们几乎都相信他们所面对的是"原始人",是史前人,是迟滞于时间的黎明前的社会。(布莱恩·斯特利特(Street, Brian)的重要著作《文学中的野蛮人》[*The Savage in Literature: Representations of Primitive Society in English Fiction, 1858—1920*, London: Routledge & Kegan Paul, 1975]详细说明了学术的和大众的文学是如何表明这一点的。)这一观点与欧洲的力量与财富的巨大扩张同步;与其政治力量、活力和日臻成熟同步;与相信自己的大陆是受上帝青睐的大陆意识同步。这些高尚的探险家的思想和行动可以在亨利·斯坦利(Stanley, Henry)的作品中以及西赛尔·罗德斯(Rhodes, Cecil)这样的人和他的找矿代理人的行为中得到反映。他们都把自己当作他们的非洲朋友的忠实的盟友;条件是,那些有关的规定得到保证。这些规定保证了为双方政府和私人利益所认可的有效的占领。而他们自己就构成并服务于这些利益。[53]

一切文化都倾向于把外国文化表现为易于掌握或以某种方式加以控制。但是,并非一切文化都能表现外国文化并且事实上掌握或控制它们。我认为,这是现代西方文化的特点,它要求对西方知识的学习或对非欧洲世界的表现,既是对那些表现的研究,也是对它们所代表的政治力量的研究。像吉卜林和康拉德这些19世纪末的艺术家,或者纪尧姆(Gerome)和福楼拜等该世纪中叶的人物,并不是仅仅再现出遥远的领地:他们制造它们,使它们具有活力。他们采用了叙述的手法和历史与探索的态度,以及麦克斯·缪勒

(Mulller,Max)、勒南、查尔斯·邓普(Temple,Charles)、达尔文(Darwin,Charles)、本杰明·纪德(Kidd,Benjamin)、艾莫·德·法特尔(Vattel,Emer de)等思想家所提供的那种积极的思想。所有这些人都开拓并加强了欧洲文化中的本质立场,声称欧洲人应该治人,非欧洲人应该治于人。而且,欧洲人的确实现了统治。

现在我们很自然地非常了解这种材料多么丰富,它的影响多么广泛。一个例子就是斯蒂芬·J·古尔德(Gould,Stephen Jay)和南希·斯蒂芬(Stephen,Nancy)关于19世纪科学发现、实践与机构中的种族思想的力量的研究。[54] 这些研究表明,对于黑人低劣理论、先进的或不发达种族(后来的"属民")的等级制度,欧洲人几乎没有什么异议。这些理论或者来自于、或者在许多情况下不见诸文字地被运用于海外领地上。欧洲人认为在那里他们有足够的证据证明次等人种的存在。随着欧洲的力量跟着那巨大的非欧洲殖民地的不成比例的增长,保证白种人享有绝对权威的逻辑的力量也随之增长。

任何历史领域中都无一例外地无情地使用了这些等级的划分。在印度的教育制度中,不仅让学生学习英国文学,还向他们讲授英国民族的天然优越性。亚、非、澳洲正在出现的人种学家——有如乔治·斯托金(Stocking,George)所描述的——具有严格的分析手段以及关于野蛮、原始和文明的一系列形象、观念和准科学的概念。人类学中,达尔文主义、基督教、功利主义、理想主义、种族学说、法律史、语言学与勇敢的旅行家的口头传说令人迷惑地混合在一起。然而,在对白种人的优越性上,大家却没有任何异议。[55]

我们在这个问题上阅读得越多,关注学者们论述这一问题的著作越多,就越觉得在"别人"的问题上,它们的执著和不厌其烦。把卡莱尔在《过去与现在》(*Past and Present*)中对英国人的精神、生活的夸张的重新评价和他在该书中或他的《黑鬼问题偶谈》中所说的关于黑人的话加以比较,就可以看出两种惊人的明显的因素。一个是卡莱尔对英国的积极的批评,使它警醒、促进它的有机的联系、对自由无羁的工业化和资本主义发展的热爱;但另一方面,对那些"黑鬼"却什么也不做。黑鬼的丑陋、懒散、反叛注定了他们永远不配做人。在《黑鬼问题》(*The Negger Question*)中,卡莱尔对此毫不掩饰:

> 不:在南瓜(卡莱尔的"黑鬼"所喜爱的一种特别的植物)以外,天神愿在他们的西印度生产香料和别的宝贵物产。他们声言应这样创造西印度——他们的希望没有止境。让勤劳的人占有西印度,而不是那些懒惰的两条腿牲畜。不管他们多么因为他们丰足的南瓜而高兴。我们可以相信,不朽的天神会就这些事作出裁定并通过他们的议案:尽管一切地上的议会和实体都反对,这两件事也都要实现。黑鬼如果不愿意,不种那些香料,那他就会使自己再沦为奴隶(比现在还不如)。如果没有别的办法使他驯服,只有用万能的鞭子了。[56]

次等人种没有任何值得一提的东西。在英国获得巨大的扩张时,其文化的改变是以国内工业化和保护国外贸易为基础的。黑人的地位是"永恒的国会法案"所决定的,因此没有自我救助,没有向上的动力甚至争取比彻底的奴隶身份好些的真正机会(虽然卡莱尔说他反对奴隶制)。问题是卡莱尔的逻辑与态度是否完全是他自己的(因此是偏执的),抑或它们只是奥斯汀在几十年前或约翰·斯图亚特·穆勒在十几年前十分相似的基本观念的极端和特殊的再现呢?

相同点是显著的,而个人间的不同点同样也是很大的。因为整个文化的影响使它难以不如此。奥斯汀和穆勒都没有给一个非白人的加勒比人不同于蔗糖生产者的地位。他永远处于从属于英国人的地位,无论在想像、逻辑、美学上,还是在地理和经济上都是如此。这当然是统治的具体意义。而统治的另一面就是生产力。卡莱尔的黑鬼就像托玛斯的安蒂瓜领地:是为了生产供英国人使用的财富而存在的。因此,黑鬼们默默地在那里为卡莱尔而存在,就等于驯服地、不惹人注目地工作以维持英国的经济和贸易。

卡莱尔关于这个问题的第二个应该指出的地方是,它不是模糊的、难以理解的,或神秘的。他对黑人怎样想就怎样说。他对打算进行的威胁和惩罚也很坦白。他的语言很概括,在种族、民族、文化的本质等方面具有无需质疑的肯定性,而所有这些都几乎不需阐明,因为它们都是为他的听众所熟悉的。他是在对大都会英国使用一种综合性的语言:全球性的、容易理解的,并且具有很大的社会权威,任何一个与英国对话或谈论英国的人都可以理解。这种综合性语言把英国放在这样一个世界的中心。这个世界为英国的力量所支配,被英国的思想与文化所照亮。英国的道德导师、艺术家和立法人员使这个世界生机勃勃。

我们可以在19世纪30年代的麦考莱的作品以及四十年后罗斯金的言论中听到基本没有改变的同样的调子。罗斯金在1870年牛津的斯雷德讲座一开始就为英国的命运做了庄严的祈祷。这段演说值得详细引证，不是为了丑化罗斯金，而是因为它几乎集中了罗斯金所有著作中关于艺术的所有内容。库克与威登伯恩所编的关于罗斯金的这部著作的一本权威性的书里，对这段话有一个注解，指出了这段话对于罗斯金的重要意义。罗斯金把它看作他的一切思想中"意义最丰富、最本质的"。[57]

> 现在我们面对着一种命运——摆在一个国家面前由它决定接受或者拒绝的最高的命运。我们的人种仍然没有退化，由最优秀的北方血统混合而成。我们在性格上并没有分裂，仍然有统治的决心和服从的意愿。我们曾宣传一种纯粹仁慈的宗教。这宗教我们现在或是必须背叛，或是通过实现它而捍卫它。我们继承了丰富的荣誉，这荣誉是通过数千年的高尚历史遗传给我们的。我们应该每天都强烈地渴望光大这种历史。如果贪图荣誉也是罪恶的话，英国人将是世上最有罪的人。在过去几年里，自然科学的法则以使人眼花缭乱的速度展现在我们面前。我们获得的交通与通讯的工具使可居住的地球成为一个大一统的王国。一个王国——但是谁来做国王呢？你设想一下，假如没有国王，那么是否每个人都会因为他认为正确才去做某一件事？或者只会有恐怖之神、可憎的财神和恶魔的帝国？或者，英国的青年们，你们要做下面的事吗？把你们的国家再变

成国王的宝座;一个权位的岛屿、全世界的光明之源、和平的中心、知识与艺术的女神——在一片低下和短视中的伟大历史的守护者;在诱人的体验与无节制的欲望的诱惑之中,做一个经过时间检验的崇高原则的仆人;在其他民族的残忍与喧嚣的嫉妒中,由于她对人类的善意的勇气而受到崇拜。

"遵从皇意"。是的,但是,是哪个国王的?有两面军旗。我们把哪个插在最遥远的岛上呢——是飘扬在天火中的,还是那面浸染着人间肮脏的金钱的?的确,有一条仁慈的光荣之路向我们敞开着。这条路从未向任何活着的可怜的芸芸众生敞开过。它就是为我们敞开的。"统治,毋宁死。"对这个国家来说,拒不接受王冠,在迄今的历史上,是最可耻的,最不合时宜的。这是一个生死攸关的问题:她的殖民地必须尽快地出现在天涯海角,由她最精明强壮的国民所占领——占领每一块她能踏上的丰饶而又荒芜的土地,告诉她的殖民者,忠于国家是他们的最大美德,增强英国的海陆力量是他们的首要目的:还有,虽然他们住在遥远的土地上,他们正像她的水手一样,不因为漂浮在遥远的海浪上而认为自己不属于祖国。从表面意义来说,这些殖民地就是停泊着的舰队;每个人都必须服从舰长与军官的指挥,而更好的指挥岗位是在战场上和街道上,而不是在舰艇上。英国期望这些不移动的海军队伍(或者,在真正的、最高的意义上,由世界基督之湖的水手所指挥的不动的教堂)中的每个人都恪尽职守,承认职责在和平时期与战时同样可能。如果我们能使人们不为钱财,只为了对英国的热爱而以身躯堵住炮口,我们也就可以找到为她而耕种、为她而行善、而正直,为她而养育热爱她的孩子的人们。他们会因她的荣耀而荣耀,胜过热带天空下的太阳。但是,他们可能能够做到这一点,而她也必须保持洁白无瑕。她必须使他们具有以家为荣的思想。将要成为半个地球的霸主的英国不能仍然是一堆灰渣,受那些互相竞争的、可怜的人群的践踏。她要恢复她往日的所有辉煌——要更美好:那样幸福,那样清高,那样纯洁。在它的天空中(不受污浊的云所玷污)可以正确地辨认出天上的每颗星。在她井然有序、广阔和美丽的田野里,可以辨认出每棵吮吸着露水的香草。在它奇妙的花园里,郁郁葱葱的林荫道上有一位神圣的塞西尔,太阳的忠实的女儿。她必须指导人类的艺术,搜集遥远的国家的神圣的知识。人类的艺术使它们从野蛮变得具有人性,从失望中被拯救而获得安宁。[58]

对罗斯金的评论的大多数——如果不是全部——都避免讨论这一段。然而,和卡莱尔一样,罗斯金是赤裸裸的。他的话语虽然笼罩在隐语和比喻里,意思却是明白无误的。英国将要统治世界,因为它是最优秀的。要诉诸力量。她的帝国竞争者微不足道。她的殖民地要扩充,要繁荣并与她紧密相连。罗斯金的劝告性的语调中令人信服的是,他不仅强烈地相信他的主张,而且把他关于英国统治世界的政治思想和他的美学与道德哲学联系在一起。他热烈地相信这一个,也就热烈地相信另一个。政治与帝国的一方面包含着并在某种意义上保持着美学和道德的那一面。因为英国将是全球的"国土","一个权位的岛屿、全世界的光明之源",她的青年人将从陆上和海上推进英国的力量、并以之为首要目的的殖民者。因为英国必须那样做,否则就将"灭亡"。在罗斯金看来,她的艺术与文化将依赖于一个强化了的帝国主义。

我认为,忽视这些观点——翻阅一下19世纪的任何一本书,几乎随处可见这种忽视——就好像描述一条道路而不提到其地理环境一样。当一种文化形式或论述追求整体与完整时,多数欧洲作家、思想家、政治家和商人就容易有一种全球的观点。这些并不是语言修辞上的遐想,而是相当准确地与他们的国家的事实上正在扩张的全球势力相对应。V. J. 基尔南在一篇论述罗斯金的同代人但尼生(Tennyson, Alfred)和《国王的田园诗》(*The Idylls of the King*)中的帝国主义的文章中检视了一个海外扩张的惊人规模。这些扩张无一例外地巩固或获取了领土。但尼生本人有时目睹了这些扩张行为,有时(通过亲属)与它们有直接的联系。由于这些扩张行为贯穿罗斯金的一生,让我们看一下基尔南所引证的事件:

  1839年—1842年 中国鸦片战争
  19世纪40年代 对南非卡菲尔人、新西兰毛利人的战争;征服旁遮普
  1854年—1856年 克里米亚战争
  1854年 征服下缅甸
  1856年—1860年 第二次鸦片战争
  1857年 进攻波斯
  1857年—1858年 平服印度叛乱

1865年　牙买加埃伊总督事件
1866年　远征阿比西尼亚
1870年　挫败费年人向加拿大的扩张
1871年　击败毛利人的抵抗
1874年　对西非阿散蒂人的决定性战役
1882年　征服埃及

此外，基尔南在提到但尼生时说他"完全赞成不容忍阿富汗人的愚蠢行为"。59罗斯金、但尼生、梅瑞迪斯、狄更斯、阿诺德、萨克雷、乔治·艾略特、卡莱尔、穆勒——简言之，所有维多利亚时代的重要作家——所见到的，实际上是在全球范围内未受到遏制的英国力量的国际大显示。以这样或那样的方式表明他们自己与这种力量站在一边是既合乎逻辑又轻而易举的，因为他们已经通过各种方式表明在国内问题上与英国站在一起。像他们那样讨论文化思想、品味、道德、家庭、历史艺术与教育，表现这些题材，试图影响它们或者从知识与语言辞藻上塑造它们，就需要在世界范围认识它们。英国的国际形象、英国商业与贸易政策的规模、英国武装的效能与机动性提供了不可抗拒的仿效的楷模、应遵循的地图和行动的目标。

因此，对超越岛屿和宗主国边界的世界的表述，几乎从一开始就肯定了欧洲的力量。这里有个引人注目的圆圈：我们处于统治地位是因为我们有力量（工业的、技术的、军事的、道德的），而他们没有。因此他们不是处在统治地位；他们低劣，我们优越……等等。我们可以看到这种同义反复早在16世纪就已异常顽固地存在于英国人对爱尔兰人的观点中。它在18世纪在关于澳大利亚与美洲白人殖民者的看法中依然起作用(澳大利亚人直到进入20世纪后很久还是处于劣等人种的地位)。它逐渐延伸其影响,遍及英国海岸以外的几乎全世界。在法国文化中也出现了一个相仿佛的、关于什么是法国边界以外的世界的重复与概括的同义反复。在西方社会的边缘上,其居民、社会、历史和存在代表着非欧洲本质的一切非欧洲地区都被迫屈服于欧洲;而欧洲又明显地继续控制非欧洲的东西。同时,对非欧洲的表现也有利于这种控制。

就思想、艺术文学和文化表述而言,这种相同与循环远不是抑制性的,也不是压迫性的。这个很重要的真理需要不断地坚持。一个不会改变的文化关系是大都会与海外领土的总体关系,是欧洲的—西方的—白人—基督徒—男人那些地理上和道德上属于欧洲以外的地域(非洲、亚洲、再加上与英国关系中的爱尔兰和澳大利亚)的人之间的关系。[60]关系的两边都有极为详尽的论述。其一般结果是,每一方面的地位都更加明确了。尽管国家内部的差异加大了。当帝国主义的基本主张被例如卡莱尔这样直抒己见的作家陈述时,同时就出现了许许多多与其相符但更有意思的文化版本。每种都有它自己的变化、有趣之处和形式上的特点。

对于当代文化批评家来说,问题是怎样有意义地把它们联系在一起。正如不同学者所指出的,欧洲作家在19世纪后半叶之前,对于帝国主义,对于有控制性的、自觉的帝国主义行为的有意识的认识并非是必然的。有意识的认识意味着这种行为被接受、被引证或被主动地迎合。(在19世纪80年代的英国,"帝国主义"一词时常被用来指有皇帝统治的国家,例如法国。)

但是,至19世纪末,每当帝国主义的成因、利益和罪恶被讨论时,精英的或官方的文化仍然能够逃避检验它在形成帝国活力方面所起的作用,并且神秘地躲过对它的分析。而这些讨论几乎是无法避免的。这是我讨论的问题的引人入胜的一个方面——文化如何参与帝国主义的活动,而它担任的角色却由于某种原因未被提及。例如,霍布逊轻蔑地谈到吉汀斯(Giddings, F. H.)的不可思议的"事后的赞同"的思想(属民先被臣服,然后被认为赞同被奴役的地位)。[61]但是,他没有试图质询像吉汀斯这样的人的观点是从哪里、怎样产生的。他们用沾沾自喜的力量说出那些套话。1880年后的那些帝国的理论辩护士们——在法国,如勒若伊布留(Lerae Beaulieu, Paul),在英国,如希利——使用了一种特殊的语言。这种语言中充满了发展、繁荣和扩张的形象、关于财富与属性的有目的的结构、在意识形态上对于"我们"和"他们"的区分。这种语言在其他领域里已经很普遍了,比如在小说、政治学、种族理论和游记中。康拉德、罗杰·凯斯门特(Casement, Roger)和威尔夫雷德·沙文·布兰特(Blunt, Wilfrid Scawen)等人在关于刚果和埃及的作品中记录了白人对当地人的虐待和毫无人性的没有节制的暴行。同时,在国内,勒若伊—布留以热烈的语气谈到殖民主义的本质:

> 社会秩序就像家庭秩序。在这种秩序中,不仅"代"的概念,还有教育都是重要的……人类社会的形成,正像人的形成一样,一定不能把它留给运气……所以,殖民化是在经验的学校里形成的一种艺术……殖民

化的目的是把一个新的社会置于繁荣与进步当中。[62]

到19世纪末,帝国主义在英国一直被认为对英国的繁荣、特别是它的扩张是必要的。[63]仔细阅读巴登－鲍威尔(Baden-Powell)的经历,就可以知道,他的童子军运动也许可以直接追溯到帝国与国家的健康之间的关系上(对手淫、人种退化和优生的关注)。[64]

那么,对于提倡和时常在意识形态上实行帝国主义统治的思想来说,就几乎没有任何例外了。让我们从我认为属于"文化与帝国主义"的不同领域中的全部现代研究中尽量取出有影响的东西,将它们放在一起,成为简要的综合。也许可以有系统地将它表述如下:

1. 关于西方与世界其他地方之间的基本的本质差别,没有不同的意见。人们对于西方与非西方的边缘地带间的地理的和文化的界限的感觉与认识非常强烈,我们甚至可以认为这些边界是绝对的。与差别的绝对存在同时,还有约翰内斯·费边(Fabien, Johannes)所说的对时间上的"同时代"的否认和人类空间方面的巨大的断裂。[65]因此,"东方"、非洲、印度、澳大利亚为欧洲所统治,尽管那里住着不同人种的人。

2. 随着人种论的出现——如斯托金所描述的和语言学、种族学说、历史分类学所显示的——还有对差别的区分和各种进化论的说法,从原始的到附属的种族,最后到优越的、即文明的种族的衍进。戈比诺(Gobineau)、梅因(Maine, Henry)、勒南、洪堡在这方面是极为重要的。通常使用的范畴如原始的、野蛮的、退化的、自然的、非自然的等等,也属于这类研究。[66]

3. 西方对非西方世界的大规模统治现在已经是为人们

所接受的历史研究的一个分支了。现在,就其研究范围而论,已是全球性的了。例如,K. M. 帕尼卡(Panikar, K. M.)著《亚洲与西方的统治》(*Asia and Western Dominance*, 1959, rprt, New York: Macmillan, 1969)或米歇尔·阿达斯(Adas, Michael)著《作为人的量具的机器:科学、技术与西方统治的意识形态》(*Machine as the Measure of Men: Techonology and Ideologies of Western Dominance*, Ithada: Cornell University Press, 1989),等等。[67]帝国的巨大地理疆域,特别是英帝国的,与正在普遍化的文化语境已经结合在一起。当然,是权力使这种结合成为可能。与此同时,还有能够留在遥远的地方,得以了解别人,整理与传播知识,发现特征、描绘、传播、展示和表现其他文化(通过展览、远征、照片、绘画、调查、开办学校)的可能。而最主要的是统治他们的能力。这一切又产生了所谓对土著的"职责",在非洲或其他地方为了土著的利益[68]或者为了祖国的"声誉"而建立殖民地,这是文明人的使命措辞。

4. 统治不是静止不动的,而是以许多方式传播宗主国的文化。在帝国的领域,统治对日常生活的细节的影响的研究只是现在才开始。一系列较新的研究描述了帝国的主题是如何被编织进了大众文化和小说结构中或历史、哲学和地理的语境中去[69]。由于高瑞·维斯瓦纳森(Viswanathan, Gauri)的工作,我们可以看到印度的英国式教育制度充满了关于特殊种族和文化的观念。这些观念在印度的教室里风行(英国的教育思想来自于麦考利和班汀克),是教育大纲和教学方法的一部分。它的目的,如一位倡导者查尔斯·特里威安(Trevelyan, Charles)所说:

> 在柏拉图的意义上,是要唤醒殖民地属民对于他们先天的性格的记忆……这种性格……由于东方社会的封建性质已经变得很败坏。在这种基于早期传教士的叙述的普遍化描写中,英国政府被重新塑造成一个理想的共和国;一个印度人一定会自然地追求的自觉的自我形象的体现。英国在印度的统治者获得了一个柏拉图的卫士的象征性的地位。[70]

因为我在讨论的这个意识形态观念不仅仅是通过直接统治和武力来贯彻和维持,而且是通过长期的说服手段来使之更有效地得到贯彻——这是一种日常性的霸权过程——这样的手段经常富于新意、有创造性,又有趣,尤其是有行政效率。这个过程令人吃惊地易于分析和解释。在最明显的层次上,是帝国领土的实际改变,无论是通过阿尔弗雷德·科罗斯比(Crosby, Alfred)所说的"生态帝国主义",[71]具体环境的改变,还是例如殖民地城市(阿尔及利亚、德里、西贡)建立的行政的、建筑的和结构上的业绩。在国内则有以下事物的出现:新的帝国精英阶层、文化与亚文化(训练帝国"人手"的学校、研究所、政府部门、依赖于持续的殖民政策而存在的一些学科如地理、人类学等等)、新兴的艺术门类,包括旅游摄影、异国和东方绘画、诗歌、小说、音乐、纪念碑式雕塑和新闻(如莫泊桑的《俊友》[*Bel-Ami*]令人难忘地描绘的那样[72])。

类似霸权之意义已经在下列作品中得到具有相当洞察力的研究:费边的《语言与殖民统治:斯瓦西里语在前比属刚

果的适用性,1880—1938》(*Language and Colonial Control: The appropriation of Swahili in the Former Belgian Congo, 1880—1938*, Cambridge:Cambridge University Press, 1986),拉纳吉特·古哈(Guha, Ranjit)的《孟加拉财产法》(*A Rule of Property for Bengal: an Essay on the Idea of Permanent Settlement*, Parisand the Hague: Mouton, 1963)和霍布斯鲍姆与瑞恩杰的文集中伯纳德·科恩(Cohn, Bernard)的《殖民地印度的权力代表》(*Representing authority in Colonial India*)一文(以及他在《历史学者中的人类学家》[*An Anthropologist Among the Historians and other Essays*, Delhi: Oxford University Press, 1990])[73]中对英国对印度的社会调查和再现的卓越的研究)。这些作品表明了在日常活动中所形成和加强的力量和殖民地人民、白人和权力机构之间的互动关系。但是这些微观帝国主义现象中的一个重要因素是,在从"沟通到掌握"的往返过程中,一种一致的话语,或者如费边所说的一个纵横交错的路径,一个思想碰撞的场所出现了。[74]它建立在西方人和本土人壁垒分明的区分基础上。这种区分十分完整和具有普遍适用性,任何改变都几乎是不可能的。从法农对殖民制度的双重性和因此而产生的对暴力诉诸的评论,我们可以看到这一区分在一个时期中所引起的愤怒和挫折感。

5. 帝国主义观念有其范围与权威。但是在海外扩张与国内变迁期间,也具有巨大的创造力量。这里,我指的不仅仅是一般的"传统的创造",还有产生令人惊讶的独立的知识和美学形象的能力。东方学、非洲学、美洲学的话语出现了,交织在历史学著作、绘画、小说和大众文化等领域的内外。在这里可以恰当地提到福柯关于话语的思想。如伯纳尔(Bernal, Martin)所描述的,19世纪出现了一种有系统的经典语文学,使希腊城邦脱离了它的闪米特—非洲根基。有如罗纳德·因登(Inden, Ronald)的《想像中的印度》(*Imagining India*, London: Blackwell, 1990)[75]试图表明的,过了一定的时候,就随之出现了与帝国领地及其利益有关的一整套半独立的宗主国形态。这个话语的代言人中有康拉德、吉卜林、T. E. 劳伦斯和马尔罗。而它的始作俑者和诠释者包括克莱夫、哈斯汀斯、杜普雷克斯(Dupleix)、布高德、布鲁克(Brooke)、艾尔、帕莫斯顿(Palmerston)、儒尔斯·法雷、利奥塔、罗德斯。在这些人身上和伟大的帝国叙事(《智慧的七大支柱》、《黑暗的心》、《吉姆》、《诺斯特洛姆》、《皇家大道》)中,帝国的性格变得清晰起来。19世纪末帝国主义的话语又进一步由希利、狄尔克(Dilke)、福鲁德(Froude)、勒若伊—布留、哈曼德和其他一些人的论点所塑造。这些人中有许多今天已被遗忘,也无人读过他们的作品。但是那时他们是有强大影响甚至有预见性的。

西方帝国权威的形象现在仍然存在——这个现象令人不安,并有奇怪的吸引力,发人深思:在 G. W. 乔伊的名画中,戈登在喀土穆居高临下凶恶地怒视着伊斯兰教托钵僧们,他的武装仅仅是一支左轮手枪和一把未出鞘的剑;康拉德笔下的克尔茨在非洲的中心,辉煌、狂热、注定要失败,却又勇敢、贪婪、能言善辩;阿拉伯的劳伦斯领导他的阿拉伯士兵生活在沙漠上的浪漫氛围中,发明游击战术,与王子和政治家们亲密交往,翻译荷马的诗歌并试图保有英国的"褐色皇冠";赛西尔·罗兹像别人可能生儿育女或开创商业那样容易地建立了国家、领地,筹集了资金;比柔降服了阿布代尔·卡达尔的军队,把阿尔及利亚变为法国所有;以及纪尧姆笔下的妻妾、舞女、女奴,德克拉华的萨达纳普拉斯、玛蒂斯的北非、圣·桑的《萨姆森和达利拉》。这些形象和作品不胜枚举,且具有极高的价值。

Ⅳ 帝国在行动:威尔第的《阿依达》

现在我将说明这些材料对文化活动的某些领域的影响是多么深远,甚至影响到现在已与贪婪的帝国剥削无关的领域。我们很幸运,几个年轻的学者对帝国权力的研究,已经深入到足以让我们检视对埃及和印度的观察和管理所涉及的美学成分。例如,我想到的是提莫西·米歇尔(Mitchell, Timothy)的《殖民化埃及》(*Colonizing Egypt*, Cambridge: Cambridge University Press, 1988)。[76]这本书表明,建设模范村、发现后宫生活中不正当性关系、在表面上是奥托曼,实际上属于欧洲的殖民地实行新的军事行为方式等,不仅重新确认了欧洲的力量,而且加大了考察和统治该地的乐趣。莱拉·肯尼(Kinney, Leila)和齐奈普·赛利克(Celik, Zeynep)在他们对扭摆舞的研究中卓越地指明了帝国统治力量与乐趣之间的联系;这种研究中,欧洲人的解释所提供的准人类学的研究成果事实上是和欧洲消费者的休闲乐趣相关联的。[77]从中衍生出来的两个有关联的现象可以从 T. J. 克拉克(Clark, T. J.)和马莱克·阿鲁拉(Alloula, Malek)的研究中发掘出来。T. J. 克拉克(Clark, T. J.)关于莫奈和其他巴黎画家的研究《现代生活绘画》(*The Painting of Modern Life: Paris in the Art of Manet and His Followers*, New York: Knopf, 1984)特别研究了巴黎大都会中心不寻常的闲适生活和色情内容。这种现象部分是受了异国模式的影响。阿鲁拉的著作《殖民地的后宫》(*Le Harem colonial*, Minneapolis: University of Minnesota Press, 1986)解构了20世纪初印有阿尔及利亚妇女的法国明信片。[78]很显然,在这里,东方作为一个希望与力量的象征是很重要的。

然而,我想指出为什么我的比较性阅读的尝试也许是乖僻或者奇怪的。一般来说我遵循纪年的顺序,从19世纪初到该世纪末。事实上,我却并不试图提供一个事件、潮流或著作的连续的系列。每件单独的作品都是按照它自己的历史和以后的解释来考察的。第二,我的总的论点是,使我感兴趣的这些文化作品刺激并打乱了建立在类型、时期、民族或风格上面的显然是稳定的、不可跨越的范畴。这些范畴的前提是,西方及其文化大体上是独立于其他文化与对力量、权威、特权和统治的世俗追求之外的。相反地,我想说明,"感觉与参照的体系"是以一切方式、形式,在一切地方,甚至远在公认的帝国时代以前就普遍存在和发生影响的;它远非自在的和超然的,而是与历史中的世界紧密相连;它远非固定和纯粹的,而是混杂的;既充满了种族优越感,又充满了艺术的辉煌;既有技术上的权威,又有政治的权威;既把事情简单化,又有复杂的手法。

考虑一下威尔第(Verdi, Giuseppe)的著名"埃及"歌剧《阿依达》(*Aida*)。作为一种视觉的、音乐的和戏剧的现象,《阿依达》对欧洲文化作出了许多贡献。其中之一是,证实东方从根本上来说是异域的、遥远的、古老的地方。在那里欧洲人可以显示一下力量。与《阿依达》的写作同时,欧洲的"流行"话语中照例包括殖民地的村庄、市镇、法院等模式。次等的或较小的文化的可适应性与可改变性被强调了。这些次文化作为较大的帝国版图的微缩世界被展示在西方人面前。在这个框架以外,即使为非欧洲文化留下了什么余地,也是很小的。[79]

《阿依达》是异常高尚的19世纪典型的"大歌剧"的同义语。在一个多世纪的时间里,它和少数其他几部歌剧一起,作为极其受大众欢迎的歌剧,也得到了音乐家、批评家和音乐学家的高度尊敬。然而,《阿依达》的崇高和显赫,虽然对看到和听到过它的每个人都很明显,却是个有着各种说法的复杂问题。多数说法是它是通过什么与西方历史和文化相联系的。在《歌剧:奢侈的艺术》(*Opera*: *The Extravagant Art*, Ithada: Cornell University Press, 1984)中,赫伯特·林顿伯格(Lindenberger, Herbert)提出了一种富有想像力的理论。他认为,《阿依达》、《包利斯·葛都诺夫》(*Boris Godunov*)和《众神的黄昏》(*Gotterdammerung*)是属于1870年的歌剧,分别与考古学、民族主义历史编纂学和语文学有关。[80]威兰德·瓦格纳(Wagner, Wieland)1962年在柏林排演了《阿依达》。用他的话说,他把该剧处理成"一个非洲之谜"。他把它看成他祖父的《特里斯坦》(*Tristan*)的预示。它的核心就是埃索斯和拜厄斯之间不可缓和的矛盾。(威尔第的《阿依达》是一部关于灵与肉,关于道德的法律与生命的要求的不可调和的冲突的戏剧。)[81]按照他的安排,阿姆奈利斯是剧中的中心人物,为像棍子一样的悬在她头上的"巨大的生殖器"所支配。《歌剧》认为,观众看到"阿依达主要是在背景中匍匐着,颤抖着"。[82]

即使我们忽略了有名的第二幕胜利一场中表现的凡俗,我们也应注意到,《阿依达》是威尔第风格与视角发展的顶峰。威尔第的创作从 1840 年代的《纳布科》(*Nabucco*)与《伦巴蒂》(*I Lombadi*)开始,到 1850 年代的《利哥莱托》(*Rigoletto*)、《游吟诗人》(*Trovatore*)、《茶花女》(*Traviata*)、《西蒙·波卡涅拉》(*Simon Boccanegra*)、《假面舞会》(*Un Ballo in Maschera*),到 1860 年代的有争议的《命运的力量》(*Forza del Destino*)和《唐·卡洛斯》(*Don Carlos*)。在这三十年中,威尔第成为意大利当时最著名的作曲家。他的事业伴随着并似乎诠释着重生。《阿依达》是他的最后一部为公众而作的、政治性的歌剧。然后他就转而写作了《奥赛罗》(*Otello*)和《福斯塔夫》(*Falstaff*)这样基本是非公众性的、但却非常优秀的歌剧,并从而结束了他的作曲生涯。所有重要的威尔第研究者——于连·布登(Budden, Julian)、弗朗·沃尔克(Walker, Frank)、威廉·威佛(Weaverm William)、安德鲁·波特(Porter, Andrew)、约瑟夫·威奇斯伯格(Wechsberg, Joseph)——都指出,《阿依达》不仅重新使用了咏叹调和协奏曲这样的传统音乐形式,而且给它们增加了新的色彩、管弦乐的微妙和戏剧的简约。这些是除去瓦格纳以外当时任何其他作曲家的作品所没有的。从约瑟夫·科尔曼(Kerman, Joseph)在《作为戏剧的歌剧》(*Opera as Drama*, New York: Knopf, 1956)中对它的很有意思的否定可以看出这篇文章是如何承认《阿依达》的独特性的:

在我看来,《阿依达》显示的是,歌词的特殊的流畅的简单性与音乐表现的惊人复杂性之间的几乎经常存在的差别——因为威尔第的技巧以前从未如此丰富过。只有阿姆奈利斯是清醒的;阿依达完全困惑了;拉达姆斯对罗西尼来说,似乎是个障碍,至少对麦达斯达西欧来说是这样。不用说,一些篇幅、乐曲和场景是极好的。这是使这出歌剧非常有名的充足原因。然而,《阿依达》有一种令人奇怪的不真实。这与威尔第是格格不入的。这一点使人在想起梅耶贝耶时比想起表现胜利和祭祀的大歌剧与铜管乐时更令人不安。[83]

这段话本身不可否认地是有说服力的。科尔曼认为《阿依达》虚伪是对的。但他不太能够解释造成这种情况的原因。我们应首先记住,威尔第以前的作品之所以引人注意,是因为它直接涉及并吸引主要是意大利人的听众。他的音乐剧表现了力量、声望和荣誉之争(时常是混乱的)的光辉照耀下的血性男主人公。但是,像保罗·罗宾逊(Robinson, Paul)在《歌剧与思想》(*Opera and Ideas: From Mozart to Strauss*, New York: Harper & Row, 1985)中令人信服地指出的——它们几乎都是作为政治歌剧而写作的,充满了刺耳的修辞、军乐和毫无约束的情绪。"坦率地说,也许威尔第的修辞风格中最明显的成分是纯粹的高调。他和贝多芬一样,是所有最重要的作曲家中声音最大的一个……好像一位政治演说家,威尔第不能长时间保持安静。在威尔第的歌剧录音中随意扔下一根针,通常你就会得到相当厉害的吵闹声的回报。"[84]罗宾逊接下去说,威尔第的喧闹声被有效地使用在

"游行、集会和演讲之类的场合"中。[85]这种喧闹在《重生》(*Risorgimento*)中被认为是由威尔第把真实生活中的情景加以放大了。(《阿依达》也不是例外。例如,第二幕开始的大合唱尼罗河,还有几段独唱和合唱。)现在人人皆知,威尔第初期的歌剧(尤其是《纳布科》、《伦巴蒂》和《阿蒂拉》)激励了他的听众的参与感。它们的作用非常直接,指向非常清晰。他的歌剧的手法的效果可以将听众在短时间内带到戏剧的高潮。

尽管其题材常常是关于国外的,威尔第的早期歌剧主要是针对意大利与意大利人的。(很矛盾的是,在《纳布科》中,这一现象非常强烈。)而在《阿依达》里,则是关于古老的埃及与埃及人的—— 比起他过去的歌剧来显得既遥远又甚少关联。这不是因为《阿依达》缺少威尔第惯常的政治色彩。因为,肯定地说,第二幕第二场(所谓的胜利的一场)是威尔第为舞台写过的最辉煌的作品,实际是一出歌剧所能做到的所有东西的大会展。但是,《阿依达》是自我限制的,反常地有所收敛的,而且没有任何记录证明,有与它有关的听众的参与热情,甚至在纽约的大都会歌剧院也是如此,尽管它在那里演出的次数比任何歌剧都多。威尔第处理其他的关于遥远或外国的文化的作品终究没有阻止听众认同那些文化。和早些时候的歌剧一样,《阿依达》是关于一名男高音与一名女高音想恋爱,但被一男中音和女中音所阻碍的。《阿依达》有什么不同呢?为什么威尔第习惯性的混合手法会产生如此不寻常的大师级的作品和受人欢迎的中立立场呢?

《阿依达》的首次演出与写作时的环境在威尔第的经历

中是独特的。1870年初至1871年末之间威尔第创作的政治背景，而且肯定还有文化背景，不仅包括意大利，还包括帝国欧洲和有总督的埃及——一个在技术上属于奥托曼帝国，但现在正在逐渐被建立成欧洲的依附与附属的一部分。《阿依达》的特别之处——它的题材与背景，它的极大的辉煌，它的奇怪地不吸引人的视觉与音乐效果，它的压缩了的国内的内容，它在威尔第的事业中的奇怪的地位——都要求我所说的多重的解释。这种解释既不与对意大利歌剧的标准看法相似，一般地说也不与流行的关于19世纪欧洲文化的伟大杰作的观点相似。《阿依达》和歌剧形式本身一样，是个混血儿，一部同样属于文化史和海外统治的历史经验的极为不纯的作品。它是一部合成的作品，存在于区别和差异之中。这些区别和差异不是被忽略了，就是还未被发掘出来。而这些是可以被表现和描绘的。这些差异本身就是令人感兴趣的。它们可以解释《阿依达》的不规则、它的类比、它的限制与沉默。这样的解释比那种仅仅集中在意大利与欧洲文化上面的分析更合乎情理。

我要给读者拿出一些不能忽略但又不断被忽略的材料。这很矛盾。这主要是因为，《阿依达》的尴尬归根结底是帝国主义统治本身，而不是关于这一统治的。这与奥斯汀的著作相似。奥斯汀的作品作为涉及帝国主义的艺术的问题也在此。如果人们从那个角度解释《阿依达》，知道该歌剧是为了一个与威尔第没有关系的非洲国家而写，并且首先在该国上演的，一些新的特点就会凸显出来。

对此，威尔第在一封信里讲过一些话。这封信是他与埃及歌剧的潜在关系的开始。1868年2月19日，威尔第写信给好友卡米利·杜·洛可（Du Locle, Camille）。杜·洛可刚刚结束一次东方旅行。威尔第说："我们见面以后,你一定要给我描述你的旅行中的一切事情、你看到的美好事物和一个我从未能欣赏的伟大与文明的国家曾经有过的美和丑。"[86]

1869年11月1日,开罗歌剧院落成典礼是苏伊士运河开船庆典中的一个辉煌事件。那天上演的歌剧是《圆舞曲》。几个星期以前,威尔第拒绝了克代夫·伊斯梅尔（Ismail, Khedive）要他为这个时刻写一首颂歌的请求。12月,他就冒着"应景"歌剧的危险给杜·洛可写了封长信："我要各种表现形式的艺术,而不是你喜欢的那种安排、那种手段和那种体系。"他争辩说,就他而言,他要"统一"的作品,"其中的'思想'是一个,一切都必须变成这一个。"[87]虽然这些话是在回答杜·洛可希望威尔第为巴黎写一出歌剧的建议时说的。但这正好是在他写作《阿依达》的过程中。这些话出现多次,因此成为了一个重要的主题。1871年1月5日,他写信给尼古拉·德·吉欧萨说："现在,人们在写作歌剧时,有许多不同的戏剧与音乐的目的,以至于几乎不可能解释它们。而且在我看来,如果作者在他的作品第一次上演的时候,把在他亲自指导下仔细研究过该作品的人打发走,任何人都不能感到愤怒。"[88]他在1871年4月11日写信给里科狄时表示,他只允许他的著作"有一个创作者",那就是他自己。"我不把'创作'的权利让给歌唱家和指挥家,因为如我以前所说,那是个引向深渊的原则。"[89]

那么,为什么威尔第最后还是同意了克代夫·伊斯梅尔请他为开罗写出一部特别的歌剧的请求呢?钱当然是个原因:他得到了价值150,000法郎的黄金。他也觉得受到了恭维,因为他毕竟是第一号人物,优于瓦格纳和古诺。我认为,同样重要的是杜·洛克向他讲的一个故事。在那以前,杜·洛克从一位著名的法国埃及学家奥古斯特·玛里埃蒂(Mariette, Auguste)那里接到一个可能处理成歌剧的草稿。威尔第已经在一封致杜·洛克的信中表示,他看过"那埃及草稿",它写得不错,可以变成一场很好的"演出(mise-enscene)"。[90]他还指出,该作品显示"一个很内行的手笔,一个习惯于写作、很懂得戏剧的手笔"。6月初,他开始写《阿依达》,直接向里科狄表示对事情进行得太慢的不耐烦。即使是当他请求安东尼奥·吉斯兰佐尼(Ghislandzoni, Autonio)作歌词时也如此。他说:"事情应该很快地讲行。"

在玛里埃蒂所写的简单、内容丰富、真正的"埃及"的剧本中,威尔第看出一种单一的意图,一种大师的印记和内行的愿望。他希望他的乐曲能配得上这种愿望。在他的经历中一度充满了失望、未实现的意愿、令人不满的与剧院经理、售票员和歌唱演员的合作——一个最近的、仍然使人痛苦的例子是《堂·卡洛斯》在巴黎的首演。威尔第看到一个机会,使他可以创作一个作品,从起草到首演一直都在他的监督之下。此外,在这项工作中,他将得到皇家的支持:的确,杜·洛克说,总督不仅自己很想要这部作品,而且他曾经帮助玛里埃蒂写出它。威尔第认为,一位富有的东方当权者已经和一位真正卓越的专心致志的西方考古学家携起手来,给他一个机遇。他可以在这个机遇中威严地、不受干扰地表现艺术。埃及故事的奇特背景反倒使威尔第的技巧得到了发挥。

就我所知,威尔第对现代埃及没有什么感情。这与他对意大利、法国和德国的较成熟的理解正好相反。甚至在他写作该歌剧的两年间,他不断得到保证说他是在一个国家的层次上为埃及工作,实际上的确如此。开罗歌剧院经理德兰奈·贝(又名巴普洛斯·巴普里第斯)对他这样说。1870年夏来巴黎准备服装与布景的玛里埃蒂(在普法战争期间困在该地)时常提醒他,正在不惜一切花费地准备进行一次精彩的演出。威尔第反复地推敲词曲,要使吉斯兰佐尼看到完美的"戏剧词",[91]并且以不松懈的注意力监督表演细节。在极其复杂的关于第一位阿姆奈利斯的扮演者的谈判中,威尔第在错综复杂的局面中的影响使他赢得了"世界上最狡猾的人"的称号。[92]埃及在他一生中的顺从或者至少是无可无不可的存在,使他能够以似乎毫不妥协的态度追求他的艺术目标。

但是,我相信,威尔第致命地混淆了两件事——再现一桩遥远地域的故事所需要的最终是集体的努力和由一位创作者的美学意愿而产生的美好的理想,这样才能创作出天衣无缝的艺术品。因此,一个艺术家的帝国观念与一个非欧洲世界的帝国观念正好契合。这个非欧洲世界对作曲家几乎一无所求。对威尔第来说,这种契合显然颇值得维护。在许多年来忍受歌剧院的人的粗鲁和变化无常的行为以后,现在他可以不受挑战地统治他的领域了。该歌剧在开罗演出以及一两个月后(1872年2月),当他准备在意大利的拉斯卡拉首演时,里科狄对他说,"你将成为拉斯卡拉的莫尔特克了。"(1871年9月2日)[93]这种统治的角色的诱惑力太大了。一次威尔第在一封致里科狄的信中不加掩饰地把他的美学目的和瓦格纳联系起来,并且更值得注意地和贝多芬联

系起来(迄今只是一个理论性的建议)。瓦格纳自己曾打算完全控制拜洛伊特歌剧院的演出:

> 交响乐队的座位的安排比通常人们认为的要重要得多——为了乐器的混合,为了声音响亮,为了效果。这些小的改进以后将为有一天终究要到来的其他改革开辟道路。其中有,把观众包厢移离舞台;把幕布延伸到脚灯那里;还有把乐队隐藏起来。这不是我的主意,而是瓦格纳的。这主意好极了。今天看来,我们不可能容忍破烂的燕尾服和白领带与埃及人的、亚述人的及巫师的服装混在一起。而且,几乎就在舞台中央,能看见竖琴的琴头、低音贝斯的脖子和指挥棒等等都在空中出现。[94]

这里,威尔第谈论的是这样一种戏剧表现:它离开了歌剧院里的习惯性的干扰,以一种新颖的权威和逼真的混合打动观众的心。类似的情况可以在沃尔特·司各特和拜伦等涉及历史题材的作家的作品中见到[95]。史蒂夫·班(Bann, Steven)在《历史之神的服装》(*The Clothing of Clio*)中把这种情况叫做"地点历史的组合"。区别在于,威尔第能够并且确实在欧洲歌剧中第一次获得了埃及学的历史观和学术权威。威尔第在奥古斯特·玛里埃蒂身上可以很清楚地看到这一点。玛里埃蒂的法国国籍和法国教育背景是帝国主义血统的重要组成部分。也许威尔第无法很详细地了解玛里埃蒂,但是玛里埃蒂最初的剧本给他留下强烈的印象。并且他认识到,他有能力以足够的可信表现古埃及。

这里，需要做一简单说明的是，埃及学是埃及学，不是埃及。玛里埃蒂的出现有两位前人。这两个人都是法国人，都属于帝国主义，都做出了再创造。而且，如果我可以借用诺斯罗普·弗莱（Frye，Northrop）的话，都具有表现性：第一个是拿破仑的《埃及记事》这部考古学巨著；第二个是坎布里昂（Chanpollion，Jean，François）在1822年给M.达希埃的信中对象形文字的译读和1824年的《象形文字体系概要》（*Precis du systeme hieroglyphique*）。我说的"再创造性"和"表现性"指的是似乎专为威尔第准备好的一些特点：拿破仑对埃及的军事远征的动机是夺取埃及、威胁英国和显示法国的力量。但同时，拿破仑和他的博学的专家们把埃及展示在欧洲面前，在某种意义上为欧洲听众展示了它的古老、它与外界的联系，它的文化的重要性与独特的光辉。然而，没有美学以及政治的目的，这是做不到的。拿破仑及其专家们发现，埃及的古老的面貌介于古埃及和进攻的法国军队之间，并渗入了穆斯林、阿拉伯和奥托曼的影响。人们怎样才能接触那另外的、更古老的、更有名的埃及呢？

这里涉及到埃及学中的法国的因素。这些因素一直延伸到坎布里昂和玛里埃蒂的作品中。埃及必须以模型或绘画的形式加以重新塑造。这些东西的规模、强大的表现力和奇异的距离感的确是史无前例的。（我之所以用表现力强大这个词，是因为当你翻阅《记事》的时候，呈现在你面前的是那些完美和辉煌的绘画、图表，是那些被人忽略的尘封的老朽的法老的图画。好像没有什么现代埃及人而只有一些欧洲的观赏者。）因此，对《记事》的再创造不是记录而是赋予其新的意义。首先，寺庙和宫殿的再创造将埃及的现实通过帝国的目光再现出来。其次,因为它们都是空的,无生命的——用安拜尔(Ampere)的话说,必须使它们说话。因此,就有了坎布里昂的解读。最后,它们可以脱离它们的环境移植到欧洲加以利用。我们将看到,这就是玛里埃蒂的贡献。

这一过程大约从1798年延续到19世纪60年代。而且它是法国式的。这一过程与拥有印度的英国不同,也与德国不同。德国有组织的对遥远印度和波斯进行研究,而法国的研究却充满了想像与创新。如雷蒙·施瓦布(Schwab, Raymond)在《东方文艺复兴》(*The Oriental Renaissance*, New York:Columbia University Press,1984)中所说的,"从胡日埃到玛里埃蒂,(从坎布里昂的作品开始)学者们在互不沟通的情况下,完全靠自己学到一切。"[96] 拿破仑的学者们是一群全靠自学的探索者,因为没有关于埃及的有系统的、真正现代的和科学的知识可供他们借鉴。有如伯纳尔·马丁所描绘的,虽然埃及的声誉在整个18世纪都是相当高的,它却和共济会这样秘传的、神秘化的思潮有关。[97] 坎布里昂和玛里埃蒂虽然古怪又是自学者,但是他们为科学与理性主义所影响。以法国考古学中对埃及的表现的思想来说,这种情况的意义是,埃及可以被描述为"对于西方来说第一个并且基本上是东方影响的"。施瓦布正确地认为这是一个虚假的说法,因为它忽略了欧洲东方学者对古代世界的其他地域所做的研究工作。无论如何,施瓦布说:

> 路德维克·维泰特(Vitet, Ludovic)在1868年写《两个世界的检视》(*Revue des Deux-Mondes*)时(正当德兰奈、克代夫·伊斯梅尔和玛里埃蒂开始设计怎样写

《阿依达》的时候),欢呼"前50年中东方学者无与伦比的发现",他甚至谈到"以东方为舞台的考古学革命",但是他又平静地声称,"这个运动始自坎布里昂,一切都由他开始。他是所有这些发现的开端。"维泰特继续讨论了众所周知的事实,又谈到了阿西里亚纪念碑。最后又简短地说到维达斯。维泰特没有更多地谈这个题目。显然,在拿破仑远征埃及以后,那些纪念碑和学者的远征等事已人所周知了。除去在纸面上以外,印度从未复活过。[98]

奥古斯特·玛里埃蒂的经历对《阿依达》来说在许多方面都颇有意义,虽然他对《阿依达》的歌词的确切贡献有些争论。简·休伯特(Humbert, Jean)肯定地认为,他的参与对歌剧具有开创性的重要性。[99]除去做词以外,他还是1867年巴黎国际博览会上埃及馆的古董的主要设计者。该博览会是帝国能力最重大、最早期的展示之一。

虽然考古学、大歌剧与欧洲面貌的全面展示是明显不同的领域,但玛里埃蒂以富有启发性的方式把它们联系起来。有一段恰到好处的叙述表明是什么使玛里埃蒂在三个领域之间游刃有余:

> 19世纪的全面展示是整个人类经验的缩影。展示人类过去的、当前的经验,并预示着人类的未来。这些展示经过仔细的布置,表明了主导与非主导之间的力量关系。这些关系的设置和特征将不同的社会等级化、合理化、客观化。因此而产生的等级体系表示了这样的世

界：每一个种族、性别和国家都处在主办国的展览委员会为它们指定的固定位置上。对非欧洲国家的展示的方式是由主办国、法国的文化所设立的社会结构来决定的。因此，重要的是说明这个背景。因为它决定了展示某个国家的模式并提供了文化再现的渠道。通过这一渠道，展览所产生的知识才得以形成。[100]

在玛里埃蒂为1867年博览会所写的目录中，他颇为有力地强调了再创造的方面，使任何人都毫不怀疑：是他，玛里埃蒂，第一次把埃及传播到欧洲。实际上也是如此。他之所以能做到这一点，是由于他在大约三十五个考古地点获得的引人注目的成功，这些地点包括吉萨、萨哈拉、埃德福和希卜兹。在这些地方，用布莱恩·法甘（Fagan, Brian）的话说，他"挖掘出了大量的东西"。[101]此外，玛里埃蒂还定期地从这些地点挖掘并运走出土文物。因此，随着欧洲博物馆里（特别是卢浮宫）的埃及珍宝的增加，玛里埃蒂毫不在乎地展示了几乎已经挖空了的埃及古墓，并用一种无动于衷的态度向失望的埃及官员做解释。[102]

在为克代夫效劳时，玛里埃蒂邂逅了运河建筑师菲迪南·勒塞普斯（Lesseps, Ferdinand de）。我们知道，两人曾在各个古物修复及解说计划中合作。我相信，两人有着相似的观点——也许可以追述到圣西门、共济会和神智学等欧洲学派关于埃及的理论。从这些理论中，他们编织出十分不寻常的计划。重要的是，由于二人的个人意愿他们把戏剧的品味和科学敏感地结合，使这些计划的效率人人地增强了。

玛里埃蒂为《阿依达》写了歌词后，又设计了服装与布景,而这两者又引出了《记事》的具有惊人的预言性的构思。《记事》引人注目的篇幅似乎在要求一些非常辉煌的行为或人物去填充它们,而它们的空间和规模看来像是歌剧里的布景,在等待占领。它们隐含的欧洲背景是力量与知识。而它们真正的19世纪的埃及的背景干脆就消失了。

《记事》中所记录的菲力地方的寺庙(不是人们所认为的在曼菲斯那所原来的寺庙)在玛里埃蒂设计《阿依达》的第一幕时几乎肯定就在他的脑子里了。虽然威尔第不可能见过这些歌词手稿本身,他确曾见到过在欧洲广为流传的复制本。这使他能较容易地设计时常出现在《阿依达》前两幕中声音很响的军乐。同时,玛里埃蒂关于剧中服装的观念很可能来自《记事》中的图画。玛里埃蒂将这些图画加以修改,用于剧本。虽然二者有较大的区别,我想,玛里埃蒂在头脑里已经把法老的原物大体地改为现代的等同物,变成史前埃及人在1870年流行的样子:欧洲人的面孔、小胡、连鬓胡子等一看便知的特征。

其结果是一个东方化的埃及。它是威尔第在相当大的程度上独自一人通过音乐来表现的。著名的例子大部分是在第二幕中:女祭司颂经和后来的仪式舞蹈。我们知道,威尔第最关注的是这一场的准确性,因为它要求最大的真实性并使他提出最详细的关于历史的问题。里科狄于1870年夏季给威尔第的信中有关于古埃及的材料,其中最详细的是关于祭祀、祭祀礼仪及其他关于古埃及宗教的事实的。威尔第没怎么使用这些材料。但是这些材料表明了由威尔第和克鲁泽那里传承下来的欧洲人对东方的普遍的认识。还有坎布里昂较晚的考古工作。然而,所有这些都只与祭司有关,没有提到妇女。

对于这些材料,威尔第做了两件事。他把一些男祭司换成女祭司,这样做是遵循传统的欧洲习俗:在职能上和他的女祭司相等的是舞女、奴隶、妾和浴室美女。他们在19世纪的欧洲艺术中很普遍,到19世纪80年代在娱乐业中也很普遍。这些东方式的女性色情的表现"说明了权力关系并显示了想通过表现的手段巩固优越地位的欲望"。[103]这一点在第二幕的阿姆奈利亚的屋子里的场景中可以部分地看出来。在那一场,肉欲与残忍不可避免地互相联系着(例如,在摩尔奴隶的舞蹈中)。威尔第所做的另外一件事是把流行的东方宫廷生活中的陈词滥调改换为针对男祭司的更直接的讽刺语。我想,大祭司兰姆菲斯是通过威尔第的《重生》中的反神职思想和关于东方统治者的思想来获得表现的。这个统治者会仅仅由于嗜血成性而进行报复,而这是掩盖在合法性和经文的允许之下的。

至于异国音乐,我们从威尔第的信件中知道他曾经参考了一位既激怒了他又使他着迷的比利时音乐研究者弗朗索瓦-约瑟夫·费蒂斯(Fetis, Francois-Joseph)的工作。费蒂斯是尝试着把非欧洲音乐作为一般音乐史以外的一部分来研究的第一人,其研究著作为《音乐历史哲学概论》(*Resume philosophique de l' histoire de la musique*)(1835)。他那部未完成的著作《古今音乐通史》(*Histoire generale de la musique depuis les temps anciens a nos jours*)(1869—1876)把这一工作推进了一步,强调外国音乐的独特的特性及其独立的属性。费蒂斯似乎了解雷恩(Lane E. W.)的关于19世纪埃及的著作以及《记事》中论述埃及的两卷。

费蒂斯对威尔第的价值是,威尔第能阅读他的"东方"音乐作品中的范例——狂欢中经常使用的和谐的老调子是由东方音乐中的高调压平了的;还有东方的乐器,有一些乐器可以在《记事》中找到描写:竖琴、笛子,还有现在已经广为人知的仪式上所用的小号。威尔第拼命地努力在意大利制造这种小号。

最终,威尔第与玛里埃蒂富有想像力地、而且我认为是成功地联手创作出第三幕的十分美好的气氛,即所谓尼罗河一场。同样也是在这里,拿破仑《记事》中的理想化的表现可能是玛里埃蒂设计的场景的模型。威尔第使用了较少的现实手段,而更多地使用了富于联想的音乐手段来表现他对古代东方的理解。其成果是,一幅高超的具有穿透力的音乐图画贯穿了歌剧开场的静谧的场景,一直到达阿依达、她的父亲和拉达姆斯之间激烈的冲突的高潮。玛里埃蒂对这一宏伟场景的设计很像他的埃及的合成物:"背景代表了王宫的花园。在右边,是一座亭子或帐篷的侧面。尼罗河在舞台后部流过。地平线上,是落日余晖照耀下清晰的利比安山脉。还有塑像、棕榈树和热带灌木丛。"[104]难怪他和威尔第一样,把自己看作一名创作者:他在给耐心的而且永远足智多谋的德兰奈特的信中(1871年7月19日)说:"《阿依达》事实上是我的创作。是我说服了总督下令上演它的。一句话,《阿依达》是我的大脑的杰作。"[105]

因此,《阿依达》将关于埃及的材料合并并融合为一体。威尔第与玛里埃蒂两人都有理由声称《阿依达》是他们的创作。然而,我要说,由于对所包括的东西,或者也可以说所排除的东西的选择与强调,《阿依达》受到了损害——或者至少是被弄得很怪异。威尔第一定曾经有机会想知道现代埃及人怎样评价他的作品,听众对他的音乐的反应如何,在首演后它的遭遇会怎样。但是这些几乎都没有记录可查,只有少数几封威尔第指责观看首次演出的欧洲评论家的信。他相当粗暴地说,这些评论家使他得到不受观众欢迎的名声。在他给菲利匹的信中,我们已经感觉到威尔第和歌剧院的疏远。我相信,一种疏离感已经写入《阿依达》的场景和歌词中:

> ……你在开罗?这是人们可以想像的为《阿依达》所做的最强有力的宣传。在我看来,这样,艺术就不再是艺术,而是一种买卖、一种快乐的游戏、一次狩猎、某种为人们所追求的东西。如果不是不惜任何代价的成功,至少也是恶名。我对这些情况的反应是厌恶和屈辱。我永远高兴地记得早年的日子。那时我几乎没有朋友,没有任何人谈论我,没有准备,没有任何影响。我公演了我的歌剧,并准备受到攻击。如果我能引发一些好印象我就会很高兴。现在呢?对于一出歌剧来说,这是怎样的虚张声势啊!记者、艺术家、唱诗班歌手、乐队指挥、乐手等等,他们都偏偏要给宣传的大厦添砖加瓦,从而造成一个毫无价值的框架却丝毫不能增加歌剧的价值。事实上,他们反而模糊了真正的价值(如果有的话)。这是可悲的,极其可悲的!!!
>
> 我感谢你建议在开罗演出。大前天我写信给包泰斯尼谈了关于《阿依达》的一切。为这出歌剧,我只要一次好的、尤其是一次高明的声乐与器乐演唱和舞台演

148

出。至于其他,就听天由命了;因为我是这样开始我的事业的,也希望这样完成我的事业……106

这里的不同意见是他关于歌剧的单一目的的态度的延伸:他似乎在说,《阿依达》本身就是一件完美的艺术品,就让它作为一件艺术品吧。但是,这里是不是还有些什么问题?威尔第是否有些意识到他为一个他不能与之发生关系的地方写了一出歌剧,其情节以毫无希望的僵局和坟墓而告终呢?

威尔第意识到《阿依达》中的不协调也表现在其他地方。一次,他曾经嘲讽地谈到了把巴列斯特瑞纳的音乐加在协调的埃及音乐上。他似乎有些意识到,古埃及不仅是一种死去的文明,也是一种死去的文化。它那明显的征服他人的思想(像他从希罗多德和玛里埃蒂那里加以改写的那样)是与来世的思想相联系的。威尔第在写作《阿依达》时对重生的政治相当清醒、理智而轻微地迷恋,在《阿依达》中表现为个人失败后军事的胜利,或者也可以说表现为政治的胜利。这政治的胜利是以人的困境,简言之,以现实政治的不确定性来表现的。威尔第似乎曾想像过在《永别了太阳》的丧葬曲中表现拉达姆斯的父亲的积极态度。肯定还有第四幕中分割的舞台——一个可能的来源是《记事》中的一幅插图。威尔第的脑子里肯定刻印着阿姆奈利斯的单方面的热情和阿依达与拉达姆斯的幸福的死亡。

《阿依达》的沉闷和静止只是由于芭蕾舞和胜利大游行才有所改变。但是,甚至这些也在某种程度上被破坏了:威尔第太聪明和专心致志了。他不能不改动它们。第一幕中的兰菲的胜利祭祀舞自然导致了第三幕第四幕中拉达姆斯之死,因此没有什么值得高兴的。第二幕第一场中摩尔奴隶的舞蹈是阿姆奈利斯和她的奴隶对头艾达恶意地开玩笑时奴隶为讨她的喜欢而跳的舞。至于真正有名的第二幕第二场,这里可能是《阿依达》对观众和导演都具有极大吸引力的核心。导演把它当作一次发挥的机会,只要它是过火的、十分炫耀的即可。事实上,这可能与威尔第的初衷相去不远。

下面是三个当今的例子。第一个:

> 《阿依达》在辛辛那提(1986年3月)的上演。辛辛那提歌剧院的一份新闻公报宣布下列动物将参加本演季《阿依达》中胜利一场的演出:一只土豚、一头驴、一只象、一条蟒蛇、一只孔雀、一只巨嘴鸟、一只红尾鹰、一只白老虎、一只西伯利亚山猫、一只白鹦和一只猎豹——共十一只。演出所需人兽总数为261,其中8名主要演员、117名合唱队员(40名正规队员、77名临时队员)、24名芭蕾舞演员、101名其他各种人员(包括12名动物饲养员)和11只动物。[107]

这部《阿依达》没怎么经过精雕细琢,带些喜剧色彩,一泻而出。粗俗的演出无可比拟,一遍又一遍地在卡瑞卡拉剧院重复着。

形成对照的,是威兰德·瓦格纳的第二幕第二场。埃塞俄比亚的囚犯拿着图腾面具、仪式用具等游行,给观众展示了民族的风格。这"是把法老时代的埃及的整个作品的背景

向史前时代黑非洲的移植":

> 在布景方面,我要做的是表现出《阿依达》内在的色彩斑斓的芳香——不是从一个埃及博物馆,而是从作品本身固有的气氛中把它提炼出来。我想避开虚伪的所谓埃及艺术性和虚伪的歌剧的雄伟壮观,避开好莱坞式的历史画卷,而回归历史——也即埃及学——回到纪元前的时代。[108]

瓦格纳强调的是"我们的"世界和"他们的"世界的区别。这肯定也是威尔第所强调的。因为他意识到歌剧最初肯定不是为巴黎、米兰或维也纳这样的地方所谱写和设计的。而且。很有趣的是,这一认识使我们看到了1957年在墨西哥上演的《阿依达》。那次演出中,领唱歌手玛丽亚·卡拉斯最后以高音降E结束,比整个合唱队高了八度,也比威尔第的原曲高了八度。

在这三个例子中,都利用了威尔第留下的这个缺口。通过这个缺口,威尔第似乎把在另外的情况下被禁止表演的外部世界引进来。可是,他的条件是严格的。他似乎在说,"作为异类或奴隶进来,呆一小会儿,然后就离开我。"为了维护他的领域,他在音乐上应用了以前很少用的技巧,全部都是为了向他的听众发出信号说,他是一个擅长传统技巧的、为他的音乐界同行所不齿的大师。1871年2月20日,他写信给一位叫吉赛普·皮罗利(Piroli, Giuseppe)的记者说,"就年轻的作曲家来说,我希望他们进行多声部的所有部分长时间的、严格的练习,不学习任何现代的东西。"[109]这是和他正在写作的该歌剧的丧葬部分一致的(他曾经说,要使木乃伊唱歌)。该部分开头是一种严格的标准曲调。《阿依达》中威尔第使用的对位法与严格的技术达到了他以前很少达到的很高的强度和精确性。和《阿依达》的军乐一起(其中的一部分后来成为克代夫所作的埃及国歌),这些精彩的段落加强了歌剧的雄伟——更确切地说——及其壁垒般的结构。

简言之,《阿依达》十分确切地唤醒了使它的使命和成为可能的情景,并且像回声一样,与它想努力排除的情境相一致。作为一种美学和极专业化的形式,《阿依达》按照作者的意图,再现了19世纪欧洲眼中的埃及,而1869年至1871年的开罗是这段历史的最佳场合。对于《阿依达》的反映和全方位的欣赏,显示出严格的参照和感觉的结构,一个有所依附、有所联系、决定与合作的网络。可以认为这个网络在《阿依达》的视觉与音乐的文本中留下一系列魔幻般的诠释。

试想一想这个故事:一支埃及军队打败了一支埃塞俄比亚军队,但是战役中一位年轻的埃及英雄被指控为卖国贼,被判了死刑,并被用窒息法处死。当我们把这个古代非洲内部互相为敌的故事放在19世纪40年代到60年代东非的英埃之争的背景下来理解时,它就产生了相当大的共鸣。英国人认为,急于向南扩张的克代夫·伊斯梅尔的埃及臣民在那里,对他们通向红海的霸权和他们通向印度的通道是个威胁。尽管如此,英国人谨慎地改变了政策:他们鼓励伊斯梅尔向东非推进,以阻止法国与意大利在索马里和埃塞俄比亚的野心。到19世纪70年代初,这种政策的改变已经完成。

到1882年,英国已完全占领了埃及。从玛里埃蒂所体现的法国的观点来看,《阿依达》戏剧化地表现了埃及在埃塞俄比亚的成功的实力政策的危险,特别是因为伊斯梅尔自己——作为奥托曼总督——对这种冒险感兴趣,以此来获取从伊斯坦布尔的独立。[110]

152 《阿依达》的简单与严格中所含有的东西不止于此,尤其是因为与它有关的歌剧与为容纳威尔第的作品而建造的歌剧院,大多与伊斯梅尔及其统治相关(1863—1879)。最近,有人对拿破仑远征以后的八十年间欧洲与埃及关系中的经济与政治的历史做了大量的研究。其中很大一部分与埃及民族主义历史学家(赛伯瑞、拉菲、哥巴尔)的看法相同,即:组成穆罕默德·阿里王朝的总督继承人(除去坚持己见的阿巴斯)的能力越来越差。他们使埃及日益深入地卷入所谓的"世界经济"。[111]但是,这个"世界经济"更确切地说是个欧洲金融家、商业银行家、信贷公司和商业冒险家的松散聚合体。这种情况不可避免地导致了1882年英国的占领,并且同样不可避免地导致了1956年卡玛尔·阿布代尔·纳塞尔宣布收复苏伊士运河。

到19世纪60年代和70年代,埃及经济最惊人的特征是棉花销售。美国内战阻断了美国对欧洲纺纱厂的棉花供应。然而,这只是加速了当地经济的多种扭曲。(据欧文[Owen Rofer]说,到19世纪70年代,"整个三角洲已经转变为二三种作物的生产、加工和出口的地区。")[112]这是一种更严重、更令人沮丧的情况的一部分。埃及的大门被打开了,各种各样的规划得以在那里实施。这些规划中的一些是疯狂的,一些是有益的(像铁路和公路的建设),但全部都耗资巨大，特别是运河。发展的资金是靠发行国库券、印刷货币、增加预算赤字来筹集的；公债的增长大大地加大了埃及的外债、外债利息和外国投资者与他们在当地的代理人对国家的进一步入侵。外债的总费用似乎在它们的面值的百分之三十到四十之间（戴维·兰德斯（Landes, David）的《银行家与帕夏》（Bankers and Pashas, Cambridge：Harvard University Press, 1958）提供了这整个恶劣又可笑的事情的详细史料）。[113]

除了日益加剧的经济衰弱和对欧洲的资金依赖，埃及在伊斯梅尔的统治下还进行了一系列重要的另一方向的发展。在人口自然增长的同时，外国侨民社区以几何级数增长——到19世纪80年代达到了九万个。财富集中到总督家族及其仆从手中。这又造成了一个实际上的封建土地所有与城市特权的模式，而后者又加速了民族主义抵抗意识的形成。舆论之所以反对伊斯梅尔，似乎既是因为那些外国人好像把埃及的默许和软弱视为理所当然，又是因为舆论认为伊斯梅尔正在把埃及拱手交给外国人。埃及历史学家萨布里说，人们气愤地注意到，拿破仑三世（Napoleon Ⅲ）在运河开航典礼上所作的讲话中提到法国的运河，而完全没有提到它是埃及的。[114]另一方面，伊斯梅尔因为他的花费巨大的愚蠢的欧洲之行而受到亲奥托曼帝国的记者的公开抨击。[115]（这些旅行在乔治·杜恩［Douin, Georges］的《克代夫·伊斯梅尔统治史，卷2》［Histoire du Regne du Khedive Ismail, Rome：Royal Egyptian Geographic Society, 1934］[116]中有几乎令人厌恶的详细记载。）他们还批评他伪装脱离土耳其政府的独立；他过度地向属民征税；他在运河开航时奢侈地邀请欧洲名人。伊斯梅尔越是想装作独立,他的厚颜无耻使埃及遭受的损失就越大,奥托曼帝国就越对他的独立意向表示憎恶,他的欧洲债权人就越坚决地紧紧控制他。伊斯梅尔的"想像力使他的听众感到惊讶。在炎热、困苦的1864年夏季,他不仅在想着运河与铁路,还想着尼罗河上的巴黎和非洲皇帝伊斯梅尔。开罗将要有它自己的林荫大道、证券交易所、剧院和歌剧院。埃及将要拥有一支庞大的陆军、一支强大的舰队。法国领事问,为什么?他还可能问,怎样才能做到这些?"[117]

"怎样做"应由改建开罗开始。这就要求雇佣很多欧洲人(其中有德兰奈)和发展一个城市居民的新兴阶级。他们的爱好和要求预示着当地市场的扩大,市场必须出售昂贵的进口货。如欧文所说,"进口外国货之所以重要,是要迎合众多的外国人与当地埃及地主和官员的需要。这些人开始住进欧式的房子里和亚力山大的欧洲人居住区。他们具有完全不同的消费模式,那些人所拥有的一切,甚至建筑材料都是从国外进口的。"[118]可能还有歌剧、作曲家、歌手、指挥、布景和服装。这样发展的一个附带的好处是,可以使外国债权人见到证明,说明他们的钱正在得到很好的利用。[119]

然而,与亚力山大不同,开罗是个阿拉伯人与伊斯兰人的城市,甚至在伊斯梅尔的全盛时期也是如此。除去吉萨古迹的传奇气氛,开罗的过去与欧洲的交流并不容易,也不好。这里没有与希腊或地中海东部诸国的联系,没有和煦的海风,没有熙熙攘攘的地中海港口生活。开罗在非洲、伊斯兰、阿拉伯和奥托曼世界的中心地位对欧洲投资者来说,似乎是道牢不可破的障碍。希望她变得更可接近、更吸引人,肯定促使伊斯梅尔支持该城市的现代化。他是用划分开罗的办法来做这件事的。了解这一点的最好办法是引证20世纪对开罗的最好的叙述:美国城市史学家詹耐特·阿布-鲁高德(Abu-Lughod, Janet)所著的《开罗:胜利的城市的1001年》(Cairo:1001 years of the City Victorious):

> 就这样,到19世纪末开罗由两个明显的实际上的社区构成,被一条屏障割开。这条屏障比标志着它们边界的那条小小的街道要宽得多了。埃及的过去和将来之间,在19世纪初看来只是一条小裂缝的区别,到世纪末已经拓展为很宽的间隔。整个城市实际上存在的两重性只是文化分裂的一种表现。
>
> 东开罗是旧城,在科技、社会结构和生活方式方面基本处于工业化前的状态。西边是"殖民地"城市,有它以蒸汽为动力的工业、它的快节奏的、有轮的交通工具及其欧洲特征。东区是还没有铺平的弯曲的、迷宫似的街道。虽然到那时已有两座城门被拆掉了,两条大道从树荫下穿过;西区,是两边有宽阔的人行道和空间宽宽的、笔直的碎石街道,呈直角互相交叉或者在圆盘处合为一条。东区的居民区仍然要依靠流动的卖水贩供给用水;而西区却有与离河很近的水站相连接的便利的水管网供给用水。天黑后,东区陷入一片黑暗,而在西边则有煤气灯把大街照得通亮。东区整个城市既没有公园,又没有街道两旁的树木减缓中世纪城区的泥沙。而西区却点缀着正规的法国公园、一片片装饰性花坛或者人工做成的各种形状的林木。人们进入旧城是以驼队的形式,或者骑着动物;而进入新城时是坐火车或双

人四座马车。简言之,城市的两部分尽管实际上是连接的,但在一切重要方面,从社会的角度来说,却相距许多英里,从技术的角度来说,要相距许多世纪。[120]

伊斯梅尔建造的歌剧院坐落在南北中轴的正中心巨大的广场中央,面对向西延伸到尼罗河畔的欧洲城区。在北边,是火车站、牧羊人饭店和阿兹巴基亚花园。阿布-鲁高德又说,为这花园,"伊斯梅尔请来他欣赏的创作布隆密林和海之田野的一位法国建筑师,认命他把阿兹巴基亚重新设计成一座蒙梭公园。它有构成19世纪法国公园不可没有的传统画面的水池、洞穴、小桥和观景楼。"[121] 南面是1874年伊斯梅尔作为他主要官邸而重新设计的阿布丁宫。歌剧院后面有玛斯基、赛亚达、宰因纳布、阿塔巴—阿尔卡达等许多居民区,屈居于剧院气势逼人的庞大体积与欧洲的权威下。

开罗知识界开始发生改革的躁动,其中一些(但并非全部)是因为受到欧洲的影响。结果如雅克·伯克(Berque, Jacques)所说,产生了混乱。[122] 阿里·帕夏·穆巴拉克(Mobarak, Ali Pasha)所著《成功的计划》(*Khittat Tawfikiya*)关于伊斯梅尔时期开罗的最详尽叙述中曾提及这一点。他是一位天才的、精力充沛的公共工程与教育部长,一位工程师、民族主义者、现代派、不知疲倦的历史学家、一个低微的乡下律师的儿子、一个既受到伊斯兰东方的传统宗教的促动,又受到西方吸引的人。人们可以得到这样的印象,这个时期的变革促使阿里·帕夏记录下该城市的生活。开罗当今的生活有待对细节的全新的、现代的注意。这种对细节的注意促使这位开罗人具有了前所未有的挑剔和观察力。阿里没有提到歌剧,虽然他详细谈到伊斯梅尔花在他的宫殿、花园和动物园上的巨资,和他向来访的显要所作的炫耀。以后的埃及作家也会书写这一时期的躁动,同时也会(如安瓦尔·阿卜代尔—玛拉克)书写大歌剧院和《阿依达》,把它们当作一种国家艺术生活和对帝国主义的屈从的矛盾来记录。1971年,那座木制的歌剧院被火烧毁,以后再也没有在该地重建。其遗址先是被当作了停车场,后来又被一个多层停车场占据。1988年在格吉拉岛上用日本资金建立了一个新的文化中心,这个中心包含一个歌剧院。

显然,我们可以下结论,开罗不能把《阿依达》作为一个专为一个时刻和一个地点所写的歌剧来对待。《阿依达》超越了这些。它在西方舞台上上演了几十年。《阿依达》的埃及特征是开罗欧洲面孔的一部分,它的简单与严格,铭刻在那些将殖民地城区与帝国城区分隔开来的想像中的墙壁上。《阿依达》是一部分离的美学作品。我们在《阿依达》里无法见到它与开罗之间存在的和谐,如叶芝在希腊茶壶上见到的,茶壶的花纹与它的整体之间的那种和谐;或者在城市与它的"在这美丽的早晨,空无一人"的教堂之间的那种和谐。《阿依达》对埃及来说,主要是一种帝国主义式的奢侈品,用借贷的方式买了来,供一小撮人享用。他们的娱乐与他们的真正生活目的是不太相干的。威尔第把它看作他的艺术生涯的纪念碑。伊斯梅尔和玛里埃蒂为了各种目的把他们过剩的精力和无边的意志倾泻在它上面。尽管《阿依达》有其缺点,它却可以作为一种解说性的艺术来为人享受和解释。它的严谨性和平易近人的框架,以无情的宿命的逻辑使人回忆起一个确切的历史时刻和一种特别能反映其时代的美学形式——它是一个帝国的景致,目的在于疏离并吸引一个几乎全是欧洲人的观众群。

当然,这离《阿依达》今天在全部文化史中的地位相去甚远。而且,许多伟大的帝国时期的美学作品今天并没有背上统治他人的包袱,而这却是它们从酝酿到产生的过程中所背负的。然而,人们仍然可以在回忆和历史遗迹中读到、见到和听到关于帝国的一切。如果不考虑帝国主义的态度与参照的结构,认为甚至像《阿依达》这样的作品似乎与攫取土地和控制权的争斗无关,那我们就把那些作品的等级降低了,将它们仅仅看成了讽刺剧,也许是精制的讽刺剧,但仍然仅仅是讽刺剧。

我们还必须记住,当一个人属于帝国与殖民地之间的冲突中较强的一边时,就很有可能忽视、忘记或不注意在"外边"发生的不愉快。文化机器——如《阿依达》,或者由旅行者、小说家、学者写的真正有趣的书,迷人的照片和外国绘画等等——对欧洲观众具有麻醉、同时又增加知识的效果。当这样疏离人的、麻醉人的文化活动付诸实践的时候,事情当然就难以改变了。因为它们分裂并麻痹了宗主国人的意识。1865年,英国在牙买加总督 E. J. 艾尔(Eyre, E. J.)下令对杀死几名白人的黑人进行了报复性屠杀。这件事向许多英国人暴露了殖民地生活的不公正和恐怖。随后参与辩论的著名公众人物既有赞成艾尔宣布戒严法和对牙买加黑人的屠杀的(如罗斯金、卡莱尔、阿诺德),也有反对他的(穆勒、赫胥黎、高等法院院长考克伯恩)。没过多久,人们就把这件事忘记了,而其他"行政性屠杀"又发生了。用一位历史学家的话说,"英国设法保持了国内自由和国外帝国权威的区分

(他把这称为'镇压和恐怖')。"[123]

阅读马修·阿诺德的痛苦诗歌或赞颂文化的著名理论的读者多数并不知道,他把艾尔下令执行的"行政屠杀"和英国对爱尔兰的暴政联系起来,并对两者都极支持。《文化与无政府状态》纠正了1867年海德公园的暴乱,而阿诺德关于文化的言论被人们认为可以防止疯狂的骚乱——在殖民地的、爱尔兰的、国内的、牙买加人的、爱尔兰人的和妇女的骚乱。一些历史学家"在不适当的时刻"提出这些屠杀,但是阿诺德的多数英美读者仍然无视这些事实,把它们看作(如果看了的话)与阿诺德多年来谈到的文化理论毫不相干。

(一小段插曲。亟须指出的是,不论反对萨达姆·侯赛因野蛮占领科威特的法律根据是什么,发动沙漠风暴的部分目的是平抚"越南综合症"这个魔鬼,表明美国有能力迅速取胜。如果要认可这种动机,就必须忘记,200万越南人在那场战争中被杀。战争结束十六年以后,东南亚仍然破败不堪。因此,为使美国强大和提高布什作为领袖的形象,可以以破坏一个遥远的社会为代价。高科技和高明的宣传手段被用来把战争伪装得似乎令人激动、干净又合乎道德。当伊拉克经受突发的瓦解、反叛乱和大规模的人类苦难时,美国的大众却发出了短暂的欢呼。)

19世纪末的欧洲人面临着一系列有趣的选择。这些选择都是以征服和损害土著人为前提的。一个是因为使用权力而产生的忘我愉悦——这是对遥远的领地及人民进行观察、统治、占有和获利的权力。由此又产生了冒险的远征、牟取暴利的贸易、管理、吞并、学术远征和展览、地方的盛会、一个殖民地统治者和专家的新兴阶级。另一个选择是,贬低然后重新构造土著使之成为受统治与管理的人。如托玛斯·霍德金在《殖民地非洲的民族主义》(Natinalism in Colonial Africa, London: Muller, 1956)中所界定的:统治的模式不同——有法国人的笛卡尔主义、英国人的实证主义、比利时人的柏拉图主义。[124]我们发现这些统治是在人道主义的事业中实行的:各种殖民地学校、大学、在非洲、亚洲各地产生,土著精英阶层被创造出来并被操纵。第三个选择是西方通过它的"文明使命"思想/理念使人得以拯救与赎罪。在思想意识方面的专家(传教士、教师、顾问、学者)和现代工业与传播手段的共同运作下,将落后者西方化,这种帝国主义观念在全世界获得了永久性的地位。但是,如迈克尔·阿达斯(Adas, Michael)等人所证明的,它总是伴随着统治而来的。[125]第四是安全性。在这种情况下,征服者可以不去面对他的暴行的真相。有如阿诺德精炼地指出的,文化思想本身的目的在于把实践提高到理论的水平,把对叛乱分子——国内的和国外的——的思想钳制,从世俗的、历史的变成抽象的和普遍的实践。无论在国内还是在国外,"所想的与所做的"都被认为是无往而不胜的。第五是这样一个过程:在把土著由他们世代居住的家园迁走之后,他们的历史就作为帝国的历史的一部分而被重写了。这一过程使用了叙事的形式,以驱散矛盾的记忆,抹煞暴力。关于异域的叙述用好奇心代替了权力的印记。帝国主义的存在如此强大,任何想把它与历史事实分开的努力都是徒劳的。所有这些共同构成了一个叙述与观察的艺术的混合体。这种叙述与观察都是关于那些被积累、被控制和被统治的领土的。这些领土上的居民似乎注定永远无法逃脱,永远成为欧洲人的意志的产物。

V 帝国主义的乐趣

《吉姆》在鲁迪亚德·吉卜林的一生和事业中,乃至在英国文学中都是独一无二的。它是在1901年,即吉卜林离开印度十二年以后问世的。印度将永远和他的名字连在一起。印度是他的出生地和他的国家。更令人感兴趣的是,《吉姆》是吉卜林唯一经久不衰而且成熟的长篇小说。少年人喜欢它,成年人阅读它时也都会怀有崇敬的心情和兴趣。吉卜林的其他小说有短篇(或短篇选集,如《丛林故事》[*The Jumgle Books*])或有严重缺陷的长篇小说(如《勇敢的船长》(*Captains Couragious*)、《消失的光芒》(*The Light that failed*)和《斯托尔基公司》(*Stalky and Co.*),这些小说的长处往往被它们的不连贯、缺乏眼光或判断所遮掩)。只有康拉德,另一位风格大师,被认为与比他年纪稍轻的吉卜林能同样强有力地把帝国的经验当作主要题材来写。虽然这两位艺术家在语调和风格上相当不同,他们却把只为国内社会中特殊阶层所熟知的英国海外活动的色彩、魅力与浪漫带给了岛国上的乡巴佬似的英国读者。在这两个人中,更早赢得读者的是吉卜林。他没有康拉德那样具有讽刺性、技术上的自觉意识和语言的模棱两可的技巧。但是,两位作家对英国文学学者来说都一直是个谜。他们觉得这两个人乖僻,很难理解,最好谨慎地对待他们或干脆不讨论他们,而不将他们归入正宗的英国文学的轨道上来,不与狄更斯和哈代那样的同时代作家相提并论。

康拉德关于帝国主义的著作主要有：与非洲有关的是《黑暗的心》(1899)、与南海有关的《吉姆爷》(1900)和与南美有关的《诺斯特洛姆》(1904)。但是吉卜林的最伟大的著作是关于印度的，而那是康拉德从未涉足过的领地。至19世纪末，印度已经成为英国、也许是欧洲的全部殖民地中最大、最长久而且获利最多的地域。从1608年第一支英国远征军到达该地起，直到1947年最后一个英国总督离开，在商业与贸易、工业与政治、意识形态与战争、文化与想像的生活等方面，印度对英国的生活都发生过影响。在英国文学和思想中，涉及和写作关于印度题材的大作家的数目多得惊人。其中有威廉·琼斯，爱德蒙·伯克，威廉·梅克皮斯·萨克雷，杰若米·边沁，詹姆斯和约翰·斯图阿特·穆勒，麦考莱公爵，哈里厄特·玛蒂努，当然还有鲁迪亚德·吉卜林。他们对印度殖民地与英国关系的界定、想像和公式化是不可否认的，此时英属印度的统治又恰恰在开始分裂和解体前夕。

吉卜林不仅写印度，而且还属于印度。他的父亲洛克伍德(Kipling Lockwood)，一位文雅的学者、教师和艺术家(《吉姆》第一章中拉合尔博物馆那位和善的解说员的原型)，是生活在英属印度的一位教师。鲁迪亚德1865年生在那里。早年，他讲印度斯坦语，过得很像吉姆，是位身着土著服装的绅士。六岁时，他和姐姐一起被送到英国去上学。他在英国最初几年(由南海学校一位霍洛威夫人照看)的具有惊人伤害性的经验给了吉卜林一个永久的题材，即：青年人与令人不快的权威之间的关系。在他一生中都对这种关系怀有很复杂的、矛盾的情结。然后，吉卜林转到为殖民地官员的子女设立的较低级的公立学校、位于威斯特沃德霍的联合中学

（最好的中学是哈里伯利，是为殖民地的上层家庭的儿童设立的）。1882年他回到了印度。他的家还在那里。因此，像他在逝世后出版的自传《我的故事》中所说的，在此后的七年中，他在旁遮普邦当过记者，先是在《军民消息报》，后在《先锋报》。

他最初的报道就是出自那时的经验，并在当地发表。那时，他还开始写诗（T. S. 艾略特叫做"无韵诗"）。这些诗最初编成名为《分类小曲》（*Departmental Ditties*）（1886）的集子。吉卜林于1889年离开印度以后再也没有回到那里，虽然在他以后的岁月里，他的艺术都是把他在印度度过的早年生活当作养料的。以后，吉卜林曾短暂地在美国居住（并与一位美国女人结婚）。他还在南非居住过。但在1900年后，吉卜林定居于英国：《吉姆》是在贝特曼写的。他在那里住到1936年去世。他很快地声名鹊起，并赢得了广大读者。1907年吉卜林获得了诺贝尔奖。他的友人都既富有又有势力。其中有他的表兄弟斯坦利·鲍德温，国王乔治五世和托玛斯·哈代。包括亨利·詹姆斯和康拉德在内的许多著名作家在谈到他时满怀敬意。第一次世界大战（其间他的儿子约翰战死）以后，他的心态暗淡了许多。虽然他仍然是个保守党帝国主义者，他那些关于英国及前途的暗淡的故事，连同他那怪异的动物与准神学的故事，也预示着他的声望的变化。死后，他获得英国给它最伟大作家的荣耀：被葬在威斯敏斯特寺。他在英国文学中是一座丰碑，虽然一直稍稍偏离主流。他得到承认但又受到另眼相看；受到赞赏但从未被归入主流。

吉卜林的敬慕者和助手时常谈论他对印度的描述。似乎他笔下的印度是个不受时间限制、永恒不变和"本质"的地方,是一个既实在、具体,又具有诗意的地方。我以为,这是对他著作的极大误读。如果说吉卜林笔下的印度有带本质性的、不变的性质,那也是因为他故意这样看印度。毕竟,我们并不认为吉卜林晚期关于英国的故事或关于布尔战争的故事是关于本质性的英国,或本质性的南非的。相反,我们猜想得很正确,吉卜林是在对这些地方和某些历史时刻作出反应,并在重新塑造自己对它们的感觉。吉卜林所写的印度也是如此,我们必须把它看作一个被英国统治了300年之久的地域,其后她才开始经历非殖民化和以独立为顶点的动荡不安。

我们在理解《吉姆》时必须记住两个因素。一是,无论你喜欢与否,作者在写作时不只是从一位住在殖民地的白人统治者的观点出发,而是从一种其经济、功能与历史已经获得自然的地位的巨大的殖民体系出发的。吉卜林认为存在着一个基本上无可抗争的帝国。在殖民主义分水岭的一边是白种人的基督教欧洲,其中主要是英国、法国,还有荷兰、比利时、德国、意大利、俄国、葡萄牙和西班牙等等。它们控制着地球表面的大部分地区。分水岭的另一边是大片的各种各样的领土和人种,都被认为不重要、低等、依附他人和臣服于人。爱尔兰和澳大利亚这样的白人殖民地也被看作由低等人组成。例如,多梅(Daumier Honoré)的一幅著名的画明白无误地把爱尔兰白人和牙买加黑人联系在一起。这些低等臣民的每一类都被分类,并被放在一个由学者和科学家以科学方法确定的人的体系中。这些学者和科学家有乔治·古维(Cuvier, Georges)、查尔斯·达尔文和罗伯特·诺克斯（Knox, Robert）。白人与非白人的界限在印度和其他所有地方都是绝对的，并渗透在《吉姆》和吉卜林的其他作品中。绅士就是绅士，不论有多少友谊或同志式的感情，都不能改变种族差别的最基本的内容。吉卜林不会怀疑这种区别和白人进行统治的权力，就像他不会怀疑喜玛拉雅山脉一样。

第二个因素是，正像印度本身一样，吉卜林既是一位大艺术家，也是历史的产物。《吉姆》是在他的经历中的特定时刻、在英国和印度人民间的关系正在改变的时候写成的。《吉姆》产生在帝国的半正式时代，并且在某种程度上代表着它。虽然吉卜林不接受这一现实，印度已经在彻底反对英国统治的运动中走了很远（印度国大党在1885年宣告成立），而在占支配地位的军职与文职英国殖民主义阶层中，由于1857年的叛乱，他们的态度正在发生重要的变化。英国人与印度人正在演变，而且是在共同演变。他们有着共同的相互依赖的历史。在这一历史中，敌对、恶意与同情时而使他们分开，时而又走到一起。《吉姆》这样一部卓越的、复杂的小说是对那段历史清晰的反映。像任何伟大的艺术品一样，它因有强调、有曲折、有意识地包括和排除一些东西，而变得更加有趣。因为在英印关系中，吉卜林不是个中立的人物，而是其中一个显著的行动者。

虽然印度在1947年获得独立（后又被分裂），怎样解释非殖民化以后印度和英国历史的问题——正像所有这样密集和高度的冲突一样——仍然是个艰苦的（纵使其解答不总是发人深省的）争论点。比如，有一种看法认为，帝国主义永远地损坏、扭曲了印度人的生活，以致独立几十年以后，印度经济因为曾因为英国的需要与操纵而伤筋动骨，而继续受损。相反,一些英国知识分子、政界人士及历史学者认为,放弃帝国领土——其象征是苏伊士运河、亚丁港和印度——既不利于英国也不利于"土著",自那以后,两者都一直在衰落。126

今天我们阅读《吉姆》,可以发现它接触到许多这类问题。吉卜林是把印度描绘为次等的、还是平等但不同的?显然,一个印度读者的答案会更集中在某些因素上(例如,吉卜林的关于东方性格的刻板印象,会被某些人叫做种族主义),英国和美国读者会强调他对象鼻大道的印度生活的喜爱。那么,我们怎样阅读这部19世纪末的小说呢?它的前边已有司各特、奥斯汀、狄更斯和艾略特等人的作品。我们不能忘记,该书终究是一系列小说中的一部,其中应该被记住的历史不只一种。时常被看作只是政治性的历史也进入了西方大都会的文化与美学生活。

这里,可以简述一下小说的情节。吉姆鲍尔·欧哈拉是驻印度军队中一位上士的孤儿。他妈妈也是白人。他时常出现在拉合尔的集市上,携带着护身符和证明出身的证件。他遇到一个西藏来的圣人般的喇嘛。喇嘛正在寻找一条据说可以洗掉身上罪孽的河。吉姆成为他的弟子。于是,两个人在拉合尔博物馆英国解说员的帮助下,作为托钵僧在印度各地游方。同时,吉姆卷入了一个英国特务机关的计划。该计划的目的是挫败俄国策动的在旁遮普邦的一个省发动叛乱的阴谋。吉姆充当联络员,负责一个为英国人工作的马贩子马赫巴布·阿里与一个人种学家、上述特务机关首领克莱顿上校之间的联络。后来,吉姆会见了这个代号为"大游戏"计划中克莱顿小组的两个成员勒甘·萨希布和哈里先生,后者也是一个人种学者。当克莱顿见到吉姆时,才发现原来这个男孩子是白人(虽然是爱尔兰人),而不是像外表那样的土著。他被送进圣·扎哈维尔学校,以便完成白人孩子应该接受的教育。他的师傅设法给吉姆筹措了学费。假期,这位老喇嘛和他的年轻弟子又去旅行。他们在路上遇到了俄国间谍。吉姆从他们那里设法偷走了秘密文件。可是这些外国人却把老人打了。虽然阴谋被发现并被制止了,师徒二人却都变得郁郁寡欢,病倒了。吉姆的康复能力和重新接触大地使他们痊愈了。老人明白,通过吉姆,他找到了那条河。小说结尾,吉姆回到"大游戏"中,从而实际上正式加入了英国殖民事务中。

《吉姆》的一些内容会打动每个读者,不论其政治或历史如何。它是一部真正的男人的小说,以两名男子为中心——一个男孩子成长为青年人,还有一个年老的苦行僧。在他们周围是一些别的男人,一些是同伴,其他是同事和朋友。这些人构成小说主要而有决定意义的事实。马赫巴布·阿里、勒甘·萨希布、伟大的学者先生以及老印度士兵和他那勇敢的好骑马的儿子,加上克莱顿上校、本奈特先生和维克多神父。这仅仅是这本人物众多的书中的少数几个人:他们都讲男人之间讲的话。比较而言,这部小说中的女人惊人的少。她们都是被贬低的、或者不会被男人所注意的——妓女、寡妇,或者像沙姆勒的遗孀那样的强拉男人的淫妇。吉姆说:"不停地被女人纠缠"会妨碍参与只有男人才能做得最好的大游戏。我们生活在一个充满旅行、贸易、冒险和阴谋的男人的世界。它是独身者的世界。在其中,小说里常见的浪漫与持久的婚姻被避免、躲避或干脆忽略。妇女最多也只是帮帮忙:他们为你买票、做饭、照看病人……她们干扰男人。

吉姆虽然在小说里的年龄是从十三岁到十六至十七岁,却一直是个孩子,擅长男孩子喜欢的戏谑、打闹、机智的文字游戏,足智多谋。吉卜林似乎一生都对自己抱有自怜之心。作为一个孩子,他必须屈服于飞扬跋扈的校长和牧师(《吉姆》中的班奈特先生是个特别不可爱的例子)的权威,因而为处在这样的一个成人世界中所困扰——直到像克莱顿上校这样的另一个权威人物出现并以理解的心情对待这个年轻人。但是,他对权威的热情并不比别人少。吉姆一度上过的圣·扎哈维尔学校与在"大游戏"(英国在印度的特务结构)中服务之间的区别并不是由于后者有较大的自由;恰恰相反,"大游戏"的要求更严格。区别在于:前者具有的权威毫无用处,而特务机关工作的紧迫性则要求吉姆具有令人激动的、一丝不苟的纪律性。这种纪律为吉姆所欣然接受。从克莱顿上校的观点看,"大游戏"是一种控制的政治经济学。他曾告诉吉姆,其中最大的罪恶是无知,是不了解情况。但对吉姆来说,他并不清楚大游戏中的一切复杂的内容,虽然他可以把它当作一种放大了的游戏来充分享受。吉姆和年长者(无论是敌方还是友方)之间的玩笑、讨价还价、机智的反驳,表明吉卜林似乎对玩游戏——任何一种游戏的刹那快感有着孩子般的无穷无尽的乐趣。

我们不能错误地理解这些孩子的乐趣。它们与英国对印度及其他海外属地的控制的总的政治目的并不冲突:相反,"乐趣"这个内容时常不断地出现在各种各样的帝国殖民主义著作以及图像和音乐艺术中,但常常没人对此加以讨论。乐趣是《吉姆》一书不可否认的组成部分。趣味与单纯的政治严肃性的混合的另一个例子可以在巴登—鲍威尔公爵的建立男童子军的理念中看到。几乎完全与吉卜林同时代的巴登—鲍威尔公爵（人称B.P.），他说他曾深受吉卜林书中的男孩子的一般性影响，尤其是毛格利。B.P.关于"男孩学"的想法直接把那些形象注入巨大的帝国的权威体系。最后的结果就是建立童子军"来巩固帝国的城墙"。在一队队眼睛明亮、热情机智的小小的中产阶级帝国仆从身上，实现了这种集"乐趣"与"服务"为一体的思想。[127]吉姆毕竟既是爱尔兰人又属于社会底层。在吉卜林眼中，这一条件使他更适合做个仆从。在其他两个重要的问题上，B.P.与吉卜林看法一致：男孩子最终应当按照不可破坏的法律来看待生活与帝国；把服役看得像个——多维的、不连续的、空间性的游戏场，而不像个——直线的、连续的、时间性的故事。这样，服役就更有乐趣了。历史学家J.A.曼甘（Mangan, J. A.）在最近出版的一本书的书名中对此做了很精彩的概括：《游戏伦理和帝国主义》(*The Games Ethic and Imperialism: Aspects of the Diffusion of an Ideal*, Harmondsworth: Viking, 1986)。[128]

吉卜林的视野非常广阔，对人类可能性的范围异常敏感。他把他的情感的又一偏爱，充分地表现在一个奇特的西藏喇嘛和主人公的关系上。这种描写却抵消了他的服役伦理。虽然吉姆被征召加入情报工作，这个天才的男孩子却已经在小说开头就被吸引成为喇嘛的弟子。两个男人之间几乎是田园诗般的关系中有一种谱系传统，像许多美国小说（可以立即想起的有《哈克贝利·芬》[*Huckleberry Finn*]、《白鲸》[*Moby-Dick*]、《杀鹿人》[*Deerslayer*]）一样，《吉姆》

赞赏在困难中、有时是敌对环境中两个男人间的友谊。美国西部和殖民地印度十分不同,但两者对男性关系的重视都超过对两性间的家庭或恋爱关系的重视。一些评论家曾经猜测这些关系中有隐秘的同性恋的主题,但是也有与流浪汉的传奇故事有长久关系的文化主题。在那些故事里,一个男冒险者(如果有妻子或母亲,她会安然留在家里)及其男伙伴从事于一个特殊的梦的追寻——像杰桑、奥德修斯、或更引人入胜的唐·吉诃德和桑丘在田野上或开阔的大路上,两个男人可以更轻松地旅行。他们可以比和一名妇女在一起更可靠地互相救助。所以,从奥德修斯及其部下,到独行侠和唐多、福尔摩斯和华生、蝙蝠侠和罗宾,冒险故事的悠久传统似乎永存不息。

吉姆的圣人似的师傅还属于所有文化中都常有的朝圣或探索之旅的宗教模范。我们知道,吉卜林是乔叟(Chaucer, Geoffrey)的《坎特伯雷故事》(*Canterbury Tales*)和班扬(Bunyan)的《天历路程》(*Pilgrim's Progress*)的崇拜者。《吉姆》更接近乔叟的作品。乔叟善于以中世纪英国诗人的眼光捕捉难以琢磨的细节、奇怪的人物、生活片段、对人类缺点与欢乐的喜悦感。然而,吉卜林既不同于乔叟,也不同于班扬。他对当地的色彩、对奇异的细节的注意和对"大游戏"的包罗万象的现实兴趣超过了他对宗教本身的兴趣。他成就的伟大之处在于,在不低估那老人或贬低他奇特的探求的虔诚的情况下,吉卜林依然把他放在英国对印度统治的大背景内。这一点在第一章中得到表现:当这位年长的英国博物馆馆长把他的眼镜赠予老喇嘛时,便提高了他的精神的尊贵和权威,加强了英国仁政的正义性与合法性。

我认为,这一观点曾被吉卜林的许多读者所误解甚至否定。但是我们一定不能忘记,那喇嘛依靠吉姆的支持与指导,而吉姆的成就既没有否定喇嘛的价值,也没有使他作为间谍的工作有所松懈。在整部小说中,吉卜林清楚地向我们表明,喇嘛虽然是个聪明、善良的人,却需要吉姆的青春活力、吉姆的指导和机智。他甚至直言不讳地承认他对吉姆绝对的、宗教般的需要。那是在第九章的末尾,在白那瑞斯时,他讲了一个寓言故事:《本生经》中幼象(佛佗自己)将拴在脚镣上的老象解救出来。显然,喇嘛把吉姆看作他的救命恩人。后来,在与煽动起反英叛乱的俄国特务进行了殊死的搏斗以后,吉姆帮助了喇嘛(也被喇嘛帮助)。后者在吉卜林的这部小说中最感动人的场景中说:"孩子,我是靠你的力量生活的,正像一棵老树靠一堵墙上的石灰生活一样。"然而,尽管吉姆也为他师傅的爱所感动,他却从未放弃他在大游戏中的职责,虽然他向那位老人承认他同样是"因为某些其他事情"需要他。

无疑,那些"其他事情"是信仰和不屈不挠的目的。《吉姆》的主要叙事线索一再谈到追寻,喇嘛追寻从生命的轮回中得到赎罪,他走到哪里都在衣袋里带着一张复杂的轮回图。小说还反复谈到吉姆在殖民机关追寻一个稳定的位置。吉卜林对两方面均不曲意逢迎。他细致地描述了喇嘛希望从"躯体的幻觉"中解脱出来,我们正是从小说的东方式的描写中,相信作者对这种"朝圣"的虔诚。对东方的描写,吉卜林并未用异国情调来处理。的确,喇嘛享有几乎每个人的注意与尊重。他实现了为吉姆的教育准备学费的诺言。他按时间、地点与吉姆会面。他说话时对方总是尊敬地、专心地倾听。在第十四章一段特别精彩的描述中,吉卜林让他讲述了发生在他的家乡西藏的奇闻轶事。这位小说家尽可能谨慎地克制自己不去重复叙述,好像要说,这个老圣人有自己的生命,不能在按时序安排的英国散文中再现。

喇嘛的追寻与吉姆的疾病在小说结尾都被一起解决了。吉卜林的许多其他故事的读者一定熟知评论家 J. M. 托普金斯(Tampkins, J. M.)的确切说法,叫做"痊愈的主题"。[129]这里,叙述的发展在此不可逆转地通往一个大危机。在一个令人难忘的场景中,吉姆向袭击喇嘛的可恶的外国人发动攻击,老人像咒符一样的图画被撕碎了,这两个悲惨的朝圣者就在山里漂泊,失去了安宁和健康。吉姆等待别人拿掉他身上的重负——他从外国间谍那里偷来的文件;喇嘛痛苦地意识到他还要等待很久才能实现他的精神目标。在这令人心碎的情景中,吉卜林又引入小说中两名伟大而不幸的妇女之一(另一名是库鲁的老寡妇),沙勒姆的女人。她早就被她的男人遗弃,但仍强壮、有活力、有热情。(这里读者可以回忆起吉卜林早些时候的最动人的短篇小说之一。《理斯帕斯》[*Lispeth*]描写一个土著妇女的遭遇。她被一个白人男子所爱,但他从未娶她,最终又把她抛弃了。)吉姆和那淫荡的沙勒姆的女人之间最微弱的性吸引刚一出现就很快地消失了,因为吉姆和喇嘛又一次上路了。

吉姆和老喇嘛必须先经历什么样的痊愈过程才能得到休息呢?这个极其复杂和有趣的问题只能慢慢地、谨慎地来回答。吉卜林回答得非常小心。他不坚持一种极端爱国主义的帝国主义的解决办法。吉卜林不愿让吉姆和那老喇嘛轻易满足只是享受把一件简单工作做好而获得赞扬的愉快。

这种小心当然是优秀小说的习惯写法,但是还有其他的需要——感情、文化和美学方面的。必须给吉姆一个与他执拗地争取的身份认同。他抗拒了勒甘·萨希布的虚幻的诱惑并且坚持他就是吉姆这一事实;他保持了一个绅士的地位,同时又是一个属于街市和屋顶的体面的孩子;他的游戏玩儿得很好,冒着生命危险,有时用自己的智慧为英国奋斗;他拒绝了沙勒姆的女人。应该把他放在什么位置呢?应把那老喇嘛放在哪里呢?

维克多·特纳(Turner, Victor)人类学理论的读者会认识到,在吉姆身上的无所依附、伪装身份和足智多谋的个性(通常是有目的的),正是特纳所说的边缘人的基本特征。特纳说,某些社会需要中介性的角色,以便紧密团结,使之成为社区,把它们变成不止是行政或法律结构的集合体。

> 边缘人的身份,例如加入会社或成人仪式中的新人,可能被表现为一无所有。这些人可能被伪装成魔鬼,只穿很少的衣服,甚至裸体,以表明他们没有地位、财产、标志……好像是正在被贬低或打扮成统一的模式,以便被重新塑造并被赐予力量,以使他们能够应付生活中的新地位。[130]

吉姆自己既是个爱尔兰流浪儿,又是英国特务机关的"大游戏"中的重要角色。这表明吉卜林对各种社会的工作机制与控制管理的不可思议的了解。按照特纳的看法,社会既不能由"结构"来严格地管理,也不能被处于边缘的、有预言能力的、异化了的人物、嬉皮士和相信太平盛世的人完全控制;必须有轮换,以便其中一方可以为另一方所提高或调和。边缘人物有利于维持社会。吉卜林正是在情节的高潮和吉姆性格的改变中表现了这一过程。

为了表现这些,吉卜林策划了吉姆的生病和喇嘛的悲惨境况。还有一个小的手法,即让难以驾驭的绅士 B. P.——赫伯特·斯宾塞不可思议的信徒、大游戏中吉姆的同乡和非宗教的老师——出现,来保证吉姆的追求成功。那个可以证明俄法阴谋和印度亲王流氓似的诡诈的文件包被成功地从吉姆那里取走了。于是吉姆用奥赛罗的话来表现自己开始意识到的职位已经丧失的感受:

> 虽然他不能用话语表达,从头到尾他都觉得自己已经和环境脱节——一个不和任何机器相连接的齿轮,被闲置在一个角落里的廉价的比西轧糖机的闲置而无用的齿轮。微风从他头上吹过,鹦鹉向他尖叫,从他身后的住着人的房子发出的噪声——争吵声、命令声和责骂声——都灌入他麻木的耳朵。[131]

事实上,吉姆对这个世界来说,已经死了,像史诗中的英雄或边缘人,已经坠落到底层世界。如果他能重新站起来,他会比以前更强有力,处在更高的指挥地位。吉姆和这个世界间的裂痕现在必须被愈合。下一页可能不是吉卜林艺术的顶峰,但的确是接近了顶峰。这一段是围绕着对吉姆的下述问题的逐渐明确的答案构成的:"我是吉姆。然而吉姆是什么?"下面是后来发生的事:

> 他不想哭——一生中从没有像现在这样不想哭——突然,一下子涌出的、愚蠢的眼泪沿着鼻子流了下来,随着几乎能听到的咔喳一声,他觉得自己又与外界拴在一起了。片刻以前还毫无意义的事现在一下都有了意义。路是供人走的,房子是让人住的,家畜是要人赶的,田是要人耕种的,男人和女人是要彼此交谈的。他们都是真实的——踏踏实实的,——完全可以理解——他的泥土的成分是——不折不扣。[132]

慢慢地,吉姆开始觉得自己与世界溶为了一体。吉卜林继续写道:

> 在半英里以外的小土坡上,停着一辆空的小牛车。后面是一棵小榕树。从那里可以俯瞰一片新犁过的平原。当他接近它的时候,他那沐浴在温柔的空气中的眼睑变得沉重起来。土地是美好的,清新的泥土——不是那种虽然活着却已经半死的草木植物,而是使万物得以生长的希望的泥土。他用脚趾接触它,用手掌轻轻拍打它。然后,他一边毫无约束地叹着气,一边一点一点地将身体完全平躺在那辆用木头钉起来的车子的阴影中。大地母亲像萨希巴(以前照顾他的库鲁的寡妇)一样忠诚。她吹出的气吹拂过他的身体,使他恢复了良好的姿势。他由于长久地躺在行军床上,已经与大地的吹拂久违了。他的头无力地放在她的胸上。他的张开的手屈服于她的力量。他上面那棵盘根错节的树,甚至他旁边死掉的、被人砍伐的木头都知道他追求的是什么,虽然

他自己并不知道。一个小时又一个小时,他躺在那里,陷入了比睡眠还深的状态中。[133]

当吉姆睡觉时,喇嘛和玛赫巴布在讨论这个男孩子的命运。两个人都知道他已经痊愈了,因此剩下的是如何安排他命运的问题。玛赫巴布想让他回去干情报工作。由于男孩令人吃惊地不了解情况,喇嘛建议玛赫巴布和他们师徒二人一起走上朝圣者的正义之路。小说结尾时,喇嘛向吉姆启示,一切都好了,因为已经看到:

> 全印度,从海上和锡兰到山那里,和在如是禅我自己的彩岩山,我看见每个宿营地和村庄,我们休息过的每一个地方。我在同一时间、同一地点看到了它们,因为它们都为灵魂所包含。因此,我了解,灵魂已经超越了时空间和万物的幻觉。这时我知道,我获得了解脱。[134]

这些话里有些是暧昧难解的宗教术语,但也不能全被忽略。喇嘛的百科全书式的关于自由的设想,与克莱顿上校对印度的调查惊人地相似。该调查忠实地记录了每个宿营地和村落。两者的区别是,英国领地范围内的地方与人民的实地记载在喇嘛包罗万象的说法中变成了赎罪,并且成了吉姆的治病妙方。现在,一切都成为一体了。在中心是吉姆,他漂泊的灵魂随着几乎能听到的"咔喳一声"重新抓住了世界。灵魂被重新纳入正轨。这种机械的比喻可以说有些破坏了高尚的、有启示性的故事情节。但对于一位英国作家来说,描述一位年轻的白人如何在印度这样大的一个国家中回到正轨上来,这种比喻还是恰当的。毕竟,印度的铁路是英国人建造的,并且保证可以对该地有更大的控制力。

吉卜林以前的其他作家曾经写过这种重新抓住生命的场景。最著名的是乔治·爱略特的《米德尔马契》(*Middlemarch*)和亨利·詹姆士在《一个贵妇的肖像》。前者对后者发生了影响。在两个例子中,女主人公(陶乐赛·布鲁克和伊萨贝尔·阿切)皆因突然得知被爱人背叛而感到惊讶,如果不是震惊:陶乐赛见到威尔·拉狄斯劳显然在和罗莎蒙德·温希调情;伊萨贝拉则直觉到她丈夫和莫尔夫人间的打情骂俏。两个女主人公在发现事件的真正意义后,都度过了漫长的焦虑的夜晚,和吉姆的病痛没有什么两样。然后,她们对自己和世界有了新的认识。两部小说的场景惊人地相似,陶乐赛·布鲁克的经历在这里可以用来描绘两个场景。她从"她的灾难的狭窄的小屋"朝外面的世界望去,看见:

> 入口大门外的远处的田野。路上,有个背着一个包袱的男人和一个抱着婴儿的妇女……她感觉到世界的巨大,和人们无数次觉醒起来,以便从事劳动并坚忍地生活下去。她是那种不由自主使人震颤的生命的一部分,既不能作为一个纯粹的旁观者从她的豪华住所向它望去,也不能自私地怀着抱怨的心情闭上眼睛。[135]

艾略特和詹姆士写下了这样的场面,不仅是为了把它们描绘成道德的觉醒,而是当作这样的时刻:女主人公的心胸开阔了,可以忽视、或者说原谅折磨她的人。艾略特让陶乐赛早先帮助朋友的计划得以实施。因此,觉醒的场景印证了她想进入并接触世界的愿望。同样的故事发生在《吉姆》中,不同的是,世界被描绘成可以将灵魂锁定在其中。我在前面引用的《吉姆》的一个段落,在它所强调的目的、意念和自由意志中,带有一种道德的胜利感:事物变回了本相。道路是要人在上面走的;事物完全可以理解;脚跟站得很稳等等。在这一切之上的是吉姆生命的齿轮与外部世界联系起来。后来他在车旁躺下时,大地母亲给了他祝福。上面所发生的一切又由于这段而得到了加强:"她呼出的气吹过他的身体……使他重新获得(他失掉了的东西)。"吉卜林实现了那孩子强大的、几乎是直觉的愿望使他恢复了孩童与母亲前意识的、未遭到亵渎的、非性的关系。

然而,虽然陶乐赛和伊萨贝尔被描绘为一种"不由自主的使人震颤的生命"的一部分,吉姆却被表现为重新自由地把握自己的生命。我认为,这里的区别是重大的。吉姆新近获得的那种主人翁的意识,那种相关性,那种脚踏实地的、从边缘走向统治的感觉,在很大程度上是作为身在殖民地印度的一位绅士的结果:吉卜林让吉姆经历的,是一种重新掌握局势的仪式,英国(通过一个忠诚的爱尔兰臣民)重新掌握了印度。在吉卜林代表吉姆发出第一个主要是政治和历史的姿态以后,大自然和恢复后的健康就以无法掌握的节奏来到吉姆身上。相反地,对在欧洲社会的欧洲或美国女主人公们来说,世界被重新发现;它不需要任何人指挥或主宰。在英属印度,情况就不是这样了。在那里,路要好好地走,房屋要有人好好地住,男人和女人要有人用正确的语调和他们谈话,否则印度就会陷入混沌与叛乱。

《吉姆》的最佳述评之一乃是由马克·金凯德－威克斯

（Kinkead-Weekes, Mark）所写，其中提到《吉姆》在吉卜林的心中是独特的，因为小说中最好的结局在这里行不通。他说，相反地，小说艺术的成就甚至超过作者吉卜林的意图：

> （小说）是不同的看问题方式之间特殊冲突的产物：对万花筒般的外部现实本身的着迷；能够看透人与人之间，或与自己的态度的不同的反思的能力；最后，对喇嘛的塑造。着墨最多、最有创造性的喇嘛的自我否定形象十分有力，成为其他所有事物的试金石。这意味着设想出与吉卜林自己的观点相差甚远的视角和人物。然而，这个探索是这样成功，它简直能成为某种更深层的合成物的催化剂。在这一特殊的挑战中——防止自我困扰；进行比超越自身的对现实的表面观照更深的探索，能使他超越自我地去进行观察、思考与感觉——产生了《吉姆》的新视角，比任何其他作品的范围都更广阔、更复杂、更有人性、更成熟。[136]

无论我们多么同意这种细腻解读所包含的洞见，我还是认为，它是过分地违反历史真实了。是的，喇嘛是一种自我否定的人，而且，吉卜林能够以同情心了解别人。但是，吉卜林从未忘记吉姆是英属印度不可或缺的一部分：无论喇嘛讲出多少寓言，大游戏确是在进行，吉姆确是置身其中。我们固然可以把《吉姆》当作属于世界上最伟大的文学的一部小说，在某种程度上不囿于历史与政治环境的限制。然而，基于同一理由，我们也一定不要否定其中被吉卜林小心翼翼谈到的与当时现实的联系。毫无疑问，克莱顿、玛赫巴布和绅士,甚至喇嘛眼中的印度就是吉姆眼中的印度。他们同样认为它是帝国的一部分。勿庸质疑,当他让一个非纯血统的英国人、一个卑微的爱尔兰男孩在喇嘛出现来为他祈福之前,就重新确认了他的英国属性的优越性,他就微妙地保留了这种观点。

吉卜林的这部佳作的读者经常试图为他辩解。这种情况的结果时常是证实了埃德蒙·威尔逊(Wilson, Edmund)对《吉姆》的著名评价:

> 现在,读者会期待,吉姆最终会认识到,他在成为英国入侵者的奴隶,过去他一向认为他们是自己的同胞。忠于哪一方的斗争即将发生。吉卜林用相当大的戏剧性效果为他的读者设置了东方与英国人之间的对比。东方带有神秘色彩和肉欲,混合着神圣与狡诈的两个极端;英国人则有卓越的组织、对现代方法的信心和拂去土著的神秘与信仰的束缚的本能。我们看到两个完全不同的世界并存,双方都不真正了解对方。我们看到吉姆在两者之间摇摆不定。但是两条线从来没有交叉过。吉姆所感到的来自双方的吸引力从未引起过真正的斗争……因此,吉卜林的小说并未将任何根本的冲突戏剧化,因为他从不想面对这种冲突。[137]

我认为,这两种观点以外还有另一种观点,对19世纪末英属印度的现实比吉卜林和其他一些人的观点更准确,更敏感些。吉姆在殖民地的服务和对他的印度伙伴的忠诚之间的冲突之所以未能化解,不是因为吉卜林不能面对它,而是因为对吉卜林来说,根本就没有冲突。小说的一个目的事实上是要表明,一旦吉姆摆脱了他的疑虑、喇嘛不再渴望那条河、印度没有了少数暴发户和外国特务,就没有冲突了。假如吉卜林认为印度是不幸屈从于帝国主义,就可能存在冲突,对此我们不会怀疑。但他并没有这样认为:在他看来,受英国统治是印度的最佳命运。按照同样、但相反的简单化的逻辑,如果我们不把吉卜林仅仅看成一个"帝国主义行吟诗人"(他的确不是),而是一个读过弗朗兹·法农的作品、见过甘地、听过他们的教诲并且固执地不相信他们的人,那我们就严重地歪曲了他的故事的大背景。他将这个背景进行加工和描述、澄清。重要的是要记住,吉卜林所持有的帝国主义世界观是明白无误的,正像康拉德的帝国主义世界观是明白无误的一样,尽管他对帝国主义的罪恶有所认识。所以,吉卜林就不为印度独立这一观念所困扰,尽管他的小说代表了帝国及其有意识的合法化。这样,在吉卜林的小说中(与论说文相比),就出现了在奥斯汀和威尔第的作品中遇到的、而且不久也将在加缪的作品中遇到的那样具有讽刺意味的现象。在这种对比的阅读中,我的观点是,强调并点出这种分裂,而不是忽略或贬低它们的重要性。

想一想《吉姆》中的两个情节。在喇嘛及其弟子离开安巴拉以后不久,他们遇到"叛乱时为政府工作过的"年老体弱的士兵。对一个当时的读者来说,"叛乱"意味着19世纪英—印关系中唯一最重要、最著名的暴力事件:1857年的大叛乱5月10日从姆路特开始,以夺取德里告终。大量的英国与印度书籍(例如克里斯托弗·希伯特[Hibbert, Christopher]的《大叛乱》[*The Great Munity*])认为"叛乱"的起因——这里我要使用英国意识形态上的叫法——是印度军队中的印度与穆斯林士兵怀疑他们的子弹被涂上了牛油(印度人认为不清洁)和猪油(穆斯林认为不清洁)。事实上,叛乱的原因是英帝国主义本身。军队由土著士兵和英国军官组成,实行的是与东印度公司相似的统治方法。另外,还有一个由许多其他种族与文化组成的国家被白种人基督教统治的潜在的巨大不满。这些种族与文化很可能都认为服从于英国是屈辱的事。在数量上,他们大大超过他们上面的军官,这一情况也对所有的叛乱者起了作用。

在印度与英国历史上,这次叛乱都是个分界线。无需研究叛乱期间及以后无休止地辩论过的行动、动机、事件与道德的复杂结构,我们就可以说,对英国来说,他们野蛮、严厉地镇压叛乱的一切行为都是报复性的。他们说,叛乱分子杀死了欧洲人,而且这种行动证明了(好像有必要证明)印度人应该由欧洲的英国的高级文明加以征服。1857 年后,东印度公司为更正式的印度政府所代替。对印度来说,叛乱是反对英国的统治的起义:英国人不顾自己的胡作非为和对印度的剥削和土著人的抱怨,毫不妥协地要强加这种统治。当 1925 年爱德华·汤普森(Thompson, Edward)发表他那强硬的小册子《勋章的另一面》(*The Other Side of the Medal*)——一项反对英国统治,主张印度独立的情绪激昂的声明——时,他举出这次叛乱的例子作为一个巨大的象征性的事件来说明,印英双方已经完全地、有意识地互为敌人了。他清楚地表明,印度与英国的历史差别就强烈地存在于再现这次叛乱时所用的语言。简言之,那次叛乱加深了殖民主义者与殖民地人民之间的区别。

在这样民族主义与自我辩护的激动情绪下,做个印度人就意味着,自然地同情那些受到英国人的报复的受害者。作为英国人就意味着反感和受到伤害,更不用说正当的自我辩护了。土著人表现了可怕的"残忍",这正应了强加于他们身上的野蛮人的称号。对于一个印度人来说,没有那些感觉会意味着属于一小撮少数人。因此,吉卜林选择谈论叛乱的,是个把同胞的反叛看作疯狂行为的保皇的士兵。这一点很重要。这个人自然受到英国"高级专员"的尊敬。他们"离开大路去拜访他"。吉卜林没有谈到的是,他的同胞们可能把他至少看作国人的叛徒。而且在几页以后,当那老兵向喇嘛和吉姆讲述那次叛乱时,他关于事件的真相的说法带有浓厚的英国味儿:

> 疯狂吞噬了整个军队。他们袭击自己的军官。那是最初的罪恶。但是假如那时住手,事态还可以挽救。但是他们选择了屠杀绅士的妻儿。后来从海上来了绅士们,对他们进行了极严厉的清算。[138]

把印度人的憎恶、印度人对英国人的无动于衷的抵抗(也许可能这样叫它)归结为"疯狂",把印度人杀戮英国妇孺的行动表现为主要是与生俱来的选择——这些不仅仅是把印度的民族主义问题简单化,而且是带有倾向性的做法。当吉卜林让那老兵把英国的反叛乱——其间,决心采取"道德行动"的白人进行了可怕的报复——叫做对印度叛乱分子"进行严厉的清算"时,我们就离开了历史而进入了为帝国主义辩护的领域。在那里,土著自然是坏孩子,白人是严厉但有道德的父母和法官。吉卜林展现给我们一个关于叛乱的极端的英国观点,并让一个印度人讲出来,而小说里从未见到他的可能更是民族主义的、悲伤的同胞(同样地,克莱顿的忠诚的副官玛赫巴布·阿里属于帕桑人。这一民族历史上在整个19世纪一直处于没能平息的反英状态中。可是在这里却被表现为乐于接受英国统治,甚至是一个合作者)。吉卜林远远没有表明冲突中的两个世界。他热心地只让我们见到一个世界,从而完全抹煞了两个世界冲突的可能性。

第二个例子可以证实第一个。同样,这也是一个细节,但却是重要的细节。第四章中,吉姆,喇嘛和库鲁的寡妇正在去萨哈伦坡的途中。吉姆被描述为精力充沛,正处于"它的中心,比任何人都更清醒、兴奋"。吉卜林所说的"它"代表"真实的世界。这是他愿意享有的生活——吵吵嚷嚷、系上带子、鞭打小牛和车轮的吱吱声、点火做饭。每次移动赞赏的目光就看到新的景色"。[139]我们已经看到大量的这样的印度景况,为英国读者而展现的它的各种色彩、兴奋状态和有趣之处。可是,吉卜林为了某种理由,需要表现出对印度的一些权威,也许这是因为仅仅在几页以前,他在那老兵关于叛乱的具有威胁性的叙述中意识到,有防止进一步"疯狂"的必要。说到底,是印度本身造成了吉姆所享有的印度的生命力和对英帝国的威胁。一名社区警察从旁走过,他的出现引起寡妇的思考:

> 希望这些人能主持公道。他们了解这个国家和这个国家的风俗。别的人都是刚刚从欧洲来的,由白人妇女哺养的,从书上学我们的语言,比瘟疫还坏。他们对

我们国王有害。[140]

无疑,一些印度人相信英国警官比土著更了解这个国家。应当由这样的官员,而不是印度统治者来掌权。但是请注意,在《吉姆》中,没有任何人对英国统治发出挑战,而且也没有任何人谈到那时已经很明显的当地印度人的挑战——甚至是像吉卜林这样执拗的人。反之,有个人直言不讳地说,一个殖民警官应当统治印度,并且还说,她喜欢在土著之间生活过的旧式官员(像吉卜林一家人这样的),而不喜欢新的、在学校受过训练的官僚。这是在印度的所谓东方学学者的论调。这些人认为应该由印度"通"按照东方—印度方式统治印度人。但是,吉卜林把一切与东方学有争论的哲学或意识形态的立场都斥责为学究气。被他批评的有福音派(班奈特先生为代表)、唯一神教派和斯宾塞学说(以老绅士为代表)。当然还有被嘲讽为"比瘟疫还坏的"未被指名的学究式人物。有趣的是,那寡妇赞同的范围还包括那个巡官那样的警官以及像维克托神父那样随和的教育工作者和不动声色的权威人物克莱顿上校。

吉卜林让寡妇来表达实际上是一种关于印度及其统治者的没有争议的标准化的判断,用以证明,只要殖民主义统治方式对头,土著就能接受。从历史上看,这一直是欧洲帝国主义的自娱之道。因为让土著人表示接受外来人的知识和力量,也就意味着接受欧洲人对他们自己社会的不发达、落后或退化的性质的判断。除了这样,还有什么对它的自我形象更好呢?假如一个人把《吉姆》当作一部一个男孩子的冒险故事或一个印度生活的内容丰富、可爱、详尽的全景图来看,那就不是在阅读吉卜林事实上所写的小说。吉卜林在其中小心地加进了这些经过深思熟虑的观点、真相的隐瞒和事实的删除。有如弗朗西斯·哈钦斯(Hutchins, Francis)在《永恒的幻觉:印度的英帝国主义》(*The Illusion of Permanence: British Imperialism in India*, Princeton: Princeton University Press, 1967)中所说的,到了19世纪末期:

> 一个想像中的印度被制造出来了。它既不包含任何社会改变的因素,也不含有政治威胁的因素。东方化是这种把印度社会设想成为没有敌视英国渗透的结果。因为,东方化的执行者是在这个设想中的印度的基础上建立永久统治的。[141]

《吉姆》是对这种想像中的东方化了的印度的一大贡献,正像它也是对历史学家所说的"传统的创造"。

还有更多的情节需要注意。在《吉姆》中散布着关于东方世界不可变的性质的评论性的题外话,而白人世界则并非如此。例如,"吉姆会像个东方人那样说谎",或者"一天二十四小时都像东方人",或者,当吉姆用喇嘛的钱买火车票时,他从每个卢比中留下一个安那给自己。吉卜林说,这"是有史以来"就有的亚洲人的拿回扣的办法。再往后,吉卜林提到"东方人的小贩的天性"。在一个火车站台,玛赫巴布猜测仆从"是土著",没有按要求卸下卡车上的东西。吉姆在火车的隆隆声中能够睡着觉是个"东方人不介意声音"的例子。吉卜林说,当营地被拆除时,东方人干得很"敏捷"——因为他们懂得速度——同时没完没了地唠叨、咒骂、说大话、粗心大意、无数次地检查是否忘掉了东西。锡克人的特征是特别"爱钱"。哈瑞先生"把孟加拉人和胆小鬼相提并论",当他藏起从外国间谍那里拿来的一个小包时,"把它藏在全身各处,只有东方人才会这样做。"

这些看法并非吉卜林所仅有。粗略地查看一下19世纪末的西方文化就可以看到大量的这种通俗智慧。令人感慨的是,其中许多今天还存在。另外,像约翰·M·麦肯基(MacKenzie, John M.)在他那宝贵的著作《宣传与帝国》(*Propagada and Empire*)中所表明的,从香烟卡片、明信片、活页乐谱、历书、年鉴和手册到音乐厅节目、玩具士兵、管乐团演奏和棋类游戏,无不赞扬帝国主义,强调它对英国的战略、道德和经济利益的必要,同时把黑人或次等人种说成是顽固不化、需要压制、严厉统治和无限地压服的。对军人的个人崇拜很突出,通常是因为这些人物曾经打坏几个黑人的头。保有海外领地的理由不同:有时是为了利益;另外一些时候是战略或与其他帝国竞争的需要;(如在《吉姆:鲁迪亚德·吉卜林的奇异历程》[*Kim: The Strange Ride of Rudyard Kipling*, London: Penguin, 1977]中,昂格斯·威尔逊[Wilson, Angus]提到,吉卜林早在十六岁时就曾经在一次学校的辩论中提出"俄国在中亚的扩张是与英国力量敌对的"的看法。[142])不变的是对非白人的征服。

《吉姆》是一部有巨大美学价值的作品。不能简单地指责它是混乱的、极端反动的帝国主义的种族主义想像力的产物。乔治·奥威尔的评论是对的。他说吉卜林的独特能力给语言增加了一些短语和概念——东方是东方、西方是西方;白人的负担;苏伊士以东某地。他还说,吉卜林所关心的事涉及一般与永久性的利害关系。[143]吉卜林之所以有力量,原因之一是他是个有极高天赋的艺术家。他在艺术里所做的是充分表现一些思想。这些思想尽管有着普遍性,如果没有艺术,其永久性仍会打折扣。但是他也得到权威的19世纪欧洲文化潮流的支持(从而可以利用它们):非白人人种低劣。他们必须由高等民族来统治。他们不变的本质是现代生活中无人怀疑的公理。

的确有过关于怎样统治殖民地或者是否应该放弃它们的辩论。可是,没有一个人有力量影响公众的辩论或政策,对白种男人的根本优越性表示异议。白种男人永远应该占统治地位。类似"印度人天生地不忠实,并且缺少道德勇气"这样的至理名言是很少有人,尤其是孟加拉总督们,表示不赞同的。同样地,当一位印度历史学家,例如H. M. 艾略特(Elliot, H. M.)爵士准备写书时,这一准备的中心就是印度人野蛮这个观念。气候与地理决定了印度人的某些特点。据他们的著名统治者克罗莫(Cromer, Earl)公爵说,东方人学不会在人行道上走路,不会讲真话,不会运用逻辑。马来西亚土著特别懒惰,正像北欧人本质上就精力充沛,足智多谋一样。前面提到的V. G. 基尔南的书《人类的主人》精彩地描绘了这些看法是多么普遍。前边我已说过,殖民地经济、人类学、历史学和社会学等学科就是建立在这些名言上的,结果,每一个与印度这样的殖民地有关的欧洲男女都与变化和民族主义的事实相隔绝了。一种整体的经验——迈克尔·爱德华兹(Edwardes, Michael)所著《绅士与莲花》(*The Sahibs and the Lotus*)中非常仔细地描写过——独立的历史、烹饪、方言、价值观和比喻,或多或少地脱离了印度丰富又矛盾的现实,并且无所顾忌地延续下去。甚至卡尔·马克思都接受了关于毫无改变的亚洲乡村或农业或专制主义的思想。

一个被派到印度以便成为"签约的"文职人员的英国青年会属于这样一个阶级:这个阶级对每个印度人的统治都是绝对的,无论这印度人是贵族或多么有钱。他和所有其他年轻的殖民官员听到同样的故事、读同样的书、参加同样的俱乐部。然而,迈克尔·爱德华兹说,"很少有人真正地会把他们统治的人民的语言学到流利的程度。他们很大程度上依靠他们的土著文秘人员,后者则不厌其烦地学会他们的征服者的语言,并且,在很多情况下,一点也没有不乐意使用主人的语言,以便为自己谋利益。"[144]福斯特的《印度之旅》中的罗尼·希斯洛普就是这种官员,给人印象深刻。

所有这些都与《吉姆》有关。《吉姆》的人间上帝是克莱顿上校。这个人种学家—学者—士兵并非一个纯粹编造出来的人物,而几乎可以肯定地说是从吉卜林在旁遮普的经历中提炼出来的。最有趣的是,他被解释为既是来自殖民地印度的早期权威,又是为了吉卜林的新目的而原创出来的人物。首先,虽然克莱顿不常出现,而且他的性格不像玛赫巴布·阿里或绅士先生的性格表现得那么充分,但是他的出现就是别人行动的参照系、一个谨慎事件的指挥者、一个其力量值得尊重的人。他并非一个不成熟的军纪官。他是靠说服而不是用他的级别来影响吉姆的生活的。在事情合乎情理时,他可以灵活——在吉姆随意游荡的假日里,谁还能希望有比克莱顿更好的上司呢?——而需要时,他也可以严厉。

第二,特别有趣的是,他是个殖民主义官员兼学者。与这种力量和智慧的结合类似的,是柯南道尔(Doyle, Arttar Conan)创造的夏洛克·福尔摩斯(他那忠实的助手华生博士是资深的西北边境人)。福尔摩斯对人生的态度包括对法律的高度尊重与保护与对科学高度的特别的倾倒。在这两个例子中,吉卜林与道尔呈现给读者的是这样的人:他们的新的经验成为一种准学术领域。这使他们非正统的工作方式合理化。殖民主义统治和犯罪侦察得到了尊敬,获得了经典之作和化学科学的地位。当玛赫巴布·阿里把吉姆交出来使他受教育时,在旁边偶然听到他们谈话的克莱顿想:"如果这孩子真是像人说的那样,就不能使他荒废掉。"他从一个完全有条不紊的视角看世界。关于印度的任何事物都引起克莱顿的兴趣,因为印度的每件事对他的统治都是重要的。对克莱顿来说,人种学与殖民主义之间的交流是流畅的。他能把那天才男童既当作未来的间谍又当作人种学研究的对象。所以,当维克多神父想知道去关注一下吉姆的教育中操作上的一个细节对克莱顿是不是太麻烦时,上校否定了这种过虑。他说:"把你的那个红牛那样的军团徽章变成那个男孩子模仿的偶像是很有意思的。"

克莱顿作为人类学家之所以是重要的,还有其他原因。在所有的现代社会科学学科中,人类学在历史上是与殖民主义关系最密切的,因为人类学家和人种学家时常就土著的规矩与习俗向殖民主义统治者提出建议(克劳德·列维—施特劳斯[Levi-Strauss, Claude]在提到人类学时把它叫做"殖民主义的女仆"就是承认这一点;塔拉·阿萨德[Asad, Talal]所编的极好的文集《人类学与殖民主义碰撞》1973年版进一步论述了这些关系。在罗伯特·斯通[Store, Robert]最近出版的关于美国的拉丁美洲事务的小说《日出之旗》[1981]中,中心人物是霍利威尔,一个与中央情报局有可疑关系的人类学家)。吉卜林是首先揭示西方科学与政治力量在殖民地的作用的合乎逻辑的联系的小说家之一。[145]吉卜林一向把克莱顿看得很重。这是绅士先生在那里的原因之一。这个土著人类学家显然是个聪明人。他一再表明想属于皇家学会的愿望并不是无根据的。他不是可笑,就是笨拙或滑稽的。这不是因为他不称职或不符合要求。相反,他永远也成不了一个克莱顿。这一点上,吉卜林是非常谨慎的。正像他不能想像印度人会在历史潮流中脱离英国的控制一样,他也不能想像印度人能在他和他同时代的人认为完全属于西方人的事业中有所作为。虽然绅士先生可能是可爱可敬的,他身上却带着难看的、可笑的土相,枉费心机想成为"我们"中的一员。

我说过,克莱顿这个人物是几代人以来英国力量在印度的人格化的变化的顶峰。在克莱顿背后的是沃伦·哈斯汀斯(Hastings, Warren)和罗伯特·克莱夫(Clive Robert)这样的18世纪末的冒险家与开拓者。他们富有创新精神的统治和个人的冒进行为,要求英国以法律形式压服王公无限制的权威。克莱顿保留了克莱夫与哈斯汀斯身上的自由意识、他们随机应变的习惯和他们的不拘形式。在这样的残忍无情的开拓者以后又有了托玛斯·门罗(Munro, Thomas)和蒙特斯图阿特·爱尔芬斯通(Elphinstone, Mountstuart)这样的改革者和综合治理者。他们是第一批高级的学者兼管理者。他们的统治反映了类似专门知识的方式。另外还有一些大学者;对他们来说,在印度工作是个研究外国文化的好机会——例如威廉·("亚洲人")琼斯爵士、查尔斯·威尔金斯、纳桑尼尔·哈尔海德、亨利·科尔布鲁克和乔纳森·邓肯。这些人主要隶属于商界。他们似乎不同于克莱顿(和吉卜林),不觉得在印度工作像管理一个体系同样具有固定的模式和富有(实际上的)经济意义。

克莱顿的准则是不受利害关系左右的政府。这个政府不是建立在心血来潮或个人偏好上的(像克莱夫那样),而是建立在法律、秩序的原则和控制之上的。克莱顿体现的观念是,如果你不了解印度,你就不能治理印度;而了解印度就意味着懂得它的运作方式。这种了解在威廉·班汀克(Bentinck, William)担任总督期间得到了发展,并且吸取了东方的以及功利主义的原则来统治最大多数的印度人,而且获得最大利益(对印度人和英国人都如此)[146]。但是,这种观念老是被英帝国权威这个不变的事实所包围。这一事实把总督和普通人分隔开。对这些人来说,错和对、善与受害的问题在感情上是至关重要的。对于在印度代表英国的政府人员来说,主要的不是某件事是善是恶以及因此表现改变与否,而是它是否行得通,它有助于还是妨碍统治这个外国政体。吉卜林很满意克莱顿这个人物,因为吉卜林理想中的印度是不变的、有吸引力的,就像帝国在海外的一部分一样。这是一个可以接受的权威。

在一篇著名的文章《吉卜林在思想史中的地位》(*Kipling's Place in the History of Ideas*, Victorian Studies 3, No. 4 (June 1960))中,努埃尔·安南(Annan, Noel)提出一个观点说,吉卜林对社会的观点类似新社会学家——涂尔干、韦伯和帕累托——的看法。他们把社会看作一个群体的连接体。这些群体无意识地确立的行为模式,而不是人的意志或像阶级、文化与民族传统这样的模糊的东西,决定了人的行为。他们研究的是这些群体怎样促进或破坏了社会的秩序与稳定,而他们的前人则研究某些群体是否促进了社会进步。[147]

安南又说,吉卜林与现代社会学理论的创立者相似,因为他相信有效的印度政府依赖"社会控制(宗教、法律、习俗、常规、道德)的力量。这种控制对个人实施某些规则。如果他们违反了这些规则,他们就会遇到危险"。一种关于英帝国的理论几乎已经很普遍地被接受,即:英帝国不同于(而且优于)罗马帝国,因为它是个秩序与法律占上风的强有力的体系,而后者仅仅是掠夺和获利。克罗莫(Cromer, Earl)在《古代与现代帝国主义》(*Ancient and Modern Imperialism*)中提出了这个看法。马罗在《黑暗的心》中也这样认为[148]。克莱顿完全了解这一点,所以,他才与穆斯林、孟加拉人、阿富汗人和西藏人合作而从未流露出轻视他们的信仰或忽略他们的差别。很自然,吉卜林把克莱顿看作一位科学家,其专长是在一个复杂的社会的精细运作,而并非仅把他看作一个上校官僚或贪得无厌的投机家。克莱顿的巨大的幽默感、对人的既爱护又超然的态度、乖僻的举止是吉卜林对一个理想的印度官员的润色。

克莱顿作为一个组织者,不仅主管"大游戏"(其最后受益者当然是印度皇帝或女王陛下及其英国臣民),而且与小说家本人携手合作。假如我们想找出吉卜林的一个贯穿首尾的观点,我们更能在克莱顿身上发现它。和吉卜林一样,克莱顿也尊重印度社会内部的区别。当玛赫巴布告诉吉姆一定不能忘记他是个绅士时,他是作为克莱顿所信任的、有经验的雇员在说话。和吉卜林一样,克莱顿从来不想改变等级制度、种姓、宗教、人种、民族的优先权和特权;给他工作的男男女女也是如此。到了 19 世纪末,所谓的"优先保证"——据杰弗雷·莫豪斯(Moorhouse, Geoffrey)说,这是从承认"十四个不同的等级"开始的——"已经扩大到六十一个。某个等级只是为一个人保留,别的则供一些人共用。"[149] 莫豪斯猜测,英国人与印度人之间的爱恨情结来自两国人都持有的复杂的等级观念。"每一方都抓住另一方的基本社会特征,并且不仅了解它,而且把它当作他们自己的社会地位的奇怪的变种加以尊重。"[150] 我们可以在《吉姆》中到处见到这种思想的重现——吉卜林耐心地记载了印度不同种族与种姓、每个人(甚至喇嘛)都接受的种族隔离的原则、外人不得轻易逾越的界限与习俗。《吉姆》的每个人对其他群体来说都是外人,对自己的群体则是内部人。

克莱顿赞赏吉姆的能力——他的敏捷、伪装、融入一个情景好像就生在其中一样,和小说作者对这个复杂的、变色龙似的人物的兴趣一样,他在他的冒险情节中跳进跳出。带根本性的类比是在大游戏与小说本身之间的。能够从有节制的优势地位观察印度:这是一种极大的快事。另一件是随意地指挥一个人光明正大地越过分界线去入侵他人领土。这人就是全世界的小朋友——吉姆·欧哈拉本人。这就好像把吉姆置于小说的中心,正像大间谍克莱顿在"大游戏"

里把那男孩子放在中心一样。吉卜林就可以以甚至帝国主义也从未梦想过的方式占有并享有印度。

就这部编写组织得非常好的结构的19世纪末现实主义小说而言,这又意味着什么呢?吉卜林和康拉德是这样的作家:他们的主人公属于异域冒险和个人魅力惊人的不同寻常的世界。比如,吉姆公爵和克尔茨都有着突出的意志,预示着后来的冒险者如《智慧的七个支柱》(*The Seven Pillars of Wisdom*)中的T. E. 劳伦斯和马尔罗的《皇家大道》中的伯根。康拉德的主人公可能受到责怪与嘲讽的折磨,但仍然作为一些强有力、时常是鲁莽的、勇敢的行动者保留在人们的记忆中。

虽然吉卜林和康拉德的小说属于与瑞德·海贾德(Haggard, Rider)、道尔、查尔斯·瑞德、沃农·菲尔丁、G. A. 亨蒂以及一些不那么重要的作家同样的所谓帝国主义冒险作品,他们两人依然值得美学与批评界的注意。

但是要理解吉卜林的特殊之处,我们还需回顾一下他的同时代作家。我们习惯于将他与海贾德与布肯(Buchan)并列看待。我们已经忘记了,作为艺术家,我们可以有理由把他看作和哈代、亨利·詹姆士、麦瑞狄斯、吉辛(Gissing)、后来的乔治·艾略特、乔治·莫尔(Moore, George)或塞缪·巴特勒(Butler, Samuel)不相上下。在法国,与他齐名的有福楼拜和左拉(Zola),甚至普鲁斯特和初期的纪德。然而,这些作家的著作主要是关于幻灭和醒悟的小说,而《吉姆》则不是。几乎无一例外,19世纪末小说的主人公都是这样的人:他已经认识到他或她的生活目的——变得伟大、富有或出名——只是想像、幻想和梦想。福楼拜的《情感教育》(*Senti-*

mental Education)中的腓德烈·莫若,或者巴特勒的《众生之路》(The Way of All Flesh)中的厄内斯特·庞狄费斯——这些人物都是一个年轻男子或女子:从一个成就、行动或荣耀的离奇的梦中醒悟过来,迫不得已与一个降低了的地位、被背弃了的爱和一个愚蠢、庸俗可憎的资产阶级世界妥协。

这种觉醒在《吉姆》中是没有的。这里有一个最恰当的比较。吉姆和差不多与他同时代的裘德·佛利——托玛斯·哈代(Hardy, Thomas)的《无名的裘德》(Jude, the Obscure)(1844)中的主人公——的比较最能说明问题。两个人都是客观上与环境格格不入的乖僻的孤儿:吉姆是在印度的一个爱尔兰人,裘德是个对希腊文比对种地更感兴趣的、有点天赋的英国乡下孩子。两个人都想像过对自己很有吸引力的生活,都试图经过某种训练来实现这种生活。吉姆是作游方喇嘛的弟子,裘德作为大学里的卑微的学生。但是,相似的地方就是这些。裘德陷入一个又一个的困境。他和不适合他的阿拉贝拉结婚,悲惨地和苏布莱德·海德相爱,生下的孩子后来自杀。在多年到处流浪以后,最终毫无建树的一生。形成对比的是,吉姆却从一个成功走向另一个成功。

然而,再一次肯定《吉姆》和《无名的裘德》的类似之处是重要的。两个男孩子都是因为不平常的出身才与众不同的。两人都不像"正常的孩子"——父母和家庭保证了正常孩子的终身顺利——他们困境的中心是身份问题——成为什么样的人,到哪里去,做什么事。他们不能和别人一样。那么他们是什么人呢?他们是永不停息的寻求者和邀游者,好像小说形式的原始人物唐·吉诃德。《唐·吉诃德》把处在没落、不幸中、或像卢卡奇在《小说理论》(*The Theory of the Novel*, Cambridge: MIT Press, 1971)中所说的失去的卓越状态中的小说世界,从幸福的、令人愉快的史诗世界划分出来。卢卡奇说,每个小说中的主人公都企图恢复他或她已经失去的想像中的世界,而这在19世纪末的幻灭小说中是实现不了的梦想。[151]和腓德烈·莫若、陶乐赛·布鲁克、伊萨贝拉·阿切、厄内斯特·庞狄费斯以及所有的其他人一样,裘德的命运是注定的。个人身份的悖论隐含在那个失败的梦想中。假如没有他那想成为学者的失望的梦,裘德会成为另一个人。不想成为一个社会上无足轻重的人可以给人以解脱的希望,但这是不可能实现的。小说结构嘲弄的正是这种联系:你所期望的东西正好是你得不到的。《无名的裘德》末尾的辛酸与破碎了的希望已经成为裘德的身份的代名词。

因为越过了这种使人无能为力的、令人气馁的难关,吉姆·欧哈拉是个非常乐观的人。和帝国小说的其他主人公一样,他的行动取得了胜利而不是失败。随着入侵的外国间谍的被逮捕和被驱逐出境,他帮助印度恢复了健康。他的力量的一部分来自于他对自己与其周围的印度人的区别的深刻而直觉的认知。在婴儿时期,他就得到一个护身符。并且不同于和他一起玩耍的别的孩子——这一点在小说的开头就确定了——通过诞生时的预言,他被赋予一种他希望使每个人都知道的独特命运。后来,他明白地知道了自己是个绅士,是个白人。每当他犹豫时,就有人提醒他他的确是个绅士,享受那一特殊等级的一切权力与特权。吉卜林甚至让圣人般的师傅来申述一个白人与非白人之间的区别。

但是,给小说注入奇特的愉快与信心的不只是这一点。

和詹姆士（Joyce, James）或康拉德相比，吉卜林不是个内省型的作家。根据我们所掌握的资料，像乔伊斯那样，他也不把自己看作艺术家。他的最佳著作的力量来自轻松与流畅。他的叙述与刻画自然而生动，而他的写作手法的变化可以与狄更斯和莎士比亚匹敌。语言对他来说，不像对康德拉那样，是有抗拒力的工具：它是透明的，能表现许多语调和曲折变化。它们都能直接显现他所探索的世界。这种语言使吉姆有了光彩和智慧，有了精力与魅力。在许多方面，吉姆像一个在19世纪早得多的时候例如司汤达这样的作家所描写的人物。在司汤达生动地表现的法布里斯·代尔·当戈和于连·索来尔身上，有着司汤达称为西班牙特色的冒险与欲求的混合物。对吉姆和司汤达的人物来说——而不是哈代笔下的裘德——世界是"充满欢乐、各种声音和香甜的空气，绝不伤人"。

有时，那个世界是安静的，甚至有如田园诗。因此，我们看到的不仅是象鼻大道的熙熙攘攘和生命力，还有第三章中"在路上"那一幕与老兵一起享受温柔的田园诗情调。一小群旅行者在平静地休息：

> 田野上，灼热的阳光下，小动物发出嘤嘤的声音。鸽子咕咕地叫着。水井的轮子发出令人昏昏欲睡的低沉的声音。喇嘛缓慢地、用给人深刻印象的声音开始说了。十分钟以后，那老兵从马背上溜下来，他说为的是能听得更清楚些。他坐在那里，缰绳绕在手腕上。喇嘛的声音变得断断续续——时间拉长了。吉姆在忙着看一只灰松鼠。当那紧紧贴在树枝上的一团绒毛消失时，

祈祷者和听众都在沉睡。那老兵的结实的头枕在胳膊上。喇嘛的头向后靠在一棵树干上。树干看起来像根黄色象牙。一个光着身子的小孩摇摇晃晃地走来。他看了一下，并且在迅速产生的尊敬的心情的驱动下，在喇嘛面前鞠了小小的一躬——因为这孩子太矮太胖，结果侧着身子倒了下去。吉姆看着他叉开的、胖胖的小腿笑了起来。那孩子因为害怕和生气，大声叫了起来。[152]

在这伊甸园般的静谧四周是象鼻大道的"奇妙的景象"。在其中，如老兵所说，"一切种姓和种类的人都在移动着……婆罗门和楚玛尔、银行家和打铁的、理发匠和班尼亚人、朝圣者和游手好闲的人——所有的人都来来去去。我觉得好像是一条河，我像是在一次洪水过后从河里拉出的一段木头。"[153]

吉姆对待这个熙熙攘攘的、奇怪的、友善的世界的方式的一个吸引人的标志，是他的惊人的伪装天才。最初我们见到他站在拉合尔的一个广场上的古炮上面——现在那座古炮还在那里。他是一群印度男孩中间的一个。吉卜林仔细地区别每个孩子的宗教和背景（穆斯林、印度、爱尔兰），但是也同样小心地表明，这些身份虽然可以阻碍别的孩子，但是没有一个可能阻碍吉姆。他可以从一种土语转换到另一种土语，从一套价值观和信念转到另一套。在整本书中，吉姆学会了许多印度社区的土语。他会讲乌尔都语、英语（吉卜林对他讲的变了味儿的英国印度语作了极为可笑的、温和的嘲笑。他的印度语很不同于绅士先生所讲的冗长的、做作的印度语）、欧亚语、印地语和孟加拉语。当玛赫巴布讲巴士都语时,吉姆能听懂;喇嘛讲中国的西藏语,吉姆也能听懂。作为这个语言的混合体的指挥者,这个梵语、喀什米尔语、阿卡利斯语、锡克语及其他许多语种的诺亚方舟的真正的指挥者,吉卜林还安排了吉姆的变色龙似的本领,在其中游刃有余地进进出出,使他像一名演员一样经历许多情况而且一切都应付自如。

这一切与欧洲资产阶级暗淡无光的世界多么的不同啊。在那个世界里,每个重要的小说都描绘的范围再次证实了当前生活的堕落、各种激情、成功与国外冒险之梦的幻灭。吉卜林的小说提供了一个对比:他的世界,因为处在英国人统治的印度,没有对海外的欧洲人有任何保留的东西。《吉姆》表明,一个白人绅士怎样能在这个极为复杂的地方享受生活。而且我要说,不存在抵抗欧洲干预是由于它的帝国主义观点的缘故——这种情况的象征是吉姆能够相对不受伤害地在印度各处走动。一个人不能在他自己的西方环境中完成的事可以在国外做到(在西方,试图实现某种追求的美梦意味着与自己的平庸和世界上的腐化与倒退做斗争)。在印度不是可以为所欲为吗?不是所有的梦想都能成真吗?不是可以不受惩罚地四处游逛吗?

想一想吉姆在各地游荡的模式,因为它影响小说的结构。他的旅行多数是在旁遮普邦境内、围绕着拉合尔与联合省边境上的一个英国卫戍城安巴拉那条轴线。16 世纪末,由伟大的穆斯林舍尔·山修建的象鼻大道从白沙瓦延伸到加尔各答,虽然喇嘛从未向南向东到过超过伯纳尔斯的地方。吉姆到过西姆拉、勒克瑙,后来还有库鲁谷。他和玛赫巴布一起向南到过孟买,最西边到过卡拉奇。但是,这些旅行给人的总的印象是无忧无虑的闲荡。吉姆的旅程偶尔因为需要在圣扎哈维尔读一年书而被打断。但是,惟一严肃的事,惟一的时间上的压力是:(1)住持喇嘛相当有伸缩性的追寻,(2)对试图在西北边境制造麻烦的外国间谍的追捕和驱逐。这里没有搞阴谋诡计的放债者,没有乡间道学先生,没有恶意的闲话或讨厌的、残忍的新贵,像吉卜林同时期的其他重要欧洲小说里那样。

现在,我们把建立在广大的地理与空间基础上的《吉姆》的松散结构,和与它同时的欧洲小说的紧密、无情地压抑的时间结构做一个对比。卢卡奇在《小说理论》中说,在这些小说中,时间是个巨大的嘲讽者,几乎成了一个角色,因为它把主人公进一步驱入幻想和疯狂,并且显示出他或她的幻想是无根据的、空想的、可悲地徒劳的。[154]在《吉姆》中,你得到的印象是,时间钟情于你,因为,你可以在空间或多或少自由地走动。吉姆肯定觉得,他的出现和消失都是不慌不忙,断断续续,甚至模模糊糊的。印度空间的广大和处于指挥地位的英国人的存在这两个因素的相互作用所传递的自由感,加强了照耀着《吉姆》的奇妙、积极的氛围。这不是像福楼拜或左拉的作品中被动的、灾难的世界。

我以为,小说的轻松气氛还来自吉卜林在印度的镇静的自由自在的感觉。在《吉姆》中,王公的代表在国外似乎没有遇到什么问题。印度对他们来说并不需要感到自我歉疚、难堪或不安。讲法语的俄国间谍承认,在印度"我们还没有在任何地方留下痕迹"。[155]但是英国人知道他们留下了。因此,哈瑞,那个自我招供的"东方人"被代表王公、而不是他自己的人民策划的俄国人的阴谋所煽动。当俄国人打那个喇嘛,并把他的地图扯破的时候,可以比喻为受到伤害的是印度本身,吉姆后来纠正了这种玷污。吉卜林的思想围绕着妥协、痊愈和结局的完整性。而他的手段是地理上的:英国人重新占有印度,以便再次享有其广袤的地域,在那里自由自在、周而复始下去。

在吉卜林对印度地理的偏爱和加缪几乎半个世纪以后所写的一些关于阿尔及利亚的故事之间有着惊人的巧合。我认为,这些描写并不象征着信心,而是潜在的、时常是不愿承认的不安。因为如果你属于一个地方,你不需要不停地这样说,这样表现:你就是属于那个地方的,就像《陌生人》中的沉默的阿拉伯人或《黑暗的心》中长着绒毛似的头发的黑人,或者《吉姆》中的那些印度人一样。但是殖民主义的、即地理上的占有要求这样的明确的表现。这种强调是帝国主义文化的特征,它一再地向自己证明自己。

吉卜林对《吉姆》的地理与空间的掌握,与欧洲小说的时间性不同,由于政治与历史因素而显得突出。它表现了吉卜林不可低估的政治判断。他好像在说,印度是我们的,所以,我们能以这种最不可思议的、轻松的、令人满意的方式看待它。印度又是别人的。重要的是,尽管它很大、很丰富多彩,它却被英国稳稳地保有着。

吉卜林安排了另一个从美学上讲令人满意的巧合,它也必须被加以考虑。这就是克莱顿的"大游戏"中吉姆那种永不耗竭的伪装与冒险的能力的结合。吉卜林使二者紧紧地连接在一起。前者是政治监视与控制的手段,后者在更深、更有趣的层次上,是一种人的愿望与幻想的混合体。这种人愿意认为每件事都能做得到,一个人可以到任何地方去,成为任何样的人。T. E. 劳伦斯在《智慧的七个支柱》中一次又一次地表现了这种幻想。他提醒我们,他,一个金发碧眼的英国人怎样在沙漠上的阿拉伯人中间走来走去,好像是他们当中的一员。

我之所以把这个叫做幻想,是因为,吉卜林和劳伦斯两人都不断地提醒我们,没有任何人——尤其是殖民地白人和非白人——曾经忘记"变成土著"或玩大游戏要依靠欧洲力量的岩石般的基础。有没有一个土著被混在他们当中充当间谍和冒险者的蓝眼睛或绿眼睛的吉姆们和 T. E. 劳伦斯们所欺骗?我怀疑。正像我怀疑生活在欧洲帝国主义轨道上的任何男人或女人曾经忘记白人统治者与土著臣民中间在权力方面的差别是绝对的一样。这些差别的本意就是不变的,是根植于文化、政治和经济的现实的。

吉姆,这个伪装起来在整个印度旅行、越过边界、登上屋顶、进入帐篷与村庄的活跃的男孩是永远忠于克莱顿的"大游戏"所代表的英国的权力的。我们能非常清楚地看出这一点的原因是,自从《吉姆》出版以后,印度获得了独立。正如纪德的《没有道德的人》(*The Immoralist*)和加缪(Camus, Albert)的《陌生人》发表以后,阿尔及利亚脱离法国而独立一样。回过头去阅读这些帝国主义时期的主要作品,并且对照与它们对立的其他历史与传统,从非殖民化的角度来读,这并不意味着轻视它们的巨大的美学价值,也不是仅把它们当作帝国主义宣传来看待。尽管如此,无视这些素材和权力事实的之间的联系,也会造成严重的阅读错误。

吉卜林创造的一个英国控制印度的手段(大游戏),与吉姆和印度融为一体以及后来医治它的创伤的幻象是一致的。这种描写手法如果没有帝国主义的存在显然是不可能的。我们必须把这部小说看作一个积累的过程。19世纪末印度独立之前,这个过程达到了最重要的时刻:一方面是对印度的监视与控制;另一方面是对它的每个细节的热爱和执迷的关注。一方面是政治上的掌控,另一方面是美学和心理上的愉快,英帝国主义本身使这两者的重叠成为可能。吉卜林了解这一点,而他的许多读者却拒不接受这一恼人的甚至使人难堪的真相。吉卜林不仅仅对英帝国主义有一般的认识,而且还对历史上的那个特定时刻的帝国主义有所认识。一个被忽略的人类的、世间的事实正逐渐显示出来:在欧洲人到来之前印度就存在了。控制权是被一个欧洲大国掠夺去的。印度的抵抗不可避免地要使印度通过斗争来挣脱英国的征服。

在阅读《吉姆》时,我们能见到一个伟大的艺术家在某种意义上被他自己对阅读的认识所蒙蔽,混淆了他非常辉煌地、机智地观察到的现实与认为这些现实是永久性的、带根本性的观念之间的区别。吉卜林用小说形式来适应这种基本上是模糊不清的目的。他未能在这种模糊的做法上成功,这肯定是一种艺术上的讽刺。他想利用小说达到这个目的的尝试再次肯定了他的美学的完整性。《吉姆》肯定不是政治宣传品。吉卜林选择了小说形式和他的人物吉姆·欧哈拉来描写一个他所热爱、但还不能正当地拥有的印度——这始终是该书的中心思想。然后,我们可以把《吉姆》看作它那一历史时刻的伟大记录,也可以看作走向1947年8月14日—15日午夜道路上的一个美学的里程碑。那个午夜以后的人做了许多事,修正了我们对历史的丰富性及其持续问题的认识。

Ⅵ 受控制的土著

我在努力做两件事：一方面集中精力研究帝国主义成果迅速扩展之际所利用的欧洲文化承传的因素；另一方面，为什么描述帝国主义的欧洲人不肯或不明白他或她就是帝国主义者，以及，具有讽刺意味的是，为什么在同样情况下，非欧洲人仅仅把欧洲人看作是帝国主义者。法农说，"对一个土著来说"，这样的"客观的"欧洲价值观"总是指向与他相对立的方向"。[156]

即使如此，我们就能够说，帝国主义在19世纪欧洲非常根深蒂固，它已经和整个文化区分不开了吗？当"帝国主义"一词被用于吉卜林的侵略主义作品，也用于他的更微妙的文学作品，或者用于他的同时期作家丁尼生和罗斯金的作品时，它的意义是什么呢？文化的每个因素都在理论上有所暗示吗？

有两个答案。我们必须说，不，像"帝国主义"这样的概念有一种普遍化的性质。它以令人难以接受的模糊性，将各种西方大都会文化的有趣的多样化掩盖起来。当涉及帝国主义时，必须将一种文化作品与另一种区分开。因此，我们可以说，尽管约翰·斯图亚特·穆勒在印度问题上思想保守，他对帝国的观念却比卡莱尔或罗斯金都复杂些，开明些。（穆勒在艾尔案件中的行为是符合原则的。在事后看甚至是令人钦佩的。）作为艺术家的康拉德和吉卜林与布肯或海贾德比较而言也是如此。然而，认为不应该把文化看作帝国主义的一部分的观点,可能成为阻止把两者联系起来的一个策略。通过仔细地观察文化与帝国主义,我们可以辨认出二者之间各种形式的关系。我们知道,我们可以有益地发现使我们对主要文化作品的阅读变得丰富与敏锐的联系。当然,矛盾之处是,欧洲文化并不由于支持了帝国经验的大部分而不再那么复杂、那么丰富和令人感兴趣了。

让我们看看19世纪后半叶的作家康拉德和福楼拜。前者明显地与帝国主义有关;后者则暗中与它有瓜葛。尽管他们有区别,两个作家都同样地强调这样一些人物:他们使自己孤立并制造结构将自己环绕的能力,是由一个处于统治帝国中心位置的殖民者来体现的。《胜利》(*Victory*)中的艾克赛尔·海斯和《诱惑》(*La Tentation*)中的圣安托尼——这两者都是晚期作品——都撤退到一个场所,像一种大一统的魔幻世界的卫士一样。他们使得原本敌对的世界对他们的统治不再反抗。这些孤独的退缩行为在康拉德的小说中有悠久的历史——阿尔梅尔、在内站的克尔茨、在帕图桑的吉姆和最令人难忘的苏拉科的查尔斯·古尔德。在福楼拜的著作中,《包法利夫人》(*Madame Bovary*)之后,他们越来越频繁地出现。然而,和在孤岛上的鲁宾逊·克鲁索不同,试图进行自我赎罪的这些帝国主义的现代版本具有讽刺意味地注定要受到阻挠和迷惑,因为他们试图排除在他们的孤岛世界之外的东西终究还是渗透进来了。福楼拜小说中孤独、专横的形象所表现的帝国统治的隐秘的影响,与康拉德的公然再现相比是引人注目的。

在欧洲小说中,帝国事业中的这些断裂实际上提醒人们,事实上没有任何人能够从外部世界退缩到个人的现实中。这种关系可以回溯到唐·吉诃德,这是显而易见的,而小说形式本身的连续性也是显而易见的。在小说里,离开正轨的个人通常要为了整体的利益受到纪律的处分和惩罚。在康拉德的公开的殖民地背景下,制造问题的是欧洲人,而这些问题根据小说的叙事结构在事后要重新交给欧洲人来解释与质疑。这一点在先后出版的《吉姆爷》和《胜利》中都可以见到:当那个理想主义的或引退的白人(吉姆,海斯特)过着一种多少有些吉诃德式的隐居生活时,他的生存空间受到梅菲斯特式的光芒的入侵,受到冒险的侵扰。这些冒险者的恶行事后却由一位白人叙事者加以检视。

《黑暗的心》是另外一个例子。马罗的听众是英国人,而马罗自己则作为一个西方人而进入克尔茨的私人领域,试图弄清启示的含义。许多人注意了康拉德对殖民主义事业的怀疑,但是他们很少认识到,马罗在讲述他的非洲之行时重复并证实了克尔茨的行动:通过叙述非洲的新奇,并将它归入历史中,从而把非洲笼罩在欧洲的霸权之下。野人、荒野,甚至向那巨大的大陆发射炮弹的明显蠢事,都使马罗更加需要把殖民地画在帝国的版图上,置于短暂的历史叙述之下,无论其结果是多么复杂、多么迂回曲折。

历史上,和马罗相同的两个突出的例子是亨利·梅因(Maine, Sir Henry)和罗德里克·莫奇森(Murchison, Roderick)。两人都因其文化和科学的巨著而著名——这些著作只是在帝国的背景下才能为人所理解:梅因的伟大研究成果《古代法》(*Ancient Law*)(1861)探讨了一个原始父系社会的法律结构。这个社会给了那些有固定地位的人以特权,直到出现一种"契约"为基础的转变,现代化才会来临。梅因不可思议地预言了福柯在《纪律与惩罚》(Discipline and Punish)中所说的欧洲从"国王的监控"到政府的监控的转换的历史。区别在于,梅因认为帝国变成了一种证明他的理论的实验室(福柯把在欧洲的改造机构中使用边沁的圆形监狱作为其理论的证明):梅因被任命为印度总督议会议员,他把他的东方之行视为一次"扩大的实地考察"。他在关于大规模改革印度立法问题上抨击功利主义者(他写了200个法律条款),并把他的工作解释为给予印度人以身份,并加以保护,可以把这些印度人从"地位"法律之中被拯救出来,并作为精心培养的精英人物转变为接受英国政策的契约性基础。在《乡村社区》(Village Communities)(1871)及后来的里德讲座中,梅因概述了一种与马克思的理论惊人相似的理论:受到英国殖民主义挑战的印度的封建社会是个必然的发展阶段;他说,英国封建王公或迟或早地会建立一个个人所有制的基础,并促成资产阶级的出现。

同样引人注目的罗德里克·莫奇森是个出身于军人的地质学家、地理学者和皇家地理学会官员。有如罗伯特·斯泰弗德(Stafford, Robert)在一篇叙述莫奇森的生活与经历的引人入胜的文章中所指出的,由于他的军事背景、毫不含糊的保守观念、不寻常的自信与意志、巨大的科学与求知的热情,他对待他的地质学家的工作就像一支所向无敌的军队那样每次战役都为英帝国增强力量与全球势力。[157] 不论在英国本土、俄国、欧洲或是安波兹群岛、非洲或印度,莫奇森的工作都是为了帝国。他曾经说:"旅行与殖民地工作仍然像劳利与德雷克时代那样支配着英国人的热情。"[158]

因此,康拉德在他的故事里重现了几乎囊括整个世界的帝国主义姿态。他描述它的猎获,同时也强调其不可解决的矛盾。他的历史主义的视角覆盖了叙述中的历史。这个历史视角把非洲、克尔茨和马罗——撇开他们激进的古怪性格——都作为占优势的西方(但是成问题的)带权威性的解读的对象。然而,如我曾说过的,康拉德的许多叙述都无法用明确的表达来解释,如丛林、绝望的土著、大河、非洲巨大的无可名状的黑暗生活。在第二个场合中,当一个土著说出一个能让人听懂的字的时候,他从门缝挤进来一个"粗鲁的黑脑袋"宣布克尔茨的死亡;好像只有一个欧洲人的事才能使一个非洲人有充足的理由讲一句连贯的话。除去承认非洲与欧洲的主要差别,马罗的叙述把非洲的经验看作进一步承认欧洲在世界上的重要性。非洲没有了完整的意义,好像因为克尔茨死去之后非洲又变成他的帝国主义的愿望曾经试图克服的空白。

没人期望当时的康拉德的读者关心或询问土著后来怎么样了。对他们来说,重要的是马罗怎样看待每件事情。因为没有他仔细设计的叙述,就不会有值得讲述的历史、没有值得欣赏的小说、没有值得请教的权威。这与利奥波德(Leopold, King)国王对他的国际刚果联合会的描述相差无几,"为进步事业做出了持久的、无私的贡献",[159]并在1885年被一个敬慕者描绘为"已经被尝试"并且将会被尝试的最高尚、最具自我牺牲精神的非洲发展纲领。

奇努阿·阿奇比在著名的对康拉德的批评(说他是个将非洲土人完全非人化的种族主义者)中,强调了康拉德早期小说中就有的、但到后期小说如《诺斯特洛姆》和《胜利》中越发明显的一些特点,但这些特点并不是关于非洲的。但阿奇比强调的并不够。[160]在《诺斯特洛姆》中,卡斯塔瓜纳的历史就是一个充满浮夸伎俩又有自杀倾向的白人家庭的残酷历史。与印第安人与苏拉科的西班牙统治者都没有什么关联:康拉德用描述非洲黑人和东南亚农民的同样的怜悯的蔑视和怪异笔调来描写这些人。康拉德的听众是欧洲人,他的小说产生的效果强调那个事实并巩固了它的意识,而不是向它挑战。虽然矛盾的是,他自己的怀疑因而得到了释放。同样的过程也发生在福楼拜身上。

那么,尽管表现边缘的非欧洲环境包罗一切的文化形式是细致的、周密的,它们对土著的表现仍然明显的是具有意识形态的、有选择的,甚至是压迫性的。正像19世纪殖民主义绘画,尽管是现实主义的,却充满了意识形态和压迫性。[161]它有效地使对方沉默,把差别重新塑造成属性;它统治并表现由占领国而不是无所作为的土著居民塑造的世界。令人感兴趣的问题是,如果有的话,是什么可以抗拒像康拉德这样的直截了当的帝国主义的叙事?统一的欧洲观念是无懈可击的吗?或者只是在欧洲内部它才是不可抗拒、无人反对?

在19世纪中期至该世纪末这段时间,欧洲帝国主义的确造成了欧洲人的反对派——像A. P. 索恩顿、波特与霍布逊所表明的那样。[162]当然,废除殖民主义者如安东尼·特罗洛普(Trollope, Anthony)和戈德温·史密斯(Smith, Goldwin),是许多个人与团体运动中比较可敬的人物。尽管如此,弗洛德、狄尔克和希利等人代表了极为强有力的、成功的亲帝国的文化。[163]传教士虽然在整个19世纪充当这个或那个帝国的代理人,有时却能阻止殖民主义的过火行动,有如史蒂芬·尼尔（Neill, Stephen）在《殖民主义与基督教教会》（*Colonialism and Christian Missions*, London: Lutterworth, 1966）[164]中所说的那样。同样真实的是，欧洲人给土著带去了现代技术——蒸汽机、电报——甚至教育，这些持续到殖民时期以后的益处，虽然其中并非没有消极的东西。但是，《黑暗的心》中的帝国追求的惊人的精确纯粹性——当马罗承认他总是急切地感到要去填补地图上的空白时——仍然是一个帝国文化中的重大现实，一个具有本质性的事实。它的冲击力使人回忆起真正的探险者和帝国主义者，如罗兹、莫奇森和斯坦利等。帝国主义所建立的、在殖民主义冲突中扩大了的各种力量的差别没有被缩小。康拉德不仅在内容中，而且在镇压"野蛮习俗学会"的十七页报告中强调了那个现实：使黑暗的地方文明化并给它以光明。这既是互相矛盾的，又在逻辑上可以达到其有效目的："消灭"可能不合作或者报有抵抗想法的"野蛮人"。在苏拉科，古尔德既是该矿的投资者，又计划炸毁该企业。不必用什么连接词：帝国主义的观念在同时造成了土著的生与死。

当然，不能使土著全都消失。而且事实上，他们日益蚕食帝国的意识。接着也就产生了按照种族与宗教的不同把土著——非洲人、马来人、阿拉伯人、柏柏尔人、印度人、尼泊尔人、爪哇人、菲律宾人——和白人分开的计划，然后把他们加以改造，变得依赖于欧洲的存在——或许是一个殖民地的农场，或是一个主流话语结构，他们均可被归属其中并发挥作用。因此，一方面，吉卜林的小说把印度人说成是显然需要英国监护的生物。这种监护的一个方面是在叙述中把印度包围起来，然后加以同化。因为没有英国，印度就会因为

自身的腐败与落后而消亡。(这里,吉卜林重复了詹姆士和约翰·斯图亚特·米尔及其他功利主义者在印度持有的观点。)¹⁶⁵

或者,另一方面,是关于殖民帝国主义的影子话语结构。它的根源在自由主义的自由贸易政策中(也源于福音派文献)。例如,在这个话语中,怠惰的土著又被描述为天生的堕落与放荡性格需要一个欧洲主人来控制的角色。我们可以在加连尼、休伯特·利奥蒂、克罗莫公爵、休·克里佛德和约翰·伯灵这样一些殖民统治者的言论中看到:"他的手很大,脚趾因为爬树时受到锻炼很能弯曲,而且有些其他功能……他对事物的印象是短暂的。他对正在过去或已经过去的事情的记忆很薄弱。如果你问他的年龄,他无法回答。他的祖先是谁?他不是不知道就是不在乎……他的最大缺点是懒惰,而这是他的幸福。需要他出力时,他干得很不心甘情愿。"¹⁶⁶在像经济历史学家克莱夫·戴(Day, Clive)这样有学识的殖民主义社会科学家的专题学术研究中,我们也可以见到这种情况。克莱夫·戴在1904年写道:"实际上人们已经发觉,不可能通过改善他们和提高他们的生活水平这种诱惑来使土著爪哇人效力。只有眼前的物质享受才能使他们摆脱习以为常的惰性而行动起来。"¹⁶⁷这些描写将土著及其劳动力商业化,并且美化了真实的历史,抹杀了土著做苦工和进行抵抗的事实。¹⁶⁸

但是,这些叙述也抽离、隐藏和删除了观察者的真正的权力。仅仅由于权力和世界历史精神的联盟,这些观察者就可以从一种看不到的超客观立场就土著的现实发表观点,就可以用常规的或科学的术语来代替土著的观点。例如,罗米

拉·泰帕(Thapar, Romila)指出:

> 印度的历史成为宣传他们的利益的手段之一。重点放在历史传记和纪事表的传统印度历史著作基本上受到忽视。欧洲人关于印度历史的写作意图创造一种新的历史传统。18和19世纪形成的印度历史学的模式与出现在其他殖民地社会的历史学模式可能十分相似。[169]

甚至像马克思和恩格斯这样不同立场的思想家们,也像法国与英国政府发言人同样地发表这种意见。两个政治阵营都依赖殖民主义文件,例如充满意识形态信息的东方学话语,和黑格尔认为东方与非洲是静止的、专制的、与世界历史无关的观点。1857年9月7日恩格斯谈到阿尔及利亚的摩尔人时,把他们当作一个"怯懦的民族"。他们受到压制,"但是,残忍与报复心理被保留,而在道德性格方面他们的地位很低下。"[170]他这样说,只是在附和殖民主义的陈旧理论。康拉德同样地使用关于懒惰的土著的说法,正如马克思与恩格斯编织出东方及非洲人无知与迷信的故事一样。这是无言的帝国主义式的愿望的第二个方面;因为假如能把顽固的肉体的土著从驯服的生物变成次等人类,那么殖民者也就同样变成了无形的抄录者:他们的作品反映那"另一方面的人",同时,坚持认为自己具有科学的无私性(如凯瑟琳·乔治[Kathcrinc, George]曾经指出的),[171]而且认为,由于接触欧洲文明的结果,原始人的状况、性格与习惯也在得到不断的改进。[172]

于是,在世纪初帝国主义的顶峰,就有了以下两方面的结合:一方面,是欧洲的历史话语结构,把全世界都置于跨国界的非个人的普遍性检验之下。另一方面则是广大的殖民地世界。这个综合性的观点的对象或者是个牺牲者,或者是一个受到极大压抑的人物。他永远受到严厉惩罚的威胁。尽管他或她有许多美德,做过许多工作或有过许多成就,却被从本质上认为不具备那些统治者、观察者和文明的外来人的任何美德。对殖民者来说,企业化的体制要求不懈的努力才能维持现状。对牺牲者来说,帝国主义提供的是这样的选择:或者效力,或者毁灭。

VII 加缪与法国帝国

然而,帝国并不都是一样的。据一位法国最著名的历史学家说,法国帝国虽然对利益、种植园和奴隶的兴趣并不少于英帝国,它却是被"声誉"所驱动的。[173]它在三个世纪中取得(有时失掉)的领地是由它的辉煌"天才"所掌握的。这天才本身,用令人瞩目的《海外法国的建设者》(*Les constructeurs de la France d'outre-mer*, Paris: Corea, 1946)[174]一书的编者德拉温(Delavigne)和查尔斯·安德烈·于连(Julien, Charles Andre)的话说,是"法国"的"崇高使命"的成果。他们的人物表如下,其中头两个是尚伯林(Champlain)和里施连(Richelieu),还有著名的行政官,阿尔及利亚征服者布高德、建立了法属刚果的布哈扎、平息马达加斯加的加连尼和利奥蒂,以及穆斯林阿拉伯国家的最高欧洲统治者克罗莫。这里我们察觉不出和英国的分散主义相同之处,反之,可以看到一个庞大的同化主义事业中法国人的个人方式。

这是否仅仅是法国人的自我感觉,并不真正重要。因为在事实发生前、发生期间及以后都要求为夺取领土提供自圆其说的驱动力。当希利(他的名著在1885年被译成法文并得到推崇和许多评论)说英国海外帝国是不经意地得到的时,他只是在描述一种与同时期法国作家对帝国的态度非常不同的观点。

正如艾格尼斯·墨菲(Murphy,Agnes)指出的,1870年的普法战争直接刺激了法国地理学会数量的增加。[175]自那以后,地理知识和地理开拓与帝国的话语联系起来。在像尤金·艾坦尼(Etienne,Eugene,1892年殖民学会的创建人)这样的名人中,人们可以辨认出法帝国的理论几乎达到了精确的科学的程度。据吉拉台德说,1872年以后,一个协调的扩大殖民地的政治原则在法国国家首脑层形成。1880至1895年间法国殖民地从一百万平方公里增加到九百五十万平方公里,土著人口从五百万增加到五千万。[176]在共和国总统、巴黎市长、议会议长和海军将军拉鲁西埃尔参加的1875年国际地理学大会上,勒努里的开幕词显示了弥漫在整个大会上的态度:"先生们,上帝交给了我们一个认识地球并征服它的任务。这个至高无上的命令是铭刻在我们的智慧与活动上的迫切的任务之一。地理学激发了美好的奉献。许多人为了它而牺牲,它已经成为了地球的哲学。"[177]

社会学(在勒·朋[le Bon]启发下产生)、心理学(利奥波德·德·索绪尔[Saussure, Leopold de]创始)、历史学,当然还有在1880年后几十年发展起来的人类学,它们当中有许多是在国际殖民大会(1889、1894等)或是在专门的团体(例如1890年的国际殖民社会学大会或1902年在巴黎召开的人种学大会)中达到了顶峰。整个世界成为了学术界对殖民问题关注的对象。雷蒙·拜茨(Betts, Raymond)提到,《社会学国际评论》(*Revue internationale de sociologie*)在1900年把马达加斯加作为该年度的调查对象,在1908年把老挝和柬埔寨作为对象。[178]大革命时期开始的殖民地同化思想理论垮台了,指导法国帝国战略的各种学说是:古斯塔夫·勒·朋的原始、次等、中等和高等的种族理论;厄奈斯特·赛利埃(Seillère, Ernest)的纯粹力量哲学;爱尔伯特·萨劳特(Sarraut, Albert)和保罗·勒洛伊-布留的殖民实践之系统学和儒尔斯·哈曼德的统治原则。[179]土著与他们的土地不应被作为实体来对待,而应被当作财产,其不可改变的特征要求被隔离与臣服,虽然这并不排除使之文明化。佛伊雷、克罗兹和纪朗的影响把这样的思想变成一种语言,并且在帝国领域内部变成与科学极端类似的一种实践,一种统治劣等民族的科学。这些劣等人的资源、土地和命运掌握在法国手中。法国与阿尔及利亚、塞内加尔、毛里塔尼亚、印度支那的关系,充其量不过是"分等级的伙伴"的联合,如瑞内·毛尼尔(Maunier, René)在他的《殖民地社会学》(*The Sociology of Colonies*)一书中所说的那样。[180]但是,拜茨说得对,他说,尽管如此,"帝国主义的理论不是经过邀请而是依靠力量才产生的,并且从长远看,只有当这一最终理由彰显时,所有被认为高尚的理论才能成功。"[181]

若比较法国提出和支持过的帝国论辩与其帝国征服的

现实,就会发现许多令人吃惊的不一致和具有讽刺意味的地方。以实用性考虑为理由,像利奥蒂、加连尼、费德布、布高德这样的将军、管理者和行政官等永远可以通过诉诸武力和迅速行动来统治。而儒尔斯·法雷(Ferry, Jules)这样的政客通常在事后和事件中才阐明帝国的政策,他主张保留当然权利,要求土著节约资源,"以实现民族资产的经营……与保卫。"(引文为法语)[182]对于游说集团以及今天我们叫做时事评论家的人来说——从小说家到好战的爱国主义者再到官方哲学家——法国帝国与法国的国家属性、它的光辉、文明的活力、它的独特的地理、社会与历史发展有着特殊的联系。这些没有一点是与马蒂尼克或阿尔及利亚或加蓬或马达加斯加的日常生活相符的。因此,这种情况对土著来说,说温和点儿,会令他们感到困惑。此外,其他的帝国——德国、荷兰、英国、比利时、美国——正在排挤法国,或者走向对它的全面战争(例如在法硕达),或者和它进行谈判(例如1917—1918年在阿拉伯半岛),威吓它或与它竞争。[183]

在阿尔及利亚,无论法国政府的政策从1830年以后多么前后不一致,使阿尔及利亚法国化的过程却在无情地继续下去。首先,土著的土地被夺走,他们的建筑物被占用;然后,法国殖民者控制了森林和矿藏。接着,像普罗切斯卡(Prochaska)谈到安那巴(Bône)(后更名为伯纳)时所说的,"他们把阿尔及利亚人赶走,让欧洲人住进伯纳(这样一些地方)。"[184]1830年以后的几十年里,"掠夺资本"管理着经济,土著人口减少了,移民人群增加了,双重经济产生了:"欧洲人的经济大体上可以比作以公司为中心的资本经济;而阿尔及利亚经济可以比作类似集市的前资本主义经济。"[185]当法国在阿尔及利亚复制自己的时候,[186]阿尔及利亚却被贬到边缘与贫困中去。普罗切斯卡把一个法国移民所讲的伯纳的情况和一个阿尔及利亚人所讲的加以比较,后者关于安那巴的事情的说法"像阅读法国历史学者所写的伯纳的故事的反面"[187]:

> 首先,阿诺德吹捧了在阿尔及利亚人留下的一片混乱之上,法国人取得的进步。不是因为"老城""肮脏"才应使它保持不变,而是因为"只有它才能使参观者更好地了解法国人在这个国家的伟大成就,在这个被遗弃的、贫瘠的、几乎没有自然资源的地方,这个小小的、丑陋的、几乎不到1500人的阿拉伯村庄所完成的伟大又辉煌的业绩"。[188]

难怪汉森·德多(Derdour, H'sen)在其关于安纳巴的书中论及1954—1962年阿尔及利亚革命时所用的标题是"阿尔及利亚,一个全球集中营的囚犯,冲破殖民主义获得自由"。[189]

与伯纳相邻十八英里的蒙多维是1849年政府从巴黎运来的红色劳工(作为除掉招致政治麻烦的分子的一种手段)建立的。政府给了他们从阿尔及利亚土著那里没收的土地。普罗切斯卡的研究表明了蒙多维怎样开始作为伯纳产酒的卫星城而发展起来的。加缪于1913年出生于伯纳加缪是一个"西班牙清洁女佣和法国酒窖管理员的儿子"。[190]

加缪是法属阿尔及利亚可谓名副其实的世界级作家。

有如一世纪前的简·奥斯汀一样,加缪是这样一个小说家,显而易见的帝国主义现实从他的著作中消失了。奥斯汀的作品中仍然保有一种疏离的气质,一种表明普遍性与人道主义的气质,与小说中描写的地理景观不和谐的气质。范妮既拥有曼斯菲尔德庄园,又拥有安蒂瓜种植园;法国占有阿尔及利亚,同样的叙事方式中,莫索尔特却令人吃惊的孤立地存在着。

加缪在法国20世纪非殖民化困境中那丑陋的殖民地动荡中显得特别重要。他是个非常晚期的帝国时代的人物,不仅经历过帝国的全盛时期,而且作为已被人遗忘的殖民主义的"世界主义作家"而存在着。他与乔治·奥威尔的关系今天看来甚至更令人感兴趣。和奥威尔一样,加缪成为围绕着20世纪30和40年代为人瞩目的问题而写作的著名作家。这些问题是:法西斯主义、西班牙内战、对法西斯屠杀的抵抗、社会主义话语中的贫穷与社会不公问题、作家与政治的关系和知识分子的起用。他们两个都以风格清晰和朴实闻名——我们应该记得罗兰·巴特(Barthes, Roland)在《零度写作》(*Le Degre zero de lécriture*, 1953, rprt. Paris: Conthier, 1964)中,将加缪的风格描述为"空白的风格"[191],以及他们的政治倾向毫不造作的清晰性。两人在战后年代做了转型,结局都并不美妙。简言之,两人都是在死后才引起人们的兴趣。因为他们的叙述现在经过仔细的审视,好像有了非常不同的意义。奥威尔以小说的形式对英国社会主义的观察,在两极冷战中已具有了预言的性质(如果你喜欢它们;否则,就是象征性的)。加缪关于抵抗和生存冲突的叙述现在可以被看作是文化与帝国主义争论的一部分。这种叙述曾经被认为似乎是关于忍受或反对死亡与纳粹主义的。

尽管雷蒙·威廉姆斯对奥威尔的社会观点进行了颇为强烈的批评,奥威尔仍然经常同时受到左翼和右翼知识分子的认同。[192]他是(像诺曼·波多烈兹[Podhoretz, Norman]声称的那样)超越他的时代的新保守分子,还是像克里斯托弗·希金斯(Hitchens, Christopher)更有说服力地论证的左翼英雄?[193]加缪现在不太为英国与美国人所关注了。但是在关于恐怖主义与殖民主义的讨论中,他被当作批评家、政治说教者和可敬的小说家来引用。[194]加缪与奥威尔的惊人相似之处是,两个人都成为各自文化中的典范人物。他们的重要性来自但又似乎超过了他们的本土背景的直接影响。科纳·克鲁斯·奥布莱恩(O'Brien, Conor, Cruise)的一本书在许多方面很像雷蒙·威廉姆斯论奥威尔,而且是作为同一套"现代大师"(*Modern Masters*)系列著作而写的。书尾的一段描写加缪的文字生动地打破了加缪的神秘:

> 可能没有任何别的欧洲作家能像他那样,在他自己那一代人和下一代人的想像力、道德和政治意识上留下如此深刻的影响。他具有深厚的欧洲气质,因为他属于欧洲的边缘,而且意识到威胁的存在。威胁曾经向他招手。他拒绝了,但并非未经过斗争。
>
> 没有别的作家,甚至康拉德,在对非西方世界的关系方面更能代表西方的意识与良知了。他的作品的内部戏剧性是这种关系在日益加大的压力与不断增长的焦虑下的发展。[195]

奥布莱恩在锐利地甚至无情地揭露了加缪最著名的小说与阿尔及利亚的殖民地间的关系以后，就放过了他。任何对法国、阿尔及利亚与加缪有所了解的人（奥布莱恩当然很了解）都不会把殖民地看作欧洲和它的边疆之间的联系，而奥布莱恩认为加缪是一个属于"欧洲边疆"的人。同样，康拉德和加缪不只是代表了像"西方意识"这样比较无足轻重的东西，而是代表了西方对非欧洲世界的统治。康拉德在他那篇文章《地理和探险者》(Geography and Some Explorers)中以准确无误的力量说明了这个抽象的观点。在该文中，他赞赏英国在北极的探险，然后在结束时举出他自己的"战斗的地理"的例子。他说，其方式是"将手指放在那时非洲白人居住的中心，我声称，有朝一日我要到那儿去"。[196]后来，他当真到那儿去了，并且在《黑暗的心》里描述了这一经历。

奥布莱恩与康拉德如此不辞劳苦地描述的西方殖民主义，首先是超越欧洲边境进入另一地理实体的心脏。第二，对于一种处心积虑建立起来的关系来说西方殖民主义是特殊的。在这个关系中，法国和英国将它们自己称作"西方"。这个关系就是西方与不发达的、消极的非西方世界的从属和低微的人之间的关系。而西方殖民主义与那种非历史的"西方对于非西方的意识"却无什么特殊关系（多数非洲或印度土著认为他们的困境更多的是由于奴隶制、土地掠夺和屠杀人的军队等等具体的殖民行为，而不是什么"西方意识"）。[197]

当奥布莱恩把加缪当作一个艺术家来对待时，他面临着困难的选择。在他对加缪的尖锐的分析中，出现了省略和压缩。加缪和萨特(Sartre, Jean Paul)与金森(Jeanson)不同。

奥布莱恩说,对后二者来说,在阿尔及利亚战争期间反对法国的政策是容易的。加缪是在法属阿尔及利亚诞生并长大的。他到法国定居以后,他的家人仍然留在阿尔及利亚。他与民族解放军的斗争是生死攸关的斗争。我们当然同意奥布莱恩的这些说法。比较容易接受的是,奥布莱恩怎样把加缪的困境提到"西方意识"的象征性高度,一个空无一物的容器只有感知与思考能力。

奥布莱恩通过强调加缪的个人经历的优越性,把他从自己设置的窘境中解救出来。我们可能对这一策略很同情。因为,无论作为一个整体的阿尔及利亚法国移民的行为的不幸性质是怎样的,都没有理由责怪加缪。他在阿尔及利亚完全是按法国方式被教养大的(在赫伯特·劳特曼(Lottman, Herbert)的传记中有很好的描述)。[198]这并未阻止他写出一份关于殖民主义给那个地方带来的苦难的著名报告。[199]那么,他是一个处于不道德状况中的有道德的人。而加缪所关注的是一个社会背景下的个人:《陌生人》和《鼠疫》(*La Peste*)以及《堕落》(*La Chute*)都是如此。他珍视逆境中的自我认知、醒悟后的成熟和道德上的坚定性。

但是需要说明三个方法上的问题。第一是质疑与解构加缪对地理背景的选择《陌生人》(1942)、《鼠疫》(1947)和他那极为令人感兴趣的题为《流放与王国》(*L'Exil et le royaume*)(1957)的短篇小说集为什么把阿尔及利亚作为叙述的背景?而它的参照物一直被解释为法国,更具体地说,被解释为纳粹占领下的法国呢?奥布莱恩比多数人看得更深。他指出,选择并非无意的。故事中有很大一部分(例如对莫索尔特的审判)不是对法国统治的迷信的或不自觉的辩护,就是想从思想意识上美化它。[200]但是,在我们试图建立作为个人艺术家的加缪与法国在阿尔及利亚的殖民主义之间的连续性时,我们必须问一下,加缪的叙述本身是否与早些时候的公开的帝国法国的叙述有关联,并从它们那里汲取了营养。如果拓宽历史视角,从20世纪40至50年代的孤立的作家加缪出发,将一个世纪之久的法国对阿尔及利亚的侵入包括进去,也许我们就能不仅对他的叙述形式和意识形态,而且对他的作品任何改变、提及和加强以及从本质上揭示法国在阿尔及利亚的作为有更清楚的了解。

第二个方法问题,涉及这种更宽阔的视角所必需的证明以及由谁来作出解释。一个有历史观的欧洲批评家可能认为,加缪代表着法国人对于接近它的重大分水岭的欧洲危机的悲剧性的无动于衷。虽然加缪似乎认为殖民的事业是可以挽救的,并且可以延长到1960年(他死去的同年)以后,历史已经证明他是错误的。因为仅仅两年后,法国就放弃了对阿尔及利亚的拥有权和一切要求。因为加缪的著作涉及的显然是当时的阿尔及利亚,总的来说,他关注的是法—阿事务的实际状况,而不是他们的历史命运中的戏剧性变化。除去很偶尔的情况下,他通常忽略或越过历史,而这对于一个阿尔及利亚人来说是不可能的,因为法国对它行使权力已经成为日常的存在了。因此,对于一个阿尔及利亚人来说,1962年更可能被看作以1830年法国人到来为标志的一个长长的、不幸的时代的结束和一个新阶段的胜利开始。因此,解释加缪的小说的相应的方式,将是把它作为法国使阿尔及利亚变为并保持法国化的努力的历史发明,而不是作为向我们讲述作者的心理状态的小说。加缪对阿尔及利亚历史的休现和臆测必须与独立后阿尔及利亚人所写的历史相比较，以便更充分地认识阿尔及利亚民族主义与法国殖民主义之间的竞争。而且，应该把加缪的著作看作在历史上与法国殖民主义事业本身（因为他认为它是不可改变的）和完全反对阿尔及利亚独立相关联的。这种阿尔及利亚的视角可以去除障碍，将加缪视为想当然或否认的方面揭示出来。

在加缪简约的文字、内容中的细节、耐心和执著中，有一种重要的方法论上的价值。读者倾向于把加缪的小说与关于法国的法国小说联系起来。这并非只是因为它们似乎从《阿道夫》(Adolphe)和《三个故事》(Trois Contes)这样的辉煌著作那里借用来的语言和形式，而且还因为，他选择阿尔及利亚这样一个地点对于当时的紧迫的道德问题来说是很偶然的。因此，在他的小说出版几乎半个世纪以后，人们就把它们当作关于人类状况的寓言来读。确实，莫索尔特杀死了一名阿拉伯人。但是这个阿拉伯人没有名字，并且似乎也没有历史，更不用说父母了。同样真实的是，奥兰地方的阿拉伯人死于瘟疫，但也未说出他们的名字。然而却提到了里奥和达卢。我们可能会说，我们应该为了文字中的丰富的东西去阅读，而不是为了被排除在文字之外的东西。但我要坚持说，我们在加缪的小说里发现了一度被认为从其中清除掉了的东西——关于从1839年开始，在加缪整个一生中还在延续并深入到小说文字中的、非常明白清晰的法帝国征服的细节。

这种事后的解读不是为了澄清什么。我也不打算责备加缪在他关于阿尔及利亚的小说中隐藏什么。例如，在《阿尔及利亚纪事》(Chroniques algeriennes)中汇集的各种文章中，他不厌其烦地加以解释的那些东西。我想做的是，把加缪的小说看作经过几代法国人精心打造的阿尔及利亚的政治地理的一部分,是要把它看作关于对法国殖民地的再现、占领和拥有的政治和解释权的争论的有力说明。加缪的记载适逢英国放弃印度殖民地的时候。他的作品中渗透着迟来的,从某种程度上讲无能为力的殖民主义的敏感。这种敏感在帝国内部表现为一种姿态,并且借助于一种形式,即现实主义小说的形式,而大大超越了欧洲小说的成就。

我将引用《通奸的女人》(La Femme adultere)末尾的一个插曲这一经典性的章节。在阿尔及利亚乡间的一个小旅馆里,主人公娅宁在一个不眠之夜从她丈夫的床边走开。他原来是个大有前途的法科学生,后来成为一个旅行推销员。在一次乘公共汽车艰苦的长途旅行后,这对夫妇到达了目的地。在那里,他拜访了他的许多客户。旅途中,当地阿尔及利亚人沉默的消极态度与不可理喻给娅宁留下了深刻的印象。他们的存在是个几乎看不见的自然事实。在她情绪不佳的时候,她几乎很少注意到他们。娅宁离开旅馆和正在睡觉的丈夫时,遇到了夜间警卫员。后者对她讲了些她似乎听不懂的阿拉伯语。故事的高峰是她与天空和沙漠进行的神奇、泛神般的交流。我认为,加缪的目的显然是要用性来表达妇女与地理的关系,以代替已接近死亡的她和丈夫的关系。因此才有了故事题目中提到的通奸:

> 她随着它们("旋转的天空"中飘过的星)移动。这明显的稳定的行进一点点使她与她的存在的核心一致起来。在她的存在中,冷淡与欲望在互相竞争。在她前边,星星正在一个个降落,在沙漠的石头之间失去光芒。

而每一次娅宁都更进一步向黑夜敞开胸怀。她深深地呼吸着,忘记了寒冷,忘记了别人的重负,忘记了生活的疯狂和呆滞,忘记了生与死的无尽的焦虑。在许多年疯狂地、毫无希望地逃避恐惧之后,她终于停了下来。同时,她似乎已经重新生了根。当她背靠着护墙,向天空舒展着身体时,她的心中重新充满了活力。她只是在等候焦虑不安的心镇定下来,并使她的内心沉静。星空中最后的星群向沙漠地平线又沉下了一点,就静止不动了。然后,深夜的水以令人不能承受之轻开始流入娅宁的身躯,淹没了寒冷,缓缓地从她身体的隐蔽处上升,盈满了她的嘴,使她发出了呻吟。瞬间,整个天穹笼罩了仰卧在冰冷的地面上的她。[201]

这段描述呈现了一个脱离时间的瞬间。在这段时间里,娅宁逃脱了关于她现实生活的悲惨的叙述,并且进入这个文集的名称所描述的王国。或者如加缪在一个注解中所说的,[202]他将在文集再版时加入这么一句话:"王国,巧遇某个自由和赤裸的生命,这个王国要由我们来重新发现,使我们可以获得新生。"她的过去和现在脱离了她,就像别的生命一样。(生存的重量,被扎斯丁·奥布莱恩象征性地错误地译为"别人的重负"。)在这一段里,娅宁"终于停了下来",静止不动,充满了生命力,准备与这一片天空和土地交流。这里(回应加缪解释性的注解,这些注解是为了对六个故事作事后的说明。)这位妇女——住在阿尔及利亚的法国人兼移民——发现了她的根,她的真正的身份或可能的身份是什么。从以后的一段文字判断,她毫无疑义地达到了性高潮:

加缪在这里谈到了"盈满了她的嘴",这表现了她自己的混沌和天真,也表现出加缪的天真。她是住在阿尔及利亚的法国妇女这一具体经历并不重要,因为她已经同时接近了那块特定的土地和天空。

《流放与王国》中的每个故事(只有一个例外,即一个关于巴黎艺术生活的喋喋不休、不招人喜欢的寓言)都是有关被放逐的非欧洲人的(四个故事的背景是阿尔及利亚,一个是巴黎,一个是巴西)。这些人的经历是极其令人生畏地不愉快的。他们试图获得休息,到达田园诗般超然的自我实现的境地。只有在《通奸的女人》和在以巴西为背景的故事里,才表明加缪相信欧洲人可能获得与海外领地持久的、令人满意的一致。在巴西,一个欧洲人通过作出牺牲与尽义务,才作为一个死去的土著的替代者被土著接受,进入他们的亲密圈子。在《背教者》中,一个传教士被一个远离社会的南阿尔及利亚的部落捉住、拔掉舌头(与保罗·勃尔斯的《一个遥远的故事》相似的怪异的故事),并且成为该部落的一个极热情的一员,曾经参加过一次对法国军队的伏击。这好像是说,只有被毁坏肢体才能成为当地人的一员,而这就导致了属性的丢失而令人无法接受。

这本相对出版较晚的故事书(1957)(其中的每个故事曾在《堕落》于1956年出版前后分别发表)与后来于1958年出版的《阿尔及利亚纪事》中间相差几个月,内容却大有区别。虽然《流放》的章节又回到了加缪关于阿尔及利亚的生活的有感情气氛的少数作品之一——《结婚》(Noces)中的抒情的、有限度的怀旧情绪中,那些故事却充满了对正在酝酿的危机的忧虑。我们应当记住,阿尔及利亚革命是1954年

11月1日正式宣布和开始的;法国军队在赛蒂夫对阿尔及利亚人的屠杀发生在1945年5月;而在那之前的一些年,当加缪正在写作《陌生人》时,发生了许多阿尔及利亚民族主义对法国人的长期流血抵抗的事件。虽然所有加缪的传记都说他是在阿尔及利亚长大的法国青年,他却始终被法—阿斗争的景象包围着。其中许多似乎被他躲过了,或者在他最后的年月里公开地转换成他对法国人与当地穆斯林居民竞争阿尔及利亚的强烈意志的语言、形象和地理的解读。1957年,弗朗索瓦·密特朗的《法国的存在与放弃》(Presence franciase et abondon)一书直率地说,"没有非洲,就不会有21世纪的法国历史。"[203]

要考察加缪的主要经历(与次要经历相对而言),我们就必须关注他的真正的法国前辈以及独立后的阿尔及利亚小说家、历史学家、社会学家、政治家的作品。今天还可以很显而易见欧洲中心的倾向,即忽略加缪(和密特朗[Mitterrand, Francois])以及他的小说中的人物所忽略的有关阿尔及利亚的东西。当加缪在他的晚年公开地甚至猛烈地反对为阿尔及利亚独立而提出的民族主义诉求时,他的方式与他在他艺术生涯之初表现阿尔及利亚的方式是一样的,虽然现在他的词语令人沮丧地与英法官方关于苏伊士运河的辞藻起着共鸣。我们很熟悉他那些关于"纳赛尔上校"、关于阿拉伯与穆斯林帝国主义的评论。但是,他在(文字)中所做的关于阿尔及利亚的毫不妥协的、严厉的政治表述,看起来就像他先前著作中的毫无掩饰的政治总结:

> 对阿尔及利亚来说,民族独立只是一个被热情驱动

的方案。从来没有一个阿尔及利亚民族。犹太人、土耳其人、希腊人、意大利人或柏柏尔人都可能有资格争取这个潜在的民族的领导权。就目前情况看,阿尔及利亚并非完全由阿拉伯人组成。尤其是法国殖民地的规模与持久性足以造成一个史无前例的问题。在"土著"这个词最严格的意义上,阿尔及利亚的法国人也是土著。此外,一个纯粹阿拉伯人的阿尔及利亚不能获得经济独立;而没有经济独立的政治独立只是一种幻想。无论法国人的作为多么不对,其规模之大,使得今天没有任何其他国家会同意接手承担这个责任。[204]

具有讽刺意味的是,无论加缪在他的小说或叙述性作品中讲述故事,法国在阿尔及利亚的存在或者被表现为超出叙述之外,一种不受时间与诠释所限制的形象(如娅宁);或被表现为唯一值得作为历史加以叙述的历史。(同样在1958年出版的皮埃尔·布尔迪厄(Bourdieu, Pierre)的《阿尔及利亚社会学》(*Sociologies de l'Algerie*)在态度与语调上是多么不同啊。该书的分析驳斥了加缪枯燥无味的模式,并且直率地把殖民主义战争称为两个社会冲突的结果。)加缪的冷酷无情说明了为什么被莫索尔特杀害的那个阿拉伯人的背景是一片空白,只字未提,因而奥兰的绝望感所隐含的意义,主要并不是要表现阿拉伯人的死亡(这种死亡毕竟是对人口统计有影响),而是为了表现法国人的意识。

因此,准确地说,加缪的叙述对阿尔及利亚的地理提出了严肃的、带根本性的优先要求。对于一个对法国在那里的长期活动有一点粗略了解的人来说,这样的说法就像法国部长查当的说法一样荒谬和怪异。查当在1938年3月曾经声明,阿拉伯语在阿尔及利亚是"外语"。但这些说法并不是加缪一个人专有,虽然他使它们得到半透明的、持久的传播。他继承并不加批判地接受了这些说法,把它们当作关于阿尔及利亚的殖民主义作品的悠久传统中的正常规范。这些规范今天已被他的读者和评论者所忘记或不为他们所承认。这些人中的多数觉得把他的作品解释为是关于"人类的状况"的要容易些。

218 在玛努拉·赛米迪(Semidei, Manuela)对一战至二战刚结束时的法国教科书所作的调查中,有个关于加缪的读者与评论者所持有的关于法国殖民地的共同看法的极好的统计。她的卓越调查显示了,一战以后法国殖民角色稳步攀升、作为"世界强权"在历史中的"光荣业绩",以及对法国的殖民成就田园诗般的描述:它建立的和平与繁荣、开办了有利于土著的各种学校与医院,等等。偶尔也提到暴力的使用,但是,它们被法国取消奴隶制和专制、代之以和平与繁荣的美好的总体目标所掩盖。北非的形象相当突显,但是,根据赛米迪的研究,从来没有人认为殖民地可能独立;20世纪30年代的民族主义运动仅仅是"困境",而不是严峻的挑战。

赛米迪指出,这两次大战期间的学校课本喜好将法国优越的殖民统治与英国的进行对比,认为前者优于后者,声言法国对殖民地的统治没有英国人所持有的偏见和种族主义。到20世纪30年代以前,这个论调不停地被重复着。例如,一提到在阿尔及利亚使用暴力,都要按以下方式来理解:即由于土著的"宗教狂热和抢劫的诱惑",法国军队不得不采取这种不愉快的措施。[205]然而,现在阿尔及利亚已经变成"一个新法国":繁荣、有许多极好的学校、医院和公路。甚至在阿尔及利亚独立之后,法国的殖民历史也首先被看作是建设性的,为它和它前殖民地之间"兄弟般的"联系奠定基础。

仅仅因为冲突中只有一方与法国听众有关,或者因为大规模的殖民扩张和土著的抵抗之间完整的互动令人难堪地偏离了迷人的人道主义这个重要的欧洲传统,就去附和这种阐释的潮流,或者接受这些解释和意识形态的形象实在不成理由。我愿意进一步说,由于加缪最著名的小说将一种庞大的关于阿尔及利亚的法国话语体系加以体现和毫不含糊的再现,并且在许多方面依赖于它,而这个话语体系又是以法国帝国主义的立场与地理为参照物的,他的作品是更令人感兴趣了,而不是相反。他那干净利落的风格、他所揭露的令人痛苦的道德困境、他处理得很精细并带有有节制的讽刺的人物的惨痛命运——所有这一切都来自并在事实上重现了法国对阿尔及利亚的统治,而在这样做时,他很谨慎、确切,明显不带有主观的悔恨或激情。

必须再一次地检视一下地理与政治斗争之间的互动关系,检视一下加缪在小说中的哪些部分是用萨特(Sartre, Jean-Paul)所赞美的提供了"一种荒谬的气候"[206]的上层建筑掩饰起来。《陌生人》和《鼠疫》都是关于阿拉伯人的死亡的。这些死亡提出并无声地说明了法国人物的良知与思考的困境。此外,表现得非常生动的公民社会结构——市政府、法律机构、医院、餐馆、俱乐部、娱乐场所、学校——是法国的,虽然它主要是来管理非法国人的。加缪如何描写这种情况,法国教科书又是如何写的,这之间的一致性是令人瞩目的:长篇与短篇都叙述了法国人是如何战胜土地拥有权被严重剥夺、被大批杀戮而毫无反抗的穆斯林的。在这样巩固和加强法国的优先权的同时,加缪对一百多年来向阿尔及利亚穆斯林进行的夺取主权的活动既没有予以驳斥,也没有表示异议。

斗争的中心是军事。最大的对手是西奥多·布高德元帅和阿布代尔·卡达尔(Kader, Emir Abdel)酋长。他们两人当中,一个是凶狠的严厉的长官:他对阿尔及利亚土著的长辈似的严厉管制从 1836 年执行纪律开始,在十年以后以一次大规模屠杀和土地的征用而结束。另一个是泛神论者和冷酷无情的游击队战士,无休止地集结、重组和指挥他的军队对一个比他强大、更现代化的入侵之敌作战。阅读一下当时的记录——无论是布高德的信札、声明和电讯(大约与《陌生人》同时编辑出版的)或是最近出版的阿布代尔·卡达尔酋长的诗歌的法文版(由米歇尔·乔德奇耶维奇编译)[207],或是由民族解放军高级军官、独立后阿尔及尔大学教授穆斯塔法·拉切拉夫(Lacheraf, Mostafa)[208]根据 19 世纪 30 年代和 40 年代的法国人的日记和信件写作的对征服者的心理的卓越的描绘,就可以看到使加缪必然贬低阿拉伯人的存在的那种动因。

据布高德及其军官所述,法国军事政策的核心是 razzia〔突袭〕,即对阿尔及利亚村庄的征讨,包括他们的家,他们的收获和妇孺。布高德说:"必须阻止阿拉伯人耕种、收割和放牧牲畜。"[209]拉切拉夫曾调查过被一再记录下来的法国军官执行任务后的诗一般的欢乐。他们意识到,终于有了可以不顾一切道德和需要地进行殊死的战斗的。比如,查戈涅(Changarnier, General)将军曾经描述过向他的部队保证袭击和平村落能使他们获得消遣。他说,这类活动是圣经教给的。在圣经上,约书亚及其他伟大领袖进行了"极猛烈的袭击",并且得到了上帝的祝福。摧毁、彻底的破坏、不容情的野蛮之所以被允许,不仅是因为得到上帝的批准,而且因为"阿拉伯人只懂得暴力。"[210]布高德和萨兰这些人一再地重复这些话。

拉切拉夫评论说,法国的军事努力在头十年里大大超越了其目标——镇压阿尔及利亚人的抵抗——而达到了一个绝对理想的境地。[211]它的另一面,像布高德以不知疲倦的热情表达的那样,是殖民地化。在他住在阿尔及利亚的末期,欧洲平民移民无限制地或无理由地耗费阿尔及利亚的资源的方式经常使他激怒。他在信里呼吁,把殖民地化的任务留给军人,但是不起作用。[212]

一个默默地贯穿着从巴尔扎克到普西卡利和洛蒂的法国小说的主题恰恰是对阿尔及利亚的凌辱与丑行。丑行来自一些肆无忌惮的可疑的金融活动:阿尔及利亚的开放使得这些人能够在那里为所欲为,只要有利可图。对于这种情况的令人难忘的描绘可以在都德(Daudet, Alphonse)的《大言不惭的人》和莫泊桑的《漂亮朋友》(两者都在玛丁·鲁菲[Loutfi, Martine]的敏锐的《文学与殖民主义》[*Litterature et colonialisme: L'Expansion coloniale vue dans la litterature romanesque francaise, 1871—1914*, Paris, Mouton, 1971]中被提到)中看到。[213]

法国人对阿尔及利亚造成的破坏一方面是有系统的,另一方面又形成了一种新的法国政体。关于这一点,19世纪40年代与70年代之间目击者无人怀疑。一些人,如托克维尔虽然严厉抨击美国对黑人和土著印第安人的政策,却认为欧洲文化的进步需要通过严厉对待穆斯林土著来实现:在他看来,全面征服就等于法国的伟大。他把伊斯兰看作等同于"多妻制、孤立妇女、缺乏政治生活、一个强迫男人藏匿起来并在家庭生活中寻求满足的无所不在的专制的政府。"[214]而且,他认为,土著是游牧民族,就"应该使用一切能使这些部落消失的手段。我认为只有在国际法与人道主义禁止的时候才能有例外。"但是,有如麦尔文·瑞杰(Richter, Melvin)所说,托克维尔(Tocqueville, Alexis)对于1846年在对阿拉伯人的袭击中几百名阿拉伯人被烟熏致死一事一言不发。托克维尔是赞成这种"人道主义"的袭击的。[215]他认为这是"不幸的需要",但却远远不如法国政府对于"半文明"的穆斯林的"美好的统治"来得重要。

在当今最著名的北非历史学家阿卜杜拉·拉诺依(Laroui, Abdullah)看来,法国的殖民主义政策的目的完全是为了破坏阿尔及利亚政权,正像实际发生的那样。显然,加缪认为阿尔及利亚民族从未存在过的说法是以相信法国政策的破坏已经把该民族完全消灭掉了为前提的。然而,像我一直认为的那样,后殖民主义的事件使我们既获得了更长久的,又是较广泛的带有解密性的解释。拉诺依说:

> 从19世纪30年代到70年代的阿尔及利亚历史是由借口构成的:那些移民领袖们据说想把阿尔及利亚人变成他们自己那样的人。但实际上他们唯一的愿望是

把阿尔及利亚的土地变成法国的土地。军人们应该尊重当地传统和生活方式。事实上,他们唯一的兴趣是进行统治时尽可能少用力气。拿破仑三世声称他在建设一个阿尔及利亚王国,但他的中心思想是将法国经济美国化和将阿尔及利亚变成法国殖民地化。[216]

当都德笔下的大言不惭的人于1872年到达阿尔及利亚时,他几乎看不到人家曾经告诉他的"东方"的迹象。相反地,他发现自己就像是在海外的家乡塔拉松。对瑟加兰和纪德这样的作家来说,阿尔及利亚是个能使他们自己的精神问题——像娅宁一样的——得到处理与治疗的异国之地。土著很少受到注意。他们的用处是按惯例提供短暂的刺激或实现愿望的机会——不仅有《背德者》中的米歇尔,还有《皇家大道》中马尔罗笔下的主角,柬埔寨的波尔根。法国人对阿尔及利亚的再现,无论是马莱克·阿鲁拉研究的令人难忘的粗糙的闺阁明信片,[217]还是凡妮·科罗纳(Colonna, Fanny)与克劳德·布拉希米发掘出的先进的人类学方面的建筑物,[218]或者以加缪的作品为重要代表的引人注目的叙事结构,都可以追述到法国不遗余力的殖民实践中去。

我们可以在20世纪初的地理与表现殖民主义思想的书籍中进一步发现,法国话语结构给人多么深的印象,多么经常地得到补充,是多么统一和制度化。阿尔伯特·萨劳(Sarraut Albert)的《论殖民主义的崇高》(*Grandeur et servitude coloniales*, Paris: Editions du Sagittaire, 1931)表明,殖民主义的日的就是不折不扣的人类在生物意义上的统一。要使不能利用自己资源的民族(例如法国海外领地的土著)回到人类大家庭里来;²¹⁹("对殖民者来说,这在形式上与占有相同。它抽掉了这种行为的掠夺性质,并使之成为人类法律的创造。")乔治·哈代(Hardy,George)在他的经典著作《19及20世纪殖民主义政治与土地的分配》(*La Politique coloniale et le partage du terre aux XIXe et Xxe siecles*, Paris: Albin Michel,1937)中试图辩称,殖民地的同化对法国而言,"使灵感爆发,并且不仅导致许多殖民主义小说的出现,而且使人认识到道德与精神形式的多样性,鼓励作家采用新的心理探索模式。"²²⁰哈代的书出版于1937年。他是阿尔及尔学院院长,也是殖民学校名誉校长。用他的古怪的宣示的话说,他是加缪的直接的前辈。

因此,加缪的长短篇小说非常精确地提炼了法国占领阿尔及利亚的传统、习语和话语战略。他赋予了这个传统以最精彩的表达以形成巨大的"感情结构",但是,如果要认知这个结构,我们必须把加缪的著作看作把殖民主义困境做了适应宗主国的美化:它们代表了法国殖民主义作品。它们是为法国读者而写的。这些读者的个人经历与法国这个南方部分有着不可逆转的联系。这种经历发生在任何其他地方都毫无意义。然而,与殖民领地联系在一起的仪式——由莫索尔特在阿尔及尔、答娄和里厄在奥兰的围墙以内展现的、娅宁在萨哈拉沙漠上的一次守夜期间表现的——都具有讽刺意味地在读者心中引起关于这种肯定是否必要的疑问。当人们无意间回忆起历史上法国的暴行时,这些仪式就变成关于一个没有出路的社会的生存的,极为压迫式的纪念物了。

莫索尔特的困境比别人的更严重。因为,即使不真实地组成的法庭(有如科纳·克鲁斯·奥布莱恩正确地指出的、一个不大可能审判杀死一名阿拉伯人的法国人的地方)能继续存在,莫索尔特自己也了解那结局会是什么。终于,他可以既松一口气,又觉得趾高气扬了:[221]"我过去对了,我又对了,现在我仍然是对的。我是这样生活的,但我也可能过另一种生活。我做了这件事而没有做那件事。我没有做另外那件事。那又怎样?好像我一直在等待这一时刻和这个黎明,等着我被判无罪。"

这里没有留下选择,没有其他的出路,没有更人道的选择。在这个殖民者身上体现了他的社会集团赋予他的人道思想,也体现了对放弃不公正的政治制度的有系统的抵制。莫索尔特自我意识中自我毁灭式的矛盾的力量只能出自于那个特定的历史中,只能出现在那个特定的社会团体里。最后,他接受了他是什么样的人的事实,而且还了解了为什么他那住在老人院的母亲决定再婚:[222]她试图重新开始……离死亡那么近了,母亲一定觉得可以自由地准备重新经历一切了。我们该做的已经做过了,让我们再做一次吧。这种令人悲哀的无感情的执拗变成人类生育与再生育的努力。加缪的读者在《陌生人》中看到了一个普遍存在的自在的人类,以毫不掩饰的禁欲来面对人世的冷淡和人间的残忍。

把《陌生人》重新置于它的叙述的地理联系的轨迹中,就意味着把它解释为一种历史经验的拔高了的形式。和奥威尔的作品和他在欧洲的地位一样,加缪的朴实不造作的关于社会状况的报告隐藏着突出的、复杂的、不可调和的矛盾。这是一些即使把他对法属阿尔及利亚的忠诚感情寓于人类状况的寓言也解决不了的矛盾,就像一些批判家所做的那样。而他的社会与文学声誉恰恰系于此。然而,永远有更困难、更具挑战性的选择,即:先是判断,然后拒绝法国对他国的领土与主权的掠夺,这种选择妨碍了对阿尔及利亚民族主义的富有同情心的、共同的了解。由于这个原因,加缪的局限性也因此似乎令人难以接受地使人无能为力。与当时的法国或阿拉伯非殖民化文学比较,如热曼·狄龙、卡布特·雅辛、法农或甘奈,加缪的叙述有一种反面的生命力。殖民事业中人的悲剧的严肃性得到了最终的清理,接踵而来的是被毁灭的命运。它们代表了一种浪费和悲伤。对此,我们仍然不能完全了解或从中解脱。

VIII 关于现代主义

正像没有任何社会制度一样,没有任何观念,能涵盖其所涉及的所有领域。在研究与欧洲或美国帝国的全球事业幸运地并存或支持它们的文化产品时,我们并不是在大规模控诉它们,或者因为它们在许多方面是帝国主义事业的一部分,就认为它们不是很令人感兴趣的艺术。我在这里讨论的是大体上未受到反对和阻挠的在海外进行统治的意志,而不是完全没有受到反对的。应该引起我们注意的是,到19世纪末以前,欧洲的殖民主义游说者怎样能够依靠小集团或人民的支持使国家更多地夺取土地;使更多的土著受帝国的奴役,而在国内几乎没有人制止或约束这一过程。可是,永远存在着抵抗,尽管这种抵抗有时是那么无效。帝国主义不仅是统治的关系,而且是服从于一种具体的扩张的意识形态。有如希利所认识的,扩张不只是一种倾向,"它显然是现代英国历史上的重大事实。"²²³美国海军将军马罕和法国的勒洛依—布留也曾这样说过。扩张之所以能取得非常惊人的成果,只是因为欧洲和美国有足以完成这一任务的力量——军事的、经济的、政治的和文化的力量。

欧洲与西方对非西方世界的控制的基本事实一旦被认为是事实,被认为是复杂而不可避免的,自相矛盾的讨论就以显然高得多的频率出现。这并没有直接干扰稳固的主权概念和西方不可逆转的存在,但它的确导致了西方社会的文化实践的一个极为重要的模式:这种模式对殖民地抵抗帝国主义运动的发展起了有趣的作用。

艾尔伯特·O·赫斯曼(Hirschman, Albert O.)的《欲望与利益》(*The Passions and Interests: Political Arguments for Capitalism Before Its Triumph*, Princeton: Princeton University Press, 1977)的读者可以回想起,他谈到伴随着欧洲的经济扩张而产生的知识界的辩论。他认为这一辩论来自并加强了"人类的欲望应该让位于利益之争,成为治理世界的方式"的论点。在18世纪末这个论点胜利以后,它便成为浪漫主义思想家攻击的目标。这些思想家认为,在一个以利益为中心的世界,有一种他们从前人继承下来的沉闷无趣、自私的情境的象征。²²⁴

让我们把赫斯曼的方法延伸到帝国主义问题上面。到了19世纪末,英帝国在世界上已占有突出地位,为帝国主义辩护的文化论点正在取得胜利。帝国毕竟是个真实的存在,并且有如希利对他的听众所说的那样,"我们欧洲人……相当一致地认为,构成西方文明核心的真理宝库无论和它必须与之竞争的婆罗门教的神秘性相比,还是和昔日的罗马帝国传给欧洲各国的启蒙思想相比,都无可比拟地纯粹得多。"225

在这一极为自信的申述的中心,有两个现实被希利巧妙地体现了但又否定了:一个是进行斗争的土著(婆罗门教的神秘性本身),第二个是其他新老帝国的存在。在两者中,希利都间接地记录了帝国主义胜利的自相矛盾的后果,然后就转到其他问题上去了。和利益的原则一样,帝国主义一度成为关于欧洲在全世界范围命运的政治思想中的固定的准则。然后,具有讽刺意味地,它的敌人发出的诱惑、它征服的阶级的不甘俯首就范、难以抗拒的势力的抵抗被明确了,加强了。希利是作为现实主义者来对待这些问题的,而不是作为诗人,把一方看成高尚或浪漫的存在而把另一方看作卑劣和不道德的竞争者。他也没有像霍布逊(他论述帝国主义的书持完全对立的观点)那样做出一种修正主义的论述。

现在让我回过去在谈谈在本章中我讨论得最多的现实主义小说。直至19世纪末,现实主义小说的中心主题都是醒悟,或者如卢卡奇所说的具有讽刺意味的幻灭。被可悲地或喜剧性地阻挠了的主人公,常常被小说所描述的他们的幻觉与社会现实的差异突如其来地、有时甚至是无情地惊醒。哈代的裘德、乔治·艾略特的陶乐赛、福楼拜的弗雷德里克、左拉的娜拉、巴特勒的厄内斯特、詹姆士的伊萨贝尔、吉辛的里尔顿、麦瑞狄斯的菲沃瑞尔——很多很多。在这种失落与损害的叙述中逐渐注入了另一种声音——不仅有直白的异国情调和自信的帝国小说,而且还有游记、关于殖民地的开拓、学术、回忆录、记述经验和专业技能的作品。在列文斯通博士的个人札记和海贾德的《她》(She)、吉卜林的酋长、洛蒂的《一个北非骑兵的浪漫史》(Le Roman d'un Spahi)和儒勒·凡尔纳的大部分冒险故事中,我们看出一种新的叙述进程和胜利主义情绪。所有这些叙述和成百上千的像这样以殖民地冒险的欢乐和利益为基础的作品,都毫无例外地肯定并庆祝了殖民冒险的成功,而没有向它发出一丝质问。探险者发现了他们所寻找的东西,冒险家带着更大的财富回到家中,甚至纯洁的吉姆也被征入了"大游戏"中。

与这种乐观情绪、肯定和安详的自信相比,康拉德的叙述发出了一种极端的、使人不安的焦虑(我时常提到康拉德,因为他比任何其他人都更多地触及了更隐蔽的文化所起的对帝国的加强和表现作用);这些叙述对帝国胜利的处理就像赫斯曼所说的浪漫主义者对一个以利益为中心的世界观的胜利的处理一样。康拉德的故事与小说在一个意义上再现了高度帝国主义事业的侵略性表象;但在另一个意义上,它们则带有容易察觉的、具有讽刺意味的后现实主义的现代主义的敏感的认知。康拉德、福斯特(Foster, F. M.)、马尔罗、T. E. 劳伦斯将帝国经验的胜利主义情调引至自我意识、断裂、自我比照和讽刺的极端。我们认识到,这些倾向的形式成为了现代主义文化的标志。这一文化也包括乔伊斯、T. S. 艾略特、普鲁斯特、曼和叶芝的重要作品。我想指出,许多我们认为是纯粹从西方社会与文化的内部运行而衍生出来的现代主义的最突出的特点,包括了由统治而产生的、对于文化的外部压力的反应。康拉德的全部写作生涯都是如此,还有福斯特的、T. E. 劳伦斯的,马尔罗(Malrawy, André)的在某些方面也是如此。帝国对爱尔兰人的影响以不同的方式在叶芝和乔伊斯身上显示出来,对美国移民的影响也反映在艾略特和庞德身上。

在托玛斯·曼(Mann, Thomas)的关于世界的缔造与疾病关系的伟大寓言(《威尼斯之死》(*Death in Venice*))中,殃及欧洲的瘟疫起源于亚洲;奥森巴赫的心理学中非常有效地表现出来的恐惧与希望、堕落与欲望的结合,我认为是曼用以说明下述问题的方式,即,欧洲,它的艺术、精神、不朽的功绩不再是无坚不摧的了,不再能够忽视它与海外领地的联系了。乔伊斯也是这样。他笔下的爱尔兰民族主义者、知识分子史蒂芬·德达勒斯具有讽刺意味地没有得到爱尔兰天主教同志的支持,却得到了各处游荡的犹太人利奥波德·布鲁姆的支持。后者的怪异情调与大都会人的诡计压倒了史蒂芬的反叛的敏感的庄严。和普劳斯特小说中引人注目的同性恋者一样,布鲁姆代表了欧洲人的一种新类型。对这类人的描写毫无疑问使用的是关于海外探险、征服和视角的新奇记录中的笔触。只是现在,它们不在那边了,而是在这边,像《春天的猎隼》的原始的节奏,或者毕加索艺术作品里的非洲偶像一样地令人困惑。

现代主义文化中形式的错位与离位以及它的惊人的,普遍存在的矛盾,正是希利提到的帝国主义那两种令人不安的因素的后果:劳伦斯的《智慧的七大支柱》中的阿拉伯人和那些毁坏了他的伟大冒险的"老人"一道,要求劳伦斯承认他们悲伤的不满,就像法国帝国和土耳其帝国曾经做过的那样。福斯特在《印度之旅》中以高度的精确性(和不安)成功地表现出当时印度神秘主义与民族主义——高德勃尔与阿吉兹——的道德冲突,是如何在英帝国和莫卧儿帝国之间的历史冲突背景下被理解为民族的必然命运,或者被认为是理所当然,或是应该受到赞美、巩固和加强的。在洛蒂(Loti, Pierre)的《蓝色》中我们读到的印度游记有意识地,甚至蔑视地忽略不提英国统治者,[226]似乎在暗示我们,只有土著才是可见的。不过当然,印度是英国(当然不是法国的)的属地。

我认为,当欧洲文化终于开始审视帝国的"虚幻与发现"——本尼塔·派瑞形容英印文化碰撞的恰当描述[227]——时,它的做法并不是反感,而是具有讽刺意味,好像试图使用一种新的包含一切的眼光。几个世纪以来,占统治地位的欧洲文化似乎都把帝国当作天然的民族属性,来庆祝,来巩固,来加强。现在,他们开始以怀疑和迷惑的眼光来审视外部了。他们对他们在海外所见到的感到惊讶甚至震惊。文化文本将外国的东西输入欧洲,其方式显然带有帝国事业、探险者与人类学者、地质学者和地理学者、商人和士兵的标记。最初,它们激起欧洲读者的兴趣。到了20世纪初,它们被用来传递欧洲是多么容易受到责难的具有讽刺意味的意识,以及欧洲是怎样——用康拉德的著名的话说——"成为地球上最黑暗的地方的"这样的信息。

要面对这些,出现了一种新的,综合的方式。这种方式有三个显著的特点。第一个是循环的结构,它既是包容的,又是开放的:如《尤利西斯》(*Ulysses*)、《黑暗的心》、《关于研究》(*A la recherche*)、《荒原》(*The Waste Land*)、《乐章》(*Cantos*)、《到灯塔去》(*To the Lighthouse*)。第二个是建立在从不同地区、来源和文化中有意识地汲取的,旧有的、甚至过时的东西之上的一种全新的形式。现代主义的一个标志就是它的喜与悲、高与低、普遍与怪异、熟悉与陌生的奇特的并列。

解决这种矛盾最有创造力的办法就是乔伊斯的办法。他把《奥德赛》(*Odyssey*)与流浪的犹太人混合起来,把广告和维吉尔(或但丁)混合起来,很好的对称,就像推销员的商品介绍。第三个特点是,有一种形式把自己当作艺术的替代物,它创造了协调的世界帝国。而这是具有讽刺意味的。当你认为英国不再能够永远驾驭海浪时,你必须设想现实是你这个艺术家可以在历史上,而不是在地理上维持的某种东西。具有讽刺意味的是,随着越来越多的地区——从印度到非洲到加勒比——向典型的帝国及其文化发出了挑战。空间变成了美学,而不是政治控制的特性。

第三章

抵抗与敌对

用你的臂膀将我与光明的土壤连接在一起。

艾米·西赛尔(Césaire, Aimé)

《归来的回忆》

I 问题的两个方面

思想史与文化研究中的标准论题是:可以归结到"影响"这个总题下面的众多关系。我在本书开始引用了艾略特的著名文章《传统与个人才能》,以提出最基本的甚至抽象层次上的这个"影响"问题:现在与过去之过去性(或者与否)的关系,一种艾略特所谓的关系。它包括某个作家与他或她置身其中的传统之间的关系。我提出,研究"西方"与它所支配的文化"异类"之间的关系,不仅是了解不平等的对话者之间不平等关系的一种方式,而且是研究西方文化实践本身的切入点。如果我们要准确地理解小说、人类学与历史话语、特定类型诗歌和歌剧之类的形式,我们就必须考虑西方与非西方在力量方面长期的差异,因为这些艺术指示了这种差异,它们的结构也建立在这些差异的基础之上。我还进一步讨论,当本应中立的文化类型如文学与批评理论触及较弱的或处于从属地位的文化,以一成不变的关于非欧洲与欧洲本质的观念、关于地理拥有权的叙述,以及合法性和赎罪的形象来解释这种文化时,惊人的后果是,力量的问题被隐藏了,掩盖了较强一方的历史是如何与较弱一方重叠并依赖于它的程度。

可以在纪德的《背德者》(1902)中见到一个这样的例子。该书通常被认为关于一个有怪异性行为的男人。他的怪异性行为使他不仅失去了妻子玛瑟琳和事业,而且失去了自己的意志。米歇尔是个语文学家。他对欧洲的野蛮历史的学术研究向他揭示出自己受到压抑的本能、愿望和癖好。和托玛斯·曼的《死于威尼斯》一样,它的背景是一个在欧洲边界上或刚刚超越边境的异国之地。《背德者》的活动范围主要在法属阿尔及利亚,一个有着大片沙漠、沉闷绿洲和色情的土著男女的地方。米歇尔的尼采式老师梅纳尔克被直接地描绘为一个殖民官员。他虽然表面上属于T.E.劳伦斯或马尔罗的读者所熟悉的帝国世界,他的骄奢淫逸和享乐主义却是十足纪德式的。梅纳尔克(超过米歇尔)从他"混乱的生活历程"、沉溺于情欲和反家庭的自由生活中获得了知识和乐趣。当米歇尔将他的充满学术讲演的生活路程与令人炫目的帝国主义相比较时,他想:"梅纳尔克的生活,哪怕是他最简单的行为举止,难道不比我的课更有说服力吗?

难道它不是比我的路程顺畅一千倍吗?"[1]

然而,最初把两个人联系在一起的既不是思想,也不是生活经历,而是莫克狄尔的坦白。莫克狄尔是比斯拉克地方的一个土著男孩。(纪德在许多书中一再谈到这个地方)他告诉梅纳尔克他怎样在偷窃玛瑟琳的剪刀时发现米歇尔在侦察他。这三个人中间的同性恋纠葛毫无疑问地存在一种等级关系:非洲男孩莫克狄尔使他的雇佣者米歇尔感到令人着迷的刺激;而这刺激又距离他对自我的认识仅一步之遥。在这一过程中,梅纳尔克英明的洞察力引导着莫克狄尔的所想或所为。英克狄尔的所想所为(这似乎是先天的,或是由于种族的关系恶作剧式的)远远没有米歇尔和梅纳克尔从经历中所得到的重要。纪德直白地把米歇尔的自我认识和他在阿尔及利亚的经历联系起来。那些经历与他妻子的死去、他知识方向的改变和他最后相当可悲的双重性生活之无望有着因果关系。

米歇尔在谈到法属北非时——他心里想的是突尼斯——描述了以下的概况:

> 这片乐土能满足而又不熄灭人的欲望;事实上,每一次满足都更激起了新的欲望。这是一片从艺术作品中解放出来的土地。我蔑视那些只有当美被记录下来并被加以解释之后才承认它的人。一件关于阿拉伯人的可敬慕的事是:他们的生活就是艺术。他们一天天地歌唱、传播着艺术。他们不抱着它不放,不在作品中使美永恒化。这就是他们中缺少伟大的艺术家的原因与后果……正当我要回旅馆的时候,我记起了看见过一群

> 阿拉伯人在露天躺在一个小咖啡馆门外的席子上。我走过去在他们当中睡下。回来时,我发现身上沾满了虱子。[2]

非洲人,尤其是阿拉伯人,就在那儿;他们没有沉积到作品中的艺术或历史可言。假如不是某位欧洲观察家证明了它的存在,它就不会有什么重要性。置身于那些人中间是件快事,但是你需要接受它带来的危险(例如虱子)。

《背德者》还有一个问题。它的第一人称叙述——米歇尔讲他自己的故事——很大程度上依靠他自己加进去的东西:北非人来了;他的妻子与梅纳尔克都是通过他的视角来表现的。米歇尔是个富庶的诺曼底地主、学者和新教教徒——这说明纪德想表现性格的多面性,能够在自我和世俗之间游刃有余。所有这些方面归根结底都取决于米歇尔在非洲对自己的判断,然而他的自我发现受到短暂性与透明度的限制,而且没有受到重视。这一叙述又一次带有一种"感觉与参照体系",这一体系使欧洲的本土人坚守海外领地不放,从中获利,依靠它,但最终仍然拒绝给它自治或独立。

纪德是个特殊的例子——在他关于北非的著作中涉及了相对有限的内容:伊斯兰的、阿拉伯的、和同性恋的。但是,虽然纪德是个高度个人主义的艺术家,他和非洲的关系还是属于欧洲对于非洲大陆的态度与实践的一个更大结构。从这些态度和实践中产生了20世纪末批评家所谓的非洲主义,或非洲话语,一种为了西方与非洲打交道和研究非洲的话语体系。[3] 原始主义的概念与它有关联,还有从非洲的起源而来的特殊认识论概念,例如部落主义、生机论、独创性。

我们可以看到这些概念在康拉德和伊萨克·丁尼生(Dinesen,Isak)身上的作用,还存在于稍后一些的德国人类学家列昂·弗罗拜纽斯(Frobenius,Leo)的大胆研究中。弗罗拜纽斯声称发现了非洲制度中的理想秩序。另外,还有保加利亚传教士普拉西德·坦普尔斯(Temples,Placide),他的书《班图哲学》(*Bantu Philosophy*)提出了非洲哲学中的核心实在论(与归纳的)的生命力的观点。这个非洲属性的概念非常有生机,有适应性,它可以被西方传教士、人类学家、马克思主义历史学家、甚至解放运动利用。有如 V. Y. 穆丁贝(Mudimbe,V. Y.)在他那名著《非洲的创建》(*The Invention of Africa*)(1988)中所说的,这是一种非洲灵知的历史。[4]

现代,特别是一战前后产生于西方及其海外帝国之间的总的文化形势符合这种模式。由于我巨大的论题在这个阶段最好通过总体的与非常具体的、地方性研究互相交叉的方式加以处理,我此时的目的只是概述帝国主义统治者和被统治者之间互动的经验。对于这个早期文化与帝国主义之间关系的研究,既不需要简单的编年体,也不是简单的事件叙述(这些当中有相当多的已经载入各自的领域),而是一种全球性的(不是全部的)描述的尝试。当然,任何对于文化与帝国主义关系的研究本身都是这个大论题不可分割的一部分,那个乔治·艾略特(Eliot,George)在另一个场合叫做"共同媒介的一部分"——而不是从一个遥远、无关的角度发出的话语。1945 年以后,大约上百个非殖民地化了的后殖民主义新国家的出现不是一个中性事实,而是一个学者、历史学家和活动分子在讨论它时必须赞成或者反对的事实。

就像处在胜利时期的帝国主义倾向于仅仅准许它内部

形成的文化话语存在一样，今天，后帝国主义基本上只允许前殖民地人民表示怀疑的文化话语，就宗主国的知识分子而言，最好在理论上对此加以回避。我发现自己被夹在两者中间，像许多帝国解体时期成长起来的人一样。我们既属于殖民主义与对它的抵抗两者并存的时期，也属于卓越的理论发展时期，解构主义、结构主义、卢卡奇主义和阿尔图塞马克思主义的传播时期。我自己想出的解决行动和理论之间对立的办法是：一个宏观的视角，用它我们能够观察文化也观察帝国主义。从这个视角可以观察到一个与另一个之间的辩证关系，虽然它极其众多的细节只能偶尔观察得到。我将从这样的前提出发，就是：虽然文化从整体上看是单一的，它的许多重要组成部分却应被视为互补的。

这里我特别关注的是本世纪初西方文化与帝国间关系突出的、带有根本性的变化。这个变化的范围和意义与它之前的两个变化类似。这两个时期对我们的讨论十分有益：欧洲文艺复兴期间的人文主义对希腊的再发现和18世纪末至19世纪中的"东方文艺复兴"——伟大的现代历史学家雷蒙·施瓦布这样称呼它[5]。那时，印度、中国、日本、波斯和伊斯兰的文化财富牢固地根植于欧洲文化的心脏。第二个，施瓦布所说的，欧洲对东方文化的大规模吸收是人类发展史中最辉煌的事件之一，这本身就具有极高的价值。这些吸收包括：德国和法国语法学家对梵文的发掘，英、法、德、法诗人和艺术家发现的印度民族史诗，从歌德到爱默生等许多欧美思想家发现的波斯形象艺术和泛神论哲学。

施瓦布的论述缺少政治方面。它和文化方面相比要可悲得多，启发性要小得多。像我在《东方学》一书中所论述的那样,意识到不平等的伙伴之间文化交流的真正后果是,人民遭受苦难。希腊经典著作没有经过真正希腊人介入的麻烦,就为意大利、法国和英国人文学者服务了。已逝作者的作品被后人阅读、欣赏和利用,幻想可以成立一个理想的联邦。这是学者很少以怀疑或轻视的态度谈到文艺复兴的原因。然而,在现代,讨论文化交流涉及到统治与强占:有人失去,有人获取。例如,今天关于美国历史的讨论越来越成为对这一历史在土著人民、移民和被压迫的少数民族问题上影响的质问。

但是,只是到最近,西方人才认识到,他们所说的关于"附属"人民的历史与文化的话可能受到那些人民的挑战。这些人民在不多几年以前干脆被合并了,包括他们的文化、土地、历史及其他一切,被并入庞大的西方帝国及其壁垒分明的话语结构。(我不想诋毁众多西方学者、历史学家、艺术家、哲学家。他们去了解欧洲以外世界的集体和个人努力取得了惊人的成就。)

一股反殖民和最终反帝国的活动、思想与改革的巨大浪潮(用葛兰西生动的比喻)"在互相围攻中"袭击了西方帝国的大厦,向它发出挑战。西方人破天荒地不得不面对自己,不是作为王公,而是作为一种文化的代表,甚至是被指控犯有各种罪行——暴行罪、镇压罪、思想罪——的民族的代表。法农在《被毁灭的大地》(1961)中说:"今天,第三世界……面对欧洲,像一块巨大的整体。它的目的应该是,试图解决欧洲未能找到答案的问题。"[6]以前已经有人发出过这样的指责,甚至是像塞缪·约翰逊(Johnson, Samuel)和W. S. 布兰特(Blunt, W. S.)这样大无畏的欧洲人。在非欧洲的世界各地，就曾经有过早期的殖民地起义，从圣多明各革命和阿卜杜尔·卡德骚乱到1857年的叛乱、欧拉比造反和义和团叛乱。曾经有过报复，政权的改变、著名的案件、辩论、改革和重估。尽管如此，帝国的面积和利益仍在增长。新的形势是对西方帝国持续的对抗和系统的抵抗。从太平洋到大西洋，长期酝酿的反白人情绪爆发为汹涌的独立运动。泛非与泛亚武装力量一经出现，便势不可当。

两次世界大战之间的激进分子并不是明显地或完全地反西方的。一些人认为，基督教可以帮助来摆脱殖民主义。另一些人认为，西方化才是解决问题的办法。按照巴西尔·戴维森的看法，两次大战中间这些努力的非洲代表人物是：赫伯特·麦考莱、利奥波德·桑戈尔、J. H. 卡斯里·黑弗德和塞缪·阿胡马。[7] 在阿拉伯世界，这个时期有萨阿德·扎格鲁尔、努里·阿斯-赛义德、比沙拉·阿尔-科里。甚至后来的革命领袖——例如越南的胡志明（Ho, Chi Minh）——原来曾经认为西方文化的一些方向可以有助于结束殖民主义。但是他们的努力与思想在西方宗主国几乎没有得到回应。经过一些时候，他们的抵抗就起了变化。

因为，如果殖民主义像萨特战后一篇文章中所说的，是个体系，那么抵抗也就让人觉得是有体系的。[8] 像萨特这样的人在法农《被毁灭的大地》（1961）一书的序言开头会说，世界实际上是由两个互相交战的方面构成的，"五亿人对十五亿土著。前者有文字；后者使用它……在殖民地，真理是赤裸裸的，但是，宗主国的公民却宁愿它是穿着衣服的。"[9] 戴维森以他通常流畅敏锐的语调这样讲述非洲的新反应：

历史……不是一架计算器。它在头脑里和想像中展开,并且由一个民族的文化的不同反应而形成了无限微妙的物质现实、经济基础和坚实的客观世界的互相作用。1945年以后非洲文化反应的不同是可以预料的,因为它们来自不同的民族与可见的不同利益。但是,它们首先受到一种对于改变的希望的鼓舞。这种希望以前几乎不存在,肯定没有像现在这样被强烈地感到过或者有现在这么大的吸引力,而且,他们是由心脏随着勇敢的音乐跳动的男女发出的。就是这些反应将非洲历史推上一条新的道路。[10]

欧洲对于展望中的西方与非西方关系中巨大而令人迷惑变化的觉察,是前所未有的,在欧洲文艺复兴和三个世纪以后对东方的"发现"中都未曾经历过。想一想下列事件的不同:15世纪60年代波利吉阿诺发现与编辑希腊经典著作;或1810年代包普和施莱格尔阅读梵文语法学家的著作和1961年阿尔及利亚战争期间一个法国政治理论家或东方学家阅读法农;以及1955年法国在奠边府大败后出版的西赛尔的《关于殖民主义的话语》(*Discours sur le colonialisme*)。这最后一个不幸的人与土著对话,而他的国家的军队正在与土著交战,他的任何前人都未曾如此。同时他又是在阅读勃苏埃和夏多布里昂的语言,在使用黑格尔、马克思和弗洛伊德的概念来蔑视产生了他们所有人的文明。法农走得更远,因为他颠倒了迄今为人们所接受的典型说法,即:欧洲带给殖民地现代化。相反地,他说,不仅"欧洲的进步和幸福是建立在黑人、阿拉伯人、印度人和黄种人的汗水与尸体之上的"[11]，而且，"欧洲实际上是第三世界所创造的，"[12]一种沃尔特·罗德尼、秦维祖等人以后一再发出的指控。在结束这样的对事物的重组时，我们发现萨特是在附和法农的话（而不是相反）。"没有任何其他东西比种族主义的人道主义更具一贯性了。因为只是通过制造出奴隶与魔鬼，欧洲人才能成为人。"[13]

第一次世界大战没有削弱西方对殖民地的占有，因为西方需要那些领地为欧洲提供人力资源以进行一次与非洲人和亚洲人很少直接关联的战争。[14]可是，导致二战后独立运动的进程已经开始。确定殖民地对帝国主义抵抗的日期在怎样看待帝国主义的问题上对双方都很重要。对成功地领导了反对欧洲大国的斗争的民族主义政党来说，它的合法性与文化优势在于他们继续了最初起来反对入侵的白人的斗争。例如，1945年开始其对法斗争的阿尔及利亚民族解放阵线可以溯源于19世纪30和40年代抗击法国占领的阿布代尔·卡德·米尔；在几内亚和马里，反法斗争是许多世纪以前由萨默里和哈志·欧玛开始的。[15]但是，帝国的作家只是偶尔地承认这些抵抗运动的存在，有如我们在关于吉卜林的讨论中见到的许多抹杀土著人存在的理由（比如：他们在捣乱分子出现之前是很幸福的），而没有给出一个产生不满的很简单的理由，即：土著人希望从欧洲人对他们土地的占有中解脱出来。

这一辩论直到今天还在欧美历史学家中间继续着。那些被米歇尔·阿达斯称为早期的"反叛预言者"是否只向后看,浪漫,不现实,消极地反对"实行现代化"的欧洲人,[16]抑或是,我们应该认真对待他们的现代继承人——例如尤利乌斯·尼雷尔和纳尔逊·曼德拉——对待他们那长期但通常失败的努力的重要性?泰伦斯·瑞恩杰说,这些不只是学术探讨的问题,而是有紧迫的政治重要性的问题。例如,许多抵抗运动"形成了产生未来政治的环境……抵抗运动对白人的政治与态度发生了深刻影响;在抵抗过程中,或者其中某段过程中,各种以重要方式展望未来的政治组织或思想出现了。这些组织或思想或直接或间接地与后来的非洲反对(欧洲帝国主义)表现有关。"[17]瑞恩杰证明,关于反帝民族抵抗的连续性与一贯性的知识与道德争论继续了几十年,并且成为帝国历史的一个有机部分。如果作为一个非洲人或阿拉伯人,你选择记住1896—1897年的恩德拜尔—朔纳起义和1882年的欧拉比起义,你就会尊敬这些民族领袖。他们的失败导致了后来的成功。欧洲人很可能以不同的方式解释这些起义,说它们是派系斗争,或者是疯狂相信太平盛世会降临的人在作祟。

此后,令人震惊的是,第二次世界大战之后,整个世界都非殖民地化了。格里莫(Grimcl, Henry)的研究中有一张英国处于巅峰时期的地图:它令人信服地证明,英国的领地曾经是多么广大。1945年战争结束后仅仅几年的时间,它就差不多把它们完全丢失了。约翰·斯特莱奇(Strachey, John)的名著《帝国的终结》(*The End of Empire*)(1959)明白无误地悼念这种失落。在伦敦,英国政治家、军人、商人、学者、教育家、传教士、官僚和间谍们肯定地对以下各地的丢失负有责任:澳大利亚、新西兰、香港、新几内亚、锡兰、马来亚、亚洲次大陆全部、中东大部,从埃及到南非的东非大部、中西非的一大块(包括尼日利亚)、圭亚那、某些加勒比岛屿、爱尔兰和加拿大。

法国帝国包括太平洋和印度洋上的许多岛屿以及加勒比(马达加斯加、新加里多尼亚、塔西提、瓜德罗普等)、圭亚那和印度支那半岛全部(安南、柬埔寨、科钦支那、老挝和东京)。法帝国的领土确切无疑要小于英国。在非洲,法国与英国激烈地争夺优势——从地中海到赤道,非洲大陆西半部的大部分在法国手中。还有法属索马里。此外,还有叙利亚和黎巴嫩。这两个地方和法国的许多非洲与亚洲殖民地一样,也侵犯了英国的道路和领地。最著名的英帝国占领者之一——克罗莫公爵(他曾经相当傲慢地说,"我们不管辖埃及,我们只管辖埃及的管辖者。")[18]在1883年到1907年间几乎单枪匹马地统治埃及以前,曾在印度做出突出贡献。他时常恼怒地谈到英国殖民地中的"轻浮的"法国影响。

为了这些广袤的领地(以及比利时的、荷兰的、西班牙的、葡萄牙的、德国的),宗主国西方文化投入了巨额资金和战略计划。在英国或法国几乎很少有人想到事情会发生变化。我曾经试图指出,多数文化都把帝国力量的永久优势视为当然。尽管如此,对帝国主义的另一看法出现并延续下来,并且最后占了上风。

到了1950年,印度尼西亚从荷兰统治下赢得了自由。1947年,英国把印度移交给国大党,巴基斯坦在真纳的穆斯林联盟的领导下立即从印度分裂出去。马来西亚、锡兰和缅甸独立了,还有法属东南亚各国。在整个东非、西非和北非,英、法、比的占领结束了,有时(像在阿尔及利亚)经过了生命与财产的巨大损失。到1990年前,49个新的非洲国家诞生了。但是,这些斗争不是发生在真空。格里莫指出,殖民者与被殖民者之间的国际关系是被全球性力量促动的——教会、联合国、马克思主义、苏联和美国。像许多泛非洲、泛阿拉伯、泛亚大会所证明的那样,反帝斗争被普遍化了,西方的(白人、欧洲人、先进的)和非西方的(有色人、土著、落后的)文化与人民之间的鸿沟加深了。

世界版图的重新划分是如此剧烈,我们丢掉了(也许被鼓励丢掉)一种精确的历史感,即:甚至在斗争中,帝国主义和它的反对者也是在为同一领域而斗争,为同一历史而争论更不用说道德感了。在受过法国教育的阿尔及利亚人或越南人,受过英国教育的东部或西部印度人、阿拉伯人和非洲人与他们的帝国主人对抗时,他们的斗争有重叠的地方。伦敦和巴黎的反帝斗争受到德国和阿尔及利亚抵抗运动的影响。虽然它不是自己对自己的斗争(帝国主义一个标准的误导人的说法认为,完全是西方的自由主义思想导致了对殖民统治的斗争。它心怀叵测地忽视印度和阿拉伯文化中蕴藏的抵抗帝国主义的成分,并且声言反帝战斗是帝国主义的重要胜利之一),它却是同一文化土壤上的对手之间有趣的交锋。假如没有宗主国的怀疑与反对,土著人抵抗帝国主义的文字、习语和结构就会与现在的不同。这里,文化也同样走在了政治、军事史或经济过程的前面。

不可忽视这种交叉。正如文化可能为一个社会对另一个社会的统治做出预先安排和准备一样,它也可能使这个社会放弃或修正关于海外统治的思想。假如男人与女人没有抵抗殖民统治、拿起武器、宣传解放的理想,或者,(如班内狄克·安德森所说的)设想一个新的民族社会并做最后的冲击的意愿,上述这些变化就不会发生。同样,如果在帝国国内不出现经济或政治的枯竭;如果帝国思想与殖民地统治的代价不受到公众的质疑;如果对帝国主义的再表现不开始失去其合理性和合法性;最后,如果反叛的"土著"不能使宗主国文化对自己没有受到殖民文化影响的文化合理性与合法性有个深刻的印象,这些变化也是不会发生的。但是,在注意到这一切前提之后,我们应该承认,在重新绘制的地图两端,对帝国主义的敌对与抵抗是在文化土壤上得到表现的。这些领域基本上是共同的,但也存在着争议。

土著与欧洲自由主义者在其中生活并互相理解的文化土壤是什么呢?他们能互相给予多少呢?在剧烈的改变发生以前,他们在帝国统治的范围内怎么能够互相交往呢?首先考虑一下福斯特的《印度之旅》。这本书肯定地表达了作者对印度的热爱(这种热爱有时是易怒的、神秘的)。我一直觉得,《印度之旅》最令人感兴趣的是,福斯特利用印度来表现按照小说的准则事实上不能表现的内容——广大的土地,难以理解的信仰、秘密行动、历史和公众社会形式——作者显然是要把莫尔夫人,还有菲尔丁描述成这样一些欧洲人:他们超越了人种等限制,留在了一个(对他们来说)新的可怕的领域——对菲尔丁来说是经历了印度的复杂生活,然后回到所熟悉的人道的生活中来。(审判之后,他经过苏伊士和意大利回到了苏格兰。他体验到了印度能给一个人的时间和空间感带来怎样令人震颤的预感。)

但是,福斯特同时又是个很慎重的现实观察者,现实使他在这里止步。小说在最后一节又回到了传统的社会行为准则。在那里，作者有意识而坚决地向印度输入了小说中惯常的内部解决办法（通过婚姻与财产）：菲尔丁和莫尔夫人的女儿结了婚。但是，他和阿吉兹，一个穆斯林民族主义者一起骑马，又保持着距离："他们不想那样做。"他们千百次说："不，还不到时候。"老天爷说："不，不是在这里。"不是没有解决的办法和结合的可能，但两者都没有实现。[19]

如果今天的印度既不是适于辨明身份、汇合和合并的地点，也不是适合做这些的时间（福斯特的指引是谨慎的），那么它适合于什么呢？小说指出，这个问题的政治根源是英国的存在，可是它也允许人们感觉这一难题的各个方面，认为政治冲突在将来终会得到解决。高德勃尔和阿吉兹两人从正好相反的两个方向对于帝国主义的抵抗得到了认同——阿吉兹是穆斯林民族主义者，高德勃尔是超现实主义的印度人——菲尔丁与生俱来的反抗性也得到了认同，虽然他不能用政治或哲学词语表达他反对英国的罪恶统治的情感，而只是局部地反对局部的罪行。班尼塔·派瑞（Parry, Benita）在《误导与发现》（*Delusions and Discoveries: Studies on India in the British Imaginzation, 1880—1930*, London: Allen Lane, 1972）中指出福斯特给小说以正面结局的有趣论点，是根据福斯特提供的"暗示"，而小说的整体不是这样。[20]更确切的说法是，他有意让印度与英国之间的鸿沟继续存在，但是又允许时时的逾越。即使如此，我们仍然有理由把审讯阿吉兹期间表现出的印度人对英国人的敌视和印度人出现明显的抵抗联系起来。这种抵抗是菲尔丁勉强在阿吉兹身上看到的。阿吉兹这种民族主义者以日本人为楷模。迫使菲尔丁辞职的英国俱乐部成员神态不安，态度恶劣。而且他们认为,阿吉兹的违反规定表明,任何"软弱"的迹象都是对英国统治本身的攻击:这些也是没有希望的气氛的表现。

由于《印度之旅》对菲尔丁观点及态度的自由主义和人道主义描述,它几乎不知所终。这部分是因为,福斯特对小说形式的执著遵循使他在印度问题上遇到不能克服的困难。和康拉德笔下的非洲一样,福斯特笔下的印度时常被描绘为太大而且无法把握。在小说前部,一次朗妮和阿黛拉在一起时,他们看到一只鸟消失在树丛,可是他们辨认不出它是什么鸟。因为像福斯特为他们和我们补充的那样,"在印度,什么都是辨认不出来的。你只要提一个问题,就会使它消失或者被融入了别的什么东西里。"[21]因此,小说的核心还是英国殖民主义者——"发达的身体、相当发达的头脑和不发达的心"——与印度之间的交锋。

当阿黛拉走近玛拉巴山洞时,她注意到火车的"噗""噗"声伴随着她的思考,传递着一种她弄不明白的信息。

> 谁能懂得这样的一个国家?多少入侵者曾经试过,但是他们依然是流亡者。他们建造的重要城镇只是一些休养地,他们的争吵是找不到归宿之人的病态反应。印度知道他们的麻烦。她对全世界的麻烦有深入的了解。她用她的千百张嘴,通过可笑的、庄严的嘴喊出:"来吧!"但是,来干什么?她从未说过。她不是承诺,而只是一种召唤。[22]

然而,福斯特表明了英国"官僚"怎样试图强迫印度通情达理。有各种关于优先权的命令,俱乐部有各种规则,军人有等级。在这一切之上并左右这些的是英国的力量。罗妮·希斯罗普说,印度"不是个茶话会","每当英国人和印度人尝试进行密切的社交时,我知道,能有灾难性的后果。交往是可以的。互相客气完全可以,亲密——永远、永远也行不通。"[23]难怪当莫尔夫人脱下鞋进入一个清真寺时,阿吉兹医生感到惊讶。莫尔这样做是表示一种尊敬,一种以习俗所禁止的方式建立友谊的姿态。

菲尔丁也是非主流的:绝对聪明和敏锐,在私下谈话中因为能互相礼让而感到快乐非常。但是,在极其难以理解的印度面前,他的善解人意与同情的能力不起作用了。在福斯特的早期小说中他会是位完美的英雄,但是在这里他失败了。至少,菲尔丁可以与阿吉兹这样的人接近。这是福斯特的笔法。福斯特把这部与印度有关的英国小说分成两部分,一部分是有关伊斯兰的,一部分是印度人的。1857年哈尔亚特·玛蒂努(Martineau, Harriet)说过:"无论是印度教徒还是穆斯林,在亚洲的环境里长大,头脑没有被开发过,是不可能在智力上或道德上与欧洲的基督徒产生共鸣的。"[24]福斯特强调的是穆斯林。与他们相比,印度教徒(包括高德勃尔)是边缘人,好像不适于用小说来表现。伊斯兰教比较接近西方文明,在福斯特的《昌扎波尔》(*Chandrapore*)中,处在英国人和印度教徒中间的位置。在《印度之旅》中,福斯特比较更接近于伊斯兰教。但是很显然,他还是缺乏同情心。

在这本小说中,印度教徒相信一切都是混合的,一切都互相关联。神是唯一的,又不是唯一的;曾经是,又不是。相反,阿吉兹代表的伊斯兰教徒则相信秩序与一个具体的神

（福斯特含混地说:"穆罕默德比较单纯的心",[25]他仿佛是既要说阿吉兹有颗比较单纯的心,又要说,一般而言,穆罕默德也有一颗单纯的心。)在菲尔丁看来,阿吉兹是个准意大利人,虽然他那夸大了的对于莫卧儿历史的看法、他对诗歌的热爱、他对随身携带他妻子肖像的奇怪羞耻感都表明他是个异族的非地中海人。尽管菲尔丁有良好的文化素质,有怀着仁慈与爱心做判断的能力和建立在人类准则上的洋溢的智力,他最后仍然被印度本身所拒斥。只有莫尔夫人能接近印度人迷失的心,而她最后却被她的眼光所毁灭。阿吉兹医生后来成为一名民族主义者。但是我认为福斯特对他仅仅摆摆姿态的行为很失望。他不能把自己和大规模的印度独立运动联系起来。据弗朗西斯·哈钦斯说,在19世纪末和20世纪初,"令人吃惊的是民族主义运动没有引起在印度的英国人的注意。"[26]

当碧翠丝和西德尼·韦伯(Webb, Beatrice and Sidney)于1912年在印度旅行时,他们注意到了英国雇主和给王公工作的印度劳工之间出现的麻烦,或者因为怠工是抵抗的一种形式(如 S. H. 阿拉塔斯已经说明的在亚洲很普遍的现象[27]),或者由于达达海·纳欧罗吉(Naoroji, Dadabhai)的所谓的"抽空理论"。纳欧罗吉说,印度的财富正在被英国人抽走。这种说法为民族主义者所接受。韦伯夫妇责怪"那些印度境内的老英国居民没有学会掌控印度人的艺术",然后,他们又说,

> 同样清楚的是,有时特别难以让印度工人出汗。他不在乎挣多少钱。他宁愿在半饥饿状态中把时间浪费

掉也不愿干得太累。无论他的生活水平多低，他的工作水平会更低——至少当他为他不喜欢的雇主工作时是这样。他没有规律的行为使人瞠目结舌。[28]

这一点几乎并不意味着两国处于敌对状态。同样地，福斯特在《印度之旅》中发觉印度难以对付是因为它太陌生和难以理解，或者因为像阿吉兹这样的人竟然会受幼稚的民族主义情绪的诱惑，或者因为如果谁像莫尔夫人那样试图与它接近，谁就不能从与它的接触中脱身。

在西方人看来，莫尔夫人是个令人厌烦的人。她在山洞里停留以后，自己都讨厌自己。对于在审判那一场景中被民族和谐暂时激动起来的印度人来说，莫尔夫人与其说是一个人，倒不如说是一句有鼓动力的话语，一种可笑的印度化了的抗议与团结原则的体现："不合时宜的人。"她对印度有切身体验，却没有理解；而菲尔丁表面上理解，却又没有深入的体验。小说的无助感在于，它既没有彻底谴责（或维护）英国殖民主义，也没有谴责或支持印度民族主义。的确，福斯特的嘲讽刺痛了从顽固的特顿夫妇和伯顿夫妇到故作姿态的可笑的印度人这所有的人。但是，我们不能不感到，鉴于1910和1920年代的政治现实，甚至《印度之旅》这样出色的小说也还是在不可逃避的印度民族主义问题上马失前蹄。福斯特从英国人菲尔丁的角度来叙述故事：而菲尔丁却只能认为印度太大了，太难懂了。像阿吉兹这样的穆斯林只能与他交友交到某个程度，因为他对殖民主义的敌意非常愚蠢，令人难以接受。印英两国是敌对国家（虽然它们的立场有重叠的地方）的意识被淡化了，压制了，最后被抛弃了。

这些就是一部有关个人的,而不是官方或国家历史的小说的特殊之处。对比之下,吉卜林坦率地承认政治现实不只是小说讽刺内容的来源,不管在他看来,英国在印度的历史是多么受到威胁,多么可悲或充满暴力。印度人是复杂多样的一群。需要认识他们,了解他们。在印度的英国力量必须重视他们。这就是吉卜林的政治坐标。而福斯特更是含混其词,更具一种居高临下的姿态。派瑞的评论是有道理的。他说:"《印度之旅》是英国人对印度想像力的胜利表现。"[29]然而,福斯特笔下的印度是具有个人亲和力的、非常无情地形而上的。印度人作为一个民族与英国争夺主权。他并不认为这是个严肃的政治问题,甚至也不是什么值得尊敬的。考虑一下下面这段:

哈米杜拉在去委员会的路上进来拜访。这个委员会是由一些忧心忡忡,具有民族主义倾向的名流组成的。在委员会里,印度教徒、穆斯林、两个锡克人、两个袄教徒、一个耆那教徒和一个土著基督教徒试图超出寻常地互相接近。只要有人辱骂英国人,一切都相安无事,但是却得不到任何建设性的收获。但是如果英国人离开印度,这个委员会也就消失了。哈米杜拉很高兴他所喜爱的、和他自己家庭有关系的阿吉兹对政治不感兴趣。政治能够毁灭名声与事业,但没有它们,什么也干不成。他想到剑桥大学,就像想到已经结束的一首诗一样悲伤。他二十年前在那儿是多么高兴啊,政治在教区长班尼斯特夫妇的教区里不起作用。在那里,游戏、工作和愉快的社交生活交织在一起,并且形成了一个小社会。这对一个民族的生活来说是足够了。而在这里,一切都是拉关系,都是令人担忧的。30

这标志着政治气候的变化:在班尼斯特的教区或剑桥曾经是可能的事,在刺耳的民族主义叫喊声中已经不再适宜。但是,福斯特说,各教派互不喜欢是必然的。他认为,民族主义委员会的权力没有必要延续到英国人离开以后。他还认为,尽管民族主义可能平庸和谦虚,它只是"拉关系,令人担忧"。福斯特说这些话时,他是在以帝国主义的眼光看待印度人。他的假定是,他可以超越幼稚的民族主义思想的表面而看到真实的印度。至于统治印度——这是哈米杜拉等人鼓动人们去做的——英国人最好继续干下去,尽管他们犯了错误:"他们"(印度人)还不适于自治。

当然,这种观点源自穆勒,而且与布尔沃-雷顿(Bulwer-Lytton)的立场惊人地相似。这位1878年至1879年的总督这样说过:

> 由于二等印度官员可悲的倾向,由于肤浅的英国慈善家忽视本质的、不可克服的种族品质区别,已经造成了很大的损害,这些区别对我们的印度政策是带根本性的。他们因而无意间纵容了缺乏良好教育的土著的傲慢和虚荣,同时又破坏了常识和对现实的正常认识。31

另一次,他说:"下孟加拉的绅士虽然不忠实,所幸还怯懦。他唯一的左轮手枪是尽管肮脏却不危险的墨水瓶。"32在这段话的出处《印度民族主义的出现》一书中,阿尼尔·

希尔(Seal, Anil)指出,布尔沃—利顿没有抓住印度政治中的主要趋势,而一位地区官员却看出了这一趋势:

> 二十年前……我们不得不对当地的各个民族与种族分别加以考虑。玛赫拉塔人的愤懑并不涉及孟加拉人……现在……我们改变了这一切,正在发现自己不是面对某个省的人民,而是面对由我们自己的行为造成并培养出的由互相同情和共同行动而联合在一起的二亿人。[33]

当然,福斯特只是一位小说家,不是政治官员或理论家或预言家。然而,他找到了一种方式,用小说的结构不加更改地说明已经存在的感情与参照体系。这种结构可以使人喜欢或接近某些印度人或印度,但是又使人把印度政治当作英国人的责任,并拒绝给印度民族主义文化方面的地位(顺便说一句,它情愿把这种地位给希腊人和意大利人)。阿尼尔·希尔又说:

> 在埃及和在印度一样,凡是对英国人不方便的活动都被断定是谋求自己利益的阴谋,而不是真正的民族主义。格拉斯东政府把埃及的阿拉比叛乱看作受爱好阅读拉马丹的著作的一些埃及知识分子策动的少数军官干的。这是一个令人感到安慰的结论,因为它起到为格拉斯东政府否定他们自己的原则的作用。在开罗毕竟没有加里包尔迪们。在加尔各答和孟买也没有。[34]

福斯特没有在自己的作品中明确谈及，一种抵抗的民族主义怎么能由一个同情它的英国作家来表现。然而，英国对印政策的激烈反对者爱德华·汤普森却在《印度之旅》出版两年后的1926年问世的《勋章的另一面》中对此作了感人的研究。汤普森的研究内容是对错误的表现。他说，印度人完全通过1857年"叛乱"期间英国人的野蛮行为来看英国人。而英国人则把印度人和他们的历史看作野蛮、不文明、不人道。这之中最极端的是自以为是又冷酷的王公。汤普森指出两种错误表现之间的不平衡。一种拥有现代技术和传播手段来支持它——从军队到《牛津印度史》——而另一种则依靠小册子和动员被压迫人民的抵抗情绪。汤普森说，尽管如此，我们仍然必须承认，印度人的

> 仇恨——凶狠的、坚决的仇恨——的存在是肯定的；我们越早承认它并找出其原因，就越有利。对我们统治的不满正在普遍起来。第一，一定存在着能说明那种不满之所以扩散的民间记录；第二，在它的核心一定有强烈的憎恨，使得它迅速获得如此强大的力量。[35]

他说，因此我们必须寻找"印度历史中的一个新方向"。我们必须"弥补"我们做过的事，尤其是应该认识到印度人"要求把自尊还给他们，使他们恢复自由并且使他们能正视我们和其他任何人。这样，他们就会像自由人那样行事并且不再说谎"。[36]

汤普森这两本有说服力的、令人钦佩的书在两个方面具有深刻的象征性。他承认文化对巩固帝国感有极大的重要

性：他一再说，历史的书写与帝国的扩张相联系。他是最早最有说服力地从宗主国的视角来审视"帝国主义"，并将它当作殖民者和殖民地共同文化灾难的人之一。但是他坚持认为，在涉及双方的事件中有超越双方的真理存在。印度人"撒谎"是因为他们不自由。而他（以及像他那样的另一方人）能看出真理，是因为他们是自由的，因为他们是英国人。如法农所说，像福斯特一样，汤普森也没能认识到，帝国主义从来不会出于善意施舍什么东西。[37]它不可能给印度人自由，而必然出于迫不得已才出让它，而这又是随着时间的推移而变得敌对性更大、而不是更小的长期政治、文化、有时是军事斗争的结果。同样，维护帝国的英国人也处于同一过程中。他们在失败之前是一直会捍卫他们的立场的。

汤普森说，必须明确地加入土著与白人之间的战斗，有如1926年以前那样，才能把自己看作站在"另一方"。现在是两方面、两个国家之间在进行斗争，而不仅仅是殖民地起义来回应白人主人的诘问。法农在一段夸张的文字中，把这叫做"不和、冲突、斗争的别名"。[38]汤普森比福斯特更充分地接受这一说法。对他来说，19世纪小说中把土著视为附属的、依附的观念仍然强大有力。

在法国，没有任何人像吉卜林那样，甚至在赞美帝国的时候就警告过，洪水般的灭亡将要到来；也没有人像福斯特那样。法国文化具有拉欧尔·吉拉台德所说的在骄傲与忧虑中的游移——对在殖民地的成就的骄傲和对于殖民地命运的恐惧。[39]但是像在英国一样，法国对亚非民族主义并没有感到吃惊，除去在共产党按照第三国际的路线支持反殖民主义革命和抵抗帝国主义的时候。吉拉台德说，继《背德者》后,纪德出版的两部重要著作,《刚果之旅》(*Voyage au Congo*)(1927)和《重返乍得》(*Retour du Chad*)(1928)对在撒哈拉非洲的法国殖民统治提出了疑问。但他又巧妙地说,纪德在任何地方都没有怀疑过"殖民主义本身"。[40]

啊,模式始终是一样的:纪德与托克维尔这样的殖民主义批评者抨击大国在一些地方的不轨行为,但对它们的触动并不大。他们的批评或者忽略那些他们所关注的法属殖民地上的滥权问题,或者闭口不提反对一切形式的压迫和帝国主义霸权。

19世纪30年代,一些人种史方面的文章怀着爱心、认真地讨论过法国统辖下的土著社会问题。毛利斯·德拉弗斯(Delafosse, Maurice)、查尔斯·安德烈·于连、拉布黑(Labouret)、马赛尔·吉奥尔(Griaule, Michael)、米歇尔·雷希斯(Leiris, Michel)等人的著作给予了遥远的、时常是模糊不清的文化以实质性的、认真的关注,并且对它们表示了从帝国主义政治结构中得不到的尊重。[41]

在马尔罗最不知名、讨论得最少的作品之一《皇家大道》中,可以见到这样的明智关注与帝国大环境特殊的结合。马尔罗是业余探险家,又是人类学家兼考古学家。在他的背景中可以见到列昂·弗洛拜纽斯(Frobenius, Leo)、《黑暗的心》作者康拉德、T. E. 劳伦斯、兰波(Rimbaud)、尼采(Nietzsche, Friedrich Wilhelm)和纪德(Gide, Andre)笔下人物梅纳尔戈的影子。《皇家大道》表现的是一次进入"内地"的旅行,这次是法属印度支那(这是一个马尔罗的主要批评者很少注意的事实。对他们和加缪的批评者来说,唯一值得讨论的地方是欧洲)。一方是波尔根和克劳德(讲故事的人),另一方是法国当局。双方为统治与掠夺而斗争:波尔根要得到柬埔寨的浮雕作品;官僚们以怀疑和厌恶的心情看待他的寻求。在冒险者们发现拉伯特,一个类似克尔茨的人物时,他已经被捉住,弄瞎了眼睛并遭受了酷刑。他们试图从土著那里把他弄回来,但是他们的精神已经崩溃了。波尔根受了伤,他的受伤的腿在毁灭他。这个不屈不挠的个人主义者(像克尔茨在最后的痛苦日子里)向悲痛的克劳德发出挑战的信息(像马罗一样):

> 没有……死亡,只有……我……
> 一只手蜷曲在大腿上,
> 死去的……将是我。[42]

《皇家大道》用令人恐惧和富有诱惑力的方式表现了印度支那丛林和部落。格拉伯特被莫伊斯部落的人拘捕。波尔根曾经长期统治了斯廷人,并且像个虔诚的人类学家,曾经徒劳地试图使他们不受现代化(其形式是殖民者的铁路)的侵犯。尽管小说的帝国背景具有威胁性而又动荡,却几乎没有任何东西能说明存在着政治威胁,或者,看不出笼罩在克劳德、波尔根和格拉伯特头上最终的命运,可以比一般意义上人用自己的毅力抵抗外界邪恶更有具体的历史意义。当然,在土著的陌生世界中,你可以达成小规模的交易(例如,波尔根就和莫伊斯人这样做过),但是他对柬埔寨的总体憎恨颇具戏剧性地表明了存在于东西方之间形而上的鸿沟。

我之所以非常重视《皇家大道》是因为,作为一个卓越的欧洲天才的作品,它确凿地证明,西方人道主义思想不可能面对帝国的政治挑战。对于1920年代的福斯特和1930年的马尔罗这两个真正熟悉非欧洲世界的人来说,西方面临着一种更重大的命运,而不仅仅是民族自决——自我意识、意愿甚至爱好或歧视等较深层的问题。也许小说形式本身以及从上个世纪继承下来的那些感觉与参照的体系使他们的目光变得模糊了。如果我们把马尔罗和保罗·马斯(Mus, Paul)加以比较,他们之间的区别是惊人的。马斯是个著名的法国印度支那文化专家。他的著作《越南:一次战争的社会学》(*Vietnam*: *Sociology d'une Guerre*. Paris: Sueil, 1952)于二十年后奠边府战役前夕出版。他和爱德华·汤普森一样,发现了将法国与印度支那分隔开来的政治危机。在题为《越南化之路》(*Sur la route Vietnamienne*)(或许是为了比照《皇家大道》)的一章中,马斯率直地谈到法国的制度及其对越南的神圣价值的长期侵犯。他说,中国人比法国人更懂得越南以及它的铁路、学校和"世俗的政府"。由于没有宗教的旨意、对越南人的传统道德知之甚少、对越南当地人的情绪知之更少,法国人只是些漠不关心的征服者。[43]

和汤普森一样,马斯把欧洲人和亚洲人看作是休戚相关的。他也和汤普森一样地反对继续保持殖民制度。他主张越南独立,尽管有苏联和中国的威胁。但是他要订立一个法—越条约,使法国在越南的重建中得到某些优惠(这是该书最后一章"做什么"的要点)这一点上他与马尔罗大相径庭——但却是欧洲人的保护的概念的小小的变奏——虽然是开明的变奏。他没有承认西方帝国主义眼中的第三世界民族主义的全部力量。在西方帝国主义眼中,这些力量已经变成了敌对的,而不是合作的民族主义。

Ⅱ 抵抗文化的主题

正像帝国一样,非殖民化运动核心、缓慢、经常是充满争议的对地理领土的重新划分,是以文化领土的重新划分为先导的。在"主要的抵抗"以后,确切地说是对外来入侵作战的时期以后,就是次要的,也就是思想意识方面的抵抗。这时,要致力于"一个破碎社会"的重建,以便像巴西尔·戴维森(Davidson, Basil)所说的那样,从殖民主义制度的压力下挽救和恢复社区的意识和事实,[44]这又使得建立新的独立国家成为可能。重要的是,我们在这里主要地不是在谈论由抵抗运动中的知识分子、诗人、预言家、领袖和历史学家从他们的个人经历中发现的乌托邦式地区——或者说是田园诗般的原野。戴维森谈到了一些人在初期阶段所做的不着边际的承诺,例如,拒绝基督教和不穿西装。但是,这些承诺都是指向殖民主义的污辱的,并且"指向了民族主义的主要信条:需要找到一个空前广泛的统一的意识形态基础。"[45]

我相信,这种基础是在重新发现与恢复土著曾经拥有过,而被帝国主义的一些措施所压抑的东西当中找到的。因此我们可以理解,为什么法农坚决主张在殖民主义形势下重读黑格尔的"主人—奴隶辩证关系"的论述。法农认为,殖民主义形势下的主人"与黑格尔所描述的主人有根本的不同。黑格尔认为两者之间是互动关系。而在当前这种情况下,主人耻笑奴隶的心态。他要从奴隶那里得到的不是承认而是工作。"[46]承认就意味着重新划出并占有为从属而保留的帝国文化形式,自觉地占领它;就意味着在一度被一种将某些次等人视为从属阶层的意识形态所占领的领土上为之斗争。因此就有了重读。具有讽刺意味的是,黑格尔的辩证法说到底是黑格尔的:是他首先提出了这个论点,正像先有了马克思主义关于主体与客体的理论然后才有法农的《受苦的人》(*Les Damnes*)利用它来说明殖民者与被殖民者之间的斗争一样。

这就是抵抗运动的部分悲剧所在。它必须在某种程度上恢复帝国文化已经确立的,或者至少影响过或渗透过的形式。下面是我称为重叠领域的另一个例子:例如,20世纪争夺非洲的斗争是围绕着来自欧洲的几代探险者反复设计的领土的。这个过程被菲利浦·科汀在《非洲的形象》(*The Image of Africa: British ideas and Action 1780—1850*, Madison: University of Wisconsin Press, 1964)中令人难忘地细致地表现过。[47]正如欧洲人在占领非洲时把它看作一块空白,或者在1884—1885年柏林大会上阴谋瓜分它时就认为它是唾手可得的,进行非殖民地化斗争的非洲人觉得有必要重新设想有一个没有帝国的非洲。

让我们看一看这种设想和意识形态问题上的斗争的一个具体事例:出现在欧洲文学,特别是关于非欧洲世界的文学中的所谓探索或航行主题。在文艺复兴末期一切伟大探险者的记述(丹尼尔·德弗特(Defert, Daniel)曾经恰当地把它们叫做世界总汇[48])和19世纪探险家与人类学家,特别是康拉德关于刚果航行的叙述中,都有玛丽·路易斯·普莱特(Pratt, Mary Louise)所说的关于南方航行的固定模式。她指的是纪德和加缪。⁴⁹其中控制与权威的主题"连续不断地表现出来"。对于开始见到和听到那个持续信号的土著来说，它像是个"危机的信号、流放的信号、逐出心灵、逐出家园的信号。"史蒂芬·德达勒斯（Dedalus, Stephen）在《尤利西斯》（*Ulysses*, 1922, rprt. New York: Vintage, 1966）一书的图书馆一段中说了这样令人难忘的话。⁵⁰非殖民化时期的当地作家乔伊斯——一个属于英国殖民地的爱尔兰人——重新体验了这样一个探索——航行的主题。他曾经被这个比喻排斥在外。这个比喻从帝国传到新的文化里，被改造、利用和体验。

在詹姆斯·努基（后来叫做努基·瓦·提昂哥）所著的《界河》（*The River Between*, London: Heinemann, 1965）中，第一页就把康拉德笔下的河流注入了生命，从而再现了《黑暗的心》。"那条河叫做霍尼亚，意思是痊愈，即复活的意思。霍尼亚河永不干涸：它似乎具有强大的生命力，傲视干旱和天气变化。而且它总是那样向前流淌，既不匆忙，也不犹豫。人们见到这种情景，很是高兴。"⁵¹在我们阅读时从不难发现康拉德笔下的河流形象、探险与神秘的背景。然而它们被一种故意低调的、有意识不合习惯的冷峻语言赋予十分不同的评价，甚至恼人的体验。在努基笔下，白人的重要性减退了——他被压缩成为一个典型的传教士列文斯通式的人物。在对不同的村庄、不同的河岸和不同的人的区分中，可以感受到他的影响。在毁坏了瓦亚吉生活的内部冲突中，努基强有力地表现了未能缓解的紧张关系。这种紧张关系将延续到小说结束以后。小说没有试图遏止它们。一种在《黑暗的心》中被压抑的新的模式出现了。依照这个新模式，努基创造了一个新的情节,其脆弱的过程和最终的模糊状态显示着回归非洲人的非洲转折。

在塔易布·萨里赫(Salih, Tayb)的《向北迁徙的季节》(*Season of Migration to the North*, London: Heinemann, 1970)中,康拉德的河流成了尼罗河。它的河水使生活在其上的人们重新有了活力。康拉德的第一人称叙述风格和欧洲主人公在一定意义上被颠倒了。最初是通过使用阿拉伯文;其次,因为萨里赫的小说描写了一个苏丹人北上欧洲的旅程;第三,讲故事的人是在苏丹一个村庄讲话的。进入黑暗心脏的旅行因此变成从苏丹乡间开始的一次神圣逃亡,仍然背负着殖民地遗产的包袱,进入欧洲的心脏。在那里,克尔茨式的人物穆斯塔法·萨义德向自己、向欧洲妇女、向讲故事的人的理解过程施加了形式上的暴力。逃亡以萨义德回到老家村庄并在那里自杀身亡而结束。萨义德有意识地颠倒了康拉德的写法。克尔茨那里插着头盖骨的篱笆在萨义德那里以秘密图书馆中藏有欧洲书籍的形式被重复着,改用着。从北到南,从南到北的影响和交叉使康拉德绘制的往返殖民通道扩大了,复杂了;其结果不仅仅是小说中领土的重新划分,而且也使康拉德的伟大小说中未被表现的差别可能带的后果得到了表现。

> 那边和这里一样,既不更好,也不更坏。但我是这里的人,正像长在我家院子里的椰枣树是在我们家而不是别人家长大的一样。我不知道他们为什么到我们的土地上来。这是不是说我们应该毁掉我们的现在和未来? 他们早晚要离开我们,正像历史上许多人离开许多

国家一样。铁路、船只、医院、工厂、学校将是我们的。我们将讲他们的语言,既不感到内疚,也不感到感激。我们将再次成为我们过去那样的人——普通人——如果我们是谎言,那我们是自己制造的谎言。[52]

因此,后帝国时期的第三世界作家带着自己的历史印记,比如:屈辱留下的伤疤、不同习俗的动因、可能的对过去的改变,以适应后殖民地时代,和急需重新解释并重新体验的经验。在那些经验中,曾经沉默的土著作为总的抵抗运动的一部分在从殖民者手中夺回土地的斗争中发言并行动了。

抵抗文化中出现了另一个主题。考虑一下体现在莎士比亚《暴风雨》(*Une Tempete*)的现代拉丁美洲和加勒比版本中的,对拥有一个重生了、充满活力的权威之惊人的文化努力。《暴风雨》是捍卫对新世界渴望的卫士。其他还有诸如哥伦布、鲁宾逊·克鲁梭、约翰·史密斯和波卡洪达斯的冒险和发现的故事,以及英克尔和亚里科的冒险(一部卓越的研究作品,彼得·休姆斯所著《殖民主义碰撞》(*Colonial Encounters:europe and the Native Caribbean*, 1492—1797, London, Methuen, 1986)对它们都做了深入的讨论[53])。关于这些先锋人物的争论成了热点,现在事实上已经无法简单地评论他们之间任何一个了。我认为,把这种新的解读热情说成是头脑简单、辩护性或者攻击性都是错误的。在西方文化中,非欧洲艺术家和学者的介入这一新情况不能被忽视或抑制。这些介入不仅是政治运动不可分割的一部分,而且在许多方面,运动成功地指导了想像力、智力和比喻的能力,使之能对白人与非白人所共有的领地再发现与再思考。在许多西方人看来,土著想占有这个领地是不可容忍、厚颜无耻的行为。而让他们自己真正重新占有它也是不可想像的。

艾米·西赛尔的加勒比版《暴风雨》并非敌意而是善意地与莎士比亚的小说争夺对加勒比的再现。那种竞争冲动是一种更大的努力的一部分,其目的是要发现不同于以往那依附、派生属性的一个完整属性的基础。据乔治·莱明(Lamming, George)说,"卡利班是不包括在内的。他永远没有任何可能。他被认为只是一个事件、一个存在的什么东西,可以为他人的发展需要而被宰割和利用。"[54] 如果是那样,那么就必须表明由于卡利班自己的努力,他才有一段能够被单独看待的历史。莱明认为,必须以"重新定义语言的方式揭穿普洛斯波罗的陈旧神话",但是,"只有在我们表明语言是人类努力的产物之后,在我们使所有人都能利用一些人努力的成果以后,这种情况才能出现。这些人现在仍然被认为是没有语言和智力、有缺陷的奴隶的不幸后代。"[55]

莱明的论点是,虽然属性很重要,但仅仅有一个不同的属性是不够的。主要问题是能够看到,卡利班有一部能够发展的历史,把他看作以前似乎只有欧洲人才有资格享有的工作、成长和成熟过程的一部分。因此,《暴风雨》的每一个来自美洲的新讲述都是那个古老故事的当地版本,在正在展开的政治与文化历史压力下获得新的活力和反映。古巴批评家罗伯托·费尔南德斯·瑞塔玛(Retamar, Roberto Fernandez)提出一个重要的看法:对现代拉丁美洲人和加勒比人来说,混血儿的主要象征是卡利班人,不是阿瑞尔。因为他有着奇怪的、不可预知的混合认同。对克瑞尔,也就是新美洲的混血儿来说,更是如此。[56]

瑞塔玛选择卡利班而不是阿瑞尔,标志着在文化的非殖民化中心进行着极为重要的意识形态辩论。这种文化努力的目的在于,在政治上建立独立的民族国家以后很长时间内恢复社区和重新拥有文化。我在这里谈论的抵抗与非殖民地化在民族主义成功后很长时期内仍在进行。努基的《心灵的非殖民化》(*Decolonizing the Mind: The Politics of Language in African Literature*, London: James Curry, 1986)(1986)就象征着这种辩论。它记录了他与英语告别和通过更深入地开发非洲语言与文学来推进解放的过程。[57]芭芭拉·哈罗(Harlow, Barbara)的重要著作《抵抗文学》(*Resistance Literature*, New York: Methuen, 1987)(1987)体现了同样的努力。该书的目的是,利用最新的文学理论这一工具给予"地理政治领域的文学作品一个位置。这些地理政治领域是和其置身其中的社会与政治组织相对立的,并对它们做出回应。"[58]

辩论的基本形式可以最好、最直接地变成从阿瑞尔—卡利班这样的选择中得出不同的结论。这种选择对于拉丁美洲是特殊、不寻常的,对其他地区也有意义。在拉丁美洲进行的讨论(瑞塔玛是最近的一位著名参加者。其他参加者是何赛·昂立克·罗多[Rodo, Jose Enrique]和荷赛·马蒂[Marti, Jose])实际上是对试图脱离帝国主义而独立的文化怎样看待自己的过去这一问题的回应。一个选择是像阿瑞尔那样,也就是心甘情愿地做普洛斯波罗的奴仆。阿瑞尔惟命是从。他在得到自由以后回到旧我,成了一个土著的资产阶级,一点也不为他与普洛斯波罗的合作所困扰。第二种选择是像卡利班那样,意识到并且接受他的混血儿过去但仍能进行未来的发展。第三个选择是成为另一个卡利班,在发现其殖民地时期以前的自我和本质过程中,丢弃了他现时的奴隶状态和身体上的损伤。这个卡利班的表现形式就是产生了黑人性格、伊斯兰原教旨主义、阿拉伯主义等等观念的排外的和激进的民族主义。

两个卡利班互相需要、互相弥补。欧洲、澳洲、非洲、亚洲和南北美洲,每个被征服的社会对于普洛斯波罗这样的主人来说都是一个备受痛苦和折磨的卡利班。认识到自己属于一个被臣服的民族是反帝民族主义的根本认识。从那种认识出发,就产生了文学、无数的政党、许多争取少数民族和妇女权利的斗争,很多时候还产生了新兴的独立国家。然而,有如法农正确地指出的那样,民族主义意识很容易导致僵化。他说,仅仅以有色人官员取代白人官员,不能保证民族主义官员不重复旧的弊端。狭隘民族主义和排外情绪("非洲人的非洲")的危险是很现实的。最理想的是卡利班把他自己的历史看作一切被奴役的男女历史的一个方面,并且能够理解他自己的社会与历史状况的复杂真相。

我们决不可以轻视那种脆弱的认识的重要性——人民意识到自己是本国国土上的囚犯,因为它一再地出现在帝国世界的文学中。帝国的历史——在19世纪的部分时间,起义贯穿其中——在印度、在德属、法属、比属和英属非洲;在海地、马达加斯加、北非、缅甸、菲律宾、埃及和别的地方,帝国的历史似乎是不连贯的,除非我们认识到这样一种被囚禁的感觉:这种感觉加进了对社区的渴望就成为了反帝抵抗运动的文化努力的基础。艾米·西赛尔说:

> 属于我的还有：一小间
> 侏罗纪的单人牢房
> 一间牢房，雪恰似白色的铁窗
> 雪是一个白衣看守，登上监狱前的塔楼瞭望。
> 属于我的，
> 是一个蔑视白色死神的
> 白色吼叫的男人
> （图桑，图桑，卢福泰尔的图桑）[59]

通常，种族观念本身赋予了监狱以存在的理由，而且出现在抵抗文化的各个地方。泰戈尔（Tagore, R.）在1917年出版的著名的名为《民族主义》（*Nationalism*, New York: Macmillan, 1917）的讲演集中谈到了它。"国家"对泰戈尔来说是个产生一致、严密、无情的容器：在英国、中国、印度和日本都如此。他说，解决印度问题的答案必须不是制造一个类似的民族主义国家，而是提供一种有独创性的解决由民族主义意识而产生的分裂状况的办法。[60] W. E. B. 杜波依斯（Du Bois, W. E. B.）的《黑种人的灵魂》（*The Souls of Black Folk*, 1903, rprt. New York: New American Library, 1969）（1903）有同样的核心认识："成为一个问题是什么感觉？……为什么上帝使我成为我自己家里的弃儿和陌生人？"[61]然而，泰戈尔和杜波依斯都告诫人民，不要不加区别地攻击白人或西方文化。泰戈尔说，应受指责的不是西方文化，而是小心翼翼的"国家"自己承担了白人批评东方的责任。[62]

非殖民化文化抵抗的过程中出现了三个论题。在我们的分析中，它们是分开的，又是互相关联的。其一当然是坚持整体、一贯完整地看待社会的历史权力,给受囚禁的国家以自由(本尼迪克特·安德森[Anderson, Benedict]把欧洲的这种情况和"书面资本主义"联系起来,后者"使语言有了新的稳定性"并且"创建了在拉丁语以下,口头语之上的一个交流与传播的统一系统"[63])。民族语言的概念是紧要的。但是,没有民族文化的实践——从口号到小册子、报纸和戏剧——语言就是僵死的。民族文化组织并保持了社区的历史,像非洲早期失败的抵抗故事所重复的那样("他们在1903年夺走我们的武器,现在我们把它们夺回来")。男女主人公带着战利品,以新的生活方式重新定居在土地上;它形成了骄傲与蔑视的词语和情绪,进而又形成了主要民族独立政党的基础。当地奴隶的叙述、关于心灵的自传、狱中回忆录等形成了与西方大国的浩繁历史、官方话语和展示全貌的准科学观点的对抗。例如在埃及,吉尔吉·载丹(Zaydan, Girgi)的历史小说第一次汇集了专门的阿拉伯话语(正是沃尔特·斯科特在一个世纪前所做的)。安德森认为,在美洲西班牙语区,克瑞欧尔社会产生了克瑞欧尔人,他们有意识地把这些(混合的)人当作同胞。[64]安德森和汉娜·阿伦特都注意到"在基本上是想像的基础上求得团结一致"的广泛的全球运动。[65]

第二点是这样一种思想,就是,抵抗远不只是对帝国主义的一种反动,它是形成人类历史的另一种方式。特别重要的是,要知道这种不同概念的形成在多大程度上是建立在打破文化间的障碍的基础上的。当然,像一本引人入胜的书名所说的那样,阻止欧洲人关于东方和非洲的叙述,代之以比较幽默或比较有力的新的叙述风格,是这个过程中的一个主要构成部分。⁶⁶萨尔曼·拉什迪的小说《午夜的孩子》(*Midnight's Children*)是一部建立在对于独立的自由想像力上面的辉煌著作,尽管它产生了奇思怪想和矛盾。在拉什迪的这部作品和初期的抵抗作品中,作者有意识地进入欧洲与西方的话语结构,和它打成一片,改变它,使它承认边缘化了的、受压制的,或被遗忘了的历史。这是有特殊意义的。有数十位学者、批评家和知识分子参与了这种边缘性的工作;我把这种工作称为驶入的航行。

第三是明显的脱离主张分离的民族主义,而趋向于人类社会与人类解放的更统一的观点。我想把我对这个问题的看法说得很清楚。不言而喻,在非殖民地化时期的整个帝国世界,抗议、抵抗和独立运动得到这种或那种民族主义的支持。今天,关于第三世界民族主义的辩论,其规模和兴趣都在增长。在西方许多学者与观察家看来,很重要的一个原因是,民族主义的这种重新出现使几种不合潮流的态度复苏。例如,艾利·科多瑞(Kedourie, Elie)认为,非西方的民族主义基本上是应受到谴责的,是明显的文化与社会低劣的消极反映,一种几乎没有带来任何好处的对"西方"政治行为的模仿。其他人,像艾利克·霍布斯包姆和厄内斯特·盖尔纳(Gelner, Ernest)认为,民族主义是一种已经逐渐为现代经济、电子传播和超级大国军事计划的新的超国界现实所代替的政治行为。⁶⁷我认为,在所有这些观点中,有一种对非西方社会获得民族独立的显著的不舒适感,认为这与他们自己的"气质"格格不入。因此,他们一再坚持说,民族主义哲学来源于西方,因而对阿拉伯人、祖鲁人、印度尼西亚人、爱尔兰人或牙买加人是不适宜的,而且可能被他们滥用。

我认为,这是对新独立的人民的一种批评。它在文化上广泛地反对(既来自左的方面也来自右的方面)昔日附属人民与更先进、更有资格的德国人和意大利人具有同样的民族主义的主张。有一种混乱的、有局限性的优先观念认为,只有一种思想的最初倡导者才懂得并能利用这种思想。但是,一切文化的历史都是文化借鉴的历史。文化不是不可渗透的。正像西方科学借鉴了阿拉伯人的科学一样,我们也借鉴了印度与希腊的科学。文化永远不只是拥有的问题、绝对的债务人与债权人之间的借与贷问题,而且是不同文化间的共享、共同经验与相互依赖的问题。这是一个普遍的准则。谁能证实他国人的统治对英法两个国家的巨大财富做出了多大贡献?

对于非西方民族主义的更有趣的批评来自印度学者兼理论家帕萨·查特吉(Chatterjee, Partha)(殖民地研究会成员)。他说,印度民族主义思想很大程度上依赖于殖民主义制造的现实,或者完全反对它,或者肯定一种爱国的意识。这"不可避免地导致建立在一种民族文化的彻底再生观念上的知识分子精英文化。"[68]在这样一种情况下重建一个国家,基本上是浪漫主义的乌托邦之梦,而这梦是会被政治现实粉碎的。查特吉认为,甘地对现代文明的全盘否定树立了极端民族主义的里程碑:在罗斯金和托尔斯泰这样的反现代思想家影响下,甘地(Gandi, Mohandas)在认识论上站在后启蒙思想的主旋律之外。[69]尼赫鲁(Nehru, Jaucharlal)的成就是把甘地从现代意义上解放出来的印度民族完全置于国家的观念中。"具体的世界、冲突的世界、阶级斗争的、历史与政治的

世界在国家生活中得到了统一。"⁷⁰

查特吉说明,成功的反帝民族主义有过逃避的历史。民族主义能成为灵丹妙药,可以不去面对经济差别、社会不公和民族主义精英窃取了新独立国家的领导权等问题。但是,我认为他对下面的一点强调得不够:文化对"国家主义"的贡献时常从分裂主义、甚至沙文主义和集权主义来理解民族主义的结果。然而,在民族主义的认识中也有一种一贯的思想倾向。这种思想倾向极具批判性。它不接受主张分隔的、宣扬胜利的口号,而赞同各种文化、人民和社会间更阔大、更宽容的人类社会现实。这种社会是反帝事业所预言的真正的人类解放。巴西尔·戴维森在他的权威著作《现代非洲:新社会的探索》(*Africa in Modern History*:*The Search for a New Society*)中提出了大致相同的论点。⁷¹

我不想让别人误认为我持有一种简单的反民族主义立场。民族主义——恢复社区、辨明身份、新文化的出现——作为一种动员起来的力量激励起并推进非欧洲世界各地的反西方统治的斗争。这是历史的事实。反对这一事实就像否认牛顿发现引力一样徒劳。无论是在菲律宾还是在非洲领地或者印度次大陆、阿拉伯世界或加勒拉丁美洲大部、中国或日本,当地人民都团结在争取独立与民族主义的团体中。这些团体是建立在种族、宗教或社区归属感的基础上的,并且反对进一步的西方侵略,从一开始就是如此。在20世纪,它成为全球性的现实,因为它是对已经很广泛的西方入侵的非常广泛的反抗,几乎没有例外。人民团结起来,声称他们抗拒所谓由于他们是非西方人而对他们不公正的做法。当然,有些时候,这些团体是极其排他的,有如许多民族主义历史学者所指出的那样。但是,我们也必须注意到民族主义抵抗运动中的一些认识方面与文化方面的论点,即:一旦获得独立,就需要有关于社会与文化新的、富有想像力的观念,以避免旧的观念与不公的复归。

这里,妇女运动是中心问题。因为,在最初的抵抗运动开展起来,继而形成民族主义党派之后,一些不公正的男性活动,如纳妾、多妻制、缠足、妇女殉夫自焚和实际奴隶制等就成为妇女抵抗运动的中心点。在埃及、土耳其、印度尼西亚、中国和锡兰,20世纪初期的妇女解放斗争是和民族主义宣传鼓动有机地连在一起的。深受玛丽·沃尔斯东克拉夫特影响的19世纪初期民族主义者拉贾·拉姆汉·洛伊(Roy, Roja Ramuhan)发动了争取印度妇女权利的初期运动。这是殖民地运动的一个共同的模式:知识分子反对社会不公正的斗争包括对所有被压迫阶级被剥夺了的权利的关注。以后,妇女作家和知识分子——时常是来自特权阶级的、并且经常与安妮·贝赞特(Besant, Anuie)这样的西方女权倡导者结成联盟——站在争取妇女受教育权的前列。库玛里·贾亚瓦德纳(Jayawardena, Kumari)的重要著作《第三世界的女权主义与民族主义》(*Feminism and Nationalism in The Third World*, London: Zed, 1986)描述了托拉·杜特、D.K.卡夫和考妮利亚·索拉布吉等印度改革者和潘狄塔·拉玛拜这样的斗士的努力。他们在菲律宾、埃及(胡达·沙阿拉威)和印度尼西亚(拉登·卡蒂尼)扩大了后来形成的女权运动浪潮。女权主义在独立之后成为了争取解放的潮流之一。[72]

这一对解放的大规模追求在民族主义受阻或是大大地

被推迟的地方是最明显的——在阿尔及利亚、几内亚、巴勒斯坦、伊斯兰和阿拉伯世界的一部分和南非。我认为,后殖民地政治学的研究者没有那些轻视正统、权威和家长,并对属性政治的强迫性质给予重视的思想。也许这是因为第三世界的伊迪·阿明们和萨达姆·侯赛因们完完全全地,而且以非常可怕的手段将民族主义归为己有的缘故。很显然,许多民族主义者更具有强迫性,而另一些则更具有自我批评精神。但是,我的论点是,真正的民族主义反帝运动永远具备自我批评精神。仔细审视一下民族主义队伍中的杰出人物——如 C.L.R. 詹姆士、聂鲁达、泰戈尔、法农、卡布拉尔等作家——就可以看出他们与反帝民族主义阵营中争夺领导地位的各种力量的不同。詹姆士是个十分恰当的例子。作为一个黑人民族主义的长期倡导者,他在宣传他的主张时始终从正反两个方面告诫人民说,只是肯定种族的特殊性是不够的,正如只有团结而没有批评是不够的一样。从这一点来看,有很大的希望。因为历史还没有完结,我们还能够对我们自己现在与将来的历史做些什么,不论我们是否生活在宗主国世界之内。

简言之,非殖民化是选择不同的政治命运、不同的历史与地理道路的非常复杂的斗争,而且它充满了想像、充满了科学与反科学的斗争。这一斗争的表现形式是罢工、游行、暴力、惩罚与反惩罚。它的构成包括由作家和政府官员描写的印度人的心理性质、孟加拉的土地租赁计划和印度社会的结构等。与此相对应的是,印度人自己写的关于争取自决权的小说,知识分子和演说家呼吁群众投身到独立运动中去。

不可能为这些活动制订时间表或固定日期。印度走的是一条道路,缅甸走的是另一条;西非走另一条,阿尔及利亚又走另一条,埃及、叙利亚和塞内加尔又是一条。但是在所有的例子中,我们可以看到巨大的民族集团越来越清晰的分野:一方是西方的法国、英国、荷兰、比利时和德国等;另一方是众多的土著民族。因此,总体来说,反帝抵抗运动是从断断续续、时常不成功的叛乱中成长起来的。第一次世界大战以后,它出现在大的党派运动和个人中间。第二次世界大战后的三十年间,它越来越具有战斗性并且致力于独立,在亚非二洲产生了新的国家。在此过程中,它永远地改变了西方国家的内部形势,使它分裂成帝国主义政策的反对者与支持者。

Ⅲ 叶芝与非殖民化

威廉·巴特勒·叶芝(Yeats, William Butler)现在已经几乎被归类于现代英语文学和欧洲主流现代主义话语中。这两者都把他看作伟大的爱尔兰诗人,与他的民族传统、他那个时代的历史与政治背景和一个在动荡的爱尔兰用英语写作的诗人这些情况有深深的关联并相互作用。我认为,尽管叶芝明显地存在于爱尔兰,存在于英国文化与文学和欧洲现代主义中,他的确还代表着另一个引人入胜的方面:他是一个无可争辩的伟大的民族诗人。他在反帝抵抗运动期间阐述了遭受海外统治的人民的经历、愿望和恢复历史的瞻望。

从这一角度来看,叶芝属于通常被认为不是他所属的那个传统,属于反对欧洲帝国主义高潮中的殖民地世界的传统。假如这不是解释叶芝的习惯方式,那么我们就要说,他自然也属于文化领域。这个文化领域由于爱尔兰的殖民地地位,因而是爱尔兰与许多非欧洲地区所共有的:文化的依赖与反抗并存。

帝国主义的巅峰时代据说始自19世纪70年代。但是在讲英语的地区,它早在七百多年前就开始了,有如安古斯·卡尔德(Calder, Angus)所著的激动人心的《革命的帝国》(*Revolutionary Empire*)一书很好证明的那样。爱尔兰是1150年由教皇让给英国的亨利二世的。教皇本人则于1171年来到爱尔兰。自那时起,就存在着一种惊人的一贯态度,把爱尔兰居民看作野蛮人和堕落的民族。最近的批评家和历史学家——其中有希缪斯·狄纳、尼古拉斯·坎尼、约瑟夫·李尔森和R.L.勒波等——研究并记录了这段历史。对这段历史的形成,艾德蒙·斯宾塞和大卫·休谟等著名人物起了很大的作用。

因此,印度、北非、加勒比、中南美洲、非洲的许多地方、中国和日本、太平洋群岛、马来西亚、澳大利亚、新西兰、北美,当然还有爱尔兰,属于一个群体,虽然大多数时候它们被分别对待。早在1870年以前,它们就都是争夺的热点,或是不同的抵抗团体之间的争夺,或是欧洲大国自己之间的争夺。在一些地方例如印度和非洲,在1857年以前很久,或是在19世纪末欧洲举行的关于非洲的各种会议以前很久,这两种反对它国统治的斗争就同时在进行了。

这里的问题是,不管人们如何界定帝国主义的巅峰时期——每个欧洲和美国人几乎都认为自己在为帝国的高度文明与商业事业尽力的那个时期——帝国主义本身已经是一个几个世纪的海外征服、掠夺和科学探索的延续的过程了。对一个印度人或者爱尔兰人或阿尔及利亚人来说，他的国土已经为外国所统治，不论它是自由主义的还是君主制或革命的。

但是，现代欧洲帝国主义在组成上有别于一切早期形式的海外统治。规模与范围只是区别的一部分，虽然15、16世纪的拜占庭、罗马、雅典、巴格达、西班牙或葡萄牙肯定没有控制19世纪英国或法国所控制的那么大的地域。更重要的差别首先是，掌握权力的时间的持久。第二是庞大的权力组织，它不只是影响了生活的概貌，而且影响了生活的细节。到19世纪初，欧洲已经开始了其经济的工业化——英国一马当先；封建的、传统的土地拥有结构正在变化；新的商业模式的海外贸易、海军力量和殖民主义移民正在建立；资产阶级革命正在进入胜利阶段。所有这些发展都使欧洲获得了海外领地的进一步优势，建立了一个有压倒优势、令人生畏的力量的形象。至第一次世界大战爆发时，欧美已经以一种殖民主义征服者的姿态占有了地球表面的大部。

这种情况之所以发生，有许多原因。一整套有系统的研究（从霍布逊、罗莎·卢森堡和列宁这样的批评者在帝国主义最具侵略性的阶段所做的研究开始）将之主要归因于经济和界定不清的政治过程（以及约瑟夫·熊彼特这样比较激进的研究者）。我在本书中提出的理论是，文化起了很重要，甚至不可缺少的作用。在几十年的帝国扩张时期，欧洲文化中心有一种未被改变的欧洲中心主义。它积累了经验、领地、人民和历史；它研究它们，将它们分类并加以检验，如卡尔德所说,它给予"欧洲商人"以"堂堂正正搞阴谋"的权力。[73]但是,最重要的是,它使殖民地人民臣服了,其方式是,把他们排除在文化,甚至白种人的基督教欧洲观念之外,使他们失去自己的特征,只是作为低等生物而存在。必须把这种文化过程看作处在帝国物质中心的经济与政治机器的重要、有教益、有活力的伙伴。这种欧洲中心的文化无情地整理和观察非欧洲的或边缘世界的每件事物,非常透彻、详细,几乎没有任何东西被它遗漏,也很少有文化没有被它研究,很少有人民和土地不被它占有。

从这些观点看,从文艺复兴起就几乎没有过对这一现象的重大背离。我们很难堪:我们长久以来认为是进步的那些社会元素就帝国而言统统是倒退;我们现在仍然不能怕这样说。先进的作家和艺术家、工人阶级、妇女——这些西方的边缘群体——表明了,帝国主义的欲望随着各个欧美大国的野蛮与毫无顾忌的程度,甚至与之无益的控制竞赛的日益加剧而增长。欧洲中心的思想毫无例外地渗透到了工人运动、妇女运动和先锋艺术运动中。

随着帝国主义在广度与深度方面的增长,殖民地本身的抵抗也加强了。欧洲将殖民地纳入世界市场经济的全球性积累得到了文化发放的意识形态许可证。同样,在海外帝国中,大规模的政治经济与军事抵抗运动被一种非常有挑战性的抵抗文化推向前进,并得到加强。这种文化本身具有完整和有力的传统,而不仅仅是滞后的,对西方帝国主义的反应。

卡尔德说,在爱尔兰,对盖尔人的屠杀的想法从一开始就是"皇家军队的一部分或者得到皇家的批准,(被认为)是爱国的、英雄的、公正的。"⁷⁴英国种族优越感变得根深蒂固。甚至艾德蒙·斯宾塞(Spenser,Edmund)这样的人道主义的诗人与绅士在其《爱尔兰现状之我见》(*View of the Present State of Ireland*)一书(1596)中也大胆地提出,由于爱尔兰人是野蛮的长刀党,他们当中的多数应该被消灭掉。对英国人的反叛自然很早就开始了。到了18世纪的沃尔夫·托恩(Tone, Wolf)和格拉坦统治时期,反抗有了它自己的特性,有了组织,自己的习语和规则。卡尔德继续说道,18世纪中,"爱国主义已成为一种时尚"。⁷⁵那时有斯威夫特、哥德史密斯和伯克等卓越的天才,使爱尔兰的抵抗运动有了完全属于自己的话语。

抵抗帝国主义运动的大部分是在民族主义的广阔背景下进行的。"民族主义"这个词仍然包含着各种未加区分的东西,但是,它很适合我,帮助我辨认拥有共同历史、宗教和语言的人们反对外国占领的抵抗运动的动员力量。然而,尽管它获得了全部成功——而且正是由于它的成功——使许多领地摆脱了殖民主义老爷们,民族主义依然是个很成问题的事情。它能够使人民走上街头举行反对白人主人的游行;但民族主义又时常是部分地由构成殖民主义国家并在某种程度上由殖民主义国家产生出来的律师、医生和作家所领导的。法农很不安地谈到,民族资产阶级及其各个领域中的精英们事实上容易将殖民主义力量代之以另一个以阶级为基础的,并且最终成为有剥削性质的力量。这力量以新的名义重复旧的殖民主义结构。在整个前殖民地世界各地都有些国家孕育了"力量的变态",艾克巴尔·阿赫玛德这样称呼它们。[76]此外,民族主义的文化视野也可能致命地受到它所利用的殖民者与殖民地的共同历史的限制。帝国主义毕竟是一种合作的过程,其现代形式的一个突出特点是,它是(或者声称是)一种教育运动。它十分有意识地表明要实行现代化、发展教育与文明。亚洲、非洲、拉丁美洲、欧洲和美洲的学校、教会、大学、学会、医院的记录中充满了这种历史。经过了一定的时间,就出现了所谓的现代化倾向。同时,它缓和了帝国主义统治的残酷的一面。然而,在它的中心仍然保留了19世纪的土著与西方人之间的差别。

例如,著名的殖民地学校向当地资产阶级青年讲授历史、科学和文化的重要历史事实。通过这一学习的过程,成百万的学生掌握了现代生活的基本内容,但仍然是一个存在于他们生活之外的权威的依附者。因为殖民教育的目的之一是宣传法国或英国的历史,同一种教育也同时压抑了土著的历史。因此对土著来说,英国、法国、德国、荷兰各国永远是文字的遥远基地。尽管在富有成果的合作年代,在土著与"白人"之间产生了亲近的关系。乔伊斯笔下面对英国教学主任的史蒂芬·德达鲁斯是个有名的例子。他以异乎寻常的力量发现这一点:

> 我们现在讲的语言首先是他的,然后才是我的。"家"、"基督"、"燕麦酒"、"主人"这些字在他的嘴上和在我的嘴上是多么不同啊!我讲或写这些字时不能不感到精神上的不安。他的语言对我来说异常熟悉又异常陌生,永远是后天学来的语言。我没有创造或接受它的字词;我的声音排斥这种语言。在他的语言的阴影

下,我的灵魂烦躁不安。[77]

在爱尔兰、印度和埃及,民族主义扎根于欣芬、国大党和华夫托党等民族主义政党长期争取土著权利与独立的斗争中。在非洲及亚洲的其他地方也出现类似的过程。尼赫鲁、纳赛尔、苏加诺、尼雷尔、恩克鲁玛:由于蕴藏在这些伟大的民族主义领袖身上的给人启迪力量的传记、有教育意义的小册子和哲学思考中的民族主义力量,万隆精神经受了高潮和挫折,得到了发扬光大。在典型的民族主义中,毫无疑问,家长式的形象到处可见。在妇女和少数民族权利方面(更不用说民主自由)有着至今仍然可见的后来的模式和变种。帕尼卡(Panikar)的《亚洲与西方统治》(*Asia and Western Dominance*)和乔治·安东纽斯(Anthonius, George)的《阿拉伯的觉醒》(*The Arab Awakening*)以及有关爱尔兰复兴这样的重要著作也是产生于典型的民族主义的。

在爱尔兰与其他地方的民族主义复兴中有两个突出的政治时刻,每个都有其自己的富于想像力的文化。没有第一个,第二个就不可想像。第一个是明确地认为欧洲与西方文化即帝国主义。这种觉醒的思考使非洲、加勒比、爱尔兰、拉丁美洲或亚洲公民宣布,欧洲文化指导或教育了非欧洲人或非大陆人的说法结束。有如托玛斯·霍德金所说的,通常这些是由"预言家和教士",包括诗人和空想家,也许是类似霍布斯鲍姆的"原始叛乱者"的人率先完成的。[78]第二个更开放的自由主义时刻发生在第二次世界大战以后各个殖民地地区的极为长久的西方帝国主义时期:阿尔及利亚、越南、巴勒斯坦、爱尔兰、几内亚和古巴。无论在印度宪法中,还是在泛阿拉伯主义和泛非洲主义中，或是在皮尔斯描述的盖尔人身上，桑戈尔的黑人文化自豪感中，传统的民族主义被证明既是有缺陷的，又是至关重要的。但这只是第一步。从这种困境中产生了解放的思想。这是一个强烈的，新的后民族主义话题，已经强烈地存在于康诺利、加维、马尔蒂、马利阿特吉、卡布拉尔和杜波依斯的作品中。但是，需要有理论甚至武装的反叛斗争，才能将它明显地推进。

让我们再看一看第一个时刻中的文学，即：反帝抵抗运动的文学。如果有什么东西突出了反帝想像力的话，那就是地理因素的首要性。帝国主义毕竟是一种地理暴力的行为。通过这一行为，世界上几乎每一块空间都被勘察、划定、最后被控制。对土著来说，殖民地附属奴役的历史是从失去地盘开始的，所以必须寻找殖民地的地理属性然后加以恢复。由于外来殖民者的存在，领土的恢复最初只有通过想像来完成。

让我举三个例子，说明帝国主义地理复杂而又必然的死亡过程是如何从一般到具体的。最一般的方式表现在科罗斯比的《生态帝国主义》(Ecological Imperialism)一书中。科罗斯比说，欧洲人无论走到哪里，都立即开始改变当地的住所。他们自觉的目的是，把领地改变成我们家乡的那个样子。这个过程是无尽无休的。许许多多植物、动物和庄稼以及建筑方式逐渐把殖民地改变成一个新的地方，包括新的疾病、环境的不平衡和被压服的土著悲惨的流离失所。[79]生态的改变也带来了政治制度的改变。在后来的民族主义诗人与预言家看来，改变了的生态环境使人民脱离了他们真正的传统、生活方式和政治组织。在一些民族主义观念关于帝国主义如何异化了这些地区的说法中，掺进了大量带浪漫色彩的神话。但是,不容置疑的是造成真正变化的程度。

第二个例子是,对领土长期占有的合理化项目。这些项目旨在系统地寻求从土地上获利,同时使之与国外的统治连为一个整体。地理学家尼尔·史密斯(Smith, Neil)在他的《不均衡发展》(*Uneven Development: Nature, Capital, and the Production of Space*, Oxford: Blackwell, 1984)一书中高明地阐述了帝国主义怎样在历史上造成了一种特别的自然与空间,一种把贫穷与富足、工业城市化和农业衰退结合在一起的不均等的发展状况。这一过程的顶峰是帝国主义。它把宗主国卵翼下的全部空间加以统治、分类并使之普遍商业化。文化方面与其相似的是19世纪末的商业地理。它的观点(例如在麦金德与奇索姆的著作中)将帝国主义说成是"天然的"肥沃与贫瘠、可利用的海道、固定划分开的地域、土地、气候和人的结果。[80]这样,资本主义的普遍性就完成了。它是"依照领土作出的劳力分工,从而产生的国家空间的划分。"[81]

继黑格尔、马克思和卢卡奇之后,史密斯把这科学的"自然"世界的产生称为第二自然。在反帝者看来,处在边缘地带的我们家园的空间被外来人为了他们自己的目的而占用了,因此必须找出、划出、创造或发现第三个自然,不是远古的、史前的(叶芝说:"浪漫时代的爱尔兰已经死去,一去不复返了"),而是产生于当前被剥夺的一切之中。因此就产生了一些关于地理的作品。最引人注目的例子有,叶芝的早期诗歌集《玫瑰》、聂鲁达(Neruda, Pabol)的描绘智利景色的诗歌、西赛尔关于安第斯的、法耶兹关于巴基斯坦的和达沃什(Darwich, Mahmoud)关于巴勒斯坦的作品——

> 还我的肤色
> 给我热血
> 我跳动的心脏
> 明亮的目光
> 我的祖国
> 我的衣食父母。[82]

但是,——第三个例子——必须把殖民地空间加以足够的改变,用帝国主义的眼光看来不再陌生。英国的爱尔兰比英国的任何其他殖民地在更大的程度上被改变了:以反复的殖民努力以及1801年根据联合法案而实行的真正意义上的合并而告终。其后,1824年颁布了爱尔兰调查法令,目的在于使其名称英国化,重新划定土地边界以评估财产(并且进一步按照优待英国人和"庄园主"家庭的原则进一步征用土地)和永久性地使人民臣服。调查几乎完全由英国人进行。这样,像玛丽·哈默(Hamer, Mary)令人信服地说的,就产生了"把爱尔兰人说成无能的,(并且)贬低(他们的)民族成就的直接后果。"[83] 布莱恩·弗利埃尔(Friel, Brian)的最优秀的戏剧之一《改变》(*Translation*)(1980)所写的是调查法令对当地居民的毁灭性影响。哈默接着说:"在这种过程中,殖民地人民总是(应该是)被动的、由别人代替说话的,不能决定如何表现自己,而是按照一种大一统的模式来被表现、被塑造成一个稳定的统一的实体。"[84] 在爱尔兰发生的和在孟加拉或者在法属阿尔及利亚的也是同样。

抵抗运动文化的首要任务之一是重新占有、重新命名领地,并往之移民。随着而来的是一系列进一步的声明、发现和明确属性。所有这些都很确实地建立在这充满诗意的计划的基础之上。对于真实性的需要,对于比殖民地历史所提供的更接近事实的民族历史的需要和对于一个新的男、(偶尔也有)女英雄神话和宗教的寻求——这些也由于人民重新拥有了土地意识而成为可能。伴随着非殖民化后这些民族主义的特征的出现,当地语言永远有像是受到魔术般的启迪的、近似炼金术的新发展。

这里,叶芝特别令人感兴趣。他与加勒比和非洲的一些作家一样,表达了与殖民主义老爷共用一种语言的困境。当然,在许多重要方面,他属于新教教派。这个教派与爱尔兰民族的关系说轻一点是不清晰的,而在叶芝这里,可以说是矛盾的。在叶芝的早期作品中,有盖尔人的印记,带有凯尔特民族的情节和主题。而后又有在如《致我的上帝》(*Ego Dominus Tuus*)这样韵律诗和《视线》(*A Vision*)这样的长诗中的神话传说。这种发展是相当有逻辑的。对叶芝来说,他所知道的爱尔兰民族主义与英国文化遗产(两者都既支配着他又给他以力量)之间的重叠必定造成矛盾。我们可以猜到,正是这种政治与世俗的紧张关系的压力,促使他试图在一个"较高的",即非政治的层面上消除它。他在《视线》和后来的半宗教诗歌里创造出非常古怪、美学化了的历史,把这种矛盾上升到超世俗的水平,好像爱尔兰最好在超乎地面之上的高度被对待。

希缪斯·狄纳(Deane, Seames)在一本最引人入胜、最卓越的叙述叶芝超世俗革命思想的书《凯尔特人的复苏》(*Celtic Revivals: Essays in Modern Irish Literature*, London: Faber & Faber, 1985)中指出,叶芝创造的初期爱尔兰是"符合他的想像的……（而）在末尾他却发现他的爱尔兰并不服从他的想像了。"每当叶芝试图使他玄妙的观点与真实的爱尔兰相符合的时候——像在《雕像》(The Statues)中那样——就出现问题了，就像狄纳很准确地指出的那样。[85]因为叶芝的爱尔兰是个革命的国家，他可以把它的落后当作激进变革的动力，以恢复在过度发达的现代欧洲丧失了的精神理想。在1916年复活节起义这样的戏剧性现实里，叶芝还看到了一种无休止可能最终还是无意义的重复之怪圈的断裂，就像卡楚兰明显的无尽苦难所表现的那样。狄纳的理论是，爱尔兰民族认同的诞生与叶芝怪圈的打破同时发生，虽然这也加强了叶芝身为一个爱尔兰人特有的英国殖民主义者的态度。狄纳敏锐地说，因此，叶芝的回归神秘主义和求助于法西斯主义，表明了一种殖民主义的困境。这种困境也表现在V. S. 奈保尔对印度的描述之中：文化的自我形象依赖于其宗主国，求得一种"英国式"的感觉。然而，这种追寻却导致了殖民地化："由于两个岛国的历史差异，对民族身份认同的追寻变成了殖民地化的过程。叶芝的诗歌就是这种追寻的最终体现。"[86]叶芝的作品远远不是对过时的民族主义的表现。看似随心所欲的神秘描写和不一致体现了一种革命性的潜能。诗人坚持认为，"爱尔兰应该保持一些形而上的意识，以保有自己的文化"，像狄纳所说的那样。[87]在一个资本主义压力使人失去思想与思考能力的世界里，一个诗人能够将永恒与死亡输入人的意识中，这个诗人就是一个真正的叛逆者。他在殖民地经受的幻灭促使他对他的社会与"文明的"现代化持有反面的理解。

对叶芝困境的这种阿多诺（Adorno, Theodo）式的阐述当然很引人注意。但是，它又被削弱了，因为它赋予了叶芝更多的英雄色彩，超越了一种泛泛的政治解读所能发现的。同时，又过多地原谅了他使人难以接受，难以理解的反动政治倾向——他那赤裸裸的法西斯主义、他对老家和家人的幻觉、他那不协调的怪异的离经叛道——狄纳将这些都解释为阿多诺"否定的辩证法"的例子。我们把这种说法做一个小小的改变。我们可以将叶芝看作本土主义的一个极端例子。这种情况由于与殖民主义的碰撞在其他地方（如在黑人文化自豪感中）也得以盛行。

的确，英国与爱尔兰之间有形的和地理的联系比英国与印度或法国与阿尔及利亚和塞内加尔之间的联系要更密切。但是，在它们之间都存在着帝国的关系。爱尔兰人永远不可能成为英国人，正如柬埔寨人或阿尔及利亚人不可能成为法国人一样。在我看来，每种殖民关系都是这样。因为首要的原则是，在统治者与被统治者之间应该经常保有一种明确的、绝对的等级差别，不论被统治者是否是白人。在重新评估较弱的或臣服的伙伴时，本土主义加强了这种区别，而且因此产生了关于土著历史的强大的，蛊惑人心的叙述。这样的叙述和造成的现实脱离了真实的时间感。我们可以在以下事例中见到这一点：桑戈尔（Seneghor）的黑人文化自豪感、塔法里运动、加维领导的美国黑人返回非洲的计划或者前殖民地时期那些未受玷污的穆斯林精神的回归。

除去本土主义中的强烈怨恨（例如贾拉尔·阿里·阿哈迈德[Ahmad, Jalal Ali]的《西方主义》[Occidentosis]，一本很有影响的伊朗小册子，1978年出版。它指责世界的大部分罪恶来自西方）之外，有两个拒绝或者至少重新考虑本土主义的理由。狄纳认为它前后不一致,但是由于它对政治与历史的纠正,它同时还是英雄的、革命的。这样说,在我看来似乎是陷入了本土主义立场,好像这是进行抵抗的、非殖民地化的民族主义的唯一选择。但是我们有证据表明它的恶果:接受本土主义就是接受帝国主义的后果,接受帝国主义造成的种族、宗教和政治的分裂。把历史的世界交给形而上学的本质论论点,如黑人文化自豪感、爱尔兰主义、伊斯兰或天主教教义这样的概念,就是把历史交给本质主义,而本质主义将把人类置于互相争斗之中。假如有群众基础,对世俗世界的抛弃经常可以带来太平。或者,它就堕落成为小规模的个人疯狂状态,或者不假思索地接受帝国主义所鼓励的固定模式、神秘、敌对状态和旧的传统。这样的纲领很难说是伟大的抵抗运动所预想的目标。

能较好地分析理解这种情况的一个有效的方法,是把同一问题放到非洲的背景下来分析:这就是1976年出版的霍尔·索因卡(Soyinka, Wole)对黑人文化自豪感的致命批评。索因卡指出,黑人文化自豪感在欧非对立中是一个次要的概念。"它接受欧洲意识形态对立的辩证结构,但是却借用了它的种族主义诡辩的成分。"[88]因此,欧洲人是有分析能力的;而非洲人是不能进行分析性思考的。所以,非欧洲人没有进化,而欧洲人却是高度进化的。索因卡认为,其结果是:

> 黑人文化自豪感使自己陷入被动,虽然它的口音是刺耳的,句法是夸张的,战略是富于进攻性的——黑人文化自豪感仍然处在对于人及其社会分析的欧洲中心

论设定的结构之中,并试图用这些外化了的概念重新定义非洲及其社会。[89]

我们陷入了索因卡表明的矛盾之中:(他心中指的是法农)喜爱黑人和憎恶黑人同样地令人作呕。尽管不可能回避本土主义早期的好斗和过分自信——它们却永远存在:叶芝的诗歌不只是关于爱尔兰的,而且是关于爱尔兰身份认同的——我们却很有希望超越这些而不是被困在以自己的身份认同为荣的情绪化自我陶醉中。第一,完全有可能发现一个不是由互相斗争属性组成的世界。第二,存在着一种普遍的、不具胁迫性的世界观。相信所有的人都只有一个属性——爱尔兰人只是爱尔兰人,印度人只是印度人,非洲人只是非洲人等等,会使人感到厌恶。第三,而且是最重要的,超越本土主义并不意味着放弃民族,而是意味着不把地方属性看作包罗一切,因而不急于把自己限定在自己的范围内。这个范围内有它归属的仪式、固有的狭隘民族主义和有限度的安全感。

民族、民族主义、本土主义:我认为,这个升级越来越具有强制性。在阿尔及利亚和肯尼亚这样的国家里,我们可以看到社会的英勇抵抗,殖民主义的腐朽是原因之一。社会的英勇抵抗,它导致了与帝国主义大国的长期的武装和文化冲突,进而又让位给一个实行独裁统治的一党国家。在阿尔及利亚,出现了一个强硬的伊斯兰原教旨主义反对派。很难说肯尼亚正在衰败下去的莫伊专制政权能完成茅茅起义的解放的使命。这里没有社会意识的转变,而只有权力的变态在其他地方重复着——在菲律宾、印度尼西亚、巴基斯坦、扎伊尔、摩洛哥和伊朗。

无论如何,本土主义并非唯一的选择。可能有一个更宽容、更多元的世界前景。在其中,帝国主义可以说像过去一样存在,但是却以不同的形式(我们这个时代的北南二极即是其中之一)。统治的关系继续存在,但是解放的可能是敞开的。虽然到了1939年叶芝的生命结束以前,已经有了爱尔兰自由国家,叶芝却部分地属于这第二种选择,像他一贯的反英情绪与夹杂着愤怒与欢乐的混乱而令人不安的后期诗歌所表现的那样。在这个阶段,"解放",而不是"民族独立",是一个新的选择。解放就其根本性质而言,用法农的话说,就涉及从民族意识向社会觉悟的转变。[90]

叶芝在20世纪20年代滑入了前后不一致、神秘主义、排斥政治和对法西斯主义(或是意大利或南美的集权主义)傲慢的、也许是迷人的赞美。从这个观点来看,叶芝是不可原谅的,不能轻易地被诡辩为消极的乌托邦模式,因为我们可以很容易地评价和批评叶芝那些错误的态度而依然将他看作非殖民地化的一位诗人。

这种对本土主义的超越可以在西赛尔《归来的回忆》(*Cahier d'un return*)中高潮的一个转折中见到。诗人认识到,在重新发现与重新经历他的过去以后,在重新进入他作为黑人的历史激情、恐惧和环境以后,在感受然后发泄出他的愤怒以后,在接受:

> 我接受,我接受,无保留地接受,
> 海索草合着百合花的沐浴
> 也不能纯洁我的种族,

> 我的被玷污的种族,
> 我的被醉汉践踏在脚下的种族。[91]

所有这一切以后,他"像一头公牛一样地"突然受到"力量与生活的撞击",并开始理解:

> 不,这不是事实,
> 说人类的事业都已经完成,
> 我们没有理由在地球上生存。
> 说我们寄生在世界上——
> 可以依赖于他人
> 而工作刚刚开始,
> 人类还要挣脱无数的禁锢。
> 没有一个种族能独霸美好
> 智慧和力量。[92]

每个人都有权利参与征服的召唤。现在我们知道了,太阳能围绕着我们的地球转,按照我们的意志照亮人群。星星按照我们的意志落入地面。

这里惊人的词句是"打破所有禁令/在他的热诚深处"和"阳光……照亮依我们的意愿划分的土地。"你不屈从于伴随种族、情境或环境而来的自我限制与禁锢。相反地,你越过它们而感到充满生机的、更大的"征服的约会。"而这必定不只涉及你们的爱尔兰,你们的马提尼克,你们的巴基斯坦。

我不是想拿西赛尔来反对叶芝(或希缪斯·狄纳心中的

叶芝），而是想更充分地把叶芝诗歌的一个重要组成部分与非殖民化和抵抗的诗歌，与历史上不同于本土主义的选择联系起来。在其他许多方面，叶芝很像抗拒帝国主义的别的诗人——他坚持为人民提供新的叙述方式；他对英国瓜分爱尔兰（以及对一体化的热情）的诡计的愤怒；对建立新秩序所使用的暴力的歌颂与赞扬，和民族主义的忠诚与背叛错综复杂地相互交织。叶芝与帕奈尔和欧利瑞、与阿贝歌剧院、与复活节起义的直接关联，给他的诗歌带来 R. P. 布莱克莫尔（Blackmur, R. P.）借用荣格的话所说的"直接经历的可怕的模糊之处"。[93]叶芝20世纪20年代的作品与半个世纪后的达沃什的巴勒斯坦诗歌的入世和模糊不清不可思议地相似：它们对暴力、对历史事件的强烈突发性、对与暴力和枪炮相对的政治与诗歌的表现（见其绝妙的抒情诗《玫瑰与字典》（*The Rose and the Dictionary*）[94]）；当最后的天空被飞过，最后的边界被越过之后，对休息和停顿的渴望。叶芝说："神圣的小山已经消失。我只看到愤怒的太阳。"

当我们阅读过1916年复活节起义后的那个巅峰时期的伟大诗歌，例如《1919》（*Nineteen Hundred and Nineteen*）或《1916复活节》（*Easter 1916*）和《1913年9月》（*September 1913*）时所感到的，不仅是被"油污的钱柜"所掌握的生活的沮丧或道路上和马匹的喧闹，"在洞穴里打斗的黄鼠狼"，或者被称为祭血的诗歌的礼仪……还有改变了旧政治与道德景象的全新之美。像其他非殖民地化的诗人一样，叶芝进行斗争，以便展示一个想像中的或理想的社会轮廓。这个社会不仅是从它自己的意识，也是从它敌人的意识中提炼出来的。想像中的"社会"在这里是恰当的，只要我们不必接受本尼迪克特·安德森错误的线性划分时期的方法。在关于非殖民地化的文化话语中有许许多多语言、历史、形式反复循环。有如芭芭拉·哈罗在《抵抗文学》中表明的,时间的不定性是在所有文学样式——宗教自传、抗议诗歌、狱中回忆录、救世说教剧等——中都能见到的一个主题。时间由人民和它的领袖人物来确定。叶芝叙述中的循环的转折也引起了这种不定性,正如他诗歌中大众化的与正式的讲话之间、民间故事与学究式的文字之间轻易的转折一样。T. S. 艾略特(Eliot, T. S.)所说"时间狡黠的历史(与)奥妙的走廊"——错误的转折、重叠、无意义的重复、偶尔的辉煌时刻——引起的躁动不安,给叶芝以及一切非殖民地化诗人和文人——泰戈尔、桑戈尔、西赛尔——以冷峻的战斗笔调、英雄主义和"对野兽世界不可抑制的神秘感"的执著刻画。这样,作者从民族环境中上升而获得了具有普遍意义的重要性。

帕巴罗·聂鲁达(Neruda, Pablo)在他的回忆录第一卷中谈到1937年在马德里为保卫共和国而举行的作家大会。对于大会邀请的极为宝贵的答复从各地源源而来。其中一个来自爱尔兰的民族诗人叶芝;另一个来自萨尔玛·拉格洛夫(Lagerlof, Selma),著名的瑞典作家。他们两人都年事已高,无法到被战争摧残,不断遭到空袭的马德里来。但是他们却集结到保卫西班牙的斗争中来。[95]正像聂鲁达毫不困难地自视为一个既关注智利国内,又关注拉丁美洲整体殖民地问题的诗人,我认为,我们应该也把叶芝看作不只是有纯粹爱尔兰意义和实践的爱尔兰诗人:聂鲁达把他当作一位爱尔兰抗拒暴政斗争的民族诗人来接受。而且,聂鲁达认为,叶芝积极响应了那毫无疑义的反法西斯的事业的号召,尽管他常被人认为具有欧洲法西斯主义的倾向。

聂鲁达著名的诗歌《艾尔·普布罗》(El Pueblo)(载1962年出版的由阿拉斯泰尔·瑞德翻译,名为《完全授权》(Plenos Poderes)的诗集,我将它引用为《全副武装》(Fully Empowered))和叶芝的《渔夫》(The Fisherman),两者惊人地相似:在两首诗中,中心人物都是一个属于人民的男子。他的力量与孤独是对人民无声表述的体现。这种品质鼓舞着诗人。叶芝写道:

> 长久以来,
> 我就注视着这双眼睛,
> 这聪慧又简单的人。
> 我注视着他的脸,
> 要发现
> 那为我的民族和生活而写作的精神。

聂鲁达写道:

> 我知道他,当我还能够
> 当我还能看见
> 当我还能发声。
> 我在爆炸声中找到他
> 紧握他那完好的臂膀。
> 我对他说,
> "一切都会过去,你将依然活着,
> 你点燃了火焰,

你得到了你应得的。"
不要使人不安,
当我似乎孤独的时候,我并不孤独。
有人对我听而不闻,
但我歌唱过的,我的知音,
会生生不息,将乾坤扭转。[96]

诗中的召唤来自人民与诗人之间的默契。因此,这些诗歌就具备了诗人在诗中塑造的人物所具有的感召力。

联系并没有在这里停止,因为聂鲁达接着(在《诗集》中)写道,"通过我,自由与大海将回应被禁锢的心的召唤"。[97]叶芝在《塔》中谈到发挥出想像和"从废墟和古树上唤起形象和记忆"。[98]因为这些号召与扩展的方式是在被压迫的阴影下发出的,我们可以把它们和法农的《被毁灭的大地》中非常令人难忘地描绘的关于解放的叙述联系起来。尽管殖民制度对人的区分与隔离使人僵化、麻木,"新的可能给殖民地人民的斗争指出了方向"。[99]法农具体地指出这些目标,包括:权力的诉求、争取言论自由的呼声和工会的要求;后来,一个新的历史开始了。一个来源于城市贫民、流浪者、罪犯、失去社会地位的人的战斗的阶级走向了乡间。在那里慢慢地形成武装分子的小组,回到城市进入起义的最后阶段。

法农作品超常的力量在于,它是作为针对殖民政权地上力量的神秘反叙述出现的。这个殖民主义政权根据法农叙述中的目的论的观点是肯定要失败的。法农和叶芝的区别是,法农的关于反帝非殖民化理论的也许是形而上的叙述,从头到尾充满了解放的音响和变奏:远远超出了殖民地被动的抵御。这种抵御的主要问题是(如索因卡所分析的),它实际上接受了,而不是超越了欧洲与非欧洲根本上的二元对立。法农的话语是期待着胜利和解放的话语,标志着非殖民化第二种时刻的话语。对比之下,叶芝的早期作品发出了民族主义调子并且站在一个它无法跨越的门槛前,虽然他和其他非殖民化诗人如聂鲁达和达沃什等指出了同一条道路,但他却无法走完这条道路,尽管他们可能比他走得更远。尽管他后期的反动政治倾向扭曲甚至掩盖了他诗歌中对解放者和乌托邦革命的刻画,我们依然应给这些刻划以承认。

近年来,叶芝时常被当作用诗歌告诫人们勿采取过火民族主义行动的诗人加以引用。例如,盖瑞·希克(Sick,Gary)所著关于卡特政府对1979—1981年伊朗人质危机的处理的书《全军覆没》(*All Fall Down: American's Tragic Encounter with Iran*, New York: Random House, 1985)就没有指名地引用了叶芝。[100] 1975—1977期间《纽约时报》驻贝鲁特的已故记者詹姆士·马克汉姆(Markham, James)在一篇关于1976年黎巴嫩内战初期的文章中从《第二次到来》(*The Second Coming*)引用了同样一些段落。一句话是"散架子了;中心控制不住了。"另一句是"最优秀的缺乏信心,最糟糕的却充满了热情。"希克和马克汉姆都是美国的自由派人士,他们为一度被西方大国所遏制的第三世界革命浪潮所震惊。他们对叶芝的引用是带有警告的:保持秩序,否则就一定出现你不能控制的疯狂状态。至于在极为躁动的殖民地,人民应该怎样保持秩序,希克和马克汉姆都没有告诉我们。但是,他们的准则是,无论如何,叶芝都会反对内战的无政府状态。

好像他们两个人都没有想到把混乱归咎于殖民主义的最初干涉。而这正是奇努阿·阿奇比于1959年在伟大的小说《架子散了》(*Things Fall Apart*, 1959, rprt. New York: Fawcett, 1969)里所指出的。[101]

关键在于叶芝的写作在当时正值顶峰,恰恰就像对那个历史时期的想像与描述一样。记住下述一点是有益的:充满叶芝诗歌的"英国—爱尔兰冲突"是个"20世纪解放战争的典型"。[102]他最伟大的非殖民地化作品是关于暴力的诞生或者通过暴力诞生而改变的,像在《丽达与天鹅》(*Leda and the Swan*)里,他塑造的殖民者眼前呈现了使人炫目的巧合——姑娘被强奸,和"是她给了他知识和力量/在那冷漠的嘴把她扔掉之前?"这种问题的提出。[103]叶芝把自己放在这样的岔路口:为了变革使用暴力是无可厚非的;但是暴力的结果却要求必要的、如果不永远是足够的理性。在以《塔》(*The Tower*)(1928)为顶峰的他的诗歌中,他最伟大的主题是,怎样调和殖民主义冲突中不可避免的暴力与不断的民族斗争的政治,怎样使冲突的各方力量与理性、说服、组织的话语以及诗歌的要求一致起来。叶芝有预见地认为,在某些时刻,仅有暴力是不够的。因此,政治的策略和理性必须起作用。就我们所知,这是非殖民地化的背景下,第一次有人声称有必要将暴力和紧迫的政治与组织活动加以平衡。法农认为,单单靠夺取权力(虽然"甚至最有智慧的人也会对暴力而感到紧张"[104])不能获得解放,而这已经是半个世纪以前的事了。叶芝和法农都没有能提出一个良方:非殖民地化以后如何转变到一个新的政治秩序占有道德上的统治地位的时期。这正证明了今天亿万人民所面临的困难。

一个令人吃惊的情况是,爱尔兰解放问题不仅比其他类似的斗争持续得都更长久,而且时常不被看作是一个帝国主义的或民族主义的问题。相反,爱尔兰问题却被理解为英国国内问题的偏差。可是,事实确凿无疑地表明并非如此。自从1596年斯宾塞发表了关于爱尔兰的小册子以后,整个英国和欧洲思想的传统都把爱尔兰人看作不同的、低等的人种,常常是不可改变地野蛮、不守法、未开化。至少在过去二百年里,爱尔兰民族主义运动充满了涉及土地问题、宗教、党派和领袖性质的兄弟阋墙的争斗。但是,主导运动的是重新拥有土地的权力。在这个问题上,用1916年爱尔兰共和国成立时的宣言来说,"爱尔兰人民拥有爱尔兰土地的权力、不受限制地掌握爱尔兰命运的权力,(是)至高无上的和不可废除的。"[105]

不能把叶芝与这种寻求分开。有如托玛斯·弗莱南根(Flanagan, Thomas)所说,除去叶芝惊人的天才,他还对民族主义核心既具体又抽象的不合逻辑的过程做出了贡献,当然是以爱尔兰的方式,以一种无可匹敌的有力方式。[106]几代不那么著名的作家也对这一过程做出了贡献,表达了爱尔兰的身份。这个身份与爱尔兰的土地、爱尔兰的凯尔特人祖先和不断丰富的民族主义历史及其领袖(沃尔夫·托恩、康诺利、米歇尔、伊扎克·巴特、奥康纳、爱尔兰人联合阵线、自治运动等等),以及一种特殊的具有民族性的文学都是紧紧联系在一起的。[107]文学的民族主义在历史上还包括许多先驱:托玛斯·莫尔、早期文学史家爱比·麦克卓汉、塞缪·弗格森、詹姆斯·克莱伦斯·曼甘、奥兰治青年爱尔兰运动和斯坦狄什·欧格拉狄。在今天的田野社诗歌、戏剧和学术著作(希缪斯·狄纳、布莱恩·弗雷尔、托姆·鲍林)和文学史学者德克兰·基伯德和W.J.麦考麦克的作品中,爱尔兰民族历史的再生获得了再想像,并且使民族主义事业具有了新的语言表达形式。[108]

叶芝的主题贯穿于他初期及后来的文学作品当中:确保知识与权力的结合;对暴力的理解。有趣的是,它们也出现在葛兰西大致同一时期、但是在不同背景下所写的作品中。在爱尔兰殖民地的环境中,叶芝似乎最能够以挑战的姿态反复提出这一问题。布莱克莫尔说,他在这样做时,把诗歌当作了挑战的手段。[109]而且他在《在学童中间》(Among School Children)、《塔》、《为女儿祈祷》(A Prayer for My Daughter)、《在班·巴尔本之下》(Under Ben Bulben)、《马戏团的动物》(The Circus Animals)和《放弃》(Desertion)这样充满总结回顾与展望的伟大诗歌中,又进了一步。当然这些是对身世的重新述说:一遍又一遍地讲他的生活故事,从早期的民族主义动荡到一位走过教室并且想着丽达如何看待他们过去的学校评议员、一位想着孩子的慈爱的父亲,或是一位试图得到平衡心态的老艺术家,或是一位不知怎么就丢掉了手艺的老工匠。叶芝把自己的一生作为民族生活的缩影,以诗歌的手段加以重现。

这些诗歌扭转了对爱尔兰现实的贬低和中伤。根据约瑟夫·李尔森(Leerssen, Joseph)有见解的书《可怜的爱尔兰人,可怜的盖尔人》(*Mere Irish and Fior-Ghael: Studies in the Idea of Irish Nationality, Its Development, and Literary Expression Prior to the Nineteenth Century*, Amsterdam and Philadelphia: Benjamin, 1986),这是八个世纪之久英国作家所描述的爱尔

兰人的命运。叶芝的诗歌取消了"吃马铃薯的"、"沼泽居民"或"棚户贫民"之类的注脚。[110] 叶芝把他诗歌中的人民和他们的历史结合起来。这样做更加必要是因为,诗人认为,作为父亲或"六十岁的面带笑容的公众人物",或者作为儿子兼父亲,这些个人经历的故事和深度就等于他的人民的经历。《在学童中间》最后几章表明,叶芝在提醒听众,历史和民族是不可分的,正如舞蹈者和舞蹈不可分一样。

叶芝在恢复被压抑的历史和将民族与其历史结合方面的巨大成功,在法农对一种叶芝必须克服的情况的描述中得到很好的表述:"殖民主义不仅仅满足于掌握一个民族并从一切形式和内容上挖空当地人民的头脑。它借助于一种歪曲的逻辑将这个民族的过去扭曲、变形与摧毁!"[111] 叶芝从个人与百姓的经历层次上升到民族典型的层次,并未失去与前者的贴近和后者的境界。他对身世的寓言和人物的正确选择说明了法农所描述的殖民主义的另一方面:殖民主义把个人和他或她自己的直觉生活分开,从而破坏了世代因袭的民族身份认同。

> 因此,殖民主义下意识寻求的,并不是被土著看作一位保护其孩子不受恶劣环境伤害的温柔慈爱的母亲,而是一个不停地防止她任性的子女自杀的企图,防止其为罪恶的本能所左右的母亲。殖民主义这个母亲把她的孩子与它本身,与它的自我隔绝开来,与它的心理、生物属性和不幸隔绝开来。而这正是它的本质。

在这样的情况下,土著知识分子(与诗人)的诉求在任何共同事业中就不是奢侈品而是一种必需了。一个土著知识分子拿起武器保卫他民族的合法性,情愿脱掉自己的衣服检视他身体的历史,他就有责任解剖他人民的心脏。[112]

难怪叶芝敦促爱尔兰诗人们

> 嘲笑那些年轻的一代
> 从头到脚都变了样
> 失去了心和头脑,
> 低劣的温床上长起来的低劣品。[113]

在这一过程中,叶芝最终创造的不是一个人,而是一个类型的人。在布莱克莫尔看来,他们"不太能够超越他们产生于其中的形象。"[114]如果不考虑非殖民地化的纲领及其在爱尔兰被征服的历史中的背景,这可能符合实际情况。而这正是布莱克莫尔惯常做的。他的解释极佳,却是反历史的。当考虑到殖民地现实时,我们看到的就是智慧和经验而不仅是"夹杂着行动的幻影"。[115]

叶芝的轮回体系,只有当它象征着他把一种遥远而有秩序的现实作为逃避其历史动荡的庇护所而加以再现的努力时,才似乎是重要的。当他在拜占庭风格的诗歌中请求把他带入永恒时,他分明感受到由于年龄和他后来所说的苍蝇在橘皮酱里挣扎而产生的休息的必要。否则,在阅读他大多数诗歌时就无法感到斯威夫特式的气势逼人的愤怒与天才,来卸掉爱尔兰身上殖民主义磨难的重负。固然,他没有进一步设想完整的政治解放。但是,他对文化的非殖民地化做出了重大的具有国际意义的贡献。

Ⅳ 驶入的航程与反抗的出现

爱尔兰的历史和当代世界其他地方的殖民地历史证明了一种新现象:一个脱离欧洲与西方的螺旋运动。我不是在说,只有殖民地作家才是这一转变的一部分,而是说,这个过程最有成果的地方是边缘的、远离中心的地方,以后才逐渐进入西方并要求获得承认。

直到近三十年以前,还很少有欧美大学在课程设置中注意到非洲文学。而现在对柏西·海德、阿列克斯·拉古玛、沃尔·索因卡、纳丁·戈迪莫、J.M.科茨的作品表现出极大的兴趣,把他们当作独立表现非洲历史的作品看待。同样地,甚至最粗略地看一看非洲的历史、政治和哲学,也不能再忽视安塔·狄奥普、葆林·洪托狄吉、V.Y.穆丁贝和阿里·玛兹瑞的著作了。诚然,对这些作品还有争论。但这只是因为我们只能把关于非洲的作品放在它的政治环境下来看待,而帝国主义与反帝历史肯定是这一环境最重要的一部分。这并不是说,非洲文化不如英法文化深厚;而是说,要将非洲文化从政治中分离出来会更困难。我们注意到,非洲仍然是个有争议的地方。非洲的学者,像中东的学者一样,以旧帝国主义政治为基础来归类,分为主张解放的、反对种族隔离的等等。一套联系的模式,就把巴西尔·戴维森的英语著作和埃米尔卡·卡布拉尔(Cabral,Awilcar)的政治作品联系起来,从而产生了对抗和独立的文学体系。

尽管如此,西方重要文化构成的许多组成部分(这些边缘性的作品即其中之一)在历史上曾经被帝国主义的共同视角所掩盖。人们可以回忆起,莫泊桑(Maupassant, Gay de)曾经每天在埃菲尔铁塔上吃午餐,因为那里是他在整个巴黎唯一不必看到那气势逼人的建筑物的地方。甚至在当今,由于多数关于欧洲文化历史的叙述很少注意到帝国,特别是,对伟大的小说家的分析使他们看起来与帝国毫不相干,今天的学者和批评家对于这些已经熟视无睹,看不到他们的帝国主义的感觉与参照系以及他们的权威中心的地位了。

但是,值得重复的是,无论一种思想意识或社会制度的统治多么完全,永远有某种社会历史是它所不能覆盖和控制的。从这些部分历史就时常产生反抗,有时是自觉的,有时是互动的。事实并非听起来那么复杂。对统治结构的反抗来自这个结构内部和外部的个人与群体对于它的某些错误政策的觉察,甚至是激进的认识。有如戈登·K·鲁易斯的主要研究著作《奴隶制、帝国主义与自由》(Slavery, Imperialism and Freedom, New York: Monthly Review, 1978)和罗宾·布莱克伯恩的《殖民主义奴隶制的推翻,1776—1848》(The Overthrouw of Colonial Slavery 1776—1848, London: Verso, 1988)所表明的,[116]宗主国中个人与各种运动造成的混合体——百万富翁、复兴信仰者、慈善家、政治上的激进分子、无耻的殖民者和狡猾的政客造成了1840年代奴隶贸易的衰微和结束。事实上,英国殖民主义的利益并非是从汉诺威王朝直接延续到维多利亚王朝,而没有受到任何阻挠的。对历史的修正或反对立场的研究显示了不同利益之间的斗争。鲁易斯、布莱克伯恩、巴西尔·戴维森、泰伦斯·瑞恩杰和E.P.汤普森等人的研究,都以帝国主义内部的文化与政治抵抗理论为前提。因此,研究殖民地印度与非洲的英国历史学家在编写那些地区的反抗史时,就以极大的同情将它当地的文化和政治力量联系起来。这些力量被认为是民族主义或反帝的。像托玛斯·霍德金所指出的那样,这些知识分子在解释了帝国主义的兴起及其后果以后,试图说明"怎样能够废除或改变整个的关系体系,以及由它而产生的立场。"[117]

这里需要立即区别反殖民主义与反帝国主义。至少从18世纪中叶起,在欧洲就有关于拥有殖民地的利弊的辩论。这些辩论背后是巴德罗·美德·拉斯·加萨斯、弗朗西斯科·德·维多利亚、弗朗西斯科·苏阿列兹、加蒙和梵蒂冈对土著人民的权力与欧洲人对土著的虐待问题的立场。包括狄德罗和孟德斯鸠在内的多数法国启蒙主义思想家赞同阿贝·雷纳尔反对奴隶制与殖民主义的立场;持同样观点的还有约翰逊、考波以及伏尔泰、卢梭和伯纳丁·圣·彼埃尔(马塞尔·梅勒[Merle, Marcel]的《卡尔·马克思论欧洲反殖民主义运动》[*L'Anticolonialisme Europeen de las Casas a Karl Marx*, Paris: Colin, 1969]是一本很有助益的关于他们思想的集子[118])在19世纪,如果不考虑很少的例外,例如荷兰作家穆特杜利,关于殖民地的辩论通常围绕着它们带来的益处、对它们管理的得与失,和殖民主义是否以及怎样才能与自由主义或关税政策一致之类的问题进行;帝国主义的、以欧洲为中心的框架不言而喻地被接受。大部分讨论既含混不明又模棱两可,有如哈利·布莱肯(Bracken, Harry)和其他一些人所证明的那样。在关于欧洲人对非欧洲人统治的本体论层次地位这样较深刻的问题上,甚至是自相矛盾的。[119]换言之,反殖民主义的自由主义者进行人道主义的论证,认为不应过分严厉地管理或拥有奴隶,多数启蒙主义哲学家,则从未怀疑过西方或白种人的根本优越性。

这种观点深深嵌入了19世纪学者们的话语中心,这一中心是建立在从殖民地环境中观察和搜集到的信息上的。[120]但是,非殖民地化时期与此不同。非殖民地时期的文化发生了变化,但它并非一个分明的历史分期:正如殖民地的民族主义或反帝国主义抵抗运动日渐显著一样,一些互相极其矛盾的反帝力量也越来越引人注目。最早,同时也许是最著名的成体系的对欧洲批评者——J. A. 霍布逊(Hobson, J. A.)的《帝国主义:一项研究》(*Imperialism: A Study*, 1902; rprt. Ann Arbor: University of Michigan Press, 1972)攻击帝国主义残酷无情的经济制度、资本输出、与残忍的势力相互勾结和以"文明化"为借口的假面具。可是,这本书并未批判"低等种族"的观念,一种霍布逊认为可以接受的思想。[121] 兰姆赛·麦克唐纳(MacDonald, Ramsay)也提出了同样的见解。他固然对英帝国主义行为提出了批评,但他不反对帝国主义本身。

没有任何人比 A. P. 索恩顿(Thornton, A. P.)的《帝国思想及其敌人》(*The Imperial Idea and its Enemies*)、伯纳德·波特(Porter, Bernard)的《帝国的批评者》(*Critics of Empire*)和拉奥尔·吉拉台德(Girardet, Raòul)《法国的殖民主义思想》(*L' Idee coloniale en France*)更好地研究过英国和法国的反帝运动。他们的著作有两个主要特点:19世纪末的知识分子中肯定有持彻底的反对反帝观点的人(威尔弗理德·斯凯温·布兰特和威廉·莫里斯),但是他们的影响很小;有影响的人当中有许多人像玛丽·金斯利(Kingsley,Mary)和利物浦学派,是自封的帝国主义者和侵略主义者,可是对于该制度的暴虐行为却严厉得毫不留情。换句话说,直到土著起义严重到不能忽视的程度时,才有了对帝国主义的全面谴责——这是我的看法。

(这里值得加个注脚:与托克维尔在阿尔及利亚问题上的看法一样,欧洲知识分子倾向于攻击敌对帝国的劣性,同时却忽视或原谅他们自己的国家的行径。[122]就是因为这个,我才坚持关注现代帝国是怎样互相效仿的,尽管它们声称各不相同。我也坚持认为有必要采取坚决有力的反帝立场。第三世界的许多民族主义党派和领袖之所以常常求助于美国,是因为它在二战期间是公开反帝的。在20世纪50年代与60年代初期,美国的阿尔及利亚政策发生了极大的转变,以致使法美的亲善关系也发生了很大变化。这完全是因为美国不赞成法国的帝国主义立场。然而,总的来说,美国在二战以后认为自己对英法已经退出的第三世界的许多地区负有责任——越南当然是个主要的例子,[123]——同时,也由于其建立在合法反殖民主义革命上面的特殊历史原因,大体上避免了被批评为与英法如出一辙。文化特殊的论调太普遍了。)

特别表现在吉拉台德身上的第二个特点是,只是在民族主义者在殖民地首先起来、国外的知识分子紧紧跟上以后,宗主国的重要反殖民主义运动才获得了发展。在吉拉台德看来,像艾米·西赛尔和法农这样的作家代表着可疑的"革命的救世主思想"。但是,他们确实激励了萨特及其他一些欧洲人在20世纪50年代公开反对法国的阿尔及利亚与印度政策。[124]从这些首倡行动又带来了其他行动:对例如酷刑与流放之类的殖民主义行径的人道主义谴责;对全球性帝国消亡时代到来的新认识,对随之而来的对民族目标的重新界定,和包括在冷战年代的对"自由世界"所做的各种辩护。这些辩护包括通过文化期刊、旅行和研讨会来争取后殖民时代土著。苏联和美国起了绝对不可忽视的作用。它们这样做时不总是出于善意,而且就前者而言,并非是由于利他的原因。第二次世界大战后的几乎每个成功的第三世界解放运动都得到苏联的帮助,以与美国、英国、法国、葡萄牙和荷兰抗衡。

欧洲美学现代主义的历史论述,多数略而不谈本世纪初非欧洲文化向宗主国核心的大规模渗透,尽管它们对毕加索、斯特拉文斯基和马蒂斯等现代主义艺术家发生了显然很重要的影响,对基本上自认为是由白人和西方人组成的单一社会机体本身也发生了明显的影响。两次世界大战之间,大批印度、塞内加尔、越南和加勒比地区的留学生涌向伦敦和巴黎;[125]杂志、评论书刊、政治联盟相继出现了——可以想到在英国的泛非大会、《黑人的呼声》这样的杂志,黑人工人联盟这样由被放逐者、不同政见者、流亡者和难民组成的党派。矛盾的是,这些人在帝国中心的活动比在遥远的领地搞得还好。人们可以想到哈莱姆文艺复兴运动给予非洲运动的鼓舞。[126]人们有了共同的反帝经历,有了欧洲人、美洲人和非欧洲人之间新的联盟。他们改变了现有的信条,并且表达了新的思想,不可逆转地改变了欧洲文化中延续了多年的感觉与参照体系。乔治·帕德莫(Padmore, George)、恩克鲁玛、C. L. R.詹姆斯所代表的非洲民族主义，和以西赛尔、桑戈尔的著作、克劳德·麦凯（Mckay, Claude）以及朗斯顿·休斯（Huges, Laugston）等哈莱姆文艺复兴诗人的作品为代表的新文学风格的出现，这两者的互相滋养是全球现代主义历史的一个中心部分。

要了解非殖民地化、抵抗文化和反帝文学对现代主义的贡献，就需要在视角和理解方面做出显著的调整。我已说过，虽然调整尚未完全展开，但我们却有充分的理由认为它已经开始。为西方辩护的言论今天事实上处于守势，好像是承认了旧的帝国主义思想已经遭到非洲、亚洲和加勒比著作、传统和文化的挑战。这些挑战来自这些地区的诗人、学者和政治领袖。此外，福柯所说的被控制者的觉醒已经可以说在被犹太教——基督教传统控制的地区普遍发生；我们生活在西方人受到来自后殖民地世界的第一流学者与学术的影响。这个后殖民地世界已不再是康拉德著作所描绘的"地球上黑暗的地方之一"，而是重新成为了生气勃勃的文化中心。今天，讨论加布列尔·加西亚·马尔克斯、萨尔曼·拉什迪、卡洛斯·富恩特斯、奇努阿·阿奇比、沃莱·索因卡、法耶兹·阿哈迈德·法耶兹和许多其他类似的人就是讨论一种新颖的、正在出现的文化。而如果没有 C. L. R.詹姆士、乔治·安东纽斯、爱德华·威尔摩·布莱登、W. E. B.杜波伊斯、何赛·玛蒂这些早期的斗士的作品，这种讨论就是不可想像的。

我想讨论一下这种强大的冲击的一个相当特殊的方面——殖民地或边缘地区的一些知识分子的著作。这些知识分子以"帝国"的语言写作。他们感到自己是与反帝群众性抵抗运动有机地联系在一起的。他们为自己规定如下离经叛道的批判任务,即:使用一度单单为欧洲人所使用的学术与批评的技巧、话语和武器来面对宗主国文化。他们的作品,也是他们的长处,只是在表面上依赖于(绝不是寄生于)主流的西方话语。然而它的原创性却恰恰改变了那个话语下的原则。

我将要讨论的一种现象的一般性、准理论叙述见于雷蒙·威廉姆斯的《文化》(*Culture*, London: Fontana, 1981)一书中。在关于他所说的"构成"的一章中,威廉姆斯一开始就讨论行业工会、行业、俱乐部和运动,进而讨论了学派派别、不同政见和反叛分子等更复杂的问题。他说:"所有这些都与一个社会秩序中的状况有关。"然而,在20世纪,新的国际性或准民族性的社会构成出现了,而且它们多半是位于宗主国中心的前沿。在某种程度上,这些准社会的构成——1890—1930在巴黎,1940—1970在纽约——是国际化市场力量发生作用的结果:它将文化国际化——西方音乐、20世纪艺术、欧洲文学。更有趣的是,"对前沿运动作出贡献的人是进入宗主国的外来人。他们不仅来自国内的边缘地区,也来自较弱小的民族的文化。与宗主国文化相比,它们被认为是低档的。"威廉姆斯举的例子是阿波利奈尔(Apollinaire, Guillaume),虽然他写作的是宗主国的社会学——移民与主流阶层的碰撞与联盟。这一联盟给不同政见者创造了一个良好的,有利的环境。[127]

威廉姆斯最后说,还不能确知这样的碰撞是否造成了"与传统的实践尖锐、猛烈的决裂"(一种反对或反叛,而并非字面意义上的超前),抑或它们是否被"此后的宗主国与准民族主义时期的主流文化"吸收并成为它的一部分。然而,如果我们一开始就从历史和政治的角度看待威廉姆斯的论点,并把它放在帝国主义与反帝国主义的历史背景下,一些因素就会清晰起来。首先,移居到或正在访问宗主国的来自边缘地区的作家,他们所写的反帝知识性与学术性著作,通常是大规模群众运动向宗主国内部的延伸。这种表现的一个生动的例子发生在阿尔及利亚战争期间。当民族解放阵线把法国称为第七个省(其他六个省构成阿尔及利亚本土)的时候,争取非殖民地化的斗争从边缘地区移到中心。[128]第二,这些渗入涉及了迄今为宗主国中心所独自支配的相同经验、文化、历史和传统。当法农写书的时候,他打算从一名法国人的角度来谈论殖民主义经历,即:从一个迄今从未遭遇到侵犯,现在却受到持不同意见的土著渗透并批评的法国的角度来谈论。因此就有了重叠与相互依赖,而不能仅仅在理论上把它归为一个殖民地或土著人的身份诉求。最后,我认为,这"驶入的航程"代表着宗主国文化中一个仍未解决的矛盾或差别。这矛盾或差别,或通过合作、或淡化、或回避,有时承认,有时又排斥被解决的努力。

驶入的航程就构成了混合文化的一个特别有趣的种类。而它的存在这个事实则是不断延续的帝国结构时代走向国际化的另一种表现。可以说,理念不再只是出现在伦敦和巴黎了;历史也不再像黑格尔所认为的那样单方向地从东方走向西方,从南方走向北方。当历史前进时,它越来越成熟和发展,越来越脱离原始与落后。相反,批评的武器已经成为帝国历史遗产的一部分。这一遗产中"分而治之"的分离与排斥的理念被抹掉了,惊人的新定位出现了。

我想讨论的四篇著作中的每一篇各自属于某一个历史时刻：头两个是1938年出版的C.L.R.詹姆士的《黑人雅各宾派》(The Black Jacobins)和几乎同时问世的乔治·安东纽斯的《觉醒的阿拉伯》。第一本是关于18世纪末一次黑色加勒比地区起义的；另一本是写最近发生的一次阿拉伯人起义的。两本书都涉及历史事件。在这些事件的模式中、赞成者和反对者中，作者希望能发现一个被欧洲忽视或出卖的土著或殖民地的现实。两个作家都是卓越的文体家和了不起的人（詹姆士是个运动员）。他们早期受到的英国殖民地教育使他们能够很好地欣赏英国文化，同时对之持有尖锐的不同意见。现在看来，两本书都极有预见性。詹姆士预言了绵延痛苦而又极为动荡的加勒比生活的历史。安东纽斯则同样准确地预言了今天报纸上的头条新闻和电视上播出的关于中东的恐怖画面。巴以关系险象丛生。在阿拉伯人看来，自从1948年以色列建国以来，这个问题就被不公正地定了性。而这在十年之前就被安东纽斯不幸而言中了。

詹姆士和安东纽斯的书是从一个争取独立的民族运动内部的角度写给一般读者看的严肃学术著作；而我要说到的另外两本书，拉纳吉特·古哈的《孟加拉财产规则：永久性解决法案》(A Rule of Property for Bengal: an Essay on the Idea of Permanent Settlement)(1963)和S.H.阿拉塔斯的《懒惰的土著之谜：16世纪至20世纪马来人、菲律宾人和日本人的形象及其在殖民帝国主义中的作用研究》(The Myth of the Lazy Native: A Study of the Image of the Malays, Filipinos, and Javanese from the 16th to the 20th Century and its Function in the Ideology of Colonial Capitalism)(1977)是后殖民地的专门性著

作,是以少数读者为对象、讨论较专门的问题的。这两本书,前一本的作者是一位孟加拉政治经济学者,后者的作者是一位马来西亚穆斯林历史学家。两本书都显示出作者所做的资料研究之精,对最新发展的记载、论点和概括之细。

像以后的后结构主义作家(包括古哈自己)所认识到的那样,古哈的书是一种考古式与解构的书。他研究的问题是1826年孟加拉永久解决法案——按照该法案,英国人以分毫不差的准确性规定了在孟加拉的租税和国家预算——这个法案是从18世纪末由菲利普·弗朗西斯(Francis, Philip)在孟加拉付诸实践的欧洲重农主义意识形态的复杂背景中产生的。和古哈的那本书一样,阿拉塔斯的书有它自己的独到见解,也详细地论述了欧洲殖民主义怎样制造出一个对象,在这里是懒惰的土著。他在阿拉塔斯所说的殖民帝国主义的谋划和促动中起了很关键的作用。用辛巴多·德迈斯(Mas, Sinbaldo de)——一位在1843年被授权管理西班牙殖民地菲律宾的西班牙官员的话说,这些土著处在严厉的规则与严格的纪律约束之下,就是为了"被控制在某种智力与道德的水准上。尽管他们人数众多,在政治上他们却不如一块金条值钱。"[129]这些土著被议论、被分析、被虐待、被迫做苦工,被供给腐败的食物和鸦片,被迫离开他们的自然环境,听到的是些目的在于使他或她保持勤劳和处于附属地位的话语。阿拉塔斯说,就这样,"赌博、鸦片、非人道的劳动条件、单方面的立法、剥夺属于人民的租赁权、强迫劳动,全都以不同的方式被编织进殖民主义思想的机体,并被戴上荣耀的光环。那些在这个意识形态之外的人都要受到嘲弄。"[130]

詹姆士与安东纽斯和古哈与阿拉塔斯之间的不同,不仅仅是詹姆士与安东纽斯直接卷入了当时的政治,而后来的两位却更关注后殖民地时期关于印度与马来西亚的学术之争;他们的不同更在于,后殖民地的论述改变了争论的论题,甚至性质本身。在詹姆士和安东纽斯看来,20世纪30年代的加勒比与阿拉伯东方的土著所属的话语世界荣幸地依赖于西方。詹姆士说,假如没有阿贝·雷纳尔、其他百科全书派学者和大革命本身,杜桑·鲁威杜就不可能提出他那样的论点:

> 在危险的时刻,虽然没有人教授,杜桑(Toussaint, L'Ouverfure)仍然能够掌握狄德罗、卢梭、雷纳尔、米拉波、罗伯斯庇尔和丹东的语言和腔调。而且在一个方面他超过了他们所有的人。因为由于他们所处的社会的阶级复杂性,这些语言与文字大师也时常不得不停顿、犹豫或修饰。杜桑却能够无保留地为黑人的自由辩护,这就给了他的言论以当时的伟大文献都很少有的力量和义无反顾的精神。法国资产阶级不能理解,尽管杜桑的语调高雅,他写出的话既不夸张也没有花言巧语,而是直白又清醒的实话。[131]

以上是对一个把欧洲启蒙运动所提出的普遍关注点的朴实真理完全内化了的精彩描写。詹姆士在这段描写中表明了杜桑的诚挚和潜在缺点。他愿意相信欧洲人的言论,把那些言论看作实实在在的意向,而不是为阶级和论述所决定的代表利益与群体的话语。

安东纽斯展现了差不多完全同样的主题。他对本世纪初由英国孕育的阿拉伯觉醒的记叙,集中说明了阿拉伯人在

1917年和1918年从奥托曼人手中获得解放以后,怎样把英国给予阿拉伯独立的诺言当作完全可信的。安东纽斯关于谢里夫·侯赛因与亨利·麦克玛洪爵士间记载有英国官员承诺允许侯赛因的人民享有独立与主权的通信,与詹姆士关于杜桑怎样理解并奉行人权宣言的描述相呼应。然而,对于站在阿拉伯人也站在英国人一方的立场来写作的安东纽斯而言——安东纽斯是一个典型的互相依赖的例子——如果有这样的情况的话——这种许诺是有意的遁词,既不能归因于阶级,也不能归因于历史,而只能属于可耻的虚伪。在他看来,这简直无异于灾难:

> 毫无疑问,历史的结论将要在很大程度上支持阿拉伯人的观点。不论人们可能对圣莱摩决议(1920年春,其中规定,"地中海与波斯湾边界间的阿拉伯三角地带将置于强制性统治之下")说些什么,它的确是违反了所宣布的总体原则和盟国,特别是英国所做的具体承诺。秘密保证的目的现已大白于世;根据那个秘密的许诺和公开的保证,研究者就有了进行判断的全部有关资料。就是借助于那些许诺,阿拉伯人才介入了战争,做出了贡献与牺牲。而仅仅这一事实就足够把相应的义务变成信誉上的亏欠。圣莱摩会议所做的实际上是置这种亏欠于不顾,而做出了在一切主要点上都违背了有关人民愿望的决定。[132]

轻视詹姆士与安东纽斯之间的差别是错误的。他们二者不仅被思想意识与种族,而且被性格和教育区分开来。尽管如此，同样的悲伤、失望与不能实现的希望无可怀疑地出现在他们的文章里，而且两个人都属于非殖民地政治并为它所塑造。詹姆士出身于特立尼达的中下层阶级，是个自学成才的人，运动员。而且永远是——像我在1987年6月在布里斯顿访问当时八十六岁的他时亲眼见到的那样——早慧的学生，对历史、政治和理论有革命者式的关注，对优秀的文学、音乐和谈话有着的纯粹的跃跃欲试的兴趣。安东纽斯，像艾尔伯特·胡兰尼（Hourani, Albert）令人难忘地描述的那样，属于地中海东部叙利亚人中较老的、较世俗的阶级，曾一度定居埃及。[133]（他在那里曾就读于维多利亚学院。我也曾在该学院读书）当安东纽斯写作《觉醒中的阿拉伯》时，他是四十多岁（他于1942年逝世，时年约五十岁）。詹姆士比他整整年轻十岁。安东纽斯经历丰富，做过高级英国军官的亲信，做过从侯赛因和费萨尔到法利斯·尼姆尔和哈志·阿明·阿尔—胡赛尼等重要的阿拉伯领袖与精英的顾问，是数十年来阿拉伯民族主义思想与活动的继承人，一个与现实中掌权者对话的现实中人；而刚到达英国的詹姆士却充当报道板球赛的记者。他是个黑人、马克思主义者、伟大的演说家和组织者；他尤其是一名热心于非洲、加勒比和黑人民族主义事业的革命者。《黑人雅各宾派》最初不是作为一本书，而是及作为为保罗·罗伯逊（Robinson, Paul）写的剧在伦敦出现的。在该剧上演期间，罗伯逊和詹姆士轮换担任杜桑与德萨林斯的角色。[134]

一个是贫困的到处流浪的西印度人，马克思主义历史学家；另一个是较传统的，受过高等教育、有优越社会关系的阿拉伯人。尽管两个人之间有差别，两人的研究都关注他们看作自己的世界中的问题,即使那个拥有力量与对殖民地进行统治的欧洲世界把他们排斥在外了,在某种程度上使他们臣服,并且深感失望了。他们是从这个世界内部来审视它的,并且在文化的领域里,通过展示一种不同的观念向它发出了争辩,对它的权威发出了强烈的、近距离的挑战。站在西方文化传统外面是没有意义的,无论他们多么详尽地述说殖民地或非西方国家人民的不幸经历。远在《黑人文化自豪感》(negritude)、黑人民族主义和20世纪60年代和70年代的土著主义之后很久,詹姆士属于他和法农、卡布拉尔和罗德尼都置身其中的叛逆的反帝运动,同时又锲而不舍地赞同西方的遗产。他在一次接受采访时说:

> 我怎么才能回到我的非欧洲的根呢?如果这意味着,今天的加勒比作家应该意识到他们的作品里有些重点应该归类于非欧洲、非莎士比亚的根,认识到音乐中非贝多芬的过去,那我就同意。但我不喜欢这些东西被表现的方式——非此即彼的方式。我不这样看。我认为两者兼有。从根本上说,我们民族的文字与美学的历史根植于西方文明。[135]

虽然安东纽斯在关于阿拉伯民族主义兴起的权威叙述中强调了重新发现阿拉伯语言与传统中伊斯兰遗产的重大意义(大多数情况下通过像他自己那样的基督教思想家的研究,被后来的历史学家指责为夸张的研究),他同时坚持说,阿拉伯传统在本质上并不与西方传统冲突。相反地,在它们之间有产出与派生的关系,像他在以下这个重要段落所说的那样：

> 那个初期阶段（19世纪50与60年代）美国传教士教育活动的许多功劳（优点）中突出的一个是，给予阿拉伯语以重要地位。并且，他们一旦开始从事阿拉伯语的教学，就积极努力推进阿拉伯语的文学。在这个方面，他们是先驱，而且因此之故，代表阿拉伯复兴的起点的知识活力应大部分归功于他们的努力。[136]

在古哈（Guha, Ranajif）和阿拉塔斯的著作中，见不到对西方和它的殖民地之间这样和谐契合的论述。殖民战争与其后长期的政治和军事冲突产生了干扰。虽然直接的政治控制消失了，经济的、政治的、有时还有军事的控制，伴随着文化霸权——统治和葛兰西所谓的"指导性"的意识形态——从西方出发，对边缘世界施加影响。这些都使政治统治得以延续。阿拉塔斯《懒惰的土著之谜》中最尖锐的批评之一是针对那些马来西亚人的。这些人不断地再生产那种制造并维护懒惰土著思想的殖民主义思想意识。阿拉塔斯回忆了法农对民族主义资产阶级的责难。他说明，殖民地资本主义残余怎样留存在新独立的马来亚人的思想中，把他们的思想局限在殖民地资本主义思想的范畴。这些人在思想方法上没有自觉，没有意识到阶级属性对思想的影响。因此，他继续写道：

> 虚假的意识可以扭曲事实。马来亚的执政党从英国人手里继承了统治权，没有经过像在印度尼西亚、印

度和菲律宾发生的那样的斗争。因此,也就没有意识形态的斗争,没有在较深的思想层次上的与英国思想意识的决裂。这个党的领导是由英国人训练出来的上层公务员、中产阶级的教师和公务员汇集而成的。与之有关的少数专业人员并没能左右形势。[137]

古哈(Guha, Ranajit)同样地关注继承与决裂的问题。但是对他来说,这个问题与他的个人经历有关。这是由于他在方法上具有很强的主观意识。当一个人是个现代印度人,他的出身、成长与家庭历史地依赖于与英国的力量时,他将怎样不是抽象地,而是具体地研究受到英国力量强大影响的印度历史呢?当一个人曾经属于那种关系而不是置身其外时,他怎样看待印度独立以后的那种关系呢?古哈的困境在一种强调英国统治的不同的文化战略中得到了解决。这样的统治引出了永久性殖民地法案,也产生了他所属的阶级:

> 作者在他的青年时期和孟加拉许多他的同代人一样,是在永久性解决法案的阴影下成长的:他的生计和他的家一样,依仗于他从未到过的地方;他的教育是以殖民地官僚机构从考恩瓦利斯公爵受益的后裔中选用干部的需要为方向的。他的文化世界受到中产阶级价值观的严格限制。这个阶级依靠土地生活,却远远地脱离当地农民的文化。因此,他已经学会把永久性解决法案看作社会与经济停滞的原因。作为一名加尔各答大学的研究生,他阅读了菲利普·弗朗西斯的反封建思想,并且立即面临着一个教科书与教师都不能给以解答

的问题。1793年的准封建土地法令怎么会产生于一个非常崇敬法国大革命的人的思想中？人们无法从历史书上理解这样一种矛盾的存在并且必须加以解释。书本满足于指出，英国所做的善事代表了一系列成功的试验，与统治者从他们的欧洲背景中带来的思想与偏见毫不相干。这种认为英国政策是"无根之花"的观点不能为在王公统治下实行得最久的土地法历史所证实。作者希望，他能够找出永久解决法案的根源是在18世纪后半叶英法两股主流思想的交汇之处。[138]

一种超脱的行为可以印证非殖民地化的基本形态。古哈了解到，产生印度永久解决法案的意识形态历史上源于法国与英国。他自己的阶级遗产不是来自土地而是来自殖民地的结构。因此，他就能在学术上使自己得以超脱。有如对阿拉塔斯一样，历史对古哈来说是对殖民事务、意识形态和论点的批判，而不是重复。在以后的著作中，两人都集中精力试图从殖民历史中挖掘出被压抑的土著的声音，并且激发出对历史的诠释的洞察力。这种洞察力不仅是针对过去的，而且针对土著社会的弱点本身。这种弱点使得土著社会在很长时间内受到永久解决法案这样的把戏的危害。

古哈在一些思想相似的同行在他的领导下写作的一本系列文集《原住民研究》的序言中说，殖民地印度的"反历史的历史编纂"舍弃了"人民的政治"而代之以英国人所缔造出的民族主义精英政治。因而，就产生了"国家无法立身这样的历史性失败"。就有了"对这一失败的研究：殖民地印度历史编写的中心问题到底是什么"这一问题。[139]

简而言之,现在可以看出来,宗主国文化掩盖了殖民地的真正的社会状况。这并非仅仅因为阿拉塔斯和古哈是专家学者,而且因为在独立了几十年以后,人们看到不同文化之间是互相尖锐对立的。这种战后新观念的一个迹象是叙述的逐渐消失。《觉醒的阿拉伯》和《黑人雅各宾派》的题材是卓越领袖领导的群众运动。其中有人民抵抗运动兴起的动人心弦甚至崇高的故事——圣多明各奴隶起义、阿拉伯起义——按照让—弗朗索瓦·利奥塔的说法,这是启蒙与解放的伟大运动。而阿拉塔斯和古哈的著作之中就没有这样富有生气的故事。

这两本较早的书一个惊人的相似方面是,它们的写作在于扩大西方读者的认识。这些读者从宗主国的角度听说过这些故事。詹姆士的任务是做一包括法国及海外关于法国大革命的叙述。因此,对他来说,杜桑与拿破仑是大革命产生的两位伟人。《觉醒的阿拉伯》用了许多高明的手法,是为了限定与对抗 T. E. 劳伦斯在《智慧的七大支柱》中所写的、并且大加夸耀的关于阿拉伯叛乱的著名叙述。安东纽斯似乎在说,在这里,阿拉伯人,他们的领袖、战士和思想家终于能讲他们自己的故事了。詹姆士和安东纽斯两人都提供了一种宽广的历史视角,一种不同的叙述。这种叙述已经为欧洲读者所熟知,但又并非从土著的视角出发的。当然,两人都是从正在进行的群众性政治斗争的立场写作的——詹姆士写的是关于"黑人革命",安东纽斯是关于阿拉伯民族主义。——但敌人仍是一个,即欧洲与西方。

安东纽斯那本书的一个问题是,因为他主要专注于他深深卷入的政治事件上面,他对他所处时代之前的阿拉伯与伊斯兰世界的文化复兴或者粗粗带过,或者评价不足。后来的历史学家——A.L.蒂巴维、阿尔贝特·胡兰尼、希沙姆·沙拉比、巴萨姆·蒂比、穆罕默德·阿贝德阿尔-扎布里对这一复兴和它对西方帝国对伊斯兰教影响的认识(在扎布里身上已经存在)给予了更准确、更广泛的叙述。[140]一些作家,例如埃及的塔赫塔维或突尼斯的卡也尔·阿耶-丁,或者包括贾玛尔·阿尔-丁·阿尔-阿富汉尼和穆哈默德·阿布杜赫在内的重要的19世纪末宗教宣传小册子的作者和改革者强调:要发展一种新兴的独立的文化,以抗拒西方。在技术上与之匹敌,能够创立一个系统的纯粹的阿拉伯-伊斯兰属性。A.A.杜利(Duri, A. A.)的《阿拉伯国家的历史形成》(*The Historical Formation of the Arab Nation:A Study in Identity and Consciousness*, 1984, London:Croom Helm, 1987)[141](1984)这样的重要研究成果把这种努力溶入了典型的阿拉伯民族主义关于一个完整民族的叙述之中。尽管有帝国主义、内部的停滞不前、经济发展落后、政治专制等障碍,这个民族依然在寻求着自己的发展。

在包括安东纽斯作品的所有这些作品中,叙述都是从附属与低下的地位状况开始,发展到民族复兴、独立国家的形成和与西方结成伙伴的迫切的文化自主追求。这远非一个胜利的故事。可以说,在它的中心是一种希望、背叛与苦涩、沮丧的复杂心理。今天的阿拉伯民族主义话语仍然带有这种复杂心态。其结果是一种未得以实现的、支离破碎的文化,用充满磨难、愤怒的执著对外部(通常是西方的)敌人不分青红皂白地谴责的语言来表达自己。因此,后殖民地时代的阿拉伯国家有两种选择：许多国家例如叙利亚和伊拉克，保留了泛阿拉伯的大致模式，用它来证明已经几乎全部吞掉了公民社会的一党专制的民族安全国家的正确性。其他国家，如沙特阿拉伯、埃及、摩洛哥，在保有第一种选择的各方面的同时，我认为，其政治已经发展到了超越对宗主国西方依赖的程度。《觉醒中的阿拉伯》中含蓄地提到的两种选择都与安东纽斯自己钟情的有尊严、不可分割的自治互相矛盾。

在詹姆士的例子中，《黑人雅各宾派》弥合了加勒比，特别是黑人历史与欧洲历史之间重要的文化与政治鸿沟，然而它也充满了超越它丰富的叙述所表达的更广阔的内容。差不多同时，詹姆士编写了《黑人叛乱史》(*A History of Negro Revolt*, in *C. L. R. James: His Life and Work*, London: Allison & Busby, 1986)。(1938)据沃尔特·罗德尼对该书的卓越描述认为，其目的是"给反抗运动本身的构成以历史的深度"。[142] 沃尔特·罗德尼指出，詹姆士注意到了在非洲与加勒比地区长期存在的(虽然通常是不成功的)反对殖民主义的抵抗运动。而这些从未被殖民主义历史学家所承认。和安东纽斯的作品一样，他的作品伴随着他对非洲与西印度洋地区的政治斗争的参与和承诺。这种承诺使他到过美国、非洲(在那里，他与乔治·帕德莫的终生友谊与和恩克鲁玛的成熟的合作对于加纳的政治的形成是至关重要的。这一点可以从他那极具批判精神的《恩克鲁玛与加纳革命》(*Nkrumah and the Ghana Revolution*)中清晰地看出)，然后又再一次到了西印度群岛，最后到达了英国。

虽然詹姆士(和安东纽斯一样)是反斯大林的辩护士，

他对作为帝国中心的西方的批评态度从未妨碍他了解帝国的文化成就,或者批评他所支持的黑人战士(例如恩克鲁玛)的失败。当然,他活得比安东纽斯长些,但是,随着他见解的增加和改变,随着他对解放事业的经验领域的扩大,当他介入与淡出辩论与矛盾时,他一直专注于一个故事:他线性地看待政治与历史的基本模式——"从杜波依斯到法农","从杜桑到卡斯特罗"——而他常用的比喻是思想与人所做的一次航行:过去曾经是奴隶和附属阶级的人可以先成为移民,然后再成为一个变化多姿的新社会中的重要的知识分子。

在古哈与阿拉塔斯的作品中,那种人类冒险的叙述被嘲讽所代替。两个人都揭露了伴随着帝国主义各种托词的丑陋的战略、它已经丧失信誉的、看似高尚并蛊惑人心的进步意识形态。我们先考虑一下古哈是如何细致入微地表现了英国东印度公司官员的。这些人把经验主义和反封建主义与法国重农主义哲学(其基础是土地税收)结合起来,用古哈作品中的人物菲利普·弗朗西斯的话说,以便使英国的领地永久存在下去。[143]古哈关于弗朗西斯——一位年轻的"艾尔瑟别狄斯",伯克的朋友、沃伦·黑斯汀斯的同时代人、反君主政体者,废奴主义者、精明的政治动物——和他的永久解决法案的思想的卓越叙述是用蒙太奇的技法来实现的,运用了剪接的手法,而不是像一首英雄史诗。古哈说明了弗朗西斯关于土地的思想如何在他结束服务若干年以后与黑斯汀斯的形象的改写同时被逐渐接受,并因此加强和巩固了帝国的思想。古哈指出:

> 帝国思想的重要性已经迅速超过它的建筑师(创造者)的个人功绩,并且已经上升到一个抽象的观念的水平上,假定了一个公司的良好意愿可以独立于它的缔造者的人格。[144]

所以,古哈的主题是,抽象化不仅要求和利用人,而且还有地理。其中心论点是,作为帝国主义者,英国人觉得他们在印度的任务是解决"孟加拉的主权问题",[145]当然是以有利于英国主权的方式解决。弗朗西斯颁布了关于孟加拉的一切地租都要按照数学公式永久性地加以决定的计划。他真正成果是,成功地"制订或恢复了一个帝国的宪法"。[146]

古哈著作的意图是说明如何肢解帝国历史的编撰。这种肢解更主要是在欧洲进行,而不是在印度。欧洲是帝国历史编纂的发源地,最稳固、最长久、也最具权威。具有讽刺意味的是,这项工作却由土著人来做。他熟练地掌握资料来源,具有很强的抽象能力。帝国主义在当初产生这些抽象观念时,也几乎不能把握得住。

阿拉塔斯的书也具有同样戏剧性的成果。虽然古哈的人物实际上是试图在哲学的层次上系统地说明关于印度权威的思想家,阿拉塔斯笔下的葡萄牙、西班牙和英国殖民主义者却没有过这样的企图。这些人为了寻求经济利益,在东南太平洋猎取财宝(橡胶和金属)和廉价劳动力。他们需要土著的劳动力,针对富饶的殖民地经济策划出各种计谋,在执行的过程中破坏了当地中间商的生意,臣服并实际上奴役了土著。为了统治土著并使他们处于分裂与软弱状态,在中国人、爪哇人和马来西亚人社区中间挑起兄弟间的民族战争。从这种混乱中出现了懒惰的土著这一神秘的人物形象。他们作为东方社会基本不变的形象存在,从中又衍生出了一些所谓的真理。阿拉塔斯耐心地记录下这些描述——它们全都是建立在殖民主义者的"错误认识"之上的。他们不愿意承认,土著拒绝工作是对欧洲入侵的最早的反抗形式之一。阿拉塔斯记录下这样的描述是如何逐渐达到了系统的权威性,并几近于达到了不可争辩的真理的地位。拉夫斯这样的观察者于是创造了一种进一步臣服与惩罚土著的理论,因为殖民官员认为,土著本质败坏的情况是不能扭转的。

阿拉塔斯给我们提供了一个关于懒惰土著之意义的不同观点,或者说,他向我们提出一个为什么欧洲人能够那么长久地坚持那个神话的论据。实际上,他还说明了神话怎样能继续存在,或者用我前面引用的艾利克·威廉姆斯的话说,"一种在历史上已经臭名昭著了的、陈旧的兴趣怎样能发生阻挠与破坏的作用。这一作用只能用它曾经的贡献和占有的地位来解释。"[147]有关懒惰的土著的神话是统治的同义语,而统治归根结底就是权力。许多学者已经习惯不把权力当作中心问题来看待。因此,阿拉塔斯的一些描述因其直率而使我们感到震惊。他描述了殖民主义者怎样有系统地摧毁了苏门答腊岛和马来沿岸的商业国家;对领土的征服怎样导致渔夫和武器制造工匠这样一些土著阶层的消失;尤其是,外国老爷们怎样干了些没有任何当地人会作出的事:

> 落入荷兰人手中的权力不同于落入当地人手中的权力。当地人的权力通常在贸易方面比较自由化一些。它并没有毁灭本地区自己的商人阶层,而且继续使用它

自己的工业产品。它建造自己的船只。至少,它无法在印度尼西亚的主要地区实行垄断。尽管它的掌权人是个暴君,它也是在培养自己人民的权力。[148]

阿拉塔斯在这里描述的和古哈在他的书里描绘的统治几乎是无孔不入的,并且与殖民地社会发生着毁灭性的、不断的冲突。因此,要想叙述出欧洲与其边缘殖民地之间是怎样建立起联系来是不可能的,无论是从欧洲还是从殖民地的角度。相反,对研究非殖民地化的学者最合适的似乎是采用怀疑的解释学方法。然而,虽然关于追求解放的民族主义宏伟乐观的叙述,不再像20世纪30年代詹姆士和安东纽斯那样能够有益于一种文化的确认,却出现了一种新的方法——它的要求更高,更严格。古哈的研究产生了重要的综合性质的著作《原住民研究》,进而促使古哈及其同行对权力、历史编写与人民的历史问题做进一步卓越的研究。阿拉塔斯的工作有两个目的:为南亚历史与社会的后殖民地时期方法学建立一个基础;继续《懒惰的土著之谜》中所使用的破译与解构的工作。

我的意思并不是说两位战前知识分子的热情和作品已经被后来的几代人摒弃或轻视,或是说,阿拉塔斯与古哈的技术性更强、更严谨的著作表明了宗主国西方的更狭隘的专业性和不宽容的文化观念。相反,我觉得,詹姆士与安东纽斯是在为已经展开的自决运动仗义执言,虽然这些运动只是片面的,最终很不成功的。而古哈与阿拉塔斯在讨论后殖民地时期的困境引起的问题时,一方面把早期的成功(如民族独立)看作理所当然的,同时还强调非殖民地化、已经获得的自由与自我定位的不完善之处。另外,古哈和阿拉塔斯也把自己和西方学者与仍被自己过去殖民主义概念束缚着的同胞与土著学者同等看待。

有多少人能接受这些著作?这就引出了更普遍的读者群的问题。如《黑人雅各宾派》或《觉醒中的阿拉伯》的许多读者能够很快地证明的那样,读者群在缩小,他们更青睐以后更规范,更高雅的书籍。詹姆士与安东纽斯认为,他们的话具有重大的政治与美学意义。詹姆士把杜桑描绘成一个使人不由自主地尊重的人,不会对人报复,极为机智、灵活,而且对海地同胞的苦难极具同情心。詹姆士说:"伟人创造历史,但只是他们能够创造的历史。"[149] 杜桑很少信任他的人民,并且错误地估计了他的敌人。詹姆士则未犯这样的错误,也不报任何幻想。在《黑人雅各宾派》中,他不偏不倚地重现了帝国主义背景下自身利益与道德的考量。正是在这种背景下,出现了英国废奴主义和慈善家威尔伯福斯。但是,当法国和海地黑人正处于血腥的战争中时,英国政府却玩弄了这些慈善的感情,以牺牲法国及其敌人为代价,加强英国在加勒比地区的力量。詹姆士严厉指责帝国主义从不放弃任何东西。然而,他坚信叙述的说服力量。这种叙述的内容是争取法国与海地的共同自由,以及对真理的渴望和行动的热情。这突出了他作为黑人历史学家为战斗中的黑人、也为宗主国的白人读者而写作的特点。

这种驶入的航行是报复性的吗?被压制的殖民地人民开始追逐现代欧洲人。对现代欧洲人来说,在这个当今世界的杜瓦利埃们和特鲁吉略们身上体现的杜桑的畸形遗产,是不是证实了关于野蛮的非欧洲人的观念?詹姆士没有落入反映式的陷阱,在他1962年所做的序言中说明了杜桑的革命思想如何重现在成功的解放斗争中,而且以同样的力量出现在一种崭新的、自觉自信的民族文化中。这种文化可以了解殖民地的过去而又向"加勒比追求民族身份的最终目标"迈进。[150]詹姆士被许多作家——乔治·莱明、V.S.奈保尔、艾利克·威廉姆斯、威尔逊·哈里斯——看作当代西印度文化的创始人,这不是没有道理的。

同样地,盟国对阿拉伯人的背叛并未减弱安东纽斯对历史的叙述的巨大力量。在他的叙述中,阿拉伯人被与欧洲共有的自由思想所推动。正像《黑人雅各宾派》奠定了研究现代黑人叛乱(詹姆士语)的基础一样,《觉醒中的阿拉伯》也率先开始了对阿拉伯民族主义的学术研究。这种研究不仅在阿拉伯世界,而且在西方已逐渐成为一个学科。这里,与正在觉醒的政治的联系也是令人感动的。安东纽斯把他的故事拿到那些曾经阻挠历史的由西方政客和思想家组成的同一陪审团面前,并且向它说明阿拉伯人尚未实现的自决的目标。这很像詹姆士既对他自己的人民,又对着一群有抗拒情绪的白人读者讲话一样:对这些白人读者来说,非白人的解放只是一个边缘问题。祈求的对象并非公平和同情,而是时常令人吃惊和出人意料的历史的现实本身。因此,安东纽斯1935年写作《觉醒的阿拉伯》时在普林斯顿所做的演讲中的评论是多么不寻常啊:

> 在历史上常常发生这样的情况:敌对力量之间,冲突几乎不可避免地以较强大的一方的胜利而结束。然而历史往往由于一种新的力量的出现而出现不明确的

转折。这种新的力量的出现又恰恰是由胜利而带来的。[151]

在我看来,安东纽斯神奇地从当时的失望情绪的深处看到了他在书中曲折地为之辩护的群众起义的爆发。(我们这个时代最大的反殖民主义起义之一——巴勒斯坦起义是《觉醒的阿拉伯》的主要主题——历史上的巴勒斯坦斗争的继续。)

而这种观察又猛然地使我们回到了学术与政治这一总的题目上来。我讨论过的每位学者都根植于具体的环境中。这个环境的历史、传统与归属关系反映了题目的选择与对它的处理。比如,安东纽斯的书作为记录了20世纪初的阿拉伯民族主义的历史,是对20世纪30年代与40年代之后被用阿拉伯文写作的更激进、更受欢迎的本土化的作家所超越的、打动人心的写照。西方的政策制订人不再能够或者需要作为关注的对象,在共同的话语的内部也较少受到重视了。古哈是20世纪60年代作为一名流亡者出现的。那时他与塔里克·阿里所说的"尼赫鲁们与甘地们所控制的印度政治极为矛盾。"[152]

政治——以及它们的背后很清楚的政治冲动力——当然会影响所有这四个人的著述与研究。他们书中的语调与含义中明显的政治或人文紧迫性,与已经成为现代西方学术准则的东西明显相互对立。(那个准则标榜置身事外、客观、公允、文雅与礼仪。它是如何出现的,则是一个鉴赏与知识的问题。)这四个第三世界知识分子都是既站在这样一个政治环境之外,也是从它的内部来写作的:这个环境的压力是经常的,暂时的干扰或轻微的实证上的问题并不因有了更高的目标就可以忽略。不难发现它影响着遣词造句、辞藻,或者扭曲着学术的基调。因为,作者确实是从知识与权威的位置出发,同时也从人民的立场出发。他们发出的抵抗与斗争的信号是受臣服的历史的结果。阿多诺在谈到这种情况下使用的明显被肢解的语言时说,"另一方面,被臣服的人民的语言被盖上了统治的印记,进一步剥夺了那些未被肢解的、自主的语言所许诺给他们的正义。这种语言却能够被那些自由的人毫无芥蒂地使用。"[153]

我并不是说,对立面的学术必须具有强迫人的和令人不快的固执特性,或者,安东纽斯和詹姆士(还有古哈和阿拉塔斯)的话语中不时夹杂着侮辱与指责。我只是说,在这些书里,学术与政治更明显地连在一起。因为这些作家把自己看作派向西方的使者,代表着一种尚未实现的、受到阻挠、被推迟了的政治自由与成就。误解他们的观点、话语和参与,说他们在嚎叫、乞求别人的同情(像科纳·克鲁斯·奥布莱恩所说的那样[154]),把他们贬低为狂热的积极分子和党派政客发出的情绪激动的、主观的、发自心灵的叫喊,就是小觑了他们的力量,错误地判断了他们的价值,否认他们对知识的巨大贡献。难怪法农说:"对土著来说,客观性永远对他们不利。"[155]

宗主国的读者情不自禁地断定这些书和其他类似的书仅仅是"土著提供信息者"所写的土著文学,而不是对知识的贡献。甚至安东纽斯和詹姆士这样一些人的作品在西方的学术权威眼中都被视为边缘的。因为在他们看来,这些作品似乎是站在外人的立场上写的。也许这就是为什么一代人以后,古哈和阿拉塔斯选择集中精力在修辞、思想与语言上,而不是不惜一切代价地集中精力于历史的原因。他们宁愿分析词语中所代表的权力而不是它残忍的实践;分析它的过程与策略而不是它的来源;分析它的学术方法和技巧而不是它的道德性——肢解它而不是摧毁它。

把经验和文化结合起来当然就是将宗主国中心与边缘地带进行对位阅读,既不给"我们这一方"以"客观"的优待,也不给"他们那一方"以"主观"的压力。[156]。如解构主义学者所说,问题在于知道怎样阅读而不是使之与阅读什么相脱离:"文本本身不是结束。"如威廉姆斯曾经说过的,它们是注解与文化实践。文本,如博尔赫斯谈到卡夫卡时所说的那样,不仅创立了它们的先行者,而且还创造了它们的后继者。过去二百年丰富的帝国经验是全球性的、普遍的;它涉及地球的每一个角落,涉及殖民者与被殖民者。由于西方取得了世界统治权,由于它似乎已经带来了"历史的终结",用弗朗西斯·福山(Fukuyama, Francis)的说法,西方人认为他们的文化杰作、他们的学术、他们的话语世界是完整的、不可侵犯的;世界上其他的人站在我们的窗前乞求注意。可是,我认为,去掉文化与其背景的各种联系,把它从它争夺的土地上剥离,或者,依照西方文化中一个对立的观点,否定它的真正影响,就是对文化的极大的歪曲。简·奥斯汀的《曼斯菲尔德庄园》是写英国和安提瓜的。奥斯汀将这两者的关系说得很明白;因此该书是关于国内秩序与国外蓄奴的,并且能够——甚至应该那样来理解它。像艾利克·威廉姆斯与C.L.R.詹姆士的作品一样,加缪与纪德写的恰恰也是法农和卡台布·雅辛(Yacine, Kateb)所写的同一个阿尔及利亚。

如果他们这种对位、复和和结合的写法比那些平淡无奇的赞美有什么意义的话,那就是,他们将帝国主义的历史首先看作是一个互相依赖的历史和互相重叠的领域;其次是需要进行知识与政治的选择的历史。例如,假如把法国与阿尔及利亚或越南的历史、加勒比或非洲、印度与英国的历史分开来而不是在一起加以研究,那么,统治与被统治的经验就会人为地错误地处于分离的状态。把帝国主义统治与对它的抵抗看作涉及非殖民地化以及独立的一个双重过程,大体就是使自己与这个过程一致起来,并且不仅从解释学,而且从政治的角度来对竞争的双方做出解释。

《黑人雅各宾派》、《觉醒的阿拉伯》和《懒惰的土著之谜》之类的书完全属于斗争的书。它们使解释上的选择更明确、更难以避免。

请把阿拉伯世界的当代历史作为一种延续紧张状态的历史的例子来加以考虑。安东纽斯的成就是确认了阿拉伯民族主义与西方(或是它的地区代理人)之间的相互作用是需要加以研究、需要给予支持或反对的东西。在《觉醒的阿拉伯》以后,尤其是在美国、法国与英国,人类学、历史、社会学、政治学、经济学和文学中的一个叫做"中东研究"的学术领域出现了。它与该地区的紧张形势,与两个前殖民主义大国和现在的超级大国的立场互相关联。自从二战以后,在中东研究中逃避阿以冲突或是对于单个社会的研究是不可能的了。因此,只要就巴勒斯坦问题进行写作,就需要决定巴勒斯坦是否是个民族(或者是个民族社会),而这又进而意味着支持还是反对他们的自决权。这两种观点都又回到了安东纽斯——接受他的关于西方背叛的观点,或者相反,由于犹太复国主义文化上的重要性,接受西方有权利将巴勒斯坦作为犹太复国主义的牺牲品的观点。[157]

这种选择又牵涉到其他选择。一方面,我们是否能超越政治或意识形态来讨论现代"阿拉伯思想"以及它的暴力倾向、丑陋的文化,历史上被伊斯兰教所控制、它所代表的政治意义、它与犹太教和基督教相比之下的堕落?这些观念产生了例如拉菲尔·帕泰(Patai, Raphael)的《阿拉伯人的心态》(*The Arab Mind*, New York: Scribner's, 1983)、戴维·普莱斯-琼斯(Pryce-Jones, David)的《封闭的圆圈》(*The Closed Circle: An Interpretation of the Arbs*, New York: Harper & Row, 1989)、伯纳德·路易斯(Lewis, Bernard)的《伊斯兰的政治语言》(*The Political Language of Islam*, Chicago: University of Chicago Press, 1988)、帕特里夏·克龙(Crone, Patricia)和迈克尔·库克(Cook, Michael)合著的《海加主义》(*Hagarism: The Making of the Islamic world*, Cambridge: Cambridge University Press, 1977)等带有倾向性的书。[158]它们披着学术的外衣,但是这些著作中没有一种超越最初由安东纽斯在西方界定的斗争的领域,没有一种可以说摆脱了对阿拉伯人想挣脱在殖民地观念下形成的宿命意识的集体愿望的敌对态度。

另一方面,安瓦尔·阿卜代尔-马莱克(Abdel-Malek, Anwar)、玛克西姆·罗德森(Rodinson, Maxime)这样一些老一代学者的批评性与东方学的话语在提莫西·米歇尔(Mitchell, Fimothy)、朱迪斯·塔克(Tucker, Judith)、彼得·戈兰(Gran, Peter)、拉西德·阿尔-卡里迪(al-Khalidi, Rashid)以及他们的欧洲同行这些年轻一代的话语中得到了继续。20世纪80年代,曾经是保守的中东研究联合会在这些人的促进下实现了一次重要的思想转变。以前曾经与重要学者、石油公司总经理、政府顾问和雇员意见一致,并且时常以他们为会员的中东研究联合会现在在它的大型年会上公开讨论当代具有政治意义的问题:伊朗革命、巴勒斯坦自治、黎巴嫩内战、戴维营协议、中东学术研究与政治思想的关系——这是在例如路易斯、帕泰以及较晚的沃尔特·赖吉(Lagueur,Walter)、伊梅纽·席万(Sivan,Emmanuel)和丹尼尔·派普斯(Pipes,Daniel)等人似乎是纯粹的学术研究中被排斥或忽略的问题。主张反对土著阿拉伯或伊斯兰民族主义政策路线的学术著作曾经统治了学术甚至新闻界的讨论(例如托玛斯·弗里德曼(Friedman,Thomas)的《从贝鲁特到耶路撒冷》(*From Beirut to Jerusalum*)和大卫·希普勒(Shipler,David)的《阿拉伯人和犹太人》(*Arab and Jew*)这样的畅销的"立即成为学术研究的新闻学"著作),但是这种情况已经开始改变了。

"旧的"路线的核心是把阿拉伯人的本质描述为基本上不可否认地、先天地就是"另类"人,并且在描述阿拉伯人对待世界的反民主、暴力的、倒退的态度时,采用了种族主义的调子。在这种态度的中心是另一个很重要的因素,即,以色列。它也是造成以色列与毫无例外的非民主的阿拉伯国家间巨大反差的原因。阿拉伯世界中被以色列剥夺了财产并放逐了的阿拉伯人成为不折不扣的"恐怖主义"的代名词。但是现在,年轻的东方学学者提出了区分不同的阿拉伯民族、社会和组织的历史观点。他们尊重阿拉伯世界的历史与内部发展,返还给它一种实现未完成的独立、人权(特别是妇女和处于劣势的少数民族的)与免于外部(通常是帝国主义的)和内部的腐败或共谋干涉的意识。

因此,在中东研究联合会里发生的事是宗主国在文化上反对西方统治的故事。和它相对应的是非洲、印度、加勒比与拉丁美洲研究中的重要变化。这些领域已不再为前殖民地官员或一群讲得体语言的学者所指挥。相反,接受解放运动与听取后殖民地批评的人们与新觉悟的反对者群体(美国的人权运动、英国的移民权力运动)有效地从以欧洲为中心的知识分子和政治家手中夺走了他们所掌握的垄断权。在这个问题上,巴西尔·戴维森、泰伦斯·瑞恩杰、哈尼斯·费边、托玛斯·哈德金、戈登·K·路易斯、阿里·玛兹瑞和斯图阿特·霍尔起了重要作用。他们的研究对其他学者产生了影响。对于所有这些人来说,我在这里讨论过的四名学者的开创性工作——他们驶入的航行——对于正在建立中的边缘地带的反帝抵抗运动与欧洲和美国对立文学间的文化联合是十分重要的。

V 合作、独立与解放

在1969—1970年在牛津举行的关于帝国主义的研讨会上,罗纳德·罗宾逊(Robinson, Ronald)的论文《欧洲帝国主义的非欧洲基础》(*Non-European Foundations of European Imperialism*: *Sketch for a Theory of Collaboration*, in Owen and Sutcliffe, *Studies in the Theory of Imperialism*, pp. 118, 120)是最令人感兴趣的论文之一。和托玛斯·哈德金(Hodqkins, Thomas)的《非洲与第三世界的帝国主义论》(*African and Third World Theories of Imperialism*)一样,罗宾逊提出的进行理论与实证的研究的

建议说明了我提到的许多后殖民主义发展的影响:

> 任何新的理论都必须认识到,帝国主义既是欧洲扩张的结果,也是它的受害者合作与不合作,以及他们当地政治的运作的结果。假如(没有当地领袖精英们自愿的或被强迫的合作。并且)没有当地人的合作,欧洲人就不可能在需要的时候征服并统治他们的非欧洲帝国。从一开始,那种统治就不断地遭到抵抗;同时,也需要当地人不停的调停来避免抵抗,或将抵抗压服下去。[159]

罗宾逊接着探讨了1882年以前在埃及,帕夏和克代夫怎样联手使欧洲人的入侵成为可能。在那以后,在欧拉比民族主义叛乱撒下的阴影的戏剧性笼罩之下,英国人对埃及实行了军事占领。他欲言又止的是,许多与帝国主义合作的阶级与个人试图模仿现代的欧洲模式,按照他们认为是欧洲的进步的东西来实现现代化。在19世纪头二十年,穆罕默德·阿里(Ali, Muhawmud)派出使者到达欧洲,早于日本代表团抱着同样的使命到美国与欧洲三十年。在法国殖民地范围内,迟至20世纪20与30年代,天才的学生还被送到法国接受教育,虽然其中一些人如桑戈尔、西赛尔和许多印度支那知识分子后来转变为强硬的反帝分子。

这些早期派赴欧洲的使者的首要目的是学习先进的白人的做法,翻译他们的著作、学习他们的习惯。正夫三良(Miyoshi, Masao)与易卜拉辛·阿布—鲁高德对这个问题的最新研究(分别为《我们眼中的他们》[*As We Saw Them: the First Japanese Embassy to the United States*, Berkerley: University of California Press,1979]和《阿拉伯对欧洲的重新发现》[*The Arab Rediscovery of Europe:A Study in Cultural Encounters*,Princeton:Princeton University Press,1963])[160]展示了帝国统治集团怎样把信息、有用的书籍和使人受益的习惯灌输给东方学生。[161]

从这种特别的依赖中产生出土著人反帝的第一次经历。这一经历在1883年发表的阿富汉尼与厄内斯特·勒南(Renan,Ernest)在《两个世界的回顾》中的谈话中有很典型的表现。其中,那位土著按照勒南首先界定的术语,驳斥欧洲人说他低劣的殖民主义与文化上傲慢的言论。勒南认为,伊斯兰教比犹太教和基督教还要低下,而阿富汉尼却断言伊斯兰教要好些,并声称西方是靠借鉴伊斯兰教才改善自己的。阿富汉尼还辩称,伊斯兰教在科学方面的发展早于西方的宗教。如果它有什么退步的话,那也是所有宗教的通病,即与科学不能相容。[162]

阿富汉尼的语调是温和的,虽然他显然是反对勒南的。与后来反对东方学的人——对于那些人,解放是个重要主题——形成对比,阿富汉尼和19世纪80年代的印度律师也属于这样一类人:他们尽管为自己的民族而斗争,却试图在与他们和西方共有的文化框架中为自己觅得一席之地。他们领导各种民族独立运动,却同时享有殖民主义大国交给他们的权威:例如,蒙巴顿给予尼赫鲁的权威或戴高乐给予阿尔及利亚民族解放阵线的权威。以下列举的不同文化依赖的形式都属于这种与对手的合作。例如,帮助土著人们或民族"兴起"(其一个方面在史景迁[Spence,Jonathan]关于西方顾问的书《改变中国》[*To Change China*]中得到很好的描述)的西方顾问们;那些代表被压迫者的西方人——杰里贝夫人是个早期的代表人物,利物浦学派的成员是后来的例子。另一个例子是艾尔伯特·胡兰尼(Hourani,Albert)在一篇文章中极为微妙地描述的 T.L.劳伦斯与路易斯·玛西农(Massignon,Louis)在战后不久进行的争论。[163] 两个人都对战争期间对奥托曼人作过战的阿拉伯人抱有真正的同情。(的确,玛西农甚至把对伊斯兰教的同情作为他的一神社会理论的中心)然而,出于对帝国的信念,两人都参与了法英对阿拉伯世界的瓜分:劳伦斯替阿拉伯为英国效劳,玛西农为法国效劳。

五大洲的文化历史的整个巨大篇章就是在以土著为一方,以传统的帝国主义或变异的矛盾的帝国主义代表为另一方的合作中产生的。我们尊重这一现实。在承认我们当中许多人生于其中共同经验的同时,我们必须指出它怎样在根本上保留了 19 世纪把土著和西方人分开的帝国主义分界线。例如,远东、印度、阿拉伯世界、东非与西非的许多学校向一代又一代当地中产阶级学生讲授关于历史、科学与文化的重要事实。通过这种学习过程,千百万人掌握了现代生活的基本内容。可是他们仍是一个向外国帝国权威臣服的依附者。

这种依附过程的顶点是最终在全球前殖民地国家中产生了独立的国家。有两个政治因素的重要性已在文化中显示出来,标志着反帝民族主义时期的结束与解放主义的反帝抵抗运动时代的开始。一个是对于把文化作为帝国主义来看待的明确认识。这是一个觉醒的时刻,使得新独立的人民能够断言,欧洲文化指导或教导非欧洲文化的说法已告终结。第二个是在我已经提到过的,在各个地区,主要是阿尔及利亚、越南、巴勒斯坦、几内亚与古巴的极其长久的西方帝国主义使命。但是,解放运动,相对于民族独立,已经成为强大的新主题。这个主题在玛奎斯·加维、何塞·马蒂和W. E. B. 杜波依斯等人的初期著作中已经隐约存在,但是现在需要输入理论,甚至是反叛的战斗精神。

为挣脱帝国主义统治而进行斗争的民族发现自己落入了国家手中,并且显然由它来予以了实现。军队、旗帜、法律、国民教育计划与占统治地位的(如果不是唯一的)政党产生了,而且产生的方式使民族主义精英占有了一度为英国人或法国人占据的位置。巴西尔·戴维森对群众动员(比如,印度群众在加尔各答街道上进行的示威)和群众参与所做的区分强调了民族主义精英与短暂地成为民族主义计划有机部分的农村和城市群众的区别。叶芝在爱尔兰所做的是恢复社区的意识——"一群人在歌唱,在美化爱尔兰的缺点,在歌唱,在讲故事,在跑在跳,爱尔兰恢复了生机。"[164]然而在它的中心是一群精英男女。

帕萨·查特吉说,在新的国家建立之后,统治它的不是预言家和浪漫的叛乱分子,而是:印度的尼赫鲁,一个"国家的建设者、讲求实效、有自觉性的人。"[165]在他看来,农民与城市贫民是受感性而不是理性支配的;他们可以被泰戈尔这样的诗人与甘地这样的有魅力的人所动员;但在独立后,这么众多的人应该被吸引到国家机构里去,为国家的发展而努力。开始,查特吉提出一个有趣的问题,那就是,通过把民族主义改变成一种新的地区性或国家性意识形态,后殖民地国家使自己进入了一个以外部准则为基础的理性的过程,这个过程在战后现代化与发展的年代里,是由世界资本主义体系的逻辑所支配的,而这个体系又由少数几个工业化国家所控制。

查特吉说得对,"现代管理国家的手段与现代技术无论应用得多么娴熟,都不能有效地压服没有得到解决的真正的紧张形势。"[166]用艾克巴尔·阿赫迈德的话说,权力的新变种造成了民族安全国家、独裁、寡头政治、一党制。在V. S. 奈保尔的小说《河湾》(1979)中,有个无名的非洲国家,由一个既无名又未出现的强人来统治。这个强人按照严格的本地信条控制着欧洲来的顾问、印度与伊斯兰少数民族以及他自己的部族(这很像对卡扎菲"绿皮书"或蒙伯托创造的部落传统的迷信);在书的末尾,他的许多市民已经被残忍地扼杀。幸存下来并且弄清真相的一两个人——如宣传家萨利姆——意识到,形势已经不可挽回,需要另一次向外移民(出身于一个东非穆斯林印度家庭的萨利姆流浪到由巨人统治的内地,然后又可怜失望地离开那里)奈保尔思想的要点是,第三世界民族主义的胜利不仅"压下去未解决的""真正紧张形势",而且还扑灭了抵抗它的最后希望和西方文明最后的一点影响。

作为一位非常有天赋的旅行作家和小说家,奈保尔成功地、生动地说明了一种西方的思想立场,从这种立场出发就能够批评殖民地国家无条件获得的独立。他对后殖民地世界的宗教狂热(在《在信徒中》[*Among the Believers：An Islamic Journey*, New York：Alfred A. Knopf, 1981]中)、政治堕落(在《游击队》[*Guerrillas*, New York：Alfred A. Knopf, 1975]中)与本性低劣(在他关于印度的最初两本书中)[167]的抨击是20世纪70与80年代许多人对第三世界幻想破灭的一部分。这些人中有几个西方著名的第三世界民族主义支持者,如科纳·克鲁斯·奥布莱恩、帕斯卡尔·布鲁克诺(Bruckner, Pascal)(《白人的眼泪》[*The Tears of the White Man*])和吉拉德·查理安德(Chaliand, Gérard)。克劳德·李奥祖(Liauzu, Claude)著有一本关于法国早些时候支持第三世界抵抗运动的饶有兴味的半纪实性历史书《论第三世界的由来:法国的殖民主义与反殖民主义,1919—1939》(*Aux Origines des Tiers-Mondisme: Colonise et anticolonialistes en France: Colonises et anticolonialistes en France*, Paris: L'Harmattan, 1982)。他在这本书中试图提出一种说法,认为至1975年,反帝集团已不复存在。[168]法国国内反帝情绪的消失是一个关于主流法国,也许一般说也是关于大西洋西方国家的可称道的论点。但是它对于长期存在的斗争是无济于事的,无论是在新兴国家还是在宗主国不太重要的领域。一度指向典型的英法帝国的权力与权威问题,现在指向替代它们的独裁政权,指向了主张亚非国家仍然应当处于被奴役与依附地位的思想。

对这一点的证明是戏剧性的。人权与民主斗争在许多地方进行着。仅仅列举少数国家如下:肯尼亚、海地、尼日利亚、摩洛哥、巴基斯坦、埃及、缅甸、突尼斯和萨尔瓦多。此外,妇女运动日益增强的重要性对寡头政体与军事(或一党的)统治的压力也加大了。另外,对立的文化仍然保持着西方与非欧洲世界间的联系。例如,我们首先可以在西赛尔与马克思主义和超现实主义的联系上见到这种关系,以后又可以在《次大陆研究》与葛兰西和巴特之间的关系上见到证明。前殖民地的许多知识分子拒绝接受奈保尔笔下英达尔

的不幸命运。英达尔曾经是美国基金会选择的大有前途的年轻乡下人,但是,现在成为了一个无家可归、被抛弃的、无依无靠的人:

> 时常那就是他所知道的全部,就是,他该回家了。他的头脑里有个梦想的村庄。在梦中和现实中,他得干最低下的活。他知道他具备干些更好的事的条件。但他不想做。我想,他喜欢听别人说他能混得更好。现在我们已经放弃了。他不想再碰运气了。[169]

英达尔是"新人"之一,一个第三世界知识分子:当第一世界的一些反复无常的热心人心情好,支持解放运动时,就把他捧上了天;但是当他们失去兴趣时,他也就跟着失去了一切。

这是关于抵抗政治与文化的准确表述吗?独立运动是否最后遏止并熄灭了推动阿尔及利亚人和印度人进行群众起义的强大动力?不,因为民族主义仅仅是抵抗运动的一个方面,而且不是最令人感兴趣和持久的方面。

的确,我们之所以能非常严格地看待与判断民族主义的历史,是对一个极为不同的新观点的证明。这个观点建立在一种更深层次上对整个帝国主义历史的批判上。弗洛伊德(Freud, Sigmund)、马克思和尼采(Nietzsche, Fredrich, Wilhelm)的学说从反面来看是来自民族主义思想的欠缺之处。它渗透到了西赛尔的《关于殖民主义的话语》中。在此书中,可以看出殖民地的依附性与黑人种族低劣的思想已经诡秘地并入现代心理学术语言,而这又使西赛尔能够利用它解构理论的作用来破坏它本身的帝国主义的权威。民族主义文化有时已经被一种丰富的抵抗文化所超越。政治抵抗文化的核心是指向帝国主义的权威与话语的反叛,一种制造"麻烦的技巧"。

但是,这种情况并非在任何时候或在大多数时候都能出现。一切民族主义文化都在很大程度上依赖于民族属性的概念,而民族主义政治是属性的政治:埃及人的埃及;非洲人的非洲;印度人的印度,等等。巴西尔·戴维森所说的"民族主义的模糊、可疑的生命力"[170]不仅通过国民教育造成了关于一种一度不完全,受到压制、又最终恢复了的属性的说法,同时也造成了新的权威。这在美国也同样是真实的。在那里,非裔美国人、妇女和少数民族的表达法已经统统被变成教条,好像批判对白人美国的迷信意味着需要以新的教条代替之。

例如,在阿尔及利亚,法国人禁止把阿拉伯语作为教育与政府的正式语言;1962年以后,民族解放阵线顺理成章地使阿拉伯语成为用在这些方面的唯一语言,并且建立了一个新的阿拉伯—伊斯兰教育制度。民族解放阵线进而从政治上将整个阿尔及利亚社会吸纳进去:在此后的三十年内,使国家与党的权威与一个恢复了的身份结合起来的做法不仅导致了一个党派垄断了大部分政治实践,以及民主生活的几乎完全败坏,而且在右翼,出现了一个以《古兰经》为理论基础的好斗的穆斯林阿尔及利亚身份的主张。到了20世纪90年代,这个国家已经处于危机状态中,其结果是一种使国家极为贫困的对峙。对峙的一方是废除了选举结果、禁止了大部分政治活动的政府;另一方是乞灵于过去和它正统权威的伊斯兰运动。双方都声称有权统治阿尔及利亚。

法农在他《被毁灭的大地》一书的"民族主义意识的陷阱"一章中预见了事态的这一变化。他的观点是,如果民族意识在其成功的时刻不以某种方式转变为社会意识,它的前途将不是解放,而是帝国主义的扩展。他的暴力理论不是为了回答一个土著的呼吁,这个土著因为受到欧洲警察家长式的监督而感到恼火,并且在一定意义上,转而选择一个本土的官员。相反,他第一次把殖民主义表述为一种极权制度。这种制度的产生与人类行为被下意识支配是同一方式。法农这种暗喻真是令人沮丧。在第二个准黑格尔式的步骤中,一种摩尼教式的相反情况出现了。反叛的土著厌倦了使他地位低下的逻辑,厌倦了把他与别人隔开的地理,厌倦了将他非人化的本体论、将他简单化为不可再生的实体论。"殖民主义政权的暴力与土著的反暴力相互制衡,并且在特殊的同种循环中相互回应。"[171] 必须把斗争提高到一个新的水平,一个由解放斗争为代表的综合体。它要求有一种全新的后民族主义的理论文化。

我之所以时常引用法农,是因为我认为他比任何人都更强烈、更坚决地表述了从民族主义地理领域到解放领域理论的巨大文化转变。这种转变主要发生在阿尔及利亚和几内亚比绍等殖民地国家,发生在获得独立以后,帝国主义仍然滞留不去的那部分非洲地区。无论如何,如果不懂得他的著作是对近代西方资本主义文化所炮制的、被第三世界土著知识分子视为压迫与殖民主义奴役的文化理论阐述的回应,就无法读懂法农。法农的全部工作是,试图以一种政治意志的行动来克服那些顽固的理论阐述,用那些阐述反过来驳斥它们的作者,用他借用西赛尔的话说,以便能够,创造出新的思考。法农敏锐地把殖民者对历史的征服与帝国主义对真理的垄断联系起来,而在这种垄断之上是西方文化的巨大的神话:

> 移民者创造历史。他的生活是一个时代,是一首史诗。他是绝对的开始。"这块土地是我们创造的";他就是无休止的事业:"假如我们离开,一切就全要失去。这个国家就会退回到中世纪时代。"与他相对立的是那些呆滞的人,被疲惫所毁掉,为古老的习俗所困扰,构成了一个与殖民主义重商主义的活力对立的、了无生气的背景。[172]

正如弗洛伊德(Freud,Sigmund)挖掘出西方理性大厦的基础一样,马克思和尼采对物化了资产阶级社会的信息加以解释,把它解释为统治与原始积累的动力,而法农把"希腊拉丁基座"的巨大躯体移到殖民地废墟上来解释西方人道主义。在那里,"这个人造的卫兵变成了一坯尘土。"[173]他经受不住欧洲殖民者的时时贬低。在法农具有破坏力调子的作品中,一个有自觉意识的人故意并嘲讽地重复着他认为压迫了他的文化战术。弗洛伊德、马克思和尼采为一方和法农等"土著知识分子"为另一方,双方之间的区别是,这个后来的殖民地思想家从地理位置给他的前辈定了位:他们是西方的;最后把他们的精力从产生他们的文化策源地中解放出来。法农同时既把他们看作殖民制度所固有的,又是与这一制度相冲突的。法农因之就宣布了帝国的结束和一个新纪元的开始。他说:"现在必须将民族意识迅速转变成一种社会与政治需要的意识。换言之,成为(真正的)人道主义,以便使其更丰富,更有深度。"[174]

在这个背景下,"人道主义"一词听起来是多么格格不入啊!在这个背景下,它失去了那些使得统治合理化的个人主义的自恋情绪和分离倾向以及殖民主义利己主义的色彩。像西赛尔在他的《返回》里所说的一样,法农重构的帝国主义,其积极的一面是一种集体行动,把沉默的无活力的土著重新激活,把他们纳入新的,涵盖广泛的历史概念中:

> 这项把人类,整个人类重新纳入世界的巨大任务将在欧洲人民不可或缺的帮助下完成。但是,欧洲人民自己必须认识到,在过去,他们在殖民地问题上与我们的共同主人采取了一致的行动。为做到这一点,欧洲人必须首先决定清醒过来,开动脑筋,然后停止扮演"睡美人"中的农牧之神的愚蠢角色。[175]

要了解怎样才能做到这一点,我们就必须从表面的主张和描述转向《被毁灭的大地》中特别有趣的结构与方法。法农这本最后著作(发表于1961年他死后不多几个月)的成就是,它表现了你死我活斗争中的殖民主义与民族主义,然后描述了一个独立运动的诞生,最后把这个运动变成一种超个人的、超民族的力量。法农最后著作的眼光和创新的品质来自他超群的敏感。他用这种敏感强有力地解构了帝国主义文化及其民族主义敌人。同时,他的眼光超越了这二者,着眼于解放运动。和他之前的西赛尔一样,法农用有力的辩词和有条理的简述谴责了帝国主义制造的后果,说明了帝国主义悠久的文化历史,并且使得他能够更有力地为解放运动制定出新的战略与目标。

《被毁灭的大地》是一部混合体式的作品、一部散文、一个想像出的故事、哲学分析、心理学个案的历史,是民族主义寓言,又是对历史有见地的超越。它以一个殖民空间的草图为开始,分为清洁的、照明极好的欧洲人城市和黑暗的、散发着恶臭的、照明极差的土著人居民区。从这种精神和事实上都存在的僵局,展开了法农的整个故事。它可以说是被土著的暴力,一种目的在于填平白人与非白人之间的鸿沟的力量所启动。我在前面说过,在法农看来,暴力是克服白人是主体、黑人是客体的观念的综合物。我的猜想是,当法农写作该书时,他阅读了1960年刚刚在巴黎出版的卢卡奇《历史与阶级意识》(*History and Class Consciousness*)一书的法文译文。卢卡奇认为,资本主义的效果是肢解与具体化:在这种办法之下,每个人都变成了物,即商品。人生产的产品与其制作者分离;整体或社会的形象完全消失。卢卡奇提出的一个最重要的、具有反叛性的、与马克思主义离经叛道的思想(该书在1923年出版后不久,即由卢卡奇自己撤出发行)是,把主体的意识与客观世界分开。他说,这一点可以克服,其办法是用精神意愿,使一个寂寞的心灵可以通过想像与另一个心灵产生联系,而与它走到一起,从而打破使人充当专横的外部力量的奴隶而强加给他的桎梏。这样,就出现了主体与客体之间的妥协和结合。

法农所说的土著籍以克服白人与土著间差别的暴力和卢卡奇关于以意愿克服人为分隔的论点非常一致。卢卡奇说这"不是一次性的、不可重复的揭开掩盖这个过程面纱的行动,而是僵化、矛盾与运动的不断转化。"[176] 就这样,处在监狱般静止不动状态下的主体—客体关系就被破坏了。法农接受了这一即使与马克思主义中的反对派也是对立的、极为大胆的观点。在下面的段落中,殖民者的意识像资本家的意识那样运作,把工人变成非人的、无知觉的物体:

> 殖民者创造历史并且知道这一点。因为经常参照他母国的历史,所以他清楚地指出他自己是母国的延伸。因此,他所写的历史不是他掠夺的国家的历史,而是他自己的国家剥削他人、侵犯他人和使他人贫困的历史。只有土著决定结束殖民地化的历史——被掠夺的历史——并且开创民族的历史——非殖民地化的历史时,才能对静止不动的状态(后来,他在谈到种族隔离时把它当作"分类"的形式之一。他又说:"土著正在被围困起来……土著学到的第一件事是,呆在属于自己的地方"[177])提出质疑。[178]

只有当土著像卢卡奇笔下异化了的工人一样,决定必须结束殖民地化——换言之,必须发生认识论上的革命时,法农世界里的变化才能发生。只有那时才有运动,才会发生使殖民者与殖民地人民直接针锋相对的暴力,"一种起清洁作用的力量":

> 殖民主义政权的暴力与土著的反暴力相互制衡,并且在一种特殊的同种循环中互相回应……。移民者的任务是使土著的自由梦想无法实现。土著的工作是想

像出一切可能的方法打败殖民者。在逻辑的层面上,移民者的二元对立造成了土著的二元对立。对于"土著的绝对罪恶"的论调的回答是"绝对的移民的罪恶"。[179]

这里,法农不仅是在按照卢卡奇所提出的说法重新表述殖民主义历史,而且在描绘正在出现的文化与政治领域里帝国主义的反对者。他从生物的角度对这些人的出现做出描绘:

> 移民的出现从融合的角度上讲,意味着当地社会的消亡、文化了无生气和个人的僵化。对土著来说,生命只能从移民腐烂的尸体上再生……但是,对于殖民地的人民来说,由于这种暴力是他们的唯一的工作,它恰恰使他们的性格具有了积极的、创造性的性质。实行暴力把他们连接成为一个整体,因为每个个体都形成大锁链中暴力的一环、一个巨大的暴力机体的一部分。[180]

这里,法农使用的当然是历史上法国殖民主义使用的语言。法国宣传家如儒尔斯·哈曼德(Harmand, Jules)和勒若伊—布留等人利用诞生、分娩、血统等生理形象来描绘法国与其殖民地孩子之间的亲子关系。法农把事情颠倒过来,用那种语言来谈一个新国家的诞生,用死亡来比喻殖民主义移民国家。然而,甚至这种对立也不能消除一旦反叛开始而产生的一切差别;而"生活(似乎是)一种永不终止的斗争"。[181]在合法和非法的民族主义之间,在政治与民族主义改革的一方,与非法的解放政治的另一方之间,存在着重大分歧。

这些分歧与被殖民者和殖民者(他的动机为艾尔伯特·迈米[Memmi, Albert]所简单地表明[182])之间的分歧同样重要。的确,《被毁灭的大地》真正的预见天才也正是在这里:法农意识到阿尔及利亚民族主义资产阶级与民族解放阵线的解放主义倾向之间的差异,他还建立了对立的叙述和历史的模式。一旦起义发生,民族主义精英就试图建立与法国平等的关系:提出人权、自治、工会等要求。由于法国帝国主义者自称为"同化主义者",官方的民族主义党派就落入了陷阱,成为统治当局指定的代理人(例如,法哈特·阿巴斯(Abbas, Farhat)可悲的命运就是如此。他在取得正式的法国支持时就失去了赢得群众支持的希望)。就这样,官方的民族主义者坠入了欧洲人的叙述话语模式,希望变成模拟者,用奈保尔的话说,就是他们的帝国主义主人的应声虫。

法农对解放主义倾向的卓越分析是在第二章一开始。该章的题目是《自发性:力量与弱点》(*Spontaneity: Its Strength and Weakness*)。这个分析的出发点是"一个民族主义政党领袖与人民群众之间在时间上和节奏上的差异"[183],由于民族主义从西方政党那里照搬了方法,民族主义阵营内部就出现了各种紧张关系——城乡之间、领导与下级之间、资产阶级与农民之间、封建的与政治的领导之间——所有这些都被帝国主义所利用。问题的核心是,虽然"官方民族主义者"想粉碎殖民主义,"另一个十分不同的愿望(变得明显了):想和它达成协议。"[184]此后,一个非法的组织就这一政策提出质疑,但这个组织很快就被孤立了,而且时常会遭到囚禁。

> 因此，我们可以看到一个过程：在党内的非法倾向与合作倾向出现了裂痕……其结果将是出现一个地下党，一个合法党的衍生物。[185]

法农说明这种地下党的影响的办法是，把它的存在作为一种反叙述，一种地下的叙述而加以强调。这种叙述是由流亡者、被排挤的人和受迫害的知识分子所发出的。这些人逃到乡下，在他们的工作与组织中揭出并批评官方的民族主义叙述弱点。根本不是领导着

> 殖民地人民一下子走向最高的主权，你所抱有的那种相信全民族都以同样的速度被带动向前，被同一光明引向前方的信心，那种给你以希望的力量：从经验来看，这些都是很严重的缺陷的体现。[186]

那种能够利用经验的力量恰恰存在于激励着解放主义政党的不合法倾向中。这个党向大家表明，种族主义与报复"无法维持一场解放的战争"，因此，土著"发现"，在"粉碎殖民主义压迫的同时，他正在不自觉地建立起另一个剥削制度"。这一次他使它具有了一张"黑面孔或一张阿拉伯面孔"，只要是被那些模拟他人的人领导。

在此，法农说："历史清楚地教导我们，反对殖民主义的战斗并不是沿着民族主义路线直线进行的。"[187]从"殖民主义路线"的形象中，法农了解到，像我们在康拉德的作品中见到的，传统的叙述对帝国主义的占有与统治的特征是很重要的。叙述本身是力量的表现，而它的美德是与西方在全球的

角色相关联的。法农是第一个认识到正统的民族主义走着帝国主义铺设的道路的重要反帝理论家。这个帝国主义虽然似乎是把权威让给了民族资产阶级,但实际上是在扩张它的霸权。所以,简单地讲述一个民族故事就是在重复、扩大并且制造新形式的帝国主义。如果听任它自行其是,独立后的民族主义就要"分裂成徒具民族主义外表的各种地方主义。"[188]昔日的地域冲突现在被重复着,特权为一种人垄断着。帝国主义所造成的等级体制与分隔被恢复着,所不同的只是由阿尔及利亚人、塞内加尔人、印度人做首领而已。

法农在这以后不久说,"除非采取迅速的措施……从民族意识走向政治与社会意识。"[189]他的主要意思是,建立在身份主义(即民族主义意识)上面的各种需要必须被抛弃。新的、具普遍性的集体——非洲人的、阿拉伯人的、伊斯兰教的——应该优先于个别的,从而在被帝国主义分裂为各个自治的部族、话语和文化的人民之间建立起横向的、非话语的关系。其次,这里法农接受了卢卡奇的一些思想——中心(首府、官方文化、指定的领袖)必须被非神圣化、非神秘化。必须以可变动的关系代替从帝国主义那里继承过来的等级体系。法农在一些光彩夺目的段落里使用了诗歌与戏剧,引证了雷内·沙尔(Char, René)和凯塔·佛德巴(Fodeba, Keita)。解放是对自我的意识,"不是关起沟通的大门",而是一个走向真正的民族自我解放、走向大同的"永无休止的发现和激励过程。"[190]

当你阅读《被毁灭的大地》的最后几页时,你会得到这样一种印象,就是:法农在投身于以具有强大破坏力量的反叙述对帝国主义与正统民族主义两者进行的斗争以后,却不能把反叙述的复杂性与非属性的力量阐述清楚。但是,在法农文章的晦涩当中有足够的富于诗意和想像的象征,来使解放成为一个过程而不是新独立国家机械追求的目标。在《被毁灭的大地》中,法农从头到尾都在以某种方式把欧洲人和土著结合在一个新的、非敌对的、觉醒的反帝社会里。

在法农对欧洲的诅咒和诉求中,我们发现在努基、阿奇贝和萨利赫学说中见到的大体同样的文化力量。它所传递的信息是,我们必须争取使全人类摆脱帝国主义;我们必须以新的方式重写我们的历史与文化;我们拥有同一个历史,虽然就我们当中的一些人而言,历史曾经奴役了我们。简而言之,这是从极具后殖民地解放的真正潜力的殖民地角度而写作的。阿尔及利亚解放了,肯尼亚与苏丹也解放了。但与前帝国主义大国的重要联系还存在,同时产生了一种新的认识,认识到从过去的关系当中可以依赖什么,不可以依赖什么,或者破坏什么。文化与文化方面的努力再一次预示了未来的发展道路,这些发生在最后一个超级大国美国所控制的后殖民主义时代的文化政治之前。

由于抵抗文学大部分是在战争正酣时写作的,这就产生了一种可以理解的倾向,那就是着眼于它的好斗、时常是刺耳的诉求,或者在其中看到恐怖的波尔布特政权的影子。一方面,最近有一批谈论法农的文章把他看作纯粹是个号召被压迫者施行暴力,而且只是暴力的鼓动者,而绝少提到法国移民主义的暴力行为。据悉尼·胡克(Hook, Sidney)的尖锐评论,法农不过是个不讲道理的人,因此是"西方"的愚蠢的敌人。另一方面,人们很难不注意到阿米尔卡·卡布拉尔(Cabral, Amilcar)的精彩讲话与小册子里所包含的极大动员力量,和由于憎恶与仇恨而表现出来的敌对和暴力情绪。这一点在针对葡萄牙殖民主义特别丑恶的历史时更为突出。然而,如果我们看不到卡布拉尔有现实可能性的乌托邦思想和理论上的概括力,我们就会很错误地理解《理论的武器》(*The Weathpons of Theory*)或《民族解放与文化》(*National Liberation and Culture*)这样的文章,正像在法农身上看不出某种大大超出对暴力冲突的赞赏的东西就是错误地理解了法农一样。对卡布拉尔和法农两人来说,对"武装斗争"的强调最多都只是战术问题。在卡布拉尔看来,通过暴力、组织与战斗得来的解放之所以必要,是因为帝国主义使非欧洲人与只允许白人获得的经验相隔离。但是,卡布拉尔说:"为了永远奴役人民,把文化看作有特权的人或民族的品质,并且出于无知或恶意,把文化与技术混淆起来,假如不是与一个人的肤色或眼睛的形状混淆起来的话,这样的时代已经过去了。"[191]消除那些障碍就是允许非欧洲人参与全人类的经验;最后全人类就会共有一种命运,更重要的是,共有一种历史。

当然,我前边说过,对于帝国主义的文化抵抗时常采取我们称之为本土主义的形式,被用作个人庇护所。我们不仅可以在贾巴迪那里发现这一点,而且还可以在19世纪战士、阿尔及利亚抵抗运动初期的伟大英雄埃米尔·阿布代尔·卡德尔(Kader, Ewir Ábdel)那里看到这一点。卡德尔在对法国占领军作战的同时还向13世纪泛神论神秘主义大师易本·阿拉比(Arabi, Ibn)进行了暗暗的精神膜拜。[192]以这种方式对你身份受到的歪曲做斗争就是回到前帝国主义时代去寻找纯粹的土著文化。这十分不同于古哈或乔姆斯基

(Chomsky, Noam)的修正主义的解释。他们解释的目的是揭掉专门研究"落后"文化的权势集团御用学者的利益的神秘面纱,并且去理解解释过程的复杂性。在某种程度上,土著主义者辩称,人们可以越过一切解释而见到纯粹的现象,一个有待于同意与证实的纯粹的事实,而无需经过辩论和调查。在下述两处可以见到这种对西方的全盘谴责的强调:一是贾拉尔·阿里·阿赫迈德的《来自西方的瘟疫》(*Ghobzadagior Occidentosis: A Plague from the West*)(1961—1962)[193]和沃莱·索因卡的认为存在纯种土著非洲人的观点。(如在他对伊斯兰与阿拉伯人令人遗憾的攻击中,认为他们丢了非洲人的面子[194])在安瓦尔·阿卜代尔·马立克(Malek, Anwar Abdel)关于"文明工程"的建议与近亲通婚文化的理论中,[195]我们可以看到那种激烈的观点被更有趣、更积极地加以利用。

我没有特别的兴趣花很多时间讨论民族主义在伊拉克、乌干达、扎伊尔、利比亚、菲律宾、伊朗和全拉丁美洲带来的显然的不幸后果。民族主义的缺陷在很长时间里被一大群专业与非专业的评论家没完没了地提及并加以讽刺。对这些人来说,白人离去后的非西方世界似乎变成了一个不折不扣的由部落酋长、暴君似的野蛮人和无头脑的原教旨主义者构成的令人厌恶的大杂烩。在罗多的《阿瑞尔》(*Ariel*)和那些表现了令人迷惑、亦真亦假并不纯粹的拉美小说家关于混血儿的作品中,可以见到对于本土主义更有趣的评论及其幼稚的思想基础。当我们阅读第一个使用"魔幻现实主义"的卡彭铁尔(Carpenticr)、博尔赫斯(Borges)、加西亚·马尔克斯(Marquez, Garcia)和富恩特斯(Fuentes)等的作品时,就会生动地感受到,历史是这样紧密地交织在一起。他们的作品嘲讽对故事的直线叙述、很容易恢复的本质以及对纯粹表现的教条模仿。

反对与抵抗的文化在最大程度上,能够提出按照非帝国主义的条件重新构想人类经验在理论上的不同方式与实践的建议。我说尝试性的建议而不是更肯定的"提供"。我希望,各中原因会逐渐变得明显。

首先,让我很快地、扼要地说明我论点的主要部分。对帝国主义的思想与文化战以殖民地抵抗的形式开始。以后随着抵抗波及欧洲与美国,就表现为在宗主国的反对与持不同政见。这一运动的第一阶段产生了民族主义独立运动。此后的第二阶段,也就是更激烈的阶段,产生了解放斗争。这种分析的基本前提是,虽然帝国主义的藩篱事实上造成了宗主国与边缘地带的分割;虽然每种文化话语都是按照不同的日程、词语和形象展开的,事实上它们虽然不永远完全一致,却是互相联系的。王公离不开绅士,正像后来的尼赫鲁们和甘地们接管英国人管理过的印度一样。这种联系是在文化层次上的。因为,我一直在说,像一切文化实践一样,帝国主义的历史是相互交错与重叠的。不仅是殖民者互相效仿与竞争,殖民地人们也是如此。他们时常从"最初的抵抗"走向形成寻求主权与独立的相似的民族主义党派。

但是,这就是帝国主义与它的敌人带来的全部东西吗——一般性的强制与反强制的斗争?抑或是,一片新天地展现出来了?

毫无疑问,假如法农和卡布拉尔今天还活着,他们会对自己努力的结果感到极为失望。我之所以做这样的猜测,是因为我认为，他们的作品不仅是关于抵抗与非殖民化的理论，也是解放的理论。他们的作品试图说明的不成熟的历史力量、互相独立的混乱观点和不协调的事件，无论从什么角度来说，都不是他们的作品所能完全控制或者造成的。后来证明法农所说的民族资产阶级贪婪与好制造分裂是说对了。但是，他没有，也不可能针对它造成的破坏提供一个制度上或理论上的对策。

但是，不应当把最伟大的抵抗作家如法农和卡布拉尔等当作国家的创建者或者像一个可怕的说法所说的，当作国父来理解或解释。虽然民族解放是民族独立斗争的延续，但它在文化方面不是——我认为从来也不曾是——独立斗争的延续。把法农与卡布拉尔或者C.L.R.詹姆士和乔治·莱明或者巴西尔·戴维森与托马斯·霍德金仅仅理解为统治政党或外交部专家中的施洗者是一种歪曲。还有其他的东西在起作用。它急剧地破坏，然后又突然地偏离帝国主义与文化间构成的一致。为什么难以见到这一点呢？

原因之一是，关于解放的作家所提出的理论与理论结构，很少被给予他们同时代的大部分西方同行所具有的权威地位——我是在使用这个词语的字面意义——很重要的一个原因是我在前一章中提到的那个。许多文化理论像《黑暗的心》中的叙述方法一样，标榜自己的普遍性，把种族之间的不平等、低等民族的臣服和那些用马克思的话说不能表现自己而需要由别人来表现的人的服从，都视为当然来加以表现。摩洛哥学者阿卜杜拉·拉诺依（Laroui, Abdulah）说："因此就产生了第三世界知识分子对文化帝国主义的谴责。有时，人们为传统的自由主义从属关系的观念、马克思的欧洲中心论和结构主义的反种族主义观念（列维·施特劳斯）受到的不公正待遇所困惑。这是因为他们不愿看一看这些理论怎么能够形成同一霸权体系的一部分。"[196]或者如奇努阿·阿奇比所说：当西方批评家时常挑剔非洲作品缺少"普遍性"时：

> 这些普遍主义者是否曾经想到过试一试把一部美国小说中的人物和地点的名称，例如菲利普·罗斯或厄普代克改成非洲人的名称，看看会怎样。但是，当然他们不会怀疑自己文学的普遍性。一个西方作家的作品必然地具有普遍性，别人的作品只有必须努力以做到这一点。某某人的作品具有普遍性了：他真的做到了！好像普遍性是你可能走的路上的某个转弯处，如果你在朝向欧洲或美国的方向走得足够远，如果你离开你的家乡足够远，你就做到了。[197]

作为关于这种不幸事态的有益提醒，我们可以考虑一下米歇尔·福柯和弗朗兹·法农大体上同一时代的著作。两者都强调了西方知识与学科体系中心的停滞与局限问题。法农的作品有计划地试图把殖民地与宗主国社会当作不同但有联系的实体来一起考虑；而福柯的著作却越来越少地认真考虑社会整体，相反，却把注意力集中在难以抗拒、正在不可避免推进的微型权力中的个人上面。[198]法农代表土著与西方人的双重利益，从限制走向解放。福柯却无视他自己理论的帝国背景，似乎实际上代表了一种不可抗拒的殖民化运动。这个运动矛盾地加强了个别学者与限制他们的体系二者的地位。法农与福柯接受了黑格尔、马克思、弗洛伊德、尼采、坎古海姆（Canguihelm）和萨特的遗产。然而，只有法农把那巨大的宝库应用于反对权威主义。也许因为对20世纪60年代的各次起义与伊朗革命两者都失望了的关系，福柯则离开了政治。[199]

西方马克思主义的美学与文化学派的很多人同样对帝国主义问题视而不见。尽管法兰克福学派的批评理论在统治、现代社会与以艺术批评带来改革的机会之间的关系方面具有较强的洞察力，它对种族主义理论、反帝抵抗运动在帝国主义国家内部的实践等问题上却令人吃惊地沉默。好像是为了使人们不至于把那沉默理解为忽略，当代主要法兰克福学派理论家于根·哈贝马斯（Habermas, Jurgen）在一次访谈（最初刊在《新左派评论》上）中解释说，那沉默是有意识的：不，我们对于"第三世界的反帝国主义，反资本主义的斗争"没有什么评论。他又说，即使"我知道那是一种欧洲中心论的有局限的看法。"[200]除去德勒兹、托多罗夫和德里达以外的主要法国理论家都曾经无视这一点。但这并未妨碍他们推出似乎适用于全世界的马克思主义理论、语言、心理分析和历史研究的成果。盎格鲁-萨克逊文化差不多都是这样，除去一个重要的例外即女权主义和受到雷蒙·威廉姆斯和斯图阿特·霍尔影响的少数年轻批评家的著作。

那么，如果说欧洲理论与西方马克思主义作为解放的一个因素没有能证明自己是抵抗帝国主义的可靠同盟的话，相反，人们可能怀疑它们就是几个世纪以来把文化与帝国主义联系起来的令人伏悲的普遍主义的一部分——解放主义的反帝运动是怎样试图破坏这种紧密联盟的呢？第一，借助于历史中一个新的、对位性的方法,把西方与非西方的经验看作由帝国主义连结在一起的经验。第二,借助于重新构想解放的(与限制性的相反)理论与实践的丰富想像力,甚至乌托邦式的视角。第三,借助于下述一种努力,这种努力既不是放在新的权威、教条主义和神秘的正统思想之上,也不是基于现存的机构与事业中,而是一种特殊的、变动的、游移的和反叙述的努力。

让我用 C. L. R. 詹姆士《黑人雅各宾派》中一个精彩的段落证明我的论点。在他那本书于1938年出版的二十多年后,詹姆士给它增加了一章,题为《从杜桑·卢夫杜尔到菲德尔·卡斯特罗》(*From Toussaint L'Ouverture to Fidel Castro*)。虽然詹姆士是个极有独到见解的人,如我曾经说过的,这并未使他的作品与那些宗主国历史学家和记者的联系稍有减少——巴西尔·戴维森、托玛斯·霍德金、马尔考姆·考德威尔,法国的马克西姆·罗丹森、雅克施瑠、沙尔斯—罗伯特·阿格隆等。这些人在帝国主义与文化的交叉点上工作,工作的范围从新闻到小说到学术研究。这就是说,他们有意识地要试图不仅书写浸淫在帝国欧洲与边缘地带间的斗争,并且尽量说明这一斗争的历史,而且还在题材与处理方法两个方面从反对帝国主义统治的斗争立场,并把它作为反帝斗争的一部分来写作。对他们所有的人来说,第三世界的历史不幸超越隐含于殖民地学术中的态度与价值。假如像通常那样,这意味着要采取一种偏激的,有煽动性的立场,那么也只好如此了;要书写解放与民族主义,无论多么隐晦,而不同时表明自己是赞成还是反对它,是不可能的。我觉得,他们认为在帝国主义这样一个涉及全球的世界观问题上不可能采取中立的看法是正确的:你不是站在帝国一边就是反对它。而且因为他们自己经历了帝国(作为土著或白人),他们就无法逃避。

詹姆士的《黑人雅各宾派》把圣多明各奴隶起义看作与法国大革命同样的历史发展过程;而拿破仑和杜桑是那些动荡年月里占统治地位的两个伟大人物。发生在法国与海地的事件像赋格中的各种声音那样互相交叉与联系。詹姆士的叙述作为在地理上,在历史档案来源方面,在强调黑人与法国人方面——是支离破碎的。此外,詹姆士把杜桑写成一个以臣民中很少有的、奴隶中更少有的决心进行争取人类自由斗争的人。这种斗争在宗主国也在进行。在文化上,宗主国给了他以语言和道德上的支持。他不是作为黑人而是作为一个人而使用革命的原则。而且他在这样做时怀有深厚的历史感,知道一个人在找到狄德罗、卢梭和罗伯斯庇尔的语言时,他是怎样地在有创意地追随前人,使用同样的词语,把词语变成现实的转折。

杜桑作为拿破仑的囚徒被幽禁在法国,悲惨地结束了他的一生。然而,詹姆士这本书的题材没有局限在杜桑的传记里,正像假如海地起义被漏而不写,法国大革命的历史就得不到适当表现一样。这个过程延续到现在——因此才有詹姆士1962年的后续一章《从杜桑到卡斯特罗》——而且困境仍然存在。在第三世界中继续存在混乱的统治现实的情况下,怎能写出不是天真的乌托邦式的或无可救药的历史呢?这是一个方法和历史的困境。詹姆士的解决方法是极富想像力的。

詹姆士在简短地转而重新解释艾米·西赛尔的《返回祖

国回忆录》时（*Cahier d'unretour au pays natal*），发现诗人经历了西印度生活的贫困、"白人世界"的"蓝色钢铁般的严峻"与"过分引以为自豪的对白人的征服"后，又回到了西印度群岛。在那里，由于希望不受他一度有过的对他压迫者的仇恨的影响，诗人宣布了对"成为这独特民族的培育者"的承诺。换句话说，西赛尔发现，帝国主义的延续意味着需要把"人"（这里仅仅用指男人的"人"这个词，这种强调是很令人注目的）看作高于"世界上的寄生虫"。"与世界保持同步"不是唯一的义务：

> 然而，人的工作刚刚开始
> 还有待于人去克服
> 隐藏在他的感情中的一切暴力。
> 没有哪个民族能垄断美、智慧与力量
> 胜利
> 属于所有的人。[201]（詹姆士译）

詹姆士说，这就是西赛尔诗歌的中心，正像西赛尔发现被动地表明一个人的身份认同和黑人文化自豪感是不够的。黑人自豪感只是对"胜利"的一种贡献。詹姆士又说，"诗人的视角不在经济或政治。它是诗意的，独特的，对诗本身负责，而不需要其他真理。"但是如果在这里看不出马克思名言"人类的真正历史将要开始"的诗意体现，那将是最庸俗的种族主义。[202]

在这里，詹姆士又在对位法与非叙述方面走出了一步。詹姆士没有追随西赛尔返回去论述西印度群岛或第三世界的历史,没有表现他诗中最明显的意识形态中和政治上的前提,而是把他与他伟大的盎格鲁—撒克逊同时代人T.S.艾略特相并列。艾略特的结论是"道成肉身"

> 这里,生存的不同领域的融合
> 无法实现,
> 这里,历史和未来
> 被征服、被出卖,
> 这里
> 可能成为运动的行动
> 只能是行动,
> 却无法变为运动。[203]

詹姆士非常出人意料地从西赛尔转移到艾略特的"干燥的萨尔维吉",一个可能被认为属于完全不同领域的诗人的诗句,从而把西赛尔所谓"终极真理"的诗歌力量当作一种工具,用以从一部分历史过渡到对其他历史的了解。这些历史都被一种"不可能的融合"所激活。这是马克思设想的人类历史开始的实实在在的例证。它给予了他的文章一个像人民历史那样真实,像诗人视角那样开阔的社会层面。

詹姆士书中的这个时刻既不是抽象的、整套的理论,也不是一些叙述出来的令人沮丧的事实。它体现了(不仅提出或传递了)反帝解放的力量。我怀疑有什么人能够从它那里发现可以重复的教义、可以一再使用的理论或令人难忘的故事,更不用说一个未来国家的官僚体系了。人们或许说,这是关于帝国主义、奴隶、征服和扩张的历史和政治,被诗歌解放出来,表现了带有(如果不是宣传)真正解放的视角。因为它能够在例如《黑人雅各宾派》那样的书中被表现,它是人类历史中能使我们从统治的历史走向解放的现实的那些东西的一部分。这种运动拒绝走入已经划定的、受到控制的叙述框架,并且绕开理论、教条与正统观念的体系。但是,有如詹姆士的全部著作所证明的那样,它并不放弃社区的原则、批评的警觉和理论的方向。在当代欧洲与美国,当我们进入21世纪时,特别需要这样一种具有勇敢和博大精神的运动。

第四章

免受统治的未来

> 帝国的新人相信新的开始,新的篇章;我努力继续讲故事,希望在讲完以前,它会向我表明为什么我认为它是值得费事去讲的。
>
> 科茨(Coetzee, J. M.)《等待野蛮人》

I 美国的崛起:争夺公共空间

非殖民地化触发了传统帝国的解体,但帝国主义并没有立即终止,没有突然变成"过去"。传统的联系仍然将阿尔及利亚和印度这样的国家与法国和英国连在一起。众多的来自前殖民地的穆斯林、非洲人和西印度群岛的人现在住在欧洲宗主国;甚至意大利、德国和斯堪的那维亚国家今天也必须应付那些离开家园的人,而这在很大程度上是帝国主义与非殖民地化和欧洲人口扩张所造成的。而且,冷战的结束与苏联的解体无疑改变了世界的版图。美国作为最后一个超级大国的胜利,预示着世界将要由一个新的力量体系构成,而且它在20世纪60年代和70年代已经开始出现。

迈克尔·巴拉特-布朗(Barratt-Brown, Michael)在1970年出版的《帝国主义以后》(*After Imperialism*, rev. ed. New York: Humanities, 1970)(1963)第二版序言中说:"帝国主义无疑仍然是经济、政治与军事关系中最强大的力量。在这些关系中,经济不发达国家从属于经济发达的国家。我们仍然可能期待它的消亡。"[1] 具有讽刺意味的是,关于新形成的帝国主义的描述经常使用在各个老牌帝国主义全盛时期不可能用在它们身上的一些大词和启示语。一些这样的描述令人不可避免地沮丧,它具有一种迅速席卷一切的、无人性的宿命论性质。世界规模的积累、全球帝国主义体系、不发达国家的发展、帝国主义与依附、依附的结构、贫困与帝国主义:在经济、政治、科学历史与社会学方面的词汇是常见的,而且它与新世界秩序的共同点少于与有争议的左派思想成员的共同点。然而,这类词语与概念的文化含义仍可见一斑——尽管它们具有时常引起争议和远未确定的性质;而且,甚至用毫未受过训练的眼睛来看也不可否认地令人灰心。

对帝国主义固有的不平等和阿诺·梅厄(Mayer, Arno)所说的旧政权顽固性的再现,其突出特征是什么呢?[2] 其一当然是穷国与富国间的巨大经济差异。这种差异在所谓布兰特报告《北与南:争取生存的纲领》(*North-South: A Program for Survival*, Cambridge: MIT Press, 1980)(1980)[3] 中得到了最直白的展现。它的结论充满了危机与紧迫的词语:南半球最贫穷国家的"基本需要"必须加以满足;饥饿必须消除;商品收入必须增加;北半球制造业应当允许南半球制造中心的真正增长;它们的跨国公司经营应予"限制";全球性金融制度应该改革;用于开发的投资应予改变以消除确实存在"债务陷阱"。[4] 问题的核心是该报告所说的"权力共享",就是,给予南半球国家较平等的一份在"金融与财政机构中的权力与决策权。"[5]

对于这个报告的分析甚至它的建议是难以表示异议的,因为它公允的语调与它对北半球毫无节制的掠夺、贪婪与缺乏道德所作的无声描绘使它更加可信。但是,改变怎样才能发生呢?一个法国新闻工作者提出的战后所有国家分别划入三个"世界"的划分方法大体已被抛弃。[6] 威利·布兰特及其同僚隐晦地承认,作为在原则上应受到尊重的联合国没有能够解决日益频繁发生的无数地区性与全球性的冲突。除去小组织(例如"世界秩序模范工程")的工作以外,全球的意识形态趋向于再生产超级大国、冷战、旧式的地区性、意识形态性或民族冲突,这在核时代与后核时代更加危险,如南斯拉夫发生的可怕事件所证明的那样。强大者变得更加强大;弱小者更加弱小、贫穷。两者之间的差距超过了如今至少在欧洲已不那么严重的社会主义和资本主义制度之间的差距。

1982年,诺姆·乔姆斯基得出结论说,在20世纪80年代,

> 北南冲突不会减弱。必须设计出新的支配形式来保证西方工业社会的特权对全球的人力与物质资源的牢固控制,并从中获取不成比例的利益。因此,美国思想意识的重新确立在整个工业化世界引起回响就不足

怪了……但是,西方意识形态绝对需要在文明的西方和那些野蛮人的兽行之间建立一条鸿沟:西方文明有着对人类尊严、自由与自决的传统承诺;而那些野蛮人由于某种原因——也许是有缺陷的基因——不能充分理解如美国在亚洲进行的战争所显示的这种历史的使命。[7]

我认为,乔姆斯基从北—南问题的泥潭转而关注美国和西方的支配地位,基本上是正确的。虽然美国经济力量减弱、美国城市、经济和文化的危机、太平洋周边国家的强大、多极世界的混乱减弱了里根时期的喧嚣。首先,乔姆斯基的观点突出了在思想意识方面需要继续巩固与防御的文化方面的支配地位,这种情况自19世纪甚至更早一些时候就在西方存在了。第二,它准确地注意到了建立在把美国的力量反复表现和理论化的基础上的主题。整个主题总是以并不肯定的,因而也是夸张了的形式出现,即:我们今天是生活在一个美国正在日益上升的时代。

过去十年间对20世纪中期主要人物的研究证明了我的看法。罗纳德·斯蒂尔(Steel, Ronald)所著《李普曼与美国世纪》(*Walter Lippmann and the American Century*)记述了体现在那位本世纪声望最高、最强有力的美国记者职业生涯中的那种崛起心态。书中李普曼事业的特别之处,不在于他对世界事件的报道或预言方面是正确的或特别敏锐的(他不是这样),而在于,他从一个"局内人"(这个名词是他用的)的立场反映出美国在除越南以外毫无障碍的对全球的支配;在于他认为,他作为博学者的任务是帮助他的同胞们"适应现实"。这个现实就是美国在全世界范围内无与伦比的力量。

他借助不远离公众舆论力量的技巧,来强调美国力量的道德感、现实性和利他主义,把这种力量变得更为人所接受。[8]

在乔治·凯南(Kennan, George)很有影响的文章中有一种类似的观点,虽然是作为一个官员对美国的全球角色更加简洁、更高层次的理解来表达的。凯南这位以其"遏制政策"在冷战的大部分时期引导官方思想的人认为,他的国家是西方文明的捍卫者。在他看来,美国这样一种地位在非欧洲世界意味着,不要去努力使美国受人欢迎(他嘲讽地称之为"扶轮社式的现实主义"),而要依赖于纯粹力量的概念。而且,既然没有任何前殖民地人民或国家有能力向美国进行军事或经济挑战,人们就要克制。然而,他在1948年写给政策委员会的一个备忘录里,赞成将非洲重新殖民地化,并在1971年写的一篇东西里表示赞成种族隔离(但不赞成种族虐待),虽然他不赞同美国对越南的干涉,并大致不赞同"纯美国式的非正式帝国主义制度"。[9]他无疑认为,只有欧洲和美国有资格领导世界。这种观点使他把自己的国家看作"青少年",正在担负起一度由英国担当的角色。

李普曼与凯南是被他们生活在其中的大众社会所排斥的两位独行者,他们憎恨侵略和进攻性的美国行为。除去他们以外,其他势力也帮助形成了美国的外交政策。他们知道,孤立主义、干涉主义、反殖民主义、自由贸易帝国主义与理查德·霍夫斯塔特(Hofstadter, Richard)描述为"反知识"与"偏执狂"的美国国内政治生活特征有关;这些特征产生了二战结束前美国外交政策的前后矛盾、时进时退。然而,美国的领袖地位与特殊论观念 直存在。不论美国做什么,这些当权的人都不想让它成为它所追随的其他帝国主义大国,而是喜欢把它的所作所为解释为"对全球的责任"。早些时候的理论基础——门罗主义、命定论等等——导致了"全球责任"论的出现。这正好与二战后美国的全球利益的增长相符合,与外交政策和知识精英所提出的它的巨大力量的概念相吻合。

理查德·巴奈特(Barnet, Richard)在一次对这种情况造成损失所做的令人信服而清楚的表述中指出,在1945年到1967年(他停止计数的那一年)间,美国每一年都对第三世界进行过干涉。自那时起,美国一直引人注目地活跃,尤其是在1991年海湾战争期间。那时,六十五万士兵被派到六千英里以外,去击退伊拉克对一个英国盟国的入侵。巴奈特在《战争的根源》(*The Roots of War*, New York: Atheneum, 1972)中说,这种干涉含有"一个强大帝国的贪欲……一种使命感、历史的必要性和传道般的热情"的一切因素。他继续说道:

> 帝国贪欲是建立在制订法律的理论上面的。据喧嚣的全球主义者如(林登·伯恩斯)约翰逊等与沉默的全球主义者如尼克松等人说,美国外交政策的目标是创立一个越来越具有法治的世界。但是,用国务卿腊斯克的话说,必须由美国来组织和平。美国通过订立全世界的经济发展与军事部署程序来实现"国际利益"。因此,美国为苏联在古巴的行为订立了规则,在巴西为巴西人订立了规则。美国的冷战政策被表述为一系列指导原则:关于英国是否可以与古巴进行贸易,或英属几内亚政府是否可以由一位马克思主义的牙医来管理之

类的治外法权问题。西赛罗所下的关于早期罗马帝国的定义与之惊人地相似。罗马占有了执行法律的合法权利。今天，美国自我制订的法令覆盖了包括苏联和中国的全世界。美国政府声称它的军用飞机有权在全球领土上空飞行。与众不同地享有异常巨大财富与特殊历史的美国超越国际体系之上，而不在其内。作为最强国的她愿意充当法律的载体。[10]

这些文字虽然发表于1972年，它却是对于美国入侵巴拿马和海湾战争更精确的描述。美国继续把自己关于法律与和平的观念强加于世界。这种情况的令人吃惊之处，不在于美国仅仅进行了尝试，而在于它把它付诸了实践，而且是通过在一个为了直接代表它和解释它而确立的文化领域中没有异议地一致而完成的。在巨大的内部危机（例如，海湾战争的前后几年）中，这种道德上的胜利感终止了，被弃置了。然而，当它持续时，新闻媒体在如乔姆斯基所说的制造共识中起了特殊的作用，使一般美国人觉得，应当由我们来纠正世界上的错误，管它什么矛盾与不一致。海湾干涉有过一系列干涉的先例（对巴拿马、格林纳达、利比亚）。这些干涉全都经过广泛讨论，多数得到了批准，或者至少未受到阻止，被认为是我们的权力。有如基尔南所说："美国人喜欢认为，凡是他们所想要的都正是全人类所想要的。"[11]

多年来，美国政府一直有直接和公开干涉中南美洲事务的积极政策：古巴、尼加拉瓜、巴拿马、智利、危地马拉、萨尔瓦多、格林纳达都曾经遭受过对它们主权的侵犯，从彻头彻尾的战争到政变和公开的颠覆、从暗杀到对"反政府军"的财力支持。在东亚，美国进行过两次大的战争，导演了使数十万人死于"友好"政府（在东蒂汶的印度尼西亚政府）之手的大规模军事行动，或推翻政府（1953年在伊朗），并且支持一些国家的非法活动，轻视联合国决议，违反既定的政策（土耳其、以色列）。多数情况下官方的说法是，美国是在保护它的利益、维持秩序、以正义对付非正义和不正当行为。在伊拉克问题上，美国利用联合国安理会形成了战争决议。然而，在许多其他情况（主要是以色列）下，美国所支持的联合国决议未能得到执行，或被忽略了。而美国欠联合国会费达数亿美元之多。

在美国，异议文学一直与得到承认的公共领域同时存在。这种文学可以说是和整个国家的、和官方的行为对立的。修正主义历史学者如威廉·艾普曼·威廉姆斯、加布列尔·柯尔科和霍华德·金，激进的批评家如诺姆·乔姆斯基、理查德·巴奈特、理查德·弗尔克和许多其他人，他们不仅作为个人，而且作为国内一股相当强大的异类与反帝潮流的一员而著名。与此同时，还有一些左派杂志如《国家》、《进步》和I.F.斯通在世时主办的《I.F.斯通周刊》等左翼杂志。反对派所代表的这种观点的追随者有多少很难说，反对是一向存在的——人们在谈到反帝人士时就想到马克·吐温、威廉·詹姆士和伦道夫·伯尔尼。但是，令人沮丧的是，反对派的阻力效果并不理想。反对美国进攻伊拉克的观点丝毫未能阻止、推迟或减弱美国的巨大力量。占了上风的是主流意见的合流。其中，政府、决策者、军方、思想库、新闻媒体和学术界的观点一致赞同使用美国武力的必要性和正当性。从安德鲁·杰克逊到西奥多·罗斯福到亨利·基辛格和罗伯特·塔克,这些理论家和倡导者长期以来都为此做了准备。

有一种明显但时常是伪装起来或被遗忘了的一致性。这种一致性存在于19世纪的天定命运论(约翰·菲斯克[Fiske,John]1890年出版的一本书的书名)、美国的领土扩张、为之进行的大量辩护(历史使命、道德复兴、自由的扩大:所有这些都在艾尔伯特·K·温伯格[Weinberg, Albert K.]1958年出版的《天定命运论:美国历史中民族主义扩张》[*Manifest Destiny: A Study of Nationalist Expansionism in American History*, Gloucester, Mass.: Smith, 1958]中得到旁征博引)[12]和关于二战以来美国对这次或那次侵略干涉之必要性的无尽无休的说法之间。这种一致性很少被明明白白地说出来。而当公众敲响了战鼓,几十万吨炸弹投放在一个遥远而不知其名的敌国头上时,就完全消失了。我最感兴趣的是知识界如何掩盖在这个过程中"我们"的所作所为,因为显然从来没有任何帝国主义使命或计划能永远保持海外的统治。历史也告诉我们,统治会引起抵抗;帝国之争必然带来暴力——尽管它有偶然的好处和快乐——可以使双方两败俱伤。在对过去的帝国主义记忆犹新的时代,这依然是真理。在今天的世界上,有政治头脑的人很多,不会有任何国家乐于接受美国领导世界之历史使命的不可变更性。

美国文化之史学家已经做的工作,足够使我们了解统治全球潮流的动力以及表现这一动力并使之能被人们接受的方式。理查德·斯罗特金在《以暴力求复兴》(*Regeneration Through Violence: The Mithology of the American Frontier, 1600—1860*, Middletown: Wesleyan University Press, 1973)中

说,美国历史形成的经验是,对土著印第安人进行长期战争。这一事实又继而产生了美国人的形象,不是作为单纯的刽子手(D. H. 劳伦斯这样称呼他们),而是一个"新兴的民族。这个民族没有继承人类的罪恶遗产,而是作为猎手、开拓者、先驱与探索者寻求全新、有原创力的与纯粹自然之间的关系。"[13]这样的形象反复出现在19世纪文学中,出现在令人难忘的麦尔维尔(Melville, Herman)的《白鲸》(Moby-Dick)中。在该书中,有如D. L. R. 詹姆士与V. G. 基尔南从非美国人的角度所说的,亚哈船长是美国征服世界的化身。他着了迷,无法停止,不可阻挡,完全沉浸在自己行动的理由及其广阔无边的象征性中。[14]

没有人会把麦尔维尔的伟大作品贬低为仅仅是对真实世界事件的文学性装饰;此外,麦尔维尔自己对阿哈布以美国人之名的所作所为是持批评态度的。然而,事实是,在19世纪,美国确是扩张了它的领土。更多的情况下,是以牺牲土著为代价的,并且及时独占了北美大陆与邻近的陆地与海域。它在19世纪的海外活动涉及北非海岸到菲律宾、中国、夏威夷,当然还有整个加勒比与中美洲。总的趋势是进一步扩张势力与扩大控制,而不是花许多时间来考虑别的国家的完整与独立。对于后者,美国的存在最多也是福祸兼有的。

然而,海地与美国的关系就是个特殊却又典型的美国为所欲为的例子。按照米歇尔·达什(Dash, Michael)在《海地与美国:民族模式与文学想像》(*Haiti and the United States*: *National Stereotypes and the Literary Imagination*)中的看法,几乎从1803年海地作为黑人共和国独立那一刻开始,美国人就倾向于把它想像为一个可以向里面倾注他们自己思想的真空。达什说,废奴主义者不是把海地看作有其自身完整性与人民的地方,而是当作便于重新安置解放了的奴隶的场所。后来,这个岛国及其人民就成为堕落、当然还有低劣的代名词。美国于1915年占领了该岛(1916年占领尼加拉瓜)并且扶植了一个后来使已经很坏的情况更加恶化的本地专制政权。[15]而当1991年与1992年成千上万的海地难民试图进入佛罗里达时,多数却被赶了回去。

一旦危机或他们本国的实际干涉成为过去,很少有美国人因为海地或伊拉克这样的地方而感到痛心。奇怪的是,美国政治尽管是跨洲的并且包含着各种不同的因素,它却是孤立的。外交决策精英没有英国、法国那样直接在海外统治的长久传统。因此,美国人的注意力是阵发性的。大量的舆论与资源抛在了某个地方,随后便几乎是沉默。基尔南又说:"这个比英帝国更加五花八门的霸权,除去顽固的反对之外,找不到协调的行动纲领。所以它愿意让公司董事或特务们来制订计划。"[16]

尽管美国扩张主义主要是经济性质的,它仍然要依靠不断公开说明的、关于美国自身的文化观念和意识形态并与它同步。基尔南正确地提醒我们:"一种经济制度和一个民族或宗教一样,不仅仅靠面包生存,而且还依靠信仰、观念和白日梦而生存。而这些对于它犯的错误的重要性可能并不小些。"[17]一代又一代人所创造的用以为美国在全球扩张势力的重要责任做辩护的设想、词语或理论的规律性有些单调无变化。最近的美国研究描绘出一幅黯淡的图画,说明这些态度中的大部分和由之而引出的政策是怎样建立在浮躁的误解与无知上面的。只有控制或统治他人的愿望才能释放出这些误解与无知,而这愿望本身就带有美国特殊论的标记。美国和它的太平洋或远东对手(中国、日本、朝鲜、印度支那)间的关系充满种族偏见、突如其来的关注,继之以来自千万英里以外的巨大的压力,在地理和文化上都和多数美国人的生活毫不相干。看一看阿吉里·伊里耶、正夫三良、约翰·多尔与玛丽琳·杨等人的作品,我们可以知道这些亚洲国家对美国有很大的误解。但是,除去复杂的例外日本以外,它们并没有真正渗入到美洲大陆。

人们可以看出这种不对称现象由于美国出现了关于发展与现代化的话语而充分地表现出来。在格兰姆·格林的小说《沉默的美国人》中表现出这种情况,另外还有莱德若(Lederer)和伯狄克(Burdick)技巧不那么高超的《丑陋的美国人》(*The Urgly American*)。一整套惊人的概念——经济阶段理论、社会类型、传统社会、制度转变、绥靖、社会动员等等——在全世界都在运用。大学与思想库接受政府津贴,以实现这些理想。这些思想中有许多受到美国政府里(或接近政府的)战略决策与政策专家的瞩目。直到越南战争引起人民的极大焦虑不安时,持批评态度的学者才注意到这一点。于是,才第一次听到不仅对美国的印度支那政策,还有对亚洲政策中的帝国主义前提的批评。一部有说服力的、利用反战批评来讨论发展与现代化话语的著作是阿琳·甘吉尔(Gendzier, Irene)的《政治变革:社会科学家与第三世界》(*Managing Political Change: Social Scientists and the Third World*)。[18]她说明,那未受检验的全球扩张政策产生了使海外社会非政治化、减弱、有时甚至完全摧毁它们的全面后果。而这些社会正需要现代化和沃尔特·维特曼·罗斯托(Rostow, Walt, Witwan)所谓的"经济腾飞"。

虽然这些特征并不完整,但我认为,它们以相当大的社会权威性确切地说明了一项总体政策。这项政策产生了英国背景下,被 D. C. M. 普莱特(Platt, D. C.)称为"分隔论"的论点。甘吉尔分析的重要学界人物——亨廷顿、派伊、沃尔巴、勒若、拉斯维尔——决定了学术研究的议程和政府与学术机构中有影响部门的观点。颠覆、激进的民族主义、土著民族主张独立的声音:所有这些非殖民地化的现象与老牌帝国主义的后遗症都可以在冷战的框架中找到。必须把它们颠覆或拉拢过来;在朝鲜、中国和越南,需要投入耗资巨大的新军事行动。在可笑的巴斯蒂塔下台以后的古巴,对美国权威的明显挑战说明,关键并不在于安全问题,而是这样一种感觉,就是,在它自己划定的领域(半球)里,美国不会接受来自意识形态方面对它认为的"自由"的侵犯或持续的挑战。

力量与合法性并存,一种力量存在于直接的统治中,另一种力量存在于文化领域。这两种力量的并存是老牌帝国主义霸权的一个特点。在美国的世纪中,它的不同之处在于文化扩张的范围的突飞猛进。这主要是由于传播与控制信息的工具空前发展。我们将要看到,传播媒介对国内文化是重要的。虽然一个世纪以前欧洲文化是与白人的存在、实际上是与他直接的盛气凌人(从而也是可以抗拒的)、肉体上的存在有联系的。我们现在还有了国际传媒。它时常在使人不知不觉的情况下疯狂地广泛地介入。杰克斯·朗格(Lang Jacques)所宣扬并使之流行的名词"文化帝国主义"用在《王朝》和《达拉斯》等电视连续剧在法国上演这样的例子中时,就不那么妥帖。然而,从全球的角度来看时,它又重新具有了相关性。

与这种观点最为近似的是在根据联合国教科文组织的指示,由尚·麦克布里德(McBride,Sean)主持的传播问题研究国际委员会报告,讨论国际传播新秩序的《多种声音、一个世界》(Many Voices, One World)(1980)[19]。对于这个报告,已经有许多不着边际的愤怒的分析与指责,其中多数是来自美国新闻工作者和多面手式的圣人。他们谴责"共产党人"和"第三世界"试图削弱新闻民主、思想自由流动,形成电讯、新闻与计算机工业的市场力量。但是,即使草草地看一下麦克布里德的报告,也可以看出来,多数委员不但根本没有提出像新闻检查这样的头脑简单的解决方案,而且颇为怀疑把混乱的世界信息秩序恢复为平衡和平等状况的可能性。甚至并不完全同情这个报告的作家,例如安东尼·史密斯(Smith, Authony)在《新闻的地缘政治学》(The Geopolitics of Information)中也承认这个问题的严重性:

> 20世纪末,新电子技术对独立的威胁可能大于殖民主义本身。我们正在开始明白,非殖民地化和极端民族主义的出现并非帝国主义的结束,而只是自文艺复兴以来就开始编织的地缘政治网的扩大。新媒体比所有过去的西方技术都表现出更大的渗入"目标"文化的能力。其结果可以是巨大的混乱和今日发展中的社会矛盾的激化。[20]

没有任何人否认过,掌握这一结构中的最强大力量者是美国,不论是因为一小撮美国跨国公司控制着世界上多数国家所依赖的新闻的制作、传播、尤其是选择(甚至萨达姆·侯赛因也似乎依靠有线电视新闻 CNN 供给消息),还是因为来自美国的各种形式的文化控制有效无阻地扩张,造成了一种合并与依赖的新机制。这个机制不仅可以用来臣服与胁迫美国自己的人民,而且还有较弱较小的文化。一些批评理论家所做的研究,特别是赫伯特·马尔库塞的一元社会论和阿多诺及恩曾兹伯格(Enzensberger)的意识形态工业研究,弄清了在西方社会中被当作社会安抚工具的镇压和容忍相结合的手段的性质(一个世纪以前曾经由乔治·奥威尔、阿尔都斯·赫胥黎和詹姆士·伯恩哈姆讨论过的问题)。西方的,尤其是美国的传媒帝国主义对世界其他国家的影响印证了麦克布里德委员会的报告。正像赫伯特·席勒和阿曼德·马特拉特关于塑造与传播形象、消息和表现手段拥有权的重要研究成果一样。[21]

然而,在媒体到国外去说话以前(可以这样来比喻),它们有效地为国内的公众表现了生疏的、具有威胁性的外国文化。最成功的例子莫过于在 1990—1991 年海湾战争期间对人们对异族文化的敌意与暴力胃口的刺激了。19 世纪的英法两国经常派遣远征军去轰炸土著——康拉德笔下的马罗在到达非洲时说:"看起来,法国人正在那里进行着战争……她(一只法国军舰)在那空旷、广袤的土地上,天空和水上,不可思议地向陆地射杀着。嘭!一座六英寸大炮不时地轰鸣着"——现在轮到美国这样做了。想想海湾战争是怎样被人们接受的:1990 年 12 月中旬,在《华尔街日报》和《纽约时报》上出现了一次小型辩论:前者的卡伦·艾利奥特·豪斯对后者的安东尼·刘易士(Lewis, Authony)。豪斯的论点是,美国不应等着制裁发生效果,而应进攻伊拉克,使萨达姆·侯赛因成为明显的失败者。刘易士的反驳显示了他通常表现的理性的和自由主义的信念。这些是使他不同于其他著名美国专栏作家的品质。刘易士是乔治·布什对伊拉克入侵科威特的最初反应的支持者。他现在觉得,战争提前到来的可能性很大,这应予制止。他注意到超级鹰派保罗·尼兹(Nitze, Paul)这样一些人的论点。这些人说,假如美国在海湾进行地面进攻,就会发生许多各种灾难。美国应当等一下,加强经济与外交压力,那么,推迟许多时候再发动战争就是可行的。几个星期以后,这两个辩论对手出现在一个晚间的全国节目《麦克尼尔/里尔新闻时间》里,从而能够进行长时间的辩论和分析,以便强调他们以前的看法。观看他们的辩论就等于看一场对立的哲学在国家历史的一个敏感时刻进行认真的讨论。美国似乎已经准备好要进行战争了:在这里,赞成者与反对者被允许在公认的公共场合——一个全国性夜间节目里进行雄辩。

作为现实主义者,豪斯和刘易士都接受这样一个原则:"我们"这个代名词,几乎比任何其他字词都能加强一种多少有些虚幻的感觉。这感觉就是,作为公共空间的共同拥有者,所有的美国人都参加了对遥远的外国进行干涉的决定——这次应该在波斯湾规定几千英里以外的那个国家、那个军队与人民的行为。民族的生存从未是个问题,也从未出现过。但是,他们之间关于原则、道德和权利的讨论很多。好像军事力量在他们的指掌之中,可以由他们来部署、利用和撤离。在做这一切时,联合国最多只是美国政策的延伸。这次辩论是令人沮丧的。因为这两个对手都是谨慎的人,两个既不是我们所熟知的鹰派（像从未对"外科手术打击"感到厌倦的亨利·基辛格那样），也不是国家安全专家（像基于完全的地缘政治理由激烈反对战争的斯皮格纽·布热津斯基那样）。

豪斯和刘易士都认为，"我们的"行动是全世界范围内美国行动当然遗产的一部分。在世界上，美国已经进行过两个世纪的、时常是毁灭性但照例被忘记后果的干涉。在辩论中，很少提到阿拉伯人与战争有关。例如，他们是受害者，或者（同样令人信服地）战争的发动者。人们得到的印象是，危机完全是秘密处理的，好像美国人的内政问题。将要发生的大火以及它所带来的明显和肯定的破坏还很遥远，而且，像往常一样，除了（很少的）将要运回的尸体袋与失去亲人的家庭以外，美国人又一次的大体可以幸免于难。这种抽象的性质给问题带来冷峻与残酷的色彩。

作为一个同时生活在两个世界的美国人也是阿拉伯人，我觉得这种情况很令人烦恼。不仅仅是因为对抗似乎很广泛，涉及全球，人们无法不被卷入。用来表示阿拉伯世界或者它构成部分的名词从来没有像现在这样被滥用，也从未像现在这样被赋予这么奇怪的抽象和贬低的意义，而且很少伴有尊重和关心，虽然美国并非和所有的阿拉伯人打仗。阿拉伯世界使人着迷，然而却不能给人以爱或激情或具体的知识。例如，没有任何重要的文化群体过去（现在仍然）像它这样鲜为人知：如果你问一个了解情况的美国人某个最近问世的小说或诗歌是哪位阿拉伯作家的作品，他唯一的回答多半还是卡希尔·纪伯伦。怎么会在一个层面上双方有这么多接触，而在另一个层面上却这么隔膜呢？

从阿拉伯人的角度来看,情况也同样是扭曲的。阿拉伯语文学中仍然很少有描绘美国人的;最有趣的例外是阿卜杜拉赫曼·艾尔·姆尼夫(Munif, Abdelrahman el)的巨大系列小说《盐城》(Cities of Salt)。[22]但是他这本书在几个国家遭到禁止,而且他的祖国沙特阿拉伯已经剥夺了他的公民权。就我所知,阿拉伯世界还没有以研究美国为目的的机构或重要学术部门,尽管对当代阿拉伯世界来说,美国是迄今最大、最重要的外国力量。一些阿拉伯领导人虽然致力于批评美国的利益,却花费巨大精力使他们的孩子进入美国大学和办理绿卡。现在仍然难以向甚至受过良好教育与富有经验的阿拉伯同胞解释美国事实上并不是由中央情报局或一个阴谋或一个可疑的影子"关系"网所操纵的。几乎我认识的每个人都相信,几乎每个重大的中东事件都是由美国策划的。一次有人告诉我这样一个糊涂的说法,说巴勒斯坦的武装起义也是美国策划的。

这种相当持续的互相熟悉(在詹姆斯·菲尔德[Field, James]的《美国和地中海世界》[America and the Mediterranean World][23]中有很详细的描述)、敌意和无知的混合在近年来双方复杂、不平衡的文化碰撞中有所反映。"沙漠行动"时人们压倒一切的感觉是,这一行动是不可避免的,似乎布什总统所说的"到那边去"和(他自己的时髦黑话)"踢屁股"的需要,必定要与萨达姆·侯赛因关于后殖民地阿拉伯需要对抗美国、口头还击和毫不畏惧地面对美国的严厉、粗野的话一比高低。换句话说,公众舆论不为细节、现实和效果所左右或搞复杂。至少有十年之久,关于美国突击队的电影都在描写一个高大硕壮的兰博或技术高超的三角洲部队怎样和阿拉伯或穆斯林恐怖分子亡命徒对抗。1991年,一种几乎是形而上学的挫败伊拉克的企图突然出现了,不是因为伊拉克的灾难性冲击(虽然很严重),而是因为一个小的、非白人的国家干扰了或激怒了一个突然强大起来的超级大国。这个超级大国充满了只有"国王"、独裁者和赶骆驼的人向它臣服才能获得满足的欲望。真正可以被接受的阿拉伯人应是像安瓦尔·萨达特(Sadat, Anwar)那样的人。他们似乎完全失去了讨厌的民族个性,并且可能成为"脱口秀"上和气的嘉宾。

在历史上,美国的,也许一般地说还有西方的媒体,是主流文化的触角。阿拉伯人仅仅是最近被触及到的"外人"的例子。这些外人惹恼了一个严厉的白人。这白人是个清教徒,到荒野去的使命没有完结,他会不厌其烦地使人明白他的意图。但是"帝国主义"这个词显然没有在关于海湾的讨论中出现。据历史学家 R. W. 范·阿尔斯泰因(Alstyne, Richard W. Van)在《崛起的美国帝国》(*The Rising American Empire*)中说:"在美国,把国家说成是个帝国几乎是异端邪说。"[24]可是他说,合众国的早期缔造者,包括乔治·华盛顿,就把美国叫做帝国,其后来的外交政策抛弃了革命,却鼓励了帝国的壮大。他引用了一个又一个政治家的话。如莱因霍尔德·尼布尔(Niebuhr, Reinhold)尖刻地说的那样,这个国家是"上帝的美国洲以色列",它的"使命"是在"世界文明之神"下的"受托管人"。因此,在海湾战争时期就很难不听到那种沾沾自喜、自封自诩的声音的回响了。

随着伊拉克的不轨行为似乎在全体美国人的眼前越来越严重,萨达姆·侯赛因就成了希特勒,成了巴格达的屠夫、

(如参议员爱伦·辛普森描述的)疯子而必须被打倒。

凡是读过《白鲸》的人都可能会情不自禁地从那伟大的小说联想到真实的世界,看到美国帝国主义在像亚哈那样准备惩罚那个被强加于人的罪恶了。首先是未经考察的道德使命,然后是媒体上所说的军事—地缘—战略扩张。关于媒体,除去它驯服地跟随政府的政策框架,从一开始就为战争而动员人民以外,最令人失望的是,它们贩卖"专业水平的"有关中东的学问,好像它们很了解阿拉伯似的。条条道路通市场;阿拉伯人只懂得武力;野蛮与暴力是阿拉伯文明的一部分;伊斯兰教是一种不容纳他人的、种族隔离主义的、"中世纪的"、狂妄的、残忍的、反妇女的宗教。所有的讨论文字、框架、背景都受到这些思想的限制甚至定性。看到"阿拉伯人"终于要受到惩罚的前景,似乎可以使人得到一种相当大的却又无法解释的享受。将要和西方的各个老对手——巴勒斯坦人、阿拉伯民族主义、伊斯兰文化清算许多笔账。

还有大量的问题没有涉及到。关于石油公司的赢利,或者石油价格上涨如何与石油供应没有什么关系;石油仍在过剩生产;这些方面报道得很少。伊拉克与科威特敌对的问题,甚至科威特本身的问题——某些方面是自由主义的,另一些方面则不是——几乎毫无所闻。关于海湾国家、美国、欧洲和伊拉克在两伊战争期间沆瀣一气的虚伪说得很少,分析得也很少。关于这种问题的意见在战争以后流传得很广。例如,《纽约书评》(1992年1月16日)上西奥多·德雷波(Draper, Theodore)的一篇文章就曾说,如果对伊拉克对科威特的要求做某种承认,就可能避免了那场战争。有少数学者曾经努力分析一些阿拉伯国家为什么靠拢萨达姆,尽管萨达姆的统治不得人心。但是,这些努力未被纳入变化无常的美国政策,或被给予同样的时间。这个政策一会儿赞扬萨达姆,然后又丑化他,然后再从头学习怎样和他打交道。

海湾冲突一个奇怪的很有象征性的现象是,"联系"(linkape)这个词令人厌烦地一再出现,但又不对其加以分析。这个错误的词似乎被发明来用于象征美国或者忽略或者包含全球地理区域的天赋权利。在海湾危机期间,"联系"这个词的意思不是它本来的意思,而是指因有共同的关系、意识、地理、历史而在事实上相关的事情之间没有关联。这些问题为了方便和专横的美国决策人、军事战略家和地区研究专家的利益被割裂开来。乔纳森·斯威夫特说,各自管各自。中东是由其内部的各种纽带连在一起的——这与眼前的问题无关。阿拉伯人可能认为萨达姆在科威特的存在与土耳其在塞浦路斯的存在有联系——这也毫无意义。说美国的政策是种联系,却是犯忌的话题,尤其是对于设法使人民支持一次实际上从未发生的战争的权威学者来说。

整个的前提是殖民主义的:一个由西方哺育和支持的第三世界独裁者没有权利向白人的、优越的美国挑战。20世纪20年代英国曾经因为伊拉克敢于抵抗殖民主义统治而轰炸过它;七十年以后,美国也这样做了,但是却打着道义的旗号。然而这并未掩盖中东石油储藏受美国管辖这样一个主题。这些做法是不合时代的,极能伤害他人的,因为它们不仅会使战争继续下去并引诱人,而且还会使关于历史、外交和政治的知识失去其应有的重要性。

1991年冬季《外交事务》上一篇题为《令阿拉伯人不满的夏天》的文章是这样开头的,它完美地概述了产生沙漠风暴行动的知识与力量的可怜状况：

>阿拉伯穆斯林世界刚刚告别了由阿伊吐拉·霍梅尼的征讨引起的愤怒激情。另一个竞争者又跑到巴格达来了。新统治者与来自库姆兰的缠头的救世主不同，是用别的材料做成的。萨达姆·侯赛因不是伊斯兰政府中写论文的人，也不是宗教学院里学问高深的学生。他也不在意意识形态上的斗争，以争取人们的忠诚。他来自一块脆弱的土地——波斯与阿拉伯半岛之间的边境国家，那里没有什么文化、书籍和伟大思想。新的竞争者是个暴君，一个已经驯服了他的领地，并将其变为一座大监狱的残酷无情的熟练监狱长。[25]

然而，甚至中小学生都知道，巴格达是 9 世纪与 12 世纪之间阿拉伯文明的顶峰，阿比西德文明的发源地产生了像莎士比亚、但丁和狄更斯那样的，在今天仍然被人阅读的文学作品。而且，作为一个城市，巴格达还是伊斯兰艺术的伟大象征之一。[26] 此外，它和开罗与大马士革一样，还是 19 与 20 世纪阿拉伯艺术与文艺复兴的发源地。巴格达产生了至少五个最伟大的 20 世纪阿拉伯诗人，毫无疑问还产生了它的大多数优秀的艺术家、建筑师和雕塑家。虽然萨达姆过去是个塔克瑞提（Takriti），但如果因此暗示伊拉克及其公民与书和思想无关就是忘记了苏美尔、巴比伦、尼尼微、汉莫拉比、亚述以及以伊拉克为摇篮的古老的美索布达米亚（与世界）文明的所有象征。如此赤裸裸地说伊拉克是一片脆弱的土地，而且意思是说，总的来说那里是荒脊的、空荡荡的，表明了一种连小学生也不好意思表现出来的无知。底格里斯与幼发拉底河的青翠的河谷呢？在中东的所有国家中，伊拉克的土地是最肥沃的这个事实哪里去了？

作者赞美比过去的伊拉克更脆弱，与书籍和思想更无缘的当代沙特阿拉伯。我的意思不是想贬低沙特阿拉伯，因为它是个重要的国家而且贡献很大。但是，像这样写东西象征着知识分子的一种意愿，就是想公开取悦大国，对它讲它愿意听的话，告诉它它尽管可以去杀人、轰炸和破坏，因为将受到攻击的实际上无需顾及的、脆弱的、和书籍思想文化无缘的，或者温和点说，和真实的人也没有任何关系。有了如此关于伊拉克的知识，还侈谈什么饶恕，什么人道，还在进行什么人道主义的辩论呢？唉，很少。所以，一年以后来纪念沙漠风暴行动是没意思的，令人不愉快的。甚至右翼评论家和知识界也哀叹布什是"帝国主义总统"，说那次没有结果的战争延续了伊拉克危机。

世人不能长久地容忍爱国主义、相对的唯我论、社会权威、为所欲为的放肆和对别人的戒备这样一些东西的轻率结合。今天，美国在国际上是胜利者，并且似乎像得了热病似的急于证明它是老大，也许是为了抵消经济衰退、城市问题、贫穷、健康、教育、生产和欧洲与日本的挑战所带来的瘟疫似的问题。我虽然是美国人，可是我成长的文化环境充满下述思想：阿拉伯民族主义是十分重要的，它是被侵害的、未实现的民族主义，为阴谋与国内外敌人所困扰。而要克服这些，任何代价都不算高。

我的阿拉伯环境主要是殖民地式的。但是当我成长时，你可以在陆地上从黎巴嫩和叙利亚旅行，通过巴勒斯坦到埃及或更西边的地方去。今天,这却不可能了。每个国家都在边境上设置坚固的障碍(对巴勒斯坦人来说,越过边境是特别可怕的经验,因为那些大声叫嚷支持巴勒斯坦的国家实际上对巴勒斯坦最坏)。阿拉伯民族主义没有灭亡,但是时常分解为越来越小的单位。这时,在阿拉伯的环境中,联系也是最少的。过去也并不好些,但是可以说,互相的联系是较多的;人民实际上是连在一起的,而不是隔着边界互相凝视。在许多学校里,你会遇到来自各地的阿拉伯人,穆斯林和基督徒,还有亚美尼亚人、犹太人、希腊人、意大利人、印度人、伊朗人,都混杂在一起,都处在这个或那个殖民主义政权下面,然而却很自然地互相交往。今天,国家民族主义断裂成家族或派系的民族主义。黎巴嫩与以色列是最好的例子:所有的群体都表现出分离的愿望,而且得到政府官僚体系与秘密警察的帮助,尽管还不是实际行动。门阀里、家族里、小集团和小圈子里的老年寡头,就像加西亚·马尔克斯笔下的老头,几乎可以毫无缘由地免于被新鲜血液所代替或改变。

借用民族主义(不是解放)的名义独霸和隔离人民的努力已经导致了重大牺牲和失败。在大部分阿拉伯国家,民间社会(大学、媒体和文化)已经被其主要形式为国家的政治社会所吞噬。战后初期几届阿拉伯民族主义政府的伟大成就是群众扫盲工作:埃及的成果是难以想像地有效益的。可是,快速扫盲加上对意识形态的崇信完全证明了法农的担心。我的印象是,更多的力量花费在维持联系上面,认为作叙利亚人、伊拉克人、埃及人或沙特阿拉伯人就足够了,而不是批判地、甚至勇敢地思考一下国家计划本身如何。身份总是身份,超过了解别人。

在这种畸形的情况下,好战思想在阿拉伯世界的道德领域得到太多好处。其原因主要是和觉得受到不公正对待有关。而就这一点来说,巴勒斯坦不仅是个比喻而且还是个现实。但是,军事力量是唯一的答案吗?庞大的军队、厚颜无耻的口号、血腥的诺言呢?同时,还有无休止的好战的具体实例。这些实例上至灾难性的失败的战争,下至体罚和威胁姿态。对这一点,我认识的阿拉伯人没有一个会在私下迟疑、否认或不痛快地同意。

国家对人民的胁迫几乎完全抵消了阿拉伯世界的民主,造成统治者与被统治者之间的巨大敌对,过分重视一致性、机会主义、搞关系,却轻视新思想、批评或异议。

这些做法实行得过分,就会导致消灭他人的念头。这个念头是,如果你的办法遇到阻挠,或有什么东西使你不高兴,你就可能干脆除掉它。伊拉克对科威特的侵略背后肯定就多少有这种念头。以"阿拉伯统一"为目标要把一个国家消灭并粉碎它,这是怎样的糊涂、不合时代的俾斯麦式的"一体化"思想啊!最令人沮丧的是,同一个野蛮逻辑的受害者,似乎都支持了这一行动,丝毫不同情科威特。即使我们假定科威特不受人欢迎(一个人必须受欢迎才不至于被消灭吗?),即使伊拉克声言拥护巴勒斯坦对抗以色列与美国,一个国家应该因此被除掉的想法肯定是个血腥的主张,是一种不合乎伟大文明的行为。这种消灭主义的流行是今天的阿拉伯世界政治文化可怕状态的一个标志。

石油,不论可能或的确带来过多大的发展与繁荣——一旦它与暴力、与意识形态、政治防御和对美国义化的依赖发生关系时,它所造成的摩擦与社会问题就多于它所解决的。

363 在这个无限富足的、文化与历史上极为得天独厚、而且幸运地拥有有天赋的人的地区上方,悬有普遍的平庸和腐化的空气。对任何认为阿拉伯享有真实的内部和谐的人来说,这都是个巨大的谜,当然也是使他们失望的事。

真正的民主在仍然是"民族主义"的中东是找不到的:那里有的是享有特权的寡头政治家们或者享有特权的民族群体。广大人民被独裁制度或从不让步、无反应、不受欢迎的政府所压垮。然而,认为美国在这种可怕的状况中是公正而清白的观念也令人不能接受,正像说海湾战争并非乔治·布什和萨达姆·侯赛因之间的战争——而美国正是,而且主要是为了联合国而战一样。事实正是如此。实际上,这是一场个人化了的斗争:一方是第三世界独裁者的代表。长期以来美国与这种独裁者打过交道(海尔·赛拉西、索摩查、李承晚、伊朗国王、皮诺切特、马科斯、诺列加等等)。美国曾鼓励这些独裁者的统治,享有过他的帮助。另一方,是一个国家的总统。这个国家继承了英法的帝国衣钵,并决心为了中东的石油和出于地缘战略与政治的目的呆在中东。

有两个世纪之久,美国在中东站在了专制与不公正一边。美国官方从未支持过民主或妇女权利,或宗教与教育分离和少数民族的权利。相反,它的一个又一个政府扶持起驯服的、不得人心的追随者,并且不理会小民族从军事占领下争取解放的斗争,同时却贴补他们的敌人。美国曾经鼓励肆无忌惮的好战主义并且(和法国、英国、中国、德国等国一起)在这个地区从事大规模军售,多数是卖给那些由于美国对萨达姆力量的着迷和夸大而走向极端的政府。在理智和
364 道德上都无法想像,战后的阿拉伯由埃及、沙特阿拉伯、叙利

亚的领导人来控制，而这些人却属于美国式的世界新秩序。

除去站在权势一边，美国公共领域中至今还没有出现一种其他话语。尽管在一个已经缩得很小并且变得惊人地互相联系的世界中，这种权势会变得十分危险。例如，拥有世界人口六分之一的美国不能以战争方式享有攫取世界能源百分之三十的权利。但是，还不仅如此。在美国，几十年来一直进行着对阿拉伯人和伊斯兰的文化战争：对阿拉伯人和穆斯林惊人的种族主义刻画，把他们都刻画成恐怖分子或酋长。整个阿拉伯地区是个巨大不毛的贫民窟，只适于在那里捞取好处或进行战争。认为那里可能有过某种历史、文化、社会——甚至许多种社会——的观念只有在一两个短暂时刻占据过舞台，即使在各种声音的大合唱吹嘘"多元文化"优点的时候。一大批新闻记者写的通俗而无价值的书籍充斥了市场，并且使少数关于阿拉伯非人道主义的模式得以流行。它们都把阿拉伯人描绘成萨达姆的这样或那样的变种。至于先是受美国的怂恿而起来反抗萨达姆，后又被抛弃，从而遭到无情报复的不幸的库尔德人和什叶派起义者，他们几乎被遗忘了，更不用说是被提起。

有丰富的中东经验的美国大使阿普尔·格拉斯匹（Glaspie, April）突然消失以后，美国政府就几乎找不出真正有中东知识和经验、懂得其语言及其人民的高级职业外交官了。在伊拉克民用设施遭到有系统的打击以后，它现在仍在被饥饿、疾病和贫穷所毁坏——并非由于它对科威特的侵略，而是因为美国想待在那里并且有借口待在那里，想拥有能影响欧洲与日本的石油优势；因为它仍然把伊拉克看作对以色列的威胁。

忠诚和爱国主义应该以对下面两方面的批判性认识为基础:一是事实是怎样的,二是作为这个日益缩小,日益贫乏的星球上的居民,美国人欠下他们的邻居和他人什么。不加批判地追随一时政策的做法,特别是当它的代价难以想像的高昂时,不能让这种做法支配人们。

沙漠风暴说到底是一场针对伊拉克人民的帝国主义战争,为了打垮并杀死侯赛因而去打垮、杀死伊拉克人民的尝试。然而,这一不合时代的、特别血腥的方面基本上瞒过了美国电视观众的眼睛,把这场战争的痛苦描绘成毫无痛苦的电子游戏,和美国人公正的、清白的战士形象。巴格达最后一次被破坏是在1258年,是蒙古人造成的。虽然英国人提供了一个较近期的对阿拉伯人施暴的先例。知道这些可能对他们的看法会起点不同的作用。

在我们读到基尔南关于为什么美国知识分子除去一些个人与小团体(相对于一定数量的有分量的批评),对于20世纪70年代的国家行为完全不加批评的讨论时,关于美国对一个遥远的、非白人敌人所发动的几乎难以想像的集体暴行这个非同寻常的事例,国内为什么没有任何有效阻力的问题,就得到了说明。基尔南承认,"美国对它自己是一种新文明的长期自豪感"是真实的,电视,"很可能它以此来蛊惑人心,而堕入邪恶"。存在一种危险,就是,那种自豪感正在变得太像俾斯麦式的文化,其结果是"'文化'转化为科学技术"。此外,"和英国以前的优越感一样,美国人的优越感是由对世界其他地方的高度隔膜和无知所支撑的"。最后:

> 这种隔膜使现代的美国知识分子产生了类似的与

生活或历史现实的疏离。持不同政见者要打破这种障碍是不容易的。在两次战争中间年代的抗议文学中，存在着某种浮浅，没有能超出新闻的水平。它缺乏深度和想像力，只能有来自相应环境的回响。从第一次世界大战时起，知识分子就被日益吸引到其最终动力是军事工业的大众生活中。他们参与了战略计划的制订，参与了发展科学战争和反叛乱的工作，被受宠若惊地邀请到白宫，并且向总统奉上对待皇室般的忠诚。整个冷战时期，从事拉丁美洲研究的学者们赞同美国与世界其他地区的利益和谐一致的"睦邻政策"。乔姆斯基认为"迫切"需要抵消"长期的灌输说教和自我奉承的后果"是有其充分的理由的；他呼吁知识分子睁开眼睛，看看"扭曲了我们知识分子历史的天真和自认为公正的传统。"27

1991年的海湾战争可以有力地说明这种情况。美国人在电视上观看战争时，基本上不加怀疑地认为他们看到的是事实。然而。他们看到的是历史上掩盖得最厉害、报道得最不详细的战争。电影、电视和书报的消息来源于政府，主要的媒体互相抄袭，然后又在全球被抄袭或播送（像CNN那样）很少有人对给敌人造成的损失给予值得一提的注意。同时，一些知识分子保持着沉默或感到无助。还有的，用一种对帝国主义发动的战争毫无批判的语调参与了公众的讨论。

知识分子生活的职业化如此广泛，有如朱利安·班达（Benda, Julien）谈到知识分子时所说的那样，职业感儿乎被吞噬掉了。追随政策的知识分子内化了国家准则。这种准则可以理解地把他们吸引到首都后,实际上成了他们的恩人。批评的意识时常被顺便扔掉了。至于那些涉及价值和原则等的知识分子——文学界的、哲学界的、历史学界的专家们,则躲在慷慨的、乌托邦庇护所式的、容忍多样化的大学中,被削掉了棱角。他们的风格充满了无法想像的令人生厌的套话。后现代主义、话语分析、新历史主义、解构、新实用主义等套话崇拜把他们送上了九重天;对于历史与个人责任重要性的惊人轻视,销蚀着他们对公共事务与公众话语的注意。结果是一种看着让人气馁的错误的言行,同时整个社会也在无固定方向地、不和谐地漂流。民族主义、贫困、环境破坏、疾病和可怕的普遍的愚昧:这些事只能留给媒体和某几个候选人在竞选时去关心了。

Ⅱ 向正统与权威挑战

我们并没有重唤乔姆斯基的"意识形态的重组"。这种意识形态的要素包括西方犹太教—基督教固有的落后性、各种异类信仰的危险、"反民主"阴谋的扩散和对传统作品、作者和思想的庆祝与更新。反过来,其他文化正被从病理学或理疗的角度来观察。无论这些学术研究、思考和分析是否精确和严肃,出现在伦敦、巴黎和纽约的名为《非洲状况》或《阿拉伯的困境》或《恐惧共和国》或《拉丁美洲综合症》等等书籍在很特殊的情况下,在肯尼斯·伯克(Burke, Kenneth)所说的"接受的框架"内被销售着。

另一方面,直到1991年以前,公共领域中没有一个人把伊拉克当作一个社会、一个文化或历史而予以较多的注意；然后，匆匆凑成的书和电视节目不可阻挡地大量涌现出来。一个典型的例子是，《恐惧共和国》在无人注意的情况下出现了。其作者之所以后来成了名，并非因为他的书做出了学术贡献——他并不伪装自己——而是因为该书对伊拉克所做的令人生厌的单色"刻画"正好适应了把一个国家当作希特勒在阿拉伯的化身进行非人道、反历史和妖魔化表现的需要。身为非白人（这个具体化的标签本身就是象征性的）从本体论来说就意味着几乎在所有的方面都是不幸的。命中注定最坏是个疯子，最好也是个侍从，一个如奈保尔所说的，会使用，但永远不可能发明电话的懒惰的消费者。

另一方面，对一切文化产品的解密，"我们的"和"他们的"文化产品，是一个学者、批评家和艺术家摆在我们面前的新的事实：海顿·怀特（White, Hayden）在《元历史》（*Metahistory*）一书中说，一切关怀历史的写作都是写作，都使用人物化的语言和比喻，不管是换喻、比喻、寓言还是讽刺。如果我们不把怀特的这个观点包括在我们对历史的思考之内，我们就无法对历史作出评论。从卢卡奇、弗里德里克·杰姆逊、福柯、德里达、萨特、阿多诺和本雅明的著作中——只需要举出几个著名的人物——我们可以生动地理解文化霸权再生产的规范和能量。在这一过程中，甚至把诗歌与精神也管理起来，使之成为商品。

然而，总的来说，这些宗主国的理论家与当前或历史上帝国主义活动的断裂的确是相当大的。帝国对于观察的艺术、描绘、学科和理论话语的形成贡献被忽略了；而且，出于吹毛求疵的谨慎，这些新的理论往往忽略了它们的新发现与第三世界抵抗文化所激发出来的解放运动之间的集合点。我们很少看到两者互相运用的情况。我们只在一个例子里见过这种情况。阿诺德·克鲁派特(Krupat, Araold)将后结构主义理论的来源归于那个开始被叫作"美国本土文学"的由大屠杀和文化健忘症所造成的可悲现象,以解释包含在其中的权力与真实的历史关系。[28]

我们能够并且必须思考一下产生西方自由主义理论的自我局限;为什么同时在原殖民地国家,具有强烈的解放思想的文化前景很少像今天这样黯淡?

让我举一个例子。1985年,我受某海湾国家一个国立大学的邀请进行一个星期的访问。我的任务是评估一下它的英语教学,并提出一些改进的建议。我大吃一惊地发现,从数量上来说,英语课程吸引了各个系的大多数学生。然而我却丧气地发现,英语课程被平均地分为语言学(语法和语音结构)和文学。我认为,它的文学课程死死板板,又正统,遵循着更老更有名的阿拉伯大学,如那些在开罗或爱因闪姆斯的大学的模式。年轻的阿拉伯学生乖乖地阅读弥尔顿、莎士比亚、华兹华斯、奥斯汀和狄更斯,就像可能必须学梵文或中世纪纹章学一样。没有什么人强调英语和把它的语言文学带到阿拉伯世界来的殖民过程之间的关系。除去与少数几个教师私下的谈话以外,我看不出对新出现的加勒比、非洲和亚洲英语文学的兴趣。这真是刻板学习、无选择教学和(说轻一点)杂乱后果的脱离时代的怪异汇合。

然而,作为一个普通的知识分子和批评者,有两件事还是引起了我的兴趣。一个不太招人喜欢的教师告诉我学英语的学生之所以这样多的原因:许多学生计划将来去航空公司或银行工作。英语是这类工作的工作语言。这样只能是彻底把英语放在一个纯技巧的语言层次上,抽掉了它所有的表现和美学的性质,砍掉了它的批评与自我意识的层面。学英语是为了使用计算机,与别人交往,传递电子文件和搞懂清单等等。这就是一切了。另一件使我吃惊的发现是,这样的英语存在于可以称之为一口沸腾大锅的伊斯兰复兴主义浪潮中。我所见之处,关于选举学校教授委员会的伊斯兰口号贴满墙壁(我后来得知,许多伊斯兰候选人赢得了相当的,如果不是压倒的席位)。1989年在埃及,我有一次向开罗大学的英语教员做了一个小时的关于民族主义、独立和解放运动作为一种与帝国主义不同的文化实践的演讲。讲完之后,有人问我关于"神权政治选择"。我误以为提问者问的是有关"苏格拉底的选择",(译注:"神权政治"和"苏格拉底的"这两个词的英语发音相近似)我很快被纠正了过来。提问者是个很会讲话的带着面纱的年轻女性。我没能注意她对我反神学和无神论热情的顾虑(我仍然大胆地接受了对我的挑战)。

因此,同样使用英语,一些使用它的人渴望达到很高的文学成就的境界,并允许批判地使用这种语言以鼓励一种心智的去殖民化,如努基·瓦·提昂哥所说的,在一个不那么诱人的新位置上,与极不同的新社区并存。在英语曾经是统治者和管理者的语言的地方,它现在的地位已经不那么重要了,它成了一种技术语言,只有工具的特点,或者就是一种外国语,与讲英语的国家有着千丝万缕不言而喻的关系。而它的存在挑战了强人而有组织的宗教狂热下,紧迫而可怕的现实。因为伊斯兰教使用的是阿拉伯语——一种具有相当程度文学基础和宗教力量的语言——英语就降到了一个较低的,无关紧要的弱势地位上。

在这个时代,英语在其他情况下赢得了显赫的地位和许多新文学、批评和哲学的实践领域。当我们考量一下阿拉伯世界这种新力量的状况时,我们只需要稍稍回想一下当伊斯兰宗教和平民领袖对萨尔曼·拉什迪的小说《撒旦诗篇》发出禁止、谴责和威胁时,伊斯兰世界惊人的默许态度。我并不是说整个伊斯兰世界都是这样。但是其官方机构及发言人或者盲目地反对,或者强烈拒绝与这本大多数人根本没有读过的书发生任何瓜葛(霍梅尼的法令当然比仅仅排斥要更远得多,但伊朗的立场只是一个相对孤立的立场)。这本书的主要罪过就是,它是用英语写的关于伊斯兰的小说,被认为主要是写给西方读者看的。但是同样重要的是西方世界对于围绕这本书发生的一切反应中的两个因素。一个是对伊斯兰一致的警告和温和的谴责。这个谴责对于大多数前宗主国的作家和知识分子来说,在政治上都是正确的,并且是安全的。但是,没有任何人就那些在美国的盟国(如摩洛哥、巴基斯坦、以色列)或反美的所谓恐怖主义国家(如利比亚、伊朗和叙利亚)被暗杀、监禁或者禁止出书的作家的情况说过什么。第二个因素,当最初那些支持拉什迪和谴责伊斯兰的套话说过之后,就没有人再对伊斯兰世界整体或是那里的写作环境有多大兴趣了。本来可以期待有与那些比较重要的文学界人士和知识分子对话的更大热情(比如马哈福兹、达沃什、穆尼夫及其他人)。这些人有时曾为拉什迪辩护(或批评),这比在格林威治村或海姆斯苔德做起来要险恶得多。

在新的社区和国家中存在着一些极具意义的"变种",这些国家存在于边缘,部分属于美国治下的英语世界集团,该集团包括不同的声音,不同的语言,混杂的形式。这些东西给予了英语写作以独特的然而却成问题的身份认同。近几十年来出现的一个叫作"伊斯兰"的令人震惊的激烈概念就是这样一个变种。其他还有如"共产主义""日本"和"西方",每一个都有论战的风格、一连串的论述和无限多的传播机会。通过划清这些由巨大而反讽的本质论观点控制的领地,我们可以更彻底地了解和解释一些小的知识分子团体的质朴成就。这些小团体不是被无情的论战,而是被亲缘、同情和激情联系在一起的。

在非殖民化和第三世界民族主义的高潮时期,几乎没有人看到或注意到,在反殖民主义的队伍中、一个小心翼翼地培育起来的本土主义是如何一点一点发展到今天不同凡响的规模的。所有这些民族主义诉求:纯粹的或真正"伊斯兰"、非洲中心主义、黑人文化自豪感或阿拉伯主义,都有着强烈的反弹。没有人认识到这些种族或精神本质的东西会回过头来,向它们成功的追随者索取高昂代价。法农是少数几个能指出没有节制的民族主义意识给非殖民化这样伟大的社会政治运动所带来危险的人之一。宗教意识也是一样。因此,各种各样的宗教头目,军人和一党专制的政权出现了。他们利用国家安全和保卫革命成果为借口,在本来就已很成问题的帝国主义一体化遗产上增加了新的问题。

在后殖民主义时代的国际版图上,不可能找到哪个国家或政府没有介入活生生的文化或历史活动。国家安全和独特的身份认同是两个时髦的词,和那些权威一起——领导人、民族英雄和烈士、已有的宗教领袖——新得胜的政治家首先要得到的,似乎就是国家领土和护照。想像中的人民解放——西赛尔所说"新的灵魂的诞生"和被殖民主义老爷利用了的喧闹一时的对精神领域的设想,全都很快地被变成或吸纳进一个由障碍、地图、前线、警察、海关和交易管制组成的世界体系。巴西尔·戴维森在论及艾米尔卡·卡布拉尔遗产的一系列文章中,对这种不幸状况做了更悲观的评论。戴维森再一次提出了从没有正式提出过的问题:解放以后会发生什么?他的结论是,一个更大的危机会导致新帝国主义,并且使小资产阶级统治者掌握大权。但是,他接着说,这类

> 改革的民族主义者在不断地给自己挖掘坟墓。坟墓越挖越深,这些人很少有能不被埋起来的。在外国专家或者未来各行各业脑满肠肥的大人物共同唱出的挽歌声中,葬礼在进行。边界还在,边界是神圣的。对于统治精英来说,还有什么别的能保证他们的特权和权力呢?[29]

奇努阿·阿奇比的最新小说《大草原上的蚁丘》(*Anthills of the Savannah*)对这种令人沮丧的情形做了生动的描述。

戴维森随后又对自己所说的这种阴暗的图画做了修饰。他指的是他叫作"人民对从殖民主义时期继承下来的重担的解决办法":

> 人民对这一问题的解决办法是不断地越过地图上的边境,和走私。因此,虽然"资产阶级统治"的非洲不

断地加强边境管制和控制,打击走私人员和物资,"人民"的非洲干的却是另一套。[30]

移民和走私大胆的、但往往又是代价巨大的结合在文化上的对应物,对我们来说当然是很熟悉的。在蒂姆·布兰南(Brennan,Tim)最近一篇有见解的分析文章中,这表现在一类被称为"世界主义者"的作家身上[31]。超越边界和移居的典型剥夺感和兴奋感成为后殖民地时代艺术的主题。

虽然我们可以说这类作品和主题构成了一种新的文化类型,也可以在全世界各地看到这种令人羡慕的地区性美学成就,我却认为我们应该从一种更现实、更有政治性、但却更少吸引力的角度来看待这个现象。我们固然应该尊重拉什迪著作的内容和成就,把它看作英语文学中一个有意义的类型;我们也应该同时看到,它是背负着重负的。这部具有美学价值的作品可能也是一种有威胁的、强迫性的或者强烈反文学反知识类型的一部分。在《撒旦诗篇》1988年出版之前,由于他的文章和早期小说,拉什迪已经不受英国人欢迎了。然而,对于许多在英国和印度次大陆的印度人和巴基斯坦人来说,他不仅是使他们自豪的著名作家,而且还是一个为移民的权利而战的斗士和一个帝国主义的严厉批评者。在通缉令之后,他的地位发生了剧烈变化。他在他以前的崇拜者眼中成了一个讨厌的家伙。从前他曾经是一个印度伊斯兰的实际代表,而现在却惹恼了伊斯兰原教旨主义——这说明了艺术和政治之间的紧密关联。这种关联有时是具爆炸性的。

瓦尔特·本雅明说过:"没有一部文明史不同时也是一

部野蛮史。"从这种黑暗的关联中,可以发现当今世界政治和文化的结合点。这种结合对我们每个人和集体批判工作的影响,一点也不小于我们阅读、讨论和思考有价值的文化文本时,很容易接受的那些解释性的、空想主义的东西所给予我们的影响。

让我说得更具体点。不仅仅是那些疲惫的、被惊扰的和被掠夺一空的难民试图越过边境,融合到一个新的环境中去;整个巨大的大众传播媒体无处不在,越过绝大多数的边境。在全世界各处安家。我提到过,赫伯特·席勒(Schiller, Herbert)和阿曼德·玛特拉特(Mattelart, Armand)让我们注意到一小撮跨国公司对新闻市场和传播的垄断。席勒的最新研究《文化公司》(*Culture, Inc.*)展示了,所有的文化部门,不只是新闻广播,是如何被一小撮,但却在日益扩张的私人公司所侵蚀并包围的。[32]

这种情况产生了几种后果。首先,国际传媒体系做到了理想主义或意识形态上的集体主义——想像中的社区——试图做到的。例如,当我们谈到或研究我们所谓的英联邦或英语世界的文学时,我们只是在推断的层次上。关于非洲和加勒比小说的魔幻现实主义的讨论,可能涉及到或者最多大致描绘出把这些作品连接在一起的"后现代"、或民族背景的轮廓。同时我们知道,作者和读者都是与当地的特殊环境有关联的。而当我们分析这些东西在伦敦和纽约与其他地方被接受的完全相反的状况时,这些环境却被有意识地分隔开来了。与世界四大通讯社和国际化的英语电视记者选择、搜集和转播从世界各地传来的画面的方式相比,或与好莱坞节目如"发财"和"我爱露西"怎样甚至在黎巴嫩内战期间也能大举上演相比,我们的批评显得那么渺小,那么原始。因为媒体不仅是一个统一的网络实体,也是一个把世界拴在一起的非常有效的方式。

这种表现和生产文化、规范、政治力量和相应的军事及人文现象的世界体系,具有一种已成为制度的倾向。这种倾向可以制造出超出实际的国际形象,来引导国际范围的社会话语和过程。举例来说,"恐怖主义"和"原教旨主义"是80年代出现的两个很重要的词。你开始(在国际话语提供的公共场合)要想分析逊尼派和什叶派、库尔德人和伊拉克人或者泰米尔人和僧加罗人、锡克人和印度人——这个名单很长——之间的政治冲突,你就不能不借助于"恐怖主义"和"原教旨主义"这类词或形象。而这些词完全是华盛顿和伦敦这样的宗主国中心的知识界遴选出来的。这些词令人生畏,却没有在内容上被分析或定义。它们代表了一种道德力量,或对使用者的赞同,在道德上使那些它们指定的人处于防御地位,并给他们定罪。这两个大幅度的简单化既造成了武装对峙,又分解了群体。我认为,如果不涉及我已试图描绘的整体制度所规定的逻辑和具体表现,就不能理解伊朗对拉什迪小说的官方反应,或者西方的伊斯兰社群对他的非官方热情;也不能理解西方世界对不明智地给拉什迪判死刑公开的或私下表达的愤怒。

因此,在由感兴趣的读者构成的环境颇为开放的社群中,例如,在新兴的后殖民地时代的英语或法语文学中,根本的形势不是由解释学的探讨,同情及知性的直觉、或理智的阅读所决定和掌控的。它是由更具紧迫性、更功利的过程所决定的。这个过程的目的是产生共识,抹煞异见,鼓励一种真正盲目的爱国主义。通过这种方式,大量人的统治权得到保证。在大众社会,当然也包括西方在内的大众社会中,那些可能诉求民主与表达的潜在的捣乱者的数目就被压缩(或冻结)了。

被放大的"恐怖主义"和"原教旨主义"的形象带来的惧怕和恐怖感——我把它们叫作由外国恶魔制造出来的国际化或超国际的形象——加速了个人对占统治地位的规范的屈从。这种情况在西方,特别是在美国也和在新兴的后殖民地时代的社会一样真实存在。因此,反对"恐怖主义"和"原教旨主义"中所含有的不正常和极端的倾向——我的例子只有一点点讽刺的意味——也就是弘扬一种不指明是"西方"(或是地方的,或是爱国的)特性所具有的温和、理性和适中的品质。具有讽刺意味的是,我们并没有对西方的特性抱以我们常常给予地位和美德的信心和正常感。这种认识却使我们产生了一种正当的愤怒和辩解的心态。在这种心态下,"别人"最终都是敌人,企图毁掉我们的文明和生活方式。

这只是一个草草的描绘,以看出这些带强迫性的正统思想和自我膨胀是如何进一步加强了未假思索的断言和未受挑战的教条之力量的。当这些东西一次又一次被重复而趋向完美时,它们就被心目中的敌人以同样不留余地的回应所答复了。因此,穆斯林、非洲人、印度人或日本人从他们被威胁的地位,用他们自己的惯用语来攻击西方人,攻击美国文化,攻击帝国主义,但是却不比西方对他们的攻击更多地关注一点具体情况,更具有一点批判性的区分和分别。美国人也一样。对他们来说,爱国主义仅次于上帝。这完全是一种无理性的过程。无论"边界战"的目的是什么,它都会带来贫穷。你必须加入一个固有的或者组合起来的集团；或者，如果你是一个附属的另类，你就得接受你的低下地位；或者，你抗争到死。

这些边界之争是本质化的表现——使非洲非洲化，东方东方化，西方西方化，美国美国化——没有尽头，别无选择。（因为非洲、东方和西方的本质只能是永远不能改变的）——这种框架从老牌的帝国主义及其体制的时代存在至今。有没有过对它的抵制呢？伊曼纽·沃勒斯坦（Wallerstein, Immanuel）指出了一个很明显的例子。他称之为反体制运动。这个运动是作为历史上的资本主义的后果而出现的。[33]近年来就有为数不少的类似运动新兴，足以振奋最悲观的人的心：各种社会主义制度中的民主运动、巴勒斯坦的起义、遍及南北美洲的社会环保和文化运动以及妇女运动。然而，很难使这些运动在它们的边界之外引起兴趣。它们也不具备能力和自由以扩大自己。如果你属于一个菲律宾的、或巴勒斯坦的或巴西的反抗运动，你必须面对日复一日的斗争中的技术上和逻辑上的要求。然而，我认为这种努力正在发展成为一种普遍的理论或是一种共同的话语，或者，用地理的概念来说，成为一张潜在的世界地图。也许我们可以开始把这种不太明确的反抗意识和它正在形成中的策略叫作国际主义的反表现。

这种国际主义需要怎样新的知识与文化的政治呢？[34]在作家、知识分子和批评家传统的、以欧洲为中心而定义的思想里，应发生什么样的重要转变和重新定位呢？英语和法语是世界语言，关于边界和对立的本质的概念涵盖　切。因此，我们应该首先承认，世界地图上不存在根据天意划成或僵死不变的空间或特权。然而，我们可以讨论现世的空间，讨论人为造成的和互相关联的历史。这是绝对可以探求的，尽管不是通过庞大的理论或涵盖一切的体系。在这本书的全书中，我一直在说，人类的经验是很精巧地构成的，它极其丰富，可以认知，不需要超越历史、超越现世的人去照亮或解释它。我说的是，把我们这个世界看作无需借助什么神奇的钥匙，什么特殊的语汇和工具以及背后的活动，也能经得住探求和讨论的。

我们的人文研究需要一种不同和有创意的理论来指导。学者可以公开地介入政治和当前的利害关系——通过睁大的眼睛，充沛的分析能力，用那些既不从某一个学科的封地或集团的生存出发，也不从如"印度"或"美国"这样欺骗人的身份出发，而是从改进或自愿加强一个社会、从试图在其他社会中生存的人高尚的价值观出发。我们不能小看这种工作所要求的开创精神。研究者在这里不是在寻找某些带本质性的东西，去恢复它或把它放到无可辩驳的崇高地位。例如，《原住民研究》中把印度历史看作阶级之间和它们有争议的认识论之间的不断斗争；同样，拉斐尔·塞缪尔（Samuel, Raphael）主编的三卷本《爱国主义》（*Patriotism*）的撰稿人也没有给史前的英语以太高的地位，就像巴纳尔在《黑色的雅典娜》（*Black Athena*）中只是把"雅典文明"当作一个高级文明的非历史的模式来看待一样。

这些研究背后的思想是：正统、权威性的国家及研究机构对历史的观点往往是把多变的、充满争端的历史僵化成为官方的，正式的东西。这样，在官方的历史里，1876年为维多利亚女王的总督到来而安排的藩王接见就象征了英国对印度神秘而永久性的统治。服务于印度、恭敬和臣服的传统都在这种仪式中得到了表现，造成了整个次大陆的一种超历史的形象。这个形象屈从于一位英国人，而这个英国人的形象又是制造出来的。他曾经统治，而且必须永远统治潮流和印度。[35]对历史的官方解释服务于身份的权威（用阿多诺的话）——哈里发、国家、正统的文人和国家机构；而我讨论过的这些有创新性的研究所表现出来的醒悟、异议和有系统的追寻，把混杂的权威放到一种否定的过程中，使它们解体为单一的分子。与官方话语中一成不变的形态有很大不同的是，这种解释性方法的与之抗衡的力量。这种方法使用的材料互不相同却互相交叉、互相依赖，最重要的是，互相重叠的历史经验。

这个力量的一个最突出的例子，是当今最负盛名的阿拉伯诗人阿赫迈德·萨义德（Said, Ali Ahmed），笔名阿多尼斯，对阿拉伯文学的文化传统的解释。自从三卷本《固定的与变化的》（*Al-Thabit wa al Mutahawwil*）在1974到1978年出版之后，他几乎单枪匹马地向他所说的已经僵化了的、被传统所束缚了的阿拉伯伊斯兰传统发出了挑战。这一传统不仅被束缚于其历史，而且还束缚了对这一历史之僵死的权威化重读。他说，这样的重读的目的，是防止阿拉伯人真正接触到现代化。在他关于阿拉伯诗歌的著作中，阿多尼斯把对伟大阿拉伯诗歌的字面、僵化的解读与统治者联系起来。然而，一种富于想像力的阅读会显示出，在经典的中心——甚至包括《古兰经》——也有一股不屈的异见的暗流在与当时的权威声称代表的表面正统相对抗。他指出，阿拉伯世界的法则是如何把批评与力量相分离，把传统与创新相分离，因而把历史局限在无穷无尽的对先例的重复中。他提出了批判的现代主义解构的力量与这种法则相抗争：

> 掌权的人把那些凡是不与权威文化思想一致的人叫作"创新的人"（ahl al-ihdath），用这种对异端邪说的宣判使他们脱离阿拉伯的传统。这就是为什么现代化（ihdath）和现代的、新的（muhdath）这两个用来指那些违反传统诗歌原则的诗的词，最初来自于宗教典籍。因此，我们可以看出，诗歌上的现代化对统治阶级来说，就意味着对政权文化进行政治和知识的攻击，就是对古代优秀传统的摒弃。我们还可以因此看到，为什么在阿拉伯生活中，诗歌永远与政治和宗教揉合在一起，而且的确，还将继续如此。[36]

虽然阿多尼斯和他的伙伴发表在《观点》杂志上的文章在阿拉伯世界鲜为人知，但是可以将它看作一个更大的国际潮流的一部分，包括爱尔兰实地考察小组、印度的臣属研究、大多数东欧异见作家、许多以 C. L. R. 詹姆斯为鼻祖的加勒比地区作家和艺术家。（威尔逊·哈瑞斯、乔治·莱明、艾利克·威廉、戴瑞克·瓦尔克特、爱德华·布瑞斯威特和早期的 V. S. 奈保尔）在所有这些潮流和个人看来，官方历史的陈词滥调和对爱国主义的理想化，以及它们对思想上的束缚和自我辩解都可以被打破。如希缪斯·迪纳谈到爱尔兰问题时所说，有关爱尔兰性质的神话、所谓爱尔兰现实的说法、那些围绕着爱尔兰的种种说法，都是一些政治概念。自从 19 世纪民族特征的观念被发明以来，文学就被绑在了政治概念的战车上,走到了极端。[37]因此,研究文化的知识分子的任务就不是将政治视为必然,而是去发现表现是如何被构建的,是出于什么目的,由谁和由什么来构建的。

这绝不是一个简单的任务。美国官方形象对自己有着警觉的维护,特别是对它的历史的表现的维护。每个社会和官方的传统都反对外人对自己所准许的叙述话语的干涉。长此以往,这种话语就获得了一种几乎是神圣的地位,各有自己的开山英雄、宝贵的观念和价值体系、民族寓言。这些东西对文化与政治生活产生了不可估量的影响。两个主题——美国社会是一种创新的社会;美国政治生活是民主实践的直接体现——最近遭到了审视,产生了相当轰动的后果。在这两个问题上,知识分子对批评的观点都努力去接受,但并不够认真。就像电视节目主持人内化了社会规范一样,这些知识分子已经内化了官方所限定的自我认同。

让我们来看一看1991年美国国家艺术馆展出的展览"作为西方的美国"。美国国家艺术馆是部分由政府资助的史密森索尼亚学会的一部分。根据这个展览的说法,对西部的征服和将它并入美国的过程被变成了一曲颂歌,把征服的实际过程和对土著美洲以及环境的破坏的复杂事实掩盖、浪漫化或干脆取消了。19世纪美国绘画中的印第安人形象被放在同一面墙上,旁边是描述印第安人在白人手中被贬低的解说。这样的"解构"惹恼了国会议员,不管他们看没看过这个展览。他们认为这种不爱国的,或不够美国化的歪曲是不能容忍的,特别是一个政府的展览馆,是不能展出这样的东西的。教授、专家和记者都对他们认为的对美国"唯一性"的中伤发动了攻击。用一位《华盛顿邮报》记者的话说,这种"唯一性"就是"它建国时所抱的希望和乐观态度,它美好广阔的前景和其政府不懈的努力"。[38]对这种观点只有少数人持有异议。罗伯特·休斯曾在《时代》杂志上撰文(1991.5.31)认为这个展览是"通过颜料和石块来表现关于建国的神话"。

混入美国建国故事和其他美国故事之中的人为发明、历史和自我吹嘘的奇怪混合体,被半官方的共识认定为不能见容于美国。矛盾的是,美国作为一个由多种文化组成的移民国家,它的公共话语却比别的国家更多地受到控制,更急切地要把这个国家表现成一尘不染,要更紧密地围绕在一个天真、胜利铁幕下的主流话语周围。这种把事物美化和简单化的做法使美国脱离了其他的社会和人民,也因此而增加了它的疏离感和孤立。

另一个突出的例子是围绕着奥利弗·斯通1991年底上演的有着大缺陷的电影《肯尼迪》所引发的争论。电影的主题是,暗杀肯尼迪是由一些反对他想结束越战计划的美国人策划的,抛开电影本身的混乱和不顺畅,抛开斯通拍这部影片的目的可能是纯商业性的这一点不说,为什么这么多非官方的文化权威——有名的大报,大牌历史学家和政治家——认为有必要对这部电影展开攻击呢?对于非美国人来说,起码不用很费力气就能接受大多数,如果不是全部——暗杀都是阴谋的说法,因为事实就是如此。但是,这些美国的圣人智者却异口同声地在媒体上否认在美国发生什么阴谋,因为"我们"代表了一种新型的、更优秀的和更天真的世界。同时,关于美国官方策划的针对"外国恶魔"(卡斯特罗、卡扎菲和萨达姆·侯赛因等等)的阴谋和谋杀的证据比比皆是。

但是没有人把这些联系起来,没有人提出这些问题。

从这里可以得出一串重要的推论。如果首要的、最官方的、最有力的和有强制性的实体是一个有边界、有海关、有统治的政党、有权威、有官方话语和形象的国家;如果知识分子认为这样的一个实体需要接受不断的批评和分析,那么,同样构成的其他实体也需要被放在同样的审视和询问之下。我们学习文学或文化学的人所受的绝大部分教育,是被各种各样的框框所组织起来的——原作者、自圆其说的独立研究、民族文学、不同的类型——这些框框都达到了一种被迷信的地步。现在如果有人说某些作家或作品并不存在,或者说法国、日本或阿拉伯文学并不是独立存在的,或者说弥尔顿、泰戈尔和阿莱热·卡彭铁尔只是小有不同,那他就是疯了。我也并不是说,关于狄更斯《远大前程》的文章和这本小说本身就是一回事。但是,我是在说,"身份认同"并不一定意味着本体上的一种先天性质,或者意味着一种永恒稳定的唯一性和不可变更的特征,也不是什么完整的、完美东西的特殊领地。我愿意把写小说看成是从许多种写法中选择一种写法,把写小说看成许多种社会活动中的一种,把文学看作为许多不同的世俗需要而创造出来的一个类型。这些世俗的需要可能也包括审美的需要。因此,那些积极地反对国家与边界的人,其审视与破坏的着眼点就在于,比如艺术,作为一种工作,如何始于政治、社会和文化立场,如何开始做这一工作而不做别的。

文学研究的现代历史是在文化民族主义的范围内进行的。文化研究的首要目的是分清民族经典,然后去维系它的卓越、权威和美学自在性。即使超越民族差异,对于文化的一般性讨论也还是遵从了一种普遍承认的范围、秩序和种族的偏向（如在欧洲和非欧洲）。这种状况在马修·阿诺德是如此，在我尊重的20世纪文化与文字学家——奥尔巴赫、阿多诺、斯皮则、布莱克莫尔——也是如此。对他们所有的人来说，自己的文化是唯一的文化。对这个文化的批评是来自内部的——对现代人来说，这些人是法西斯主义者或共产主义者——而他们所捍卫的是欧洲资产阶级人道主义。精神气质、所需要的严格训练和它所要求的严格原则都没有留存下来。虽然偶尔听到有人还在赞赏和崇拜他们，但是现在的批评研究并没有模仿这些人的了。取代欧洲资产阶级人道主义的，是由残留的民族主义提供的，同时还伴有把原材料变成学科领域、分类、专业和认证等等的职业化行为。有幸留存下来的信条已经萎缩成为了一种与这类或那类专业方法相关联的形式——什么结构主义啦或者解构啦等等。

看一看二战后，特别是作为非欧洲世界民族主义斗争的结果而兴起的新学科，可以发现一幅不同的图景和不同的内容。首先，大多数学习非欧文学的学生和教师在学习文学中必须考虑到政治的因素。在严肃地探讨现代印度、非洲、拉丁美洲和北美洲、阿拉伯、加勒比和英联邦文学时，不能不涉及到奴隶制、殖民主义和种族主义。如果在谈到这些地区的文学时不谈它们在后殖民主义时代的困境，或者它们作为边缘和次等的领域在西方宗主国中心的教学大纲中所处的二等地位，也是不负责任的。我们也不能以实证主义和经验主义为由，随随便便地"使用"理论的武器。另一方面，认为"异类"的非欧洲文学，因为其与权力和政治更紧密的联系而在研究中受到"尊重"，好像在事实上也与西方文学一样，被捧得那样高、独立,在美学上自成一体并令人满意,也是错误的。像在政治上一样,戴白面具的黑皮肤在文学上也已经无济于事和不受人尊敬了。模仿别人也不能长久。

用"传染"这个词似乎不太恰当。但是认为所有的文学,事实上所有的文化都是混杂的(用霍米·巴巴[Bhabha, Homi]使用这个词的复杂的含义),都是与未来成分的互相融合、交织和重叠——这种认识在我看来是对当前革命现实的最根本估计。在这个现实中,尘世的斗争内容激励着我们的阅读和写作。我们无法再把历史看作线性的或是黑格尔式的超然的;我们也不能再接受地理和领土上的前提,把大西洋看作中心,而把非西方地区看作天生的或有罪的边缘地区。如果关于"盎格鲁—萨克逊文学"或"世界文学"这样的定位有什么意义的话,那也是因为由于,它们的存在和现实状况正好可以证明它们作为文本和历史经验而产生的竞争和不断斗争的存在,还因为它们向以民族主义为基本的文学构成和研究理论发出了强大挑战;同时,也因为它们一向赋予西方宗主国文学的那种超然的地理和漠不关心的态度。

一旦我们承认了尽管存在着国家边界和强制性的国家自治,文学还是互相交叉、互相依赖的观点,历史和地理就被置于新的版图之上,流放再也不是那些不幸的、差不多被人遗忘的、没有人要的、被驱赶的人的命运了。相反,它成为了一种接近正常的状态,成为了越过边界,冲破传统标准的樊篱,去寻求新的疆域的行为,不管这种行为还伴随着多少失落和悲伤。新的不同的类型与旧的在互相碰撞。文学失去了永恒,接受了考证、修改和后殖民地时代的特征,如地下生活、奴隶的故事、妇女文学和监狱等。而文学的读者与作者也不再需要把自己绑在一个不变的、以民族来界定身份、阶级、性别和职业的孤立的诗人或学者身上了。他们可以与巴勒斯坦或阿尔及利亚的热内、与伦敦的黑人塔义布·萨里赫、与白人世界里的牙买加·金凯德和印度与英国的拉什迪共同思想和体验。

我们必须扩展我们的视野,以诘问并回答关于怎样和如何读与写的问题。借用一句艾利克·奥尔巴赫在他最近一篇文章中的观点,我们哲学的家园是世界,不是某个民族甚至作家个人。这就意味着,我们这些以文学为专业的人要考虑一系列尖锐的问题,要冒不被人欢迎和被说成是狂妄自大的危险;因为在大众媒体和我所说的制造共识的时代,将阅读一些被认为具有人文、专业和美学意义的艺术作品看作不是那种仅具微小社会影响的个人活动,那是过于乐观了。文学是千变万化的。它们与环境和大大小小的政治联系在一起,这些都需要引起注意和评价。没有人能涉及所有的问题,正像没有一个理论能解释文本与社会之间的全部联系。然而阅读和写作文字从来不是中立的活动。不管一部作品只是如何具有美学价值,使人赏心悦目,它总是带出利益、权力、激情与欢愉的成分。媒体、政治经济和大众机构——总而言之,世俗的力量和国家的影响——都是我们所说的文学的一部分。正像我们在读男性写作的文学时不能不读女性写作的文学——文学的形态发生了这样的变化——我们在读边缘文学时也不能不读宗主国中心的文学。

与各种不同民族或系统的理论学派做出的有倾向性的分析不同,我一直在提倡使用一种全球性的比较方法。在这样的分析中,文学文本与现实结构被看作互相作用。人们阅读伦敦作家狄更斯和萨克雷的著作,而它们的历史影响力来自英国在澳大利亚和印度的殖民活动。两位作家十分清楚,英联邦内一个国家的文学与其他国家的文学交织在一起。分离主义和本土主义在我看来已经没有活力了。文学新的和扩大了的意义的生命力不能系于一种性质,或者一件事物的零散概念。然而这种全球的、比较的分析不能依照(就像过去的比较文学那样)交响乐的模式来构建,而应是一个十二调式的结构。我们必须考虑所有空间的、地理的和言语的不同实践——它们的变化、局限、限制;它们对其他实践的渗透、涵盖和阻碍——它们全都能够说明一个复杂的和不平衡的地貌图。一个天才批评家的天才综合依然具有价值,比如由解释学或文字学所提供的解释(它的典范是迪西尔),但是这些总是使我想到那比我的时代更平静的时代。

这就使我们再一次回到政治的问题上来。没有国家可以超脱关于读什么、教什么和写什么的争论。我经常羡慕美国的一些理论家。他们可以选择激烈地怀疑或尊重现状,我就没有这样的感觉。可能是我的个人历史和地位不允许我这样奢侈、这样超脱和满足。然而,我的确认为文学是有高下之分的。如果我们讨论的不是简单地考虑古典作品像看电视一样具有回报价值的话,那么可能我就和别人一样持很保守的看法了。阅读古典作品的确具有通过思维活动强化感觉和意识的功能。

我觉得,事情就变成了我们每日单调的平淡的日常工作、我们作为读者和作者的工作到底意味着什么的问题了。一方面,专业态度和爱国主义都失了灵;另一方面,等待启蒙的变化也无济于事。我还是要不断地又简单又理想化地回到这样的观点上来:反对和减少强制性的统治,尝试着理性地、有分析地减轻现实的重负,将多种多样的文学作品放到互相关联中和历史的产物的地位来看待。我所说的就是,在我们周围发生的定位与再定位中,读者和作者现在事实上都是普遍的知识分子,具有这个角色所应有的挖掘、表达、叙述和道德的责任。

对美国知识分子来说,这更重要。我们是由这个国家所养育的。它在全世界到处都存在。保罗·肯尼迪(Kennedy, Paul)的研究提出了一个严肃的问题——所有强大帝国的衰微都是由于它的过分扩张。[40]而与他的观点相对立的是约瑟夫·奈(Nye, Joseph)的观点。奈在《天生领导》(*Bound to Lead*)一书的新的前言中,重申了美国是世界第一,特别是在海湾战争之后更是如此。事实证明肯尼迪的观点是正确的。而奈不会不懂得"美国的力量在21世纪所遇到的问题不是对它的霸权的新挑战,而是来自超国界互相依赖的新挑战。"[41]然而,他认为美国依然是一个最强大、最富有的国家,有最大的能力决定未来。在一个民主社会,人们有选择的权力。[42]问题是,"人民"能否直接掌握权力呢?或者说,那种权力的表现是不是过分有系统、过分经过文化的加工,以至于要对它另加分析了呢?

谈到这个世界上的无情的商业化和分工倾向,我认为就是开始了这种分析,特别是因为美国对专业技能和职业化的崇拜已经垄断了文化话语,以及愿望和期望的过度膨胀。世界历史中从未有过像今天这样,一种文化对另一种文化实行如此大规模力量与思想上的干预,像美国对世界的干预一样(奈在这一点上是正确的)。我将在稍后一点再回到这个问题上来。然而,我们总的来说从未像今天这样,在我们真正(与强加给我们的相对而言)的文化属性是什么的问题上感觉如此支离破碎,被如此贬低或完全抹煞。这部分是由于那些专业化、互不相通的新知识领域令人炫目的大爆炸:什么非洲中心论、欧洲中心论、西方主义、女权主义、马克思主义、解构主义,等等。这些东西令给人以力量和乐趣的有创意的思想变得无能和无力。而这又进而给那种经过审查的关于民族文化目的的话语以空间。这种情况在一项由洛克菲勒基金会所主持的研究《美国人生活中的人文文化》[43]里得到了很好的反映。另外还有一个更新的、更有政治性的告诫,来自前教育部长(也是前国家人文基金负责人)威廉·班奈特(Bennett, William)。班奈特(在他的《找回我们的遗产》[*To Reclaim a Heritage*]中)不光作为一个里根政府的内阁成员,而且作为一个自封的西方代言人、自由世界的领导在说话。和他一个腔调说话的,还有阿兰·布鲁姆(Bloom, Allan)以及追随他的一些知识分子。他们认为学术界出现了妇女、非裔美国人、同性恋者、土著美国人——这些人都是从真正的多元文化的角度和新知识的角度来说话——是对"西方文明"的野蛮威胁。

这些"文化咨文"告诫我们什么呢?就是,人文精神是重要的、中心的、传统的和给人以灵感的。布鲁姆想让我们只去阅读一小撮希腊和启蒙时代哲学家的著作,以附和他的美国高等教育只是为"精英"而设立的理论。班奈特说,我们可以通过二十几部名著来重申我们的传统,以拥有人文精神——一些集体名词和恰当的口音是很重要的。如果每一位美国学生都必须阅读荷马、莎士比亚、《圣经》和杰弗逊,我们就可以完全达到民族的目标。在这些对马修·阿诺德关于文化意义的说教的重复下,是爱国主义的社会权威,是对我们的文化赋予我们身份认同的强化。我们这样就可以自信地、毫无惧色地面对世界。用弗朗西斯·福山的胜利调子说就是,"我们"美国人可以看到历史的终结。

这是对我们所知文化的一个极端界定。我们所了解的文化——它的生产力、它的多样化的组成部分,它具有批判性、而且经常互相矛盾的能量、它极为不同的特征,还有更重要的,它丰富的实践意义及其与帝国主义统治和解放运动的联系。我们被告知,文化与人文研究是对犹太教—基督教或西方遗产的再发现,与美国本土文化(犹太教—基督教文化传统在美国扎根的初期,企图将美国本土文化消灭)和那种文化精神在非西方世界的实行都毫无关系。

然而,多元文化的研究在当今美国学术界找到了一个善意的天堂。这是具有重大历史意义的事。在相当大的程度上,这成为了威廉·班奈特一个攻击的目标,也是德耐什·德索萨(D'Souza, Dinesh)、罗杰·金伯(Kimball, Roger)和阿尔文·科南(Kernan, Alvin)的攻击目标。我们一直以为很有理由认为现代大学的世俗使命,就是成为允许多样化和对立观点与已存在的传统和权威信条并存的地方。但是这种观念现在被一股新保守的僵化思潮所冲击。这股思潮以"政治正确性"为自己的敌人。新保守主义认为,如果允许马克思主义、结构主义、女权主义和第三世界研究进入课程设置中(在这之前还有一大群移民学者),美国的大学就破坏了它自己的权威的基础,被一小撮令人无法容忍的意识形态主义者控制起来。

具有讽刺意味的是,大学传统一直允许不同文化理论的存在,为的是在某种程度上把它们放在学科的某个分支的地位上而使它们不那么偏激。因此,我们看到一种奇怪的现象。一些教师在教授一些完全脱离了——或者用"被强扭着脱离了"更恰当一些——它们背景的理论;我在别的地方曾经把这叫作"游荡的理论"[44]。在各个系——比如文学、哲学和历史系——教授理论是为了让学生相信,他或她用从菜单上点菜一样的努力和愿望就能成为马克思主义者或女权主义者,或非洲中心论者,或者解构主义者。在这种简单化之上,是一个越来越强大的专业集团。它主要的意识形态的任务是,以社会、政治和阶级为基础的任务应该纳入专业规范中来。也就是说,如果你是一个专业的文学研究者或文化批评家,你与现实世界的所有联系都要服从于你的专业工作。同样,你要更多地对你的专业同行,你的专业系,和你的专业负责,而较少地对你的社区中的听众或社会负责。依照同样的精神和同样的劳动分工法则,那些研究"国际问题"或"斯拉夫或中东地区问题"的人只关注他们自己的领域,不会插足到你这里来。这样,你贩卖、宣传、促销和包装你专业知识的能力——从一个大学到另一个大学,从一个出版商到另一个出版商,从一个市场到另一个市场——就得到了保护,你的专业价值就得到了保持,你的竞争力就得到了加强。罗伯特·麦考利(McCaughey, Robert)写了一篇文章,研究这一过程在国际关系领域里的反映。题目就使人一目了然:《国际关系与学术企业:美国学术研究结束的内幕》(*International Studies and Academic Enterprise: A Chapter in the Enclosure of*

American Learning, New York: Columbia University Press, 1984）。[45]

我并不是在讨论当今美国社会中所有的文化活动——绝对不是。我是在描述一种非常有影响的形态。这种形态与美国在20世纪从欧洲历史地继承下来的关系有关联，即文化与帝国主义的关系。外交政策专家们从未像今天这样获得成就，也因此从未像今天这样免于公众的监视。因此，我们一方面有学术界做外交事务专业的助手（只有印度专家讨论印度问题，非洲问题专家讨论非洲问题），另一方面，这种协作又为媒体与政府不断肯定。在美国外交出现危机时——比如伊朗人质危机、击落韩国007客机时，阿基里·劳罗事件和利比亚、巴拿马、伊拉克战争时——这个缓慢的无声过程就通过令人吃惊的证据表现得非常突出和突然。这时，公众的认识中加上了媒体的分析和铺天盖地的报道，就像芝麻开门那样，又听话，又经过了详细的计划。这样，历史就被阉割了。阿多诺说：

> 信息、宣传、评论，加上坐在第一排坦克里的摄影师和在前线牺牲了的记者，操纵舆论的高超手段和无意识的活动的结合，这些都掩盖了战争的真相：所有这些都是历史的枯萎、真正寄托着人的命运的人与他命运之间真空的又一种表现，好像被具体化了的，罩上了一个硬硬的外壳的事件代替了事件本身。人被贬低成为一部记录片中魔鬼的一部分。[46]

低估美国电子媒介对非西方世界的报道，和它对文字文化的取代给予美国人民对非西方世界的态度,以及它对这个世界外交政策的影响,这是不负责任的。我在1981年曾这样说过,[47]（今天这个事实更明显）我认为,公众对媒体运作的有限影响,加上几乎是无懈可击的政府政策与左右新闻报道和选择（由公认的专家与媒体经营者共同制订的议程）的意识形态的配合,使得美国对非西方世界的帝国主义态度保持了连贯性。因此,美国政策得到了一个不反对它的基本宗旨的主流文化的支持：支持专制的不受欢迎的政权,支持对抵抗美国盟国的殖民地反抗力量的暴力行为施加不成比例的更大的暴力,支持对合理的民族主义不变的敌对态度。

这种观念和媒体所宣传的世界观是相当一致的。其他文化的历史是不存在的,除非它出来与美国对峙；对外国社会的报道被压缩成三十秒的新闻,声音讯号,变成了亲美或反美、支持或反对自由、支持或反对资本主义和民主问题。大部分美国人对体育比赛的了解和讨论的技术,比对他们自己政府在非洲、印尼或拉丁美洲的所作所为的了解要多得多。最近的一项调查显示,百分之八十九的高中一年级学生认为多伦多是在意大利。就像媒体所规定的那样,专业解释人员或专家在解释"另类"人时面对的选择是,告诉公众所发生的事件是否有利于美国——好像什么是有利可以在十五秒的声音讯号中得到反映——然后提出一项行动的建议。每个评论员或专家都有做几分钟国务卿的可能。

文化话语中被内化了的规范、发表观点时要遵循的格局、相对于非官方历史的"官方"历史：所有这些当然是所有的社会用来限制公众讨论的方法。不同的是,美国在世界上的强大力量和与之相应的强大的国内共识力量。这种由媒体制造出的共识力量是前所未有的。反对这个共识从来没有这样困难;而无意识地屈从于它从来没有这样容易和符合逻辑。康拉德把克尔茨当成一个到非洲丛林中来的欧洲人,把高尔德当作一个在南美山区的开明的西方人,有能力使土著变文明,也有本事把他们消灭。今天,美国就具有这种力量,尽管它的经济实力在减弱。

如果我不提到另一个因素,我的分析就不够完整。在谈到控制和共识时,我有目的地使用了"霸权"这个词,尽管奈说美国现在并不寻求霸权。霸权不是一个强加于人的、存在于美国当代文化话语和美国在臣属的非西方世界的政策中统一的权力。它是一个由压力和限制构成的体系,整个文化根据这个体系而保持住它基本的帝国主义规律、完整性和一定时期内的可预见性。另一种说法,借用弗里德里克·杰姆逊形容后现代主义的说法就是,在当代文化中,可以发现新的统治模式。[48]杰姆逊的论点与他对消费文化的描述相关连。消费文化的主要特征是,建立在东拼西凑和怀旧情绪上的一种与历史的新关系,一种新的文化产品的盲目生产状态,对空间的重组和多国资产的特征等等。我们还要在这之上加上文化表面上的综合功能。它可以使任何人说任何话,但是,所说的一切或是被吸入到主流中,或是被排斥到边缘上去。

边缘化在美国文化中意味着不重要的临时性质,意味着那些非主要的、非中心的,没有权力的东西所带来的无足轻重的地位——简而言之,它意味着被委婉地看作是"不同的"形态,不同的国家,不同的人民、文化和不同的剧场、新闻机构、报纸、艺术家、学者和样式,也许有朝一日可以成为中心,或者至少会时髦起来。中心的新形象——与C.赖特·米尔斯(Mills,C.Wight)所谓的权力精英直接联系着的——取代了印刷文化较慢的、曲折的、不那么直接和迅速的过程,也取代了它对伴随而来的历史上的阶级、继承的遗产和传统的特权这些不易归类的领域的解释。在今天的美国文化中,执行官的地位是处于中心的:总统,电视评论员、公司的官员,名人等等。中心地位就是身份认同。它有力、重要,是属于我们的。中心地位平衡极端;它赋予思想以现代化、理性和务实精神,它使中间部分团结在一起。

中心的思想产生了使因果关系具有某种秩序的权威的半官方话语,同时防止反对的话语出现。通常的顺序是那个老套路:代表世界上美好事物的力量,经常出来与在本质上是不安分的、反美的外国阴谋家所制造的障碍做斗争。因此,美国对越南或尼加拉瓜反政府武装的援助一方面被共产党、另一方面被恐怖主义和原教旨主义者所破坏,带来的是羞辱和心酸的懊丧。反之,在冷战时期,勇敢的阿富汗自由战士、波兰团结工会、尼加拉瓜反政府武装、安哥拉叛乱者和萨尔瓦多正规军——所有那些我们支持的人——用我们提供的恰当的办法可以在我们的帮助下取得胜利。然而国内那些自由主义的捣乱分子和国外那些制造谣言的专家削弱了我们提供帮助的能力。一直到海湾战争时,"我们"才终于从"越南综合症"中解脱出来。

这类密封着的下意识里的故事,在E.L.多克特罗、唐·德里洛和罗伯特·斯通的小说里得到了绝好的反映,也曾被阿历克山大·科克伯恩、克利斯托弗·希金斯、西摩·荷斯等记者和诺曼·乔姆斯基尖锐地分析过。但是这些官方的叙述仍然可以禁止,对同一历史——越南、伊朗、中东、非洲、中美、东欧——的不同观点,使之边缘化和成为犯罪。当你有机会表达一种更复杂,较不具线性的历史时,就可以看到对我的意思的一个简单明证。事实上,这时候你不得不从头发明一种语言来讲述这段历史,就像我前面讨论的海湾战争的例子一样。海湾战争期间最困难的一件事就是,说外国社会在过去和现在可能并不赞同强加于它们的西方政治军事力量。不是由于这个力量有什么与生俱来的罪恶,而是它们觉得它是外来的。这样众口一致地决定所有文化都应该如何行事,无异于宣布一种敌对状态。以多元化和公平的名义所给予你的那点说话的机会,大大地局限在一些无关紧要的事实上,还给人盖上了极端或毫不相干的印记。你会由于没有可说的话和没有让你说话的可靠保证而觉得被挤出了圈子,沉默下来。

为了把这个黯淡的图景画完全,让我再来谈一谈第三世界。当然,我们讨论非西方世界时不能脱离西方世界的发展。殖民战争的摧残、不断发生的民族主义反抗和畸形的帝国主义统治、由于失望和气愤而产生的好斗的新原教旨主义和本土主义运动、涉及到发展中国家的扩大了的世界体系——所有这些都直接与西方的现状有关。一方面,如艾克巴尔·艾哈迈德对这种状况的至今最好的分析中所说,在老牌殖民主义时期占大多数的农民和前资本主义阶级,在新的国家中分散成为新的、经常是被骤然城市化了的躁动不安的阶级,与具有吸引力的西方宗主国经济和政治制度联系在一起。例如,在巴基斯坦和印度,好斗的原教旨主义者并非由农民或工人阶级知识分子所领导,而是由受过西方教育的工程师、医生和律师所领导。从新的权力结构的新的变形中涌现出了少数领袖人物。[49]这种病态以及它所引起的对权威的不满,弥漫到从新法西斯主义到封建王朝的各种形态,仅仅剩下几个由议会和民主制度所控制的国家。另一方面,第三世界危机的确提出了艾哈迈德所说的"勇气逻辑"[50]的相当大可能性。新独立国家不得不放弃传统信念,认识到所有社会和信仰的体系以及文化实践中,与生俱来的相对性和机会。获得独立的律师带来了"乐观"——希望和力量的感觉、存在的并非必定存在、只要努力就可以改变自己命运这一信念的出现和传播、理性、计划和组织以及知识、科学的运用就能够解决社会问题的理念的深入人心等等。[51]

III 运动和流动

这种新的统治形态,产生发展于由一种强有力的、集中的文化和复杂的一体化所控制的大众社会的时代。尽管它有表面看来强大的力量,却不稳定。正像杰出的法国城市社会学家保罗·瓦瑞利奥(Virilio, Paul)所说的,这种形态是由速度、即时的交流、远距离接触、不断的危机和不断增大的危机所带来的不安定为基础的。这些危机有时会导致战争。在这种情况下,对事实和公共空间的迅速占领——殖民化——成为当代国家核心的军事特权,就像美国往海湾大规模出兵并由媒介助威所显示的那样。与此同时,瓦瑞利奥提出,解放的话语/语言的现代任务可以与那些重要的空间——医院、大学、剧院、工厂、教堂、空闲的建筑——的解放相辅相成。在两个领域中,根本的逾越都是去占领通常未被占领的领域。[52]瓦瑞利奥以这些人为例:这些人的现状或者是非殖民化的后果(流动工人、难民)、或者是重要的人口或政治变化(黑人、移民、城市流浪者、学生和流行的造反等等)的后果。这些都是国家的权威的一种真正的异数。

如果1960年代以欧美大规模群众示威(突出的是大学和反战的示威)为标记,那么,80年代肯定是以西方宗主国之外的大规模反抗为标记的。伊朗、菲律宾、阿根廷、韩国、巴基斯坦、阿尔及利亚、中国、南非、几乎整个东欧、以色列占领的巴基斯坦:这是一些给人留下印象最深的群众运动的地点。每一处都聚集了没有武装的平民,再也无法忍受长时期统治他们的政府强加在他们头上的剥夺、暴虐和强制了。最令人难忘的,一方面是抗议本身的能量和它的象征意义(扔掷石头的巴勒斯坦青年,或者是跳扭摆舞的南非人民,还有跳过柏林墙的东德青年);另一方面,是政府的残酷镇压,不然就是倒台,或者不光彩的下台。

尽管这些群众示威运动有各自不同的意识形态,却都对关于政府的理论和策略——限制原则的基本点发出了挑战。被统治就意味着被统计人数、被抽税、被教育、当然也就要在一些固定的地点被管理(家庭、学校、医院、工作地点)。这些地点的最终、最简单、最残酷的延伸就是米歇尔·福柯所说的监狱和精神病院。当然,在加沙地带,在文策斯拉斯和天安门广场上的乱哄哄的人群中有狂欢的一面。但是1980年代持续的大规模的限制和不安定的后果只比过去稍稍有点不那么强烈(或令人沮丧)。巴勒斯坦人民没有改善的困境直接表明,人民为他们的不屈服和反抗付出了极大的代价。还有其他的例子：难民和"船民"，那些不安分的和易受伤害的流动工人、南半球的饥饿人口、那些贫困但顽强挣扎的无家可归者。他们像许多巴特比一样，使西方城市中为圣诞节购物的人暗淡无光。还有那些没人统计的移民和被剥削的"外来工人"。他们提供了廉价的、通常是季节性的劳动力。夹在日益不满的发出挑战的城市大众和被半遗忘的、没人关注的大量人群之间，世界上世俗和宗教的权威们，则求助于新的、或者更新了的统治方式。

没有什么比求助于传统、民族或宗教属性和爱国主义更方便、更容易吸引人了。由于这种求助是借助于针对大众文化的大众媒体来扩大和传播的，它就惊人地，甚至吓人地有效了。当1986年春里根政府决定给"恐怖主义"一击的时候，对利比亚的袭击被恰恰安排在电视晚间新闻的黄金时间里。"美国人还击了！"整个阿拉伯世界令人毛骨悚然地求助于"伊斯兰"，来回应美国的攻击，而这又在西方引发了铺天盖地而来的形象、文章和宣传画，强调"我们"的犹太教—基督教（西方、自由主义、民主）的传统和"他们"的（伊斯兰、第三世界的等等）邪恶、罪恶、残酷和不成熟。

对利比亚的袭击具有教育意义，不仅仅由于双方形象的对比，而是因为双方都把光明正大的权威与报复的暴力用不经过质疑和重复的方式结合起来。这的确是一个神的时代。在这个时代里，一群监护人（霍梅尼、教皇、玛格丽特·撒切尔[Thatdor, Magaret]）把这样或那样的信条、本质和原始信仰简单化并加以保护。一种原教旨主义以明智、自由和德行的名义不公正地攻击另一种原教旨主义。一种奇怪的矛盾是，宗教狂热似乎总是模糊了关于神圣或神的概念，好像这些概念无法在过热的,很世俗的原教旨主义的气氛攻击中生存一样。当你在霍梅尼(在这一点上,也在80年代发动阿拉伯国家反对"波斯人"的最卑下战争的萨达姆)煽惑下时,你不可能想到"神"的慈悲本性。你去干了,去打仗,去谴责。同样,发动冷战的里根与撒切尔以没有任何宗教狂热可以匹敌的正义感与力度,要求人民为对罪恶而战、而服从、而服务。

对其他宗教与文化的攻击与极端保守的自我赞扬之间的鸿沟并没有被教化的分析与讨论所填平。在讨论萨尔曼·拉什迪《撒旦诗篇》的大批文章中,只有一小部分是有关这本书本身的;那些反对这本书,建议把它烧毁,把作者处死的人拒绝读它;而那些支持他的写作自由的人也就说到此为止了。美国和欧洲关于"文化意识"的激烈辩论是关于应该阅读什么的——读那么二三十本基本书籍——而不是关于该怎样来阅读的。在许多美国的大学里,对于新获得力量的边缘团体的诉求,来自"右"的方面的回答是:"指给我看看非洲的(或亚洲的,或女权主义的)普鲁斯特",或者"如果你向西方文学的权威挑战,你就等于支持一夫多妻制和奴隶制"。至于对历史进程的这种傲慢和滑稽的观念是不是代表了"我们"文化的人文主义精神和慷慨,这些圣人就闭口不提了。

这些说法得到了大量其他文化上的认同。这些认同的特点是,它们都来自专家和专业人士。同时,左右两边相同,普通意义上的世俗的知识分子消失了。1980年代让-保罗·萨特、罗兰·巴尔特、I.F.斯通、米歇尔·福柯、雷蒙·威廉姆斯、C.L.R.詹姆士的去世,标志着一个旧时代的结束;他们是知识与权威的代表。他们涉及的多种领域使他们具备了超于专业的能力,那就是,一种具批判精神的知识分子典型。相比之下,那些技术官僚,像利奥塔在《后现代状况》[53](*Postmodern Condition:A Report on Knowledge*, Minneapolis, University of Minnesota Press, 1984)中所说的,只能解决局部问题,不能回答解放运动和启蒙运动的伟大叙述所提出的问题;还有那些得到承认的政策专家,他们给指导国际事务的警察出谋划策。

随着巨大体系和完整理论的终结(冷战、布兰登森林协议、苏联和中国的集体经济、第三世界反帝民族主义),我们进入了一个巨大的不确定的新时代。被更不确定的鲍利斯·叶利钦(Yaltsin, Boris)所代替之前的米哈伊尔·戈尔巴乔夫(Gorbachev, Mikhail)就是这种状况的有力体现。"变革"和"改革",两个与戈尔巴乔夫的改革相联系的关键词表达了对过去的失望和(说得最极端的)对未来模糊的期望。但是,这两个词既不是理论也不是观念。戈尔巴乔夫在世界的广泛访问不断地发现了新的世界版图。世界的绝大部分令人震惊地互相依赖,在文化上、哲学上、人种上、甚至在想像中都没有被分清。大群比过去多得多的人,抱有大得多的希望,希望吃得更好,更规律;许多人还想迁徙、讲话、唱歌、着装。如果旧的制度无法满足这些要求,被媒体捧大的那些鼓吹有组织暴力和患有狂热恐怖症的形象也无济于事。这些东西可以利用一时,之后就是强弩之末了。在简单化的概念和强大的力量和惯性之间存在着巨大的矛盾。

为了统治而制造出来的旧历史、传统和所做的努力,让位于新的、更有弹性和松散的、关于目前世界上如此多样和紧张状态的理论。在西方,针对新秩序中反历史的轻浮、消费主义等现象,出现了后现代主义。与之相关的还有其他思想,如后马克思主义、后结构主义,还有些意大利哲学家吉阿尼·瓦蒂莫(Vatimo, Gianni)所说的"现代结束后的""弱小思想"。然而,在阿拉伯和伊斯兰世界,许多如阿多尼斯、伊利亚斯·考瑞、卡玛尔·阿布·第伯、穆罕默德·阿寇恩和贾玛尔·班·锡克这样的艺术家和知识分子还在关注着"现代"这个问题本身。"现代"这个问题还远远没有完结,在一个由传统和正统所控制的文化中依然是一个挑战。加勒比地区、东欧、拉丁美洲、非洲和印度次大陆的情况也是如此。这些文化活动与宗主国中心那些高级知名的知识分子如萨尔曼·拉什迪、卡洛斯·富恩特斯、加布利尔·加西亚·马尔克斯、米兰·昆德拉相呼应。这些人不仅作为小说家,而且作为评论家和分析家积极地参与了这些活动。他们对于什么是现代与后现代的争论,还加上了在当前进入新世纪的世界上发生的大动乱中,怎样实现现代化的问题;即:当眼前的需要威胁了人的因素的存在时,我们怎样才能张扬生命本身呢?

　　日本是一个绝好的例子,就像日本学者正夫三良(Miyoshi Masao)所描述的那样。他说,众所周知,根据对"日本神话"的研究,日本的银行、公司和房地产巨头远远地把他们的美国同行置于自己的阴影之中(或使他们成为矮人)。日本房地产的价值远远地比美国高,曾被认为是资本的堡垒。世界十家最大银行,大多是日本银行,而美国的海外债权国主要是日本(和台湾),虽然这种状况在1970年代一些石油生产国的上升中就有预兆。日本在国际上的经济力量是无可匹敌的,特别是,如正夫三良所说,它又与一个在国际上的文化力量的空白相关联。

日本当代口头文化是简单的,甚至苍白——由电视脱口秀、漫画书、冷冰冰的会议和讨论组成。正夫三良发现了这个作为使人眼花缭乱的金融资源后果的文化病症,一种在经济领域里全面的世界领先和控制地位,与在文化话语中可怜的退缩和对西方依赖之间的绝对反差。[54]

从日常生活的细节到世界上各种力量(包括被称为"大自然的死亡"的东西)——所有这些都在折磨着本来已经被困扰的人的灵魂,而且没有什么可以减轻它们的力量和缓和它们所造成的危机。所有的地区都同意两个基本原则:个人的自由应该被保护;地球资源应免受进一步的破坏。民主与环境问题,各自都有地方性的背景,也都造成了具体的争斗区域。但两者存在于一个更大的背景之中。不论是在各民族之间的争端中还是在森林消失或全球变暖的问题中、个人认同(反映在吸烟或使用烟雾剂罐等具体的活动中)和总体的框架之间。互动是极端直接的。而久经时间考验的艺术、历史和哲学等信念是不适用于此的。四十年来西方现代主义及其后果的令人激动的一切,大部分——比如说,批判理论细致的解释方法或者文学和音乐的自觉意识——几乎完全变成了美妙的抽象概念和无可救药的欧洲中心的东西了。如今比较可靠的是来自斗争第一线的报告。那里进行着与国内暴君和理想主义对立的斗争,现实主义与幻想的混合体、绘图和考古学的描述和对流离失所的生活混合的表现形式(文章、录像或电影、照片、回忆录、故事、格言等等)的探索。

因此，主要的任务是，把我们时代经济政治的错位和定位，与世界范围内人类互相依存的惊人现实相联系。如果日本、东欧、伊斯兰世界和西方的形势表现出同一种东西，那么就说明需要一种新的批判意识。而这就需要采取一种对于教育的不同态度。单纯要求学生认同自己的身份、历史、传统、特殊性，最初可能考验使他们说出自己对民主的要求和起码的生存权力要求。但是我们不能停留在此，要把这些放在其他认同、人民和文化的图景上去认识。尽管它们之间有不同，他们是如何通过没有高低之分的互相影响、交换、合作、重组和主动的，当然也通过冲突而互相交织在一起的。我们远远没有达到"历史的终结"。然而我们也远远没有从对历史的垄断态度中解脱出来。在这方面，过去做得不太好——尽管耳边充斥了种种分离的属性、多元文化和少数民族话语等呼吁——我们越能早日找到不同的出路，则越有利。事实上，我们现在互相融合的状况是任何其他国家教育制度中都见不到的。我认为，当前摆在教育和文化领域前的挑战，是使艺术和科学的教育符合眼前的现实。

我们不应忘记不断地开展对于我前面讨论过的，产生于各种解放理论的民族主义的批评，因为我们不能重蹈帝国主义的覆辙。现在，在重新得以定义过、然而又非常密切的帝国主义与文化的关系中——这种关系能够使不和谐的统治关系得以出现——我们能够保持1980年代伟大的非殖民地抵抗运动和群众起义所激发出的能量吗？这种能量能够抵御住现代生活的同化和新的帝国主义中心的干涉吗？

吉拉德·曼利·霍普金斯（Hopkins, Gerard Manley）在《压抑的美》（*Pied Beauty*）中说："一切都相反，都原始，都多余,都陌生"。问题是,在哪里?我们可能会问。还有,存在着那种出现在"小吉丁"结尾的时间与无时间的完美交叉吗?就像艾略特在下面关于用词的描绘中所看到的:

> 旧与新的顺畅交汇,
> 没有俚语的平实的话,
> 没有卖弄的正式的词,
> 完美的和谐飞舞流淌。[55]

瓦瑞利奥的意见是反对固定居住:像移民那样住在通常没有人住的公共空间中。吉尔·德勒兹(Deleuze, Gilles)和费利克斯·瓜塔里(Guattari, Felix)在《千高原》(*Mille Plateaux*)(《反俄迪普斯》[*Anti-Odpipe*]第二卷)中提出了类似的想法。这部大书的许多部分都无法理解,但是我发现它很有影射意义。叫作《流动的潮流——战争机器》(*Traite de nomadologie: La Machine de querre*)的那一章是对瓦瑞利奥关于流动和空间观点的延伸,把它变成了一个关于一部流动的战争机器的怪异研究。这部很有创意的三部曲有一个关于在一个机构化、管理化和强制的时代里,有规律的知识流动的比喻。德勒兹和瓜塔里说,战争机器可以比喻国家的军事力量。但是由于它完全是一个单独的个体,只需要把它游荡的天性置于为国家服务的需要之下。战争机器的力量不只是来自它自由活动的能力,而且来自它的冶炼术——德勒兹和瓜塔里(Guattari, Félix)把这与作曲的艺术相比较——材料被锻造,把分散的东西铸在一起;(这种冶炼和音乐一样)强调形式本身的不断发展。它忽略个别不同的材料,而强调物质内部的不断变化。56准确、具体、连续、外形——这都是流动的活动的性质。它的力量,据瓦瑞利奥认为,不在于有侵略性,而在于超越。57

我们可以在当今的世界版图上检验一下这个道理。的确,我们这个时代比历史上任何时候都产生了更多的难民、移民、无家可归的人和流亡者。这是我们这个时代最不幸的特点之一。他们之中大多数都是后殖民化时代和帝国主义争斗的副产品,很有讽刺意味的反思的产物。随着独立斗争产生了新的国家和新的疆界,它也带来了无家可归的人、流浪者和闲散的人。这些人无法融入新出现的权力结构中,由于他们的不固定性和顽固不羁,被既定的秩序排斥在外。只要这些人在新与旧的交替中,在旧帝国和新国家的夹缝中存在,他们的状况就在帝国主义时代的文化版图重叠的地域中表现出紧张、不安定和矛盾。

然而,乐观向上的流动、知识的活力和我引用过的许多理论家所描述过的"勇敢的逻辑"与我们这个世纪的流动与破碎的生活所经历的大量流离失所、浪费、悲惨的状况和恐怖是极不相同的。作为知识分子责任的解放运动产生于对帝国主义限制和破坏的反抗和对抗中,从一种固定、稳定和内化了的文化转变成了一种没有限制、没有中心的和流放的力量。这种力量的化身是移民;它的灵魂是流放中的知识分子和艺术家;它的政治人物是那些处于领域边缘、形式边缘、家边缘和语言边缘的人。这样说一点也不过分。从这个角度来看,的确一切都是相反的、原始的、多余和陌生的。同时,从这个角度可以看到"完美的和谐飞舞流淌"。如果说知识分子流放的壮美和流离失所与难民的苦难相同,恐怕是极不老实的。但我想,还是可以认为知识分子首先是在辨别,然后是表现扭曲的现代化矛盾——大批的流放、监禁,人口迁徙、集体被剥夺和被迫的移民等等。

阿多诺在《有限的道德》(*Minima Moralia*),副标题《被毁坏的生活的反思》(*Reflection from a Damaged Life*)中说:"我们知道,移民生活的历史被抹煞了"。为什么?"因为任何没有被具体化的事物无法被测量、计数,也就不复存在。"[58]或者,像他后来所说的,被仅仅当作"背景"。虽然这种命运的破坏的一面是明显的,它的精神与可能性却是值得尝试的。因此,一个移民的意识——用华莱士·史蒂文斯(Stevens, Wallace)的话,一个冬天的意识——在边缘地带发现"来自常轨以外的一瞥,对野蛮的仇恨,对没有被固有模式所束缚的新的概念的追寻,这就是思想的最好希望。"[59]阿多诺的模式是他在其他地方所说的"被管理的世界",或者在谈到文化领域中不可抗拒的统治者时所说的"意识形态工业"。因此,在移民人口的不正常行为中不仅仅是负面的东西,这里还有向制度的挑战,用那种已经被它所降服了的人所不能使用的语言来描述这一制度的正面的好处:

> 知识体制总是不断地要求人们负担责任,而无法承担责任的人却可以直接与体制对话,直呼其名。迂回的范围是知识界中的圈外人的领域。它在难民不再存在的时刻,给那些圈外人以最后的一块避难地。他卖的那种东西没有人买,他也许并没有意识到,他代表了从交易中获得的解放。[60]

当然，这是很微不足道的机会。阿多诺在几页之后把这种自由的可能加以拓宽。他提出了一种表达的方式。这种方式晦涩、模糊、迂回，没有逻辑发展的充分的透明，远离了统治制度。这使它能够在自己的"不充分的"条件下达到一种解放：

> 这种不充分就像生活中的不充分。它描述了一种动荡的、离经叛道的曲线，与它的前提相比使人失望。然而只有在这条线上，总是不那么令人满意的，这种不充分才能够在当前的生存条件下代表一种不受限制的生活。[61]

我们可能会说，这种从限制中解脱的方法太消极了。然而，我们可能不去从阿多诺的冷酷、主观、甚至消极的角度来看这个问题，而从代表了大众声音的伊斯兰知识分子如阿里·沙里亚蒂（Shariati, Ali）的角度来重新审视一下。沙里亚蒂是伊朗革命早期的主要领导人。他把"真正的，笔直的道路，这条平坦神圣的大路"——有组织的正统——与持续的移动这种离经叛道相比较：

> 人，这个辩证的现象——被迫永远地移动。因此，人永远无法获得一个停歇之地，在上帝那里驻足……那些固定的标准是多么不名誉啊。谁能制订出标准？人是一个"选择"，一种抗争，一种不断的成长。他是永远的移民，内心中的移民，从一抔黄土到上帝，他是一个自

己灵魂中的移民。[62]

这里,我们确确实实看到产生一种新兴的,非强制性文化的可能(虽然沙里亚蒂在这里只提到"人"而未说"女人"),他的观点中意识到了具体的障碍和步骤,精密而不低俗,准确而又没有卖弄,与所有真正想开创新开端的努力有着共同的意识。[63]例如,在弗吉尼亚·伍尔芙(Woolf, Virginia)的《自己的房间》(*A Room of One's Own*)中初步表达出来的女性生活;在《午夜的儿童》中表现出不同时代的人绝妙的时间和人物的重组;还有在托妮·莫利森(Morrison, Toni)的《黑婴》(*Tar Baby*)和《宠儿》(*Beloved*)中对美国黑人生活的普遍细致入微的描述。这种动力和压力来自环境——不然,帝国主义的力量就迫使你消失或接受对你的刻画,把它像信条一样放在授课大纲里。这些不是什么新的重要话语,不是什么新的强有力的叙述。在约翰·伯格(Berger, John)的课程中,只是另一种讲法。当照片和课文只是被用来确定身份和在场——给我们代表女性或印第安人的形象——那么它们就进入了伯格所说的控制的体系。由于它们天生模糊,因而消极的和反叙述的复杂性格无可否认,它们就可以使不受限制的主观性产生社会功能:"脆弱的形象(家庭照片)经常被带在身上,放在床边,这样的形象被用来影射那些历史没有权利毁掉的东西。"[64]

从另一个角度来看,现代生活中,流亡的、边缘的、臣属的和移民的力量也在伊曼努尔·沃勒斯坦所说的"反体制运动"中出现了。解放运动曾经在这些力量充满活力的时候利用过它们。请记住,帝国主义扩张时期一个最主要的特点就是积累。这个过程在20世纪时加速了进程。沃勒斯坦的观点是,资本积累归根结底是非理性的;甚至当它的消耗——保持一个过程、为了保护它而发动的战争的费用、"买断"和"赎买干部"、生活在一个永恒的危机之中——超出了常态和它所获得的时候,它获取利益的愿望也仍是没有节制的。沃勒斯坦说:"因此,被用来保证生产因素能在世界经济中获得最大限度流动的上层建筑(国家权力和支持国家权力的文化)就成了民族运动的发源地,来动员对世界体系中存在的不平等的反抗。"[65]那些被这个体系强迫而扮演屈从或被监禁角色的人就变成了自觉的反对者,打乱这个体系,发出宣言,发表观点,与世界市场的极权抗争。不是什么东西都可以被买断的。

所有这些在不同领域中发挥作用的混合力量、个人和时刻展现了一个群体或文化。它是由无数的反体制迹象和并非建立在强迫或统治基础上的人类集体生存实践(而不是教条或纯粹的理论)组成的。它是我在前面谈到过的1980年代的助燃器。帝国权威而胁迫的形象侵蚀并霸占了这么多位于现代文化中心的知识之获取过程,并在知识和世俗杂质层出不穷、几近花哨的停顿中找到了自己的对立面。世俗杂质指混合的风格,传统与新奇出人意料的结合,政治经验建立在努力与解释(在最广义的意义上)的共同性基础上,而不是阶级或职业的结合、中饱私囊或权力。

我发现自己一再地回到了圣维克多的雨果,一位来自萨克森州的12世纪僧人的美妙段落中:

> 因此,对于一个成熟的人来说,美德的一个来源就

是，一点一滴地学习改变那些可见的，可变的东西，然后就可以将它们全部放在身后。热爱自己祖国的人只是一个软弱的初学者；一个以他人的家园为家的人就有了力量；一个以世界为陌生之地的人则是一个完美的人。一个软弱的人只把爱着眼于一个地方；坚强的人把自己的爱普济于世；完美的人则超脱于爱。66

艾瑞克·奥尔巴赫，"二战"时期流亡于土耳其的伟大德国学者，把这段话讲给所有的人听——男人和女人——希望能超越帝国的、民族的或省的边界限制。只有持有这种态度的历史学家才能抓住人类的历史以及它多样和特殊的书面记录的真谛；否则的话，一个人就更为歧视的排他性和反动所限制，而不是去追求真理中相反的自由。然而请注意，雨果两次都明确指出，坚强的、完美的人是通过"关联"而不是拒斥，才获得了独立和超脱的。流亡是建立在祖国的存在、对祖国的热爱和真正的联系上的：流亡的普遍真理不是一个人失去了家园，失去了爱。每次流亡都包含着并不期望的、不甘心情愿的失落。把这样的经历看作即将消失吧：这里包含着什么，使它生根于现实呢？你从中能吸引什么，抛弃什么，发现什么呢？要回答这样的问题，你必须达到这样一些人的独立和超脱：他们的祖国是美好的，但他们的实际状况不允许他们体验祖国的美好，更无法从幻想和信条中获得满足，无论是从自己的遗产中还是从对自我认同的肯定中，都无法获得满足。

当今，没有一个人是单纯的。印度人、妇女或穆斯林或美国人之类的标签只是一个起点。一旦进入现实生活，这个标签很快便消失了。帝国主义在全球范围内把文化与认同合为一体。它最糟糕最矛盾的礼物是,使人们相信他们只是,主要是,只能是白人、黑人或西方人、东方人。正如人类创造了自己的历史一样,他们也创造了自己的文化和种族认同。没有人能否认悠久的传统、习惯、民族语言和文化地理的延续性。然而,除去畏惧和歧视以外,似乎没有理由坚持这些东西的特殊和不同点,好像这是人类生活的全部。生存事实上是关于事物之间的联系的,用艾略特的话说,不能从现实中抛弃"花园中的其他回响"。更充满同情、更具体、更相对地考虑他人,要比考虑自己更有益,更困难。但这也同时意味着不去企图统治他人,不去把别人分类,分高下,特别是,不去不停地强调"我们"的文化和国家是天下第一(或者在这一方面,不是天下第一)。对于知识分子来说,放弃了这点,还是有极具价值的工作可做的。

注　释

前言

1. 罗伯特·修斯,《致命的岸:澳大利亚发现的史诗》,纽约:克诺甫出版社,1987,第586页。

2. 保罗·卡特,《通向植物园湾的路:对地貌与历史的探查》,纽约:克诺甫出版社,1988,第202-60页。对修斯和卡特的观点的补充,见斯聂亚·古纽《文化民族主义的非自然化:对"澳大利亚多元文化的解读"》,载霍米·巴巴编《民族与叙述》,伦敦:鲁特莱治出版社,1994,第99-120页。

3. 约瑟夫·康拉德《〈诺斯特洛姆〉:海上的故事》,1904年版,1925年戈登:双日出版社,佩支出版社重印,第77页。奇怪的是,康拉德作品最优秀的批评家伊安·瓦特对《诺斯特洛姆》中的美帝国主义一言未发。见他的《康拉德:〈诺斯特洛姆〉》(剑桥:剑桥大学出版社,1988),关于地理、贸易和拜物主义关系的有启发性的见解,见大卫·辛普森的《拜物主义与想像:狄更斯、梅尔维尔、康拉德》(巴尔的摩;约翰·霍普金斯大学出版社,1982),第93-116页。

4. 里拉·阿布-鲁高德,《被掩盖的情感:贝都因人社会中的名誉与诗歌》(伯克利:加州大学出版社,1987);雷拉·阿哈迈德,《伊斯兰世界的妇女与性别:当代辩论的历史根源》(纽黑文:耶鲁大学出版社,1992);法德瓦·玛尔·道格拉斯,《妇女的身体,妇女的世界:阿拉伯-伊斯兰作品中的性别与话语》(普林斯顿:普林斯顿大学出版社,1991)。

5. 萨拉·苏勒瑞,《英属印度的修辞法》(芝加哥:芝加哥大学出版社,1992);丽萨·娄《批判的领域:法国与英国的东方学》(伊色佳:康耐尔大学出版社,1991)。

6. 小阿瑟·施莱辛格,《美国的分裂:对多元文化社会的思考》(纽约:威托传播出版社,1991)。

第一章

1. T.S.艾略特,《批评文集》(伦敦:费伯与费伯出版社,1932),第14-15页。

2. 见林德尔·戈登,《艾略特的早期生涯》(牛津,纽约:牛津大学出版社,1977),第49－54页。

3. C. C. 埃尔德瑞奇,《英国的使命:格莱斯通与迪斯拉里时代的帝国思想,1868—1880》(教堂山:北卡大学出版社,1974)。

4. 帕特里克·奥布莱恩,《英帝国主义的代价与利益》,载《过去与现在》,1988年第120期。

5. 兰斯·E. 戴维斯,罗伯特 A. 哈腾拜克,《财富与帝国的追求:英帝国主义的政治经济学,1860—1920》(剑桥:剑桥大学出版社,1986)。

6. 见威廉·罗杰·路易斯编,《帝国主义:罗宾逊与盖兰格之争》(纽约:新观念出版社,1976)。

7. 例如,安德烈·甘德·法兰克,《依赖的积累与不发达》(纽约:每月评论出版社,1979),及萨米尔·阿民,《世界范围的积累》(巴黎:安斯若波斯出版社,1970)。

8. 奥布莱恩,《代价与利益》,第180－181页。

9. 哈瑞·麦格多夫,《帝国主义:从殖民时代至今》(纽约:每月评论出版社,1978),第29页,35页。

10. 威廉·H. 麦克尼尔,《追求权力:技术、武器力量与社会》(芝加哥:芝加哥大学出版社,1983),第260－61页。

11. V. G. 基尔南,《马克思主义与帝国主义》(纽约:圣·马丁出版社,1974),第111页。

12. 理查德·W. 万·阿尔斯泰因,《崛起的美国帝国》(纽约:诺顿出版社,1974),第1页。另见沃瓦特·勒法伯,《新的帝国:解读美国的扩张》(伊色佳:康耐尔大学出版社,1963)。

13. 见麦克尔·H. 汉特,《意识形态与美国外交》(纽黑文:耶鲁大学出版社,1987)。

14. 米歇·W. 多伊尔,《帝国》(伊色佳:康耐尔大学出版社,1986),第45页。

15. 大卫·兰德斯,《解放了的普罗米修斯:1975年至今西欧的技术变化与工业发展》(剑桥:剑桥大学出版社,1969),第37页。

16. 托尼·史密斯,《帝国主义的形态:1815年以来的美国、英国及新工业化国家》(剑桥:剑桥大学出版社,1981),第52页。史密斯在这一点上引用了艾地的话。

17. 基尔南,《马克思主义与帝国主义》,第111页。

18. D. K. 费尔德豪斯,《殖民帝国:18世纪以来的比较研究》(1965,汉德米尔斯:麦克米兰重印,1991),第103页。

19. 弗朗兹·法农,《被毁灭的大地》,康斯坦斯·法瑞顿译(1961,纽约:格罗夫出版社 1968 年重印),第 101 页。

20. J. A. 霍布逊,《帝国主义:一项研究》(1902 年,安·阿伯:密执安大学出版社,1972 重印),第 197 页。

21. 《布莱克诗文选编》,诺斯罗普·弗莱编(纽约:兰登出版社,1953),第 447 页。很少的几篇讨论布莱克的反帝思想的文章之一是大卫·V. 厄尔德曼的书,《布莱克:反帝先知》(纽约:多弗出版社,1991)。

22. 查尔斯·狄更斯,《董贝父子》(1848,哈门斯沃斯:企鹅出版社 1970 年重印),第 50 页。

23. 雷蒙·威廉姆斯,《前言》,见狄更斯,《董贝父子》,第 11 – 12 页。

24. 马丁·伯纳尔,《黑色的雅典娜:古典文明的非亚根源》第一卷(新布朗斯威克:路特杰斯大学出版社,1987),第 280 – 336 页。

25. 伯纳德·S.科恩,《维多利亚时代印度对权威的表现》,载艾利克·霍布斯包姆与泰伦斯·瑞恩杰编《传统的创造》(剑桥:剑桥大学出版社,1983),第 185 – 207 页。

26. 引自菲力浦·D.柯汀编《帝国主义》(纽约:沃尔克出版社,1971),第 294 – 295 页。

27. 萨尔曼·拉什迪《鲸鱼之外》,载《想像中的家园:论文与批评,1981—1991》(伦敦:维京与格兰塔出版社,1991),第 92,101 页。

28. 这是柯纳·克鲁斯·奥布莱恩的一段话,载《为什么哭叫应该停止》,《观察家》,1984.6.3。

29. 约瑟夫·康拉德,《黑暗的心》,载《青年及两个故事》(花园市:双日出版社,佩芝,1925),第 82 页。

30. 关于麦金德,见尼尔·史密斯,《不均衡发展:自然资本与空间的产生》(牛津:布莱克维尔,1984),第 102 – 103 页。康拉德和胜利的地理是菲力克斯·德莱弗的《地理帝国:地理知识史》的中心。《社会与空间》,1991。

31. 汉娜·阿兰特,《极权主义的起源》(1951,新版,纽约:哈哥特·布雷斯卓·瓦诺维克出版社,1973),第 215 页。又见弗里德里克·詹姆森,《政治无意识:作为社会符号行为的叙述》(伊色佳:康耐尔大学出版社,1981),第 206 – 281 页。

32. 让-弗朗索瓦·利奥塔,《后现代条件:关于知识的报告》,吉奥夫·班宁顿,布列安·马苏米译(明尼阿波利斯:明尼苏达大学出版社,1984),第 37 页。

33. 特别参见福柯的晚期著作《对自我的关怀》,罗伯特·赫雷译(纽约:力神㧱出版社,1986)。詹姆斯·米勒提出一种大胆的新观点认为,福柯的全部著作都是关于自己的。而他自己的就更是如此。见詹姆斯·米勒《米歇尔·福柯的热情》(纽约:西蒙与舒斯特,1993)。

34. 见如:吉拉尔德·查里安德,《第三世界的革命》(哈蒙斯沃斯:企鹅出版社,1978)。

35. 拉什迪,《鲸鱼之外》,第100 - 101页。

36. 伊安·瓦特,《康拉德在19世纪》(伯克利:加大出版社,1979),第175 - 179页。

37. 艾利克·霍布斯包姆,《前言》,载霍布斯包姆与瑞安杰《传统的创立》第1页。

38. 让·巴蒂斯特·约瑟夫·傅立叶,《历史的前言》,《埃及》第一卷(巴黎:帝国皇室,1809—1828),第1页。

39. 阿卜杜勒·拉赫曼·贾巴尔蒂,《传说中古迹的轶闻趣事》,第四卷(开罗:阿拉伯通报委员会,1958—1967),第284页。

40. 见克里斯托弗·米勒,《黑色的黑暗:法语非洲话语》(芝加哥:芝加哥大学出版社,1985),阿诺德·泰姆与伯那万彻·斯沃埃,《历史学家与非洲历史:评价》(威斯特波特:劳伦斯山,1981)。

41. 约翰内斯·费边,《时间与他人:人类学是如何找到其目标的》(纽约:哥伦比亚大学出版社,1983);塔拉尔·阿萨德编,《人类学与殖民主义碰撞》(伦敦:伊色佳出版社,1975);布里安·S.特纳,《马克思与东方学的终结》(伦敦:艾伦与安文出版社,1978)。关于这些著作的讨论,见爱德华·W.萨义德,"再论东方学",载《种族与阶级》第27卷第二期(1985,秋),第1 - 15页。

42. 彼得·戈兰,《资本主义的伊斯兰根源:埃及,1760—1840》(奥斯汀:德克萨斯大学出版社,1979);朱迪斯·塔克,《19世纪埃及妇女》(开罗:开罗美国大学出版社,1986);汉娜·巴塔图,《旧的社会阶级与伊拉克革命》(普林斯顿:普林斯顿大学出版社,1978);萨义德·侯赛因·阿拉塔斯,《懒惰的土著之谜:16世纪至20世纪马来人、菲律宾人、日本人形象及其在殖民资本主义意识形态中的作用的研究》(伦敦:弗兰克·卡斯出版社,1977)。

43. 高瑞·维斯瓦纳森,《占领的面具:文学研究及英国在印度的统治》(纽约:哥伦比亚大学出版社,1989)。

44. 弗朗西斯·弗格森,《戏剧文学中的人的形象》(纽约:双日出版社,安可,1957)第205 - 206页。

45. 艾利克·奥尔巴克,《哲学与文学》,M.与E.W.萨义德译,载《百年评论》(1969年冬);我关于这篇文章的讨论,见《世界、文本与批评》(剑桥:剑桥大学出版社,1983),第 1-9 页。

46. 乔治·E.伍德伯瑞,《社论》,载《比较文学:早期文集》,汉斯·卓哈钦·舒尔茨,菲利浦·K.瑞恩编(教堂上:北卡大学出版社,1973),第 211 页;又见哈瑞·列文,《比较的基础》(剑桥:哈佛大学出版社,1972),第 57-130 页;克劳迪欧·古雷恩,《单一与多样化:比较文学前言》(巴塞罗纳:编辑批评出版社,1985),第 54-121 页。

47. 艾利克·奥尔巴克,《模仿:西方文学对现实的表现》,威拉德·特拉斯克译(普林斯顿:普林斯顿大学出版社,1953);又见萨义德,《世俗批评》,载《世界文本与批评》第 31-53 页,第 149 页。

48. 国防教育法案(NDEA)1958 年美国国会通过的一项法案。它批准拨款两亿九千五百万用于科学和语言,认为这两个领域对国家安全至关重要。比较文学系技术这项法案的受益者之一。

49. 引用于史密斯《不平衡的发展》,第 101-102 页。

50. 安东尼奥·葛兰西,"关于南方问题",载《政治论文选,1921—1926》,昆汀·霍尔翻译、编辑(伦敦:劳伦斯与威施哈特出版社,1978),第 461 页。关于英国运用葛兰西"南方主义"的理论的例子,见蒂姆·布兰南,"文学批评与南方问题",载《文化批评》第 11 期(1988—1989 年冬),第 89-114 页。

51. 约翰·斯图阿特·穆勒,《政治经济学原理》第三卷,J.M.罗伯森编(多伦多:多伦多大学出版社,1965),第 693 页。

第二章

1. 理查德·斯罗特金,《通过暴力重生:美国西部边疆的神话,1600—1860》(米德尔顿:威斯里安大学出版社,1973);帕特里夏·耐尔逊·莫瑞克,《占领的遗产:美国西部不间断的历史》(纽约:诺顿出版社,1988);迈克尔·保罗·罗金,《父亲与孩子:安德鲁杰克逊与美国印第安人的屈从》(纽约:克诺甫出版社,1975)。

2. 布鲁斯·罗宾斯,《仆人的手:下层来的英语故事》(纽约:哥伦比亚,1986)。

3. 加瑞斯,斯台德曼《抛弃伦敦:维多利亚时代阶级关系研究》(1971,纽约:万神庙,1984 年重印)。

4. 艾利克·沃尔夫,《欧洲以及没有历史的人民》(伯克利:加州大学出版社,1982)。

5. 马丁·格林,《探险之梦,帝国之行径》(纽约:基本丛书,1979);莫利·马乎德,《殖民主义碰撞:六部小说的阅读》(伦敦:莱克斯·科林斯出版社,1977);约翰·麦克卢尔,《吉卜林与康拉德:殖民主义小说》(剑桥:哈佛大学出版社,1981);帕特里克·布兰特·林杰,《黑暗的统治:英国文学与帝国主义,1830—1914》(伊色佳:康耐尔大学出版社,1988);又见约翰·巴瑞尔,《托玛斯·德昆西的影响:帝国主义的心理病理学》(纽黑文:耶鲁大学出版社,1991)。

6. 威廉·爱普尔曼·威廉姆斯,《作为一种生活方式的帝国》(纽约,牛津:牛津大学出版社,1980),第112-113页。

7. 卓纳·赖斯金,《帝国主义的神话》(纽约:兰登书屋,1971);戈登·K.刘易斯,《奴隶制、帝国主义和自由:英国激进思想研究》(纽约:每日评论出版社,1978);V.G.基尔南,《人类的上帝:帝国时代的黑人、白人和黄人》(1969,纽约:哥伦比亚大学出版社,1986年重印);《马克思主义与帝国主义》(纽约:圣马丁出版社,1974)。一个更近期的研究见艾利克·查菲兹,《帝国主义的诗化:从〈暴风雨〉到〈人猿泰山〉的转化与殖民化》(纽约:牛津大学出版社,1991)。

8. E.M.福斯特,《日落山庄》(纽约:克诺甫,1921),第204页。

9. 雷蒙·威廉姆斯,《政治与文字:〈新左派评论〉访谈》(伦敦:新左派出版社,1979),第118页。

10. 威廉姆斯的《文化与社会,1780—1950》,1958年出版(伦敦:查托与文多斯出版社)。

11. 约瑟夫·康拉德,《黑暗的心》,载《青年与两个其他的故事》(花园城:双日出版社,佩芝,1925),第50-51页。关于对现代文化与赎罪的关系的解读见列昂·伯萨尼,《赎罪的文化》(坎布里奇:哈佛大学出版社,1990)。

12. 1880年以后出现了大量的关于帝国主义类型——古代与现代、英国与法国等等——的理论与论证。一个有名的例子见艾芙琳·巴林(克罗莫),《古代及现代帝国主义》(伦敦:莫瑞出版社,1910)。又见C.A.勃代尔森,《维多利亚中期帝国主义研究》(纽约:霍华德·弗格,1968),理查德·费伯,《视角与需要:维多利亚后期帝国主义目标》(伦敦:费伯与费伯出版社,1966)。一部较早但依然有用的著作是克劳斯·克诺克的《英国殖民主义理论》(多伦多:多伦多大学出版社,1944)。

13. 伊安·瓦特,《小说的兴起》(伯克利:加州大学出版社,1957)。兰纳德·戴维斯,《纪实小说:英国小说的起源》(纽约:哥伦比亚大学出版社,1983);约翰·瑞切蒂,《理查森之前的流行小说》(伦敦:牛津大学出版社,1969);米歇尔·麦克基恩,《英国小说的起源:1600—1740》(巴尔的摩:约翰·霍普金斯大学出版社,1987)。

14. J. R. 希利,《英国的扩张》(1884,芝加哥:芝加哥大学出版社,1971年重印),第12页;J. A. 霍布逊,《帝国主义:一项研究》(1902,安阿伯:密执安大学出版社,1972重印),第15页。虽然霍布逊提到其他帝国主义国家的逆行,他主要指的还是英国。

15. 雷蒙·威廉姆斯,《农村与城市》(纽约:牛津大学出版社,1973),第165-182页以及其他地方。

16. D. C. M. 普莱特,《英国外交政策中的金融、贸易与政治,1815—1914》(牛津:克莱兰顿,1968),第536页。

17. 同上,第357页。

18. 约瑟夫·熊彼特,《帝国主义和社会阶层》,海因茨·诺顿译(纽约:奥古斯塔斯·M.凯利出版社,1951),第12页。

19. 普莱特,《金融、贸易和政治》,第359页。

20. 罗纳德·罗宾逊、约翰·盖兰格、爱丽斯·丹尼,《非洲与维多利亚人帝国主义官方思想》(1961,伦敦:麦克米兰,1981新版),第10页。关于这本书对帝国主义研究起了什么样的影响,见威廉·罗杰·路易斯,《帝国主义:罗宾逊与盖林格之争》(纽约:弗兰克林·沃茨出版社,1976)。关于这个领域的研究的主要的集子见罗宾·威克斯编《英联邦编年史:潮流、解释与资料》(德海姆:杜克大学出版社,1966)。威克斯书中第6页提到的两本集子是塞瑞尔·H.菲利浦斯编《印度、巴基斯坦和锡兰的历史学家》以及 D. G. E. 霍尔编《东南亚历史学家》。

21. 弗里德里克·詹姆森,《政治无意识:作为社会符号行为的叙述》(伊色佳:康耐尔大学出版社,1981);大卫·A.米勒,《小说与警察》(伯克利:加州大学出版社,1988)。又见修·瑞德利,《帝国统治的形象》(伦敦:克鲁姆·海尔姆出版社,1983)。

22. 在约翰·麦坎基的《宣传与帝国:对英国舆论的利用,1880—1960》(曼彻斯特:曼彻斯特大学出版社,1984)中,有一段关于帝国统治时期大众文化的影响的高明的论述。又见麦坎基编《帝国主义与大众文化》(曼彻斯特:曼彻斯特大学出版社,1986);关于同时期对英国民族属性的研究,还可见罗伯特·柯尔斯和菲利浦·多德编《英国特色:政治与文化,1880—1920》(伦敦:克鲁姆·海尔姆出版社,1987)。又见拉菲尔·塞缪编,《爱国主义:英国属性的创造与消失》三卷本(伦敦:鲁特莱芝出版社,1989)。

23. E. M. 福斯特《印度之旅》(1924,伦敦:鲁特莱芝出版社重印,1952)。

24. 对康拉德的批评见奇努阿·阿奇比,《非洲的形象:康拉德〈黑暗的心〉中的种族主义》,载《希望与障碍:论文选编》(纽约:双日,安柯,1989),第1-20页。阿奇比提出的一些问题在伯兰特林杰的《黑暗的统治》,第269-274页中有充分的讨论。

25. 戴尔德·大卫,《三部维多利亚时期小说中的解决办法》(纽约:哥伦比亚大学出版社,1981)。

26. 乔治·卢卡奇,《历史小说》,汉娜与斯坦利·米歇尔译(伦敦:摩林出版社,1962),第19-88页。

27. 同上,第30-63页。

28. R. 柯伯那与H. 施密特的《帝国主义:一个故事与政治世界的意义,1840—1866》(剑桥:剑桥大学出版社,1964),第99页中引用并讨论了拉斯金的话。

29. V. G. 基尔南,《马克思主义与帝国主义》(纽约:圣马丁,1974),第100页。

30. 约翰·斯图阿特·穆勒,《演讲与讨论第三卷》(伦敦:朗曼,格林,里德与戴尔出版社,1875),第167-168页。一个更早的说法,见尼古拉斯·坎尼,"英国殖民主义意识形态:从爱尔兰到美洲",载《威廉与玛丽季刊》,第30期(1973),第575-598页。

31. 威廉姆斯,《农村与城市》,第281页。

32. 彼得·休姆,《殖民主义碰撞:欧洲与加勒比人,1492—1797》(伦敦:麦珊出版社,1986)。又见他与尼尔·L. 怀特海德的文集《疯狂的皇室:从哥伦布到当代与加勒比人的碰撞》(牛津:克莱兰顿,1992)。

33. 霍布逊,《帝国主义》,第6页。

34. C. L. R. 詹姆士的《黑人雅各宾派:杜桑·卢浮蒂尔与圣多明各革命》(1938,纽约:万庭芝出版社,1963重印)中,对于这点做了令人难忘的讨论;特别是第二章《所有者》。又见罗宾·布莱克伯恩,《推翻殖民奴隶,1776—1848》(伦敦:弗索出版社,1988),第149-153页。

35. 威廉姆斯,《农村与城市》,第117页。

36. 简·奥斯汀,《曼斯菲尔德庄园》,托尼·特纳编(1814,哈蒙斯沃斯:企鹅出版社,1966重印),第42页。对此最好的讨论见托尼·特纳的《简·奥斯汀》(剑桥：哈佛大学出版社,1986)。

37. 同上,第54页。

38. 同上,第206页。

39. 瓦伦·罗伯茨,《简·奥斯汀与法国革命》(伦敦：麦克米兰,1979),第97－98页。又见阿弗荣·弗雷施曼,《解读〈曼斯菲尔德庄园〉：批评分析论文集》(明尼阿波利斯：明尼苏达大学出版社,1967),第36－37页,及其他处。

40. 奥斯汀,《曼斯菲尔德庄园》,第375－376页。

41. 约翰·斯图阿特·穆勒,《政治经济学原理,第三卷》,J. M. 罗布森编(多伦多：多伦多大学出版社,1965),第693页。这段话被西德尼·W. 明茨在《甜美与权力：现代历史中糖的地位》(纽约：维京出版社,1985)中引用,第42页。

42. 奥斯汀,《曼斯菲尔德庄园》,第446页。

43. 同上,第448页。

44. 同上,第450页。

45. 同上,第456页。

46. 约翰·盖兰格,《英帝国的衰落、重生与垮台》(剑桥：剑桥大学出版社,1982),第76页。

47. 奥斯汀,《曼斯菲尔德庄园》,第308页。

48. 罗维尔·约瑟夫·拉加兹,《英属加勒比地区种植园阶级的衰落,1783—1833：社会与经济历史研究》(1928,纽约：沃克塔根出版社,1963重印),第27页。

49. 艾利克·威廉姆斯,《资本主义与奴隶制》(纽约：罗素与罗素出版社,1961),第211页。又见他的《从哥伦布到卡斯特罗：加勒比历史,1492—1969》,伦敦：德意志出版社,第177－254页。

50. 奥斯汀,《曼斯菲尔德庄园》,第213页。

51. 茨维坦·托多罗夫,《我们与他们：对不同人种的思考》(巴黎：苏维尔出版社,1989)。

52. 拉奥尔·吉拉尔德,《法国殖民主义思想,1871—1962》(巴黎：圆桌出版社,1972),第7、10－13页。

53. 巴西尔·戴维森,《非洲的过去：从古代到现代的记录》(伦敦：朗曼出版社,1964),第36－37页。又见菲利浦·D. 柯汀,《非洲的形象：欧洲思想与行动,1780—1850》两卷本(麦迪逊：威斯康辛大学出版社,1964);布莱恩·斯特利特,《文学的破坏：英国小说中对原始社会的描述,1858—1920》(伦敦：鲁特莱芝与柯南保罗出版社,1975);伯纳德·史密斯,《欧洲的视角与南太平洋》(纽黑文:耶鲁大学出版社,1985)。

54. 史蒂芬·J.古尔德,《人的错估》(纽约:诺顿,1981);南茜·斯蒂芬,《科学中的种族概念:英国,1800—1960》(伦敦:麦克米伦出版社,1982)。

55. 对于人类学中的这些早期的潮流的论说,见乔治·W.斯托京《维多利亚时代的人类学》(纽约:自由出版社,1987)。

56. 节选自菲利浦·D.柯汀《帝国主义》(纽约:沃尔克出版社,1971),第158-159页。

57. 约翰·拉斯金,《就职演讲》(1870),载《拉斯金著作集》第20卷,E.T.库克亚历山大·韦登伯恩编(伦敦:乔治爱伦出版社,1905),第41页注释2。

58. 同上,第41-43页。

59. V.G.基尔南,"丁尼生、亚瑟王与帝国主义",载他的《诗人、政治与人民》,哈维·J.凯伊编(伦敦:沃索出版社,1989),第134页。

60. 关于西方与非西方的贵贱关系的历史中的一次事件的讨论,见E.W.萨义德《东方学》(纽约:万神庙出版社,1978),第48-92页,以及其他地方。

61. 霍布逊《帝国主义》,第199-200页。

62. 引自修伯特·德斯坎布斯《当代法国16世纪殖民历史研究理论与方法》(巴黎:阿曼德·科林出版社,1953),第126-127页。

63. 见安娜·德文,"帝国主义与母亲",载塞缪编《帝国主义》,第一卷,第203-235页。

64. 迈克尔·罗森萨尔,《人物工厂:巴登-包维尔的童子军与帝国的重要性》(纽约:万神庙出版社,1986),特别是第131-160页。又见H.约翰·菲尔德,《关于帝国生活:世纪之交的英国帝国》(西港:格林伍德,1982)。

65. 约翰内斯·费边,《时间及其他:人类学怎样制造它的目标》(纽约:哥伦比亚大学出版社,1983),第25-69页。

66. 见玛丽亚娜·多哥夫尼克,《失去的原始:破坏知识、现代生活》(芝加哥:芝加哥大学出版社,1990);关于分类、编码、搜集与展出的研究,见詹姆斯·克利弗,《文化的困境:20世纪种族学、文学与艺术》(剑桥:哈佛大学出版社,1988)。又见斯特利特《文学的破坏》与罗伊尔·哈维·佩尔斯《野蛮与文明:关于印第安人与美国人的思想之研究》(1953,伯克利:加州大学出版社,1988改版)。

67. K.M.帕尼卡,《亚洲与西方统治》(1959,纽约:麦克米兰,1969重印);麦克尔·艾达斯,《衡量人的机器:科学、技术与西方统治的意识形态》(伊色佳:康耐尔大学出版社,1989);还可以参见丹尼尔·R.海德里克,《帝国的工具:19 世纪科技与欧洲帝国主义》(纽约:牛津大学出版社,1981)。

68. 亨利·布兰斯维格,《法国殖民主义,1871—1914:神话与现实》W.G.布朗译(纽约:普莱哲出版社,1964),第 9－10 页。

69. 见布兰特林哲杰,《黑暗的统治》;苏万迪尼·佩雷拉《帝国的触角:从爱芝伍德到狄更斯的英国小说》(纽约:哥伦比亚大学出版社,1991);克里斯托弗·米勒,《黑色的黑暗:法语中的非洲话语》(芝加哥:芝加哥大学出版社,1985)。

70. 引自高瑞·维斯瓦纳森,《占领的面具:文学研究与英国在印度的统治》(纽约:哥伦比亚大学出版社,1989),第 132 页。

71. 阿尔弗雷德·科罗斯比,《生态帝国主义:欧洲的生物扩张,900—1900》(剑桥:剑桥大学出版社,1986)。

72. 盖·德·莫泊桑,《俊友》(1885);乔治·杜瑞是英国在阿尔及利亚服过役的骑兵,后来做了记者。在别人的协助下,写了关于在阿尔及利亚的生活的文章。后来他曾卷入了征服丹吉尔的经济丑闻中。

73. 约翰内斯·费边,《语言与殖民力量:前比利时刚果对斯瓦希利语的运用,1880—1938》(剑桥:剑桥大学出版社,1986);拉纳吉特·古哈,《孟加拉财产管理:一篇关于永久解决法案的论文》(巴黎与海牙:莫顿,1963);伯纳德·C.科恩,《维多利亚印度对权威的表现》,载艾利克·霍布斯包姆与泰伦斯·瑞恩杰编,《传统的创造》(剑桥:剑桥大学出版社,1983),第 185－207 页,以及他的《历史学家中的人类学家及其他论文》(德里:牛津大学出版社,1990);另外两部有关的著作是理查德·G.佛克斯,《旁遮普之狮:形成中的文化》(伯克利:加州大学出版社,1985);道格拉斯·海因斯,《殖民地印度的修辞与仪式:苏拉特城大众文化的形成,1852—1928》(伯克利:加州大学出版社,1991)。

74. 费边,《语言与殖民力量》,第 79 页。

75. 罗纳德·因登,《想像印度》(伦敦:布莱克维尔,1990)。

76. 蒂莫西·米歇尔,《殖民埃及》(剑桥:剑桥大学出版社,1988)。

77. 赖拉·舍尼与兹内甫·赛利克,《人种学与世界博览会上的展览派》,《大会》第 13 期(1990,12),第 35－39 页。

78. T.J.克拉克,《现代生活的绘画:莫奈及其弟子艺术中的巴黎》(纽约:克诺甫出版社,1984),第 133－146 页。马克·阿鲁拉,《殖民地的哈莱姆》,玛纳与乌莱德·高茨克译(明尼阿波利斯:明尼苏达大学出版社,1986);又见萨拉·格兰姆-布朗,《妇女的形象:中东摄影对妇女的塑造,1860 1950》(纽约:哥伦比亚大学出版社,1988)。

79. 例如,见兹内甫·赛利克,《表现东方:19世纪世界博览会中的伊斯兰建筑》(伯克利:加大出版社,1992);罗伯特·W.赖德尔《全世界大市场:美国国际展览会中帝国的形象,1876—1916》(芝加哥:芝加哥大学出版社,1984)。

80. 赫伯特·林登伯格,《歌剧:铺张的艺术》(伊色佳:康耐尔大学出版社,1984),第270-280页。

81. 安托尼·高里埃,《论瓦格纳》,(萨尔兹伯格:S.N.佛拉格出版社,1967),第58页。

82. 《歌剧》13,第1章(1962年1月)33;又见杰弗雷·斯凯尔顿,《威兰德·瓦格纳:积极的怀疑主义》(纽约:圣·马丁,1971),第159-160页。

83. 约瑟夫·柯南,《作为戏剧的歌剧》(纽约:克诺甫出版社,1956)。

84. 保罗·罗宾逊,《歌剧与思想:从莫扎特到斯特劳斯》(纽约:哈波与劳出版社,1985),第163页。

85. 同上,第164页。

86. 《威尔第的〈阿依达〉:信件与文件中的歌剧史》,汉斯·布什搜集与翻译(明尼阿波利斯:明尼苏达大学出版社,1878),第3页。

87. 同上,第4、5页。

88. 同上,第126页。

89. 同上,第150页。

90. 同上,第17页。

91. 同上,第50页。又见菲利浦·哥赛特,"威尔第,吉兰左尼与阿依达:常规的运用",载《批评研究》第一卷第1期(1974),第291-334页。

92. 《威尔第的〈阿依达〉》,第153页。

93. 同上,第212页。

94. 同上,第183页。

95. 史蒂芬·班,《克利奥之衣》(剑桥:剑桥大学出版社,1984),第93-111页。

96. 雷蒙·施瓦布,《东方的复兴》,杰恩·帕特森-布莱克与维克多·瑞京译(纽约:哥伦比亚大学出版社,1984),第86页;又见E.W.萨义德,《东方学》(纽约:万神庙出版社,1978),第80-88页。

97. 马丁·伯纳尔,《黑色的雅典娜:传统文明的非亚根源》第1卷(布朗斯维克:鲁特芝大学出版社,1987),第 161-188 页。

98. 施瓦布,《东方的复兴》,第 25 页。
99. 让·汉伯特,"威尔第作品中的埃及化:《阿依达》无标题场景中奥古斯都·玛利埃蒂的作用",《音乐评论》62,第 2 期(1976),第 229-255 页。
100. 金尼与赛利克,《人种学与展览派》,第 36 页。
101. 布莱恩·法甘,《尼罗河的强奸》(纽约:斯瑞伯纳斯出版社,1975),第 278 页。
102. 同上,第 276 页。
103. 金尼与赛利克,《人种学与展览派》,第 38 页。
104. 《威尔蒂的〈阿依达〉》,第 444 页。
105. 同上,第 186 页。
106. 同上,第 261-262 页。
107. 《歌剧》1986。
108. 斯凯尔顿,《威兰德·瓦格纳》,第 160 页;又见高里埃,《论瓦格纳》,第 62-63 页。
109. 《威尔蒂的〈阿依达〉》,第 138 页。
110. 穆罕默德·赛伯瑞,《非洲问题的一个事件:伊斯梅尔时期英法对埃及帝国的干涉(1863—1879)》(巴黎:古特纳,1933),第 391 页及后页。
111. 同罗杰·欧文,《中东与世界经济,1800—1914》(伦敦:马修出版社,1981)。
112. 同上,第 122 页。
113. 大卫·兰德斯,《银行家与官员》(剑桥:哈佛大学出版社,1958)。
114. 赛伯瑞,第 313 页。
115. 同上,第 322 页。
116. 乔治·杜因,《伊斯梅尔·卡代夫政权史》第二卷(罗马:埃及皇家地理学会出版社,1934)。
117. 兰德斯,《银行家与官员》,第 209 页。
118. 欧文,《中东》,第 149-150 页。
119. 同上,第 128 页。
120. 詹耐特·L.鲁高德,《开罗:1001 年的胜利的城市》(普林斯顿:普林斯顿大学出版社,1971),第 98 页。
121. 同上,第 107 页。
122. 雅克·伯克,《埃及:帝国主义与革命》,简·斯图阿特译(纽约:普莱哲出版社,

1972),第96-98页。

123. 伯纳德·赛买尔,《牙买加的鲜血与维多利亚意识:爱尔兰总督问题》(波士顿:河边出版社,1963),第179页。类似的研究见爱凡·哈比卜,"殖民经济研究——不见殖民主义",载《现代亚洲研究》19,第三期(1985),第355-381页。

124. 托玛斯·霍德金,《殖民时代非洲的民族主义》(伦敦:穆勒出版社,1950),第29-59页。

125. 见爱达斯,《衡量人的机器》,第199-270页。

126. 作为这种思想的一个例子,见J. B. 凯利的《阿拉伯、海湾与西方》(伦敦:维萨尔德与尼柯尔逊出版社,1980)。

127. 罗森萨尔,《人物形象工厂》,第52页及后页。

128. J. A. 曼甘,《游戏道德及帝国:观念的传播》(哈蒙斯沃斯:维京,1986)。

129. J. M. S. 汤普金斯,"吉卜林后来的故事:痊愈的主题",载《现代语言评论》45期(1950),第18-32页。

130. 维克多·特纳,《戏剧、实地与比喻:人类社会的比喻行为》(伊色佳:康耐尔大学出版社,1974),第258-259页;关于肤色与种性的一个较含蓄的讨论,见S. P. 莫罕蒂,《吉卜林的孩子及肤色区别》,载《种族与阶级》31,第一期(1989),第21-40页。又见他的《我们与他们:论政治批评的哲学基础》,载《耶鲁评论杂志》2,第二期(1989),第1-31页。

131. 鲁迪亚德·吉卜林,《吉姆》(1901,花园城:双日出版社,多兰,1941重印),第516页。

132. 同上,第516-517页。

133. 同上,第517页。

134. 同上,第523页。

135. 乔治·艾略特,《米德尔马契》,伯特G.霍恩拜克编(纽约:诺顿出版社,1977),第544页。

136. 马克·金契德-维克斯,"吉卜林小说的视角",载安德鲁·卢瑟福编《吉卜林思想及艺术》(伦敦:奥利弗与伯伊德出版社,1964)。

137. 爱德蒙·威尔逊,"没有请到的吉卜林",载《伤口与弓》(纽约:牛津大学出版社,1947),第100-101、103页。

138. 吉卜林,《吉姆》,第242页。

139. 同上,第268页。

140. 同上,第 271 页。
141. 弗朗西斯·哈钦斯,《表演的幻觉:印度的英帝国主义》(普林斯顿:普林斯顿大学出版社,1967),第 157 页;又见乔治·比尔斯,《英国对印度的态度,1784—1858》(牛津:牛津大学出版社,1961)。关于制度的垮台,见 B.R. 托林森,《统治的政治经济学,1914—1947:印度非殖民地经济》(伦敦:麦克米兰出版社,1979)。
142. 安古斯·威尔逊,《鲁迪亚德·吉卜林的奇异的历程》(伦敦:企鹅出版社,1977),第 43 页。
143. 乔治·奥威尔,《鲁迪亚德·吉卜林》,载《论文集》(纽约:双日出版社,安可,1954),第 134-135 页。
144. 米歇尔·爱德沃兹,《老爷与睡莲:印度的英国人》(伦敦:康斯坦布尔,1958),第 59 页。
145. 见萨义德,"表现殖民地:人类学的谈话",载《批判研究》15,第二期(1989,冬),第 205-225 页。又见路易斯·D.乌尔贾夫特《帝国主义想像:吉卜林的印度神话与魔术》(米德尔顿:威斯里安,1983),第 54-78 页。当然还有伯纳德·S.科恩的《历史学家中的人类学家》。
146. 见艾利克·斯托克,《英国的实用主义者与印度》(牛津:克莱兰顿出版社,1959),比尔斯,《英国对印度的态度》,第 153-174 页;关于班汀克的教育改革,见维斯瓦纳森,《征服的面具》,第 44-47 页。
147. 诺尔·安南,《吉卜林在历史思想中的地位》,载《维多利亚研究》3,第四期(1960.6),第 323 页。
148. 见注 11 和 12。
149. 杰弗雷·莫豪斯,《英属印度》(伦敦:帕拉丁出版社),第 103 页。
150. 同上,第 102 页。
151. 乔治·卢卡奇,《小说的理论》,安娜·波斯托杰译(剑桥:麻省理工学院出版社,1971),第 35 及后页。
152. 吉卜林,《吉姆》,第 246 页。
153. 同上,第 248 页。
154. 卢卡奇,《小说的理论》,第 125-126 页。
155. 吉卜林,《吉姆》,第 466 页。
156. 弗朗兹·法农,《被毁灭的大地》,康斯坦斯·法灵顿译(1961,纽约:格若伍出版社 1968 重印),第 77 页。关于这个说法的具体化和对帝国主义话语的合法化与"客观",见法比欧拉·贾拉和艾德满都·马加纳,"帝国主义方式的规则",载《辩证的人类学》7,第二期(1982 年 9 月),第 115 - 136 页。

157. 罗伯特·斯坦福,《帝国的科学家:罗德利克·莫奇森爵士、科学考察与维多利亚帝国主义》(剑桥:剑桥大学出版社,1989)。一个印度的较早的例子,见玛利卡·维克兹阿尼,"帝国主义、植物学与 19 世纪早期印度的统计:弗朗西斯·布坎南调查,1762—1829",载《现代亚洲研究》20 期,第 4 期(1986),第 625 - 660 页。

158. 斯坦福,《帝国的科学家》,第 208 页。

159. J. 斯坦哲斯,"利奥波德皇帝的帝国主义",载罗杰·欧文与包伯·萨特克利夫编《帝国主义理论研究》(伦敦:朗曼出版社,1972),第 260 页。又见尼尔·阿彻森,《合作的皇帝:信任的时代的利奥波德二世》(伦敦:爱伦与安文出版社,1963)。

160. 阿奇比,《希望与障碍》,见注 24。

161. 琳达·诺克林,《想像中的东方》,载《美国艺术》(1983 年 5 月),第 118 - 131 页,第 187 - 191 页。另外,作为诺克林的文章的引申,见波士顿大学托德·B. 波特菲尔德的很有趣的博士论文《法国帝国主义远东服务中的艺术,1798—1848:四个个案研究》(安·阿伯:大学微缩出版社,1991)。

162. A. P. 索恩顿,《帝国思想及其敌人:对英国力量的研究》(1959,伦敦:麦克米兰出版社,1985 修改本);伯纳德·波特,《帝国批判:英国对殖民主义的激进态度,1895—1914》(伦敦:麦克米兰,1968);霍布逊,《帝国主义》。关于法国,见查尔斯·罗伯特·阿格隆,《法国反殖民主义,1871—1914》(巴黎:法国新闻大学出版社,1973)。

163. 见伯代尔森,《维多利亚中期帝国主义研究》,第 147 - 214 页。

164. 斯蒂芬·查尔斯·尼尔,《殖民主义与基督教使命》(伦敦:鲁瑟沃斯出版社,1966)。尼尔的书非常概括,需要由许多比较详细的关于这一使命的书来补充。比如,毛利·A. 拉宾斯坦关于中国的著述"作为观察家与形象制造者的传教士:塞缪·威尔士·威廉姆斯与中国人",载《美国研究》(台北)10,第三期(1980 年 9 月),第 31 - 44 页;和《东北的联系:美国传教使团与美国对华舆论的产生:1830—1860》《现代历史通讯》(科学院)台湾,1980 年 7 月。

165. 见比尔斯,《英国对印度的态度》,第 65 - 77 页以及斯托克斯,《英国实用主义与印度》。

166. 引用在萨义德·胡赛因·阿拉塔斯《懒惰的土著之谜：16至20世纪马来人、菲律宾人、日本人形象及其在殖民资本主义中的作用》中（伦敦：弗兰克·卡斯，1977），第59页。

167. 同上，第62页。

168. 同上，第223页。

169. 罗米拉·泰帕，"意识形态与对印度早期历史的解释"，载《评论》第五卷，第三期（1982冬），第390页。

170. 卡尔·马克思与弗里德里希·恩格斯，《论殖民主义：〈纽约论坛报〉文章及其他文章》（纽约：国际出版社，1972），第156页。

171. 凯瑟琳·乔治，"文明的西方看印度：1400—1800，种族中心论研究"，《爱希斯》49，第155号（1958年3月），第66，69-70页。

172. 关于用这种技术给"原始"所下的定义，见托哥夫尼克《原始消失了》，第3-41页。又见罗纳德·L.米斯，《社会科学与卑鄙的破坏》（剑桥：剑桥大学出版社，1976），关于建立在欧洲哲学与文化思想上的四个阶段的理论的详细论述。

173. 布朗茨维格，《法国殖民主义》，第14页。

174. 罗伯特·德拉维涅与查尔斯·安德烈·朱利安，《法国荒诞派的产生》（巴黎：克利亚出版社，1946），第16页；一个有趣的不同的集子，虽然讨论的是同一个人，是《非洲总督：欧洲在非洲的总督》，L. H. 甘与彼得·杜格南编纽约自由出版社，1978。又见莫特·罗森布罗姆，《文明的使命：法国方式》（纽约：哈科特·布雷斯·卓瓦诺维克出版社，1986）。

175. 埃格尼斯·莫菲，《法国帝国主义意识形态：1817—1881》（华盛顿：美国天主教大学出版社，1968），第46页及后页。

176. 拉奥尔·吉拉尔德，《法国殖民主义的理念：1871—1962》（巴黎：圆桌出版社，1972），第44-45页。又见斯图阿特·迈克尔·波赛尔，《法国殖民主义游说》（斯坦福：胡佛研究所，1983）。

177. 引自莫菲，《法国帝国主义意识形态》中第25页引用了这段。

178. 雷蒙·F.拜茨，《法国殖民理论中的融合与结合：1840—1914》（纽约：哥伦比亚大学出版社，1961），第88页。

179. 我在"民族主义、人权与解释"（载芭拉·约翰逊编《自由与解释》[纽约：基本丛书，1992]）中讨论了这些材料，谈到19世纪帝国主义对民族属性理论的利用。

180. 拜茨,《融合与结合》第108页。

181. 同上,第174页。

182. 吉拉尔德,《法国殖民主义的理念》,第48页。

183. 关于英国与帝国主义竞争的一个事例,可见罗伯特·侯拉尼提供的一个有趣的例子。在他的《欧洲思想中的伊斯兰》(剑桥:剑桥大学出版社,1991)一书中的《T. E. 劳伦斯与路易斯马西格农》,第116-128页。又见克利斯托弗·M. 安德鲁与A. S. 坎亚-佛斯特纳,《法国帝国扩张的高潮:1914-1924》(斯坦福:斯坦福大学出版社,1981)。

184. 大卫·普罗切斯卡,《阿尔及利亚法国化:殖民主义诞生中,1870—1920》(剑桥:剑桥大学出版社,1990),第85页。关于法国社会科学参与城市规划者是如何用阿尔及利亚作为实验基地和重新规划的有趣研究,见关德琳·莱特的《法国殖民主义城市化设计中的政治》(芝加哥:芝加哥大学出版社,1991),第66-84页。这本书后一部分讨论了这些规划对摩洛哥、印度支那和马达加斯加的影响。但是最明确的研究是詹耐特·阿布-鲁高德·拉拜德的《摩洛哥城市种族隔离》(普林斯顿:普林斯顿大学出版社,1980)。

185. 同上,第124页。

186. 同上,第141-142页。

187. 同上,第255页。

188. 同上,第254页。

189. 同上,第255页。

190. 同上,第70页。

191. 罗兰·巴西斯,《零度写作》(1953,巴黎:高西尔出版社1964重印),第10页。

192. 雷蒙·威廉姆斯,《乔治·奥威尔》(纽约:维京出版社,1971),特别是第77-78页。

193. 克里斯托弗·希金斯,《最坏准备》(纽约:希尔与王氏出版社,1989),第78-90页。

194. 米歇尔·沃尔泽将加缪当作一个典型的知识分子,完全是因为对恐怖主义的恐惧、震惊和对他母亲的热爱。见沃尔泽的"阿尔伯特·加缪的阿尔及利亚战争",载《批评的伙伴:社会批评与20世纪政治承诺》(纽约:基本丛书,1988),第136-152页。

195. 科纳·克鲁斯·奥布莱恩,《阿尔伯特·加缪》(纽约:维京出版社,1970),第103页。

196. 约瑟夫·康拉德,《最后的论文》,理查德·柯尔编(伦敦:丹特出版社,1926),第10-17页。

197. 后期的奥布莱恩持有这样的观点,不同于他关于加缪的书的本质。他不掩盖他对第三世界人民的同情。见《萨尔玛·甘地》中他与萨义德的分歧(1986春-夏),第65-81页。

198. 赫伯特·R.罗特曼,《阿尔伯特·加缪传记》(纽约:双日出版社,1979)。加缪在阿尔吉利亚殖民战争期间的表现本身在依维兹·加里埃的《第二次阿尔及利亚战争:狮之圣殿》中有详细记录(巴黎:法亚德出版社,1969)。

199. 《加贝里的悲剧》(1939),载加缪《论文集》(巴黎:加里马德出版社,1965),第905-938页。

200. 奥布莱恩,《加缪》,第22-28页。

201. 加缪,《流放与王国》,扎斯汀·奥布莱恩译(纽约:克诺甫出版社,1958),第32-33页。对北美环境下对加缪的有洞察力的阅读,见芭芭拉·哈罗,《马格里布与〈陌生人〉》,载《阿里夫》第三卷(1983春),第39-55页。

202. 加缪,《论文集》,第2039页。

203. 玛努拉·赛米迪的文章《非殖民地时期帝国:校记》中引用了这段话。《法国政治学评论》第16卷,第1期(1961年2月),第85页。

204. 加缪,《论文集》,第1012-1013页。

205. 赛米迪,《非殖民地时期帝国:校记》第75页。

206. 让-保罗·萨特,《文学论文集》,安娜特·米歇尔译(纽约:哲学图书馆出版社,1957),第32页。

207. 埃米尔·阿布代尔·卡德尔,《宗教笔记》,米歇尔·乔德也维茨译(巴黎:苏维尔出版社,1982)。

208. 穆斯塔法·拉切拉夫,《阿尔及利亚:国家与社会》(巴黎:玛斯皮罗出版社,1965)。关于这一时期的一个绝妙的小说与个人历史的描写,见阿西亚·热巴尔的小说《爱与幻想》(巴黎:让克-克劳德·拉特斯出版社,1985)。

209. 阿卜杜拉·拉诺依,《马格里布的历史:解释性论文》,拉尔夫·曼海姆译(普林斯顿:普林斯顿大学出版社,1977),第301页。

210. 拉切拉夫,《阿尔及利亚》,第92页。

211. 同上,第93页。

212. 西奥多·布高德,《剑与犁》(巴黎:巴黎大学出版社,1948)。布高德此后的工作也是同样特殊:他领导了1848年2月23日向反抗的人群开枪的军队。福楼拜在《情感教育》中描写了一个不得人心的元帅,在群众对皇宫的袭击中被人刺中了腹部。这个元帅描写的就是布高德。

213. 玛蒂尼·阿斯蒂尔·娄福蒂,《殖民主义文化:从法国浪漫主义文学看殖民扩张:1871—1914》(巴黎:莫顿出版社,1971)。

214. 麦尔文·瑞杰,"托克维尔论阿尔及利亚",载《政治评论》第25期(1963),第377页。

215. 同上,第380页。关于这点的一个更充分更详细的论述,见马尔万·R.鲁哈瑞,《现代阿拉伯世界的形成与观念》,劳伦斯·I.康拉德编(普林斯顿:达尔文出版社,1989);特别是第一部分《欧洲人眼中的东方》,包括四篇关于19世纪法国与阿尔及利亚的文章,其中一篇是关于一个托克维尔与伊斯兰的。

216. 拉诺依,《马格里布的历史:解释性论文》,第305页。

217. 见阿娄拉,《殖民的后宫》。

218. 凡尼·克罗纳与克劳德·海因姆·布拉希来,"殖民地对科学的应用",载《观察的痛苦》(巴黎:联合出版社,1976)。

219. 爱尔伯特·萨劳特,《殖民主义的巨大限制》(巴黎:萨格泰尔出版社,1931),第113页。

220. 乔治·哈代,《19至20世纪政治殖民对世界的瓜分》(巴黎:阿尔宾·麦可出版社,1937),第441页。

221. 加缪,《戏剧、叙述与小说》(巴黎:盖里马德出版社,1962),第1210页。

222. 同上,第1211页。

223. 希利,《英国的扩张》,第16页。

224. 爱尔伯特·O.赫斯曼,《激情与利益:对资本主义胜利之前的政治辩护》(普林斯顿:普林斯顿大学出版社,1977),第132-133页。

225. 希利,《英国的扩张》,第193页。

226. 见埃利克·G.海格瑞夫斯,《法国小说中的殖民历史》(伦敦:麦克米兰出版社,1983),第31页;这本书把这种奇怪的省略解释为洛蒂的特别的心理与盎格鲁-萨克逊情结。又见一部未发表的普林斯顿大学博士论文,帕尼翁·诺林德的《彼埃尔·洛蒂作品中的殖民主义与怪异的人物》对此有更充分的讨论

(安·阿伯:大学微缩出版社,1990)。

227. 班尼塔·派瑞,《迷惑与发现:英国想像中的印度之研究,1880—1930》(伦敦:爱伦·雷恩,1972)。

第三章

1. 安德烈·纪德,《没有道德的人》(巴黎:法国出版社,1902),第113-114页。
2. 纪德,《没有道德的人》,理查德·霍华德译(纽约:克诺甫出版社,1970),158-159页。关于纪德与加缪之间的联系,见玛丽·路易斯·普莱特,"区分意识形态:纪德、加缪与阿尔及利亚",载《大学文学》第八期(1981),第158-174页。
3. 如克里斯托弗·米勒《黑色的黑暗:法语中的非洲话语》所使用的(芝加哥:芝加哥大学出版社,1985);鲍林·J.洪同吉的书《关于"非洲哲学"》(巴黎:玛斯佩罗出版社,1976)中,对"非洲主义"哲学进行了深入的批判。洪同吉在他的书中对普拉西德·坦普尔斯的思想给予了重点批判。
4. V.Y.穆丁贝,《非洲的发现:灵感、哲学与知识的秩序》(布鲁明顿:印第安那大学出版社,1988)。
5. 雷蒙·施瓦布,《东方的复兴》,吉恩·帕特森·布莱克与维克多·瑞恩金译(纽约:哥伦比亚大学出版社,1984)。
6. 弗朗兹·法农,《被毁灭的大地》,康斯坦斯·法灵顿译(1961,纽约:格罗大出版社,1968),第314页。
7. 巴西尔·戴维森,《现代历史中的非洲:追寻新的社会》,伦敦:爱伦雷恩出版社,1978,第178-180页。
8. 让-保罗·萨特,《作为制度的殖民主义》,载《第五种形势:殖民主义与新殖民主义》(巴黎:盖里马德出版社,1964)。
9. 萨特,法农《被毁灭的大地》前言,第7页。
10. 戴维森,《现代历史中的非洲:追寻新的社会》,第200页。
11. 法农,《被毁灭的大地》,第96页。
12. 同上,第102页。
13. 萨特,《前言》,第26页。
14. 亨利·格里莫,《非殖民化:英国、法国、荷兰与比利时帝国,1919—1967》,史蒂芬·德弗斯译(1964,伦敦:鲁特莱芝与柯南保罗出版社,1978年重印),第9页。

关于非殖民地化,有许多著作。其中较重要的有:R.F.霍兰,《欧洲非殖民化,1918—1981:介绍性调查》(伦敦:麦克米兰,1985);迈尔斯·卡勒,《英国与法国的非殖民化:国际关系的国内影响》(普林斯顿:普林斯顿大学出版社,1984),弗朗兹·安斯普兰哲,《殖民帝国的解体》(1981,伦敦:鲁特莱芝,1989年重印);A.N.波特与 A.J.斯托克维尔,第一卷《英国帝国主义政策与非殖民化,1938—1951》;第二卷《1951—1964》(伦敦:麦克米兰出版社,1987,1989);约翰·斯特莱奇《帝国的终结》(伦敦:戈兰茨出版社,1959)。

15. 泰伦斯·瑞恩杰,"东非与中非初始反抗运动与现代群众民族主义之间的联系",第1,2部分,载《非洲历史》第九期,第三期(1968),第439页。另见麦克尔·克劳德编《西非的反抗:对殖民占领的武装抵抗》(伦敦:哈钦森出版社,1971),及 S.C.Malik 编《印度文明中的异见、抗议与改革》《西尔马:印度高第研究院,1977》中的后几章(第268页及后面几页)。

16. 米歇尔·阿达斯,《反抗的预言:反对欧洲殖民秩序的千年抗议运动》(教堂山:北卡大学出版社,1979)。另一例子,见史蒂芬·艾利斯,《红披巾的崛起:马达加斯加的反抗,1895—1899》(剑桥:剑桥大学出版社,1985)。

17. 瑞恩杰,《联系》,第631页。

18. 阿法夫·卢特非·阿尔－萨义德,《埃及与克罗莫》(纽约:普莱哲出版社,1969),第68页中引用了这段话。

19. E.M.福斯特,《印度之旅》(1924,纽约:哈括特,布瑞斯与世界出版社,1952重印),第322页。

20. 见班尼塔·派瑞,《迷惑与发现:英国想像中的印度之研究:1880—1930》(伦敦:爱伦·雷恩,1972)中最后的几页,第314－320。相反,萨拉·苏勒瑞的《英属印度的修辞》将阿齐兹与菲尔丁的关系解释为心理和性的关系(芝加哥:芝加哥大学出版社,1992)。

21. 福斯特,《印度之旅》,第86页。

22. 同上,第136页。

23. 同上,第164页。

24. 弗朗西斯·哈钦斯,《表演的幻觉:印度的英帝国主义》中引用了这段话(普林斯顿:普林斯顿大学出版社,1967),第41页。

25. 福斯特,《印度之旅》,第76页。

26. 哈钦斯,《表演的幻觉:印度的英帝国主义》,第187页。

27. 萨义德·胡赛因·阿拉塔斯的《懒惰的土著之谜:16 至 20 世纪马来人、菲律宾人、日本人形象及其在殖民资本主义中的作用》。又见詹姆斯·斯科特,《弱者的武器:农民反抗的日常形式》(纽黑文:耶鲁大学出版社,1985)。

28. 西德尼与碧翠丝,《印度日记》,(德里:牛津大学出版社,1988),第 98 页。关于羞耻的殖民生活的气氛,见玛格丽特·麦克米兰,《统治者的女人》(伦敦:泰晤士与哈德逊,1988)。

29. 派瑞,《迷惑与发现》,第 274 页。

30. 福斯特,《印度之旅》,第 106 - 107 页。

31. 阿尼尔·希尔,《印度民族主义的出现:19 世纪末的竞争与合作》(剑桥:剑桥大学出版社,1971)中引用了这段话,第 140 页。

32. 同上,第 141 页。

33. 同上,第 147 页。

34. 同上,第 191 页。

35. 爱德华·汤普森,《勋章的另一面》(1926,威斯特波特:格林伍德出版社,重印,1974),第 26 页。

36. 同上,第 126 页。又见派瑞在《迷惑与发现》中关于汤普逊的细致讨论,第 164 - 202 页。

37. 法农,《被毁灭的大地》,第 106 页。

38. 弗朗兹·法农,《黑皮肤,白面具》,查尔斯·兰姆·玛克曼译(1952,纽约:格罗夫出版社,1967 重印),第 222 页。对于法农早期的心理分析说法的一个补充,见爱希斯·南迪,《熟悉的敌人:殖民主义统治下自我的丢失与重新发现》(德里:牛津大学出版社,1983)。

39. 拉欧尔·吉拉台德,《法国殖民主义思想:1871—1962》(巴黎:圆桌出版社,1972),第 136 页。

40. 同上,第 148 页。

41. 同上,第 159 - 172 页。关于葛利奥尔,见关于他的事业与贡献的论述:詹姆斯·克利弗,《文化的困境:20 世纪人种学、文学与艺术》(剑桥:哈佛大学出版社,1988),第 55 - 91 页。又见克利弗关于雷瑞斯的论述,第 165 - 174 页。然而,在两篇文章中,克利弗却没有把他的主人翁与非殖民化联系起来,而这一全球政治背景在古拉台德的著作中是很明显的。

42. 安德烈·马尔罗,《皇家大道》(巴黎:格拉泽特出版社,1930),第 268 页。

43. 保罗·马斯,《越南:战争社会学》(巴黎:苏维尔出版社,1952),第134-135页。弗朗西斯·弗茨吉拉德1972年关于美国越战的获奖书,《湖中之火》是献给马斯的。

44. 戴维森,《现代历史中的非洲》,第155页。

45. 同上,第156页。

46. 法农,《黑皮肤,白面具》,第220页。

47. 菲利浦·D.柯汀,《非洲的形象:英国的思想与行动,1780—1850》,两卷(麦迪逊,威斯康辛大学出版社,1964)。

48. 丹尼尔·德弗特,《世界文集:16到18世纪旅行记录》,载《辩证人类学》第七期(1982),第11-20页。

49. 普莱特,《区分意识形态》,又见他的优秀的文章,《帝国的眼睛:旅行笔记与泛文化》(纽约,伦敦:鲁特莱芝出版社,1992)。

50. 詹姆斯·乔伊斯,《尤利西斯》(1922,纽约:万庭芝出版社,1966重印),第212页。

51. 詹姆斯·努基,《大河之间》(伦敦:海因曼出版社,1965),第1页。

52. 塔义布·萨里赫,《向北迁徙的季节》,德尼斯·约翰逊-戴维斯译(伦敦:海因曼出版社,1970),第49-50页。

53. 彼得·休姆,《殖民主义碰撞:欧洲与加勒比:1492—1797》,伦敦:马修出版社,1986。

54. 乔治·莱明,《流放的欢愉》,伦敦:艾利森与巴斯比,1984,第107页。

55. 同上,第119页。

56. 罗伯托·弗尔南德斯·瑞塔玛,《卡利班及其他论文》,爱德华·贝克译(明尼阿波利斯:明尼苏达大学出版社,1989),第14页。结论见托玛斯·卡特利的《非洲的繁荣:作为殖民主义的文本与背景的〈暴风雨〉》,载《重解莎士比亚:历史与意识形态中的文本》,见简·E.霍华德与玛利翁·F.奥康纳编(伦敦:马修出版社,1987),第99-115页。

57. 努基·瓦·提昂哥,《心灵的非殖民地化:非洲文学中语言的政治》(伦敦:詹姆斯·加瑞出版社,1986)。

58. 芭芭拉·哈罗,《抵抗文学》(纽约:马修:1987)xvi。在这方面一部开创性的书是秦维祖的《西方与我们其他人:白人捕猎者,黑人奴隶与非洲精英》(纽约:兰登书屋,1975)。

59. 艾米·西赛尔,《诗集》,克雷顿·艾施曼与安纳特·史密斯编译(伯克利:加州大学出版社,1983),第46页。

60. 拉宾卓纳·泰戈尔,《民族主义》(纽约:麦克米兰出版社,1917),第19及后页。

61. W. E. B. 杜波依斯,《黑人的灵魂》(1903,纽约:新美国图书馆出版社,1969重印),第44-45页。

62. 泰戈尔,《民族主义》,第62页。

63. 班内迪克·安德森,《想像中的社区:对于民族主义起源与散播的思考》(伦敦:新左派出版社,1983),第47页。

64. 同上,第52页。

65. 同上,第74页。

66. 比尔·阿施克罗夫特、加瑞斯·格里菲斯与海伦·蒂夫林,《回忆与帝国:后殖民时期文学的理论与实践》(伦敦、纽约:鲁特莱芝,1989)。

67. 艾利克·霍布斯包姆,《1780以来的民族与民族主义:纲领、神话与现实》(剑桥:剑桥大学出版社,1990),厄内斯特·盖尔纳,《民族与民族主义》(伊色佳:康耐尔大学出版社,1983)。

68. 帕萨·查特吉,《民族主义思想与殖民世界:一个派生的话语》(伦敦:在德,1986),79;又见拉亚特·K. 瑞,"对印度民族主义的三种解释",载《印度现代论文集》,B. Q. 南达编(德里:牛津大学出版社),第1-41页。

69. 查特吉,《民族主义思想》,第100页。

70. 同上,第161页。

71. 戴维森,《现代历史中的非洲》,特别是第204页。又见 A. 阿杜·伯尔编,《非洲通史》第7卷,《殖民统治下的非洲:1880—1935》(伯克利、巴黎、伦敦:加大出版社、联合国教科文组织、詹姆斯·加瑞出版社,1990),及安德鲁·罗伯兹编,《非洲的殖民时代:思想与物质运动的论文,1900—1940》(剑桥:剑桥大学出版社,1990)。

72. 库玛里·贾亚瓦德纳,《第三世界女权主义与民族主义》(伦敦:在德出版社,1986),特别是第43-56,73-108,137-154及后页。关于女权主义与帝国主义中解放的观点,见劳拉·那达尔,"东方学、西方主义与对妇女的统治",载《文化运动》,第一卷第3期(1989),第323-355页;玛利亚·麦斯,《女权与世界范围的积累:国际劳动分工中的妇女》(伦敦:在德山版社,1986)。又见海伦·凯拉维,《性别、文化与帝国:殖民地尼日利亚的欧洲妇女》(厄巴拿:伊利诺伊大学出版社,1987),以及努波·陈德及玛格利特·斯特罗得尔编《西方妇女与帝国主义:复杂与反抗》(布鲁明顿:印第安那大学出版社,1992)。

73. 安古斯·卡尔德,《革命的帝国:18世纪至1780年代英语帝国的崛起》(伦敦:凯普出版社,1981),第14页;萨米尔·阿明的《欧洲中心论》提供了一个哲学和意识形态方面的补充,卢梭·莫尔译(纽约:每月评论出版社,1989)。相反,詹·耐德文·彼德西提供了一种解放主义的讨论,也是在世界范围内的:《帝国与解放》(伦敦:布鲁托出版社,1991)。

74. 卡尔德,《革命的帝国》,第36页。

75. 同上,第650页。

76. 艾克巴尔·阿赫玛德,"新法西斯国家:第三世界权力病理笔记",载《阿拉伯研究季刊》第三卷第二期(1981春),第170-180页。

77. 詹姆斯·乔伊斯,《一个青年艺术家的画像》(1916;纽约:维京出版社,1964重印),第189页。

78. 托玛斯·霍德金,《殖民地非洲的民族主义》(伦敦:穆勒出版社,1956),第93-114页。

79. 爱尔弗雷德·科罗斯比,《生态帝国主义:欧洲的生物扩张,900—1900》(剑桥:剑桥大学出版社,1986),第196-216页。

80. 尼尔·史密斯,《不均衡发展:自然、资本与空间的产生》(牛津:布莱克维尔出版社,1984),第102页。

81. 同上,第146页。对空间的进一步划分,出现在园艺与国家公园的建设中。对艺术与娱乐都产生了影响。见W. J. T. 米歇尔的"帝国的园艺",载《园艺与权力》,W. J. T. 米歇尔编(芝加哥:芝加哥大学出版社,1993),及珍妮·凯如瑟斯,"建设国家公园,1910—1926",载《南非研究杂志》第十五卷,第2期(1989,1),第188-216页。在另一地区,比较马克·贝森的"创造西伯利亚:19世纪早期俄罗斯东部的视角",载《美国历史评论》96,第3期(1991,6),第763-794页。

82. 玛哈冒德·达沃什,"巴勒斯坦来的恋人",载《碎骨》,B. M. 巴纳尼译(格林菲尔德中心:纽约:格林菲尔德评论出版社,1974),第23页。

83. 玛丽·海默,"将爱尔兰纳入地图",载《文本实践》,3,第2期(1989夏),第184-201页。

84. 同上,第195页。

85. 希缪斯·狄纳,《复活:现代爱尔兰文学论文》(伦敦:费伯与费伯出版社,

1985),第38页。

86. 同上,第49页。

87. 同上。

88. 霍尔·索因卡,《神话、文学与非洲世界》(剑桥,剑桥大学出版社,1976),第127页。又见姆丁贝,《创造非洲》第83-89。

89. 同上,第129,136页。

90. 法农,《被毁灭的大地》,第203页。

91. 西赛尔,《诗集》,第72页。

92. 同上,第76,77页。

93. R. P. 布莱克莫尔,《欧洲小说里的十一篇论文》(纽约:哈柯特,布瑞斯与世界出版社,1964),第3页。

94. 马哈默德·达沃什,《人类肉体的音乐》,德尼斯·约翰逊·戴维斯译(伦敦:海因曼出版社,1980),第18页。

95. 帕巴罗·聂鲁达,《回忆录》,哈地·圣马丁译(伦敦:企鹅出版社,1977),第130页。这篇文章对那曾经被柯纳·克鲁斯·奥布莱恩的《激情与狡猾:论W.B.叶芝的政治》(伦敦:魏顿·菲尔德与尼柯逊,1988)所影响的人来说,可能感到吃惊。它的论点与材料不充足,特别是在与伊丽莎白·卡灵弗德的《叶芝、爱尔兰与法西斯主义》(伦敦:麦克米兰出版社,1981)相比较之下。卡弗德也提到了聂鲁达的文章。

96. W. B. 叶芝,《诗歌选》(纽约:麦克米兰出版社,1959),第146页。

97. 聂鲁达,《全副武装》,阿拉斯泰尔·里德译(纽约:法拉、施特劳斯与吉若克斯出版社,1986),第131页。

98. 叶芝,《诗歌选》,第193页。

99. 法农,《被毁灭的大地》,第59页。

100. 盖瑞·希克,《全军覆没:美国与伊朗的悲剧性冲突》(纽约:兰登书屋,1985)。

101. 奇努阿·阿奇比,《破碎》(1959,纽约:弗赛特,1969重印)。

102. 劳伦斯·J.麦卡弗雷,"爱尔兰民族主义构成",载《关于爱尔兰民族主义》,托玛斯·E.哈奇与劳伦斯J.麦卡弗雷编(莱克星顿:肯塔基大学出版社,1989),第16页。

103. 叶芝,《诗歌选》,第212页。

104. 同上,第342页。

105. 哈奇与麦卡弗雷《关于爱尔兰民族主义》中引用了这段话,第 117 页。
106. 同上,第 106 页。
107. 见大卫·洛伊德,《民族主义与青年文学:詹姆斯·克莱伦斯·曼甘与爱尔兰文化民族主义的产生》(伯克利:加大出版社,1987)。
108. 他们的文集,见《爱尔兰实地考察》(伦敦:哈钦森出版社,1985)。这个文集包括了保林、希尼、迪尼、基也尼和基伯德。又见 W.J.麦克科麦,《书籍之战》(爱尔兰:吉金斯城,利利普特出版社,1986)。
109. R.P.布莱克莫尔,《无知入门》,约瑟夫·弗兰克编(纽约:哈克特、布雷斯与世界出版社,1967),第 21-33 页。
110. 约瑟夫·李尔森,《爱尔兰与法尔-盖尔:爱尔兰民族主义思想,其发展及 19 世纪之前的文学表现之研究》(阿姆斯特丹、费城:本杰明出版社,1986)。
111. 法农,《被毁灭的大地》,第 210 页。
112. 同上,第 214 页。
113. 叶芝,《诗歌选》,第 343 页。
114. R.P.布莱克莫尔,《作为表现的语言:关于诗歌的论文》(伦敦:爱伦与安文,1954),第 118 页。
115. 同上,第 119 页。
116. 戈东·K.鲁易斯,《奴隶制、帝国主义与自由》(纽约:每月评论,1978)。罗宾·布莱克伯恩,《殖民奴隶制的推翻,1776—1848》(伦敦:沃索出版社,1988)。
117. 托玛斯·霍德金,"非洲与第三世界的帝国主义理论",载《帝国主义理论研究》,罗杰·欧文与包伯·萨克利夫编(伦敦:朗曼出版社,1977),第 95 页。
118. 玛瑟·摩尔编,《马克思论欧洲反殖民主义》(巴黎:科林出版社,1969)。又见查尔斯·罗伯特·阿格隆,《1871—1914 的法国反殖民主义运动》(巴黎:法国大学出版社,1973)。
119. 哈利·布莱肯,"本质、事件与种族",载《赫耳墨斯》,第 116 期(1973 年冬),第 81-96 页。
120. 吉拉德·莱克拉克,《殖民主义人类学:非洲主义历史研究》(巴黎:苏维尔出版社,1972)。
121. J.A.霍布逊,《帝国主义:一项研究》(1902,安阿伯:密执安大学出版社,1972 重印),第 223-284 页。

122. C. L. R. 詹姆士分析的另一个例子是威尔伯弗斯被彼特所驱使在废除奴隶制中的行为。詹姆士,《黑人雅各宾派:卢福泰尔的图桑及圣多明各革命》(1938,纽约:万庭芝出版社,1963 重印),第 53 – 54 页。
123. 见诺姆·乔姆斯基,《美国的力量与新官员》(纽约:万神庙出版社,1969),第 221 – 366 页。
124. 吉拉台德,《法国殖民主义思想》,第 213 页。
125. 关于两次世界大战期间在巴黎的年轻的越南知识分子的精辟论述,见何泰辉·谭,《激进主义与越南革命之起源》(坎布里奇:哈佛大学出版社,1992)。
126. 詹奈特·G·维兰特,《黑人、法国人与非洲人:利奥波德·赛达尔·桑戈尔生平》(坎布里奇:哈佛大学出版社,1990),第 87 – 146 页。
127. 雷蒙·威廉姆斯,《文化》(伦敦:方塔纳出版社,1981),第 83 – 85 页。
128. 阿里·哈隆,《阿尔及利亚人民解放反法战争:1954—1962》(巴黎:苏维尔出版社,1986)。
129. 阿拉塔斯,《懒惰的土著之谜》,第 56 页。
130. 同上,第 96 页。
131. 詹姆士,《黑人雅各宾派》,第 198 页。
132. 乔治·安东纽斯,《觉醒的阿拉伯:阿拉伯民族运动》(1938,贝鲁特:立班图书馆出版社,1969 重印),第 305 – 306 页。
133. 艾尔伯特·霍拉尼,《现代中东的起源》(伯克利:加大出版社,1981),第 193 – 234 页。又见乔治敦大学苏珊·西斯拜博士论文《安东纽斯:巴勒斯坦、复国主义与英帝国主义:1929—1939》(安·阿伯:大学微缩出版社,1986)。这篇论文对安东纽斯的生活提供了丰富的资料。
134. 保罗·布勒,《C. L. R. 詹姆士:作为革命家的艺术家》(伦敦:沃索出版社,1988),第 56 – 57 页。
135. "C. L. R. 詹姆士的听众",载《第三世界书评》1,第二期(1984),第 7 页。
136. 安东纽斯,《觉醒的阿拉伯》,第 43 页。
137. 阿拉塔斯,《懒惰的土著之谜》,第 152 页。
138. 拉纳吉特·古哈,《孟加拉财产法:永久解决法案研究》(巴黎、海牙:莫顿出版社,1963),第 8 页。
139. 古哈,《关于殖民地印度的史评》,载《原住民研究》,Ⅰ(德里:牛津大学出版社,1982),第 5,7 页。关于古哈后来的思想发展,见他的"没有霸权的统治及其史评",《原住民研究》,Ⅵ(德里:牛津大学出版社,1986),第210－309页。

140. A. L. 蒂巴维,《现代历史的历史:包括黎巴嫩与巴勒斯坦》(伦敦:麦克米兰,1969)。艾尔伯特·霍拉尼,《自由主义时代的阿拉伯思想:1798—1939》(剑桥:剑桥大学出版社,1983);希撒姆·萨拉巴,《阿拉伯知识分子与西方:形成的年代,1875—1914》(巴尔的摩:约翰·霍普金斯大学出版社,1972);巴赛姆·蒂比,《阿拉伯民族主义:批判分析》,M. F. 与彼得·斯拉格莱特译(纽约:圣马丁出版社,1990);穆罕默德·阿巴德·阿尔－贾巴里,《那格阿尔－阿格尔·阿尔－阿拉比》,两卷(贝鲁特:达·阿尔·塔利阿出版社,1984,1986)。

141. A. A. 杜利,《阿拉伯国家的历史形成:关于属性与艺术的研究》,劳伦斯·I. 康拉德译(1984,伦敦:罗姆·海尔姆出版社,1987)。

142. 沃尔特·罗德尼,"非洲革命",载《C. L. R. 詹姆士:生平与著作》,保罗·布勒编(伦敦:爱利森与巴斯比出版社,1986),第85页。

143. 古哈,《孟加拉财产法》,第38页。

144. 同上,第62页。

145. 同上,第145页。

146. 同上,第92页。

147. 艾利克·威廉姆斯,《资本主义与奴隶制》(纽约:罗素与罗素出版社,1961),第211页。

148. 阿拉塔斯,《懒惰的土著之谜》,第200页。

149. 詹姆士,《黑人雅各宾派》,第 x 页。

150. 同上,第391页。

151. 引用于西尔斯比的《安东纽斯》,第184页。

152. 塔利克·阿里,《尼赫鲁和甘地家族:一代印度王朝》(伦敦:潘恩出版社,1985)。

153. 西奥多·阿多诺,《最低道德:被毁坏的生活的反思》,EFN 杰弗科特译(1951,伦敦:新左派出版社,1974译本),第102页。

154. 科纳·克鲁斯·奥布莱恩,《为什么要停止嚎叫》,载《观察家》,1984年6月,第3页。

155. 法农,《被毁灭的大地》,第77页。

156. 见 S. P. 莫罕蒂,《我们与他们:论政治批判的哲学基础》,载《耶鲁批评杂志》2,第二期(1989)第1－31页。三个使用这种方法的例子是蒂莫西·布兰南,《萨尔曼·拉什迪和第三世界:国家之谜》(纽约:圣马丁出版社,1989);玛丽·雷尤恩,《类型的旅行:现代小说与意识形态》(普林斯顿:普林斯顿大学出版社,1990);罗伯·尼克松,《伦敦在呼唤:V.S.奈苞尔、后殖民地官员》(纽约:牛津大学出版社,1992)。

157. 以下这段话出自1919年英国外交大臣拜尔弗爵士之口。至今,这依然大体上代表了西方自由派的观点:

在巴勒斯坦,我们并不寻求听取那里的居民的意愿,尽管美国代表曾经争求过他们关于他们是什么人的意见。四个大国忠于犹太复国。复国主义,不管它正确与否,好与否,都存在于悠久的传统之中,存在于现实的需要、未来的希望之中。比那些住在这块古老的土地上的七十万阿拉伯人的意愿与偏见要有意义得多。在我看来,这个意见是正确的。

克里斯托弗·赛克斯在《通向以色列的十字路口:1917—1948》(1965,布鲁明顿:印第安那大学出版社,1973),第5页中引用了这段话。

158. 拉菲尔·帕蒂,《阿拉伯思想》(纽约:斯瑞伯纳出版社,1983);大卫·普莱斯-琼斯,《封闭的圈:解释阿拉伯人》(纽约:哈波与罗出版社,1989);伯纳德·K.路易斯,《伊斯兰的政治语言》(芝加哥:芝加哥大学出版社,1988);帕特里夏·克朗与米歇尔·库克,《法律的规范:伊斯兰世界的建立》(剑桥:剑桥大学出版社,1977)。

159. 罗纳德·罗宾逊,《欧洲帝国主义的非欧洲基础:合作的理论的雏形》,载欧文与萨特克利夫,《帝国主义理论研究》,第118,120页。

160. 正夫三良,《我们眼中的他们:第一位日本驻美大使》(1860),(伯克利:加州大学出版社,1979);易卜拉辛·阿布-鲁高德,《阿拉伯对欧洲的重新发现:关于文化碰撞的研究》,普林斯顿:普林斯顿大学出版社,1963。

161. 霍米·K.巴巴,"奇妙的符号:1817年5月德里街头树下谈关于矛盾与权威的问题",载《批评研究》12,第1期(1985),第144-165页。

162. 阿富汗尼对勒南的回答见尼基·R.瑞迪的《对帝国主义的一个来自伊斯兰的回答:萨义德·贾玛尔·阿尔-丁·阿尔-阿富汗尼的政治与宗教论文》(1968,伯克利:加大出版社,1983重印),第181-187页。

163. 阿尔伯特·霍拉尼,"T.E.劳伦斯与路易斯·玛西农",载《欧洲思想中的伊斯兰》(剑桥:剑桥大学出版社,1991),第 116-128 页。

164. 叶芝,《诗歌选》,第 49 页。

165. 查特吉,《民族主义思想》,第 147 页。

166. 同上,第 169 页。

167. V. S. 奈保尔,《信仰者之中:伊斯兰的旅程》(纽约:阿尔弗雷德·A. 克诺甫出版社,1981)与《游击队》(纽约:阿尔弗雷德·A. 克诺甫出版社,1975)。又见他的《印度:一个受伤的文明》(纽约:万庭芝出版社,1977);及《黑暗的区域》(纽约:万庭芝出版社,1981)。

168. 克劳德·李奥祖,《第三世界的起源:殖民主义与法国反殖民主义运动(1919—1939)》(巴黎:哈曼塔出版社,1982),第 7 页。

169. V. S. 奈茍尔,《河流的弯道》(纽约:诺甫出版社,1979),第 244 页。

170. 戴维森,《现代历史中的非洲》,第 374 页。

171. 法农,《被毁灭的大地》,第 88 页。

172. 同上,第 51 页。

173. 同上,第 47 页。

174. 同上,第 204 页。

175. 同上,第 106 页。关于法农在"向世界重新输入人类"的观点,见帕特里克·泰勒的讨论《解放的话语:关于非洲-加勒比文学、大众文化与政治的见解》(伊色佳:康奈尔大学出版社,1989),第 7-94 页。关于法农对民族文化的担忧,见阿琳·甘吉尔的《弗朗兹·法农传记》(1973,纽约:格罗夫出版社,1985 重印),第 224-230 页。

176. 乔治·卢卡奇,《历史与阶级意识:马克思辩证法研究》,罗德尼·列文斯通译(伦敦:梅林出版社,1971),第 199 页。

177. 法农,《被毁灭的大地》,第 52 页。

178. 同上,第 51 页。

179. 同上,第 88,93 页。

180. 同上,第 93 页。

181. 同上,第 94 页。

182. 艾尔伯特·买米,《殖民者与被殖民者》(1957,纽约:奥瑞昂出版社译本,1965)。

183. 法农,《被毁灭的大地》,第 107 页。

184. 同上,第124页。
185. 同上,第125页。
186. 同上,第131页。
187. 同上,第148页。
188. 同上,第159页。
189. 同上,第203页。
190. 同上,第247页。
191. 埃米尔卡·卡布拉尔,《团结与斗争:演讲与文章》,米歇尔·沃尔弗译(纽约:每月评论出版社,1979),第143页。
192. 麦克尔·乔德基也维奇,为埃米尔·阿布代尔·卡达尔的《心灵的文字》所作的前言,乔德基也维奇译(巴黎:苏维尔出版社,1982)第20-22页。
193. 贾拉尔·阿里·阿赫玛德,《西方主义:西方的瘟疫》,R. 坎贝尔译(1978,伯克利:米赞出版社,1984)。
194. 霍尔·索因卡,"欺骗的二个比喻",载《过渡》第54期(1991),第178-183页。
195. 安瓦尔·阿布代尔·马莱克,"文明的进程:立场",载《现代世界中民族独立的条件》(巴黎:古扎出版社,1977),第499-509页。
196. 阿卜杜拉·拉诺依,《阿拉伯知识分子的危机》(伯克利:加大出版社,1976),第100页。
197. 奇努阿·阿奇比,《希望与障碍:文选》(纽约:双日出版社,安可,1989),第76页。
198. 这个词第一次出现在米歇尔·福柯的《规训与惩罚:监狱的诞生》中。艾伦·谢立丹译(纽约:万神庙出版社,1977),第26页。与这个观念有关的思想在他后来的《性史》第一卷,罗伯特·哈利译(纽约:万神庙出版社,1978)中,以及各种访谈中多次出现。这个词影响了昌多·穆夫和厄内斯特·拉克娄的《霸权与社会主义策略:关于激进的民主政治》(伦敦:沃索出版社,1985)。见我的《福柯与想像的权力》,载《福柯:批判论文集》,大卫·霍依编(伦敦:布莱克维尔,1986),第149-155页。
199. 我在"米歇尔·福柯:1926—1984"中讨论了这种可能。该文载《福柯之后:人文知识、后现代挑战》,乔纳森·艾拉克编(新布朗斯维克:罗杰斯大学出版社,1988),第8-9页。
200. 哈贝玛斯,《自治与团结:访谈》,彼得·杜斯编(伦敦:沃索出版社,1986),第

187 页。

201. 詹姆士,《黑人雅各宾派》,第 401 页。
202. 同上,第 401 页。
203. 同上,第 402 页。

第四章

1. 米歇尔·巴拉特-布朗,《帝国主义之后》(纽约:人文学出版社,1970,修改版),第 Ⅷ 页。

2. 阿诺·J. 梅厄,《旧政权的延续:欧洲进入大战》(纽约:万神庙出版社,1981)。梅厄的书谈的是从 19 世纪初到 20 世纪旧秩序的延续。另外一本书可做它的补充:威廉·罗杰·路易斯,《帝国主义蓄势待发:美国与英国帝国的非殖民地化,1941—1945》(伦敦:牛津大学出版社,1977)。此书详细论述了第二次世界大战中旧的殖民制度和托管制是如何从英国转至美国的。

3. 《北与南:生存的计划》(坎布里奇:麻省理工学院出版社,1980)。关于这种现实的一个不那么光明,但是更真实的解释,见 A. 希万纳顿,"帝国主义的新圆圈",载《种族与阶级》30,第 4 期(1989.4.6),第 1 - 19 页。

4. 雪莉·佩尔,《债务的陷阱:国际货币基金组织与第三世界》(纽约:每月评论出版社,1974)。

5. 《北与南》,第 275 页。

6. 关于三个世界划分的论述,见卡尔·E. 普莱彻,"三个世界,或社会科学劳动的分工,大约 1950—1975",载《社会论述比较研究》,23(1981 年 10 月),第 565 - 590 页。又见彼得·沃尔斯利的著名的《第三世界》(芝加哥:芝加哥大学出版社,1964)。

7. 诺姆·乔姆斯基,《迈向新的冷战:关于当前的危机及其形成》(纽约:万神庙出版社,1982),第 84 - 85 页。

8. 罗纳德·斯蒂尔,《沃尔特·李普曼与美国世纪》(波士顿:小布朗出版社,1980),第 496 页。

9. 见安德斯·史蒂芬森,《坎南与外交艺术》(剑桥:哈佛大学出版社,1989),第 167,173 页。

10. 理查德·J. 巴纳,《战争的根源》(纽约:雅典娜出版社,1972),第 21 页。又见艾克巴尔·阿赫玛德,"政治文化与外交政策:有关美国对第三世界的干涉笔记的",载《好与坏:美国对世界的影响》,艾伦·F.戴维斯编(维斯特波特:格杜伍德出版社,1981),第119—131页。

11. V. G. 基尔南,《美国:新帝国主义:从白人定居地到世界霸权》(伦敦:在德出版社,1978),第127页。

12. 艾尔伯特·K.温伯格,《明显的命运:美国历史上民族主义扩张研究》(格劳赛斯特,麻省:史密斯出版社,1958)。又见瑞吉南·霍尔斯曼,《种族与明显的命运:美国种族主义的盎格鲁-萨克逊主义根源》(剑桥:哈佛大学出版社,1981)。

13. 理查德·斯洛特金,《通过暴力重生:美国西部边境的神话,1600—1860》(米德尔顿:威斯理安大学出版社,1973),第557页;又见这本书的续书,《致命的环境:工业化时代西部边境的神话,1800—1890》(米德尔顿:威斯理安大学出版社,1985)。

14. C. L. R. 詹姆士,《水平、叛教者与流浪者:赫曼·梅尔维尔的故事与文明生活的世界》(1953,伦敦:爱利森与巴斯比,1985新版),第51及后页。又见基尔南,《美国》,第49—50页。

15. 见J.米歇尔·达什,《海地与美国:民族形象与文学想像》(伦敦:麦克米兰,1988),第9,22—25及后页。

16. 基尔南,《美国》,第206页。

17. 同上,第114页。

18. 阿琳·甘吉尔,《应付政治变动:社会学家与第三世界》(包德与伦敦:威斯特维尔出版社,1985),特别是第40—41,127—147页。

19. 《多种声音,一个世界》(巴黎:联合国教科文组织,1980)。

20. 安东尼·史密斯,《信息的地缘政治:西方文化是如何统治世界的》(纽约:牛津大学出版社,1980),第176页。

21. 赫伯特·席勒,《思想的控制者》(波士顿:灯塔出版社,1973)与《大众传播与美国帝国》(波士顿:灯塔出版社,1969)。阿曼德·马特莱特,《泛国界与第三世界:文化的斗争》(南·海德利:伯根与加维出版社,1983)。这只是这三位作者有关这个问题的书的一部分。

22. 穆尼夫的五部小说系列1984—1988年间在阿拉伯出版。其中两本由彼得·赛柔翻译为优质的英语。《盐城》(纽约:万庭芝出版社,1989)与《壕沟》(纽约:万神庙出版社,1991)。

23. 小詹姆斯·A.菲尔德,《美国与地中海国家,1776—1882》(普林斯顿:普林斯顿大学出版社,1969),特别是第3,6,8,11章。

24. 理查德·W.万·阿尔斯泰因,《崛起的美国帝国》(纽约:诺顿出版社,1974),第6页。

25. 法阿德·阿贾米,《阿拉伯不合之夏》,载《外交》69,第五期(1990—1991冬)。

26. 杰出的伊斯兰艺术史家之一奥列格·格雷巴认为巴格达是艺术遗产的三个里程碑之一,《伊斯兰艺术的创立》(1973,纽黑文:耶鲁大学出版社,1987重订本),第64-71页。

27. 基尔南,《美国》,第262-263页。

28. 阿诺德·克鲁派特,《为那些后来者:美国土著人自传研究》(伯克利:加大出版社,1985)。

29. 巴西尔·戴维森,《论革命的民族主义:卡布拉尔的遗产》,载《种族与阶级》,27,第三期(1986年冬),第43页。

30. 同上,第44页。戴维森在他的深刻的著作,《黑人的重负:非洲与民族国家的厄运》(纽约:时代出版社,1992)中,发展和扩大了他的这个论点。

31. 蒂莫西·布兰南,《大都市与名人》,载《种族与阶级》,31,第1期(1989,7-9月),第1-19页。

32. 见赫伯特·席勒,《文化公司:公司对公共表达的占领》(纽约:牛津大学出版社,1989)。

33. 伊梅纽·沃勒斯坦,《历史资本主义》(伦敦:沃索出版社,1983),第65及后页。又见乔万尼·阿瑞基、台伦斯·K.霍普金斯与伊梅纽·沃勒斯坦,《反体制运动》(伦敦、纽约:沃索,1989)。

34. 乔纳森·瑞在"国际主义",《激进哲学》60(1992春)第3-11页中,对这点作出了非常尖锐的讨论。

35. 伯纳德·S.科恩,"维多利亚时期印度对权威的表现",载《传统的创造》,艾利克·霍布斯包姆与泰伦斯·瑞恩杰编(剑桥:剑桥大学出版社,1983),第192-207页。

36. 阿多尼斯,《阿拉伯诗歌简介》,凯瑟琳·柯班译(伦敦:萨奇出版社,1990),第76页。

37. 希穆斯·迪纳,"英雄的形象:思想的传统",载《爱尔兰实地考察》(伦敦:哈钦森出版社,1985),第58页。

38. 坎·瑞恩格,《华盛顿邮报》,1991,3,31;《作为西方的美国:重新解释西部的形象:1820—1970》;威廉·H.特鲁斯特纳编(华盛顿、伦敦:史密斯学会,1991),给予对展览的攻击以有力的反驳。参观者对展览会的反映的一个调查见《美国艺术》5,第二期(1991,夏),第3-11页。

39. 霍米·K.巴巴在"后殖民批评",载《舞台》96(1991),第61-63页,《解构国家:时间、叙述与现代国家边缘》,载《国家与叙述》霍米·K.巴巴编(伦敦、纽约:鲁特莱芝出版社,1990),第291-322页中,对这个观点给予了非常微妙的讨论。

40. 保罗·肯尼迪,《大国的崛起与衰落:经济变化与军事冲突:1500—2000》(纽约:兰登书屋,1987)。

41. 小约瑟夫·S.尼尔,《必定领先:美国力量变化中的本质》(1990,纽约:基本丛书出版社,1991修订本),第260页;

42. 同上,第261页。

43. 《美国生活中的人文学:人文学委员会报告》(伯克利:加州大学出版社,1980)。

44. 见萨义德,《世界、文本与批评》(坎布里奇:哈佛大学出版社,1983),第226-247页。

45. 罗伯特·A.麦考利,《国际研究与学术帝国:美国学术包围的一章》(纽约:哥伦比亚大学出版社,1984)。

46. 西奥多·阿多诺,《最低的道德:被毁掉的生活的思考》,E.F.N.杰夫考特译(1951伦敦:新左派出版社,1974译文),第55页。

47. 见萨义德,《表现伊斯兰》(纽约:万神庙出版社,1981)。

48. 弗里德里克·詹姆森,"后现代主义与消费社会",载《反美学:后现代主义论文》,哈尔福斯特编(唐山德港:海湾出版社,1983),第123-125页。

49. 艾克巴尔·阿赫玛德,"新法西斯国家:第三世界政权病理笔记",载《阿拉伯研究季刊》,3,第2期(1981春),第170-180页。

50. 艾克巴尔·阿赫玛德,《从土豆袋到土豆泥:当代第三世界危机》,载《阿拉伯研究季刊》2,第3期(1980夏),第230-232页。

51. 同上,第231页。

52. 保罗·瓦瑞利奥,《领土安全》(巴黎:斯托克出版社,1976),第88及后页。

53. 让-弗朗索瓦·利奥塔,《后现代条件:关于知识的报告》,杰奥夫·班宁顿、布莱恩·马苏尼译(明尼阿波利斯:明尼苏达大学出版社,1984),第37,46页。

54. 正夫三良,《远离中心:日本与美国的力量与文化关系》(剑桥:哈佛大学出版社,

1991),第623-624页。

55. T. S. 艾略特,《小吉丁》,载《诗集,1090—1962》(纽约:哈科特,布雷斯与世界出版社,1963),第207-208页。

56. 吉尔·德吕兹与菲力克斯·瓜塔里,《千高原》(巴黎:米努特出版社,1980),511页。我自己的翻译。

57. 瓦瑞利奥,《领土安全》,第84页。

58. 阿多诺,《最低的道德》,第46-47页。

59. 同上,第67-68页。

60. 同上,第68页。

61. 同上,第81页。

62. 阿里·沙里阿蒂,《伊斯兰社会学:阿里·沙里阿蒂演讲》,哈米德·阿尔加译(伯克利:密赞出版社,1979),第92-93页。

63. 在我的《开端:意图与方法》中对此做了描述(1975,纽约:哥伦比亚大学出版社,1985重印)。

64. 约翰·伯格与简·莫尔,《另一种说法》(纽约:万神庙出版社,1982),第108页。

65. 伊梅纽·沃勒斯坦,《作为转折的危机》,载萨米尔·阿明、乔万尼·阿瑞吉、安德烈·甘纳·弗兰克与伊梅纽·沃勒斯坦,《全球危机的动力》(纽约:每月评论出版社,1982),第30页。

66. 圣维克多的雨果,《解说》,杰若米·泰勒译(纽约:哥伦比亚大学出版社,1961),第101页。

索　引

（索引条目后数字为原书页码，即本书边码）

A

阿巴斯，法哈特　Abbas, Farhat　328

阿布代尔－马莱克，安瓦尔　Abdel-Malek, Anwar　314, 333

阿布－鲁高德，詹耐特　Abu-Lughod, Janet　154-155

阿奇比，奇努阿　Achebe, Chinua　91, 200, 331, 335

　《大草原上的奇希尔》　Anthills of the Savannah　372-373

　《事情搞糟了》　Things Fall Apart　284

阿达斯，迈克尔　Adas, Michael　159, 238

阿多尼斯（阿里·阿赫迈德·萨义德）　Adonis (Ali Ahmed Said)　378-379

阿多诺，西奥多　Adorno, Theodor　275, 311-312, 353, 390, 403-404

阿富汗尼，贾玛尔·阿尔-丁·阿尔　Afghani, Jamal al-Din al-　39, 317-318

非洲　Africa

　两次世界大战之间　between World Wars　236-237

　黑人文化自豪感　négritude　275-277

　反抗文化　resistance culture　253-254

　西方的表现　Western representations　43-44

　关于非洲的作品　writing about　119-120

　来自非洲的写作　writing from　288-289

　又见　Algeria; Conrad, Joseph; Egypt; Gide, André 等各条索引

非洲人（电视节目）　Africans, The (TV programme)　43

阿赫玛德·艾克巴尔　Ahmad, Eqbal　19, 269, 320, 394

《阿依达》（歌剧）　Aida (opera)　134-157

阿拉塔斯，S. H.　Alatas, S. H.

　《懒惰的土著之谜》　The Myth of the Lazy Native　48, 296-297, 300-303, 305-309

阿尔及利亚　Algeria　277

　法国占领　French domination　11, 15-17, 79, 133, 203, 206-207, 238, 291-292, 294, 323

　语言　Language　323

　在《没有道德的人》中，in L'Immoraliste　231-232

　独立战争　War of Independence　11, 17, 294

　关于阿尔及利亚的作品　writing about　313

　又见　Camus, Albert 条

阿尔及利亚民族解放阵线　Algerian National Liberation Front　238

阿里·艾-阿赫迈德，贾拉尔　Ali, i-Ahmed, Jalal　34, 276, 332

517

阿里,穆罕默德 Ali,Muhammad 317
阿鲁拉,马莱克 Alloula,Malek 133,222
"作为西方的美国"展览 'America as West' exhibition 380-1431
美国内战 American Civil War 152
阿明,萨米尔 Amin,Samir 5
安德森,班内迪克 Anderson,Benedict 260,280
安南,努埃尔 Annan,Noel
　维多利亚研究 Victoria Studies 186
安蒂瓜 Antigua
　见 Mansfield Park 条
反体制运动 anti-systemic movements 376-377
安东纽斯,乔治 Antonius,George 63,270
阿波利奈尔,纪尧姆 Apollinaire,Guillaume 294
阿拉伯基督教新教 Arab Christian Protestants 45-47
阿拉伯起义,Arab revolt 见 Antonius,George;Lawrence,T. E. 等条
阿拉伯大学 Arab universities 368-370
阿拉伯语言 Arabic language 217,370
阿拉伯文学 Arabic literature 42,378-390
阿拉巴,媒介表现 Araba,media representation of 42
　又见 Islam 条
阿伦特,汉娜 Arendt,Hannah xix,27,260
阿诺德,马修 Arnold,Matthew 52,157,383,388
《文化与无政府主义》 Culture and Anarchy xiii-iv,157-158,159
艺术 art 292
阿萨德,塔拉 Asad,Talal 184

《人类学与殖民碰撞》 Antbropology and the Colonial Encounter 47
奥尔巴赫·艾瑞克 Auerbach,Erich 50,51,52-53,385,407
《模仿》 Mimesis 54
奥斯汀,简 Austen,Jane 71,78,81
《说服》 persuasion 78
　又见 Mansfield Park 条
澳大利亚 Australia XV-Ⅷ,78,127

B

贝登,巴威尔 第一个贝隆 Baden-Powell,First Baron 129,166
白芝浩,沃尔特 Bagehot,Walter
《物理与政治》 Physics and Politics 99
巴格达 Baghdad 359-346,365,430
巴尔扎克,奥诺雷·德 Balzac,Honoré de 75,118
班,史蒂夫 Bann,Steven 141
野蛮主义 30
巴奈特,理查德 Barnet,Richard 345-346
巴拉特-布朗,米歇尔 Barratt-Brown,Michael 341
巴尔特,罗兰 Barthes,Roland 208
巴塔图,汉娜 Batatu,Hanna 48
拜洛伊特歌剧院 Bayreuth Opera House 141
班达,朱利安 Benda,Julien 28,366
孟加拉 Bengal 296,306
本雅明,沃尔特 Benjamin,Walter 373
班奈特,威廉 Bennett,William 388-389
班汀克,威廉 Bentinck,William 185-186

伯格,约翰 Berger,John 405
伯纳尔,马丁 Bernal,Martin 132,143
《黑色雅典娜》 *Black Athena* 16,378
伯克,雅克 Berque,Jacques 155
拜森特,安妮 Besant,Annie 264
拜茨,雷蒙 Betts,Raymond 205,206
《黑人雅各宾派》 *Black Jacobins,The* (by C. L. R. James) 295－296,297－300,303－305,308－310,312－313,337－340
布莱克伯恩,罗宾 Blackburn,Robin 113,289
布莱克莫尔,R. P. Blackmur,R. P. 280,285,287
布莱克,威廉 Blake,William 12－13
布鲁姆,艾伦 Bloom,Allan 18,388
布兰特,W. S. Blunt,Wilfred Scawen 236
伯恩(安纳巴) Bône(Annaba) 207
布尔迪厄,皮埃尔 Bourdieu,Pierre
《阿尔及利亚社会学》 *Sociologie de l'Algérie* 217
童子军 Boy Scouts 166
布莱肯,哈利 Bracken,Harry 290
伯兰特报告 Brandt report 342－343
伯兰特林杰,帕特里克 Brantlinger,Patrick 76
布兰南,蒂姆 Brennan,Tim 373
英帝国 British Empire 4,163,239
又见 imperialism
勃朗蒂,夏洛特 Brontë,Charlotte
《简·爱》 *Jane Eyre* 73,78
布热津斯基,斯皮格纽 Brzezinski,Zbigniew 355
布高德,西奥多 Bugeaud,Theodore 133,204,219,220,421

布尔沃－雷顿,第一伯爵 Bulwer-Lytton,First Earl of 247
布什,乔治 Bush,George 42,158,354,356,360,363
巴特勒,赛缪 Butler,Samuel 188

C

卡布拉尔,埃米尔卡 Cabral,Amílcar 288,331－332,334,372
开罗 Cairo 148,151,153－155
  歌剧院 Opera House 138－140,151－152,155－156
  大学 university 369－370
卡尔德,安古斯 Calder,Angus
《革命的帝国》 *Revolutionary Empire* 266,267,268－269
加缪,艾尔伯特 Camus,Albert 79,194－195,207－225
《陌生人》 *L'Etranger* 194,195,210,211,215,219,223－224
《流放与王国》 *L'Exil et le royaume* 211,215
《淫妇》 'La Femme adultère' 213－215
《鼠疫》 *La Peste* 219
《被教者》 'Le Renégat' 215
坎尼,尼古拉斯 Canny,Nicholas 96
加勒比 Caribbean, the 256－258,297
  又见: James,C. L. R.
卡莱尔,托玛斯 Carlyle,Thomas 12,97,121－123
卡特,吉米 Carter,Jimmy 23
卡特,保罗 Carter,Paul 55
《通向植物园湾的路》 *The Road to Botany Bay* xvi－xvii

519

西赛尔,艾米 Césaire, Aimé 230, 292,321,372
  《归来的回忆》 Cabier d'un retour 278-279,324,338-339
  《殖民主义话语》 Discours sur le colonialisme 237,322
  诗歌 poem 259
  《暴风雨》 Une Tempête 256
坎布利昂,让-弗朗索瓦 Champollion, Jean Francois 142-143, 146
查戈涅(将军) Changarnier, General 220
夏多布里昂,维柯姆 Chateaubriand Vicomte de 71,74,116-117
查特吉,帕萨 Chatterjee, Partha 262, 319-320
乔叟,杰弗雷 Chaucer, Geoffrey 167
查当(部长) Chautemps, Minister 217
齐索姆,乔治 Chisholm, George 55
乔姆斯基,诺姆 Chomsky, Noam 332,343,346,366,367,393
基督教,阿拉伯 Christianity, Arab 45-47
克拉克,T. J. Clark, T. J. 133
克莱夫,罗伯特 Clive, Robert 185
科茨,J. M. Coetzee, J. M. 341
科恩,伯纳德 Cohn, Bernard 131
合作 collaboration 316-340
"殖民主义"(用语) 'colonialism', term 8
殖民化 colonization 128-129
科罗纳,凡妮 Colonna, Fanny 222
哥伦比亚大学 Columbia University 53
共产主义 Communism 250
比较文学 comparative literature 52- 56,373-374,386
康拉德,约瑟夫 Conrad, Joseph 10, 71,91,132,159-160,188,197- 201,203,227,229,330,392
  《吉姆》 Lord Jim 188
  《诺斯特洛姆》 Nostromo XVIII- XXII,28,112,200
  《个人记录》 A Personal Record 80
  《胜利》 Victory 197,198,200
  又见:Heart of Darkness
科瑞,约翰 Corry, John 44
克利奥尔人 creoles 260
  《黑人的叫喊》 Cri des ngères 292
克罗斯,班尼德托 Croce, Benedetto 57
克罗莫,(伯爵) Cromer, Earl 182, 204,239-240
科罗斯比,阿尔弗雷德 Crosby, Alfred 131
  《生态帝国主义》 Ecological Imperialism 171-172
远征 Crusades 16
古巴 Cuba 351
"文化"定义 culture, defined xii-xv
科汀,菲利浦 Curtin, Philip 119,153
科蒂斯 Curtius 51,52,54

D

但丁 Dante, Alighieri 52
  《神曲》 Divine Comedy 55
达沃什,玛哈冒德 Darwish, Mahmoud
  《巴勒斯坦恋人》 A Lover from Palestine 272-273,280
达什,J. 米歇尔 Dash, J. Michael 349

都德,阿尔方索 Daudet, Alphonse
  《大言不惭的人》 Tartarin de Tarascon 220,222
都米尔,奥纳瑞 Daumier, Honoré 162
戴维森,巴西尔 Davidson, Basil 253, 288,319,322,372
  《现代历史中的非洲》 Africa in Modern History 1,236-237, 262-263
  《非洲的过去》 The Africa Past 119-120
戴维斯,L. E. 与胡腾巴克,R. A. Davis, L. E. (and R. A. Huttenback)
  《财富与帝国的追求》 Mammon and the Pursuit of Empire 4
戴,克莱夫 Day, Clive 202
迪纳,希缪斯 Deane, Seamus 274-260,380
德弗特,丹尼尔 Defert, Daniel 254
笛福,丹尼尔 Defoe, Daniel 83
  《鲁宾逊漂流记》 Robinson Crusoe xiii,75,83,92
德吕兹,吉尔 Deleuze, Gilles 402
德多,汉森 Derdour, H'sen 207
德-桑蒂斯 De Sanctis 52,53
《埃及记事》 Description de l'Egypte 37-39,141-142,145-147, 149
狄更斯,查尔斯 Dickens, Charles 13,91
  《荒凉山庄》 Bleak House 94
  《董贝父子》 Dombey and Son 113-114,90
  《远大前程》 Great Expectations xv-xvii,xxii,5,73,88
  《艰难时世》 Hard Times 88
但尼生,伊萨克 Dinesen, Isak 233

不同的经历 discrepant experiences 35-50
狄斯瑞利,本杰明 Disraeli, Benjamin 86
  《坦克莱德》 Tancred 74
柯南道尔,阿瑟 Doyle, Arthur Conan 184
多伊尔,米歇尔 Doyle, Michael 8
德雷波,西奥多 Draper, Theodore 358
杜波依斯,W. E. B. Du Bois, W. E. B. 259,319
杜洛可,卡米利 du Locle, Camille 138,139
杜利,A. A. Duri, A. A. 304

E

东印度公司 East India Company 177,306
生态学 ecology 271-272
教育 education
  殖民地的 colonial 130-131, 269-270
  又见 universities
爱德华兹,迈克尔 Edwardes, Michael 183
埃及 Egypt
  在《阿依达》中 in Aida 133-157
  殖民地化 colionization 133, 316-317
  戈登将军 General Gordon 132
  拿破仑远征与考察 Napoleon's expedition and survey 37-39, 141-143,145-147,149
  民族主义 nationalism 248
埃尔德瑞奇,C. C. Eldridge, C. C.,
  《英国的使命》 England's Mis-

521

sion 4
艾略特,乔治 Eliot,George 233
《丹尼尔·德兰达》 Daniel Deronda 74
《米德尔马契》 Middlemarch 173,174
艾略特,T. S. Eliot,T. S. 280-281, 408
《干燥的萨尔维吉斯》 'Dry Salvages' 339
《小吉丁》 'Little Gidding' 402
《传统与个人天才》 'Tradition and the Individual Talent' 1-2,3, 11,64-65,230
艾略特,H. M. 爵士 Elliot,Sir H. M. 182
艾尔芬斯通,蒙特斯图阿特 Elphinstone,Mountstuart 185
恩格斯,弗里德里克 Engels,Friedrich 203
英语 English language 269-270,377
人种学 ethnography 130
艾坦尼,尤金 Etienne,Eugene 205
流放 exile 400,402-407
艾尔,E. J. Eyre,E. J. 157-197

F

费边,约翰内斯 Fabian,Johannes 129,131,132
《时间及其他》 Time and the Other 47
法甘,布莱恩 Fagan,Brian 144
法耶兹,法耶兹·阿赫玛德 Faiz,Faiz Ahmad 19
法农,弗朗兹 Fanon,Frantz 11-12, 20,45,176,196,249-250,258, 269,277,278,284,286-287, 292,295,312,334-336,371
《被毁灭的大地》 The Wretched of the Earth 235,236,237,253, 282-283,323-332
弗格森,弗朗西斯 Fergusson,Francis 50
法雷,儒尔斯 Ferry,Jules 206
费蒂斯,弗朗索瓦-约瑟夫 Fétis, Francois-Joseph 146
费弗雷,鲁西安 Fevre,Lucien
《人类的进化》 La Terre et l'evolution humaine 55
菲尔德,詹姆斯 Field,James 356
费尔德豪斯,D. K. Fieldhouse,D. K. 11
菲尔丁,亨利 Fielding,Henry
《汤姆·琼斯》 Tom Jones 83
菲斯克,约翰 Fiske,John 348
弗莱南根,托玛斯 Flanagan,Thomas 285
福楼拜,古斯塔夫 Flaubert,Gustave 39,93,188,197
《外交》 Foreign Affairs 359
福斯特,E. M. Forster,E. M. 227
《霍华德山庄》 Howards End 77,112
又见 Passage to India,A
福柯,米歇尔 Foucault,Michel 29, 47,132,198-199,293,335-336,396
傅立叶,让-巴蒂斯特-约瑟夫 Fourier, Jean-Baptiste-Joseph 37-38,39
法国 France
殖民政策 colonial policy 8,9, 91,203-204,238-240,290,

291-292,294-295,317-319
埃及考察 Egyptian survey 37-38,39,141-143,145-147,149
19世纪文化 nineteenth-century culture 74,85,116-118
普鲁士战争 Prussian War 205
革命 Revolution 303-304
又见 Algeria; Napoleon; and names of authors
弗朗西斯,菲利浦 Francis, Philip 296,302,306
弗兰克,甘德 Frank, André Gunder 5
法兰克福学派 Frankfurt School 336
弗洛伊德,西格蒙德 Freud, Sigmund 322,324
弗里德曼,托马斯 Friedman, Thomas 315
弗利埃尔,布莱恩 Friel, Brian
《改变》 Translations 237
弗洛拜纽斯,列昂 Frobenius, Leo 233
福山,弗朗西斯 Fukuyama, Francis 313,388
原教旨主义 fundamentalism 375-376

G

盖兰格,约翰 Gallagher, John 86,111
甘地,穆罕德斯 Gandhi, Mohandas 262
盖尔纳,厄内斯特 Gelner, Ernest 261
甘吉尔,阿琳 Gendzier, Irene 351
地理与文化 geography and culture 1-15
乔治,凯瑟琳 George, Katherine 203
吉斯兰佐尼,安东尼奥 Ghislanzoni, Antonio 139-140
吉丁斯,F. H. Giddings, F. H. 128
纪德,安德烈 Gide, André 250
《没有道德的人》 L'Immoraliste 231-235
吉拉尔德,拉奥尔 Girardet, Raoul 117,205,250,291-292
格拉斯匹,阿普利尔 Glaspie, April 364
格白蒂,皮尔罗 Gobetti, Piero 57,58
歌德,约翰·沃尔夫岗·冯 Goethe, Johann Wolfgang, von 52
戈尔巴乔夫,米哈伊尔 Gorbachev, Mikhail 398
戈登,查尔斯将军 Gordon, General Charles 132
古尔德,史蒂芬 J. Gould, Stephen Jay 120
印度政府 Government of India 177
葛兰西,安东尼奥 Gramsci, Antonio 35,235,285,300
《狱中手稿》 The Prison Notebooks 57
《关于南方问题》 "Some Aspects of the Southern Question", 56-59
戈兰,彼得 Gran, Peter 48
希腊,古代 Greece, ancient 16,234,235
格林,马丁 Green, Martin 71,76
格林,格雷厄姆 Greene, Graham xix
《沉默的美国人》 The Quiet American xxi,7-8,351
格里莫,亨利 Grimal, Henri 239,240
瓜塔里,菲力克斯 Guattari, Félix 402
古哈,拉纳吉特 Guha, Ranajit

523

《孟加拉财产法》 *A Rule of Property for Bengal* 290,300-303,305-309,311-313

《原住民研究》 *Subaltern Studies* 303,308,321,378

海湾战争,1990-1991 Gulf War, XXⅥ, XXⅦ,2-3,21,41-42,158,345-347,356-358,362-366,393-394

报告 reporting 353-355,359-360,366-367

H

哈贝玛斯 Habermas Jürgen 336

海贾德,瑞德 Haggard, Rider 188,227

海地 Haiti 309,338,349

海默,玛丽 Hamer, Mary 273

哈代,乔治 Hardy, Georges 222-223

哈代,托玛斯 Hardy, Thomas

    《无名的裘德》 *Jude the Obsure* 189-190

哈莱姆文艺复兴 Harlem Renaissance 292,293

哈罗,芭芭拉 Harlow, Barbara 257,280

哈曼德,儒尔斯 Harmand, Jules 17-18,206,328

哈斯汀斯,沃伦 Hastings, Warren 185

    《黑暗的心》 *Heart of Darkness*(J. Conrad) 24-29,31,32-34,70,77,79-82,132-133,198-201,229,254-255,335,354

黑格尔 Hegel, G. W. F. 253

赫斯曼,艾尔伯特·O. Hirschman, Albert O.

    《欲望与利益》 *The Passions and the Interests* 225-226

小说中的历史 history in the novel 92-93

希金斯,克利斯托弗 Hitchens, Christopher 208-209

胡志明 Ho Chi Minh 236

霍布斯包姆,艾利克 Hobsbawm, Eric 6,16,36,261,271

霍布逊,J. A. Hobson, J. A. 12,84,99,128,226

    《帝国主义,一项研究》 *Imperialism:A Study* 290-291

霍德金,托马斯 Hodgkin, Thomas 158,271,289,316

霍夫斯塔德,理查德 Hofstadter, Richard 345

好莱坞 Hollywood 374

霍普金斯,吉拉德·曼利 Hopkins, Gerard Manley 401

豪斯,凯伦·艾略特 House, Karen Elliot 354-355

修斯,罗伯特 Hughes, Robert 381

    《致命的岸》 *The Fatal Shore* ⅩⅥ,ⅩⅦ

圣维克多的雨果 Hugo of St. Victor 406-407

休姆,彼得 Hulme, Peter 99,256

《美国生活中的人文学》 *Humanities in American Life, The* 387

休伯特,简 Humbert, Jean 143

洪堡,威尔海姆·冯 Humboldt, Wilhelm von 53

休谟,大卫 Hume, David 266

哈钦斯,弗朗西斯 Hutchins, Francis 180,244

I

过去的形象 images of the past 15-20,230-231
"帝国主义",用语 'imperialism', term 3,7,8,128,196-197
   顶峰期 high age 266-267
   现代 modern 10-11
因登,罗纳德 Inden,Ronald 132
独立 independence 316-340
印度 India
   英国统治 British rule 10,15, 16-17,39,86,160-163,378
   永久解决法案 Act of Permanent Settlement 302
   教育 education 130-131
   独立与分割 independence and partition 163,240
   媒介的表现 media representation of 22-23,65,77,78,79,160-161
   民族主义 nationalism 262,264-265
   妇女 women 263-264
   又见 Chatterjee,Partha;Guha,Ranajit;Kim;Naipaul,V.S.;Passage to India,A 等条目
印度军队 India army 86
印度起义 Indian Mutiny 177-179,248
印度国大党 Indian National Congress 163
印度支那 Indochina 240,251-252
国际殖民大会 International Colonial Congresses 205
国际传播问题委员会 International Commission for the study of Communication Problems 352,353
国际刚果协会 International Congo Association 200
国际地理学大会 International Congress of Geographical Science 205
伊朗 Iran 23,64
   有关《撒旦诗篇》的法律 fatwa on *The Satanic Verses* 18,370-371,373,375,397
   伊拉克战争 Iraqi War 358
   革命 Revolution 404-405
   又见 Islam
伊拉克 Iraq
   巴斯党 Baath Party 3
   1920年代 1920s 359
   伊朗战争 Iran war 358
   媒体表现 media representation 353-355,359-360,366-368
   又见：Gulf War,1990-1991
爱尔兰 Ireland 380
   爱德蒙·斯宾塞 Spenser,Edmund 5,266,268,284
   叶芝 W.B.Yeats 17,265-288,319
爱尔兰共和国 Irish Republic 285
伊斯兰 Islam 17,39,44,244,317-318,369-371,373
   革命 Revolution 34
   又见 Iran
伊斯梅尔,克代夫 Ismail,Khedive 138-139,143,151-156
以色列 Israel 314,315,361

J

贾巴蒂,阿布德·阿尔-拉赫曼·阿尔 Jabarti,Abd al-Rahman al- 37
《阿贾布,阿尔-阿萨》 *Aja'ib*

al-Athar 38-39
牙买加 Jamaica 157
詹姆士,C. L. R. James, C. L. R. XXVIII,63,113,264,379,398
　《黑人起义的历史》 History of Negro Revolt 305
　又见 Black Jacobins, The
詹姆斯,亨利 James, Henry
　《一位贵妇的肖像》 Portrait of a Lady, The 74,173,174,188
杰姆逊,弗里德里克 Jameson, Fredric 392
　《政治无意识》 The Political Unconscious 87
日本 Japan 350,399-401
　《皇冠上的钻石》(电视连续剧) Jewel in the Crown, The (TV series) 22
　《肯尼迪》(电影) JFK (film) 381
约翰逊,塞缪 Johnson, Samuel 235-236
琼斯,加瑞斯·斯台德曼 Jones, Gareth Stedman 75
乔伊斯,詹姆斯 Joyce, James 190,228,229
　《青年艺术家的肖像》 A Portrait of the Artist as a Young Man 270
　《尤利西斯》 Ulysses 254
贾亚瓦德纳,库马里 Jayawardena, Kumari 264
于连,C. A. Julien, Charles André 204

K

卡德尔,埃米尔·阿布代尔 Kader, Emir Abdel 219,238,332

康德 Kant, Immanuel 68
柯多瑞,艾利 Kedourie, Elie 261
坎南,乔治 Kennan, George 344-345
肯尼迪,保罗 Kennedy, Paul 387
　《大国的崛起与衰落》 The Rise and Fall of the Great Powers 3
肯尼亚 Kenya 19,277
柯尔曼,约瑟夫 Kerman, Joseph
　《作为戏剧的歌剧》 Opera as Drama 135-136
霍梅尼,阿伊杜拉 Khomeini, Ayatollah 18,359,397
基尔南,V. G. Kiernan, V. G. 7,10-11,71,76,95,98,346,349,350,365-366
　《人类的上帝》 The Lords of Human Kind 76,182
　《但尼生》 'Tennyson…' 126
《吉姆》(R.吉卜林) Kim (R. Kipling) XXIII,10,36,65,77,78,79,89,93,101,159-196,202,246
金斯利,查尔斯 Kingsley, Charles
　《向西进!》 Westward Ho! 74
金斯利,玛丽 Kingsley, Mary 291
金凯德-威克斯,马克 Kinkead-Weekes, Mark 174-175
吉卜林,约翰 Kipling, John 161
吉卜林,洛克伍德 Kipling, Lockwood 160
吉卜林,鲁迪亚德 Kipling, Rudyard 44-45,71,159-196
　又见 Kim
科克帕特里克,简 Kirkpatrick, Jeane 30
基辛格,亨利 Kissinger, Henry 355
克鲁派特,阿诺德 Krupat, Arnold 368

科威特 Kuwait 358,362
又见 Gulf War

L

拉切拉夫,穆斯塔法 Lacheraf, Mostafa 220

拉吉洛夫,萨尔玛 Lagerlof, Selma 281

拉玛丁,埃尔方索·德 Lamartine, Alphonse de 74

莱明,乔治 Lamming, George 256-257

兰德斯,大卫 Landes, David 152

《被解放的普罗米修斯》 *The Unbound Prometheus* 9

雷恩,E.W. Lane, E.W. 146

朗格,杰克斯 Lang, Jacques 352

语言 language 260,270,273-274,311-312

  阿尔及利亚 Algeria 323

  英语,学习 English, study of 369-370,377

拉诺依,阿卜杜拉 Laroui, Abdullah 221,335

拉丁美洲 Latin America 256-258,260,281

劳伦斯,D.H. Lawrence, D.H. 348

劳伦斯,T.E. Lawrence, T.E. 73,132,133,227,231,318

  《智慧的七个支柱》 *The Seven Pillars of Wisdom* 188,194-195,228,303

里恩,大卫 Lean, David 22

黎巴嫩 Lebanon 283,361

勒邦,康斯塔夫 Le Bon, Constave 205

李尔森,约瑟夫 Leerssen, Joseph 286

勒努里 Le Noury 205

利奥波德,金 Leopold, King 200

勒若伊-布留,保罗 Leroy-Beaulieu, Paul 128,129,206,225,328

勒赛普斯,弗迪南·德 Lesseps, Ferdinand de 145

列文,哈瑞 Levin, Harry 87

列维-斯特劳斯,克劳德 Levi-Strauss, Claude 184

刘易斯,安托尼 Lewis, Anthony 354-355

路易斯,伯纳德 Lewis, Bernard 42-43

鲁易斯,戈东·K. Lewis, Gordon K. 76,289

李奥祖,克劳德 Liauzu, Claude 321

解放 liberation 63,317-340

利比亚 Libya 397

里莫瑞克,帕特里夏 Limerick, Patricia 75

李普曼,沃尔特 Lippmann, Walter 344-345

文学 literature

  阿拉伯的 Arabic 42,378-379

  研究 study of 45,382-389

  阿拉伯 Arab 368-370

  世界 world 52-56,373-374,386

又见各文学作者姓名索引条目

洛蒂,彼埃尔 Loti, Pierre

  《蓝色》 *L'Inde(sans les Anglais)* 228

鲁菲,马丁 Loutfi, Martine 220

鲁加,曼德烈 Lugard, Frederick 27

卢卡奇,乔治 Lukacs, Georg 57,92,117,118

  《历史与阶级意识》 *History and*

527

Class Consciousness 57,326 - 327

《小说的理论》 *The Theory of the Novel* 189,193

利奥塔,让-弗朗索瓦 Lyotard, Jean-Francois 29,67,303,398

M

麦考利,托马斯·巴宾顿 Macaulay, Thomas Babington 119,123,130

麦克唐纳,兰姆塞 MacDonald, Ramsay 291

麦肯基,约翰·M. MacKenzie, John M. 181

麦金德,哈尔弗德 Mackinder, Halford 26

马德里作家大会 Madrid, writers' congress in 281

马罕,上将 Mahan, Admiral 225

马哈福兹,纳吉布 Mahfouz, Naguid 42

梅因,亨利爵士 Maine, Sir Henry
 《古代法》 *Ancient Law* 198 - 199
 《村落社会》 *Village Communities* 199

马来西亚 Malaysia 301,308

马尔罗,安德烈 Malraux, André 227,231
 《皇家大道》 *La Voie royale* 222,250 - 252

马尔塔维里(爱德华多·代克) Maltatwli (Eduard Dekker) 290

曼甘,J. A. Mangan, J. A. 166

曼,托马斯 Mann, Thomas
 《威尼斯之死》 *Death in Venice* 228,231

《曼斯菲尔德庄园》(简·奥斯汀) *Mansfield Park* (Jane Austen) 69 - 70,73,78,94,100 - 116,122,208,313

《多种声音,一个世界》 *Many Voices, One World* 352,353

马尔库塞,赫伯特 Marcuse, Herbert 353

玛利埃蒂,奥古斯特 Mariette, Auguste 139,140,141,143 - 145,147 - 148

马克汉姆,詹姆士 Markham, James 283

玛蒂努,哈尔亚特 Martineau, Harriet 244

马克思,卡尔 Marx, Karl 183,322,324,339,340

迈斯,辛巴多·德 Mas, Sinbaldo de 296 - 297

玛西农,路易斯 Massignon, Louis 318

玛特拉特,阿曼德 Mattelart, Armand 374

毛尼尔,瑞内 Maunier, René 206

莫泊桑,盖·德 Maupassant, Guy de 288 - 289
 《俊友》 *Bel-Ami* 220

《观点》 *Mawaqif* 379

梅厄,阿诺 Mayer, Arno 342,429

玛兹瑞,阿里 Mazrui, Ali 43 - 44

麦克白,尚 McBride, Sean 352,353

麦考利,罗伯特 McCaughey, Robert 390

麦克尼尔,威廉 McNeill, William,
 《对权力的追求》 *The Pursuit of*

Power 7
梅尔维尔,赫尔曼 Melville, Herman
《白鲸》 *Moby-Dick* 349,357
摩尔,玛瑟 Merle, Marcel 290
中东研究会 Middle East Studies Association 315
移民 migration 395-408
穆勒,约翰·斯图亚特 Mill, John Stuart 96,97,122,197,202
《政治经济学原理》 *Principles of Political Economy* 69,108,109
米勒,克利斯托弗 Miller, Christopher
《黑色的黑暗》 *Blank Darkness* 43
米勒,大卫 Miller, David,
《小说与警察》 *The Novel and the Police* 87
米尔斯,C.赖特 Mills, C. Wright 392-393
米歇尔,提莫西 Mitchell, Timothy 133
密特朗,弗朗索瓦 Mitterrand, Francois 216
正夫三良 Miyoshi Masao 399-400
穆巴拉克,阿里·帕夏 Mobarak, Ali Pasha 155-156
现代主义 modernism 225-229,292
现代性 modernity 399
蒙多维,阿尔及利亚 Mondovi, Algeria 207
莫豪斯,杰弗雷 Moorhouse, Geoffrey 187
莫拉泽,查尔斯 Morazé, Charles 83
莫利森,托尼 Morrison, Toni 1,405
穆丁贝,V. Y. Mudimbe, V. Y. 233
穆罕默德 阿布杜 Muhammad Abdu 39
穆尼夫,阿布杜拉赫曼 Munif, Abdelrahman 19,356
门罗,托玛斯 Munro, Thomas 185
莫奇森,罗德利克爵士 Murchison, Sir Roderick 198,199
马斯,保罗 Mus, Paul 252

N

奈保尔,V. S. Naipaul, V. S. 20,23,63,274-275,320,368
《河流的弯道》 *A Bend in the River* 320,321-322
拿破仑,波拿巴 Napoleon Bonaparte 68,117-118
远征埃及 expedition to Egypt 37-39,117,142
拿破仑三世 Napoleon III 153,221-222
人文国家基金 National Endowment for the Humanities 44
民族主义 nationalism 63
土著 natives 196-204
土著主义 nativism 275-278
黑人文化自豪感 *négritude* 275-277
尼赫鲁,贾瓦哈拉尔 Nehru, Jawaharlal 262,319
尼尔,史蒂芬 Neill, Stephen 201
聂鲁达,帕伯尔 Neruda, Pabol 272,281
《艾尔·帕巴罗》 "El puebol" 281,282
聂瓦尔,吉拉德 Nerval, Gérard de 39
新世界的寓言 New World fables 256
纽约 New York XXX
纽约时报 *New York Times* 44,283,354
努基·瓦,提昂哥(詹姆斯) Ngugi wa Thiongo (James) 19,34,331

529

《思想的非殖民化》 *Decolonising the Mind* 257
《大河之间》 *The River Between* 254-255
尼加拉瓜 Nicaragua 64,349
尼布尔,莱因霍尔德 Niebuhr, Reinhold 357
尼采,弗里德里奇·威尔海姆 Nietzsche, Friedrich Wilhelm 322,324
尼兹,保罗 Nitze, Paul 354
恩克鲁玛,克瓦姆 Nkrumah, Kwame 305
小说,英国 novels British 73-74
又见各小说著者姓名条目
奈,约瑟夫 Nye, Joseph 387,392

O

奥布莱恩,科纳·克鲁斯 O'Brien, Conor, Cruise 63,209-211,223
石油 oil 21,262-264
歌剧 opera 134-157
对峙的出现 opposition, emergence of 288-316
奥拉比起义 Orabi uprising 236,239
《爱尔兰公共条例考察》 Ordnance Survey of Ireland 273
东方复兴 Oriental Renaissance 234-235,237
奥威尔,乔治 Orwell, George 22-23,31,182
　　与加缪 and Camus 208-209,224
欧文,罗杰 Owen, Roger 152,153-154

P

帕德莫,乔治 Padmore, George 301
巴基斯坦 Pakistan 19,41,394
巴勒斯坦 Palestine 311,314,315,361,362,395-396
帕尼卡 Panikkar 270
巴黎国际博览会,1867年, Paris International Exhibition, 1867 144
派瑞,班尼塔 Parry, Benita 229,242,246
《印度之旅》(电影) *Passage to India, A* (film) 22
《印度之旅》(E.M.福斯特) *Passage to India, A* (E. M. Forster) 10,22,89,183,228,241-248,249,250
爱国主义 patriotism 378
菲律宾 Philippines 296-297,301
皮罗利,吉赛普 Piroli, Giuseppe 150
普莱特,D.C. Platt, D.C. 351
　　《金融、贸易与政治》 *Finance, Trade and Politics*… 85-86,88
波莱特,阿贝 Poiret, Abbé 117
波特,伯纳德 Porter, Bernard 291
葡萄牙 Portugal XXV
后现代主义 post-modernism 398,399
普莱特,玛丽·路易斯 Pratt, Mary Louise 254
印刷资本主义 Print-capitalism 260
普罗切斯卡,大卫 Prochaska, David 207
新教教徒 Protestants 45-47

R

种族 race 259
种族关系 race relations 18
拉葛兹,罗威尔 Ragatz, Lowell

《种植园阶级的衰落》 The Fall of the Planter Class in the British Caribbean 113
瑞恩杰,泰伦斯 Ranger,Terence 16, 238-239
拉斯金,卓纳 Raskin,Jonah 76
瑞纳尔,阿贝 Raynal,Abbé 116, 290,297
里根,罗纳德 Reagan,Ronald 397
难民 refugees 395,396,402-404
勒南,厄内斯特 Renan,Ernest 51, 317
反抗 resistance 252-265,288- 316,316-340
    文化 culture 253-255
瑞塔玛,费尔南德斯 Retamar, Fernández 257-258
《国际社会学评论》 Revue internationale de sociologie 205
"责难的话语" rhetoric of blame 19
罗兹,赛西尔 Rhodes,Cecil 27,120, 133
理查森,塞缪 Richardson,Samuel 83
《克莱瑞萨》 Clarissa 83
瑞杰,麦尔文 Richter,Melvin 221
仪式 rituals 36
罗宾斯,布鲁斯 Robbins,Bruce 75
罗宾逊,保罗 Robeson,Paul 299
罗宾逊,保罗 Robinson,Paul 136
罗宾逊,罗纳德 Robinson,Ronald 86,316-317
罗德森,马克西姆 Rodinson,Maxime 314
罗德尼,瓦尔特 Rodney,Walter 70, 305
罗金,麦克尔·保罗 Rogin,Michael Paul 75

罗马尼亚 Romania 52,53,55
罗斯托,沃尔特·惠特曼 Rostow, Walt Whitman 351
洛伊,拉贾·拉姆汉 Roy,Raja Ramuhan 263
拉什迪,萨尔曼 Rushdie,Salman 373,357
    《午夜的儿童》 Midnight's Children 260-261,405
    《鲸鱼之外》 'Outside the Whale' 22-23,30-31
    又见: Satanic Verses,The
拉斯金,约翰 Ruskin,John 12,94- 95,123-126,196,197
俄罗斯 Russia 9
    苏联 Soviet Union 292
俄罗斯帝国 Russia empire XXV

S

赛伯瑞,穆罕默德 Sabry,Muhammad 152,153
萨达特,安瓦尔 Sadat,Anwar 356-359
萨达姆,胡赛因 Saddam Hussein XXVII,42,158,353,356,357-360,363-365,397
萨义德,爱德华 W. Said,Edward W. xi-xii,XXIV-XXVIII,47-48, 64,235
萨里赫,塔义布 Salih,Tayib
    《向北迁移的季节》 Season of Migration to the North 34,255
萨劳,阿尔伯特 Sarraut,Albert 222
萨特,让-保罗 Sartre,Jean-Paul 219,236,237,292
《撒旦诗篇》(S.拉什迪) Satanic Ver-

ses, The (S. Rushdie) 18, 370 - 371, 373, 375, 397
沙特阿拉伯 Saudi Arabia 19, 356, 360
又见 Gulf War, 1990 - 1991
席勒,赫伯特 Schiller, Herbert 374
施莱辛格,阿瑟 Schlessinger, Arthur xxix
熊彼特,约瑟夫 Schumpeter, Joseph 86, 267
施瓦布,雷蒙 Schwab, Raymond 143, 234 - 235
斯科特,沃尔特爵士 Scott, Sir Walter 92, 141
希尔,阿尼尔 Seal, Anil 247 - 248
希利,J. R. Seeley, J. R. 4, 9, 62, 84, 128, 204 - 205, 225, 226, 228
赛利埃,厄内斯特 Seillère, Ernest 205 - 206
赛米迪,玛努拉 Semidei, Manuela 218
桑戈尔 Seneghor 275
莎士比亚,威廉 Shakespeare, William
《暴风雨》 The Tempest 256 - 257
沙里亚蒂,阿里 Shariati, Ali 34, 404 - 405
希普勒,大卫 Shipler, David 315
希克,盖瑞 Sick, Gary 283
奴隶制 slavery 24, 67 - 90, 290
又见 Black Jacobins; The; Mansfield Park; Toussaint L'Ouverture
斯洛特金,理查德 Slotkin, Richard 75, 348 - 349
史密斯,安东尼 Smith, Anthony 352 - 353
史密斯,伯纳德 Smith, Bernard 119
史密斯,戈德温 Smith, Goldwin 201

史密斯,尼尔 Smith, Neil
《不均衡发展》 Uneven Development 272
苏联 Soviet Union 292
索因卡,霍尔 Soyinka, Wole 276 - 277, 332 - 333
空间 Space
叙述与社会 narrative and social 73 - 95
公众,争端 public, at war 341 - 367
西班牙 Spain 281
西班牙帝国 Spain empire xxv
史景迁 Spence, Jonathan 318
斯宾塞,爱德蒙 Spenser, Edmund 5, 266, 268, 284
斯皮则,列昂 Spitzer, Leo 50, 52
斯泰弗德,罗伯特 Stafford, Robert 199
斯坦福大学 Stanford University 42 - 43
斯坦利,亨利 Stanley, Henry 120
斯蒂尔,罗纳德 Steel, Ronald 344
斯汤达 Stendhal 92, 93, 190
《红与黑》 Le Rouge et le noir 118
斯蒂芬,南希 Stepan, Nancy 120
斯蒂芬斯,沃莱斯 Stevens, Wallace 402
斯托金,乔治 Stocking, George 121
斯通,奥利弗 Stone, Oliver xxi, 381
斯通,罗伯特 Stone, Robert
《日出之旗》 A Flag for Sunrise 184
斯特莱奇,约翰 Strachey, John
《帝国的终结》 The End of Empire 239

斯特利特,布莱恩　Street,Brian　120
苏丹　Sudan　255
苏伊士运河　Suez Canal　145,152,153

T

泰戈尔,R.　Tagore,R.
　《民族主义》　*Nationalism*　259
坦普尔斯,普拉西德　Telpels,Placide　233
但尼生,阿尔弗雷德　Tennyson,Alfred　126
恐怖主义　terrorism　30,375-376
萨克雷,威廉·梅克匹斯　Thackeray,William Makepeace　81
　《名利场》　*Vanity Fair*　5,73-74,89,90,100
泰帕,罗米拉　Thapar,Romila　203
撒切尔,玛格丽特　Thatcher,Margaret　397
第三世界　Third World　23,316,320-322,371-372,394-395
　又见各国家名索引条目
汤普森,爱德华　Thompson,Edward　177
　《勋章的另一面》　*The Other Side of the Medal*　248-250
索恩顿,A.P.　Thornton,A.P.　291
托克维尔,阿列克斯　Tocqueville,Alexis de　221,250,291
托普金斯,J.M.　Tompkins,J.M.　169
托恩,沃尔夫　Tone,Wolf　268
杜桑,卢浮泰尔　Toussaint L'Ouverture　297-299,303,309-310,338
传统,发明的　traditions,invented　36

特里威安,查尔斯　Trevelyan,Charles　131
《特立斯坦与爱索尔德》(歌剧)　*Tristan und Isold* (opera)　135
特罗洛普,安东尼　Trollope,Anthony　210
塔克,朱迪斯　Tucker,Judith　48
突尼斯　Tunisia　232
特纳,布莱恩　Turner,Brian
　《马克思与东方学的终结》　*Marx and the End of Orientalism*　47
特纳,维克多　Turner,Victor　170

U

联合国教科文组织　UNESCO　35
《黑人旅行者联合会》　Union des Travailleurs Nègres　292
联合国　United Nations　292,343,347,355
联合服务学院　United Services College　161
美国　United States of America　23
　非洲政策　African policy　344
　阿尔及利亚政策　Algeria policy　291
　崛起　ascendancy　341-367,371,376,387-389
　文化属性　cultural identity　xxviii,xxx,380-382
　教育　education　67,386-393,397-398
　国防教育法　National Defense Education Act　54,411-412
　帝国政治　imperial politics　xx,7-8,21,64-67,395,397
　与日本　and Japan　399-400

533

文学　literature　74－75
　　　　不满的　dissenting　347－348
　　　　本土的　native　368
　　又见：Gulf War；Vietnam
大学　universities
　　阿拉伯　Arab　368－370
　　US　67,386－393,397－398

V

万·阿尔斯泰因,理查德　Van Alstyne, Richard　357
　　《美国帝国的崛起》　The Rising American Empire　7
瓦蒂莫,吉阿尼　Vatimo, Gianni　399
万德勒,海伦　Vendler, Helen　87
威尔第　Verdi, Giuseppi
　　《阿依达》　Aida　134－157
凡尔纳,儒勒　Verne, Jules　227
越南　Vietnam　23,64,158,236,252,344,393
瓦瑞利奥,保罗　Virilio, Paul　395,402
维斯瓦纳森,高瑞　Viswanathan, Gauri　130
　　《统治的面具》　The Masks of Conquest　48
维泰特,路德维克　Vitet, Ludovic　143
沃斯勒,卡尔　Vossler, Karl　52

W

瓦格纳　Wagner, Richard　135,140－141,150
沃勒斯坦,伊梅纽　Wallerstein, Immanuel　376,405－406
华盛顿,乔治　Washington, George　357
瓦特,伊安　Watt, Ian　33
韦伯,碧翠丝与西德尼　Webb, Beatrice and Sidney　245
温伯格,艾尔伯特·K　Weinberg, Albert K.　348
"西方的崛起"　"West, the rise of the"　6－7
怀特,海顿　White, Hayden　368
威廉姆斯,艾瑞克　Williams, Eric　113,307
　　《资本主义与奴隶制》　Capitalism and Slavery　113－114
威廉姆斯,雷蒙　Williams, Raymond　xxxi,14,47,61,85,208
　　《乡村与城市》　The Country and the City　77,98－99,100,104－105,111
　　《文化》　Culture　294
　　《文化与社会》　Culture and Society　77
威廉姆斯,威廉·艾普曼　Williams, William Appleman　64,76
威尔逊,安格斯　Wilson, Angus　181－182
威尔逊,埃德蒙　Wilson, Edmund　175－176
沃尔夫,艾利克　Wolf, Eric　75
妇女　women　405
妇女运动　women's movement　263－264,377
伍德伯瑞,乔治·爱德华　Woodberry, George Edward　53－54,55
沃尔夫,弗吉尼亚　Woolf, Virginia　405
第一次世界大战　World War Ⅰ　237－238

第二次世界大战　World War Ⅱ　291

Y

叶芝,威廉·巴特勒　Yeats, William Butler　17,65,227,228,265-288,319
 "学校儿童中间"　"Among School Children"　286
 "渔夫"　"The Fisherman"　281-282
 "丽达与天鹅"　"Leda and the Swan"　284
 "塔"　"The Tower"　284
叶利钦,包利斯　Yeltsin, Boris　398

Z

载丹,吉尔吉　Zaydan, Girgi　260